NEW TOPIK II

新韓檢 中高級

試題全面剖析

前　言

　　韓國語文能力測驗（TOPIK）是以母語非韓語者及海外僑胞為對象，引導學習韓語的方向，且以擴大、普及韓語為目的而舉辦的考試制度。作為檢測、評估韓語能力最具代表性的考試制度，本測驗被廣泛應用於韓國留學、就業等領域上。因著 TOPIK 測驗的活用度與公信力，學習韓語並準備 TOPIK 測驗的應試者逐年增加中。

　　在這樣的潮流中，準備 TOPIK 測驗的眾多應試者面臨「該選擇哪種教材？」的抉擇；而熱心於韓語教學的老師們，面對有這些需求的應試者也要為「該推薦什麼教材、要如何教學？」而思考，筆者長久以來也有著相同的思慮。

　　筆者開始韓語教學到今年第 15 年。而筆者在嘉泉大學也教授了 10 年 TOPIK 備考課程。由授課經驗發展出來如更好的教學方法等內容全都收錄於本教材《新韓檢中高級試題全面剖析》中。尤其是從 2014 年第 35 回測驗開始，TOPIK 測驗改制後，我們努力藉由分析考古題與預測出題方向、製作模擬試題等來解決上述需求。

　　本教材不僅止於由考古題的分析來說明解題方法，更有下列幾項特點：
首先，將問題分門別類，聽力測驗按對話情境，閱讀測驗按性質加以分類
其次，將細分化過的內容進行分析，把可能出現的項目整理排序後呈現出來
第三，依照層次內容編寫模擬試題以準備實際考試
第四，以總分為基準劃分按等級配分之分數，將 TOPIK II 全部題型按級別區分
最後，透過 TOPIK II 的領域關係一覽圖學習確認自身實力

　　本教材能夠順利出版，須向許多感恩對象致上誠摯的謝意。首先，我要向編輯部梁承珠科長表達感謝，他將所有題目細分之後再以顏色標示，儘管這個步驟相當麻煩，仍編輯出乾淨俐落的教材。我還要向讓我與 Hangeul Park 結緣的行銷部王晟碩次長、看過初稿後親切迎接我的編輯部張恩惠部長獻上誠摯的謝意。此外，我要向本校 TOPIK 中心仔細幫我校稿的孔懋瀞老師、李惠眞老師傳達感謝之意。也要感謝為了讓讀者體會 TOPIK 考試臨場感，於聽力音檔留下精彩嗓音的趙英美、鄭訓錫配音員。最後，我要向欣然出版本教材的 Hangeul Park 嚴泰相代表與其編輯團隊獻上誠摯的謝意。

李太煥

目 錄

3級

Chapter 1　語法‧詞彙

1 正確的語法
2 類似的語法
3 廣告

Chapter 2　情境與符應

1 正確的圖
2 可能會接的話（場所／情況）
3 接下來的行動

Chapter 3　內容一致

1 和熟人的對話
2 廣播
3 新聞
4 訪談
5 介紹文
6 新聞報導
7 說明文

Chapter 4　中心思想

1 對話
2 訪談

Chapter 5　順序排列

1 情報

Chapter 6　填空

1 對應題型、綜合題型
2 公開文章、個人文章
3 說明文

Chapter 7　圖表

1 確認圖表
2 理解圖表
3 解釋圖表

3級實戰模擬測驗

4級

Chapter 1　事務性對話

1 公務對話
2 最新訪談
3 職業訪談
4 公共設施事務
5 意見／商討

Chapter 2　論說文／說明文

1 中心思想、慣用表現／俗語

本書架構

全書音檔下載：

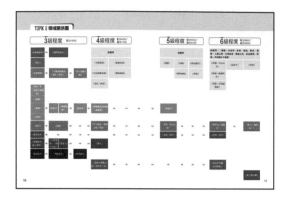

級別劃分與領域關係圖

以TOPIK II總分為基準劃分各等級配分，以能按級別學習。同時透過領域關係圖學習檢視自己實力，而能得高分。

類型與解題方法

說明題型，提示題目要求的能力檢測標準。藉由《黃金秘笈》解說整體解題方法。分析最新考古題，提出具體的解題策略。將出題頻率高的內容依層級整理。分析1999年後，20年間TOPIK中高級考古題，並分其層級以預測其出題可能性。

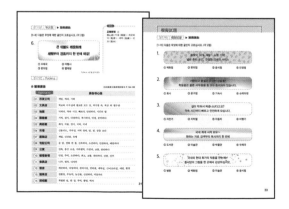

模擬試題

依照選定之層級編寫模擬試題，依據前面所學之解題策略，反覆練習解題方法。

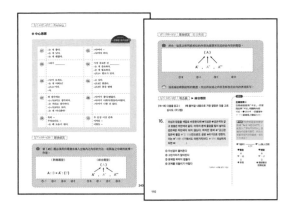

解題法分的類型化

透過視覺上的分類，制定「聽力」領域與「閱讀」領域的內容理解策略。聽力領域「接下來的行動」之題型、寫作與閱讀領域「空格中正確內容」之題型等，都是代表性的例子。特別是「聽力」和「閱讀」領域的「中心思想」與「主題」題型是學習者達到理想分數的重要部分。包含「聽力」領域「話者的意圖與態度、說話的方式」以及「閱讀」領域「筆者的態度」在內，約有22題、占44分的高比重。我們反覆提示讓讀者能熟悉其類型。

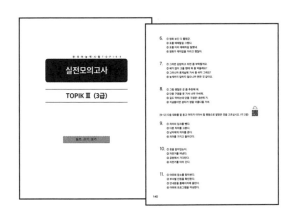

實戰模擬測驗

供讀者準備TOPIK II考試，依照出題頻率高低構成「實戰模擬測驗」。依3級、4級、5級、6級完成各級別的學習並能解題。

詳解本

另外整理各題型必須知道的詞彙與表現，希望對學習有所幫助。關於模擬試題的答案與詳細說明均整理在答案、解說與附錄。此外，主書中表格之例句與詞彙翻譯均附於詳解本，供讀者對照學習。

TOPIK （韓國語文能力測驗）介紹

1. 韓國語文能力測驗的目的
- 為母語非韓語的外國人與海外僑胞提示韓語學習方向，並推廣和普及韓語。
- 檢測韓語能力，其結果可應用於韓國留學和就業等。

2. 應考對象
- 母語非韓語的外國人與海外僑胞。
- 韓語學習者與欲赴韓國留學者
- 欲至國內外韓國企業與公家機關就業者
- 就讀國外學校或已畢業的韓國人

3. 主管機構
- 教育部國立國際教育院

4. 測驗水準與等級
- 考試水準：TOPIK I （初級）、TOPIK II （中級、高級）
- 考試等級：6個級數（1～6級）

TOPIK I		TOPIK II			
1級	2級	3級	4級	5級	6級
80分以上	140分以上	120分以上	150分以上	190分以上	230分以上

5. 考試時間

區分	節數	領域	時間
TOPIK I	第1節	聽力／閱讀	100分鐘
TOPIK II	第1節	聽力／寫作	110分鐘
	第2節	閱讀	70分鐘

6. 題型構成

1) 級別構成

級別	節數	領域／時間	題型	題數	配分	配分總計
TOPIK I	第1節	聽力（40分鐘）	選擇題	30	100	200
	第2節	閱讀（60分鐘）	選擇題	40	100	
TOPIK II	第1節	聽力（60分鐘）	選擇題	50	100	300
		寫作（50分鐘）	寫作題	4	100	
	第2節	閱讀（70分鐘）	選擇題	50	100	

2) 題型
　① 選擇題〈4 選 1〉
　② 寫作題
　　・完成句子〈簡短回答〉：2 題
　　・作文題：2 題 — 200～300 字的中級程度說明文一篇
　　　　　　　 — 600～700 字的高級程度論述文一篇

7. 級別檢測標準

測驗程度	等級	能力指標
TOPIK II	**3級**	— 日常生活溝通沒有困難，具有能使用各種公共設施服務及維持社會關係之基礎語言能力。 — 能以文詞表達並能理解自己熟悉且具體的及熟知的社會話題。 — 能區分並使用口語和書面用語的基本特性。
	4級	— 能行使公共設施使用上及維持社會關係上所需語言功能，並能執行某種程度的職場業務。 — 能理解電視新聞和報紙中較淺顯的內容，並能流暢理解並表達一般社會的和抽象的話題。 — 能理解常用的慣用語和具有代表性的韓國文化，並可理解和表達社會和文化方面的內容。
	5級	— 在專業領域上進行研究或業務執行上能行使某程度的語言功能。 — 可理解並談論不熟悉的主題如政治、經濟、社會、文化等。 — 可因應場合正確使用正式、非正式和口語、書面用語。
	6級	— 在專業領域上研究或執行業務上能行使比較正確而流利的語言功能。 — 可理解並談論不熟悉的主題如政治、經濟、社會、文化等，雖未能達到母語使用者的水準，但在功能的執行和意義表達能力上沒有困難。

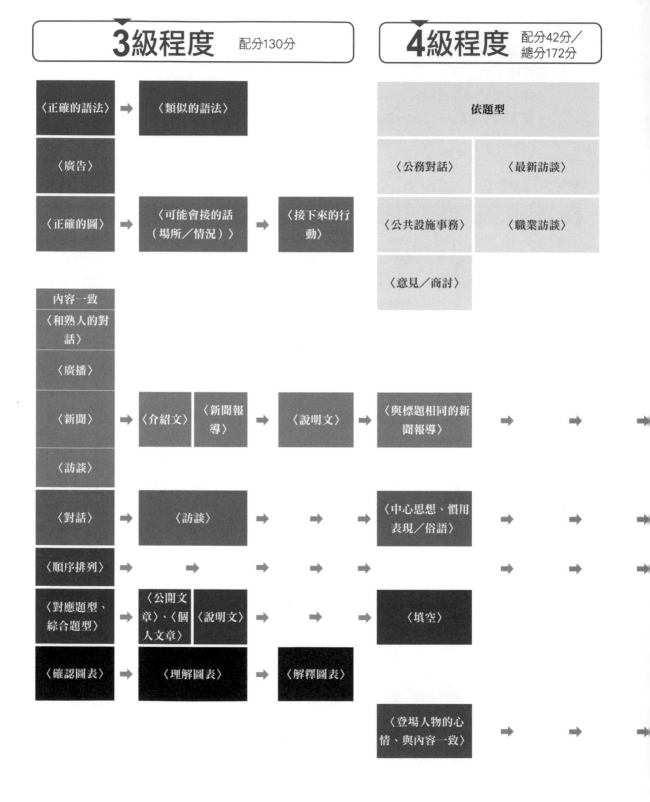

5級程度 配分40分／總分212分

依題型		
〈演講〉	〈討論〉	〈教養節目〉
	〈現場演說〉	〈對話〉

6級程度 配分38分／總分250分

依題型：「動物、未來學、社會、現況、歷史、藝術、人類心理、自然現象、傳統文化、政治經濟、環境」中出題且不重複。

〈演講－中心內容〉	〈紀錄片〉	〈對話〉
〈演講－細部內容〉		
〈演講－話者的態度〉		

〈說明文〉

〈資訊－中心思想〉

〈資訊－排序〉

〈說明文／論說文〉

〈資訊－排序〉

〈綜合（論說文）〉

〈角色的外觀，內容匹配〉

〈依主題分類〉

學習計畫表__6週完成

	第一天	第二天	第三天	第四天	第五天	第六天	第七天
第❶週	읽기 1-2	읽기 3-4	읽기 5-8	듣기 1-2	듣기 4-8	듣기 9-12	듣기 13-16
第❷週	읽기 9	읽기 11-12	읽기 19-20	듣기 17-19 듣기 20	읽기 13-15	읽기 16-18	쓰기 51
第❸週	쓰기 52	읽기 10 듣기 3	쓰기 53	3급 실전모의고사	듣기 21-22	듣기 25-26	듣기 29-30
第❹週	듣기 23-24	듣기 27-28	읽기 21-22	읽기 25-27	읽기 23-24	읽기 28-31	4급 실전모의고사
第❺週	듣기 31-32	듣기 33-34	듣기 35-36 듣기 37-38	듣기 39-40	읽기 32-34 읽기 35-38	읽기 39-41	5급 실전모의고사
第❻週	읽기 42-43	읽기 44-45 읽기 46-47	읽기 48-50	듣기 41-42 듣기 45-46 듣기 49-50	듣기 47-48 듣기 43-44	쓰기 54	6급 실전모의고사

我的學習計畫表

	第一天	第二天	第三天	第四天	第五天	第六天	第七天
第❶週							
第❷週							
第❸週							
第❹週							
第❺週							
第❻週							☆☆☆ 正式測驗

3級

▶ 配分130分

읽기 [1~2]번
〈正確的語法〉
→
읽기 [3~4]번
〈類似的語法〉

읽기 [5~8]번
〈廣告〉

듣기 [1~2]번
〈正確的圖〉
→
듣기 [4~8]번
〈可能會接的話（場所／情況）〉
→
듣기 [9~12]번
〈接下來的行動〉

듣기 [13]번
內容一致

듣기 [14]번
〈和熟人的對話〉

듣기 [15]번
〈新聞〉
→
읽기 [9]번
〈介紹文〉
읽기 [11~12]번
〈新聞報導〉
→
읽기 [19~20]번
〈說明文〉

듣기 [16]번
〈訪談〉

듣기 [17~19]번
〈對話〉
듣기 [20]번
〈訪談〉

읽기 [13~15]번
〈順序排列〉

읽기 [16~18번]
〈對應題型、綜合題型〉
→
쓰기 [51]번
〈公開文章〉、
〈個人文章〉
쓰기 [52]번
〈說明文〉

읽기 [10]번
〈確認圖表〉
→
듣기 [3]번
〈理解圖表〉
→
쓰기 [53]번
〈解釋圖表〉

語法・詞彙

1 正確的語法

▶ 閱讀第1~2題 題型是選出符合文句情境的語法題目。這是三級程度語法題，用以檢測基礎語法使用能力。

읽기 1번~2번 | **黃金秘笈**

1 必須了解中級程度語法的功能與意思。

2 〈連結語尾〉須將前後內容分成（A→B）後再選適當的語法。

3 〈終結語尾〉須先判斷後面內容的時制是過去、現在或未來後，再選擇適當的語法。

읽기 1번~2번 | **考古題**

[1~2] ( )에 들어갈 가장 알맞은 것을 고르십시오. (각 2점)

1. 휴대 전화를 ( ) 내려야 할 역을 지나쳤다.

① 보든지　　　　② 보다가
③ 보려면　　　　④ 보고서

TOPIK II <60회 읽기 1번>

2. 한국 친구 덕분에 한국 문화를 많이 ( ).

① 알게 되었다　　② 알도록 했다
③ 알아도 된다　　④ 알아야 한다

TOPIK II <60회 읽기 2번>

덕분에 알았다.（在那之前對韓國文化完全不了解，托韓國朋友的福如今知道了。）」的意思，就必須找出表〈說明：變化〉的「-게 되다」。「-게 되다」用於說明前面的狀況，並於後面說明現在變化的狀況。

解說

正確解答 ②
휴대 전화를 보다
→내려야 할 역을 지나쳤다.
「내려야 할 역을 지나쳤다.（錯過應該要下車的站）」為意料之外的內容。此時相對應的語法應找出表〈行為：意外〉的「-다가」。「-다가」用於執行前面動作的途中改為執行後面的動作。

正確解答 ①
한국 친구 덕분에
→한국 문화를 많이 알다.
前述內容「한국 친구 덕분에（托韓國朋友的福）」以〈原因〉表現正面的理由與結果。由於後面內容就是結果，因此找出過去時制即可，而過去時制的選項有①、②。在這之中，若要完成「그 전에는 한국 문화를 잘 몰랐는데 한국 친구

連結語尾 TOPIK測驗中經常出現的語法

※例句譯文請參閱詳解本 P.126-127

Ranking 30	語法的意義與功能	例句
01 -다가	①行動轉換：意志 ②行動轉換：意外	① 집에 **가다가** 시장에 들러서 과자를 샀다. ② 계단을 뛰어 **내려가다가** 넘어질 뻔했다.
02 -고 나서	順序：完成	어제 **퇴근하고 나서** 친구들과 만났다.
03 -(으)ㄴ/는데	①相反：對照 ②說明：導入	① 저 식당은 음식값은 **저렴한데** 맛이 별로 없다. ② 행사장에 **도착했는데** 사람들이 많이 와 있었다.
04 -(으)려고	目的	고향에 **가려고** 기차표를 미리 예매했다.
05 -(으)려면	假設：意圖	다음 버스를 **타려면** 삼십 분을 기다려야 한다.
06 -느라고	理由：同時	시장에서 물건을 **사느라고** 조금 늦었다.
07 -아/어야	條件：必須	이 영화는 예매를 **해야** 볼 수 있을 정도로 인기가 많다.
08 -(으)ㄹ까 봐(서)	憂慮	길이 미끄러워서 **넘어질까 봐** 조심스럽게 걸어왔다.
09 -거나	選擇：擇一	나는 시간이 있으면 영화를 **보거나** 책을 읽는다.
10 -자마자	順序：馬上	어제 너무 피곤해서 **눕자마자** 잠이 들었다.
11 -(으)ㄹ수록	說明：比例	시간이 **지날수록** 후회만 많아지는 것 같다.
12 -아/어서	①理由 ②順序：契機	① 어제 기침이 나고 열이 **나서** 모임에 나가지 못했다. ② 친구와 학교 앞에서 **만나서** 같이 출발하기로 했다.
13 -아/어서 그런지	推測：理由	단풍 구경을 갔는데 **주말이라서 그런지** 사람들이 많았다.
14 -더니	經驗：觀察	지난주에는 날씨가 **따뜻하더니** 갑자기 추워졌다.
15 -(으)ㄹ지	選擇：思慮	친구 결혼식 때 무슨 옷을 **입을지** 아직 결정하지 못했다.
16 -(으)면서	行動：同時	나는 항상 노래를 **들으면서** 운전을 한다.

Ranking		語法的意義與功能	例句
17	-(으)니까	經驗：結果	여행을 갔다가 집에 **돌아오니까** 신문이 쌓여 있었다.
18	-(으)면	假設	바람이 세고 파도가 **높으면** 수영을 할 수 없다고 한다.
19	-든지	選擇：無關	무엇을 **하든지** 최선을 다하는 자세가 필요하다.
20	-(으)ㄴ/는 데다가	包括：追加	나는 술을 **좋아하는 데다가** 친구도 많아서 자주 술을 마신다.
21	-(으)ㄴ/는 대신에	選擇：代替、補償	날씨가 안 좋아서 등산을 **가는 대신에** 영화를 보기로 했다.
22	-아/어도	假設：相反	아무리 **바빠도** 운동을 꼭 해야 한다.
23	-는 김에	行為：契機	출장을 **가는 김에** 거기에 사는 친구를 만나기로 했다.
24	-는 바람에	原因：突發	**배탈이 나는 바람에** 하루 종일 아무것도 못 먹었다.
25	-(으)ㄴ 채로	持續：狀態	너무 피곤해서 옷을 **입은 채로** 그냥 잠이 들었다.
26	-(으)ㄴ/는 덕분에	理由：肯定	직장 동료가 **도와준 덕분에** 제시간에 보고서를 끝냈다.
27	-도록	① 目的 ② 程度	① 꽃이 잘 **자라도록** 창문 옆에 화분을 두었다. ② 어제 **밤새도록** 놀았더니 많이 피곤하다.
28	-기에/길래	原因：發現	마트에서 과일을 싸게 **팔기에** 좀 많이 샀다.
29	-더라도	假設：相反	무슨 일이 **있더라도** 내일까지는 일을 끝내야 한다.
30	-다가 보면	經驗：反覆	어려운 일도 자꾸 **하다 보면** 익숙해지기 마련이다.

TIP 空格前如果出現「누가（누구와）、언제、무엇을（무슨）、어디에、어떻게（어떤）、어느」等疑問詞的話，後面接的語法務必記得要接表〈選擇：無關〉的「-든지」、表〈選擇：思慮〉的「-（으）ㄹ지」或表〈確認〉的「-（으）ㄴ／는지」。

終結語尾 TOPIK測驗中經常出現的語法 ※例句譯文請參閱詳解本 P.127-128

Ranking 20	語法的意義與功能	例句
01 -아/어 놓다.	維持：備用	내일은 바쁠 것 같아서 오늘 미리 신청서를 **써 놓았다.**

02	-기로 했다.	① 計畫：約定 ② 計畫：決心	① 나는 이번 방학에 부모님과 같이 설악산에 여행을 **가기로 했다.** ② 나는 내일부터 담배를 **끊기로 했다.**
03	-(으)면 되다.	條件：滿足	지하철역으로 가려면 이쪽으로 3분쯤 **걸어가면 된다.**
04	-게 하다.	命令：使動	선생님은 학생들에게 휴대 전화를 **끄게 했다.**
05	-게 되다.	說明：變化	해외 근무를 지원해서 해외 지사에 **가게 되었다.**
06	-(으)ㄴ 적이 있다.	經驗：時間	어렸을 때 부산에서 **산 적이 있다.**
07	-아/어 있다.	持續：維持	공항에 도착하니까 사촌 동생이 마중을 **나와 있었다.**
08	-아/어 가다.	① 進行：持續 ② 進行：完成	① 꽃에 물을 자주 주는데도 자꾸 **시들어 간다.** ② 한국에 온 지 거의 2년이 다 **되어 간다.**
09	-(으)ㄴ/는 셈이다.	判斷：類似結果	벌써 12월이니까 올해도 다 **지난 셈이다.**
10	-아/어 오다.	進行：完成	나는 3년 전부터 태권도를 **배워 왔다.**
11	-(으)ㄹ 뻔했다.	行動：瀕臨	공항에서 하마터면 다른 사람과 가방이 **바뀔 뻔했다.**
12	-나 보다.	推測：觀察	동생 방이 조용한 걸 보니까 방에서 **자나 보다.**
13	-기 마련이다.	理應：預定事實	뭐든지 열심히 하다가 보면 실력이 **좋아지기 마련이다.**
14	-(으)ㄴ/는 모양이다.	推測：觀察	사무실 바닥이 깨끗한 걸 보니까 **청소를 한 모양이다.**
15	-아/어 버렸다.	行動：完成	살까 말까 고민하던 구두를 그냥 **사 버렸다.**
16	-아/어 보이다.	判斷：主觀的	그 사람은 운동을 해서 그런지 **건강해 보인다.**
17	-(으)ㄴ/는 척하다.	行動：假裝	동생이 자꾸 말을 거는데 귀찮아서 못 **들은 척했다.**
18	-(으)ㄹ지도 모르다.	推測：不確定	아직 시간이 있지만 서두르지 않으면 자리가 **없을지도 모른다.**
19	-아/어 두다.	維持：備用	주말에 영화를 보려고 표를 미리 **사 두었다.**
20	-(으)ㄹ 리가 없다.	推測：不信任	이번 일은 위험해서 사람들이 쉽게 **도와줄 리가 없다.**

[1~10] ( )에 들어갈 가장 알맞은 것을 고르십시오. (각 2점)

1. 운동장에서 ( ) 친구와 부딪혀서 넘어졌다.

① 축구할수록　　　② 축구하던데　　　③ 축구하다가　　　④ 축구하려고

2. 나는 저녁을 ( ) 집 앞 공원에서 산책을 한다.

① 먹고 나서　　　② 먹다 보면　　　③ 먹을 만큼　　　④ 먹는 길에

3. 내일 전시회가 ( ) 사람들이 많이 올 것 같다.

① 열리듯이　　　② 열리는데　　　③ 열리든지　　　④ 열리도록

4. 이번 생일에 딸에게 ( ) 인형을 만들었다.

① 선물하도록　　　② 선물하든지　　　③ 선물하려고　　　④ 선물하기에

5. 일할 때 실수를 하지 ( ) 미리 준비를 해야 한다.

① 않기에는　　　② 않을수록　　　③ 않으려면　　　④ 않으니까

6. 급하게 ( ) 우산을 챙겨 나오는 걸 깜빡했다.

① 나오는데도　　　② 나오자마자　　　③ 나오더라도　　　④ 나오느라고

7. 뭐든지 최선을 ( ) 회사 생활을 잘 할 수 있다.

① 다해야　　　② 다해도　　　③ 다하도록　　　④ 다하려면

8. 전화번호를 ( ) 휴대 전화에 얼른 저장했다.

① 잊어버릴까 봐서　　② 잊어버릴 정도로　　③ 잊어버릴 테니까　　④ 잊어버릴 겸해서

9. 몸이 ( ) 힘들면 고향 생각이 많이 난다.

① 아프다면　　　② 아프지만　　　③ 아프듯이　　　④ 아프거나

10. 나는 학교를 ( ) 운전 면허증을 땄다.

① 졸업하도록　　　② 졸업하든지　　　③ 졸업하더라도　　　④ 졸업하자마자

模擬試題

[1~10] (   )에 들어갈 가장 알맞은 것을 고르십시오. (각 2점)

1. 사무실을 청소하면서 중요한 서류인 것 같아서 서랍에 (   ).

① 넣어 놓았다　　　② 넣을 뻔했다　　　③ 넣고 있었다　　　④ 넣기만 했다

2. 나는 새해에 열심히 운동해서 살을 (   ).

① 뺄 뻔했다　　　② 빼기로 했다　　　③ 뺄 리가 없다　　　④ 빼려던 참이다

3. 시험 시작 40분 전까지 강의실에 (   ).

① 들어가면 된다　　② 들어가곤 한다　　③ 들어가게 된다　　④ 들어가기 쉽다

4. 엄마는 아이에게 밤 9시 이후에는 게임을 못 (   ).

① 하곤 했다　　　② 하게 했다　　　③ 해야 했다　　　④ 할까 했다

5. 나는 부모님의 뒤를 이어 식당을 (   ).

① 맡게 됐다　　　② 맡아 놓았다　　　③ 맡을 뿐이었다　　　④ 맡을 모양이었다

6. 나는 어렸을 때 피아노를 (   ).

① 배우는 중이다　　② 배운 적이 있다　　③ 배우려던 참이다　　④ 배울지도 모른다

7. 조금 전에 은행에 갔다 왔는데 문이 (   ).

① 닫힌 셈이다　　　② 닫혀 있었다　　　③ 닫힐 뻔했다　　　④ 닫혔을 뿐이다

8. 한국어를 배운 지 거의 2년이 다 (   ).

① 되어 간다　　　② 되면 좋겠다　　　③ 되어야 한다　　　④ 되기로 했다

9. 고객들에게 안내장을 보냈으니까 모든 준비를 (   ).

① 마친 셈이다　　② 마치려던 참이다　　③ 마치기 마련이다　　④ 마치기 십상이다

10. 그 의사는 20년간 환자들을 무료로 (   ).

① 치료해 왔다　　② 치료하게 했다　　③ 치료하는 법이다　　④ 치료하려던 참이다

2 類似的語法

▶ 閱讀第3～4題 題型是選出類義語法或表現的題目。這是檢測類義表達能力的題型，通常出中級語法的題目，但偶爾會有像第4題那樣出現高級語法的情況。

읽기 3번~4번 | 黃金秘笈

1. 必須了解中級語法的功能與意義。

2. 看過底線部分的語法後，必須先確認〈功能〉。

3. 如果用〈功能〉找不到的話，就必須找出〈意義〉相似的選項。

읽기 3번~4번 | 考古題 ▶ 類似的語法

解說

[3~4] 다음 밑줄 친 부분과 의미가 비슷한 것을 고르십시오. (각 2점)

3. 동생은 차를 타기만 하면 멀미를 한다.

① 탈 만해서 　　② 타는 탓에

③ 탈 때마다 　　④ 타는 동안

TOPIK II <60회 읽기 3번>

正確解答 ③

「-기 하다」是表〈唯一〉的語法。若是以「-기만 하면」的形態使用，意即「只要做那一項行為，每當那個時候」。「弟弟不是做其他行為，而是只要做搭車這項行為，每當那個時候就會頭暈。」的意思。因此若要在選項中找到跟這個語法相同意義的語法，那就是表「一面表時間，一面表行動與反覆」之意的「-(으)ㄹ 때마다」。

4. 이 컴퓨터는 낡아서 수리해 봐야 오래 쓰기 어렵다.

① 수리해 보니까 　　② 수리하는 대로

③ 수리하는 바람에 　　④ 수리한다고 해도

TOPIK II <60회 읽기 4번>

正確解答 ④

「-아/어 봐야」是表〈行為：無用〉的語法。「就算修理了也沒用」的意思。若要從選項中找到跟這個語法相同意義的語法，那就是表〈假設：相反〉的「-(ㄴ/는)다고 해도」。

◉ 類似的語法　TOPIK測驗中經常出現的語法

※例句譯文請參閱詳解本 P.129-131

Ranking 40	語法的意義與功能	例句 (※套色例句為高級程度文法，請多加留意)
01 -(으)ㄴ/는 것 같다.	推測	짐 옮기는 소리가 나는 걸 보니까 옆집이 이사를 **가는 것 같다.** 짐 옮기는 소리가 나는 걸 보니까 옆집이 이사를 **가는 듯하다.** 짐 옮기는 소리가 나는 걸 보니까 옆집이 이사를 **가나 보다.** 짐 옮기는 소리가 나는 걸 보니까 옆집이 이사를 **가는 모양이다.**
02 -(으)ㄹ 정도로	程度	친구를 얼마 전에 만났는데 **몰라볼 정도로** 살이 많이 빠져 있었다. 친구를 얼마 전에 만났는데 **몰라볼 만큼** 살이 많이 빠져 있었다. 친구를 얼마 전에 만났는데 몰라보게 살이 많이 빠져 있었다.
03 -기 마련이다.	理應	물건이 오래되면 사용하지 않아도 **낡기 마련이다.** 물건이 오래되면 사용하지 않아도 낡는 법이다. 물건이 오래되면 사용하지 않아도 낡게 돼 있다.
04 -(으)ㄹ 수밖에 없다.	唯一	열이 너무 심하게 나서 병원에 갈 수밖에 없었다. 열이 너무 심하게 나서 병원에 가야만 했다. 열이 너무 심하게 나서 병원에 가지 않을 수 없었다.
05 -(으)ㄹ 뿐만 아니라	包含 : 追加	이 식당은 음식 값이 **쌀 뿐만 아니라** 종업원도 아주 친절하다. 이 식당은 음식 값이 **싼 데다가** 종업원도 아주 친절하다. 이 식당은 음식 값이 **싼 것은 물론이고** 종업원도 아주 친절하다.
06 -는 바람에	理由	사람들이 하도 **떠드는 바람에** 친구하고 대화를 할 수가 없었다. 사람들이 하도 **떠드는 통에** 친구하고 대화를 할 수가 없었다. 사람들이 하도 **떠들어서** 친구하고 대화를 할 수가 없었다. 서둘러 **나오는 바람에** 지갑을 안 가지고 나왔다. 서둘러 **나오느라고** 지갑을 안 가지고 나왔다. 서둘러 **나온 탓에** 지갑을 안 가지고 나왔다.
07 -(으)ㄹ까 봐(서)	憂慮	처음 자전거를 배울 때 **넘어질까 봐** 걱정했는데 생각보다 쉬웠다. 처음 자전거를 배울 때 **넘어질 것 같아서** 걱정했는데 생각보다 쉬웠다. 지각을 하면 앞자리에 **앉을 수 없을까 봐** 미리 강의실로 갔다. 지각을 하면 앞자리에 **앉을 수 없을지도 몰라서** 미리 강의실로 갔다.

⑧ -자마자	順接	나는 버스터미널에 **도착하자마자** 부모님께 전화를 드릴 생각이다. 나는 버스터미널에 **도착하는 대로** 부모님께 전화를 드릴 생각이다. 나는 버스터미널에 **도착하면 바로** 부모님께 전화를 드릴 생각이다. 백화점 입장이 **시작되자마자** 손님들이 몰려들었다. 백화점 입장이 **시작되기가 무섭게** 손님들이 몰려들었다.
⑨ -(으)ㄴ/는 셈이다.	判斷	오늘이 벌써 12월 말이니까 올해도 다 **지나간 셈이다.** 오늘이 벌써 12월 말이니까 올해도 다 **지나간 거나 같다.** 오늘이 벌써 12월 말이니까 올해도 다 **지나간 거나 마찬가지이다.** 오늘이 벌써 12월 말이니까 올해도 다 **지나간 거나 다름없다.**
⑩ -(으)나 마나	選擇	**물어보나 마나** 동생은 집에 있겠다고 할 것이다. **물어봐도** 동생은 집에 있겠다고 할 것이다. **물어보지 않아도** 동생은 집에 있겠다고 할 것이다. **물어볼 것도 없이** 동생은 집에 있겠다고 할 것이다.
⑪ -게	目的	금요일이 장학금 신청일이라서 **잊어버리지 않게** 달력에 표시해 두었다. 금요일이 장학금 신청일이라서 **잊어버리지 않도록** 달력에 표시해 두었다.
⑫ -는 길에	進行	집에 **들어오는 길에** 꽃이 예뻐서 한 다발을 샀다. 집에 **들어오다가** 꽃이 예뻐서 한 다발을 샀다.
⑬ -아/어 봐야	行動	좀 비싼 것 같지만 다른 가게에 **가 봐야** 값이 다 비슷할 것 같다. 좀 비싼 것 같지만 다른 가게에 **가 봐도** 값이 다 비슷할 것 같다. 좀 비싼 것 같지만 다른 가게에 **가 본다고 해도** 값이 다 비슷할 것 같다.
⑭ -(으)ㄹ 뿐이다.	唯一	바빠서 일을 못 끝냈다는 말은 **변명일 뿐이다.** 바빠서 일을 못 끝냈다는 말은 **변명에 불과하다.** 바빠서 일을 못 끝냈다는 말은 **변명에 지나지 않는다.** 친구에게 항상 도움을 받기만 해서 **미안할 뿐이다.** 친구에게 항상 도움을 받기만 해서 **미안할 따름이다.**
⑮ -았/었어야 했는데	遺憾	졸업하고 보니 학교 다닐 때 좀 더 열심히 **공부했어야 했다는** 생각이 든다. 졸업하고 보니 학교 다닐 때 좀 더 열심히 **공부할걸 그랬다는** 생각이 든다.

16	-(으)려던 참이다.	計畫	사무실이 너무 더워서 안 그래도 막 에어컨을 **켜려던 참이었다.** 사무실이 너무 더워서 안 그래도 막 에어컨을 **켜려고 했다.**
17	-기 위해서	目的	요즘 살을 **빼기 위해서** 열심히 운동을 하고 있다. 요즘 살을 **빼려고** 열심히 운동을 하고 있다. 요즘 살을 **빼고자** 열심히 운동을 하고 있다.
18	-는 대로	方法 : 一貫	요가를 배우는데 선생님이 **하는 대로** 따라 하기가 쉽지 않다. 요가를 배우는데 선생님이 **하는 것처럼** 따라 하기가 쉽지 않다. 요가를 배우는데 선생님이 **하는 것과 같이** 따라 하기가 쉽지 않다.
19	-에 달려 있다.	條件	똑같은 재료인데도 음식 맛이 다른 걸 보면 음식은 **요리하기에 달려 있다.** 똑같은 재료인데도 음식 맛이 다른 걸 보면 음식은 **요리하기 나름이다.**
20	-(으)ㄹ지도 모르다.	推測	예상보다 손님이 많이 와서 준비한 음식이 **부족할지도 모른다.** 예상보다 손님이 많이 와서 준비한 음식이 **부족할 수도 있다.**
21	-(으)ㄹ 만하다.	判斷	서울 근교에는 가족들과 함께 즐겁게 **놀 만한** 곳이 많이 있다. 서울 근교에는 가족들과 함께 즐겁게 **놀 수 있는** 곳이 많이 있다.
22	-은/는커녕	包含 : 否定	목이 너무 아파서 **밥은커녕** 물조차 못 마신다. 목이 너무 아파서 **밥은 물론이고** 물조차 못 마신다. 목이 너무 아파서 **밥은 말할 것도 없고** 물조차 못 마신다.
23	-(으)ㄴ/는 척하다.	假裝	회사 동료가 바빠 보였지만 도와주고 싶지 않아서 **모르는 척했다.** 회사 동료가 바빠 보였지만 도와주고 싶지 않아서 **모르는 것처럼 행동했다.** 회사 동료가 바빠 보였지만 도와주고 싶지 않아서 **모르는 체했다.**
24	-다가 보니까	經驗	바빠서 식사를 제시간에 **못 하다가 보니까** 속이 쓰릴 때가 많아졌다. 바빠서 식사를 제시간에 **못 하는 탓에** 속이 쓰릴 때가 많아졌다.
25	-듯이	比喩	나라마다 언어가 **다르듯이** 문화도 다르다. 나라마다 언어가 **다른 것처럼** 문화도 다르다.
26	-(으)ㄴ/는 반면에	相反	이 제품은 열에 **강한 반면에** 습기에는 약하다. 이 제품은 열에 **강한 데 반해** 습기에는 약하다.
27	-(으)면서(도)	相反	친구가 곤란할까 봐 그 사실을 **알면서** 모른 척했다. 친구가 곤란할까 봐 그 사실을 **알고서도** 모른 척했다.

28	-(으)ㄴ/는데 (도)	相反	나는 공부를 열심히 **하는데도** 성적이 잘 오르지 않는다. 나는 공부를 열심히 **하지만** 성적이 잘 오르지 않는다.
29	-(으)ㄴ/는가 하면	相反	이 영화는 재미있는 부분이 **있는가 하면** 지루한 부분도 꽤 있다. 이 영화는 재미있는 부분이 **있기는 하지만** 지루한 부분도 꽤 있다.
30	-든지	選擇 : 無關	저 사람과 같이 일한다면 뭘 **하든지** 열심히 하는 사람이면 좋겠다. 저 사람과 같이 일한다면 뭘 **하더라도** 열심히 하는 사람이면 좋겠다.
31	-도록	程度 : 時間	아이는 날이 **어두워지도록** 아무 연락도 없었다. 아이는 날이 **어두워질 때까지** 아무 연락도 없었다.
32	-(ㄴ/는)다기에/ 길래	理由 : 資訊	눈이 피곤할 때 먼 곳을 쳐다보면 효과가 **있다기에** 해 보는 중이다. 눈이 피곤할 때 먼 곳을 쳐다보면 효과가 **있다고 해서** 해 보는 중이다.
33	-(으)려면	假設 : 意圖	외국에서 생활을 **잘하려면** 그 나라의 문화를 이해하는 게 중요하다. 외국에서 생활을 **잘하기 위해서는** 그 나라의 문화를 이해하는 게 중요하다.
34	-아/어 보이다.	判斷 : 主觀	친구가 기분 좋은 일이 있는지 기분이 **좋아 보였다.** 친구가 기분 좋은 일이 있는지 기분이 **좋은 것 같았다.**
35	-(으)ㄹ 리가 없다.	推測 : 確信	그는 정직하기 때문에 거짓말을 **했을 리가 없다.** 그는 정직하기 때문에 거짓말을 **하지 않았을 것이다.**
36	-기만 하다.	唯一	목감기에 걸려서 그런지 음식을 **먹기만 하면** 목이 아프다. 목감기에 걸려서 그런지 음식을 **먹을 때마다** 목이 아프다.
37	-(으)ㄴ 채(로)	持續	저기 우산을 **쓴 채** 서 있는 사람이 오늘 소개할 사람이다. 저기 우산을 **쓰고** 서 있는 사람이 오늘 소개할 사람이다.
38	-고도	相反	스마트폰이 복잡해서 그런지 어머니가 설명을 **듣고도** 모르겠다고 하셨다. 스마트폰이 복잡해서 그런지 어머니가 설명을 **들었는데도** 모르겠다고 하셨다.
39	-(으)ㄴ/는 줄 몰랐다.	判斷	나는 지난주에 모임이 있어서 이번 주 모임은 **있는 줄 몰랐다.** 나는 지난주에 모임이 있어서 이번 주 모임은 **없다고 생각했다.**
40	-(으)ㄴ 나머지	理由	나는 그림 작업에 **집중한 나머지** 중요한 전화를 받지 못했다. 나는 그림 작업에 **집중한 탓에** 중요한 전화를 받지 못했다.

模擬試題

[1~10] 다음 밑줄 친 부분과 의미가 비슷한 것을 고르십시오. (각 2점)

1. 하늘에 구름이 많이 낀 걸 보니까 비가 올 듯하다.
① 올 뻔했다　　　② 올 뿐이다　　　③ 올 모양이다　　　④ 올 리가 없다

2. 1년 만에 고향에 갔는데 몰라볼 정도로 변해서 깜짝 놀랐다.
① 몰라보게　　　② 몰라보든지　　　③ 몰라볼까 봐　　　④ 몰라볼 텐데

3. 일을 처음 배울 때에는 실수하기 마련이다.
① 실수할 듯하다　　② 실수할 뿐이다　　③ 실수하는 법이다　　④ 실수하는 척한다

4. 밤늦게까지 놀다가 버스가 끊겨서 택시를 탈 수밖에 없었다.
① 탈 뻔했다　　　② 탈 듯했다　　　③ 타야만 했다　　　④ 타는 법이었다

5. 집 근처에 있는 슈퍼마켓은 가까울 뿐만 아니라 물건도 다양해서 자주 가는 편이다.
① 가까운 이상　　② 가까운 데다가　　③ 가까운 데 비해　　④ 가까운 셈치고

6. 사람들이 시끄럽게 떠드는 바람에 강연에 집중을 할 수 없었다.
① 떠든 채로　　　② 떠드는 통에　　　③ 떠들 정도로　　　④ 떠드는 덕분에

7. 스케이트를 처음 타 봤는데 처음에는 넘어질까 봐 걱정했는데 재미있었다.
① 넘어질 텐데　　② 넘어질 정도로　　③ 넘어질 리 없어서　　④ 넘어질 것 같아서

8. 지금 진행하고 있는 프로젝트가 끝나자마자 여행을 갈 생각이다.
① 끝나 봐야　　　② 끝나는 대로　　　③ 끝나는가 하면　　　④ 끝나기는 하지만

9. 초대장도 보냈기 때문에 이제 모든 행사 준비를 마친 셈이다.
① 마친 척했다　　② 마친 거나 같다　　③ 마치기 마련이다　　④ 마치려던 참이다

10. 다시 물어보나 마나 형은 귀찮아서 싫다고 할 게 뻔하다.
① 물어보거나　　② 물어보기에　　③ 물어보는 것보다　　④ 물어보지 않아도

3 廣告

▶閱讀第5～8題 題型是閱讀文章後選出其主題的題目。這是以廣告來檢測是否掌握
主題的題目。第5題〈產品廣告〉、第6題〈營業廣告〉、第7題〈公益廣告〉、
第8題〈廣告的詳細說明〉。

읽기 5번 | 黃金秘笈

1️⃣ 從廣告中快速找出名詞和動詞。

2️⃣ 從選項中尋找與名詞、動詞相關的內容。

읽기 5번 | 考古題 ▶ 產品廣告

解説

[5~8] 다음은 무엇에 대한 글인지 고르십시오. (각 2점)

正確解答 ③
核心語：몸에 좋다（對身體
好）、영양소（營養素）、마시
다（喝）

5.

> 몸에 좋은 영양소가 가득~
>
> 매일 아침 신선함을 마셔요.

① 과자　　　　② 안경
③ 우유　　　　④ 신발

TOPIK II <60회 읽기 5번>

읽기 5번 | Ranking

◉ 產品廣告

※詞彙譯文請參閱詳解本 P.131-133

Ranking 50	廣告核心語
01 鐘錶	일정, 1분 1초, 정확하다, 지켜 주다
02 眼鏡	눈, 보이다, 선명하다, 먼 곳
03 鞋子	걷다, 편하다
04 汽車	디자인, 타다, 편안한 느낌, 달리다, 소음, 조용하다, 승차감

05 照相機	찍다, 다시 보고 싶다, 순간, 추억
06 化妝品	피부, 바르다
07 加濕器	공기, 물, 건조하다, 촉촉하다
08 雨傘	소나기, 접다, 펴다, 젖다
09 洗髮精	머릿결, 머리카락, 머리를 감다, 부드럽다
10 空調	시원한 바람, 더위
11 淨水器	깨끗하다, 마시다, 건강
12 筆記型電腦	얇다, 가볍다, 빠르다, 편하다, 가지고 다니다
13 書桌	높낮이, 조절하다, 이동하다, 편리하다, 바퀴
14 鏡子	모습, 확인하다, 비추다
15 戒指	사랑하다, 선물하다
16 麵包	아침, 바쁘다, 대신, 먹다, 든든하다
17 香水	뿌리다, 오래오래, 호감
18 衣櫃	공기 순환, 습기, 곰팡이, 옷
19 帽子	운동하다, 산에 가다, 햇빛, 가리다, 막다
20 牛奶	아침, 한잔, 대신, 영양가가 높다
21 玩具	아이, 안전하다, 꿈, 희망, 선물하다
22 眼藥水	눈, 빨갛다, 한 방울, 넣다
23 染劑	흰머리, 바르다, 빠르다, 젊음
24 運動服	땀, 흘리다, 공기가 통하다, 배출하다
25 體溫計	재다, 쉽다, 빠르다, 정확하다, 귀에 대다, 열이 나다
26 消化劑	속이 답답하다, 과식, 체하다, 한 알
27 棉被	잠, 덮다, 가볍다, 공기가 잘 통하다

28	衛生紙 (面紙)	깨끗하다, 흡수하다, 닦다
29	電風扇	바람, 시원하다
30	報紙	날마다, 매일, 읽다, 보다
31	手提袋	들어가다, 메다, 들다, 책, 노트북
32	牙膏	닦다, 입안, 하얗다, 상쾌하다
33	肥皂	피부, 깨끗하다, 씻다, 닦다, 매끈매끈, 향기, 거품
34	感冒藥	콧물, 기침, 한 알, 효과, 빠르다
35	椅子	앉다, 일하다, 허리, 편안하다
36	手套	끼다, 겨울, 손, 춥다, 따뜻하다
37	碟盤	음식, 담다, 가볍다, 예쁘다
38	牙刷	닦다, 입속, 깨끗하다
39	鋼琴	소리, 맑다, 아름답다, 손가락
40	枕頭	머리, 목, 건강, 잠
41	書 (小説、詩集)	첫 장, 한 권, 감동, 재미, 저자
42	運動鞋	달리다, 공기가 잘 통하다, 부드럽다
43	洗滌劑	흰 옷, 색깔 옷, 깨끗하다, 하얗다
44	腳踏車	씽씽 달리다, 두 바퀴
45	口香糖	입안, 씹다, 상쾌하다, 식사 후
46	洗衣機	소리 없다, 세제, 깨끗하다, 옷, 건조하다
47	果汁	한잔, 과일, 비타민
48	冰箱	신선도, 온도 조절
49	床鋪	눕다, 자다, 잠, 편안하다, 허리
50	吸塵器	깨끗하다, 먼지, 소리 없다, 구석구석

▶ **產品廣告**

[1~10] 다음은 무엇에 대한 글인지 고르십시오. (각 2점)

1.

> 당신의 일정을 지켜 드립니다.
> 1분 1초라도 정확하게~

① 달력　　　　② 시계　　　　③ 라디오　　　　④ 자동차

2.

> 글씨가 흐릿하게 보이십니까?
> 먼 곳까지 선명하게~ 눈을 보호하세요.

① 거울　　　　② 안경　　　　③ 신문　　　　④ 사진기

3.

> 발이 편해야 모든 게 편합니다.
> 모두가 걷기 편한 세상으로~

① 신발　　　　② 비누　　　　③ 우산　　　　④ 자동차

4.

> 타고 싶은 멋진 디자인
> 편안한 느낌으로 달립니다.

① 운동화　　　　② 전화기　　　　③ 등산복　　　　④ 자동차

5.

> 찍는 순간 흔들리지 않습니다.
> 다시 보고 싶은 순간, 추억으로~

① 거울　　　　② 신문　　　　③ 사진기　　　　④ 자전거

6.

바르세요, 아기 피부처럼 뽀송뽀송~
바르세요, 빛나는 피부를 만드세요.

① 치약　　　② 가습기　　　③ 화장품　　　④ 염색약

7.

겨울철, 실내가 건조하세요?
공기를 촉촉하게 만들어 드립니다.

① 청소기　　　② 세탁기　　　③ 가습기　　　④ 정수기

8.

버튼 한 번에 접었다 폈다를 자유롭게
간편한 휴대로 소나기 걱정 뚝!

① 책　　　② 우산　　　③ 신문　　　④ 노트북

9.

머릿결을 부드럽고 향기롭게!
감는 순간 느낄 수 있습니다.

① 치약　　　② 수건　　　③ 샴푸　　　④ 향수

10.

전기 요금 걱정 뚝! 바람이 씽씽!
더위를 날려 버리고 시원한 여름 보내세요.

① 라디오　　　② 체온계　　　③ 가습기　　　④ 에어컨

읽기 6번 │ 考古題 ▶ 營業廣告

解説

正確解答 ④
核心語：이불（棉被）、깨끗하
다（乾淨）、세탁（洗滌）、건
조（脫水）

[5~8] 다음은 무엇에 대한 글인지 고르십시오. (각 2점)

6.

큰 이불도 깨끗하게

세탁부터 건조까지 한 번에 해결!

① 우체국　　　② 여행사
③ 편의점　　　④ 빨래방

TOPIK II <60회 읽기 6번>

읽기 6번 │ Ranking

🌐 **營業廣告**　　　　　　　　　　　　　　※詞彙譯文請參閱詳解本 P.134-135

Ranking 40		廣告核心語
01	百貨公司	세일, 싸다, 기회
02	文具店	학교와 사무실에 필요한 모든 것, 책가방 속, 책상 위 필수품
03	地鐵	막히다, 약속 시간, 빠르다, 안전하다, 시민의 발
04	圖書館	서적, 잡지, 다양하다, 복사하다, 인생, 준비하다
05	美術館	화가, 작품, 전시, 국외, 국내
06	市場	신용카드, 주차장, 지역 경제, 덤, 정, 장을 보다
07	服飾店	세일, 신상품, 유행
08	宅配公司	문 앞, 전화 한 통, 신속하다, 소중하다, 안전하다, 배달하다
09	公寓	건축, 층간 소음, 지하철역, 가깝다, 교통, 편리하다
10	婚禮會場	인생, 추억, 소중하다, 최고, 교통, 편리하다, 신랑, 신부
11	傢具店	나무, 원목, 디자인
12	宿舍	깨끗하다, 다양하다, 편의시설, 인터넷, 세탁실, 간이조리실, 매점, 환경
13	蔬果店	친환경, 무농약, 농산물, 신선하다, 먹을거리
14	照相館	특별한 날, 한 장, 추억, 촬영, 액자

⑮	補習班	배우다, 시작
⑯	書店	한 권, 선물하다, 문구 용품
⑰	便利商店	1년 365일, 24시간, 언제든지, 생활용품, 식품, 가까운 곳, 택배, 간단한 식사
⑱	郵局	물건, 배달하다, 은행 업무
⑲	醫院	아프다, 상담하다, 수술하다, 의료 서비스, 환자
⑳	牙科	아프다, 씹다, 힘들다, 치료하다
㉑	飯店	내 집, 편안하다, 예약하다, 서비스, 침대, 온돌, 조식
㉒	機場（飛機）	하늘, 여행, 편안하다
㉓	不動產	집값, 한눈, 지역별, 비교, 아파트, 구입, 상담
㉔	修繕店	망가지다, 고치다, 물건, 출장 서비스
㉕	加油站	차, 기름, 세차, 무료
㉖	麵包店	굽다, 부드럽다, 아침
㉗	花店	향기, 한 송이, 한 다발, 선물, 축하, 감사, 생일, 기념일, 배달하다
㉘	眼鏡行	눈, 건강, 글씨, 흐리다, 보이다, 밝다, 깨끗하다, 유행
㉙	超市	과일, 채소, 생선, 배달, 세일
㉚	美容院	자르다, 변화, 바꾸다, 스타일, 염색, 가위
㉛	博物館	과거, 모습, 전시, 문화재, 시간 여행
㉜	電影院（劇場）	좌석, 편안하다, 화면, 소리
㉝	銀行	모으다, 부자, 지갑, 안정, 내일
㉞	旅行社	항공권, 호텔, 예약, 편안하다, 어디든지, 떠나다
㉟	遊樂園	꿈, 환상, 온 가족, 연인, 즐기다
㊱	洗衣店	빨다, 옷, 깨끗하다, 이불, 운동화, 맡기다
㊲	食堂（餐廳）	재료, 신선하다, 손맛, 가격, 영양, 배달
㊳	投資信託公司	자산, 재산, 관리, 키우다
㊴	保險公司	미래, 들다, 가입하다, 어려울 때, 도움, 힘
㊵	中古車買賣行	차 값, 자동차, 조건, 고르다

模擬試題

[1~10] 다음은 무엇에 대한 글인지 고르십시오. (각 2점)

1.
봄맞이 30% 세일~ 쇼핑 기회!
넓은 주차 공간, 친절한 안내와 서비스

① 백화점　　　② 편의점　　　③ 음식점　　　④ 안경점

2.
저렴하고 품질이 우수한 상품들!
학용품은 물론 사무용품 등 모두 준비되어 있습니다.

① 회사　　　② 문구점　　　③ 기숙사　　　④ 슈퍼마켓

3.
길이 막혀서 짜증나신다고요?
약속 시간까지 빠르고 안전하게 모십니다.

① 자전거　　　② 지하철　　　③ 자동차　　　④ 비행기

4.
국내 최대 서적 보유~
원하는 자료 검색부터 복사까지 한 번에

① 도서관　　　② 미술관　　　③ 박물관　　　④ 우체국

5.
국내외 현대 화가의 작품을 한눈에
동서양의 그림을 한 곳에서 감상하십시오.

① 병원　　　② 백화점　　　③ 미술관　　　④ 음식점

6.

알뜰하게 장도 보고 지역 경제도 살리고!
넓은 주차 공간 완비, 배달 서비스 시작

① 극장　　　　② 시장　　　　③ 병원　　　　④ 편의점

7.

유행에 민감한 당신을 초대합니다.
봄 신상품 대량 보유, 세일 시작~

① 가구점　　　　② 여행사　　　　③ 옷 가게　　　　④ 부동산

8.

전화 한 통만 하십시오.
문 앞에서 문 앞으로 빠르고 안전하게 배달해 드립니다.

① 편의점　　　　② 음식점　　　　③ 채소 가게　　　　④ 택배 회사

9.

지하철역과 5분 거리로 교통 편리!
최신식 공사 방법으로 층간 소음이 없다!

① 극장　　　　② 호텔　　　　③ 아파트　　　　④ 백화점

10.

신랑, 신부 만족도 1위
인생 최고의 순간을 저희에게 맡겨 주십시오.

① 예식장　　　　② 가구점　　　　③ 백화점　　　　④ 아파트

[5~8] 다음은 무엇에 대한 글인지 고르십시오. (각 2점)

7.

> **등산**할 때 **담배**와 **라이터**는 두고 가세요.
> 작은 실천이 아름다운 **산을 지킵니다.**

① 건강 관리　　② 전기 절약
③ 화재 예방　　④ 교통 안전

TOPIK II <60회 읽기 7번>

읽기 7번 | Ranking

🌐 公益廣告

※詞彙譯文請參閱詳解本P.136-137

Ranking 20		廣告核心語
01 志工活動	共同體	이웃, 도움, 나누다, 시간, 재능
02 鄰居愛		마음의 문, 관심, 인사, 말
03 自然保護、環境保護	環境	푸른 숲, 맑은 강, 지키다, 후손, 미래
04 廚餘		먹다, 남기다, 버리다
05 一次性用品		한 번, 쓰다, 사용하다, 편리하다, 환경, 망치다
06 分類丟棄		작은 실천, 환경, 보호하다, 버리다
07 節約用電	節約	전원, 끄다, 낭비하다, 아끼다, 불, 플러그, 빼다, 뽑다
08 節約資源		아끼다, 소중하다, 물, 전기, 에너지
09 交通安全、安全駕駛	安全	학교, 어린이, 노인, 보호, 신호, 정지선, 지키다, 졸음
10 電器安全		화재, 위험, 콘센트, 플러그, 꽂다, 뽑다
11 火災預防		불씨, 꺼지다, 살펴보다

12 安全管理、安全事故	安全	가스, 중간 밸브, 잠그다, 끄다
13 酒駕		한잔, 생명, 건강, 자신, 타인, 잃다
14 健康管理、健康習慣	健康	운동, 걷기, 물 마시기, 100세
15 禁菸宣導		피우다, 끊다, 건강, 잃다, 폐
16 感冒預防		손, 씻다, 습관, 건강
17 公共禮節	公共生活	버스, 지하철, 기차, 대화, 조용히, 휴대폰
18 說話禮節		바른말, 고운 말, 한마디, 따뜻하다, 배려하다, 마음
19 電話禮節		공공장소, 조용히, 소음, 진동
20 讓位		몸이 불편하다, 임신부, 노인, 어린이, 배려하다, 비워 두다

模擬試題

▶ 公益廣告

[1~10] 다음은 무엇에 대한 글인지 고르십시오. (각 2점)

1.

> 당신의 재능을 나눠 주세요.
> 작은 나눔이 받는 사람에게는 큰 선물이 됩니다.

① 봉사 활동   ② 직업 활동   ③ 체육 활동   ④ 경제 활동

2.

> 오늘부터 자동차를 두고 가세요.
> 공기가 나빠지는 것은 자동차 배기가스 때문
> 공해 없는 교통수단 지하철이 답입니다.

① 환경 보호   ② 차량 소개   ③ 건강 관리   ④ 지하철 안내

3.

> 한 번의 편리함이 주는 달콤함.
> 그 달콤함이 환경을 망치고 있습니다.

① 일회용품   ② 언어 예절   ③ 금연 홍보   ④ 음식물 쓰레기

4.

> 먹는 게 반, 버리는 게 반
> 돈이라면 버리시겠습니까?

① 근검 절약   ② 저축 안내   ③ 음식물 쓰레기   ④ 모범 식당 소개

5.

> 중간 밸브는 잠그셨습니까?
> 정기 점검은 꾸준히 받고 계십니까?
> 가스, 보이지 않는다고 방심하면 안 됩니다.

① 안전 관리   ② 건물 안내   ③ 화재 예방   ④ 에너지 절약

6.

규칙적인 식사와 충분한 운동
100세 장수로의 지름길입니다.

① 식사 예절　　② 건강 관리　　③ 안전 규칙　　④ 체육 활동

7.

안 쓰는 가전제품의 플러그는 빼 놓으셨나요?
우리의 작은 생활 습관이
에너지를 아끼는 지름길입니다.

① 건강 습관　　② 안전 관리　　③ 자연 보호　　④ 전기 절약

8.

나의 즐거움이 옆 사람에게는 소음이 됩니다!
벨소리는 진동으로, 통화는 작은 소리로 짧게!

① 안전 규칙　　② 환경 보호　　③ 공공 예절　　④ 경제 활동

9.

조금 천천히 가시는 건 어떨까요?
먼저 양보를 하시는 건 어떨까요?
보행자를 먼저 생각하시는 건 어떨까요?

① 봉사 활동　　② 안전 운전　　③ 건강 관리　　④ 전화 예절

10.

전화가 무슨 죄가 있나요?
잘못 걸려온 전화에 짜증보다는 친절한 말 한 마디
가는 말이 고와야 오는 말도 곱습니다.

① 언어 예절　　② 건강 관리　　③ 공공 질서　　④ 번호 안내

읽기 8번 │ 考古題　▶ 廣告的詳細説明

解説

正確解答 ②
核心語：안 됩니다（不可
以）、피하십시오（請避免）

[5~8] 다음은 무엇에 대한 글인지 고르십시오. (각 2점)

8.

> • 검사 전날 밤 9시 이후에는 아무것도 드시면 안 됩니다.
> • 정확한 검사를 위해 음주를 피하십시오.

① 상품 안내　　② 주의 사항
③ 사용 순서　　④ 장소 문의

TOPIK II <60회 읽기 8번>

읽기 8번 │ Ranking

⊕ 廣告的詳細説明

※詞彙譯文請參閱詳解本P.137-138

Ranking 20	選項詞彙
01 使用説明	영업 안내, 운행 안내, 이용 방법, 사용 방법, 사용 설명, 이용 순서, 사용 순서 등
02 招募簡介	회원 모집, 사원 모집, 지원 자격 등
03 活動介紹	행사 초대 등
04 產品（商品）介紹	제품 안내, 제품 설명, 제품 홍보, 제품 특징, 제품 효과 등
05 課程介紹	강의 안내 등
06 注意事項	V-(으)십시오, V-지 마십시오 등
07 保存方法	실온, 냉장, 서늘한 곳, 넣다 등
08 申請方法	신청 방법, 등록 안내 등
09 安全規則	안내원, 안내 방송 등
10 觀覽介紹	음식물 금지, 촬영 금지 등
11 換貨、退費	교환 안내, 교환 방법, 환불 안내 등

(12) 諮詢說明	문의 방법 등
(13) 商品評價	사용 소감, 사용 후기 등
(14) 商談說明	문의 사항, 예약, 이용 시간 등
(15) 配送介紹	주문, 신속, 이용 시간 등
(16) 料理順序	끓이다, 넣다 등
(17) 包裝方法	상자, 종이, 붙이다 등
(18) 購入說明	구입 방법 등
(19) 旅行商品	여행지, 가격, 1박 2일 등
(20) 電影介紹	개봉, 상영, 주연, 배우, 감독 등

模擬試題

[1~10] 다음은 무엇에 대한 글인지 고르십시오. (각 2점)

1.

상처가 난 부위에 붙여 주십시오.
붙이기 전 반드시 소독을 해 주십시오.
연고를 바르면 더욱 효과가 좋습니다.

① 주의 사항　　② 사용 방법　　③ 보관 방법　　④ 특징 소개

2.

'차 사랑 연구회'에서 여러분을 기다립니다.
차를 좋아하시는 분이라면 누구나 환영합니다.

① 회원 모집　　② 접수 방법　　③ 방문 기간　　④ 이용 순서

3.

〈어린이 바둑 대회〉
최고의 어린이 바둑 기사를 찾습니다.
초등학생이라면 누구나 참가 가능합니다.

① 행사 안내　　② 수업 안내　　③ 장소 소개　　④ 학원 소개

4.

유리처럼 투명하고 유리보다 가볍습니다.
전자레인지에 음식을 데울 때 사용해도 안전합니다.

① 제품 효과　　② 주의 사항　　③ 이용 방법　　④ 상품 특징

5.

★★★★★ 가격도 저렴하고 품질이 좋아요.
매우 만족 디자인도 예쁘고 튼튼해서 마음에 들어요.

① 사용 소감　　② 상품 설명　　③ 이용 방법　　④ 문의 사항

6.

> • 바른 후 피부가 빨갛게 되거나 가려우면 즉시 사용을 중지하십시오.
> • 흐르는 물로 빨리 씻은 후 의사와 상담하시기 바랍니다.

① 사용 방법　　　② 장점 소개　　　③ 상담 안내　　　④ 주의 사항

7.

> • 개봉 후 가급적 빨리 드시기 바랍니다.
> • 내용물이 남은 경우 냉장실에 넣어 두세요.

① 특징 소개　　　② 제품 안내　　　③ 사용 방법　　　④ 보관 방법

8.

> 운전면허 시험, 이제 '전진'과 함께라면 걱정 끝!
> 신분증 지참 후 방문 접수
> 접수 상담: 02) 123-4568

① 등록 안내　　　② 문의 방법　　　③ 상품 안내　　　④ 사용 방법

9.

> • 구입하신 영수증을 가지고 직접 방문해 주시기 바랍니다.
> • 구입 일로부터 14일 이내에 가능합니다.

① 구입 안내　　　② 방문 기간　　　③ 제품 특징　　　④ 교환 방법

10.

> 이번 4월에 새로 나오는 신형 휴대 전화의
> 예약을 신청 받습니다.
> 신청 기간은 3월 31일까지입니다.
> www.pineapple.co.kr

① 구입 안내　　　② 선택 기준　　　③ 주의 사항　　　④ 교환 방법

2 情境與符應

1 正確的圖

▶ 聽力第1～2題 題型為掌握對話情境的題目。這是<mark>三級程度</mark>，以檢測理解情境與掌握其內容之能力。在第1～2題的題目中，最重要的是場景。解題之前先看過選項，再思考符合該場景的對話內容為何。

듣기 1번~2번 | **黃金秘笈**

① 以〈多個場景〉問〈相符的狀況〉。

② 以〈相同場景〉問〈男子與女子的動作〉。

듣기 1번~2번 | **考古題** ▶ **場景／情境**

[1~2] 다음을 듣고 알맞은 그림을 고르십시오. (각 2점)

1.
> 여자: 무엇을 도와 드릴까요?
> 남자: 이 지갑, 누가 잃어버린 것 같아요. 이 앞에 있었어요.
> 여자: 네, 이쪽으로 주세요.

失物招領中心 —交付錢包

失物招領中心 —寫下聯絡方式

百貨公司賣場 —去賣場

百貨公司賣場 —挑選錢包

TOPIK II <60회 듣기 1번>

解説

正確解答①

這張圖用〈不同的場景〉來看，選項①跟②為「失物招領中心」，選項③、④為「百貨公司賣場」。這是男子撿到錢包之後交給失物招領中心的內容，是失物招領中心會發生的情境。

2.

남자: 수미야, 괜찮아? 많이 아프겠다.

여자: 응, 다리가 아파서 못 일어나겠어.

남자: 그래? 내가 도와줄 테니까 천천히 일어나 봐.

正確解答 ③
這張圖是〈相同場景〉,為在「操場」可能會發生的對話狀況。男子和女子一起運動中,女子因為腳痛沒辦法站起來。因此,男子接下來會說的話,就是說要幫女子站起來。

①
一起跑

②
男子肚子痛
(學校操場)

③
女子腳痛

④
一起做暖身運動

TOPIK II <60회 듣기 2번>

듣기 1번~2번 | Ranking

⊕ 相符的圖片

※詞彙譯文請參閱詳解本P.138-140

Ranking 40	會在那個場所的對話內容
01 家	텔레비전 보기, 파티하기, 액자 걸기, 옷장 정리하기, 냉장고 정리하기, 정원 가꾸기 (꽃, 나무 심기), 전자제품 고장에 대해 물어보기, 전구 갈아 끼우기, 세탁 부탁하기, 집 공사(페인트칠, 못질 등)하기, 집안일(청소, 설거지 등)하기, 선물 들고 방문하기, 요리한 후 맛보기
02 公司	분실물 찾기, 복사하기, 방문하기, 사무실 수리 요청하기, 회사 안 위치 물어보기, 신입사원 소개하기, 물건 들어주기, 물건 옮기기
03 公園、遊樂園	놀이기구 타기, 야외 공연 구경하기, 산책하기, 운동(야구, 배드민턴 등)하기, 꽃구경 하기, 자전거 타기, 벤치에서 음료수 마시기, 사진 찍어 달라고 부탁하기
04 機場、飛機	비행기 표 구입(예매)하기, 지인 마중하기, 선반에 짐 싣기, 짐 맡기기, 맡긴 짐 찾기, 탑승장 들어가기, 비행기 탑승 준비하기, 게이트 위치 말하기
05 火車站、火車	자리 찾기, 기차 표 구입하기, 창 밖 경치 이야기하기, 기차역에서 배웅하기, 기차 선 반에 짐 싣기
06 公車站、公車	버스 기다리기, 무거운 물건 받아 주기, 자리 양보하기, 노선표 보기, 정류장 물어보 기, 정류장에서 내리기, 고속버스에서 자리 찾기
07 山	등산로 물어보기, 등산하다가 중간에 잠시 쉬기, 정상에서 소감 말하기

08	電影院	영화표 구입하기, 자리 찾기, 먹을거리 사기
09	美容院	머리 자르기, 파마하기, 거울 보기, 머리 말려 주기, 머리 감겨 주기, 기다리는 시간 물어보기
10	小吃店／餐廳	주문하기, 남은 음식 포장 부탁하기, 개업식 축하하기
11	醫院	병문안 가기, 재활 치료받기, 진찰받기, 휴게실에서 면회하기, 진료 접수하기
12	照相館	사진관에서 사진 찍기
13	不動產	집 구경하기
14	溜冰場	스케이트 사이즈 고르기, 스케이트 신기, 스케이트 타기, 스케이트 타다가 쉬기, 스케이트 가르쳐 주기, 넘어진 친구 일으켜 주기
15	美術館	작품 감상하기, 사진 촬영 금지 안내
16	家具店	가구(책상, 의자, 침대 등) 고르기
17	大海、海邊	배 타고 구경하기, 물놀이하기, 배 타고 낚시하기, 바닷가 산책하기, 준비운동하기
18	表演中心	공연 전 매점 이용하기, 공연(피아노, 기타 연주 등) 관람하기
19	博物館	사진 촬영 금지 안내
20	書店	책 위치 물어보기
21	警察局	습득물 맡기기
22	冰淇淋店	주문하기, 고르기, 매장에서 먹기
23	郵局	우편물 보내기
24	汽車	차에서 짐 내리기, 드라이브하기, 고장 수리하기, 주차요금 계산하기, 주유하기, 주차장 찾기
25	飯店	입실하기, 짐 옮기기
26	游泳池	준비 운동하기, 물놀이하기
27	體育競技場	경기장에서 운동 경기(야구, 축구) 관람하기

28	高速巴士轉運站	고속버스 표 구입하기
29	水果行	주문하기
30	圖書館	책 검색하기, 책 찾기, 빌린 책 반납하기
31	超市	계산하기, 장 보기, 카트 밀기
32	補習班	김치 담그는 것 배우기, 동작(춤, 요가 등) 따라 하기
33	市場	생선 구입하기
34	洗衣店	세탁물 맡기기
35	眼鏡行	시력 검사하기, 안경 고르기
36	停車場	주차하는 것 봐 주기, 주차장에서 주차 맡기기
37	咖啡廳	주문하기
38	學校	캠퍼스 함께 걷기
39	電梯	엘리베이터 타기, 엘리베이터 층수 눌러 주기
40	百貨公司	매장 위치 물어보기, 옷 고르기, 탈의실 물어보기, 바지 입어보기, 구두 고르기, 구두 신어 보기

模擬試題

[1~2] 다음을 듣고 알맞은 그림을 고르십시오. (각 2점)

1.

2.

模擬試題

[1~2] 다음을 듣고 알맞은 그림을 고르십시오. (각 2점)

1.

2.

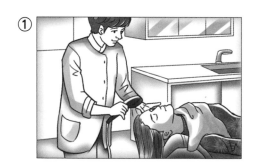

2 可能會接的話（場景／情境）

▶ 聽力第4～8題 的題型為聆聽對話內容後選出可能會接的話。這是三級程度，以檢測了解情境與掌握內容能力。與前面學過的第1～2題題型相同，重點是**在何地談論什麼內容**。場所中時常出現**「公司」、「學校」、「家」**，必須先知道和場所相關的詞彙。此外也會另加這些場所以外的日常生活對話。

🍲 預先學習詞彙和表現（p.04）吧！

듣기 4번~8번 | 黃金秘笈

1️⃣ 必須思考〈場所〉是在哪裡並聆聽對話。

2️⃣ 必須思考〈日常生活〉對話中如何向對方表達，並聆聽對話。

듣기 1번~2번 | 考古題

[4~8] 다음 대화를 잘 듣고 이어질 수 있는 말을 고르십시오. (각 2점)

4.

> 여자: 민수 씨, 이번 주 모임 장소가 바뀌었대요.
>
> 남자: 그래요? 어디로 바뀌었어요?
>
> 여자: _____

① 장소를 다시 말해 주세요.
② 다음 모임은 안 갈 거예요.
③ 이번 주에 만나면 좋겠어요.
④ 정문 옆에 있는 식당이에요.

TOPIK II <60회 듣기 4번>

解説

正確解答④
是日常生活中關於約定的內容。女子告知聚會場所更改後，男子正在詢問更改後的場所在哪。此時女子告知聚會場所是最自然的。

5.

남자: 기차표 알아봤는데 금요일 오후 표는 없는 것 같아.

여자: 그럼 토요일 아침 어때?

남자: _____

① 아침 일찍 기차를 탔어.
② 표가 없어서 아직 못 갔어.
③ 표가 있는지 한번 알아볼게.
④ 금요일 오후 표는 취소하자.

TOPIK II <60회 듣기 5번>

正確解答 ③

這是日常生活中關於旅行的內容。男子想預訂火車票，但他說星期五下午已經沒票了，女子正提議買看看周六早上的票，此時男子接著說打聽看看有沒有票的回答最為自然。

6.

여자: 내일 발표만 끝나면 이제 이번 학기도 끝나네요.

남자: 그러게요. 수미 씨, 방학 계획은 세웠어요?

여자: _____

① 발표는 늘 어렵지요.
② 계획부터 세워 보세요.
③ 외국어 공부를 좀 할까 해요.
④ 학기가 시작되면 많이 바빠요.

TOPIK II <60회 듣기 6번>

正確解答 ③

這是在學校討論假期計畫的情境。男子問女子放假有什麼計畫，此時女子談自身計畫的回答最為自然。

7.

남자: 이번에 새로 시작한 드라마 말이야. 진짜 재미있더라.

여자: 아, 그 시골에서 할머니랑 사는 아이 이야기?

남자: _____

① 응. 시골에서 산 적이 있어.
② 아니. 너무 지루해서 졸았어.
③ 아니. 드라마 볼 시간이 없었어.
④ 응. 두 사람 보면서 한참 웃었어.

TOPIK II <60회 듣기 7번>

正確解答 ④

這是日常生活中談論個人日常的內容。男子正在談論最近新播出的電視劇很有趣，而女子表示自己也知道那部電視劇。此時男子談論關於電視劇內容的對話最為自然。

8.

여자: 팀장님, 프로그램 만족도 설문 조사를 만들어 봤는
데요. 확인해 주시겠어요?

남자: 어디 봅시다. 응, 질문 수가 좀 많은 것 같네요.

여자: _____

① 만족도가 높은 편입니다.
② 조사 결과가 나왔습니다.
③ 프로그램이 적은 것 같습니다.
④ 질문을 다시 정리해 보겠습니다.

TOPIK II <60회 듣기 8번>

正確解答 ④
這是在公司向主管報告的情境。女子請組長幫忙確認問卷調查的內容，男子指出問卷題目數量太多。此時女子表示會再重新整理問卷題目數量的回答最為自然。

듣기 4번~8번 | Ranking

🌐 可能會接的話

※詞彙譯文請參閱詳解本P.140-141

Ranking 20		該場所或日常生活中可能交談的內容
01	公司	분실물 찾기, 복사하기, 방문하기, 사무실 수리 요청하기, 회사 안 위치 물어보기, 신입사원 소개하기, 물건 들어 주기, 물건 옮기기
02	學校	캠퍼스 함께 걷기
03	家	텔레비전 보기, 파티하기, 액자 걸기, 옷장 정리하기, 냉장고 정리하기, 정원 가꾸기(꽃, 나무 심기), 전자제품 고장에 대해 물어보기, 전구 갈아 끼우기, 세탁 부탁하기, 집 공사(페인트칠, 못질 등)하기, 집안일(청소, 설거지 등)하 기, 선물 들고 방문하기, 요리한 후 맛보기
04	餐廳	주문하기, 남은 음식 포장 부탁하기, 개업식 축하하기
05	醫院	병문안 가기, 재활 치료받기, 진찰받기, 휴게실에서 면회하기, 진료 접수하기
06	洗衣店	세탁물 맡기기
07	服務中心	고장 신고하기, 고장 문의하기, 수리 요청하기, 맡긴 물건 찾아오기
08	其他場所	숙박업소, 학원, 커피숍, 가게, 지하철역, 기차역, 수영장, 등산

(場所 — vertical label spanning rows 01–08)

[1~3] 다음 대화를 잘 듣고 이어질 수 있는 말을 고르십시오. (각 2점)

1.
① 내일은 회사에 오실 거예요.
② 오늘 오시게 되면 전화 주세요.
③ 지금 자리에 안 계신데 곧 오실 거예요.
④ 보고서 작성을 끝내셨으면 퇴근하세요.

2.
① 알겠습니다. 벌써 다 준비했어요.
② 죄송합니다. 다음부터는 미리 준비하겠습니다.
③ 알겠습니다. 이번 회의는 제가 준비하겠습니다.
④ 죄송합니다. 빨리 가서 회의 준비를 해야겠어요.

3.
① 출장은 어디로 가세요?
② 출장 갈 때 비행기를 타는 게 어때요?
③ 자, 여기 출장 간 사이에 온 우편물이에요.
④ 맞아요. 제가 얼마나 걱정을 했는지 몰라요.

模擬試題

[1~3] 다음 대화를 잘 듣고 이어질 수 있는 말을 고르십시오. (각 2점)

1.
① 나는 공부를 열심히 했어.
② 선생님께 여쭤 보는 게 어때?
③ 그렇게 생각한 적이 없다면서?
④ 생각해 보면 꼭 그렇지는 않아.

2.
① 시험이 어렵다니까 열심히 해야지.
② 최선을 다하면 좋은 결과가 있겠지.
③ 시험이 어렵지 않다니까 괜찮을 거야.
④ 최선을 다했으면 좋은 결과가 있을 거야.

3.
① 계획이 무엇보다 중요하지요.
② 계획보다 실천이 더 중요해요.
③ 저도 아무 계획도 못 세웠어요.
④ 그렇게 계획을 세울 줄 몰랐어요.

模擬試題

[1~3] 다음 대화를 잘 듣고 이어질 수 있는 말을 고르십시오. (각 2점)

1. ① 그럼, 맛있게 드세요.
   ② 그럼, 소금을 더 넣을까요?
   ③ 그래요? 너무 오래 끓였나 봐요.
   ④ 그래요? 소금을 너무 많이 넣었나 봐요.

2. ① 네. 그냥 나가도 될 것 같아요.
   ② 아니요. 바람이 보통이 아니에요.
   ③ 아니요. 코트 정도로는 안 될 거예요.
   ④ 네. 입어 보나 마나 아주 잘 맞을 거예요.

3. ① 그럼 당신이 메뉴를 정해요.
   ② 그럼 외식은 내일 하기로 해요.
   ③ 혼자 밥 먹기 싫었는데 고마워요.
   ④ 지금은 너무 늦었으니까 다음에 가요.

模擬試題

[1~3] 다음 대화를 잘 듣고 이어질 수 있는 말을 고르십시오. (각 2점)

1.
① 오만 삼천 원 나왔습니다.
② 김치찌개하고 불고기로 주세요.
③ 저쪽 계산대에서 하시면 됩니다.
④ 저쪽 자리로 안내해 드리겠습니다.

2.
① 그럼, 지금 얼른 시켜.
② 조금만 시킬 걸 그랬어.
③ 한 사람 앞에 하나씩 시키지 그래.
④ 음식이 남을 줄 알았는데 모자라네.

3.
① 여기 얼마예요?
② 저도 좀 더운 것 같네요.
③ 그럼, 에어컨 좀 켜 주세요.
④ 그럼, 다른 자리로 옮겨도 될까요?

模擬試題

[1~3] 다음 대화를 잘 듣고 이어질 수 있는 말을 고르십시오. (각 2점)

1.
① 목을 많이 다치셨군요.
② 기침을 한번 참아 보세요.
③ 이 약을 드시고 푹 쉬세요.
④ 이 약을 바르면 좋아질 거예요.

2.
① 병원에 일찍 올걸 그랬어요.
② 역시 예약하고 오길 잘했어요.
③ 그렇게 일찍 예약한 줄 몰랐어요.
④ 안 그래도 병원에 가려던 참이에요.

3.
① 불편을 드려서 정말 죄송합니다.
② 선생님께 메모를 남겨 드릴까요?
③ 예약이 많아서 오래 기다려야 됩니다.
④ 모레는 제가 시간이 없는데 어떻게 하죠?

模擬試題

[1~3] 다음 대화를 잘 듣고 이어질 수 있는 말을 고르십시오. (각 2점)

1.
① 허리를 줄여 주세요.
② 깨끗하게 빨아 드릴게요.
③ 그럼 내일까지 해 주세요.
④ 오늘 저녁에 찾으러 올게요.

2.
① 양복이 아주 잘 어울리시네요.
② 내일까지는 힘들 것 같은데요.
③ 세탁기가 고장이 나서 수리를 맡겼어요.
④ 세탁비는 만 천 원인데 만 원만 주세요.

3.
① 세탁기로 빨면 괜찮아질 거예요.
② 거기에만 얼룩이 묻은 줄 알았어요.
③ 이 정도면 세탁소에 가도 안 해 줄걸요.
④ 새 옷이니까 꼭 얼룩을 빼 주셨으면 좋겠어요.

듣기 4번~8번 | 模擬試題 ▶ **其他場所**

[1~4] 다음 대화를 잘 듣고 이어질 수 있는 말을 고르십시오. (각 2점)

1.
   ① 언제 연락을 드리면 될까요?
   ② 조금만 더 기다려 달라고요?
   ③ 내일 사람을 보내 드리겠습니다.
   ④ 그러면 미리 연락을 주셨어야지요.

2.
   ① 방은 1개면 됩니다.
   ② 침대방으로 해 주세요.
   ③ 3일 정도 있을 거예요.
   ④ 바다가 보이는 방으로 주세요.

3.
   ① 그럼 몇 시 표가 있어요?
   ② 성인 한 명하고 아이 두 명이에요.
   ③ 그런데 오전 몇 시로 예약해 드릴까요?
   ④ 부산행 기차는 20분마다 한 대씩 있습니다.

4.
   ① 네. 여기에 앉아요.
   ② 아니요. 조금만 사요.
   ③ 좋아요. 나가서 마셔요.
   ④ 그래요. 커피숍으로 가요.

模擬試題

[1~11] 다음 대화를 잘 듣고 이어질 수 있는 말을 고르십시오. (각 2점)

1.
① 그럼 같이 갈 걸 그랬구나.
② 나도 영화 보는 걸 좋아해.
③ 나도 재미있는 영화가 좋아.
④ 영화관은 지하철역 근처에 있어.

2.
① 물을 좀 마셔 봐.
② 여행을 가는 게 좋겠어.
③ 친구를 만나서 이야기를 해 봐.
④ 일찍 들어가서 쉬는 게 좋을 것 같아.

3.
① 아니요. 차를 잘못 타서 늦었어요.
② 아니요. 약속이 변경돼서 늦었어요.
③ 아니요. 버스가 안 와서 지하철을 탔어요.
④ 아니요. 어젯밤에 연락을 하지 않았잖아요.

4.
① 그냥 궁금해서 물어봤어요.
② 토요일에 일하는 사람들도 있잖아요.
③ 저희 가게 개업식을 하니까 오시라고요.
④ 제가 토요일에는 약속이 있어서 안 되겠어요.

5. ① 이 층 건물이에요.
   ② 가격은 상관없어요.
   ③ 방이 컸으면 좋겠어요.
   ④ 일 층만 아니면 좋겠어요.

6. ① 빠르면 빠를수록 좋아요.
   ② 이따가 전화하면 안 돼요.
   ③ 알고 보니 이미 늦었어요.
   ④ 언제든지 빨리 보내 드려요.

7. ① 그럼 환불해 드리겠습니다.
   ② 와 주셔서 정말 감사합니다.
   ③ 다른 것으로 교환 가능합니다.
   ④ 또 방문해 주시면 감사하겠습니다.

8. ① 휴가철이라서 길이 막히겠지요?
   ② 고향에 다녀올까 생각 중이에요.
   ③ 휴가비를 어디에 신청하면 되지요?
   ④ 휴가 때 아무 데도 안 갔다 왔어요.

9. ① 지금 들어가고 있어요.
   ② 그럼 여기서 기다릴게요.
   ③ 입구에서 왼쪽으로 가면 돼요.
   ④ 그럼 도착하는 대로 연락할게요.

10. ① 왜 뮤지컬을 자주 봐요?
    ② 저도 뮤지컬을 즐겨 보려고요.
    ③ 뮤지컬은 정말 환상적인 것 같아요.
    ④ 저한테 표가 생겼는데 같이 갈래요?

11. ① 까만색이고 네모나요.
    ② 지갑과 책이 들어 있어요.
    ③ 생일 선물로 받은 가방이에요.
    ④ 책이 여러 권 들어 있어서 무거워요.

3 接下來的行動

▶聽力第9～12題 題型為選擇男子或女子接下來的行動的題目。這是三級程度，以檢測了解情境與推測能力。與前面學過的第1～2題題型（p.43）和第4～8題題型（p.49）相同，**重點是在什麼場景談論什麼內容**。場景中**「公司」時常出現**，必須要先知道與場所相關的詞彙。雖然此題型是以詢問「女子接下來的行動」為主，但有時也會問「男子」，所以解題前一定要確定問的對象是男子還女子。**對話中應注意聽哪一部份，整理如下。**

🍲 請先學習詞彙與表現（p.09）！

듣기 9번~12번 | **黃金秘笈**

🍲1️⃣ 思考〈場景〉是在哪裡，並聆聽對話。

🍲2️⃣ 依照七種類型（p.66～72），必須聽出是〈男子的要求〉在第幾句話，〈女子的計畫、提議〉在第幾句話。

🍲3️⃣ 將接下來的行動，依照七種類型使用「연락하다」和「복사하다」的動詞學習題型。

듣기 9번~12번 | **考古題**

[9~12] 다음 대화를 잘 듣고 여자가 이어서 할 행동으로 알맞은 것을 고르십시오. (각 2점)

9.

남자: 전시되어 있는 그릇들이 참 특이하고 멋지네요.

여자: 그렇죠? 판매도 한다니까 우리 하나 사 가요.

남자: 그럼, 저 파란색 그릇은 어때요?

여자: 괜찮네요. 제가 가서 얼마인지 알아볼게요.

第四句女子的話

① 그릇 색깔을 고른다.　② 그릇 가격을 물어본다.

③ 전시할 그릇을 바꾼다.　④ 남자에게 그릇을 준다.

TOPIK II <60회 듣기 9번>

解說

正確解答 ②

●為類型（6）〈女子的計畫、提議〉（p.71）

女子表示會直接去問藍色的碗的價格多少。

10.

남자: 고객님, 그럼 이 카드로 하실 거지요?

여자: 네, 그런데 카드는 바로 나오나요?　第三句男子的話

남자: 그럼요, 서류 작성은 제가 도와 드릴게요. 신분증 주
시겠어요?

여자: 네. 잠깐만요.

① 서류를 찾는다.　　　② 신분증을 꺼낸다.

③ 카드를 보여 준다.　　④ 신청서를 작성한다.

TOPIK II <60회 듣기 10번>

正確解答 ②
➡ 為類型（1）〈男子的要
求〉（p.66）
男子對女子要求「신분증을
주시겠어요？（請提供您的
身分證）」女子回答
「네」。

11.

남자: 누나, 벽시계가 안 가는 것 같은데. 건전지가 다 됐나
봐.

여자: 어, 그러네. 건전지가 어디 있었던 것 같은데……

남자: 안방 서랍 안에 몇 개 있을 거야. 가져올게.　第四句女子
的話

여자: 아니야. 내가 찾아올 테니까 너는 시계 좀 내려 줘.

① 건전지를 가지러 간다.　② 현재 시간을 확인한다.

③ 시계를 벽에서 내린다.　④ 건전지를 서랍에 넣는다.

TOPIK II <60회 듣기 11번>

正確解答 ①
➡ 為類型（6）〈女子的計
畫、提議〉（p.71）
女子告訴男子「내가（건전
지를）찾아올 테니까 너는
시계 좀 내려 줘（我會找乾
電池，你幫我把時鐘拿下
來）」這個計畫。

12.

남자: 이수미 씨, 거래처와 하는 회의, 자료는 다 준비됐어
요? 회의 전에 먼저 보고 싶은데요.

여자: 지금 자료를 출력해 드릴까요?　第二句女子的話

남자: 네. 바로 뽑아 주세요. 거래처에 시간과 장소는 알려
줬죠?

여자: 어제 확인 이메일 보냈습니다.

① 회의 자료를 만든다.　　② 회의 자료를 출력한다.

③ 거래처 직원을 만난다.　④ 거래처에 일정을 알린다.

TOPIK II <60회 듣기 12번>

正確解答 ②
➡ 為類型（7）〈女子的計
畫、提議〉（p.72）
女子向男子提議「지금（회
의）자료를 출력해 드릴까
요？（現在幫您列印會議資
料嗎？）」男子回答
「네」。

◉ 女子接下來的行動

※詞彙譯文請參閱詳解本P.142

Ranking 10			該場景或日常生活中可能交談的內容
01	場所	公司	분실물 찾기, 복사하기, 방문하기, 사무실 수리 요청하기, 회사 안 위치 물 어보기, 신입사원 소개하기, 물건 들어 주기, 물건 옮기기
02		學校	캠퍼스 함께 걷기, 시험 공부하기
03		家	텔레비전 보기, 파티하기, 액자 걸기, 옷장 정리하기, 냉장고 정리하기, 정원 가꾸기(꽃, 나무 심기), 전자제품 고장에 대해 물어보기, 전구 갈아 끼우기, 세탁 부탁하기, 집 공사(페인트칠, 못질 등)하기, 집안일(청소, 설거지 등)하 기, 선물 들고 방문하기, 요리한 후 맛보기
04		百貨公司	매장 위치 물어보기, 옷 고르기, 탈의실 물어보기, 바지 입어보기, 구두 고 르기, 구두 신어 보기
05		餐廳	주문하기, 남은 음식 포장 부탁하기, 개업식 축하하기
06		圖書館	개방 시간 및 주의사항 안내, 자료실 이용 규칙 안내, 공사 안내, 열람실 이 용 시간 안내, 책 반납하기
07		其他場所	공연장, 병원, 서비스센터, 학원, 여행사, 서점, 은행, 세탁소, 안경점, 커피숍, 공항 ※ 새로 추가된 장소: 복사실, 박람회, 전시회
08	日常生活	個人	공과금 납부하기
09		購物	전화 주문하기, 교환하기, 환불하기, 물건 고르기, 원하는 색상 말하기
10		移動過程中告知位置	자기 위치 말하기, 도착 시간 말하기, 전화로 만날 장소 정하기

[1~10] 다음 대화를 잘 듣고 여자가 이어서 할 행동으로 알맞은 것을 고르십시오. (각 2점)

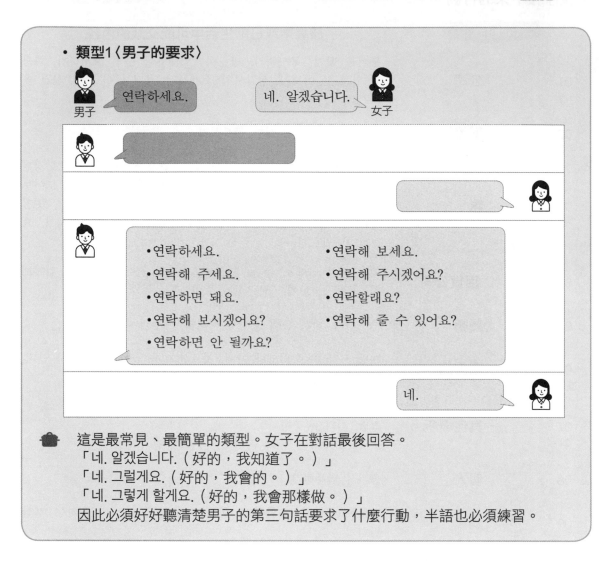

• 類型1〈男子的要求〉

男子: 연락하세요.

女子: 네. 알겠습니다.

• 연락하세요.
• 연락해 주세요.
• 연락하면 돼요.
• 연락해 보시겠어요?
• 연락하면 안 될까요?

• 연락해 보세요.
• 연락해 주시겠어요?
• 연락할래요?
• 연락해 줄 수 있어요?

네.

這是最常見、最簡單的類型。女子在對話最後回答。
「네. 알겠습니다. (好的，我知道了。)」
「네. 그럴게요. (好的，我會的。)」
「네. 그렇게 할게요. (好的，我會那樣做。)」
因此必須好好聽清楚男子的第三句話要求了什麼行動，半語也必須練習。

1. ① 행사용품을 정리한다.
   ② 컴퓨터를 확인해 본다.
   ③ 컴퓨터 수리를 요청한다.
   ④ 영상 자료를 받으러 간다.

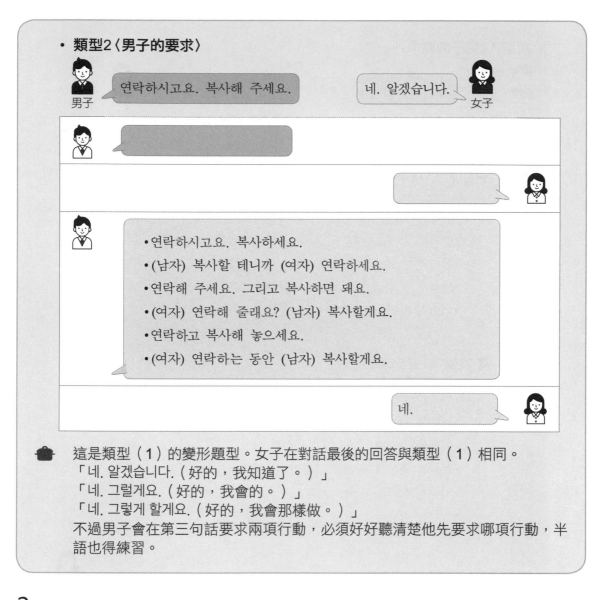

- 類型2〈男子的要求〉

男子: 연락하시고요. 복사해 주세요.

女子: 네. 알겠습니다.

• 연락하시고요. 복사하세요.
• (남자) 복사할 테니까 (여자) 연락하세요.
• 연락해 주세요. 그리고 복사하면 돼요.
• (여자) 연락해 줄래요? (남자) 복사할게요.
• 연락하고 복사해 놓으세요.
• (여자) 연락하는 동안 (남자) 복사할게요.

네.

這是類型（1）的變形題型。女子在對話最後的回答與類型（1）相同。
「네. 알겠습니다.（好的，我知道了。）」
「네. 그럴게요.（好的，我會的。）」
「네. 그렇게 할게요.（好的，我會那樣做。）」
不過男子會在第三句話要求兩項行動，必須好好聽清楚他先要求哪項行動，半語也得練習。

2.
① 꽃집에 간다.
② 그림을 그린다.
③ 화분을 놓는다.
④ 벽에 그림을 건다.

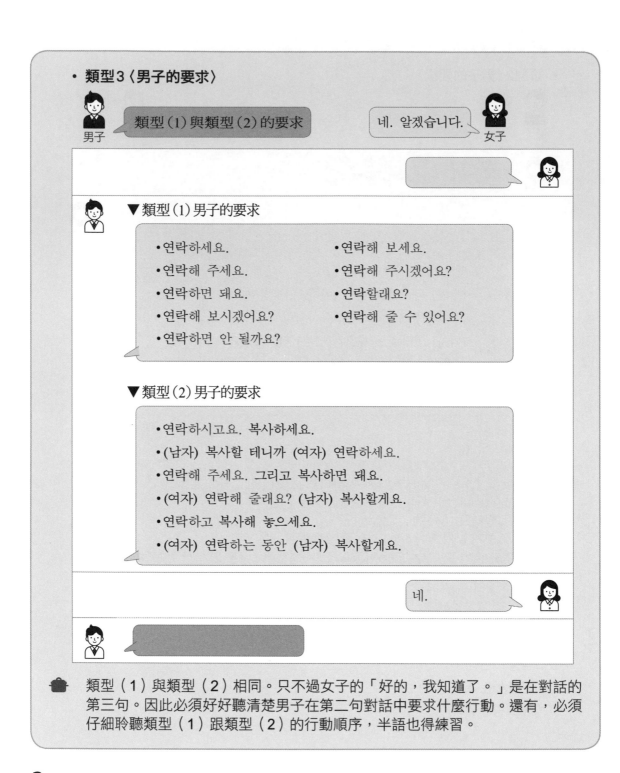

- 類型3〈男子的要求〉

男子 ： 類型(1)與類型(2)的要求

女子 ： 네. 알겠습니다.

▼ 類型(1) 男子的要求

- 연락하세요.
- 연락해 주세요.
- 연락하면 돼요.
- 연락해 보시겠어요?
- 연락하면 안 될까요?
- 연락해 보세요.
- 연락해 주시겠어요?
- 연락할래요?
- 연락해 줄 수 있어요?

▼ 類型(2) 男子的要求

- 연락하시고요. 복사하세요.
- (남자) 복사할 테니까 (여자) 연락하세요.
- 연락해 주세요. 그리고 복사하면 돼요.
- (여자) 연락해 줄래요? (남자) 복사할게요.
- 연락하고 복사해 놓으세요.
- (여자) 연락하는 동안 (남자) 복사할게요.

네.

類型（1）與類型（2）相同。只不過女子的「好的，我知道了。」是在對話的第三句。因此必須好好聽清楚男子在第二句對話中要求什麼行動。還有，必須仔細聆聽類型（1）跟類型（2）的行動順序，半語也得練習。

3.　① 취직 준비를 한다.
　　② 고향으로 돌아간다.
　　③ 교수님을 찾아간다.
　　④ 다른 전공으로 바꾼다.

- **類型4〈男子的要求〉**

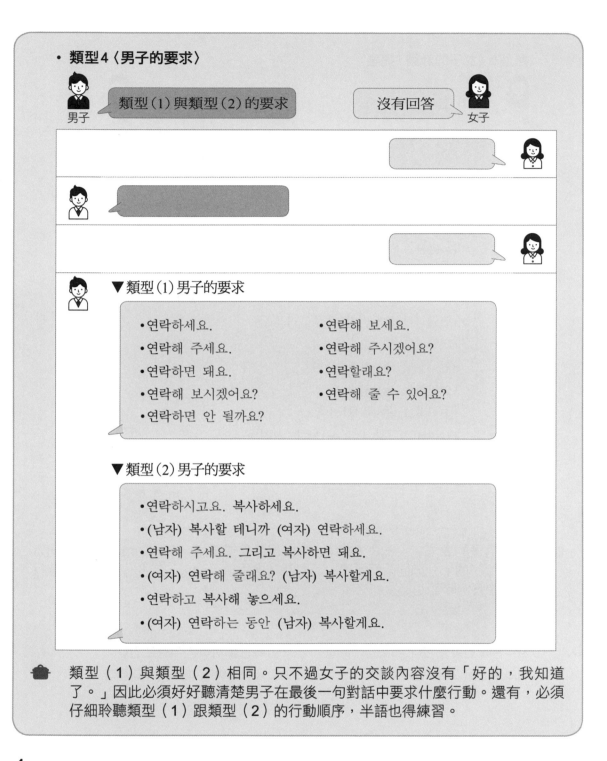

▼類型(1) 男子的要求

- 연락하세요.
- 연락해 주세요.
- 연락하면 돼요.
- 연락해 보시겠어요?
- 연락하면 안 될까요?
- 연락해 보세요.
- 연락해 주시겠어요?
- 연락할래요?
- 연락해 줄 수 있어요?

▼類型(2) 男子的要求

- 연락하시고요. 복사하세요.
- (남자) 복사할 테니까 (여자) 연락하세요.
- 연락해 주세요. 그리고 복사하면 돼요.
- (여자) 연락해 줄래요? (남자) 복사할게요.
- 연락하고 복사해 놓으세요.
- (여자) 연락하는 동안 (남자) 복사할게요.

類型（1）與類型（2）相同。只不過女子的交談內容沒有「好的，我知道了。」因此必須好好聽清楚男子在最後一句對話中要求什麼行動。還有，必須仔細聆聽類型（1）跟類型（2）的行動順序，半語也得練習。

4. ① 물건을 포장한다.
    ② 소포용 상자를 산다.
    ③ 소포의 무게를 잰다.
    ④ 물건을 남자에게 준다.

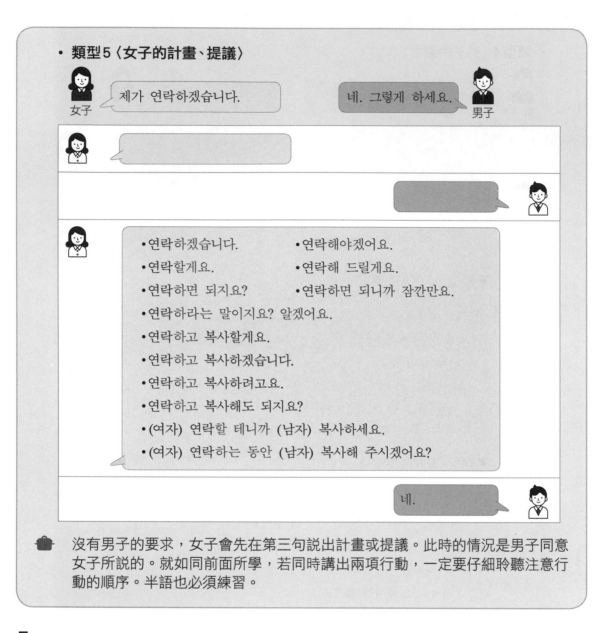

- 類型5〈女子的計畫、提議〉

제가 연락하겠습니다.

네. 그렇게 하세요.

• 연락하겠습니다.　　• 연락해야겠어요.
• 연락할게요.　　　　• 연락해 드릴게요.
• 연락하면 되지요?　　• 연락하면 되니까 잠깐만요.
• 연락하라는 말이지요? 알겠어요.
• 연락하고 복사할게요.
• 연락하고 복사하겠습니다.
• 연락하고 복사하려고요.
• 연락하고 복사해도 되지요?
• (여자) 연락할 테니까 (남자) 복사하세요.
• (여자) 연락하는 동안 (남자) 복사해 주시겠어요?

네.

沒有男子的要求，女子會先在第三句說出計畫或提議。此時的情況是男子同意女子所說的。就如同前面所學，若同時講出兩項行動，一定要仔細聆聽注意行動的順序。半語也必須練習。

5. ① 사무실에 전화를 한다.　　　　② 확인을 하러 사무실로 간다.
   ③ 회의 시간을 30분 연기한다.　　④ 사람들이 올 때까지 기다린다.

6. ① 집에서 쉰다.　　　　　　　　② 옷을 갈아입는다.
   ③ 밖에 나가서 남자를 기다린다.　④ 남자하고 같이 운동을 하러 간다.

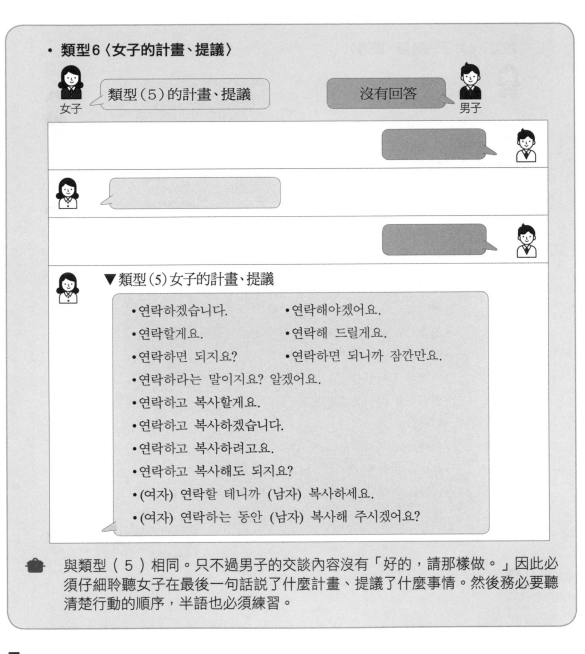

類型6〈女子的計畫、提議〉

女子：類型（5）的計畫、提議

男子：沒有回答

▼類型（5）女子的計畫、提議

- 연락하겠습니다.
- 연락해야겠어요.
- 연락할게요.
- 연락해 드릴게요.
- 연락하면 되지요?
- 연락하면 되니까 잠깐만요.
- 연락하라는 말이지요? 알겠어요.
- 연락하고 복사할게요.
- 연락하고 복사하겠습니다.
- 연락하고 복사하려고요.
- 연락하고 복사해도 되지요?
- (여자) 연락할 테니까 (남자) 복사하세요.
- (여자) 연락하는 동안 (남자) 복사해 주시겠어요?

與類型（5）相同。只不過男子的交談內容沒有「好的，請那樣做。」因此必須仔細聆聽女子在最後一句話說了什麼計畫、提議了什麼事情。然後務必要聽清楚行動的順序，半語也必須練習。

7.
① 기차를 타러 간다.
② 기차표를 예매한다.
③ 부모님께 전화를 한다.
④ 고속버스 시간표를 알아본다.

8.
① 도서관에 간다.
② 간식을 준비한다.
③ 아들의 숙제를 도와준다.
④ 아들이 입을 옷을 찾는다.

9.
① 신청서를 작성한다.
② 주유소에서 카드로 계산한다.
③ 적립금으로 상품을 신청한다.
④ 카드 혜택에 대해 설명을 듣는다.

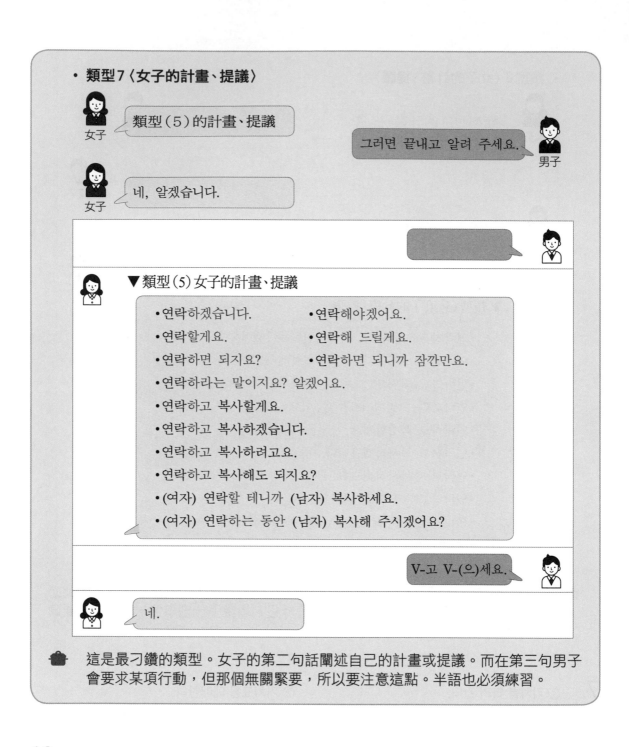

- 類型7〈女子的計畫、提議〉

女子: 類型(5)的計畫、提議

男子: 그러면 끝내고 알려 주세요.

女子: 네, 알겠습니다.

▼類型(5)女子的計畫、提議

- 연락하겠습니다.
- 연락해야겠어요.
- 연락할게요.
- 연락해 드릴게요.
- 연락하면 되지요?
- 연락하면 되니까 잠깐만요.
- 연락하라는 말이지요? 알겠어요.
- 연락하고 복사할게요.
- 연락하고 복사하겠습니다.
- 연락하고 복사하려고요.
- 연락하고 복사해도 되지요?
- (여자) 연락할 테니까 (남자) 복사하세요.
- (여자) 연락하는 동안 (남자) 복사해 주시겠어요?

V-고 V-(으)세요.

네.

這是最刁鑽的類型。女子的第二句話闡述自己的計畫或提議。而在第三句男子會要求某項行動，但那個無關緊要，所以要注意這點。半語也必須練習。

10. ① 불을 끈다.　　　　　　　② 컴퓨터를 끈다.
　　 ③ 승강기를 탄다.　　　　　④ 사무실에서 나간다.

3 內容一致

1 和熟人的對話

> ▶聽力第13題 題型為找出與內容一致的問題。這是有關**和熟人的對話**，是以日常生活中個人事務為主題。此為三級程度的試題以檢測對內容細節的理解能力。

듣기 1번~2번 | **黃金秘笈**

1 須注意聽男子和女子的對話所提到的內容或行動。

2 選項會相反呈現男子或女子提到的內容或行動，故須注意。

> 남자 : 저는 어제 (A)를 했어요.
>
> 여자 : 그래요? 저는 어제 (B)를 했는데.
>
> 남자 : 그렇군요. 그럼 우리 다음에 (C)를 할까요?
>
> 여자 : (C)보다 (D)를 하는 게 어때요?

① 여자는 어제 (C)를 했다.

② 남자는 어제 (A)를 하지 않았다.

③ 남자는 여자에게 not (C)를 하자고 했다.

❹ 여자는 남자에게 (D)를 하자고 했다.

解説

[13~16] 다음을 듣고 내용과 일치하는 것을 고르십시오. (각 2점)

13.

여자: ❶봉사 활동을 해 보고 싶은데 처음이라 뭘 해야 할지 모르겠어요.

남자: ❷봉사 활동을 소개해 주는 인터넷 사이트가 있는데 알려줄까요?

여자: 네. 좋아요. 민수 씨도 이용해 본 적이 있어요?

남자: 그럼요. 종류도 다양하고 기간도 선택할 수 있어서 편해요.

① 남자는 봉사 활동을 시작하려고 한다.
② 여자는 봉사 활동 때문에 고민하고 있다.
③ 여자는 봉사 활동 검색 사이트를 이용해 봤다.
④ 남자는 여자와 함께 봉사 활동을 한 적이 있다.

TOPIK II <60회 듣기 13번>

①（女子）想要開始做義工。與A不同。
②正確解答。
③（男子）試著使用義工搜尋網站。與B不同。
④（女子未曾做過義工）。與A不同。

13.

여자: ❶어제 모임에 왜 안 왔어? 연락도 없어서 궁금했잖아.

남자: 응, ❷어제 가벼운 교통사고가 나서 **처리하느라 시간이 오래 걸렸거든.**

여자: 정말? 자동차 산 지 얼마 안 됐는데 속상하겠다. 어디 다친 데는 없고?

남자: 응, 다행히 다친 데는 없어.

① 남자는 모임에 참석했다.
② 여자는 교통사고를 당했다.
③ 여자는 어제 모임에 안 갔다.
④ 남자는 얼마 전에 자동차를 샀다.

TOPIK II <52회 듣기 13번>

①男子（無法參加）聚會。與A不同。
②（男子）發生交通事故。與B不同。
③女子昨天（去聚會）。與A不同。
④正確解答。

模擬試題

[1~3] 다음을 듣고 내용과 일치하는 것을 고르십시오. (각 2점)

1.
　① 남자의 차가 고장이 났다.
　② 남자는 긴급 서비스에 전화했다.
　③ 여자는 시동이 안 걸리는 이유를 모른다.
　④ 여자의 차는 며칠 전에 서비스를 받았다.

2.
　① 남자의 친구는 솜씨가 더 좋다.
　② 남자는 가구를 만들 줄 모른다.
　③ 여자는 가구 만드는 것을 배운 적이 있다.
　④ 여자는 남자가 만든 가구가 마음에 안 든다.

3.
　① 여자는 카메라의 크기를 따진다.
　② 남자는 카메라를 사고 싶어 한다.
　③ 남자는 사고 싶은 카메라를 정했다.
　④ 여자는 카메라를 구입한 적이 없다.

▶聽力第14題 為**公共場所、電台的廣播通知或是在現場直接介紹的內容**。因此在這題裡，**最重要的也是場所**。應先了解並準備該場所中可能會廣播介紹的內容。

듣기 14번 | **黃金秘笈**

1️⃣ 注意聽並猜出正在廣播中的〈場所〉是哪裡。

2️⃣ 選項會將〈誰〉、〈何時〉、〈何地〉、〈什麼〉、〈如何〉、〈為什麼〉等 6項給錯誤敘述，必須注意。

듣기 14번 | **考古題** ▶ **廣播**

[13~16] 다음을 듣고 내용과 일치하는 것을 고르십시오. (각 2점)

14.

여자: 주민 여러분, ❶오늘은 아파트 소방 시설 점검이 있습니다. 1동부터 5동은 오전 아홉 시부터 열두 시까지, ❷6동부터 10동은 오후 한 시부터 네 시까지 점검합니다. 오늘 점검 중에는 비상벨이 여러 번 울릴 예정이니 ❸놀라지 마시고 하던 일을 계속하시기 바랍니다.

① 점검은 내일 할 예정이다.
② 오전에 점검이 모두 끝난다.
③ 비상벨이 여러 번 울릴 것이다.
④ 점검이 시작되면 밖으로 나가야 한다.

TOPIK II <60회 듣기 14번>

解説

①預計（今天）會檢查。與 A 不同。
②（下午）**檢查全部結束**。與 B 不同。
③正確解答。
④即使（檢查開始了也可以繼續做手上的事情）。與 C 不同。

◉ 廣播

※詞彙譯文請參閱詳解本P.143

Ranking 20	廣播與廣播內容
01 公寓	편의를 위한 협조 안내, 엘리베이터 고장 안내, 엘리베이터 안전 점검 안내, 수도관 교체 공사 안내, 가스관 교체 공사 안내, 정기 소독 안내, 소방차 전용 주차 구역 안 내, 지하 주차장 청소 안내, 주차장 이용 안내, 바자회 개최 안내
02 百貨公司	분실물 안내, 특별 상품전 안내, 문화센터 강연 안내, 사은 행사 안내, 세일 안내
03 公園	미아 발생 안내, 셔틀버스 운행 안내, 분실물 찾기 안내, 영화 촬영 협조 안내, 관람 일정 및 주의 사항 안내
04 圖書館	개방 시간 및 주의 사항 안내, 자료실 이용 규칙 안내, 공사 안내, 열람실 이용 시간 안내
05 學校	강연 안내, 신입생 건강 검진 안내, 방문 일정 안내, 방송반 프로그램 안내
06 公司	에너지 절약 방침 안내, 소방 시설 점검 안내, 영화 촬영 협조 안내
07 觀光景點、遊樂園	폭우 위험 안내, 주의 사항 안내, 관람 일정 안내
08 宿舍	공동 세탁실 이용 안내, 대청소 안내, 화재 대피 안내
09 遊樂公園	놀이기구 이용 안내
10 表演會場	관람 시 주의 사항 안내, 관객과 배우와의 대화 안내
11 動物園	관람 시 주의 사항 안내, 동물 공연 안내
12 機場	여권 발급 서비스 안내, 탑승 시간 안내
13 飛機	지연 도착 안내, 도착 시간 및 주의 사항 안내
14 火車	서행 안내, 도착 시간 안내
15 電影院	관객과 감독(배우)과의 대화 안내
16 結婚禮堂	시설 안내, 결혼식장 대여 안내
17 超市	사은 행사 안내
18 演講會場	강연 내용 및 일정 안내
19 競技場	폭우로 인한 경기 취소 안내, 환불 안내, 주의 사항 안내
20 活動	행사 일정 안내

模擬試題

[1~3] 다음을 듣고 내용과 일치하는 것을 고르십시오. (각 2점)

1.
① 공사 중에도 가스는 공급될 것이다.
② 불편한 점은 관리사무소에 전화하면 된다.
③ 하루 동안 가스관 교체 공사를 할 예정이다.
④ 휴대용 가스레인지는 관리사무소에서 빌려준다.

2.
① 잃어버린 물건은 화장품 매장에 있었다.
② 오후 2시쯤 화장품을 구입한 사람을 찾고 있다.
③ 분실물을 찾기 위해서는 1층 매장에 가면 된다.
④ 분실물센터는 백화점 폐장 시간 이후에도 이용할 수 있다.

3.
① 관리사무소는 공원 가운데에 위치해 있다.
② 세 살 정도의 남자 아이가 길을 잃어버렸다.
③ 남자 아이는 청바지와 빨간색 옷을 입었다.
④ 야구장에서 야구를 보다가 아이를 잃어버렸다.

③ 新聞

> ▶ 聽力第15題的題型 **為新聞**。新聞的內容主要為**事件事故、生活訊息、氣象預報、景點介紹、財經消息、觀覽訊息、交通訊息、體育、活動介紹**等。
>
> 🍳 請先學習詞彙和表現（p.10）！

듣기 15번 | **黃金秘笈**

> 1️⃣ 注意聽並思考新聞的內容為何。
>
> 2️⃣ 選項中〈誰〉、〈何時〉、〈何地〉、〈什麼〉、〈如何〉、〈為什麼〉等6項會顯示錯誤訊息，請注意。

듣기 15번 | **考古題** ▶ **新聞**

[13~16] 다음을 듣고 내용과 일치하는 것을 고르십시오. (각 2점)

15.

> 남자: ⓐ현재 태풍은 제주도를 지나고 있습니다. 제주도는 강한 바람과 함께 비가 내리고 있는데요. ⓑ이번 태풍은 특히 바람으로 인한 피해가 큽니다. 제주시에서는 간판이 떨어져 시민 두 명이 큰 부상을 입기도 했습니다. ⓒ태풍은 오늘 밤 늦게 동해를 지나 사라지겠습니다.

① 간판이 떨어져서 다친 사람이 있다.
② 태풍은 오늘 밤에 더 강해질 것이다.
③ 이번 태풍의 특징은 비가 많이 오는 것이다.
④ 제주도는 아직 태풍의 영향을 받고 있지 않다.

TOPIK II <60회 듣기 15번>

解説

①正確解答。
②颱風今天晚上（會消失）。與C不同。
③這次颱風的特徵是（風很大）。與B不同。
④濟州島（現在正）受到颱風的影響。與A不同。

新聞

※詞彙譯文請參閱詳解本P.144

Ranking 10	廣播通知及廣播內容
01 事件事故★	교통사고, 천재지변, 정전 사고, 등반 사고, 화재 사고, 식중독 사고, 물놀이 사고, 낚시 사고, 공연장 사고, 지하철 사고, 기차 사고, 비행기 사고 등
02 氣象預報★★	날씨별, 기온별, 계절별, 날씨에 따른 사건사고 등
03 生活情資	새로운 정책이나 변화된 정책 소개, 실생활에 유용한 정보 소개 등
04 景點介紹	유명한 장소, 관광지 소개 등
05 活動介紹★★★	이벤트 소개 등
06 經濟	경제 변화, 합리적 소비 등
07 觀覽訊息	공연, 영화 등 소개
08 體育	스포츠 경기 결과, 특정 선수 소개 등
09 交通訊息	시내 및 고속도로 교통 현황 등
10 其他	설문조사, 해외 소식 등

🍳TIP

01 〈事件事故〉部分和〈閱讀第25~27題新聞報導題目〉的內容重複。

連假最後一天交通擁擠，高速公路癱瘓 －第52回閱讀第26題

02 〈天氣預報〉部分和〈閱讀第25~27題新聞報導題目〉的內容重複。

中部地區雨勢下下停停，會持續到明天 －第37回閱讀第25題

白天風和日麗，傍晚開始若干地區將降雨 －第41回閱讀第25題

03 主要是〈閱讀第9題〉會出活動介紹的題目，因此這類題型出題的可能性不高。

模擬試題

[1~5] 다음을 듣고 내용과 일치하는 것을 고르십시오. (각 2점)

1.
① 부상자의 치료가 모두 끝났다.
② 이 사고로 모두 네 명이 다쳤다.
③ 화물차 운전자가 이 사고를 냈다.
④ 이 사고는 어제 저녁에 일어났다.

2.
① 내일은 날씨가 맑을 것이다.
② 내일은 하루 종일 따뜻할 것이다.
③ 주말 동안 비가 계속 내릴 것이다.
④ 낮과 저녁의 온도차가 크지 않을 것이다.

3.
① 불조심 강조 기간은 한 달 간이다.
② 최근 화재 사고가 많이 발생하고 있다.
③ 시민들은 소방 안전 교육을 받을 수 있다.
④ 이 기간 동안 난방용품을 싸게 팔 예정이다.

4.
① 자동차로 남산공원을 구경할 수 있다.
② 설명을 들으면서 남산을 구경할 수 있다.
③ 이 프로그램은 일 년 내내 진행되고 있다.
④ 이 프로그램은 어린이를 위한 프로그램이다.

5.
① 김치 만들기를 체험해 볼 수 있다.
② 이 박물관은 시내 여러 곳에 있다.
③ 이 박물관은 학생들에게 인기가 많다.
④ 체험을 원하는 사람은 전날 신청하면 된다.

4 訪談

▶聽力第16題題型 為**訪談**。訪談的內容是以TOPIK考試出題時，在韓國受到熱議的場所或人物等編寫而成。

듣기 16번 | **黃金秘笈**

🍲1 訪談形式。

🍲2 注意聽記者的提問及訪談主題的相關內容。

🍲3 各選項會描述錯誤的訪談內容，必須留意

듣기 16번 | **考古題** ▶ **訪談**

[13~16] 다음을 듣고 내용과 일치하는 것을 고르십시오. (각 2점)

16.

여자: 이번 불꽃 축제를 성공적으로 마치셨다죠? ❹한국에는 불꽃 연출가가 몇 분 안 계시는데, 불꽃 연출가가 되려면 무엇이 필요한가요?

남자: ❸우선 자격증이 있어야 하고요. 위험물을 다루니까 ⓒ꼼꼼하고 침착한 성격이 좋습니다. 요즘은 음악에 맞춰 불꽃을 터뜨리니까 예술적 감각이 있으면 더 좋고요.

① 한국에는 이 일을 하는 사람이 많다.
② 꼼꼼한 사람은 이 일에 맞지 않는다.
③ 이 일을 하는 데에 자격증은 필요 없다.
④ 이 일을 할 때 예술적 감각이 도움이 된다.

TOPIK II <60회 듣기 16번>

解説

①在韓國從事這項工作的人（很少）。與A不同。
②細心的人（適合）這份工作。與C不同。
③從事這項工作（需要）證照。與B不同。
④正確解答。

模擬試題

[1~2] 다음을 듣고 내용과 일치하는 것을 고르십시오. (각 2점)

1. ① 남자는 중학교에서 생물을 가르쳤다.
   ② 남자는 시청각 자료를 만드는 일을 했다.
   ③ 남자는 교사로 일하며 해설사로 활동했다.
   ④ 남자는 어렸을 때부터 동물해설사가 되고 싶었다.

2. ① 이 식당은 음식 만드는 것을 보면서 먹는 곳이다.
   ② 이 식당은 음식을 파는 곳이 아니라 전시하는 곳이다.
   ③ 이 식당은 한 명의 요리사가 열 명의 손님을 담당한다.
   ④ 이 식당은 음식 이외에 칼과 주방 도구도 함께 판매한다.

5 介紹文

읽기 9번 | 黃金秘笈

1️⃣ 不要先看介紹文，應該要先看選項。

2️⃣ 必須將選項內容逐一與介紹文比對後找出相符的內容。

3️⃣ 選項會錯誤敘述〈誰〉、〈何時〉、〈何地〉、〈什麼〉、〈如何〉、〈為什麼〉等6個訊息，請務必留意。

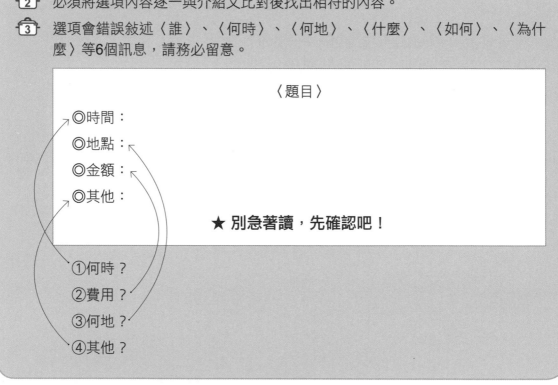

〈題目〉

◎時間：

◎地點：

◎金額：

◎其他：

★ 別急著讀，先確認吧！

①何時？

②費用？

③何地？

④其他？

[9~12] 다음 글 또는 그래프의 내용과 같은 것을 고르십시오. (각 2점)

9.

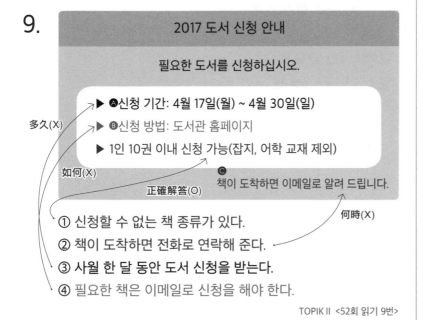

인주시 캠핑장 이용 안내

- Ⓐ이용 기간: 3월 ~ 11월
- Ⓑ이용 방법: 홈페이지(www.injucamp.com)에서 예약
  ※ 당일 예약 불가
- 이용 요금

기준	평일	주말
1박 2일	30,000원	35,000원
	Ⓒ주차장, 샤워장 이용료 포함	

- 문의: 캠핑장 관리사무소 031) 234-1234

何時(X)
如何(X)
正確解答(O)
費用(X)

① 주말에는 이용 요금을 더 받는다.
② 캠핑장은 1년 내내 이용할 수 있다.
③ 예약은 이용 당일 홈페이지에서 하면 된다.
④ 주차장을 이용하려면 돈을 따로 내야 한다.

TOPIK II <60회 읽기 9번>

①正確解答。
②露營場可以使用（10個月）。與A不同。
③預約（無法）當日進行。與B不同。
④停車場（使用費不需額外繳費）。與C不同。

9.

2017 도서 신청 안내

필요한 도서를 신청하십시오.

▶ Ⓐ신청 기간: 4월 17일(월) ~ 4월 30일(일)
▶ Ⓑ신청 방법: 도서관 홈페이지
▶ 1인 10권 이내 신청 가능(잡지, 어학 교재 제외)

Ⓒ 책이 도착하면 이메일로 알려 드립니다.

多久(X)
如何(X)
正確解答(O)
何時(X)

① 신청할 수 없는 책 종류가 있다.
② 책이 도착하면 전화로 연락해 준다.
③ 사월 한 달 동안 도서 신청을 받는다.
④ 필요한 책은 이메일로 신청을 해야 한다.

TOPIK II <52회 읽기 9번>

①正確解答。
②若書到了會（用電子郵件）聯繫。與C不同。
③4月（2週）的時間接受圖書申請。與A不同。
④需要的書必須（透過網站）申請。與B不同。

[1~2] 다음 글 또는 도표의 내용과 같은 것을 고르십시오. (각 2점)

1.

제18회 안동 국제 탈춤 축제

행사 개요: 국내외 탈춤을 볼 수 있는 축제

수상 경력: 대한민국 대표 축제, 글로벌 육성 축제 등으로 여러 차례 선정됨.

행사 장소: 안동 탈춤공원, 시내 일부

행사 목적: 한국 전통 문화의 세계화

행사 일시: 9월 28일부터 10월 7일까지

① 이 축제는 올해로 여덟 번째로 열린다.

② 이 축제에서는 한국의 전통 탈춤만 볼 수 있다.

③ 이 축제는 대표 축제로 한 차례 선정된 적이 있다.

④ 이 축제는 한국 전통 문화를 세계에 알리기 위해 열린다.

2.

스키 캠프 참가 안내

▣ **장 소:** 윤혜 스키장

▣ **대 상:** 초·중·고교생, 대학생 개인 및 단체

▣ **기 간:** 2018년 12월 1일 ~ 2019년 2월 말

▣ **참가비:** 1박 2일 200,000원

  – 왕복 교통비, 숙박비, 1박 2식, 시설 이용료 포함.

▣ **준비물:** 스키용품 및 스키복(대여 가능)

▣ **문의처:** 02-1234-5678

① 대학생들만 캠프에 참가할 수 있다.

② 참가비를 내면 교통비를 따로 내지 않아도 된다.

③ 궁금한 점이 있으면 인터넷으로 알아볼 수 있다.

④ 캠프에 참가하려면 스키복과 스키용품을 구입해야 한다.

6 新聞報導

읽기 11번~12번 │ **黃金秘笈**

① 閱讀中思考此新聞主題為何。

② 選項會錯誤敘述〈誰〉、〈何時〉、〈何地〉、〈什麼〉、〈如何〉、〈為什麼〉等6個訊息,請務必留意。

🍲TIP 可以預測的新聞報導與網站
- 佳話、活動介紹、政策相關內容:參考〈연합뉴스〉-〈박초롱 기자〉的報導
- 健康、生活資訊相關內容:參考〈아시아경제〉-〈이진경 기자〉的〈키드뉴스〉
- 動物相關內容:〈네이버〉-〈애니팩트:The신기한 동물사전〉
- 政策相關內容:在NAVER或Google上搜尋「부터」和「시행」的話,可以事先知道在TOPIK測驗期間預計實施或已實施的政策。
〈파이낸셜뉴스〉-〈용환오 기자〉的報導(有仔細訂正齊全的新政策)

읽기 11번~12번 │ **考古題** │ ▶ 新聞報導

[9~12] 다음 글 또는 도표의 내용과 같은 것을 고르십시오. (각 2점)

11.

인주시의 한 고등학교는 올해부터 여름 교복으로 티셔츠와 반바지를 입고 있다. ④기존 정장형 교복은 활동할 때 불편하다는 학생들의 의견이 많았기 때문이다. 몸이 편해지니 학생들은 다양한 활동에 적극적으로 참여하기 시작했고 공부에도 더 집중할 수 있어서 학습 효율이 올라갔다. ⑤새 교복은 기존 교복보다 가격이 저렴해서 ⓒ학부모에게도 인기다.

① 학부모들은 정장형 교복을 더 좋아한다.
② 새 교복은 정장형 교복보다 가격이 비싸다.
③ 기존 교복에 비해 새 교복은 활동할 때 불편하다.
④ 학교는 학생들의 의견을 받아들여서 교복을 바꿨다.

解説

①學生家長更喜歡(新)校服。與C不同。
②新校服比正裝校服價格(便宜)。與B不同。
③新校服在活動上比舊校服(方便)。與A不同。
④正確解答。

12.

최근 한 아파트에서 힘들게 일하는 ❹택배 기사, 청소원 등을 위한 ❻무료 카페를 열어서 화제가 되고 있다. 이 카페는 언제든 부담 없이 음료를 마시면서 쉴 수 있는 곳이어서 이용자들이 만족해하고 있다. ❸주민들은 처음에는 관심을 안 보였지만 지금은 카페에 음료와 간식을 제공하는 등 많은 도움을 주고 있다.

① 이 카페에 간식을 가져다주는 주민들이 생겼다.
② 카페를 열 때 아파트 주민들이 적극적으로 도왔다.
③ 이 카페는 아파트 주민들이 돈을 벌기 위해서 열었다.
④ 택배 기사들이 카페의 운영에 참여해 화제가 되고 있다.

TOPIK II <60회 읽기 12번>

①正確解答。
②咖啡廳開幕時，公寓住戶（不見關心）。與C不同。
③這家咖啡廳（免費）供應餐飲給公寓住戶。與B不同。
④（為送貨員而開的咖啡廳）成為熱門話題。與A不同。

🌐 新聞報導

※詞彙譯文請參閱詳解本P.144-145

Ranking 08	可能出題之內容
01 佳話	감동적이고 아름다운 사람들의 이야기 사고를 당한 사람 구하기, 봉사 활동, 불우이웃돕기, 기부, 분실물 찾아주기, 이웃과 의 아름다운 사연, 자신을 도와준 사람 등
02 活動介紹	듣기 15번 <뉴스>와 읽기 9번 <안내문>의 주제와 중복된다. 이 문항의 특징은 <뉴스> 와 <안내문>보다 행사의 특징이나 의의를 좀 더 구체적으로 설명을 한다. 중복되어 출제는 되지 않지만 세 문항에 공통된 주제이기 때문에 반드시 알아 두어야 한다. 공연, 관람, 전시회, 박람회, 대회, 홍보 행사, 강연 등
03 最新話題	TOPIK 시험문제가 만들어지는 시기에 한국에서 화제가 되고 있는 일이 출제된다.
04 政策	TOPIK 시험문제가 만들어지는 시기에 한국에서 앞으로 필요한 정책, 시행될 예정인 정책, 최근에 시행된 정책이 출제된다. 2019년 7월 현재를 기준으로 나올 수 있는 정책으로는 다음과 같은 것이 있다. 주52시간 근무제 시행 (최근 시행된 정책) 일회용 플라스틱 빨대 사용 제한 (앞으로 필요한 정책)
05 健康資訊	음식, 습관, 건강에 유용한 정보 등이 출제된다.
06 生活資訊	생활에 유용한 정보 등이 출제된다.
07 社會現象	빠르게 변화하고 있는 현대 사회의 특징 중 신문 기사 내용으로 적합한 것이 출제된다. 인터넷 신문과 종이 신문, 전자책과 종이책 등
08 動物	우리가 모르고 있고 관심을 가질 만한 동물의 특징이 출제된다.

🏠TIP

(01) 〈政策〉的部分與〈閱讀13~15題的排列順序〉、〈閱讀25~27題的新聞報導題目〉的內容重複。

模擬試題

[1~4] 다음 글 또는 도표의 내용과 같은 것을 고르십시오. (각 2점)

1.

> 고등학교 1학년생이 간경화가 심해진 아버지에게 자신의 간 일부를 이식해 준 사연이 화제가 되고 있다. 학생의 아버지는 오래전부터 간경화를 앓다가 최근 위독해졌다. 간 이식 수술이 필요했지만 간을 이식해 줄 사람이 마땅히 없었다. 학생은 자신이 간을 기증하고 싶었지만 나이가 어려서 불가능하였다. 그러던 중 생일이 지나 이식이 가능한 나이가 되자마자 간 이식을 한 것이다.

① 학생의 아버지는 최근 간경화가 생긴 것을 알았다.
② 학생의 아버지는 간을 기증할 사람을 금방 찾았다.
③ 학생은 간경화가 심해져 아버지로부터 간을 기증 받았다.
④ 학생은 간 기증이 가능한 나이를 기다렸다가 이식 수술을 했다.

2.

> 2020년 김해 숲길 마라톤 대회가 오는 6월 17일 일요일 오전 8시에 김해운동장에서 개최된다. 이번 마라톤 대회는 하프, 10km와 3km 세 부문으로 나뉘어 진행된다. 참가비는 각각 하프와 10km는 삼만 원, 3km는 만 오천 원이다. 참가는 홈페이지에서 신청하면 된다. 신청 마감은 6월 4일 월요일까지이고 선착순 2,500명까지 받는다.

① 참가는 현장에서 접수를 받는다.
② 참가비는 거리에 관계없이 같다.
③ 참가 신청은 대회 전날까지 가능하다.
④ 참가 인원은 신청자 수에 따라 제한이 있다.

3.

> 1인 가구가 증가하면서 혼자 식사를 하는 사람, 이른바 '혼밥'이 늘고 있다. 몇 년 전해도 식당에서 혼자 밥을 먹는 모습은 낯설었다. 하지만 요즘 식당에 가 보면 1인 고객이 상당한 비중을 차지하고 있다. 이에 발맞추어 외식업계에서는 '1인 삼겹살', '1인 보쌈' 등 1인분 식단을 선보이고 있다. 부담 없는 가격에 1인 고객이나 소비자들은 높은 만족도를 보이고 있다.

① 식당에서 혼자 식사를 하는 사람은 자주 볼 수 없다.
② 1인분 식단은 소비자들에게 좋은 반응을 얻고 있다.
③ 혼자 식사를 하는 사람들이 증가한 것은 물가 때문이다.
④ 외식업계에서는 1인분 식단에 대해 부담스럽게 생각한다.

4.

> 집에서 쓰던 텔레비전이나 세탁기를 버리려면 돈을 주고 스티커를 사서 물건에 붙여야 한다고 아는 사람이 많다. 그러나 2012년부터 환경부에서 시행하고 있는 제도를 이용하면 가전제품을 무료로 버릴 수 있다는 사실을 아는 사람은 많지 않다. 환경부 홈페이지를 통해 신청을 하면 직원이 직접 집으로 방문해서 버릴 물건을 무료로 가져가 준다.

① 이 서비스는 앞으로 시행할 예정이다.
② 환경부에 직접 방문해서 신청해야 한다.
③ 신청을 하면 버릴 가전제품을 가지러 온다.
④ 환경부 홈페이지를 통해 스티커를 구입해야 한다.

7 説明文

▶閱讀第19～20題題型 為選出與文章脈絡一致之詞彙和內容的題目。此為三級程度考題，以檢測詞彙能力和對細部內容的理解能力。這是找出空格中正確的詞彙為連接詞和副詞的題目。而且這個題型是傳遞訊息的說明文，內容包括最新話題、常識、技術、人類心理、教育、科學等文章。

🍲 請先學習詞彙和表現（p.18）！

읽기 19번~20번 | 黃金秘笈

1 須先讀過題目再確認選項。

2 須預習出題可能性高的連接詞和副詞。

3 選項會錯誤敘述〈誰〉、〈何時〉、〈何地〉、〈什麼〉、〈如何〉、〈為什麼〉等6項訊息，請務必留意。

읽기 19번~20번 | 考古題 ▶ 與內容一致，連接詞／副詞

[19~20] 다음을 읽고 물음에 답하십시오. (각 2점)

Ⓐ시각 장애인의 안내견은 주인과 있을 때 행인에게 관심을 두지 않는다. (   ) Ⓑ안내견이 주인을 남겨 두고 행인에게 다가간다면 이는 주인이 위험에 처해 있다는 뜻이다. Ⓒ안내견은 주인에게 문제가 발생하면 곧장 주변 사람에게 달려가 도움을 요청하도록 훈련을 받기 때문이다. 안내견이 행인의 주위를 맴돌면 안내견을 따라가 주인의 상태를 확인하고 구조 센터에 연락해야 한다.

19. (   )에 들어갈 알맞은 것을 고르십시오.

① 비록   ② 물론   ③ 만약   ④ 과연

解説

正確解答 ③
括弧後方的「행인에게 다가간다면（如果靠近行人）」是表達「假設」的句子。句子前使用「만약」來強調意義。

20. 위 글의 내용과 같은 것을 고르십시오.

① 안내견이 주인 곁을 떠나는 경우는 없다.

② 안내견은 문제가 생기면 구조 센터로 달려간다.

③ 안내견이 다가오는 것은 위급한 상황이 생겼다는 뜻이다.

④ 안내견은 항상 주변의 사람들에게 관심을 갖도록 훈련을 받는다.

TOPIK II <60회 읽기 19~20번>

①導盲犬（會有）離開主人的（情況發生）。與 B 不同。

②導盲犬若是遇到問題，就會（奔向周邊的人）。與 C 不同。

③正確解答。

④導盲犬會接受訓練（盡量不要注意）周邊的人。與 A 不同。

[19~20] 다음을 읽고 물음에 답하십시오. (각 2점)

> 인터넷으로 회원 가입을 할 때 설정하는 ❶비밀번호는 초기에는 숫자 네 개면 충분했다. 하지만 최근에는 ❷보안 강화를 위해 특수 문자까지 넣어 만들어야 한다. (   ) 비밀번호 변경도 주기적으로 해야 한다. 이 때문에 가입자는 번거로운 것은 물론이고 자주 바뀌는 비밀번호를 기억하지 못해 스트레스를 받는다. ❸개인 정보 보호를 가입자에게만 요구하지 말고 기업도 보안 기술 개발에 적극 투자해야 한다.

19. (   )에 들어갈 알맞은 것을 고르십시오.

① 그러면

② 게다가

③ 반면에

④ 이처럼

正確解答 ②

由於括弧後方說「비밀번호 변경도（連密碼變更也）」表達了包含（添加）的意思，故「게다가」為正確答案。

20. 위 글의 내용과 같은 것을 고르십시오.

① 가입자는 비밀번호 변경으로 스트레스를 받는다.

② 초기의 비밀번호는 숫자 네 개로는 만들 수 없었다.

③ 가입자는 기업에 비밀번호 설정을 까다롭게 요구한다.

④ 비밀번호 설정 시에 숫자와 문자 중 하나를 선택해야 한다.

TOPIK II <52회 읽기 19~20번>

正確解答 ①

① 正確解答。

② 早期的密碼（可以設為）4個數字。與 A 不同。

③ （企業）煩苛地（要求加入者）設定密碼。與 C 不同。

④ 設定密碼時，（數字與文字全都必須選擇）。與 B 不同。

模擬試題

[1~2] 다음을 읽고 물음에 답하십시오. (각 2점)

> 음악을 들으면서 공부를 한다고 해서 학습 능률이 떨어지는 것은 아니다. 사람에 따라 다를 수 있기 때문이다. 음악을 들으면서 공부를 하는 것이 그냥 공부하는 것보다 더 효과적인 경우가 있다. 음악을 듣다 보면 공부가 지루한 줄을 모르게 되고 음악에 맞춰 몸이나 다리를 흔들면 운동도 된다. (   ) 졸음을 쫓는데도 아주 좋은 방법이 된다.

1.
( )에 들어갈 알맞은 것을 고르십시오.

① 게다가   ② 오히려   ③ 마침내   ④ 도대체

2.
이 글의 내용과 같은 것을 고르십시오.

① 음악을 너무 오래 들으면 지루해진다.
② 음악에 신경을 쓰면 공부를 할 수 없다.
③ 음악에 맞춰 몸을 흔들면 능률이 떨어진다.
④ 음악을 들으면서 공부를 하면 효과적일 수 있다.

[3~4] 다음을 읽고 물음에 답하십시오. (각 2점)

야구 경기를 보면 껌을 씹고 있는 선수들의 모습을 자주 볼 수 있다. 야구 선수들이 껌을 씹는 이유는 경기에 대한 긴장감을 줄이기 위해서이다. 껌을 씹는 것 말고도 크게 소리를 지르거나 눈을 감고 조용히 노래를 따라 하는 것도 마찬가지의 행동이다. (   ) 숨을 천천히 쉬는 것도 긴장을 푸는 좋은 방법 중의 하나이다.

3. (   )에 들어갈 알맞은 것을 고르십시오.
① 게다가   ② 오히려   ③ 그러면   ④ 그리고

4. 이 글의 내용과 같은 것을 고르십시오.
① 긴장을 줄이려면 계속 떠들어야 한다.
② 야구 경기 중에는 껌을 씹으면 안 된다.
③ 긴장을 풀기 위해서 껌을 씹는 경우가 있다.
④ 야구 선수들은 경기력을 위해 숨을 빨리 쉰다.

4 中心思想

1 對話

> ▶ 聽力第17～19題 題型為掌握中心思想的題目。這是三級程度題目，以檢測對中心思想內容的理解能力。談話內容大部份為日常生活，前面學過的公司或特定場所為經常出題對象。此題型主要問「男人的中心思想」，但亦會有詢問「女人」的情況，因此解題前，務必確認詢問對象為男人還是女人。

듣기 17번~19번 | 黃金秘笈

🗝️1 先看試題選項確認是問男人的中心思想還是女人的中心思想後注意聽。

🗝️2 中心思想須知道主要有以下**10**種類型。

듣기 17번~19번 | Ranking

◉ 中心思想

※例句譯文請參閱詳解本P.145-146

Ranking 10		中心思想的表達
01 類型（1）	-는 게 좋다. -는 게 낫다. -는 게 괜찮다.	〈委婉地表明自己的想法〉 병원에 **가는 게 좋아요**. 병원에 **가는 게 좋을 것 같은데요**. 병원에 **가는 게 좋지 않아요**? 병원에 **가는 게 좋지 않을까요**? 병원에 **가는 게 좋지 않을까 싶어요**. 병원에 안 가고 **참는 게 오히려 나빠요**.
02 類型（2）	-아/어야 -아/어야 하다.	〈強烈地表明自己的想法〉 병원에 **가야** 빨리 나을 수 있어요. 병원에 **가야 해요**. 병원에 **가야지요**. 병원에 **가야 하지 않을까요**?

03	類型（3）	그래서 _____	〈以理由敘述自己的想法〉 **그래서** 사람들이 병원에 가는 거예요.
04	類型（4）	가장 중요한 건 _____ -는 게 중요하다. -는 게 필요하다. -(으)ㄹ 필요가 있다.	〈強調敘述自己的想法〉 **가장 중요한 건** 병원에 빨리 가는 거예요. 병원에 빨리 **가는 게 중요해요.** 병원에 빨리 **가는 게 필요해요.** 빨리 치료를 **받을 필요가 있어요.**
05	類型（5）	-아/어 보세요. -는 게 어때요? -(으)ㅂ시다. -자.	〈向對方命令、提議自己的意念〉 빨리 병원에 **가 보세요.** 빨리 병원에 **가는 게 어때요?** 같이 병원에 **갑시다.** 같이 병원에 **가자.**
06	類型（6）	-고 싶다. -(으)면 좋겠다. -(으)면 좋을 텐데	〈敘述自己或對方的期盼〉 병원에 빨리 **가고 싶어요.** 병원에 빨리 **갔으면 좋겠어요.** 병원에 빨리 **가면 좋을 텐데.**
07	類型（7）	제 생각에는 -(ㄴ/는)다고 생각하다. -는 거라고 생각하다. -(ㄴ/는)다고 보다. -는 게 아니겠어?	〈直接敘述自己的想法〉 **제 생각에는** 병원 치료부터 받는 게 먼저예요. 빨리 치료를 **받는 것이라고 생각해요.** 중요한 것은 빨리 치료를 **받는 게 아니겠어요?**
08	類型（8）	-아/어서 좋다/괜찮다. -아/어서 나쁘다/힘들 다/어렵다. -아/어서 나쁠 건 없다.	〈以滿意度表達自己的想法〉 운동을 하니까 아프지 **않아서 좋아요.** 운동을 **해서 나쁠 건 없어요.** 자주 **아파서 힘들어요.**
09	類型（9）	특히 ~ 무엇보다도 ~ -는 데 도움이 된다.	〈以程度表達自己的想法〉 **특히** 빨리 치료를 받는 것이 현명하다. **무엇보다도** 빨리 치료를 받는 것이 현명하다. 빨리 치료를 받는 것이 건강을 **회복하는 데 도움이 된다.**
10	類型（10）	重複敘述 이처럼 ~ 이렇듯 ~	若沒有出現上面提及的中心思想表現大多為重複敘述。 **남자가 두 번 이상 강조하면서 이야기하는 것을** 잘 들어야 한다.

解説

[17~20] 다음을 듣고 남자의 중심 생각을 고르십시오. (각 2점)

17.

남자: 이거 어때요? 화분 크기도 적당하고 나무 모양도 예쁘고, 물을 자주 안 줘도 된다니까 키우기 편하겠어요.

여자: 음, 저는 그것보다 꽃이 많이 있는 화분이 좋은데…….

남자: 꽃은 금방 지고 지저분해져요. 이걸로 하는 게 어때요?

① 오래 볼 수 있는 꽃이 좋다.
② 관리가 쉬운 식물을 사고 싶다.
③ 식물은 집 밖에서 키워야 한다.
④ 집에 꽃이 많은 화분이 있어야 한다.

TOPIK II <60회 듣기 17번>

正確解答②
屬於中心思想Ranking 類型（5）「-는 게 어때요?」。
從選項中選出與 「키우기 편하겠어요.(很好養)」 和 「이걸로 하는게 어때요?(養這個如何?)」相同的內容。

18.

남자: 신청서에 쓸 게 너무 많다. 문화 센터 수업을 신청하는 데 직업까지 쓸 필요가 있나?

여자: 신청자를 잘 알면 요구에 맞는 수업을 해 줄 수 있으니까 그렇지.

남자: 그런 건 따로 물어보면 되지. 정보를 너무 많이 요구하는 것 같아.

① 신청서에 쓸 정보를 줄이면 좋겠다.
② 신청서 쓰는 방법을 안내해야 한다.
③ 신청자 요구에 맞는 수업을 해야 한다.
④ 수업 내용을 미리 알려 주는 것이 좋다.

TOPIK II <60회 듣기 18번>

正確解答①
屬於中心思想Ranking 類型（10）「重複敘述」。
重複說著 「신청서에 쓸 게 너무 많다.(申請表要填寫的資料太多了)」、「정보를 많이 요구하는 것 같다.(似乎要求許多資料)」。

19.

여자: 여보, 아이들 책 좀 사야 하는데 온라인으로 주문해 줄래요?

남자: 직접 보고 사는 게 어때요?

여자: 전문가가 추천한 거예요. 그리고 책은 무거워서 사서 들고 오려면 힘들어요.

남자: 그래도 애들이 볼 거니까 내용을 먼저 살펴보고 사야지요.

① 아이들 책은 무겁지 않아야 한다.

② 아이들 책은 온라인으로 사야 한다.

③ 아이들 책은 전문가의 추천이 중요하다.

④ 아이들 책은 직접 본 후에 사는 게 좋다.

TOPIK II <60회 듣기 19번>

正確解答④

屬於中心思想Ranking 類型（5）「-는 게 어때요?」和類型（2）「-어／아야하다.」

從選項中選出與「직접 보고 사는 게 어때요? (親自翻閱再買，如何?)」和「내용을 먼저 살펴보고 사야지요. (應先看過內容再買)」相同的內容。

模擬試題

[1~7] 다음을 듣고 남자의 중심 생각을 고르십시오. (각 2점)

1. ① 여름용 이불은 직접 만져 본 후 고르는 것이 좋다.
   ② 이불이 부드러우면 피부에 잘 붙기 때문에 좋지 않다.
   ③ 여름용 이불은 거친 것보다 부드러운 것이 더 좋다.
   ④ 인터넷 쇼핑을 이용하면 여름용 이불을 싸게 살 수 있다.

2. ① 자유롭게 다닐 수 있는 여행이 좋다.
   ② 여행 일정을 짜는 것은 힘든 일이다.
   ③ 단체 관광 상품은 여러 가지 장점이 있다.
   ④ 여행은 시간에 맞춰 이동하는 것이 중요하다.

3. ① 마트 휴무일을 평일로 옮겨야 한다.
   ② 마트 휴무일을 미리 알아두는 것이 좋다.
   ③ 전통 시장의 시설을 편리하게 해야 한다.
   ④ 전통 시장 활성화를 위해 마트 휴무일이 필요하다.

4. ① 마음이 편해야 잠을 잘 잘 수 있다.
   ② 피곤이 쌓였을 때는 푹 자는 것이 좋다.
   ③ 잠을 잘 못 자는 이유는 스트레스 때문이다.
   ④ 피곤할 때 따뜻한 물로 목욕을 하는 것이 좋다.

5.　① 화를 푸는 방법을 찾는 것이 필요하다.
　　② 화가 났던 이유를 글로 써 보는 것이 좋다.
　　③ 싸우고 나면 되도록 빨리 화해하는 것이 좋다.
　　④ 싸우기 전에 천천히 친구의 얘기를 들어야 한다.

6.　① 회의 내용을 다시 정리해 주면 좋겠다.
　　② 회의 때는 중요한 이야기만 하는 것이 좋다.
　　③ 의견이 다양하면 적절하게 조정을 해야 한다.
　　④ 회의 중에 서로의 생각을 나눌 수 있었으면 한다.

7.　① 지하철은 시간을 절약할 수 있다.
　　② 차 없이 다니면 여러 가지 장점이 있다.
　　③ 대중교통을 이용하면 책을 읽을 수 있다.
　　④ 운동량이 부족하면 걸어 다니는 것이 좋다.

▶聽力第20題 **訪談中最重要的是，必須置重於提問人問了什麼，因為提問即為中心思想的根據**。訪談內容為擁有我們普遍熟知之職業的人（專家、店鋪主人、歌手、翻譯家），或是以當次TOPIK出題時在韓國受關注的人物或場所編寫而成。

듣기20번 | 黃金秘笈

1️⃣ 訪談形式。

2️⃣ 須先了解試題問的是什麼，再注意聽訪談主題的訊息。

3️⃣ 中心思想的10種類型如p.95所示。

듣기20번 | 考古題 ▶ 訪談

[17~20] 다음을 듣고 남자의 중심 생각을 고르십시오. (각 2점)

20.

여자: 기자분이 진행하시는 시사 프로그램이 인기를 끄는 이유는 뭘까요?

남자: 저는 청취자가 누구인가를 먼저 생각합니다. 우리 방송을 듣는 분들은 보통 사람들이거든요. 그래서 저는 일반인의 수준에서 전문가들에게 끊임없이 질문합니다. 어려운 표현이 나오면 다시 설명해 달라고 부탁하기도 하고요.

① 시사 프로그램은 일반인에게 인기를 얻기 어렵다.
② 일반인의 눈높이에서 시사 문제를 전달해야 한다.
③ 청취자가 참여하는 시사 프로그램을 만들고 싶다.
④ 시사 프로그램 진행자는 청취자의 질문에 답해야 한다.

TOPIK II <60회 듣기 20번>

解説

正確解答②
屬於中心思想Ranking 類型
（3）「그래서」
要找出時事節目吸引人氣之理由的答案。從選項中選出與「일반인의 수준에서（從一般人的水準）」和「어려운 표현이 나오면 다시 설명해 달라고 부탁한다.（若出現困難表現，就會請求再解說一次）」相同的內容。

模擬試題

[1~2] 다음을 듣고 남자의 중심 생각을 고르십시오. (각 2점)

1.　① 웃을 때는 큰 소리로 웃는 것이 좋다.
　　② 웃음은 의사와 환자의 친밀도를 높인다.
　　③ 웃는 행동이 건강에 좋은 영향을 미친다.
　　④ 웃는 행동은 환자의 치료에 도움이 된다.

2.　① 과거의 추억을 함께 느껴보고 싶다.
　　② 젊은이들에게 과거의 모습을 알려야 한다.
　　③ 학교의 모습을 시기별로 정리하는 게 필요하다.
　　④ 과거의 모습을 간직하는 것은 의미 있는 일이다.

5 | 順序排列

1 情報

▶ 閱讀第13～15題 題型為掌握順序的題目。比為<mark>三級程度的考題</mark>，用以檢測對文章脈絡之理解能力。這個題型要能把（가）～（라）四個句子組成一段話，因此是結構簡單的內容。

읽기 13번~15번 | **黃金秘笈**

① 從選項（가）～（라）中選定兩個當作第一個句子。如此一來，兩個句子中內容範圍比較大的句子就是第一個句子。

② 包含連接詞（그리고、그러나等）、指示代名詞（이、그、저）、以及有包含意義的助詞（N-도）等句子不是第一個句子。

③ 確認連接詞、指示代名詞，然後只要選出依照順序正確排列的選項即可。

🍳TIP 可預測的新聞報導或網站
- 政策相關內容：在NAVER或Google上搜尋「부터」和「시행」的話，可以事先知道在TOPIK測驗期間預計實施或已實施的政策。
  〈파이낸셜뉴스〉-〈용환오 기자〉的報導（有仔細訂正齊全的新政策）
- 奇聞軼事：在네이버（NAVER）上搜尋〈북토비 생각동화 – 전래 동화〉，〈헬로우키즈-전래동화〉
- 健康資訊生活資訊相關內容：參考〈아시아경제〉-〈이진경 기자〉的〈키드뉴스〉
- 動物相關內容：〈네이버〉-〈애니팩트：The신기한 동물사전〉

읽기 13번~15번 | Ranking

🌐 情報
※詞彙譯文請參閱詳解本P.147

Ranking 11	可能出題之內容
⑴ **個人文章**	미담, 추억 등

02	人類相關	연령별 특징, 심리, 신체, 아이디어, 스트레스 등
03	奇聞軼事	위인, 한국에서 유명한 전래 동화, 이솝우화 등
04	健康	음식 효능, 건강 관리법, 건강을 위한 습관 등
05	資訊	생활 상식, 과학 정보 등
06	政策	TOPIK 시험문제가 만들어지는 시기에 한국에서 앞으로 필요한 정책, 시행될 예정인 정책, 최근에 시행된 정책이 출제된다.
07	由來	재미있는 유래
08	社會現象	과거와 달라진 현상
09	動物	우리가 모르고 있고 관심을 가질 만한 동물의 특징이 출제된다.
10	最新話題	TOPIK 시험문제가 만들어지는 시기에 한국에서 화제가 되고 있는 일이 출제된다.
11	技術	아이디어

읽기 13번~15번 | 考古題 ▶ 順序排列

[13~15] 다음을 순서대로 맞게 배열한 것을 고르십시오. (각 2점)

13.

(가) 환경 보호를 위해 포장 없이 내용물만 판매하는 가게가 있다.

(나) 사람들이 용기에 든 물품을 사려면 빈 통을 준비해 가야 한다.

(다) 빈 통이 없는 사람들에게는 가게에서 통을 대여해 주기도 한다.

(라) 이 가게에서는 밀가루나 샴푸 등을 커다란 용기에 담아 놓고 판매한다.

① (가)-(나)-(라)-(다)　　② (가)-(라)-(나)-(다)
③ (나)-(가)-(라)-(다)　　④ (나)-(다)-(가)-(라)

TOPIK II <60회 읽기 13번>

解説

正確解答②

屬情報Ranking 類型（8）〈社會現象〉，要找出（가）和（나）哪一個是第一個句子。（나）並沒有關於「용기에 든 물품」的說明，所以不是第一句，因此（가）為第一個句子。由於（가）有關於店鋪的說明，因此第二個句子要選對店鋪有補充說明的（라）才自然。

本段以以下順序排列組成。（가）有為了響應環保，沒有外包裝，僅販售內容物的店家／（라）這店家將麵粉或洗髮精等裝在很大的容器裡販售／（나）人們得準備空桶子前去購買／（다）但如果沒有空桶子，店家也出借桶子。

14.

(가) 요금을 내려고 보니 가방 어디에서도 지갑을 찾을 수 없었다.

(나) 감사의 인사를 전하는 나에게 아주머니는 환하게 웃어 주셨다.

(다) 회사에 지각할 것 같아서 막 출발하려는 버스를 뛰어가서 탔다.

(라) 그냥 내리려는데 뒤에 서 있던 아주머니가 대신 요금을 내 주셨다.

① (가)-(다)-(나)-(라) ② (가)-(라)-(다)-(나)
③ (다)-(가)-(라)-(나) ④ (다)-(나)-(라)-(가)

TOPIK II <60회 읽기 14번>

正確解答③

屬情報Ranking類型（1）〈個人文章〉，要找出（가）和（다）哪一個是第一個句子。（가）和（다）之中，因為在內容順序上，搭公車是第一個動作，所以（다）為第一個句子。

本段是以下面順序所組成。
（다）我上公車／（가）可是皮夾不見了／（라）站在我後面的大嬸幫我付了車資／（나）我向她表達謝意。

15.

(가) 쉬어도 떨림이 계속된다면 마그네슘이 부족해서일 수도 있다.

(나) 눈 밑 떨림의 주된 원인은 피로이므로 푹 쉬면 증상은 완화된다.

(다) 이런 사람들은 마그네슘이 풍부한 견과류나 바나나를 먹으면 좋다.

(라) 누구나 한 번쯤은 눈 밑이 떨리는 경험을 해 본 적이 있을 것이다.

① (나)-(다)-(라)-(가) ② (나)-(라)-(다)-(가)
③ (라)-(가)-(다)-(나) ④ (라)-(나)-(가)-(다)

TOPIK II <60회 읽기 15번>

正確解答④

屬情報Ranking類型（4）〈健康〉，由（가）和（라）中找出哪一個是第一個句子。（가）和（라）兩個句子中，談論眼瞼抖動現象以（라）切入最為自然，因此（라）為第一個句子。

本段是以以下的順序所組成。
（라）大家應該都有眼瞼顫抖的經驗／（나）會造成眼瞼顫抖是因為疲勞所致，只要好好休息就會緩解／（가）如果休息了還是繼續顫抖，那就是因為缺乏鎂／（다）這類人若能吃堅果類或香蕉的話是好的。

模擬試題

[1~6] 다음을 순서대로 맞게 배열한 것을 고르십시오. (각 2점)

1.

> (가) 어느 날 어머니가 나에게 작은 수첩을 주셨다.
>
> (나) 그러면서 중요한 일이 있을 때마다 메모를 하라고 하셨다.
>
> (다) 그때부터 나는 메모를 하기 시작했고 잊어버리는 일도 줄어들게 되었다.
>
> (라) 나는 평소에 해야 할 일을 자주 잊어버릴 때가 많았다.

① (라)-(다)-(가)-(나) ② (라)-(가)-(나)-(다)
③ (가)-(라)-(나)-(다) ④ (가)-(나)-(다)-(라)

2.

> (가) 따라서 실내 온도를 신생아에게 가장 쾌적한 24도 정도로 유지해 주어야 한다.
>
> (나) 그래서 체온이 외부의 온도 변화에 영향을 잘 받는다.
>
> (다) 더운 방에서 아기를 포대기에 싸 두면 열이 날 수도 있다.
>
> (라) 신생아는 체온을 조절하는 능력이 완전하지 못하다.

① (라)-(나)-(다)-(가) ② (라)-(가)-(나)-(다)
③ (다)-(나)-(라)-(가) ④ (다)-(가)-(나)-(라)

3.

> (가) 약을 먹으면 통증이 줄어들기 때문에 무리할 수 있어서 아픈 곳이 더 나빠질 수도 있다.
>
> (나) 팔이 아프면 팔을 조심하게 되고 다리가 아프면 다리를 조심하게 된다.
>
> (다) 사람은 통증을 느끼게 되면 통증을 느끼는 부분을 조심하게 된다.
>
> (라) 하지만 통증을 느낀다고 해서 금방 약을 먹는 것은 좋지 않다.

① (나)-(가)-(다)-(라) ② (나)-(다)-(가)-(라)
③ (다)-(나)-(라)-(가) ④ (다)-(라)-(나)-(가)

4.

> (가) 아들 개구리가 계속 자기가 본 동물이 더 크다고 하자 결국 아빠는 배가 터져 죽고 말았다.
> (나) 그러던 어느 날 아들 개구리가 황소를 보고 아빠에게 더 큰 동물을 봤다고 이야기를 했다.
> (다) 어느 시골 연못에 항상 자기의 몸이 큰 것을 자랑하는 아빠 개구리가 있었다.
> (라) 아빠 개구리는 아들이 본 짐승보다 몸집을 더 크게 만들려고 몸속에 공기를 불어 넣었다.

① (다)-(라)-(나)-(가)　　② (다)-(나)-(라)-(가)
③ (라)-(다)-(가)-(나)　　④ (라)-(가)-(다)-(나)

5.

> (가) 그러고 나서 산을 오를 때에는 일정한 속도로 걸어야 한다.
> (나) 그리고 보통 약 50분 산행 뒤 5분 정도 쉬어야 한다.
> (다) 산을 올라가기 전에 등산화가 발에 꼭 맞도록 끈을 묶어 주어야 한다.
> (라) 등산을 하는 사람은 안전한 등산을 위해 다음과 같은 점을 조심해야 한다.

① (다)-(가)-(나)-(라)　　② (다)-(가)-(라)-(나)
③ (라)-(나)-(가)-(다)　　④ (라)-(다)-(가)-(나)

6.

> (가) 악어가 먹이를 잡을 때에 물속에서 바위인 것처럼 움직이지 않고 먹이를 기다린다.
> (나) 육식 동물인 악어는 다른 동물들과 달리 독특한 방법으로 먹이를 잡는다.
> (다) 동물들은 바위인 줄 알고 물가에서 물을 마시기 시작한다.
> (라) 그러는 순간 악어는 아주 빠르게 먹이를 물고 물속으로 들어간다.

① (나)-(라)-(가)-(다)　　② (나)-(가)-(다)-(라)
③ (가)-(다)-(나)-(라)　　④ (가)-(나)-(다)-(라)

1 對應題型、綜合題型

▶閱讀第16～18題 題型為選出適合填入空格中內容的題目。這是三級程度的考題，用以檢測能否找出文章內所需內容之能力。雖然此題型的主題非常多，但可以依從文章中找尋答案的類型來區分，可分為對應題型、綜合題型。不過也可能會只有對應題型的情況。

 읽기 16번~18번 ┃ **黃金秘笈**：對應題型

對應：這是兩個內容根據某種關係，彼此配對的題型。

$$A : B = A' : (\mathbb{B'})$$

①B' ②C ③D ④E

1 找出空格前後內容中近義詞等相似的表現。

2 找出可填入空格配對的內容後，掌握意義。

3 掌握意義之後，確認連接詞的種類，然後找尋近義詞、類似表現或反義詞、反對表現然後從選項中選出答案。

[16~18] 다음을 읽고 (   )에 들어갈 내용으로 가장 알맞은 것을 고르십시오. (각 2점)

16.

> 원래 ❹악수는 상대를 안심시키기 위한 행동이었다. 중세 시대의 기사들은 칼과 같은 ❸무기를 가지고 다니다가 적과 싸울 때 꺼내 들었다. 하지만 ❹'(   ) 때에는 ❸'악수를 하면서 손에 무기가 없음을 보여 주었다. 이렇게 안전을 확인시켜 주기 위한 행동이 오늘날에게는 반가움과 존중을 표시하는 인사법이 되었다.

① 싸울 생각이 없을
② 상대의 도움을 받았을
③ 자신의 잘못을 사과할
④ 무기를 새로 구해야 할

TOPIK II <60회 읽기 16번>

17.

> 특별한 사건 없이 주인공의 단순하고 반복적인 일상을 다룬 한 영화가 인기를 끌고 있다. 주인공이 하루하루를 평범하게 보낼 뿐 별다른 일을 하지 않는데도 관객들은 영화에 빠져든다. 관객들은 그동안 잊고 지냈던 일상의 기쁨을 새삼 깨닫는 것이다. 그리고 행복은 ❹크고 거창한 꿈에만 있는 것이 아니라 ❸(   ) 일에서도 찾을 수 있음을 발견한다.

① 스스로 인정하지 않는
② 현실 속의 작고 소소한
③ 평소 자주 하지 못하는
④ 일상에서 하기 쉽지 않은

TOPIK II <60회 읽기 17번>

解説

正確答案①

屬對應題型，活用反義的表現，找出適合填入空格中的內容即可。

❹악수는 상대를 안심시키기 위한 행동 (握手是為了使對方安心的舉動) ❸무기를 가지고 다니다가 적과 싸울 때 꺼내 들었다. (帶著武器行走，與敵方交戰時拔出來)。但是❹'「(적과 싸우지 않을) 때에는 (不與敵人交戰時)」，❸'악수를 하면서 손에 무기가 없음을 보여 주었다. (握手以表示自己手上沒有武器)。這樣是為了讓對方確認安全的行動。

正確解答②

屬對應題型，活用反義的表現，找出適合填入空格中的內容即可。

幸福是❹크고 거창한 꿈에만 있는 것이 아니라 (不是只存在於巨大宏偉的夢想中) ❸(작은) 일에서도 찾을 수 있다. (即使是細小的事物也能找到)。

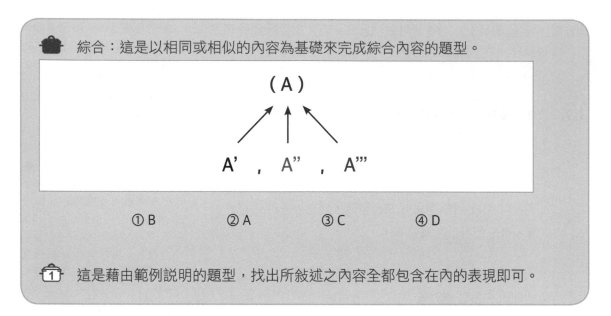

🍲 綜合：這是以相同或相似的內容為基礎來完成綜合內容的題型。

(A)

A' , A" , A"'

① B　　　　② A　　　　③ C　　　　④ D

🔖1 這是藉由範例說明的題型，找出所敘述之內容全都包含在內的表現即可。

읽기 16번~18번 | **考古題** ▶ **綜合題型**

[16~18] 다음을 읽고 (　　)에 들어갈 내용으로 가장 알맞은 것을 고르십시오. (각 2점)

16.

의심과 믿음을 색깔로 비유한다면 🅐'의심은 🅐'검은색과 같고 믿음은 하얀색과 같다. 아무리 흰색 물감을 많이 넣어도 검은색은 하얀색이 되지 않는다. 하지만 흰색 🅐"'물감은 검은색 물감 🅐"한 방울만으로도 금방 🅐회색으로 변한다. 이는 🅐"'사람 사이에서도 마찬가지이다. 🅐"한번 의심하게 되면 🅐(　　　　).

① 자신감이 줄어든다
② 고민거리가 많아진다
③ 문제점 파악이 힘들다
④ 관계를 되돌리기 어렵다

TOPIK II <37회 읽기 16번>

解說

正確答案④
空格前面提到「의심」。若要找出與「의심」相關的內容
의심→ 🅐'검은색 →只需要🅐"
한 방울就會馬上變成灰色。

🍲**TIP** TOPIK題型中經常活用「N-도 마찬가지이다.」這表示「마찬가지이다」前後句子的情況相同，因此如果看兩個內容的關係，會如下方所示。

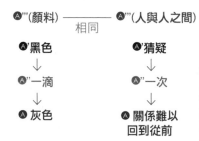

🅐"'(顏料)	相同	🅐"'(人與人之間)
🅐'黑色		🅐'猜疑
↓		↓
🅐"一滴		🅐"一次
↓		↓
🅐 灰色		🅐 關係難以回到從前

18.

한 가전 업체에서 ⓐ'옷을 태우지 않는 다리미를 내놓았다. 작동 원리는 다림질하다 손을 떼면 다리미 밑판 앞뒤에서 ⓐ"다리가 튀어나와 옷과 다리미 사이에 간격이 생기는 방식이다. 다리미를 다시 잡으면 다리가 들어간다. **별것 아닌 듯한 이 다리미에 시장의 반응은 뜨거웠다.** 많은 사람들이 고민하던 ⓐ(   ) 때문이다.

① 가격을 저렴한 수준으로 낮추었기
② 모양을 적절한 방법으로 바꾸었기
③ 내용을 합리적인 방식으로 설명했기
④ 문제를 새로운 아이디어로 해결했기

TOPIK II <47회 읽기 18번>

正確答案④

空格前面提到「많은 사람들이 고민하던（的什麼） 때문이다」。「때문이다」前面已經出現結果了，如果把它重新整理成一句話，結果如下。

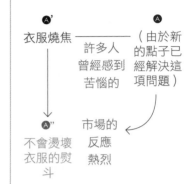

模擬試題

[1~2] 다음을 읽고 (   )에 들어갈 내용으로 가장 알맞은 것을 고르십시오. (각 2점)

1.

> 달은 예로부터 사람들의 관심 대상이었다. 예를 들어 동양 사람들은 달 속에 토끼가 살고 있다고 생각했고 서양 사람들은 여신이 살고 있다고 생각했다. 달 표면의 어두운 면을 위주로 보면 토끼의 모습을 볼 수 있고 (   ) 여신의 모습을 볼 수 있다. 다시 말해 동일한 달을 어떻게 보느냐에 따라 생각이 달라지는 것이다.

① 달이 커지는 정도에 따라 살펴보면
② 달의 밝은 부분을 중심으로 바라보면
③ 달을 서양 사람들의 시선에서 알아보면
④ 달이 뜨는 시간과 지는 시간에 지켜보면

2.

> 직장인들은 직장에서 일하면서 월급을 받기도 하지만 보람을 찾기도 한다. 이런 보람을 느끼기 위해서는 직장이 자신의 적성에 잘 맞아야 한다. 업무가 자신의 적성에 잘 맞아야 직장 생활을 즐겁게 할 수 있는 것이다. 그렇기 때문에 직장을 선택할 때는 월급이나 근무 조건도 중요하지만 무엇보다도 (   ) 먼저 고려해야 한다.

① 평생 근무할 직장인지를
② 타인의 평가가 어떤지를
③ 사회적 지위가 어떤지를
④ 자신의 적성에 맞는지를

模擬試題

[1~2] 다음을 읽고 (   )에 들어갈 내용으로 가장 알맞은 것을 고르십시오. (각 2점)

1.

> 흔히 우리의 성격은 태어날 때부터 선천적으로 결정된다고 생각하는 사람이 많다. 그러나 반드시 그런 것은 아니다. 대부분의 학자들은 성격이 선천적으로 타고나는 것과 (   ) 복합적으로 작용하여 형성되는 것이라고 말한다. 다시 말해 성격은 유전과 환경의 영향으로 형성된다는 것이다.

① 어릴 때 받은 사랑이
② 태어날 때 느낀 감정이
③ 성장하면서 영향을 주는 사람이
④ 자라나는 과정에서 겪는 경험이

2.

> 나무가 잘 자라게 하려면 때에 맞춰 가지를 잘라 주어야 한다. 잘라 주지 않으면 영양분이 골고루 공급되지 않고 이상하게 자라기 때문이다. 사람도 이와 마찬가지다. 어렸을 때 잘못을 했을 경우 부모가 (   ) 그 아이는 제멋대로 자라날 것이다. 또 어른이 되어서도 예의 없는 사람이 될 가능성이 높다.

① 사랑을 주지 않는다면
② 반성을 하지 않는다면
③ 자식을 야단치지 않는다면
④ 책임을 지려고 하지 않는다면

2 公開文章、個人文章

▶ **寫作第51題的題型** 是在空格內直接寫出正確的內容以完成文章的題目。這是三級程度考題，用以測驗句子組合能力。此題型是依日常生活所需，以應用文寫的文章。可再分成公開文章與個人文章。公開文章是許多人可以一起看的，主要是以網站或公佈欄的文章來出題，有時也會以電子郵件或訊息出題的情況；相反的，個人文章則是傳給熟人的內容，主要是以電子郵件或文字訊息來出題。

	可能出題的內容
公開文章	· 團體通知 – 學生會、社團、旅行社等團體向個人提供資訊的文章。 · 個人通知 – 捐贈或販賣二手物品、拾獲遺失物或協尋、徵求室友等。 · 個人洽詢 – 請求交換或退款、預約或取消、尋求建議、購買評價等。
個人文章	· 招待、祝賀、感謝、約定、請託、問候等日常內容。

쓰기 51번 | **黃金秘笈：公開文章**

1 確認到底是「-(스)ㅂ니다」還是「-아／어요」。因為是公開文章，所以大部分是「-(스)ㅂ니다」。

2 一定要確認寫文章的人是誰，若是個人的通知，只要想「寫文章的人就是我」去寫就是了。但若是團體通知，則想自己是「閱讀文章的人」來寫就對了。

3 利用文章的題目來尋找動詞，找到動詞之後不可直接原封不動地使用，須查看（　）的前後文並活用語法。還有，不可只填寫動詞，務必要找出適合的目的語（N-을／를）一起填入。

4 確認空格前後的內容，另外還要確認空格後是句點（．）、問號（？）或是語法連接。

5 確認是否需要使用尊待語法。因為是公開文章，大多使用尊待語法。

6 請牢牢記住，不是要你想新的單字來寫，而是得利用題目裡的單字作答。此外，因為是三級程度，不太會使用中高級詞彙，只要用簡單的詞彙作答即可。

⬤ 經常使用的文法和表現

01	邀請或請託	① V-아/어 주십시오. ② V-기 바랍니다.
02	計畫	① V-(으)려고 합니다. ② V-고자 합니다.
03	要求	① 구합니다. ② 찾습니다.

쓰기 51번 | 考古題 ▶ 公開文章

[51] 다음 글을 읽고 ㉠과 ㉡에 들어갈 말을 한 문장씩 쓰십시오.

51.
> ㉯   什麼樣的   **무료로 드립니다**   活用題目
> ‖
> 저는 유학생인데 공부를 마치고 다음 주에 고향으로 돌아
> 갑니다. 그래서 지금 (㉠). 책상, 의자, 컴퓨터, 경영학
> 전공 책 등이 있습니다. 이번 주 금요일까지 방을 비워 줘
> 야 합니다.
> (㉡). 제 전화번호는 010-1234-5678입니다.

㉠ 제가 사용하던 물건을 드리려고 합니다.

㉡ 금요일 전까지 연락해 주십시오.

TOPIK II <35회 쓰기 51번>

解說

公開文章：個人通知

🔖 黃金秘笈

①-（스）ㅂ니다.
②寫文章的人：我
③（㉠）的動詞：무료로
　드립니다
④（㉡）的前子句有時
　間，後子句有電話號
　碼。
⑤使用尊待語。

（㉠）的表現
想要**免費**捐贈（什麼）。
책상、의자、컴퓨터、경영학 전
공 책→物品
（什麼樣的）物品→使用過的
物品
（誰）使用過的物品→我使用
過的物品
➡ 제가 사용하던 물건을 무
　료로 드리려고 합니다.
　（我想免費捐贈我使用過
　的物品。）

（㉡）的表現
時間–什麼時候之前
電話號碼–請聯繫我
➡ 금요일 전까지 연락해 주
　십시오. （請在週五之前
　聯繫我。）

51.

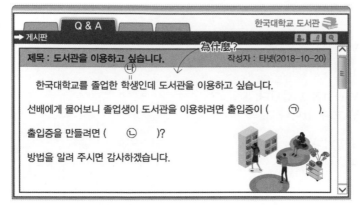

ⓐ 필요하다고 합니다 / 있어야 한다고 합니다

ⓑ 어떻게 해야 합니까 / 됩니까

TOPIK II <60회 쓰기 51번>

〈公開文章：個人洽詢〉

🎒 黃金秘笈

①－（스）ㅂ니다.
②寫文章的人：我
　閱讀文章的人：圖書館
　網站管理者
③（ⓐ）的敘述語：필요
　하다、있다
④（ⓑ）的後面有問號
　（？）。

（ⓐ）的表現
後面的內容有「출입증을 만들다（製作通行證）」這個表現。
為了完成「출입증이（ⓐ）」這個句子，字彙應使用「있다」、「필요하다」。
另外，因為語法是從「선배에게 물어보니（向學長詢問）」開始的，故必須使用「間接話法」。

（ⓑ）的表現
句子以問號（？）結束。後面的內容有「방법을 알려 주시면 감사합겠습니다.（如能告知方法感激不盡）」。（ⓑ）的詞彙必須使用詢問方法的「어떻게」。另外，語法必須使用經常和「－（으）려면」相呼應的「－아／어야 한다」。

1 確認到底是「-(스)ㅂ니다」還是「-아／어요」。因為是個人性質文章，所以大部分是「-(스)ㅂ니다」。

2 一定要確認寫文章的人是誰。因為是個人文章，大部分作答時，大家只要想「寫文章的人就是我」作答即可。

3 一定要確認閱讀這篇文章的人是誰。個人文章大部分是電子郵件或文字訊息。此時收到文章的人若是熟人，由於會使用一般的尊待語，所以沒有特別需要注意的。不過接收文章的人若是長輩或上位者，就必須留意。因為，使用尊待語固然重要，還是得依情境備禮。舉例來說，表命令或願望的「V-기 바랍니다」是不會對長輩或上位者使用的文法。因此，在個人文章中，必須活用下列語法。

4 由於個人文章沒有題目的緣故，要思考語法，確認空格前後的內容。另外，如果已經找到動詞，不可只填入動詞，必須找出相符的目的語（N-을／를）作答。

5 務必確認空格後是句點（.）、問號（？）還是連接語法。

◉ 經常使用的語法與表現

01	要求或請託	① V-고 싶습니다. ② V-았/었으면 좋겠습니다. ③ V-아/어 주시겠습니까?
02	允諾或意願詢問	V-(으)면 될까요?/되겠습니까?
03	計畫	V-(으)려고 합니다.

51.

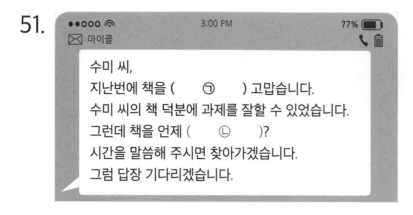

수미 씨,
지난번에 책을 (　ᄀ　) 고맙습니다.
수미 씨의 책 덕분에 과제를 잘할 수 있었습니다.
그런데 책을 언제 (　ᄂ　)?
시간을 말씀해 주시면 찾아가겠습니다.
그럼 답장 기다리겠습니다.

ᄀ 빌려줘서
_____

ᄂ 돌려주면 될까요
_____

TOPIK II <52회 쓰기 51번>

解説

🔖 黃金秘笈

①-（스）ㅂ니다.
②寫文章的人：我
　閱讀文章的人：수미
　씨-親近的人
③（ᄀ）為什麼感謝？
④（ᄂ）的前面有「언
　제」，後面有問號
　（？）。

（ᄀ）如果要找感謝的理由，是「책을 빌려 줬다」。
➡ 지난번에 책을 (빌려줘서) 고맙습니다.（謝謝上次你借書給我。）

（ᄂ）因為有「언제」的緣故，必須用「빌려주다」的反義詞「돌려주다」。另外，因為空格後有問號（？），所以必須用表允諾或詢問意願的語法「-（으）면 될까요?」
➡ 그런데 책을 언제 (돌려주면 될까요)？（可是書什麼時侯要還?）

[1~2] 다음을 읽고 ㉠과 ㉡에 들어갈 말을 한 문장씩 쓰십시오. (각 10점)

1.

룸메이트 구함.

저는 은혜대학교에 다니는 여학생입니다. 제가 살고 있는 집은 방이 두 개라서 혼자 살기 좀 큰 편입니다. 그래서 함께 (㉠). 학교에서 가깝고 시설도 좋습니다. 저와 같이 살 생각이 있으신 여학생은 (㉡). 제 전화번호는 010-1234-5678니다.

㉠ _____

㉡ _____

2.

회원 모집

여러분은 우리 차에 대해 얼마나 알고 드십니까?

우리 차 모임 '차 사랑'에서는 함께 차도 마시고 우리 차에 대해 공부도 하실 분을 (㉠). 차를 좋아하는 분이라면 누구나 환영합니다.

평일 오전 9시부터 오후 5시 사이에 언제든지 저희 사무실로 (㉡). 사무실은 동아리 회관 3층 303호입니다.

㉠ _____

㉡ _____

模擬試題

[1~2] 다음을 읽고 ㉠과 ㉡에 들어갈 말을 한 문장씩 쓰십시오. (각 10점)

1.

●●○○○ 🛜　　　　　3:00 PM　　　　　77% 🔋

✉　　　　　　　　　　　　　　　　　📞 🗑

> 마이클 윌리엄 씨께
> 지난번 저희 결혼식에 참석해 주셔서 감사합니다. 새
> 로 이사한 집도 이제 정리가 거의 끝났습니다. 그래서
> (　　㉠　　).
> 집들이 시간은 이번 주 토요일 저녁 6시입니다. 혹시
> (　　㉡　　)?
> 그럼 연락 기다리겠습니다.

㉠ _____

㉡ _____

2.

| 받는 사람 | 공민정(kmjlove@gachon.ac.kr) |
| 제　목 | 안녕하십니까? |

안녕하세요?
저는 은혜대학교에 재학 중인 김준기라고 합니다. 이번에 개
최되는 '대학 생활' 사진 공모전에 (　　㉠　　). 공모전 응
모 작품은 이메일에 첨부했으니 확인해 주시기 바랍니다.
그런데 혹시 응모 결과는 (　　㉡　　)? 공고문에 수상자
발표 날짜가 따로 나와 있지 않아서 문의 드립니다.
그럼 안녕히 계십시오.

㉠ _____

㉡ _____

3 說明文

▶ 寫作第52題的題型 是在空格內直接寫出正確的內容以完成文章的題目。這是三級程度，用以檢測組合句子的能力。這個題型屬**說明文**，是敘述某項訊息以讓人了解的實用型文章。

쓰기 52번 ｜ **黃金秘笈**

 對應：這是兩個內容是根據哪種關係彼此配對的題型。

$$A : B = A' : (B')$$

① B'   ② C   ③ D   ④ E

（1）找出空格前後內容裡的類義詞或表現。

（2）找到可填入空格中的配對內容後，掌握其意思

（3）確認連接詞的種類之後，找尋類義詞、相似表現或反義詞、反義表現然後從選項中選出答案。

（4）請牢牢記住，不是要你想新的單字來填寫，而是得利用題目裡的單字作答。此外，因為是三級程度，不太會使用中高級詞彙，只要用簡單的詞彙作答即可。

① **目的與義務**	-(으)려면 -아/어야 한다. -기 위해서는 -아/어야 한다. 따라서 -아/어야 한다.
② **結果與原因**	왜냐하면 -기 때문이다.
③ **部分否定**	-(ㄴ/는)다고 해서 (꼭/반드시) -(으)ㄴ/는 것은 아니다.
④ **引用**	전문가들은 -(으)라고 한다.
⑤ **意見**	-는 것이 좋다.
⑥ **比較**	-는 것보다는 -는 것이 낫다.

[52] 다음을 읽고 ㉠과 ㉡에 들어갈 말을 한 문장씩 쓰십시오. (각 10점)

52.

사람들은 음악 치료를 할 때 ❶환자에게 주로 밝은 분위기의 ❸음악을 들려줄 것이라고 생각한다. 그러나 ❹'환자에게 항상 밝은 분위기의 음악을 ❸'(㉠). ❹치료 초기에는 ❹환자가 편안한 감정을 느끼는 것이 중요하다. 그래서 ❹환자의 심리 상태와 비슷한 분위기의 음악을 들려준다. ❹'그 이후에는 환자에게 다양한 분위기의 음악을 들려줌으로써 ❹'환자가 다양한 감정을 (㉡).

㉠ 들려주는 것은 아니다 / 사용하는 것은 아니다

㉡ 느끼게 한다 / 느끼도록 한다

TOPIK II <60회 쓰기 52번>

52.

우리는 기분이 좋으면 밝은 표정을 짓는다. 그리고 기분이 좋지 않으면 표정이 어두워진다. ❹'왜냐하면 (㉠). 그런데 ❹이와 반대로 표정이 우리의 감정에 영향을 주기도 한다. 그래서 ❸기분이 안 좋을 때 밝은 표정을 지으면 기분도 따라서 좋아진다. 그러므로 ❸'우울할 때일수록 (㉡) 것이 좋다.

㉠ 감정이 우리의 표정에 영향을 주기 때문이다

㉡ 밝은 표정을 짓는

TOPIK II <52회 쓰기 52번>

(㉡) 語法：-는 것이 좋다.
對應：❸기분이 안 좋을 때 밝은 표정을 지으면
（心情不佳時如果做出開朗的表情）
❸'우울할 때일수록 （ ）
（越是憂鬱的時候）
相似：밝은 표정을 짓는
（做出開朗的表情）

（㉠）語法：人們（如何）認為。但不是「-(으)ㄴ／는 것은」
對應：주로 밝은 분위기의 음악을❹들려줄 것이라고 생각한다.❸
（我覺得主要應該讓患者聽氣氛明朗的音樂）
相反：항상 밝은 분위기의 음악을❹'（들려주는 것은 아니다）.❸'
（並不是老給患者聽氣氛明朗的音樂）

（㉡）語法：N-에게（使動表現：-게 하다）
對應：❹치료 초기에는 환자의 심리 상태와 비슷한 분위기의 음악을 들려준다.
（治療初期給患者聆聽與他們心理狀態氣氛相似的音樂）
❹환자가 편안한 감정을 느끼는 것이 중요하다.
（患者感到舒適情感才是重要的）
相似：❹'그 이후에는 환자에게 다양한 분위기의 음악을 들려준다.
（在那之後，給患者聽各式各樣氣氛的音樂）
因此❹'환자가 다양한 감정을 （느끼게 한다）.
（讓患者感受到各式各樣的情感）

（㉠）語法：왜냐하면 –기 때문이다.
對應：왜냐하면 （ ）
❹ 이와 반대로 표정이 우리의 감정에 영향을 주기도 한다.
（與此相反的是，表情並不會對我們的情感造成影響）
相反：❹'감정이 우리의 표정에 영향을 주기 때문이다.
（因為感情也會對我們的表情造成影響）

52.

사람의 손에는 눈에 보이지 않는 세균이 많다. 그래서 병을 예방하기 위해서는 자주 ❹(㉠). 그런데 전문가들은 ❹'손을 씻을 때 꼭 ❺(㉡). ❺'비누 없이 물로만 씻으면 손에 있는 세균을 제대로 없애기 어렵기 때문이다.

㉠ 손을 씻어야 한다 _____

㉡ 비누를 사용하라고 한다 _____

TOPIK II <47회 쓰기 52번>

(㉠) 語法 : -기 위해서는 -아/어야 한다.
　　相似 :（손을 씻어야 한다.）❹
　　　　　必須洗手才行。
　　對應 : 손을 씻을 때❹'
(㉡) 語法 : 전문가들은 -(으)ㄴ고 한다.
　　相反 :（비누를 사용하라고 한다.）❺
　　　　　說要用肥皂洗手。
　　對應 : 비누 없이❺'

52.

머리는 언제 감는 것이 좋을까? 사람들은 보통 ❹아침에 머리를 감는다. 그러나 더러워진 머리는 감고 자야 머릿결이 좋기 때문에 ❹'(㉠). 그런데 젖은 머리로 자면 머릿결이 상하기 쉽다. 따라서 ❺(㉡). 만약 ❺'머리를 말리기 어려우면 아침에 감는 것이 더 낫다.

㉠ 저녁에 감는 것이 좋다 _____

㉡ 자기 전에 머리를 말리고 자야 한다 _____

TOPIK II <41회 쓰기 52번>

(㉠) 語法 : -는 것이 좋다.
　　對應 : 아침에 머리를 감는다. 그러나❹
　　　　　（早上洗頭，但是）
　　相反 :（저녁에 감는 것이 좋다.）❹'
　　　　　晚上洗頭比較好。
(㉡) 語法 : 따라서 -아/어야 한다.
　　對應 : 자기 전에 머리를 말리고 자야 한다.❺
　　　　　（睡前必須先吹乾頭髮。）
　　相似 : 머리를 말리기 어려우면❺'
　　　　　（如果難以吹乾頭髮）

模擬試題

[1~2] 다음을 읽고 ⑤과 ⓒ에 들어갈 말을 한 문장씩 쓰십시오. (각 10점)

1.

> 여름에는 어떤 색 옷을 입는 것이 좋을까? 여름에는 밝은색 (　　⑤　　). 왜냐하면 밝은색은 빛을 반사해서 햇빛이 피부에 직접 닿는 것을 막아 주는 반면에 어두운색은 빛을 흡수해서 체온이 올라가기 때문이다. 그리고 밝은색 옷을 입으면 모기에게 많이 물리지 않는다. 왜냐하면 모기는 어두운색을 좋아해서 어두운 색 옷을 입은 사람을 많이 (　　ⓒ　　).

⑤ _____

ⓒ _____

2.

> 색은 사람의 마음에 영향을 미친다. 파란색은 정직해 보인다는 느낌을 받고, 노란색은 꼼꼼해 보인다는 인상을 받는다. 또 빨간색은 적극적으로 보인다는 (　　⑤　　). 색의 이러한 특징을 실생활에 활용하면 효과를 볼 수 있다. 예를 들면 면접에서 무슨 색의 넥타이를 고르느냐에 따라 면접관에게 주는 느낌이 달라진다. 만약 면접관에게 솔직하고 진실한 느낌을 주고 싶다면 (　　ⓒ　　) 것이 좋다.

⑤ _____

ⓒ _____

7 圖表

1 確認圖表

▶閱讀第10題題型 為活用比較語法，確認選項訊息與圖表是否一致的題目。大部分是將最新話題分性別、年齡層、世代層、地區所做的問卷調查內容。主要以圓形圖表或長條形圖表來出題。

🍲 請先學習詞彙和表現（p.19）！

読기 10번 | 黃金秘笈

1️⃣ 不要先看圖表，應先確認題目之後再讀選項。

2️⃣ 應將圖表上的訊息逐一與圖表核對，以找出正確的資訊。

3️⃣ 因為選項僅以比較表現、排名表現、變化表現構成，故必須先將詞彙與表現學起來。

〈圖表〉

★ 別急著讀，先確認吧！

① 比較　　　② 比較　　　③ 比較　　　④ 比較

읽기 10번 | 考古題 ▶ 比較

[1~2] 다음 글 또는 도표의 내용과 같은 것을 고르십시오.

1.

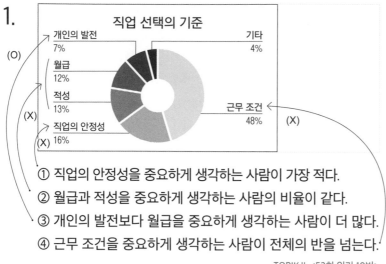

① 직업의 안정성을 중요하게 생각하는 사람이 가장 적다.
② 월급과 적성을 중요하게 생각하는 사람의 비율이 같다.
③ 개인의 발전보다 월급을 중요하게 생각하는 사람이 더 많다.
④ 근무 조건을 중요하게 생각하는 사람이 전체의 반을 넘는다.

TOPIK II <52회 읽기 10번>

2.

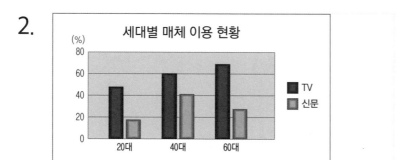

① 신문을 보는 사람의 비율은 20대와 60대가 같다.
② 모든 세대가 텔레비전보다 신문을 더 많이 본다.
③ 신문을 보는 사람의 비율은 60대가 40대보다 낮다.
④ 텔레비전을 보는 사람의 비율은 20대가 40대보다 높다.

TOPIK II <47회 읽기 10번>

解説

正確答案③
개인의 발전(7%) VS 월급(12%)
選項與圖表資訊一致。

正確答案③
看報紙的人在圖表中是「報紙」的高度（淺色），可以確認60歲的比例比40歲低。
① 20歲< 60歲
② 電視 > 報紙
③ 60歲 < 40歲 正確答案
④ 20歲 < 40歲

읽기 10번 | 模擬試題 ▶ 比較

[1~2] 다음 글 또는 도표의 내용과 같은 것을 고르십시오.

1.
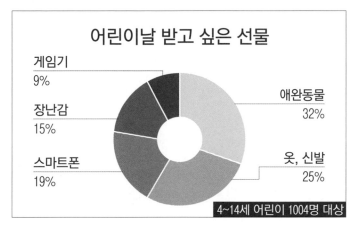

① 스마트폰을 받고 싶은 어린이가 가장 많다.
② 게임기와 장난감을 받고 싶은 어린이의 비율이 같다.
③ 애완동물을 받고 싶은 어린이가 전체의 반을 넘는다.
④ 스마트폰보다 옷, 신발을 받고 싶은 어린이가 더 많다.

2.
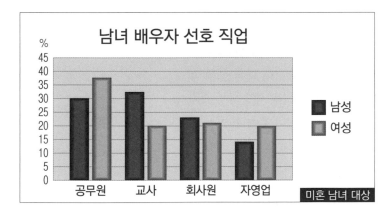

① 자영업은 남성이 세 번째로 선호하는 배우자의 직업이다.
② 여성은 배우자의 직업으로 회사원보다 자영업을 더 선호한다.
③ 공무원은 남성과 여성 모두가 가장 원하는 배우자의 직업이다.
④ 배우자의 직업으로 회사원을 꼽은 사람은 남성이 여성보다 더 많다.

2 理解圖表

듣기 3번 | 黃金秘笈

1️⃣ 應注意聽並確認圖表的訊息為何。

2️⃣ 由於大部分都會提到排名表現與變化表現，因此必須與圖表比較並找出正確資訊。

3️⃣ 因為選項僅是以比較表現、排名表現、變化表現構成，故必須先將詞彙與表現學起來。

듣기 3번 | 考古題 ▶ 排名、變化

[3] 다음 글 또는 도표의 내용과 같은 것을 고르십시오.

3.

> 남자: 여러분은 운동을 자주 하십니까? 문화체육관광부 조사 결과에 따르면 우리 국민이 주 1회 이상 생활 체육에 참여하는 비율이 2014년 이후 계속해서 증가한 것으로 나타났습니다. 가장 많이 하는 운동은 걷기였으며 그 다음은 등산, 그리고 헬스가 그 뒤를 이었습니다.

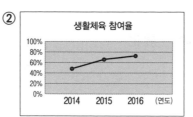

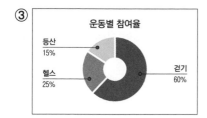

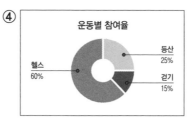

TOPIK II <52회 듣기 3번>

解説

正確答案②
以變化圖表來看，符合「時期＝2014年以後持續增加」的圖表為選項②。若是排名圖表「운동별 참여율（運動別參與率）」，第一名為걷기（健走），第二名為등산（登山），第三名헬스（健身），但沒有相符的圖表。

3.

남자: 직장인들은 점심시간을 어떻게 보낼까요? 직장인의 점심시간은 한 시간이 70%였고, 한 시간 삼십 분은 20%, 한 시간 미만은 10%였습니다. 식사 후 활동은 '동료와 차 마시기'가 가장 많았으며 '산책하기', '낮잠 자기'가 뒤를 이었습니다.

正確答案④
排名圖表「직장인들의 점심시간（上班族的午休時間）」並沒有與調查果相符的圖表。「직장인들의 점심 식사 후 활동（上班族午休時間後的活動）」第一名為동료와 차 마시기（與同事喝茶），第二名為산책하기（散步），第三名為낮잠 자기（睡午覺）。

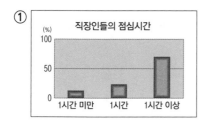

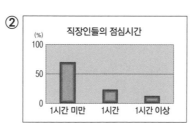

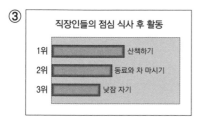

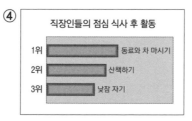

TOPIK II <60회 듣기 3번>

模擬試題

[1~2] 다음 글 또는 도표의 내용과 같은 것을 고르십시오.

1.

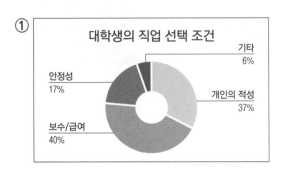

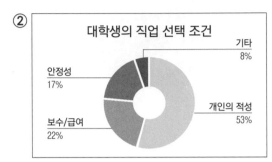

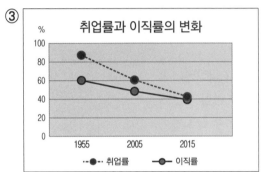

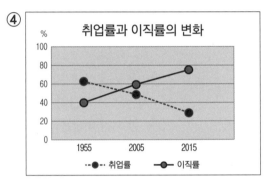

2.

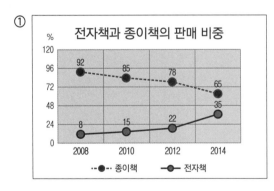

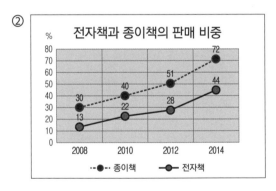

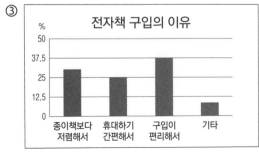

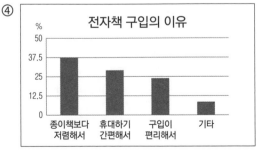

3 解釋圖表

쓰기 53번 | 黃金秘笈

🍱 必須熟悉排名圖表解釋方法與變化圖表解釋方法的整體框架。我們可以由前面所學聽力第3題題型表現中,挑出你們認為在思考時最簡單易答的表現來練習。有時很多考生會誤以為使用高級程度的詞彙或文法會得到比較高的分數。然而大家必須知道,TOPIK寫作題型給分標準並非是使用高級程度的詞彙或語法就會給更多分數的加分制,而是寫錯或文句寫得不自然時就會扣分的減分制。因此,寫作第53題題型最重要的是盡可能不寫錯語法、拼寫法、空格等。一如前面不斷強調的,各位必須盡力活用自己熟知且最有信心的詞彙和語法撰寫文章。

1️⃣ 關於圖表的訊息,須以排名表現、變化表現、比較表現正確的寫出來。

2️⃣ 圖表題型通常以下列兩種內容結合答題
－排名+比較
－排名+原因或理由、展望
－變化+比較
－變化+原因或理由、展望

排名圖表寫作

（調查機構）以（對象）為對象針對（主題）調查。其結果顯示，（比較對象 1）（什麼）占了（多少）%為最多。其次，（什麼）與（什麼）接在其後。相反的，（比較對象2）（什麼）占了（多少）%顯示最高的數據。接著是（什麼）和（什麼）。

整理表現	原因	이러한 원인으로는 (무엇)과 (무엇)을 들 수 있다.
	理由	이유에 대해 (무엇), (무엇)이라고 응답하였다.
	展望	앞으로 V-(으) 것으로 전망된다/기대된다/예상된다.
	概要	조사 결과를 통해서 V-(ㄴ/는)다는 것을 알 수 있다. 결과를 통해서 V-(으)ㄴ 것으로 나타났다. / V-는 것으로 나타났다.(= 드러났다.) 이러한 결과는 V-(으)ㄴ 것으로 보인다. / V-는 것으로 보인다. (비교 대상)은 (무엇)이 중요하다고 생각했다.

變化圖表寫作

以（調查機構）的（對象）為對象，針對（主題）調查。在（什麼時期）（什麼）有（多少），持續（增加／減少）。

```
┌ 持續（增加／減少）
├ 在什麼（時期）大幅（增／減少）。
└ 持續（增加／減少）的途中暫時（增加／減少），然後再次增加。
```

因此在什麼（時期）（什麼）成了（多少）。

整理表現	原因	이러한 원인으로는 (무엇)과 (무엇)을 들 수 있다.
	理由	이유에 대해 (무엇), (무엇)이라고 응답하였다.
	展望	앞으로 V-(으) 것으로 전망된다/기대된다/예상된다.
	概要	조사 결과를 통해서 V-(ㄴ/는)다는 것을 알 수 있다. 결과를 통해서 V-(으)ㄴ 것으로 나타났다. / V-는 것으로 나타났다.(= 드러났다.) 이러한 결과는 V-(으)ㄴ 것으로 보인다. / V-는 것으로 보인다. (비교 대상)은 (무엇)이 중요하다고 생각했다.

53. 다음을 참고하여 '아이를 꼭 낳아야 하는가'에 대한 글을 200~300자로 쓰시오. 단, 글의 제목을 쓰지 마시오. (30점)

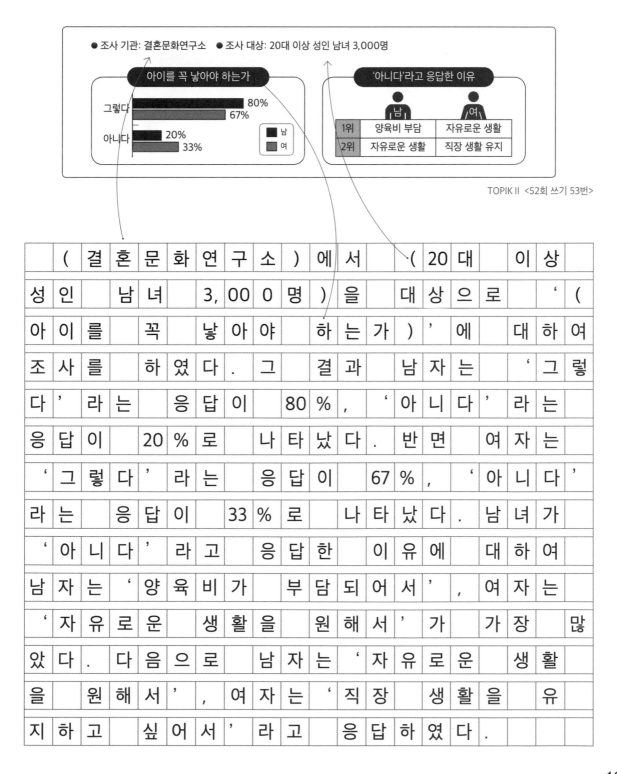

TOPIK II <52회 쓰기 53번>

	(	결	혼	문	화	연	구	소	)	에	서		(	20	대		이	상
성	인		남	녀		3,	00	0	명	)	을		대	상	으	로		' (
아	이	를		꼭		낳	아	야		하	는	가	)	'		에		대	하	여
조	사	를		하	였	다	.		그		결	과		남	자	는		' 그	렇
다	'	라	는		응	답	이		80	%	,		'	아	니	다	'	라	는
응	답	이		20	%	로		나	타	났	다	.		반	면		여	자	는
'	그	렇	다	'	라	는		응	답	이		67	%	,		'	아	니	다	'
라	는		응	답	이		33	%	로		나	타	났	다	.		남	녀	가
'	아	니	다	'	라	고		응	답	한		이	유	에		대	하	여
남	자	는		'	양	육	비	가		부	담	되	어	서	'	,		여	자	는
'	자	유	로	운		생	활	을		원	해	서	'	가		가	장		많
았	다	.		다	음	으	로		남	자	는		'	자	유	로	운		생	활
을		원	해	서	'	,		여	자	는		'	직	장		생	활	을		유
지	하	고		싶	어	서	'	라	고		응	답	하	였	다	.

53. 다음을 참고하여 '인주시의 자전거 이용자 변화'에 대한 글을 200~300자로 쓰시오. 단, 글의 제목을 쓰지 마시오. (30점)

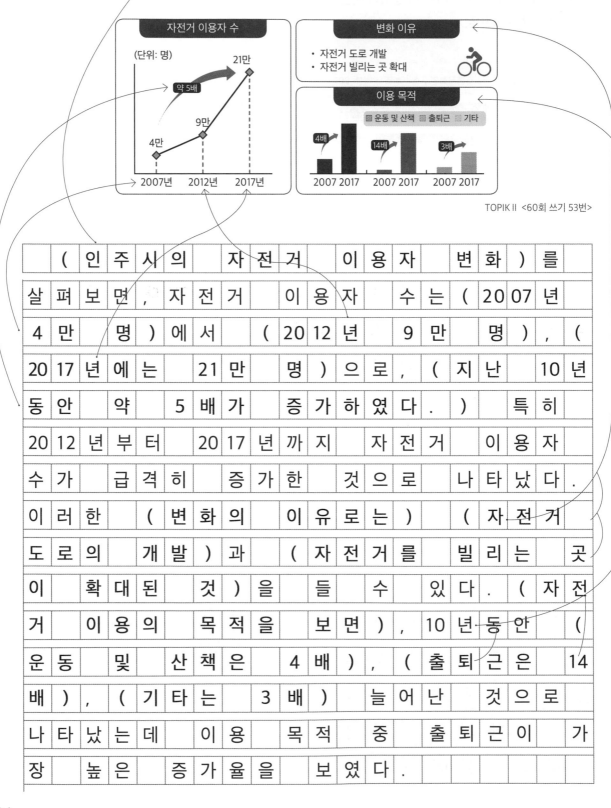

TOPIK II <60회 쓰기 53번>

	(	인	주	시	의		자	전	거		이	용	자		변	화	)	를
살	펴	보	면	,	자	전	거		이	용	자		수	는	(	20	07	년
4	만		명	)	에	서		(	20	12	년		9	만		명	)	,	(
20	17	년	에	는		21	만		명	)	으	로	,		(	지	난		10	년
동	안		약		5	배	가		증	가	하	였	다	.	)		특	히
20	12	년	부	터		20	17	년	까	지		자	전	거		이	용	자
수	가		급	격	히		증	가	한		것	으	로		나	타	났	다	.
이	러	한		(	변	화	의		이	유	로	는	)		(	자	전	거
도	로	의		개	발	)	과		(	자	전	거	를		빌	리	는		곳
이		확	대	된		것	)	을		들		수		있	다	.	(	자	전
거		이	용	의		목	적	을		보	면	)	,	10	년	동	안		(
운	동		및		산	책	은		4	배	)	,	(	출	퇴	근	은		14
배	)	,	(	기	타	는		3	배	)		늘	어	난		것	으	로
나	타	났	는	데		이	용		목	적		중		출	퇴	근	이		가
장		높	은		증	가	율	을		보	였	다	.

模擬試題

1. 다음을 참고하여 '대학생 취업 희망 기업'에 대한 글을 200~300자로 쓰시오. 단, 글의 제목을 쓰지 마시오. (30점)

⊙ 조사 기관: 교육부 ⊙ 조사 대상: 4년제 대학생 21,780명 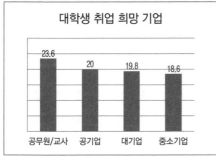	공무원과 교사를 선호하는 이유	
	1위	직업의 안정성
	2위	일에 대한 보람
	3위	사회적 존경

2. 다음을 참고하여 '종이신문 정기 구독률의 변화'에 대한 글을 200~300자로 쓰시오. 단, 글의 제목을 쓰지 마시오. (30점)

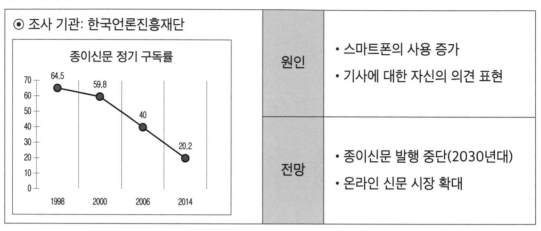

	원인	• 스마트폰의 사용 증가 • 기사에 대한 자신의 의견 표현
	전망	• 종이신문 발행 중단(2030년대) • 온라인 신문 시장 확대

조사 기관: 한국언론진흥재단

종이신문 정기 구독률

64.5 (1998)
59.8 (2000)
40 (2006)
20.2 (2014)

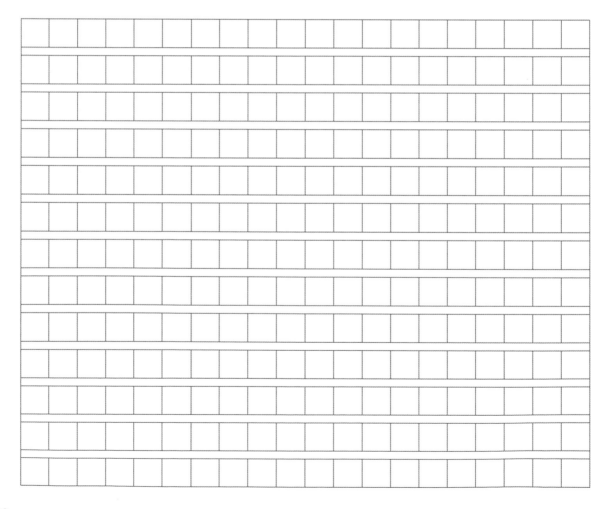

실전모의고사

TOPIK II (3급)

듣기, 쓰기, 읽기

[1~3] 다음을 듣고 알맞은 그림을 고르십시오. (각 2점)

1.

2.

3.

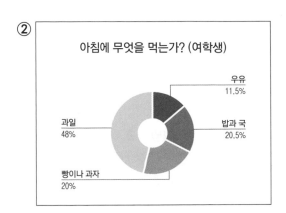

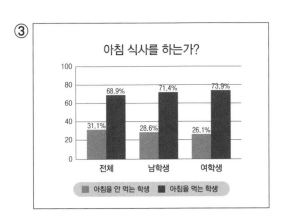

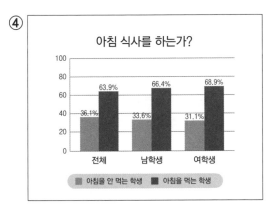

[4~8] 다음 대화를 잘 듣고 이어질 수 있는 말을 고르십시오. (각 2점)

4. ① 그럼요. 제가 당연히 사야지요.
    ② 그럼요. 냉면은 시원해야 맛있지요.
    ③ 좋아요. 제가 냉면 재료를 사 올게요.
    ④ 좋아요. 한번 가 보려고 했는데 잘 됐어요.

5. ① 생각보다 시험이 쉬웠어요.
    ② 이번에는 붙기가 어렵겠군요.
    ③ 다시 도전하면 되니까 힘내세요.
    ④ 꼭 붙을 테니까 걱정하지 마세요.

6. ① 영화 보긴 다 틀렸군.
② 표를 예매할걸 그랬다.
③ 표를 미리 예매하길 잘했네.
④ 영화가 재미없을 거라고 했잖아.

7. ① 그러면 김밥하고 라면 좀 부탁할게요.
② 배가 많이 고플 텐데 뭐 좀 먹을래요?
③ 그러니까 휴게실에 가서 좀 쉬지 그래요?
④ 늦게까지 일하지 않으니까 편한 것 같아요.

8. ① 그럼 괜찮은 곳 좀 추천해 줘.
② 단풍 구경을 못 가서 너무 아쉬워.
③ 길도 막히는데 단풍 구경은 내년에 가.
④ 지금쯤이면 경치가 정말 아름다울 거야.

[9~12] 다음 대화를 잘 듣고 여자가 이어서 할 행동으로 알맞은 것을 고르십시오. (각 2점)

9. ① 치마의 잉크를 뺀다.
② 다른 치마를 고른다.
③ 남자에게 치마를 준다.
④ 치마를 가지고 돌아간다.

10. ① 옷을 갈아입는다.
② 자전거를 꺼낸다.
③ 공원에서 기다린다.
④ 자전거를 타러 간다.

11. ① 야유회 장소를 찾아본다.
② 부서별 인원을 확인한다.
③ 안내문을 홈페이지에 올린다.
④ 야유회 프로그램을 작성한다.

12. ① 다른 직원을 부른다.

② 늦게 오는 손님을 기다린다.

③ 창가 쪽 자리의 온풍기를 켠다.

④ 손님에게 안쪽 자리를 안내한다.

[13~16] 다음을 듣고 내용과 일치하는 것을 고르십시오. (각 2점)

13. ① 여자는 점심마다 뭘 먹을지 고민이다.

② 도시락은 매일 다른 메뉴로 배달해 준다.

③ 여자는 매일 먹는 배달 도시락이 지겹다.

④ 남자는 다이어트를 위해 배달 도시락을 먹는다.

14. ① 아파트 단지 내에 고장 난 차량이 있다.

② 앞으로 주차선 안에 차를 세워야 한다.

③ 주차선 밖에 주차한 차는 벌금을 내야 한다.

④ 이번 달부터 주차선 밖에 주차하면 경고장을 붙인다.

15. ① 비는 내일 오전에 그칠 것이다.

② 비가 그친 후에 날씨가 추워질 것이다.

③ 기온이 영하로 떨어지지 않을 것이다.

④ 내일 밤부터 전국적으로 비가 올 것이다.

16. ① 이 회사는 옥상을 정원으로 바꾸었다.

② 건물 옥상은 보통 활용도가 높은 공간이다.

③ 최근 도시 지역에 공원이 많이 생기고 있다.

④ 이 회사는 도시에 정원을 만드는 일을 한다.

[17~20] 다음을 듣고 남자의 중심 생각을 고르십시오. (각 2점)

17. ① 양치질을 식사한 후에 바로 하는 것이 좋다.
    ② 양치질을 자주 할수록 치아 건강에 효과적이다.
    ③ 양치질은 좋은 칫솔로 올바르게 닦는 게 중요하다.
    ④ 양치질 횟수를 자신의 상황에 맞게 조절해야 한다.

18. ① 사업계획서는 구체적으로 작성해야 한다.
    ② 목차는 간단하고 분명하게 하는 것이 좋다.
    ③ 목차는 사업계획서에서 별로 중요하지 않다.
    ④ 사업계획서는 여러 사람의 조언을 구해야 한다.

19. ① 요즘 취직하기가 너무 어렵다.
    ② 실수를 하지 않도록 노력해야 한다.
    ③ 최선을 다하는 태도가 제일 중요하다.
    ④ 상사와 동료들과 원만하게 지내야 한다.

20. ① 지역 내 주차 문제를 빨리 해결해야 한다.
    ② 아이들에게 공부할 수 있는 공간이 필요하다.
    ③ 공간을 공유하는 것으로 이웃과 정을 나눌 수 있다.
    ④ 이웃과 소통을 하기 위한 다양한 방법을 마련해야 한다.

[51~52] 다음을 읽고 ㉠과 ㉡에 들어갈 말을 각각 한 문장으로 쓰시오. (각 10점)

52.

제목: 외국인 유학생 글쓰기 대회 참가 문의

안녕하세요. 저는 은혜시에 사는 외국인 유학생입니다. 매년 5월 은혜대학교에서 외국인 유학생 글쓰기 대회를 한다고 들었습니다. 저도 이번 대회에 (㉠   ).

그런데 홈페이지에서 글쓰기 대회에 대한 정보를 찾을 수가 없습니다.

어떻게 하면 정보를 (㉡   )? 답변 부탁드립니다.

㉠ _____

㉡ _____

2.

우리 몸에서 주름이 가장 많은 곳은 바로 입술이다. 입술에 주름이 많은 이유는 입을 크게 벌리기가 쉽기 때문이다. 만약 입술에 주름이 없다면 노래를 부르거나 하품을 할 때 입을 (㉠   ). 그리고 입술 주름은 사람마다 (㉡   ). 또 주름의 모양은 세월이 흘러도 변하지 않는다. 그래서 사람에 따라 무늬가 다른 지문처럼 사람을 구별하는 데에도 이용될 수 있다.

㉠ _____

㉡ _____

53. 다음을 참고하여 '선호하는 주거 형태'에 대한 글을 200~300자로 쓰시오. 단, 글의 제목을 쓰지 마시오. (30점)

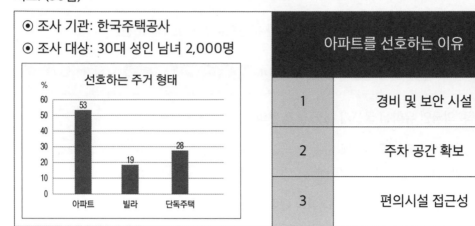

⊙ 조사 기관: 한국주택공사 ⊙ 조사 대상: 30대 성인 남녀 2,000명		아파트를 선호하는 이유
선호하는 주거 형태 % 60 53 50 40 30 28 20 19 10 0 아파트 빌라 단독주택	1	경비 및 보안 시설
	2	주차 공간 확보
	3	편의시설 접근성

[1~2] (　　)에 들어갈 가장 알맞은 것을 고르십시오. (각 2점)

1. 아침에 눈이 (　　　　) 지금은 그쳤다.

① 오다가　　　　② 오는데　　　　③ 오든지　　　　④ 오니까

2. 잊어버리지 않으려고 약속 날짜를 달력에 (　　　　).

① 표시해 버렸다　　② 표시해 놓았다　　③ 표시한 척했다　　④ 표시한 셈이었다

[3~4] 다음 밑줄 친 부분과 의미가 비슷한 것을 고르십시오. (각 2점)

3. 저 가게는 요즘 문을 안 여는 걸 보니까 장사를 그만둘 모양이다.

① 그만둘 만하다　　② 그만둘 뿐이다　　③ 그만둘 듯하다　　④ 그만둘 지경이다

4. 급하게 나온 탓에 지갑을 집에 놓고 나왔다.

① 나온 채로　　　② 나온 김에　　　③ 나오는 만큼　　　④ 나오는 바람에

[5~8] 다음은 무엇에 대한 글인지 고르십시오. (각 2점)

5.

가장 맑고 깨끗한 물을 만나세요~
한 잔의 물이 여러분의 건강을 지켜 드립니다.

① 가습기　　　　② 정수기　　　　③ 세탁기　　　　④ 냉장고

6.

나무의 느낌을 그대로 살린 친환경 자재
다양한 디자인, 소파·침대 등 합리적 가격

① 호텔　　　　② 극장　　　　③ 부동산　　　　④ 가구점

7.

> 도움을 필요로 하는 이웃은 늘 주변에 있습니다.
> 따뜻한 손길이 모일수록 이웃 사랑은 커집니다.

① 언어 예절　　　② 공공 예절　　　③ 봉사 활동　　　④ 체육 활동

8.

> ◎ 입구에 동전이나 지폐를 넣으십시오.
> ◎ 원하는 상품을 선택 후 버튼을 눌러 주십시오.

① 이용 순서　　　② 주의 사항　　　③ 교환 방법　　　④ 판매 장소

[9~12] 다음 글 또는 그래프의 내용과 같은 것을 고르십시오. (각 2점)

9.

> ### 제28회 대관령 눈꽃축제 2019
>
> ■ 일　　　시: 2019년 1월 18일 ~ 1월 27일 (매일)
> ■ 장　　　소: 평창 올림픽 메달 플라자
> ■ 프로그램: 눈 조각 공원, 눈썰매, 승마, 마차 체험, 대관령 눈꽃 축제 공연
> ■ 기 념 품: 방문객들께 기념품과 강원도 여행 안내 책자 무료 증정
> ■ 문의사항: 033-335-3995

① 이 축제는 2주일 동안 열린다.
② 방문객들은 말을 타 볼 수 있다.
③ 문의는 홈페이지를 통해 할 수 있다.
④ 방문객들은 안내 책자를 구입해야 한다.

10.

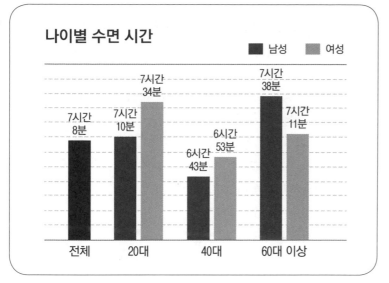

① 여성보다 남성의 평균 수면 시간이 더 길다.
② 남녀 모두 40대가 20대보다 수면 시간이 더 길다.
③ 남성은 나이가 들면 들수록 평균 수면 시간이 줄어든다.
④ 여성은 20대가 가장 많은 시간을, 40대가 가장 적은 시간을 잔다.

11.

스마트폰으로 버스 도착 정보를 안내해 주는 어플리케이션이 진화하고 있다. 이 어플리케이션은 처음에는 시민들이 버스를 타려고 할 때 정류장 고유번호를 입력하면 버스가 언제 도착하는지를 알려 주는 것이었다. 이후에는 교통사고나 교통 상황 등에 관한 정보도 포함되었다. 최근에는 버스 안이 복잡한지 여유가 있는지도 알려 주고 있다. 이 서비스로 시민은 한층 편리하게 대중교통을 이용할 수 있게 되었다.

① 이 어플리케이션으로 교통이 원활하게 됐다.
② 버스에 사람이 많이 탔는지에 대해 알 수 있다.
③ 이 어플리케이션은 버스 도착 시간만 확인할 수 있다.
④ 교통사고에 관한 정보는 어플리케이션으로 확인하지 못한다.

12.

정부는 올해부터 적극적인 공무원 사회를 만들기 위해 '소극행정 신고센터'를 신설했다. 소극행정이란 공무원이 해야 할 일을 하지 않거나 할 수 있는 일을 하지 않아서 국민생활과 기업 활동에 불편을 주거나 손해를 입혔을 때 발생하게 되는 업무 행태를 말한다. 이렇게 공무원의 소극행정으로 인해 피해를 받은 국민이나 기업은 신고 요건이 충족되면 '국민신문고'를 통해 신고하면 된다.

① 정부는 소극행정 신고센터를 만들 예정이다.
② 소극행정 신고센터는 기업은 이용하지 못한다.
③ 공무원의 소극행정으로 손해를 입으면 신고할 수 있다.
④ 소극행정으로 인한 피해는 경찰서를 통해 신고하면 된다.

[13~15] 다음을 순서대로 맞게 배열한 것을 고르십시오. (각 2점)

13.

(가) 이 이야기는 우리에게 남을 도와주면 좋은 일로 되돌아온다는 사실을 알려 준다.
(나) 개미는 그 사냥꾼의 발을 물어 비둘기의 생명을 구해 주었다.
(다) 샘물을 먹으려던 개미 한 마리가 물에 빠진 것을 보고 비둘기가 나뭇잎을 떨어뜨려 구해 주었다.
(라) 그 후 시간이 지난 어느 날 사냥꾼이 비둘기를 향해 총을 쏘려고 하는 것을 개미가 보았다.

① (나)-(가)-(다)-(라)　　　　② (나)-(다)-(가)-(라)
③ (다)-(나)-(라)-(가)　　　　④ (다)-(라)-(나)-(가)

14.

(가) 따라서 미세먼지가 심할 때에는 가능하면 외출을 하지 않는 것이 좋다.
(나) 그리고 외출에서 돌아오면 바로 몸을 깨끗이 씻고 물을 많이 마셔서 몸속의 미세먼지를 내보내야 한다.
(다) 만약 외출을 해야 한다면 미세먼지 전용 마스크를 착용하라고 전문가들은 권유한다.
(라) 미세먼지에는 여러 종류의 오염 물질 성분이 많이 들어 있다.

① (다)-(가)-(라)-(나)　　　　② (다)-(라)-(가)-(나)
③ (라)-(가)-(다)-(나)　　　　④ (라)-(나)-(다)-(가)

15.

(가) 단오는 예로부터 설, 추석과 함께 가장 큰 명절 중 하나였다.

(나) 남자들은 씨름을 하였고 여자들은 그네 타기를 즐겼다.

(다) 이날 사람들은 씨름과 그네 타기 등 다양한 놀이를 하며 하루를 보냈다.

(라) 이 외에도 여름 동안 더위를 피하라는 의미로 부채를 선물하는 풍습도 있었다.

① (가)-(다)-(나)-(라)　　　　② (가)-(나)-(다)-(라)
③ (다)-(라)-(나)-(가)　　　　④ (다)-(가)-(나)-(라)

[16~18] 다음을 읽고 (　　　)에 들어갈 내용으로 가장 알맞은 것을 고르십시오. (각 2점)

16.

얼굴 모양과 치아 모양은 밀접한 관계가 있다. 얼굴형이 긴 사람은 치아 모양도 길고 얼굴형이 둥근 사람은 치아 모양도 둥근 모양이다. 또한 얼굴이 네모난 사람은 치아도 네모 모양이다. 그래서 대체로 얼굴이 둥근 편인 한국인들은 서양 사람에 비해서 (　　　　　) 모양이다.

① 치아가 짧고 둥근
② 이가 크고 넓적한
③ 입이 작고 세모난
④ 입술이 두껍고 동그란

17.

옷차림은 개인의 가치관과 밀접한 관련이 있다. 일반적으로 품위를 중요하게 생각하고 보수적인 가치관을 지닌 사람들은 정장 차림을 즐겨 입는다. 그러나 개방적이고 활동적인 성격의 사람들은 편의성을 중시하여 개성이 돋보이는 옷차림을 한다. 옷차림을 통해서 개인의 (　　　　　) 있는 것이다.

① 사고 방식을 알 수
② 경제 수준을 엿볼 수
③ 활동 범위를 짐작할 수
④ 건강 상태를 살펴볼 수

18.

> 사람의 미각은 다섯 가지 맛밖에 구별할 수 없다. 그러나 실제로는 시각과 후각의 도움을 받아야 정확한 맛을 알 수 있다. 특히 후각의 도움을 받지 못한다면 맛을 정확하게 느낄 수 없다. 예를 들어 눈을 가리고 코를 막은 사람에게 콜라와 사이다를 마시게 한 후 맛을 구별하라고 하면 잘 못한다. 그것은 바로 미각이 (   ) 제대로 발휘되기 때문이다.

① 반복되는 훈련을 받아야
② 후각 정보의 도움을 받아야
③ 시각 정보가 주어지지 않아야
④ 다른 감각으로부터 자유로워야

[19~20] 다음을 읽고 물음에 답하십시오. (각 2점)

> 은행나무는 가로수로 널리 활용되어 주변에서 흔히 볼 수 있다. 도시의 기후와 토양에 잘 맞고 오염 물질과 병충해에 강하기 때문에 활용된 것이다. (   ) 환경오염이 아주 심했던 지역에서 가장 먼저 자라난 것도 바로 은행나무였다. 하지만 은행나무는 암나무에서 열리는 열매 냄새가 고약하다는 단점이 있다. 그래서 각 지방자치단체에서는 암나무 대신에 열매가 열리지 않는 수나무로 가로수를 단계적으로 교체하겠다고 발표를 하였다.

19. (   )에 들어갈 내용으로 알맞은 것을 고르십시오.

① 실제로   ② 수시로   ③ 오히려   ④ 차라리

20. 이 글의 내용과 같은 것을 고르십시오.

① 은행나무는 가로수로 적합하지 않다.
② 은행나무의 열매는 냄새가 없는 편이다.
③ 은행나무는 환경오염과 병충해에 강하다.
④ 은행나무를 수나무에서 암나무로 교체할 예정이다.

4級

▶ 配分42分／總分172分

유형별 題型	
듣기 [21~22]번 〈公務對話〉	듣기 [25~26]번 〈最新訪談〉
듣기 [29~30]번 〈公共設施事務〉	듣기 [23~24]번 〈職業訪談〉
듣기 [27~28]번 〈意見／商討〉	

읽기 [21~22]번
〈與標題相同的新聞報導〉

읽기 [25~27]번
〈中心思想、慣用表現／俗語〉

읽기 [23~24]번
〈填空〉

읽기 [28~31]번
〈登場人物的心情、與內容一致〉

Chapter 1 事務性對話

1 公務對話

▶聽力第21～22題 題型為找出與中心思想內容一致的題目。這是4級程度的試題，用以檢測對談話重點和細部內容的理解能力。對話內容為公務對話時，大部分是會議與業務指示；對話內容為個人對話時，大部分是陳述自己意見或想要尋求建議並討論的內容。4級程度的聽力從第21題開始會播放兩遍，即使中間有部分沒聽到還有機會再聽一次，必須反覆練習。

Ranking 04		可能出題的內容
01	會議	· 公司裡針對事業計畫或銷售策略等開會的情形
02	業務指示	· 公司或企業裡上司對下屬員工下達工作指令的情形
03	表達意見	· 針對實際的社會問題或某種事實表達自身意見的情形
04	討論	· 向熟人徵求對個人苦惱等建議的情形

듣기 21번~22번 | **黃金秘笈**

1. 一定要確認試題問的是男子的中心思想還是女子的中心思想後注意聽。

2. 必須仔細聽會議形式中跟對方説了什麼。

3. 中心思想須熟知下列10種類型才能找出答案。

4. 須留意選項中會有與訪談內容不符的敍述。

🌐 中心思想

一定要背下來的表現1/9

Ranking 10

01	-는 게 좋다. -는 게 낫다. -는 게 괜찮다.	02	-아/어야 ~ -아/어야 하다.
03	그래서 _____	04	가장 중요한 건 _____ -는 게 중요하다. -는 게 필요하다. -(으)ㄹ 필요가 있다.
05	-아/어 보세요. -는 게 어때요? -(으)ㅂ시다. -자.	06	-고 싶다. -(으)면 좋겠다. -(으)면 좋을 텐데
07	제 생각에는 -(ㄴ/는)다고 생각하다. -는 거라고 생각하다. -(ㄴ/는)다고 보다. -는 게 아니겠어?	08	-아/어서 좋다/괜찮다. -아/어서 나쁘다/힘들다/어렵다. -아/어서 나쁠 건 없다.
09	특히 ~ 무엇보다도 ~ -는 데 도움이 된다.	10	두 문장 이상 반복 이처럼 ~ 이렇듯 ~

[21~22] 다음을 듣고 물음에 답하십시오. (각 2점)

여자: 교장 선생님, 지난주에 선생님들과 회의가 있었는데요. ④지하에 있는 빈 교실을 창고나 토론방으로 이용하자는 의견이 있었습니다.

남자: 음, 창고보다는 토론방이 더 낫지 않을까요? 학생들이 팀 과제를 준비하면서 편하게 얘기하는 공간이 부족하다는 말이 많았잖아요.

여자: 그런데 ⑧그 교실은 어둡고 환기가 잘 안 되는데 토론방으로 괜찮을까요? ⓒ에어컨도 설치가 안 돼 있고요.

남자: 그건 해결이 가능하지 않을까요? 거기를 창고로 쓰긴 좀 아까워요.

21.
남자의 중심 생각으로 알맞은 것을 고르십시오.

① 교실의 불편한 점을 고쳐야 한다.
② 빈 교실을 토론방으로 활용하는 게 좋다.
③ 학생들의 팀별 과제를 늘릴 필요가 있다.
④ 토론 수업을 위해 교실을 넓게 지어야 한다.

22.
들은 내용으로 맞는 것을 고르십시오.

① 지하에 창고를 새로 만들었다.
② 남자는 빈 교실의 환기 문제를 해결했다.
③ 여자는 지난주에 선생님들과 회의를 했다.
④ 지하에 있는 교실에 에어컨을 모두 설치했다.

TOPIK II <60회 듣기 21~22번>

解説

這是〈會議〉的情況,屬於中心思想Ranking類型（1）的「-는 게 좋지 않을까요?」
男人的中心思想為 「창고보다는 토론방이 더 낫지 않을까요?（討論室不比倉庫好嗎?）」,所以答案為②。

①（不在）地下室（建）倉庫。與A不同。
②男子（沒有解決）空教室的通風問題。與B不同。
③正確解答。
④地下室的教室（沒有裝設空調）。與C不同。

模擬試題

듣기 21번~22번 | 模擬試題 ▶ **中心思想、內容一致**

[1~2] 다음을 듣고 물음에 답하십시오. (각 2점)

1. 여자의 중심 생각으로 맞는 것을 고르십시오.

① 제품의 생산량을 늘려야 한다.

② 신제품에 대한 반응이 꽤 늦은 것 같다.

③ 성공이라고 평가하기에는 아직 이른 감이 있다.

④ 신제품의 반응이 좋을 것이라고 예상하지 못했다.

2. 들은 내용으로 맞는 것을 고르십시오.

① 신제품에 대해 회사 내에서 기대가 컸다.

② 신제품 판매량이 서너 달 동안 꾸준히 증가했다.

③ 남자는 신제품의 반응에 대해 성공적이라고 생각한다.

④ 여자는 제품의 인기가 계속될 것으로 기대하고 있다.

[3~4] 다음을 듣고 물음에 답하십시오. (각 2점)

3. 남자의 중심 생각으로 맞는 것을 고르십시오.

① 친구와 사이좋게 지내야 한다.

② 항상 친구의 의견을 존중해야 한다.

③ 친구와 싸우면 사과를 빨리 하는 것이 좋다.

④ 사과할 때 편지를 쓰는 것도 좋은 방법이다.

4. 들은 내용으로 맞는 것을 고르십시오.

① 여자는 글을 잘 쓰지 못한다.

② 여자는 친구 때문에 화가 났다.

③ 여자는 친구에게 미안해하고 있다.

④ 여자는 친구와 싸운 후에 바로 사과했다.

2 最新訪談

▶聽力第21～22題 題型為找出與中心思想內容一致的題目。這是4級程度的試題，用以檢測對談話重點和細部內容的理解能力。對話內容是關於最新話題的訪談。4級程度的題目相較於新的題型，會反覆出現既有題型。雖然詞彙與語法難度提高，但仍然適用前面所學的黃金秘笈。慶幸的是，聽力部分從21題開始會播放兩次，即使中間有部分沒聽到還有機會再聽一次，必須反覆練習。

듣기 25번~26번 | **黃金秘笈**

1 一定要確認試題問的是男子的中心思想還是女子的中心思想後注意聽。

2 須仔細聽以訪談形式提問之人的提問主題是什麼。

3 中心思想部分須熟知下列10種類型才能找出答案。

4 提問者和回答者的對話只有一次，其中心思想大都在最後的內容中。

5 須留意選項會出現與訪問內容不符的敘述。

듣기 25번~26번 | Ranking

◉ 中心思想

一定要背下來的文法2/9

Ranking 10

01	-는 게 좋다. -는 게 낫다. -는 게 괜찮다.	02	-아/어야 ~ -아/어야 하다.
03	그래서 _____	04	가장 중요한 건 _____ -는 게 중요하다. -는 게 필요하다. -(으)ㄹ 필요가 있다.
05	-아/어 보세요. -는 게 어때요? -(으)ㅂ시다. -자.	06	-고 싶다. -(으)면 좋겠다. -(으)면 좋을 텐데

07	제 생각에는 -(ㄴ/는)다고 생각하다. -는 거라고 생각하다. -(ㄴ/는)다고 보다. -는 게 아니겠어?	08	-아/어서 좋다/괜찮다. -아/어서 나쁘다/힘들다/어렵다. -아/어서 나쁠 건 없다.
09	특히 ~ 무엇보다도 ~ -는 데 도움이 된다.	10	두 문장 이상 반복 이처럼 ~ 이렇듯 ~

듣기 25번~26번 | 考古題 ▶ 中心思想、內容一致

解説

[25~26] 다음을 듣고 물음에 답하십시오. (각 2점)

> 여자: 선생님께서 만든 놀이터는 기존의 놀이터와 어떻게 다른가요?
>
> 남자: 이곳은 ❹기존의 놀이터보다 크고 넓지만 그네나 미끄럼틀 같은 놀이기구는 하나도 없습니다. 대신 ❸모래밭과 물이 흐르는 개울이 있고, 작은 언덕도 있어요. ❹언덕 옆에 오래된 통나무들도 놓여 있고요. 이곳에 오면 아이들은 언덕을 오르거나 통나무를 타 보기도 하고 개울에서 물놀이를 하기도 해요. 놀이기구가 없기 때문에 아이들은 무한한 상상력을 발휘하게 되는 거죠. 이곳에서 아이들은 각자 다른 방법으로 새로운 것들을 해 보면서 자유롭게 놉니다.

25. 남자의 중심 생각으로 알맞은 것을 고르십시오.

① 아이들이 노는 놀이터는 공간이 넓을수록 좋다.
② 놀이터에 다양한 놀이기구를 더 설치해야 한다.
③ 놀이기구가 없는 놀이터는 상상력을 기르기에 좋다.
④ 놀이터에 있는 놀이기구의 관리를 철저히 해야 한다.

26. 들은 내용으로 맞는 것을 고르십시오.

① 이 놀이터는 기존 놀이터보다 작아졌다.
② 안전을 위해 놀이터의 통나무들을 치웠다.
③ 이 놀이터에서 아이들이 물놀이를 할 수 있다.
④ 놀이터 안에 모래밭을 없애고 언덕을 만들었다.

TOPIK II <60회 듣기 25~26번>

屬於中心思想Ranking 類型（3）「그래서」。

女子詢問男子，他做的遊樂園與既有的遊樂園有什麼不同。對此男子的中心思想為「놀이기구가 없기 때문에 아이들은 무한한 상상력을 발휘하게 된다.（因為沒有遊樂器材，得以讓孩子們發揮無限的想像力）」，所以與之相同的選項為③。

①這座遊樂園比既有的遊樂園（大）。與A不同。
②（遊樂園裡擺著原木）。與C不同。
③正確解答。
④遊樂園裡面（有沙灘），還做了小山丘。與B不同。

模擬試題

[1~2] 다음을 듣고 물음에 답하십시오. (각 2점)

1.
남자의 중심 생각으로 맞는 것을 고르십시오.

① 병원 실내를 아름답게 꾸미는 것이 필요하다.
② 환자를 치료하기 위한 약품 개발에 노력해야 한다.
③ 병을 치료할 때에는 심리적 치료를 먼저 해야 한다.
④ 치료를 할 때 환자의 심리적 안정이 가장 중요하다.

2.
들은 내용으로 맞는 것을 고르십시오.

① 이 병원은 의사와 간호가 매우 친절한 편이다.
② 이 병원은 환자들이 스스로 병원 천장을 예쁘게 꾸몄다.
③ 이 병원은 환자의 치료뿐만 아니라 마음에도 신경을 쓴다.
④ 이 병원은 하루 종일 누워 있는 환자를 위해 좋은 침대를 사용한다.

[3~4] 다음을 듣고 물음에 답하십시오. (각 2점)

3.
남자의 중심 생각으로 맞는 것을 고르십시오.

① 아이들은 할머니에게 교육을 받아야 한다.
② 옛날이야기 수업이 더욱 확대되기를 기대한다.
③ 할머니 세대와 아이 세대의 차이를 줄여야 한다.
④ 노인 일자리 사업이 잘 이루어지지 않아 안타깝다.

4.
들은 내용으로 맞는 것을 고르십시오.

① 학부모들이 일일 선생님으로 유치원에 나온다.
② 옛날이야기를 들려주는 직업이 인기를 끌고 있다.
③ 노인 일자리 정책을 통해서 수업을 할 수 있게 되었다.
④ 이 유치원에서는 월요일마다 '옛날이야기' 수업을 한다.`

3 職業訪談

▶聽力第29～30題 題型為掌握訪談對象的職業和細部內容的題目。這是4級程度的試題，用以檢測掌握對談參與者的能力以及理解細部內容之能力。對話內容為有關職業訪談。雖然4級程度的題目相較於新的題型，會反覆出現既有題型，但這次的第29題，是以受訪對象的職業來出題。與前面學過的聽力20題一樣，訪談內容是以當次TOPIK出題時，在韓國受關注的話題人物或場所編寫而成。因為經常以特殊職業出題，所以介紹下列的新聞報導和網站，考前看看應該會有幫助。

TIP ※網路搜尋：EBS뉴스 - <꿈을 잡아라>

듣기 29번~30번 | 黃金秘笈

1. 一定要確認是男子的中心思想還是女子的中心思想再聆聽。

2. 主要以（女-男-女-男）的形式出現，但偶爾會有（女-男）的形式。

3. 必須藉由選項確認回答者的職業是什麼。雖然醫師、老師、新聞記者等特定的職業名稱有機會出現，但因為是以「（무엇）을（무엇）하는 사람」的形式出題，必須注意聽是從事什麼工作。

4. 提問者在第一個問題中詢問對方從事什麼工作，第二個問題會稍微具體的詢問對方從事的工作。因此要注意聽提問者的問題，才能得知回答者的職業

5. 須留意選項會出現與訪談內容不符的敘述。

解說

[29~30] 다음을 듣고 물음에 답하십시오. (각 2점)

여자: ❹오늘처럼 팬들로 가득 찬 야외 공연장 관리는 쉽지 않으시겠어요.

남자: 아무래도 실내 공연장보다 힘들긴 합니다. 저희는 공연을 하는 동안 무대 아래에서 사람들이 안전선을 넘어가지 못하게 하고, 열성 팬들의 돌발 행동에도 대비해야 하는데요. 야외 공연장은 관중이 많아서 관리가 더 힘들지요. 또 오늘처럼 비가 오면 사람들 움직임도 잘 안 보이거든요. 그래서 ❸ 실내 공연장에 있을 때보다 훨씬 긴장됩니다.

여자: 다행히 ❹오늘은 사고가 없었지만 사고가 발생하면 어떻게 하시나요?

남자: 무대의 가수들을 먼저 이동시키고 상황별 행동 수칙에 따라 대처를 합니다.

---

29. 남자는 누구인지 맞는 것을 고르십시오.

① 공연 장소를 섭외하는 사람
② 공연장 좌석을 안내하는 사람
③ 공연장에서 안전을 관리하는 사람
④ 공연장의 무대 시설을 고치는 사람

30. 들은 내용으로 맞는 것을 고르십시오.

① 오늘 공연은 실내에서 진행되었다.
② 비가 왔음에도 공연장에 사람들이 많았다.
③ 오늘 공연 중 열성 팬으로 인한 사고가 있었다.
④ 남자는 실내보다 야외에서 일할 때 마음이 편하다.

TOPIK II <60회 듣기 29~30번>

正確答案③

女子說了「야외 공연장 관리가 쉽지 않겠다.（我想戶外表演場管理不易）」，男子則回答「공연을 하는 동안 사람들이 안전선을 넘어가지 못하게 하고 열성 팬드의 돌발 행동에도 대비해야 한다.（要讓觀眾在演出期間無法越過安全線，還必須針對狂熱粉絲的突發行動做準備）」。因此可得知男子的職業為「管理安全的人」，所以選項中與之相同的內容，為③。

①今天的表演在（戶外）進行。與A不同。
②正確解答。
③今天的公演期間（沒有）事故。與C不同。
④男子在戶外工作時比在室內（更緊張）。與B不同。

듣기 29번~30번 | 模擬試題 ▶ 職業、內容一致

[1~2] 다음을 듣고 물음에 답하십시오. (각 2점)

1. 남자는 누구인지 고르십시오.

① 전시회를 기획하는 사람
② 가구 회사를 운영하는 사람
③ 전통 문화를 연구하는 사람
④ 목재로 예술품을 만드는 사람

2. 들은 내용으로 맞는 것을 고르십시오.

① 남자는 자연미보다 기술성을 강조하고 있다.
② 나뭇결은 작가의 기법에 따라 다양하게 연출된다.
③ 선조들의 전통 기법이 현대적으로 잘 개발되었다.
④ 남자가 만든 작품에 대한 사람들의 평가가 좋았다.

[3~4] 다음을 듣고 물음에 답하십시오. (각 2점)

3. 남자는 누구인지 맞는 것을 고르십시오.

① 한옥을 짓는 사람
② 한옥에서 사는 사람
③ 한옥을 관리하는 사람
④ 한옥에 자재를 공급하는 사람

4. 들은 내용으로 맞는 것을 고르십시오.

① 미래형 한옥은 나무만을 이용하여 짓는다.
② 전통 한옥은 화재에 약하다는 단점이 있다.
③ 남자는 처음부터 미래형 한옥에 관심을 가졌다.
④ 미래형 한옥은 단점을 보완했지만 장점을 살리지 못했다.

4 公共設施事務

> ▶聽力第23～24題 題型為找出與對話的情形、內容一致的選項題目。這是**4級程度的試題**，用以檢測掌握對話情境與理解細部內容的能力。此題型是針對公家機構、企業、公司、飯店、博物館、學校等公共設施，有待辦業務而了解其訊息的對話內容。

듣기 23번~24번 | **黃金秘笈**

> 1️⃣ 先由選項中，預料男子或女子在公用設施有什麼待辦事項。
>
> 2️⃣ 因為會問男子或女子正在做什麼，所以必須先熟知選項中的動詞。要注意聽與選項中動詞相結合的（什麼）V-고 있다敘述。
>
> 3️⃣ 須留意選項會出現與對話內容不符的敘述。

듣기 23번~24번 | Ranking

🌐 選項中的動詞

※詞彙譯文請參閱詳解本P.147-148

Ranking 09	選項中的動詞
01 **請告訴我**	문의하다, 알아보다, 질문하다, 묻다, 조사하다
02 **告知**	설명하다, 소개하다, 안내하다, 알려 주다
03 **提議**	제안하다, 권하다, 건의하다, 추천하다, 제시하다
04 **要求**	요구하다, 요청하다
05 **確認**	확인하다, 점검하다
06 **申請**	신청하다
07 **諮詢**	상담하다
08 **報告**	보고하다, 발표하다
09 **其他**	주문하다, 예약하다, 취소하다, 변경하다, 주장하다, 강조하다

解説

[23~24] 다음을 듣고 물음에 답하십시오. (각 2점)

남자: 거기 청년 희망 센터지요? 면접 때 입는 정장을 무료로 빌릴 수 있다고 해서 전화 드렸는데요. 어떻게 하면 되나요?

여자: 이 서비스는 인주시에 살고 있는 인주 시민이라면 누구나 이용할 수 있습니다. 신청은 회사 면접 보기 일주일 전부터 가능하고요. ❹대여 신청은 홈페이지에서 하시면 되는데요, ❺홈페이지에서 원하는 옷을 선택하고 예약한 날 신분증을 가지고 오시면 됩니다.

남자: ❻혹시 정장을 택배로도 받을 수 있을까요?

여자: ❻네, 이메일로 신분증 사본을 보내고 택배비를 내시면 됩니다.

23. 남자는 무엇을 하고 있는지 고르십시오.

① 정장 대여 방법을 알아보고 있다.
② 정장 대여 날짜를 문의하고 있다.
③ 정장 대여 가격을 확인하고 있다.
④ 정장 대여 예약을 변경하고 있다.

24. 들은 내용으로 맞는 것을 고르십시오.

① 센터에서 신청자가 입을 옷을 골라 준다.
② 센터에 가서 정장 대여 신청서를 내야 한다.
③ 이 서비스로 신청한 옷을 택배로 받기는 어렵다.
④ 이 서비스는 인주시에 살고 있어야 이용할 수 있다.

TOPIK II <60회 듣기 23~24번>

男子想要免費租借面試時穿的正裝而在詢問，要選出與之相同的內容，答案為①。

①申請者（挑選）要穿的衣服。與 B 不同。
②必須在（網站）提交正裝租賃申請書。與 A 不同。
③透過這項服務申請的衣服（可以透過）宅配（收件）。與 C 不同。
④正確解答。

模擬試題

듣기 23번~24번 | 模擬試題 ▶ 行動、內容一致

[1~2] 다음을 듣고 물음에 답하십시오. (각 2점)

1. 남자는 무엇을 하고 있는지 고르십시오.

① 무료 법률 상담에 대해 문의하고 있다.
② 무료 법률 상담 홍보를 준비하고 있다.
③ 무료 법률 상담 서비스를 설명하고 있다.
④ 무료 법률 상담의 문제점을 알아보고 있다.

2. 들은 내용으로 맞는 것을 고르십시오.

① 무료 법률 상담 시간은 한 시간이다.
② 예약을 할 때에는 전화로만 가능하다.
③ 무료 법률 상담소는 시청 본관에 있다.
④ 질문을 미리 준비하면 상담을 받기에 편리하다.

[3~4] 다음을 듣고 물음에 답하십시오. (각 2점)

3. 남자는 무엇을 하고 있는지 고르십시오.

① '무료 체험' 판매 전략을 제안하고 있다.
② '무료 체험' 판매 전략의 장점을 설명하고 있다.
③ '무료 체험' 판매 전략의 필요성을 강조하고 있다.
④ '무료 체험' 판매 전략에 대한 반응을 보고하고 있다.

4. 들은 내용으로 맞는 것을 고르십시오.

① 판매 전략 시행 이후 판매량이 지속적으로 늘고 있다.
② 무료 체험 기간을 지금보다 줄이는 것이 효율적이다.
③ 이 회사의 판매 전략을 다른 회사들이 따라 하고 있다.
④ 이 판매 전략에 대한 고객들의 반응이 처음부터 좋지 않았다.

5 意見／商討

듣기 27번~28번 | **黃金秘笈**

① 一定要確認問的是「男子對女子」還是「女子對男子」。

② 男子或女子詢問對方想要說什麼的意圖。必須先找到中心思想，然後從選項中找出相似的內容。

③ 因為對話的內容是社會問題、資訊傳達、個人煩惱等，所以意圖可整理成下列Ranking。

듣기 27번~28번 | Ranking

◉ 意圖

※詞彙譯文請參閱詳解本 P.148

Ranking 07	選項中的動詞
01 批評	對於社會問題表達自己的意見時 비판하다, 불만을 (표시하다/제기하다), 문제점을 지적하다
02 說明	告知制度或社會現象時 설명하다, 알려 주다, 언급하다
03 建議	針對新事物的提議或想要勸說時 제안하다, 권유하다
04 討論	針對個人煩惱徵求建言時 상의하다, 의논하다
05 擔憂	擔憂多於批評時 우려를 표현하다, 걱정이 되다
06 贊同	同意對方的意見時 의견을 전달하다, 동조를 얻다
07 指示	主要是公司內上司對下屬員工下達工作指示時 지시하다

[27~28] 다음을 듣고 물음에 답하십시오. (각 2점)

남자: Ⓐ수미 씨, 이번 단합 대회 정말 좋지 않았어요? Ⓑ저는 부서원들이랑 운동도 하고 음식도 같이 해 먹으니까 더 친해진 것 같아요.

여자: 그렇긴 한데 저는 좀 피곤했어요. Ⓒ장소가 멀어서 이동하는 데 시간도 꽤 걸렸고요.

남자: 좀 피곤하긴 해도 서로 소통할 기회도 생기고, 가끔 교외로 나가 바람을 쐬는 것도 괜찮지 않아요?

여자: 단합 대회를 밖으로 나가서만 해야 하는 건 아니잖아요. 단합이나 소통을 위한 거라면 회사 안에서도 가능할 것 같아요.

27. 남자가 여자에게 말하는 의도를 고르십시오.

① 단합 대회의 의의를 말하려고
② 단합 대회 참여를 부탁하려고
③ 단합 대회의 방식을 바꾸려고
④ 단합 대회의 문제를 지적하려고

28. 들은 내용으로 맞는 것을 고르십시오.

① 단합 대회에서 음식을 만들어 먹었다.
② 여자는 단합 대회에 참석하지 않았다.
③ 단합 대회는 회사 안에서 진행되었다.
④ 남자는 단합 대회에서 운동을 안 했다.

TOPIK II <60회 듣기 27~28번>

說話意圖以解開中心思想的方法來選擇答案即可。男子的中心思想屬於Ranking 類型（1）的「-는 게 좋지 않아요?」。

要從中選出與「단합 대회가 정말 좋았다.（團結大會真的很好）」和「서로 소통할 기회도 생기고, 교외로 나가 바람 쐬는 것도 괜찮다.（不僅生出彼此溝通的機會，到郊外吹風也不錯）」相同的內容，答案為①。

①正確解答。
②女子（參加了）團結大會。與A不同。
③團結大會在公司（外面）舉行。與C不同。
④男子在團結大會裡（做了）運動。與B不同。

듣기 27번~28번 | 模擬試題 ▶ 意圖、內容一致

[1~2] 다음을 듣고 물음에 답하십시오. (각 2점)

1.
여자가 남자에게 말하는 의도를 고르십시오.

① 대학 축제의 장점에 대해 설명하려고
② 학교 안에서 장사하는 것을 비판하려고
③ 장사하는 사람의 수를 줄여야 한다고 제안하려고
④ 축제를 위한 장소를 더 늘려야 한다고 강조하려고

2.
들은 내용으로 맞는 것을 고르십시오.

① 남자는 축제 때 장사를 할 계획이다.
② 여자는 축제 때 차량을 통제하는 것을 반대한다.
③ 장사하는 사람들이 너무 많아 학교가 매우 복잡하다.
④ 축제 때 학교 안에서 장사를 하는 건 이번이 처음이다.

[3~4] 다음을 듣고 물음에 답하십시오. (각 2점)

3.
여자가 남자에게 말하는 의도를 고르십시오.

① 후보자 지지를 부탁하기 위해
② 선거 홍보 효과를 강조하기 위해
③ 후보자의 준법정신을 지적하기 위해
④ 선거 홍보 방법의 문제점을 옹호하기 위해

4.
들은 내용으로 맞는 것을 고르십시오.

① 선거를 할 때 교통 환경을 살펴야 한다.
② 후보자는 지하철역 주차장에 차를 세웠다.
③ 대중교통을 이용하는 정치인을 뽑아야 한다.
④ 지하철역에서 선거 운동하는 것이 효과가 좋다.

論說文／說明文

1 中心思想、慣用表現／諺語

▶閱讀第21～22題 題型為找出與句子脈絡相符的詞彙和中心思想的題目。這是4級程度的試題，用以檢測詞彙能力與對中心內容的理解能力。這是找出填入空格的正確詞彙慣用表現和俗語的題目。另外，此題型是針對主題提出自己想法的論說文和傳達訊息的說明文。以最新話題、常識、技術、人類心理、教育、科學、經濟等文章出題。

🍱 請先學習詞彙和表現（p.22）！

읽기 21번~22번 | **黃金秘笈**

🍲 第21題的慣用表現為平常就必須學習的部分。TOPIK曾經出題過的慣用表現高達187個，相當多。由於這不是短時間內就能完全背下來的份量，所以要抽空熟記下來。另外，偶爾也會以俗語出題，以考古題的基準來看出現了三次。雖然出題比重比慣用表現低，仍是平常必須學習的部分。慣用表現和俗語的題目即便沒有空格也能構成一個文句，所以必須連同說明的單字熟記。

읽기 21번~22번 | Ranking

◉ **中心思想**

一定要背下來的表現3/9

Ranking 10			
01	-는 게 좋다. -는 게 낫다. -는 게 괜찮다.	02	-아/어야 ~ -아/어야 하다.
03	그래서 _____	04	가장 중요한 건 _____ -는 게 중요하다. -는 게 필요하다. -(으)ㄹ 필요가 있다.

05	-아/어 보세요. -는 게 어때요? -(으)ㅂ시다. -자.	06	-고 싶다. -(으)면 좋겠다. -(으)면 좋을 텐데
07	제 생각에는 -(ㄴ/는)다고 생각하다. -는 거라고 생각하다. -(ㄴ/는)다고 보다. -는 게 아니겠어?	08	-아/어서 좋다/괜찮다. -아/어서 나쁘다/힘들다/어렵다. -아/어서 나쁠 건 없다.
09	특히 ~ 무엇보다도 ~ -는 데 도움이 된다.	10	두 문장 이상 반복 이처럼 ~ 이렇듯 ~

읽기 21번~22번 | 考古題 ▶ 中心思想、慣用表現／諺語

[21~22] 다음을 읽고 물음에 답하십시오. (각 2점)

문자 교육은 빠를수록 좋다고 믿는 부모들이 있다. 이들은 자신의 아이가 또래보다 글자를 더 빨리 깨치기를 바라며 문자 교육에 (   ). 그런데 나이가 어린 아이들은 아직 다양한 능력들이 완전히 발달하지 못해 온몸의 감각을 동원하여 정보를 얻는다. 이 시기에 글자를 읽는 것에 집중하다 보면 다른 감각을 사용할 기회가 줄어 능력이 고르게 발달하는 데 어려움이 있을 수 있다.

21. (   )에 들어갈 알맞은 것을 고르십시오.

① 손을 뗀다
② 이를 간다
③ 담을 쌓는다
④ 열을 올린다

22. 위 글의 중심 생각을 고르십시오.

① 문자 교육을 하는 방법이 다양해져야 한다.
② 아이의 감각을 기르는 데 문자 교육이 필요하다.
③ 이른 문자 교육이 아이의 발달을 방해할 수 있다.
④ 아이들은 서로 비슷한 시기에 글자를 배우는 것이 좋다.

解説

正確解答④
「期望自己的孩子能比同齡孩子更快識字，文字教育（要怎麼做）」，內容上對教育「힘쓴다」、「노력을 기울인다」等的內容比較自然。此時，表達「노력하다」之意的慣用表現是「열을 올리다」。

正確答案③
這是屬於中心思想Ranking類型（9）的「-는데 도움이 된다」。
「글자를 읽는 것에 집중하다 보면 다른 감각을 사용할 기회가 줄어 능력이 고르게 발달하는 데 좋지 않을 수 있다.（如果專注於閱讀文字，使用其他感覺的機會就會減少，對能力平均發展來說可能不妥當）」。

[1~2] 다음을 읽고 물음에 답하십시오. (각 2점)

> 인류 문명은 자연 개발과 자연 보호라는 모순 속에서 발달해 왔다. 그 중에서 인류가 소홀히 한 부분은 바로 물이다. 물의 소중함을 잊고 물을 오염시키고 만 것이다. 이에 따라 세계 각지에서 많은 사람들이 수질 오염과 물 부족으로 고통당하고 지역 간, 국가 간 물 분쟁이 끊임없이 일어나서 (   ) 있다. 이제 물 부족 문제는 한 국가의 문제만이 아니라 세계적인 문제가 되고 있다.

1. (   )에 들어갈 알맞은 것을 고르십시오.

   ① 가슴을 치고　　　② 골머리를 앓고　　　③ 고개를 흔들고　　　④ 귀를 기울이고

2. 위 글의 중심 생각을 고르십시오.

   ① 인류 문명은 물과 함께 성장해 왔다.
   ② 물 부족 문제는 모든 국가의 문제가 되었다.
   ③ 인류는 물의 소중함을 잊고 물을 오염시켰다.
   ④ 물 부족 현상을 대비하여 물을 아껴 써야 한다.

[3~4] 다음을 읽고 물음에 답하십시오. (각 2점)

> 축구 선수 11명이 운동장에서 경기를 해도 시야가 넓은 선수는 운동장 전체를 보기 때문에 어디가 비어 있고 어디로 공을 보내야 좋을지 잘 볼 수 있다. 이런 선수는 힘을 덜 들이고 효과적인 축구를 한다. 그러나 시야가 좁은 선수는 운동장의 한 부분만을 보기 때문에 항상 이미 수비진이 지키고 있는 곳을 뚫기 위해 (   ) 실패만 거듭한다. 우리의 인생도 비슷하다. 따라서 넓게 볼 수 있을 때 삶을 성공적으로 살아갈 수 있다.

3. (   )에 들어갈 알맞은 것을 고르십시오.

   ① 진땀을 빼다가   ② 자리를 잡다가   ③ 한눈을 팔다가   ④ 첫발을 떼다가

4. 위 글의 중심 생각을 고르십시오.

   ① 실패하지 않도록 준비하는 자세가 필요하다.
   ② 경기에 이기기 위해서 효과적인 방법을 찾아야 한다.
   ③ 성공적인 삶을 살아가기 위해서는 넓은 시야가 필요하다.
   ④ 축구 선수는 운동장 전체를 볼 수 있는 능력을 키워야 한다.

[5~6] 다음을 읽고 물음에 답하십시오. (각 2점)

실패를 해 보지 못한 사람은 실패를 계속하는 사람들을 전혀 이해하지 못한다. 이런 사람은 이 세상에 밝은 면만 있는 것이 아니라 어두운 면도 있다는 사실을 잘 모른다. 이렇게 한쪽 면만 보다가 보니 '(   ).'고 할 수 있다. 이러다 보면 생각과 마음이 좁을 수밖에 없다. 따라서 실패는 사람을 겸손하고 너그럽게 만드는 힘을 지니고 있다.

5. (   )에 들어갈 알맞은 것을 고르십시오.

① 등잔 밑이 어둡다
② 고생 끝에 낙이 온다
③ 하나만 알고 둘은 모른다
④ 개구리 올챙이 적 생각 못 한다

6. 위 글의 중심 생각을 고르십시오.

① 실패는 성공을 하기 위해 거치는 과정이다.
② 성공한 사람들은 실패하는 사람들을 이해 못 한다.
③ 실패는 세상의 어두운 면을 볼 수 있는 기회를 준다.
④ 세상의 밝은 면과 어두운 면을 모두 볼 줄 알아야 한다.

[7~8] 다음을 읽고 물음에 답하십시오. (각 2점)

최근 명절이 다가오면서 명절 선물 과대 포장에 대한 불만이 늘고 있다. 백화점에서 판매하는 각종 선물세트의 포장 비용이 선물 자체 비용보다 더 비싸다는 것이다. 이 렇게 (   ) 선물은 주는 사람도 받는 사람도 기분이 좋을 리가 없다. 화려한 포장보다는 내용물이 얼마나 좋으냐가 더 중요하기 때문이다. 판매자는 선물의 크기나 포장보다는 내용물의 질에 더욱 신경을 써야 할 것이다.

7. (   )에 들어갈 알맞은 것을 고르십시오.

① 병 주고 약 주는
② 배보다 배꼽이 큰
③ 겉 다르고 속 다른
④ 꿈보다 해몽이 좋은

8. 위 글의 중심 생각을 고르십시오.

① 명절 선물의 가격을 인하해야 한다.
② 선물의 크기나 포장보다 질이 중요하다.
③ 내용물만큼 포장에도 신경을 써야 한다.
④ 값싸고 질 좋은 선물을 고르는 안목이 필요하다.

3 新聞報導標題

1 與標題相同的新聞報導

▶ 閱讀第25～27題 題型為就新聞報導標題選出描述最貼切選項的題目。這是4級程度的試題，用以檢測理解標題的能力。因標題特性須簡短，故標題主要使用的詞彙經常是漢字語和純韓語副詞。

🍲 請先學習詞彙和表現（p.37）！

읽기 25번~27번 │ **黃金秘笈**

🥢 必須熟知常用於新聞報導標題的詞彙。此外應由選項推知該詞彙的含蓄內容解題。

🥢 即使不認得單字，也要判斷那個單字擁有的感覺是積極的還是消極的。

🥢 經常出現於新聞報導標題的內容整理如下。

在這之中，主題與前面所學聽力第15題新聞有相似的部分，但不會重複出題。

🍲TIP 可預測的新聞報導與網站
- 與健康、生活訊息相關的內容：參考〈아시아경제〉-〈이진경 기자〉的〈키드뉴스〉
- 政策相關內容：在NAVER或Google上搜尋「부터」和「시행」的話，可以事先知道在TOPIK測驗期間預計實施或已實施的政策。
  〈파이낸셜뉴스〉-〈용환오 기자〉的報導（有時時刻刻將修改的政策仔細整理出來）

읽기 25번~27번 │ Ranking

🌐 新聞報導主題

※詞彙譯文請參閱詳解本P.149

Ranking 09	可能出題的內容
01 **最新話題**	TOPIK 시험문제가 만들어지는 시기에 한국에서 화제가 되고 있는 일이 출제된다.
02 **經濟相關**	경제 변화, 합리적 소비 등

03	政策相關	TOPIK 시험문제가 만들어지는 시기에 한국에서 앞으로 필요한 정책, 시행될 예정 인 정책, 최근에 시행된 정책이 출제된다.
04	氣象預報	날씨별, 기온별, 계절별, 날씨에 따른 사건사고
05	觀覽訊息	공연, 영화 등 소개
06	體育	스포츠 경기 결과, 특정 선수 소개 등
07	健康資訊	음식, 습관, 건강에 유용한 정보 등이 출제된다.
08	生活資訊	실생활에 유용한 정보 소개 등
09	事件事故	교통사고, 천재지변, 정전 사고, 등반 사고, 화재 사고, 식중독 사고, 물놀이 사고, 낚시 사고, 공연장 사고, 지하철 사고, 기차 사고, 비행기 사고 등

읽기 25번~27번 ┃ 考古題 ┃ ▶ 新聞報導標題

[25~27] 다음 신문 기사의 제목을 가장 잘 설명한 것을 고르십시오. (각 2점)

解説

25.

출산율 또 하락, 정부 대책 효과 없어

☹ ──────────── ☹
부정적 상황   부정적 상황

① 정부가 대책을 세워 노력했으나 출산율은 다시 떨어졌다.
② 정부는 출산율이 낮아지지 않도록 효과적인 정책을 마련하였다.
③ 정부의 정책 중 시급히 개선되어야 할 부분이 출산 관련 정책이다.
④ 출산과 관련한 정부의 지원이 축소되자 출산율이 급격히 낮아졌다.

TOPIK II <60회 읽기 25번>

正確答案①
只要自然連結「出生率下降」的負面結果與「政府對策無效」的負面結果就可以了。

26.

놀이공원, 수익에만 치중 이용객 안전은 뒷전

☹————————————☹
부정적 상황　　　　　　　　　부정적 상황

① 놀이공원의 이용객들은 놀이공원에 안전시설 점검을 요구했다.
② 놀이공원이 이용객의 안전을 중시하기 시작한 후 수익이 증가했다.
③ 놀이공원이 수익은 중요시하고 이용객의 안전은 중요시하지 않고 있다.
④ 놀이공원은 수익이 감소해 이용객의 안전에 더 이상 투자하기 어려워졌다.

TOPIK II <60회 읽기 26번>

正確答案③
「치중하다」是「認為某項事物特別重要」的意思。然後，「뒷전」是「順序上為前項內容的下一個順序」之意思。因此，意味著「遊樂園只認為利益重要，認為遊客安全是其次」。

27.

제2공장 정상 가동, 반도체 공급 안정은 미지수

☺————————————😐
긍정적 상황　　　　　　　　　판단 유보

① 제2공장이 정상적으로 가동됨에 따라 반도체 공급이 안정되었다.
② 제2공장이 반도체 생산을 시작했지만 공급이 안정될지는 불확실하다.
③ 반도체가 안정적으로 공급되기 위해서는 제2공장의 가동이 필수적이다.
④ 반도체 공급이 안정적으로 이루어지면서 제2공장도 정상 가동될 수 있었다.

TOPIK II <60회 읽기 27번>

正確答案②
「미지수」是作為「無法預測的未來」之意義使用。意味著「雖然第二工廠是正常運作的正面情況，但無法預測半導體的供給是否穩定」。

[1~9] 다음 신문 기사의 제목을 가장 잘 설명한 것을 고르십시오. (각 2점)

1.

> 수재민을 돕는 따뜻한 손길 이어져

① 재해를 당한 사람을 돕는 손길이 계속되고 있다.
② 요즘 수재민을 돕는 사람들이 점차 줄어들고 있다.
③ 피해를 당한 사람을 돕는 사람들이 많아져야 한다.
④ 재해를 입은 사람이 서로 돕는 따뜻한 사회가 필요하다.

2.

> 가파르게 상승하던 집값, 주택 가격 안정 대책 발표 이후 주춤

① 안정되었던 주택 가격이 정부가 대책을 발효하자 크게 상승했다.
② 주택 가격이 급등하다가 정부가 대책을 발표하고 나서 하락했다.
③ 조금 떨어졌던 주택 가격이 정부의 대책 발표 이후 다시 상승했다.
④ 주택 가격의 급격한 상승세가 정부의 대책 발표 이후 조금 약화됐다.

3.

> 경찰, 다음 달부터 신호 위반 차량 단속 강화하기로

① 경찰은 과속 금지 구역을 점차 확대할 계획이다.
② 경찰은 다음 달부터 교통 신호 체계를 재정비할 계획이다.
③ 경찰은 음주 운전에 대해 더욱 강력하게 단속할 예정이다.
④ 경찰은 신호를 어기는 차량을 더 엄격하게 단속할 예정이다.

4.

> 평년보다 장마 기간 늘어, 단풍 일찍 올 듯

① 평년에 비해 장마가 길어서 단풍 시기가 빨라질 것이다.
② 예년에 비해 장마가 짧아서 단풍 시기가 늦춰질 것이다.
③ 평년에 비해 장마가 짧아서 단풍을 구경할 수 있는 시간이 줄 것이다.
④ 예년에 비해 장마가 길어서 단풍을 구경할 수 있는 시간이 늘 것이다.

5.

> 느낀 만큼 낸다, 후불제 연극 성공

① 후불제 관람료에 대해 우려를 느끼는 시선이 적지 않다.
② 연극을 본 후 관람료를 내는 연극이 점차 증가하고 있다.
③ 관람료를 후불제로 바꾼 후 연극을 보는 관객 수가 늘어났다.
④ 연극을 보고 난 후 감동을 받은 만큼 관람료를 내는 연극이 성공을 거두고 있다.

6.

> 이태백, 내일 400m 계주 출전, 대회 첫 3관왕 노려

① 이태백 선수가 400m 계주에서 동메달을 획득했다.
② 이태백 선수가 400m 계주에서 세 번째 주자로 나선다.
③ 이태백 선수는 내일 금메달을 따면 3년 연속 우승 기록을 세운다.
④ 이태백 선수가 내일 세 번째 금메달을 따기 위해 400m 계주 경기에 나간다.

7.

무리한 가사 노동에 주부 건강 '빨간불'

① 힘든 집안일로 인해 주부들의 건강이 좋지 않다.
② 힘든 집안일을 주부에게만 강요하는 것은 사라져야 한다.
③ 주부들이 건강을 지키려면 집안일을 가족과 나누어 해야 한다.
④ 집안일만 하는 주부들이 건강을 지키려면 운동을 하는 것이 좋다.

8.

염색약 부작용 속출, 천연 재료 염색약 각광

① 천연 재료로 만든 염색약이 나왔지만 아직까지 판매율이 높지 않다.
② 염색약의 재료에 관심이 많아졌지만 부작용은 여전히 지속되고 있다.
③ 염색약 색이 변하면서 천연 재료를 사용해야 한다는 요구가 높아지고 있다.
④ 염색을 한 후 부작용이 잇따라 생기면서 천연 재료의 염색약이 인기를 끌고 있다.

9.

제주도 태풍과 폭우, 수백 명 관광객 발 묶여

① 제주도에서 태풍으로 인해 많은 사람들이 다쳤다.
② 제주도에 비가 많이 와서 관광객들의 방문이 잇따라 취소됐다.
③ 제주도에서 폭우로 인해 관광객들이 여행지를 벗어나지 못했다.
④ 제주도에 비가 많이 와서 아름다운 경치를 즐기려는 관광객들이 몰려들었다.

4 個人文章

1 登場人物的心情、與內容一致

▶ 閱讀第23~24題 題型為閱讀個人文章,選出和登場人物的心情、態度內容相同的題目。這是**4級程度的試題**,用以檢測掌握寫作者態度的能力以及理解細部內容的能力。若為登場人物的心情或態度,必須經由前後內容來推測是何種心情,並選出與之相符的情感詞彙。

🍲 請先學習詞彙和表現(p.42)!

읽기 23번~24번 | 黃金秘笈

1️⃣ 必須藉由畫底線部分的前後內容掌握登場人物的心情或態度。

2️⃣ 熟記情感詞彙相當重要(詞彙表現p.42)

3️⃣ 由於選項會相反敘述登場人物說的話或行動,故請務必留意。

解説

[23~24] 다음을 읽고 물음에 답하십시오. (각 2점)

Ⓐ고향에 사는 아버지가 오랜만에 우리 집에 오셨다. 나는 남편과 함께 아버지와 이런저런 이야기를 나누며 거실에 앉아 있었다. 그 때 갑자기 남편이 아버지를 모시고 영화관에 가자고 했다. 그 말에 나는 "영화관은 무슨? 아버지는 어둡고 갑갑해서 영화관 가는 거 안 좋아하셔." 하고 내뱉었다. 그래서 아버지에게 슬쩍 "영화 보러 가실래요?" 하고 물었는데 손사래를 치실 것 같던 아버지는 그저 가만히 계셨다. 그 순간 나는 아버지의 마음을 읽을 수 있었다. <u>나는 왜 아버지가 영화관에 가는 것을 안 좋아하실 거라고 생각했을까.</u> 지금껏 내 기준에서 판단한 일들이 얼마나 많을까 생각하니 마음이 무거워졌다. 영화관에 갈 준비를 하며 옷도 살피고 모자도 쓰고 벗기를 반복하시는 아버지의 얼굴에는 미소가 가득했다. Ⓑ그런 아버지를 보며 나는 앞으로 아버지가 무엇을 좋아하시는지 관심을 가지기로 했다.

23. 밑줄 친 부분에 나타난 나의 심정으로 알맞은 것을 고르십시오.

① 부담스럽다　　　　② 불만스럽다
③ 짜증스럽다　　　　④ 죄송스럽다

24. 이 글의 내용과 같은 것을 고르십시오.

① 나는 아버지와 자주 영화를 보러 다녔다.
② 아버지는 내 질문에 아무 말도 하지 않았다.
③ 아버지는 영화를 보러 가기 위해 우리 집에 왔다.
④ 나는 아버지가 외출 준비하는 모습이 마음에 들지 않았다.

TOPIK II <60회 읽기 23~24번>

正確答案④
畫線部分的前後文：
前：看著如果說一起去看電影吧好像會拒絕的爸爸，似乎可以讀懂他的心。
後：一想到至今為止從我自己的角度去判斷的事情到底有多少，我的心就變得很沉重。
此時登場人物的心情如何？登場人物表示「她意識到自己對爸爸的判斷錯誤，心情變得很沉重」，此時的心情以「미안하다」最為自然。

①沒有相關內容。
②正確解答。
③爸爸（難得）來到我們家。與A不同。
④我（決定關注）爸爸準備外出（的樣子）。與B不同。

模擬試題

[1~2] 다음을 읽고 물음에 답하십시오. (각 2점)

동료 교사의 결혼식에 갔을 때 일이다. 다른 동료 교사가 아들을 데리고 결혼식에 참석했다. 아이는 다섯 살 남짓으로 호기심이 왕성하고 활발한 듯 보였다. 결혼식이 끝나고 같은 자리에서 식사를 하게 되었다. 그런데 아이가 갑자기 어떤 사람을 가리키면서 큰 소리로 엄마에게 물었다. "우와, 엄마 저 아저씨 되게 뚱뚱하고 머리가 정말 커요. 이상해요." 근처에 있던 사람들은 모두 엄마가 어떻게 대답할지 궁금해 했다. 혹시 "너도 그렇게 많이 먹으면 저렇게 될 거야."라고 대답하지는 않을까? 그러나 엄마는 "사람들 중에는 뚱뚱한 사람도 있고 날씬한 사람도 있는 거야. 이상한 게 아니야."라고 대답했다. 그 대답을 듣는 순간 나도 모르게 미소가 지어졌다. 그리고 이때까지 나와 다르다는 이유만으로 남을 제대로 평가하지 않고 무시한 적은 없었는지 되돌아보게 되었다.

1. 밑줄 친 부분에 나타난 나의 심정으로 알맞은 것을 고르십시오.

① 흐뭇하다   ② 뭉클하다   ③ 걱정스럽다   ④ 자랑스럽다

2. 이 글의 내용과 같은 것을 고르십시오.

① 아이는 식사량이 많아서 살이 쪘다.
② 아이의 엄마는 다른 사람보다 뚱뚱한 편이다.
③ 아이의 엄마는 아이의 버릇없는 행동을 혼냈다.
④ 아이 엄마의 대답 덕분에 나 자신을 반성하게 되었다.

[3~4] 다음을 읽고 물음에 답하십시오. (각 2점)

유치원에서 교사로 일한 지 5년이 넘었다. 우리 유치원은 건물 2층에 있어서 수업이 끝나면 계단을 이용해 아이들을 내보냈다. 행여 계단에서 아이들이 다칠세라 수업이 끝날 때면 나는 물론이고 모든 동료 교사들이 신경을 쓰는 시간이다. 아이들을 좀 더 안전하고 질서 있게 보내고자 생각해 낸 것이 여자 아이들을 먼저 나가게 하는 것이었다. 평소처럼 유치원이 끝나고 나는 "공주님들, 가방 챙겼지요? 자, 그럼 공주님들 먼저 밖으로 나가세요."라고 말했다. 그런데 한 남자 아이가 입술을 삐쭉 내밀고 나를 쳐다보았다. 그러고는 손을 들고 "왜 맨날 맨날 공주님들만 먼저 나가요. 왕자님들도 순서를 바꿔 가면서 먼저 가게 해 주세요."라고 말하는 것이었다. 순간 나는 할 말을 잃고 말았다. 남자가 여자에게 양보하는 것이 당연하다는 나의 평소 생각을 되돌아보게 되었고 집에 빨리 가고 싶은 아이의 마음을 헤아리지 못한 것 같았기 때문이다.

3. 밑줄 친 부분에 나타난 나의 심정으로 알맞은 것을 고르십시오.

   ① 당황스럽다　　　　② 불만스럽다　　　　③ 걱정스럽다　　　　④ 사랑스럽다

4. 이 글의 내용과 같은 것을 고르십시오.

   ① 나는 초등학교에서 일한 지 오 년이 지났다.
   ② 유치원이 끝나면 엘리베이터로 학생을 이동시킨다.
   ③ 유치원 선생님들은 남자 아이들을 먼저 집에 보낸다.
   ④ 나는 남자가 여자에게 양보하는 것을 당연하다고 생각했다

5 資訊傳達

1 填空

▶ 閱讀第28～31題 題型為選出填入空格裡的正確內容。這是4級程度的試題，用以檢測從文章裡找尋必要表現之能力。雖然與前面學過的閱讀第16～18題的題型相同，但詞彙和語法的程度都提高了。因為找答案的方法都一樣，即使有無法理解的內容，還是可以知道的辭彙和語法為中心找出答案。這個題型可分為對應題型和綜合題型，但因考試次數不同，也有可能只出對應題型。

읽기 28번~31번 | **黃金秘笈：** 對應題型

 對應：兩個內容是根據哪種關係彼此配對的題型。

$$A : B = A' : (B')$$

① B'　　　　② C　　　　③ D　　　　④ E

1️⃣ 由空格前後內容中找出類義詞或相似的表現。

2️⃣ 找出可配對填入空格中的內容後，掌握其意義。

3️⃣ 如果已完全掌握意義，在確認連接詞的種類後，找尋類義詞、相似表現或反義詞、相反表現然後從選項中選擇答案。

解說

[28~31] 다음을 읽고 (   )에 들어갈 내용으로 가장 알맞은 것을 고르십시오. (각 2점)

28.

ⓐ수업에 게임 방식을 도입하면 ⓑ열의를 갖고 참여하는 학생들이 많아진다. 학생들은 흥미진진한 퀴즈를 풀며 용어와 개념을 익힌다. 퀴즈의 정답을 맞힌 학생에게는 즉각적으로 점수가 부여되는데 어려운 문제를 빨리 맞힐수록 획득하는 점수가 크다. ⓐ'이러한 방법을 활용하면 학생들이 ⓑ'(   ) 수 있다.

① 교실 환경을 살필
② 수업에 보다 집중할
③ 게임에 흥미를 느낄
④ 친구들과 더 소통할

TOPIK II <60회 읽기 28번>

正確答案②

這是對應題型，活用類似表現，找出適合填入空格中的內容即可。

ⓐ 수업에 게임 방식을 도입하면
如果引進以遊戲的方式授課
ⓑ 열의를 갖고 참여하는 학생들이 많아진다.
熱忱參與的學生就會變多
ⓐ' 이러한 방법을 활용하면 학생들이
若活用這種方式，學生們
ⓑ' (수업에 열의를 갖고 참여할) 수 있다.
就可以（熱忱參與上課）。

30.

ⓐ깨어져도 파편이 튀지 않는 안전유리는 한 과학자가 실험실 선반에서 떨어진 유리병에 주목하면서 발명되었다. 산산조각 난 다른 유리병과 달리 금이 간 채 형태를 유지하고 있는 유리병이 있었다. 이 병은 안에 담긴 용액이 마르면서 ⓑ유리 표면에 생긴 막이 유리 조각을 붙잡고 있었다. ⓑ'이 점에 착안하여 (   ) ⓐ'안전유리를 제작하게 되었다.

① 파편 조각을 붙인
② 유리에 막을 입힌
③ 유리를 여러 장 겹친
④ 깨지지 않는 재료를 사용한

TOPIK II <60회 읽기 30번>

正確答案②

這是對應題型，活用類似表現，找出適合填入空格中的內容即可。

ⓐ 깨어져도 파편이 튀지 않는 안전유리
即使破了碎片也不會飛濺的安全玻璃
ⓑ 유리표면에 생긴 막이 유리 조각을 붙잡고 이었다.
玻璃表面生成的膜，緊緊抓住了玻璃碎片
ⓐ' 안전유리를 제작하게 되었다.
開始製造安全玻璃
ⓑ' 이 점에 착안하여 (유리 표면에 막을 입혔다.)
著眼於這一點，（在玻璃表面上個膜）。

31.

보통 ⒜수학에서는 개념이 먼저 정립되고 기호가 등장한다. 그러나 수가 끝없이 커지는 상태를 가리키는 ⒝무한대의 경우에는 정반대이다. 무한대는 (   ) 후에도 한동안 개념이 정립되지 못했다. 왜냐하면 당시의 학자들은 무한대를 인간의 능력으로는 파악할 수 없다고 여겼기 때문이다. 그래서 수학계에서 무한대를 정의하는 것은 오랫동안 시도되지 않았다.

① 기호가 만들어진
② 의미가 여러 번 바뀐
③ 학계에서 활발히 연구된
④ 반대되는 이론이 등장한

TOPIK II <60회 읽기 31번>

正確答案①

這是對應題型，活用類似表現，找出適合填入空格中的內容即可。

A：概念確立 → 符號登場
B：無限大 → 完全相反
　　　　　‖
　　（符號登場 → 概念確立）

🍲 綜合：以相同或相似的內容為基礎來完成綜合內容的題型。

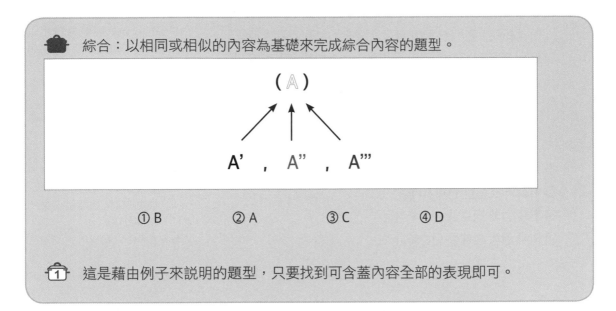

(Ⓐ)

↑   ↑   ↑

A' , A" , A'''

① B   ② A   ③ C   ④ D

👨‍🍳 這是藉由例子來說明的題型，只要找到可含蓋內容全部的表現即可。

읽기 28번~31번 ┃ **考古題** ▶ **綜合題型**

[28~31] 다음을 읽고 (　　　)에 들어갈 내용으로 가장 알맞은 것을 고르십시오. (각 2점)

29.

"지구가 아파요!"라는 문구가 새겨진 티셔츠나 잘려 나간 나무가 그려진 가방 등을 구매하는 사람들이 증가하고 있다. 사람들은 Ⓐ그 상품이 (　　　　　) 때문에 구매를 한다. 그들은 구매한 물건을 일상에서 사용함으로써 Ⓐ'사회 문제에 대한 입장을 표현한다. 그리고 주변 사람들이 그 상품을 보고 Ⓐ"거기에 담긴 메시지에 대해 관심을 갖도록 한다.

① 세련되게 디자인되었기
② 천연 소재로 만들어졌기
③ 본인의 체형을 보완해 주기
④ 자신의 가치관을 드러낼 수 있기

TOPIK II <60회 읽기 29번>

解説

正確答案④

Ⓐ 그 상품이 (자신의 가치관을 드러낼 수 있기) 때문에
因為那項商品（可以凸顯自己的價值觀）

↑
상품을 사용함으로써
（使用商品）
상품을 보고 （看見商品）

Ⓐ' 사회 문제에 대한 입장을 표현한다.
（表現出對社會問題的立場）

Ⓐ" 주변 사람들이 거기에 담긴 메시지에 대한 관심을 갖도록 한다.
（讓周遭的人關注那裡蘊藏的訊息）

31.

최근 일부 대기업을 중심으로 '기업 쪼개기'가 이루어지고 있다. 이는 ⒜(　　　　　) 의도에서 비롯된 것이다. 그동안 대기업들은 큰 몸집 탓에 복잡한 결재 절차를 거쳐야 했다. 그런데 최근 시장 환경이 급변하면서 ⒜'의사 결정 속도가 곧 기업의 경쟁력인 시대가 되었다. 이에 기업들은 ⒜"계열사를 독립적인 회사로 분리하고 ⒜'''각 회사에 최종 결정 권한을 넘김으로써 시장 변화에 신속히 대처하고 있다.

① 회사의 이미지를 바꾸려는
② 시장의 흐름을 변화시키려는
③ 기업 간에 정보를 공유하려는
④ 의사 결정 단계를 단순화하려는

중고급 <52회 읽기 31번>

正確答案④

必須找出（空格）後面的「의도」。事實上，若知道「쪼개다」的意義就能輕易找出答案，但若不知道的話，就必須綜合整體內容來找出答案。

⒜ （某種）意圖

↑ 의사 결정 속도를 빠르게

⒜' 의도 결정 속도가 기업의 경쟁력
（意圖決策速度是企業的競爭力）

⒜'' 계열사를 독립적인 회사로 분리
（將子公司分離為獨立的公司）

⒜''' 각 회사에 최종 결정 권한을 넘김
（賦予各公司最終決定權）

模擬試題

[1~2] 다음을 읽고 물음에 답하십시오.

1.

> 백화점 커피숍의 의자는 대부분 딱딱한 나무로 되어 있다. 이것은 백화점에서 매출을 올리기 위한 전략 중 하나이다. 백화점 커피숍은 드나드는 사람이 많은 곳이기 때문에 손님이 거기서 오래 머무르면 곤란하다. 백화점 입장에서는 고객이 커피숍에서 (   ) 백화점에서 물건을 사게 하는 것이 더 중요하기 때문에 의자를 딱딱하게 만드는 것이다.

① 오래 앉아 있는 것보다
② 불편함을 느끼는 것보다
③ 사람들과 만나는 것보다
④ 사야 할 물건을 고민하는 것보다

2.

> 바닷물은 태양빛이 표면에 닿으면 태양의 빛을 흡수한다. 태양빛에는 빨간색, 주황색, 노란색, 초록색, 파란색, 남색, 보라색 등이 있다. 이 중에서 파란색만 (   ). 이것이 바닷물이 파랗게 보이는 원인이다. 또한 하늘이 흐려지게 되면 바닷물은 회색으로 보이게 되는데 이것은 바닷물에 회색이 흡수되지 않고 물속을 통해서 다시 되돌아 나오기 때문이다.

① 흡수되지 않고 반사가 된다
② 흡수와 동시에 색이 변한다
③ 바닷물을 통과하는 성질이 있다
④ 바닷물과 잘 어울리기 때문이다

模擬試題

[1~2] 다음을 읽고 물음에 답하십시오.

1.

사람들은 냉장고에 보관된 음식은 안전할 것이라고 생각한다. 그러나 냉장고를 너무 과신하면 식중독에 걸릴 위험성이 있다. 냉장고는 음식을 저온에서 보관하고 약간의 신선도를 유지시켜 줄 뿐이다. 음식이 상하는 기간을 늦춰 줄 뿐이지 부패를 방지하는 것은 아니다. 따라서 냉장고에 음식을 넣을 때는 (   ) 해야 한다.

① 넣기 전에 청소를 하도록
② 조금씩 나누어 보관하도록
③ 너무 오래 보관하지 않도록
④ 온도를 가장 낮춰서 보관하도록

2.

날씨가 따뜻해지는 봄이 되면 점심 식사 후에 졸음 때문에 일의 능률이 떨어진다고 말하는 사람이 많다. 이럴 때는 30분을 넘기지 않을 정도로만 낮잠을 자는 것도 괜찮다. 잠깐의 낮잠이 (   ) 도와주기 때문이다. 따라서 점심 식사 후 억지로 졸음을 참는 것보다 짧게 낮잠을 자는 것이 효과적이다.

① 밤에 잠을 푹 잘 수 있도록
② 오후에 충분히 쉴 수 있도록
③ 밤늦게까지 일을 할 수 있도록
④ 오후에 능률적으로 일할 수 있도록

실전모의고사

TOPIK II (4급)

듣기, 쓰기, 읽기

[21~22] 다음을 듣고 물음에 답하십시오. (각 2점)

21. 남자의 중심 생각으로 맞는 것을 고르십시오.

① 작가 사인회를 해야 한다.
② 작품의 인기가 계속될 것이다.
③ 독자 반응을 좀 더 기다려 봐야 한다.
④ 새로운 작품 출판에 모두 집중해야 한다.

22. 들은 내용으로 맞는 것을 고르십시오.

① 이 소설책은 많이 팔리고 있다.
② 작가는 이번에 책을 처음 냈다.
③ 소설책 판매량이 줄어들고 있다.
④ 이번에 새로운 소설책을 출간하였다.

[23~24] 다음을 듣고 물음에 답하십시오. (각 2점)

23. 남자는 무엇을 하고 있는지 고르십시오.

① 제품의 사용 방법을 물어보고 있다.
② 제품이 고장 나서 수리를 요청하고 있다.
③ 제품의 구입 방법에 대해 문의하고 있다.
④ 제품이 고장 난 원인에 대해 알아보고 있다.

24. 들은 내용으로 맞는 것을 고르십시오.

① 남자는 제품을 고치려고 서비스 센터에 갔다.
② 남자가 구입한 밥솥은 올해 새로 나온 제품이다.
③ 이 회사는 작년 11월부터 전기밥솥 판매를 중단했다.
④ 이 회사는 문제가 있는 밥솥을 무상으로 수리해 준다.

[25~26] 다음을 듣고 물음에 답하십시오. (각 2점).

25. 여자의 중심 생각으로 맞는 것을 고르십시오.

① 비싸도 신선한 과일과 채소를 구입해야 한다.
② 못난이 농산물 판매로 환경을 보호할 수 있다.
③ 모양 때문에 버려지는 농산물을 재활용해야 한다.
④ 소비자들은 흠집이 없는 과일이나 채소를 찾기 마련이다.

26. 들은 내용으로 맞는 것을 고르십시오.

① 이 농산물은 악취가 심한 편이다.
② 이 농산물은 맛과 영양이 뛰어나다.
③ 이 농산물의 판매량이 증가하고 있다.
④ 이 농산물은 정상 상품의 반값에 판매를 한다.

[27~28] 다음을 듣고 물음에 답하십시오. (각 2점)

27. 여자가 남자에게 말하는 의도를 고르십시오.

① 에어컨 실외기 설치 방법을 묻기 위해
② 실외기를 옥상으로 옮기는 비용을 알아보기 위해
③ 에어컨 실외기를 길가에 설치한 이유를 설명하기 위해
④ 길가에 설치된 에어컨 실외기의 문제점을 지적하기 위해

28. 들은 내용으로 맞는 것을 고르십시오.

① 에어컨 실외기에서 물이 떨어져서 다니기 불편하다.
② 에어컨 실외기를 멀리 설치해도 비용이 더 들지 않는다.
③ 길가에 설치된 실외기 바람이 사람들에게 불쾌감을 준다.
④ 에어컨과 실외기는 가까운 곳에 있을수록 효율이 떨어진다.

[29~30] 다음을 듣고 물음에 답하십시오. (각 2점)

29. 남자는 누구인지 맞는 것을 고르십시오.

① 공연장 무대를 고치는 사람
② 공연장 좌석을 안내하는 사람
③ 공연장에서 안전을 관리하는 사람
④ 공연장에서 모니터에 자막을 넣는 사람

30. 들은 내용으로 맞는 것을 고르십시오.

① 남자 대신에 일할 사람은 준비되어 있다.
② 계속되는 작업 때문에 어깨가 아픈 경우가 많다.
③ 최근 모든 공연에 자막을 입력하는 것이 유행이다.
④ 대사를 자막으로 입력할 때 배우의 입 모양을 본다.

[31~32] 다음을 듣고 물음에 답하십시오. (각 2점)

31. 남자의 생각으로 맞는 것을 고르십시오.

① 상비약은 미리 준비해 두어야 한다.
② 편의점에 의약품 전문가가 필요하다.
③ 약국에서는 24시간 약을 팔아야 한다.
④ 편의점의 약 판매를 계속 허용해야 한다.

32. 남자의 태도로 맞는 것을 고르십시오.

① 상대방의 의견에 반대하고 있다.
② 법의 효율성을 재평가하고 있다.
③ 제도의 문제점을 지적하고 있다.
④ 문제 해결 방안에 공감하고 있다.

[21~22] 다음을 읽고 물음에 답하십시오. (각 2점)

만 3세 미만의 아이들은 단순히 무엇인가를 알고 싶어 하는 호기심 때문에 잘못을 저지르곤 한다. 아직 무엇이 좋고 무엇이 나쁜지 몰라서 그런 것일 뿐이다. 그래서 이 시기에는 부모가 아이에게 큰 소리로 꾸짖기보다는 적당히 (   ) 것이 필요하다. 아이의 버릇을 고쳐 주겠다는 생각으로 잘못을 저지를 때마다 혼을 낸다면 좋지 않은 영향을 미칠 수 있기 때문이다. 소리를 지르거나 혼내는 경우 소심하고 자신감 없는 아이를 만들 수 있다.

21. (   )에 들어갈 알맞은 것을 고르십시오.

① 혀를 차는   ② 발을 빼는   ③ 머리를 숙이는   ④ 눈을 감아 주는

22. 이 글의 중심 생각을 고르십시오.

① 아이의 버릇을 고치기 위해 교육에 힘써야 한다.
② 아이의 습관은 부모의 가정교육에 따라 달라진다.
③ 3세 미만 아이의 잘못을 고치려면 아이를 혼내야 한다.
④ 3세 미만 아이에게 꾸중을 하면 소심한 아이가 될 수 있다.

[23~24] 다음을 읽고 물음에 답하십시오. (각 2점)

우리 아이가 다섯 살 때의 일이다. 남편이 기자라서 집에 영화표가 많이 들어왔다. 그 중 '슈퍼맨' 영화표가 눈에 띄어 아이와 함께 영화를 보러 갔다. 영화를 보고 와서 아이는 자기가 슈퍼맨이 되기라도 한 듯이 빨간색 보자기를 등 뒤에 두르고 온 집안과 동네를 헤집고 다녔다. 처음에는 '며칠 저러다가 말겠지'라고 생각을 했다. 그러던 어느 날 마당에서 빨래를 널고 있는데 2층 아이 방 창문에 아이가 빨간 보자기를 두르고 서 있었다. 그러더니 아이는 "엄마, 나 날 수 있어. 자, 간다." 하고 2층에서 뛰어내리는 것이 아닌가. <u>순간 나는 아무 말도 할 수 없었고 몸도 움직일 수가 없었다.</u> 천만다행으로 아이가 빨랫줄에 걸려 마당에 사뿐히 서게 되었다. 아이는 자기가 얼마나 위험했는지 알지 못하고 날았다며 기뻐하고 있었다. 나는 아이에게 달려가 아무 말 없이 엉덩이를 때릴 뿐 아무 말도 할 수가 없었다.

23. 밑줄 친 부분에 나타난 나의 심정으로 알맞은 것을 고르십시오.

① 당황스럽다   ② 고통스럽다   ③ 새삼스럽다   ④ 의심스럽다

24. 이 글의 내용과 같은 것을 고르십시오.

① 나의 직업은 기자이다.   ② 아이는 슈퍼맨 놀이를 즐겼다.
③ 나는 남편과 함께 영화를 보러 갔다.   ④ 아이는 엄마가 빨래하는 것을 도와줬다.

[25~27] 다음 신문 기사의 제목을 가장 잘 설명한 것을 고르십시오. (각 2점)

25.

> ### 연일 미세먼지 기승, 전통 시장 상인 울상

① 미세먼지가 계속 심해져서 전통 시장의 장사가 잘 안 된다.
② 미세먼지가 본격적으로 시작되자 전통 시장이 문을 닫고 있다.
③ 미세먼지가 점점 심해지면서 전통 시장 상인들이 화가 나 있다.
④ 미세먼지가 날마다 이어지면서 전통 시장에 손님이 몰려들고 있다.

26.

> ### 스마트폰이 가져온 '우리 뇌의 기억상실증'

① 스마트폰 사용 증가로 인해 기억력이 떨어지고 있다.
② 스마트폰이 사람의 기억력을 보완해 주는 기능을 하고 있다.
③ 스마트폰의 전자파로 인해 기억상실증 환자들이 생기고 있다.
④ 스마트폰 사용 시간이 늘어나면서 불면증을 겪는 사람들이 증가했다.

27.

> ### 강원도 산불 확산, 이재민 1,200여 명 발생

① 강원도에서 산불이 나서 1,200명이 죽거나 다쳤다.
② 강원도에 산불이 번져서 1,200명이 피해를 입었다.
③ 강원도 산불 피해자 1,200명이 정부의 도움을 받고 있다.
④ 강원도의 산불 피해를 복구하기 위한 자원봉사자가 1,200명이나 된다.

28.

길을 걷다 보면 수도관이나 하수관을 점검하거나 청소하기 위한 동그란 뚜껑을 볼 수 있다. 이것이 바로 맨홀 뚜껑인데 왜 모두 동그란 모양일까? 그것은 맨홀 뚜껑이 구멍 속으로 빠지지 않게 하기 위해서이다. 원은 어느 방향에서 길이를 재어도 (　　　　　) 때문에 구멍 속으로 절대 빠지지 않는다. 그런데 맨홀 뚜껑을 삼각형이나 사각형 모양으로 만든다면 가로, 세로의 길이와 대각선의 길이가 차이가 생겨 뚜껑이 빠질 수 있다.

① 길이 차이가 발생하기　　　　② 길이가 각각 달라지기
③ 지름의 길이가 동일하기　　　　④ 지름의 길이를 알 수 없기

29.

사람과 황소가 싸우는 투우 경기를 보면 투우사가 빨간색 천을 흔든다. 빨간색 천을 본 황소는 투우사를 적으로 생각하고 흥분하여 공격한다. 사람들은 황소가 빨간색 때문에 흥분을 한다고 생각한다. 그런데 사실 황소는 색맹이라 색을 구별하지 못한다. 투우사가 다른 색의 천을 흔들어도 황소는 빨간색 천을 봤을 때와 똑같은 반응을 보인다. 이는 황소가 투우사를 (　　　　　) 것일 뿐 빨간색에 반응하는 것이 아닌 것을 알 수 있다.

① 적으로 생각해서 공격하는　　　② 빨간색이라고 판단하지 않는
③ 경계 대상이라고 느끼지 않는　　④ 다른 색으로 인식해서 달려드는

30.

사람들은 일반적으로 의자가 편안하게 앉기 위한 도구로 만들어졌다고 생각한다. 그러나 의자는 권력층이 자신들의 (　　　　　) 만든 것이다. 왕의 의자는 동물의 다리 모양으로 다리를 만들었다. 심지어 거기에 금을 바르고 보석 등으로 장식을 하여 권위를 보여 주었다. 귀족들이 사용한 의자는 왕의 의자보다 장식이 간소하고 높이도 낮았으며, 귀족의 계급에 따라 다리 모양도 달랐다. 반면 당시 서민들은 의자 없이 바닥에서 앉아서 생활을 하였다.

① 계급과 신분을 구분하고자　　　② 재력과 품위를 과시하고자
③ 개성과 아름다움을 나타내고자　　④ 실용성과 기술력을 보여 주고자

31.

새로움과 복고를 합친 신조어로 복고를 새롭게 즐긴다는 '레트로'가 유행이다. 실제로 과거에 유행했던 디자인이 수십 년 뒤에 다시 유행하는 복고는 흔한 일이다. 그래서 최근 추억을 떠올리게 하는 제품이 인기이다. 70~80년대 인기 있던 소주, 80년대 추억의 고전 게임, 90년대 먹을거리 등이 그 예이다. 그만큼 인간이 (   ) 것이다. 이런 점을 이용해 기업에서는 추억 속 제품에 현대적 해석으로 재해석한 제품을 시장에 내놓고 있다.

① 시간을 아낀다는   ② 시대를 따른다는
③ 과거를 그리워한다는   ④ 예전 물건을 모은다는

5級

▶ 配分40分／總分212分

유형별 依題型		
듣기 [31~32]번 〈討論〉	듣기 [33~34]번 〈演講〉	듣기 [37~38]번 〈教養節目〉
듣기 [35~36]번 〈現場演說〉	듣기 [39~40]번 〈對話〉	

읽기 [32~34]번
〈說明文〉

읽기 [35~38]번
〈資訊—中心思想〉

읽기 [39~41]번
〈資訊—排序〉

1 正式的對話

1 討論

▶ 聽力第31～32題 題型為聽完討論後，找出話者的中心思想與態度或心情的題目。這是五級程度的試題，用以檢測掌握中心思想能力與掌握話者態度及心情之能力。討論是一群人針對某種議題，各自表達意見並對此談論。因此在談論過程中，話者的態度可分成贊成與反對，抑或不同於贊成與反對的折衷方案、新的對策等。

🧳 請先學習詞彙和表現（p.44）！

듣기 31번~32번 | 黃金秘笈

🍲 聽力第31～32題解題之前，一定要確認試題問的是男人或女人。主要以（男－女－男－女或女－男－女－男）的形式出現，偶爾也會提供對話內容。討論主題以最新社會問題、經濟、政策問題等為題材的可能性很高。由於32題題目的態度是在討論贊成與反對，因此有很高的機率會將反對立場作為正確解答。31題問中心思想的情形則如同前面所學，透過Ranking10方法找出解答即可。

듣기 31번~32번 | Ranking

◎ 中心思想

一定要背下來的表現3/9

Ranking 10			
01	-는 게 좋다. -는 게 낫다. -는 게 괜찮다.	02	-아/어야 ~ -아/어야 하다.
03	그래서 _____	04	가장 중요한 건 _____ -는 게 중요하다. -는 게 필요하다. -(으)ㄹ 필요가 있다.

05	-아/어 보세요. -는 게 어때요? -(으)ㅂ시다. -자.	06	-고 싶다. -(으)면 좋겠다. -(으)면 좋을 텐데
07	제 생각에는 -(ㄴ/는)다고 생각하다. -는 거라고 생각하다. -(ㄴ/는)다고 보다. -는 게 아니겠어?	08	-아/어서 좋다/괜찮다. -아/어서 나쁘다/힘들다/어렵다. -아/어서 나쁠 건 없다.
09	특히 ~ 무엇보다도 ~ -는 데 도움이 된다.	10	두 문장 이상 반복 이처럼 ~ 이렇듯 ~

※詞彙中文請參閱詳解本P.149

贊成的表現	反對的表現	其他表現
찬성하다 = 동의하다 = 동조하다 공감하다 지지하다(지지를 보내다) 수용하다 = 받아들이다 인정하다 옹호하다 대변하다 기대하다 긍정적이다 = 호의적이다 낙관적이다	반대하다 = 반박하다 비판하다 = 지적하다 대응하다 염려하다 실망하다 부정적이다 회의적이다 책임을 묻다	주장하다(주장을 펼치다) 제시하다 = 내놓다 ≒ 제안하다 모색하다 = 찾다 합리화하다 전달하다 평가하다 분석하다 요구하다 = 촉구하다 = 요청하다 예측하다 = 전망하다 확인하다 = 검토하다 질문하다 설명하다

解說

[31~32] 다음을 듣고 물음에 답하십시오. (각 2점)

> 여자: 이번 사건은 배가 고파서 식료품을 훔치다가 잡힌 경우입니다. 이 경우를 일반 범죄들과 동일하게 볼 수는 없죠.
>
> 남자: 안타까운 일이기는 하지만 생계형 범죄도 분명히 범죄입니다. 피해자도 존재하고요. 다른 범죄와 처벌을 달리할 필요가 없습니다.
>
> 여자: 처벌을 엄격하게 하는 것보다는 경제적 어려움을 해소하고 열심히 살 수 있도록 기회를 주는 것이 더 필요하지 않을까요?
>
> 남자: 처벌이 약해지면 분명 이를 악용하는 사람들이 나타날 것이고 그러면 비슷한 범죄가 계속 일어나게 될 것입니다.

31. 남자의 생각으로 알맞은 것을 고르십시오.

① 생계형 범죄 예방을 위한 대책이 효과가 없다.
② 생계형 범죄로 인한 피해를 보상해 주어야 한다.
③ 생계형 범죄에 대한 사회적 인식 개선이 필요하다.
④ 생계형 범죄도 다른 범죄와 동일하게 처벌해야 한다.

32. 남자의 태도로 알맞은 것을 고르십시오.

① 상대방 의견에 반대하고 있다.
② 제도의 문제점을 지적하고 있다.
③ 문제 해결 방안에 공감하고 있다.
④ 상대가 제시한 근거를 의심하고 있다.

TOPIK II <60회 듣기 31~32번>

屬於中心思想Ranking類型（4）「-는 게 필요하다」。
男子表示「생계형 범죄를 다른 범죄와 처벌을 달리할 필요가 없다.（生計型犯罪的處分無須與其他犯罪不同）」，所以選項中與之相同的內容為答案④。

雖然男子對女子的意見部分認同，但生計型犯罪也是犯罪，他指出假如處分減輕可能會產生的問題，而反對女子的主張。所以選項中與之相同的內容為答案①。

模擬試題

[1~2] 다음을 듣고 물음에 답하십시오. (각 2점)

1. 남자의 생각으로 맞는 것을 고르십시오.

① 케이블카 설치는 자연 경관을 해친다.
② 케이블카 설치는 여러 장점을 가지고 있다.
③ 케이블카 설치는 등산객의 안전에 도움이 된다.
④ 케이블카 설치는 경제적 효과를 기대하기 어렵다.

2. 남자의 태도로 맞는 것을 고르십시오.

① 상대방의 의견에 절충안을 모색하고 있다.
② 상대방의 의견을 긍정적으로 수용하고 있다.
③ 사례를 바탕으로 자신의 주장을 펼치고 있다.
④ 논리적 근거를 들어 상대방을 설득하고 있다.

[3~4] 다음을 듣고 물음에 답하십시오. (각 2점)

3. 남자의 생각으로 맞는 것을 고르십시오.

① 김치 축제가 본래 목적을 충실하게 지키고 있다.
② 김치는 세계적으로 맛과 우수성을 인정받고 있다.
③ 다양한 김치를 소개할 수 있도록 김치의 종류를 늘려야 한다.
④ 김치 축제에 외국인이 많이 참가할 수 있는 방안을 찾아야 한다.

4. 남자의 태도로 맞는 것을 고르십시오.

① 상대방의 행동을 비판하고 있다.
② 상대방의 말을 하나하나 반박하고 있다.
③ 상대방에게 조심스럽게 동조를 구하고 있다.
④ 상대방의 의견을 존중하면서 타협점을 찾고 있다.

2 演講

듣기 33번~34번 | 黃金秘笈

1. 在聽對話之前，必須快速確認試題33題的問題，因為經由試卷可以預測會是哪種主題。

2. 雖是找主題的題目，但難以用找出中心思想的方法解題。所以必須注意聽話者在談論什麼樣的主題並重複什麼樣的內容。

3. 必須以所知的單字為主做筆記，同時聽取對話。

듣기 33번~34번 | 考古題 ▶ 演講

[33~34] 다음을 듣고 물음에 답하십시오. (각 2점)

여자: 우주 식품은 어떻게 만들까요? 우주 식품은 장기 보관을 위해 식품 내 ❹미생물은 완전히 없애고, ❸얼린 후 건조시켜 만듭니다. 그리고 무중력 공간인 우주선에서는 음식의 국물이나 가루가 떠다니다 기계에 고장을 일으킬 수 있어 이런 종류는 되도록 피합니다. 우주에서 오래 활동하면 뼈와 근육이 약해지니까 칼슘과 칼륨이 들어 있는 식품을 꼭 포함하고요. 우주에서는 미각과 후각을 통해서 맛을 잘 느끼지 못하기 때문에 ❹음식을 더 자극적으로 만듭니다.

33. 무엇에 대한 내용인지 맞는 것을 고르십시오.

① 우주 식품의 개발 배경
② 우주 식품을 먹는 방법
③ 우주 식품 제조 시 고려 사항
④ 우주 식품 운반 시 주의 사항

34. 들은 내용으로 맞는 것을 고르십시오.

① 우주 식품은 자극적이지 않게 만든다.
② 우주 식품에는 특정 미생물이 들어 있다.
③ 우주 식품은 대부분 액체 형태로 만들어진다.
④ 우주 식품에는 뼈와 근육에 좋은 성분이 포함된다.

TOPIK II <60회 듣기 33~34번>

解説

聽取內容之前先確認試卷，可以知道是與「우주 식품」有關的主題。然後內容中，針對宇宙食品製造的方法以及製造時必須注意的地方、必須考慮的事項等內容接連出現。因此正確答案為③。

①宇宙食品會做得（較具刺激性）。與C不同。
②宇宙食品（沒有）微生物。與A不同。
③宇宙食品大部分是以冷凍後經乾燥處理過的形態製作而成。與B不同。
④正確解答。

模擬試題

듣기 33번~34번 | 模擬試題 ▶ 演講

[1~2] 다음을 듣고 물음에 답하십시오. (각 2점)

1. 무엇에 대한 내용인지 맞는 것을 고르십시오.

① 웃음의 기원
② 웃음과 대인 관계
③ 거짓 웃음의 기능
④ 미소와 웃음의 차이

2. 들은 내용으로 맞는 것을 고르십시오.

① 얼굴 표정이 풀리면 자연스럽게 긴장도 해소된다.
② 인류의 조상은 두려운 상대를 만나면 미소를 지었다.
③ 웃음은 자신이 느낀 위험이 거짓임을 나타낸 것이다.
④ 인간은 두려운 대상과 친해지려고 웃는 행동을 한다.

[3~4] 다음을 듣고 물음에 답하십시오. (각 2점)

3. 무엇에 대한 내용인지 맞는 것을 고르십시오.

① 지명의 변천 과정
② 과거의 교통과 통신 수단
③ 지명에서 생겨난 어휘의 의미
④ 교통 발달 과정과 지명의 유래

4. 들은 내용으로 맞는 것을 고르십시오.

① 과거에는 말을 이용하여 소식을 전달하였다.
② 옛날 지명을 유지하고 있는 곳은 거의 없다.
③ 역참과 역참 사이의 거리는 약 4킬로미터였다.
④ 어휘는 시간이 지나도 의미가 잘 변하지 않는다.

3 現場演説

▶聽力第35～36題 題型為掌握對話狀況與細部內容的題目。這是<u>五級程度的試題</u>，用以檢測掌握對話狀況與對細部內容的理解能力。此題型的題目以現場演說的方式呈現，主要以特定活動、公司紀念典禮，頒獎典禮等來出題的可能性很高。如同前面學到的聽力第33～34題，作為男子或女子單獨發表長篇演說的題型，必須保持注意力集中。

듣기 35번~36번 | **黃金秘笈**

1 聽對話之前，必須先快速確認試卷35題的問題，因為經由試卷可以預測在何處發表什麼內容。

2 必須從第一個句子聽出是哪個場所。

3 必須以知道的單字為主做筆記，同時聽取對話。

듣기 35번~36번 | **考古題** ▶ **現場演説**

[35~36] 다음을 듣고 물음에 답하십시오. (각 2점)

남자: 저희 회사의 카메라를 사랑해 주시는 고객 여러분께 감사드립니다. 최근 발생한 카메라 오작동 문제에 대해 말씀드리고자 합니다. 먼저 사용에 불편을 드려 진심으로 죄송합니다. Ⓐ 문제가 발생한 제품들을 수거하여 면밀히 점검하였습니다. 점검 결과 카메라 내 특정 부품에서 하자가 발견되었습니다. Ⓑ 이는 모두 작년에 생산된 것인데 Ⓒ생산 과정에서 문제가 있었던 것으로 확인되었습니다. 작년에 출고된 제품은 원하시는 경우 언제든 새 제품으로 무상 교환해 드리겠습니다. 다시금 고객 여러분께 사죄의 말씀을 드립니다.

35. 남자는 무엇을 하고 있는지 고르십시오.

① 제품의 완성 시기를 발표하고 있다.
② 최근에 출시된 제품을 홍보하고 있다.
③ 제품 결함에 대해 사과의 말을 전하고 있다.
④ 신제품 출시 지연에 대해 양해를 구하고 있다.

36. 들은 내용으로 맞는 것을 고르십시오.

① 소비자 과실로 제품에 문제가 발생하였다.
② 현재 제품에 대한 기능 점검이 진행 중이다.
③ 이 회사는 처음으로 카메라를 출시할 예정이다.
④ 지난해에 나온 제품은 무료로 교환해 줄 것이다.

TOPIK II <60회 듣기 35~36번>

正確答案③
聽取內容之前先確認試卷，得知是與「제품」有關的主題。可以得知男子為相機公司相關人士，針對「카메라의 오작동 문제、죄송하다、하자가 발견되었다、문제가 있었던 것으로 확인되었다、무상 교환해 드리겠다、사죄의 말씀을 드린다（相機異常運作問題、對不起、發現了瑕疵、確認早有問題、免費幫您更換、向您致上歉意。）」等對相機的問題表示歉意。

①（在生產過程中）產品發生了問題。與C不同。
②（已經結束）對現有產品的功能一一檢測。與A不同。
③這家公司（去年上市了）相機。與B不同。
④正確答案

듣기 35번~36번 | 模擬試題 ▶ 現場演説

[1~2] 다음을 듣고 물음에 답하십시오. (각 2점)

1. 남자는 무엇을 하고 있는지 고르십시오.

① 결혼의 필요성을 강조하고 있다.
② 결혼 생활에 대해 조언하고 있다.
③ 결혼과 인연의 관계를 주장하고 있다.
④ 결혼 준비의 어려움을 설명하고 있다.

2. 들은 내용으로 맞는 것을 고르십시오.

① 남자는 신랑과 신부의 선생님이다.
② 신랑과 신부는 전공 분야가 다르다.
③ 신랑과 신부는 직장에서 처음 만났다.
④ 남자는 두 사람의 행복을 기원하고 있다.

[3~4] 다음을 듣고 물음에 답하십시오. (각 2점)

3. 남자는 무엇을 하고 있는지 고르십시오.

① 기업의 성장 과정을 보고하고 있다.
② 상을 수상한 소감을 발표하고 있다.
③ 기업의 성과에 대해 평가하고 있다.
④ 최우수 기업상의 평가 기준을 설명하고 있다.

4. 들은 내용으로 맞는 것을 고르십시오.

① 이 기업은 10년 전에 처음 세워졌다.
② 이 기업은 직원들의 이직률이 높았다.
③ 이 기업은 예전에 이 상을 받은 적이 있다.
④ 이 기업의 직원들은 서로를 믿으며 일했다.

4 教養節目

> ▶聽力第37～38題 題型為掌握中心思想與細部內容的題目。這是<u>五級程度的試題</u>，用以檢測對中心內容的理解能力和對細部內容的理解。對話內容為題目內訂定的教養節目。教養節目不僅只有學術或藝術內容，還涵蓋文化、健康、休閒娛樂、教育等多樣題材。就這類主題以對談形式與專家進行對話。

듣기 37번~38번 | **黃金秘笈**

 第37題只要利用尋找中心思想的方法解題即可。這是對談的形式，此時必須注意聽提問者問了什麼，因為那個提問就是中心思想的根據。另外，解題前務必確認試卷問的是男子還是女子。

듣기 37번~38번 | Ranking

⚜ 中心思想

一定要背下來的表現3/9

Ranking 10

01	-는 게 좋다. -는 게 낫다. -는 게 괜찮다.	02	-아/어야 ~ -아/어야 하다.
03	그래서 _____	04	가장 중요한 건 _____ -는 게 중요하다. -는 게 필요하다. -(으)ㄹ 필요가 있다.
05	-아/어 보세요. -는 게 어때요? -(으)ㅂ시다. -자.	06	-고 싶다. -(으)면 좋겠다. -(으)면 좋을 텐데
07	제 생각에는 -(ㄴ/는)다고 생각하다. -는 거라고 생각하다. -(ㄴ/는)다고 보다. -는 게 아니겠어?	08	-아/어서 좋다/괜찮다. -아/어서 나쁘다/힘들다/어렵다. -아/어서 나쁠 건 없다.

09	특히 ~ 무엇보다도 ~ -는 데 도움이 된다.	10	두 문장 이상 반복 이처럼 ~ 이렇듯 ~

解説

[37~38] 다음은 교양 프로그램입니다. 잘 듣고 물음에 답하십시오. (각 2점)

남자: 목재가 건축 재료로 다시 주목받게 된 이유가 무엇인가요?

여자: 새롭게 개발된 목재 가공 기술 덕분인데요. 이 기술을 사용해 단단하게 압축된 특수 목재를 만듭니다. ❹이 목재는 휘거나 틀어지지 않고, 강도도 전보다 훨씬 세졌습니다. 또 철근, 콘크리트보다 가볍고 유연해서 지진에도 강하고요. ❸공사 기간 단축 효과도 있는데요. ❻최근 18층짜리 목조 기숙사 건물이 70일만에 지어져 화제가 됐었죠. 이런 점들로 인해 세계적으로 목조 건물에 대한 관심이 높아지고 있는 겁니다.

37. 여자의 중심 생각으로 알맞은 것을 고르십시오.

① 특수 목재는 건축 재료로서 이점이 많다.
② 목조 건물의 높이를 제한할 필요가 있다.
③ 목조 건물을 짓는 것은 신중히 생각해야 한다.
④ 특수 목재 가공 기술의 장단점을 파악해야 한다.

38. 들은 내용과 일치하는 것을 고르십시오.

① 18층짜리 목조 건물이 현재 건설 중이다.
② 특수 목재에는 휘어짐과 뒤틀림이 존재한다.
③ 특수 목재로 건물을 지으면 공사 기간이 늘어난다.
④ 특수 목재로 지은 건물은 지진의 영향을 덜 받는다.

TOPIK II <60회 듣기 37~38번>

正確答案①
屬於中心想Ranking類型（10）「重複敘述」。
男人針對「목재가 건축 재료로 다시 주목받게 된 이유가 무엇인가?（木材作為建築材料再次受到矚目的原因是什麼？）」提問，女人以「특수 목재가 가지고 있는 장점（特殊木材具有的優點）」做出多種回答。

①18層的木造建築（最近造好了）。與C不同。
②特殊木材（沒有）彎曲跟扭曲。與A不同。
③如果用特殊木材來蓋建築物，施工時間會（縮短）。與B不同。
④正確答案。

[1~2] 다음은 교양 프로그램입니다. 잘 듣고 물음에 답하십시오. (각 2점)

1. 남자의 중심 생각으로 맞는 것을 고르십시오.

① 다른 사람들에게 보이는 첫인상은 매우 중요하다.
② 상대방을 제대로 판단하려면 선입견을 없애야 한다.
③ 사람을 평가할 때는 장단점을 모두 고려해야 한다.
④ 성실함을 판단할 때는 주위의 평가를 참고해야 한다.

2. 들은 내용과 일치하는 것을 고르십시오.

① 사람들은 상대방과 입장을 바꾸어 생각한다.
② 사람들은 첫인상에 크게 신경을 쓰지 않는다.
③ 사람들은 자신이 내린 판단과 같은 것만 믿는다.
④ 사람들은 자신의 느낌과 인상을 꾸준히 의심한다.

[3~4] 다음은 교양 프로그램입니다. 잘 듣고 물음에 답하십시오. (각 2점)

3. 남자의 중심 생각으로 맞는 것을 고르십시오.

① 말을 더듬는 아이에게 지속적인 관심을 가져야 한다.
② 아이가 말을 더듬을 때는 기다려 주는 자세가 필요하다.
③ 말을 더듬는 아이에게는 적절하게 주의를 주어야 한다.
④ 아이들이 말을 더듬는 현상은 매우 자연스러운 현상이다.

4. 들은 내용과 같은 것을 고르십시오.

① 아이들은 표현 능력은 좋지만 아는 어휘가 부족하다.
② 유년기의 말 더듬기 현상은 대부분 자연스럽게 해결된다.
③ 아이가 말을 더듬는 것을 인식시켜 주는 것이 필요하다.
④ 아이가 말을 더듬을 때 잠시 말을 못하게 하면 효과적이다.

5 對話

듣기 39번~40번 | **黃金秘笈**

第39題要找出談話前的內容。通常第一個話者會將對話的前面內容概要說明，接著由第二個話者來補充說明的內容，考生就是要從試卷選項中選出這項內容。

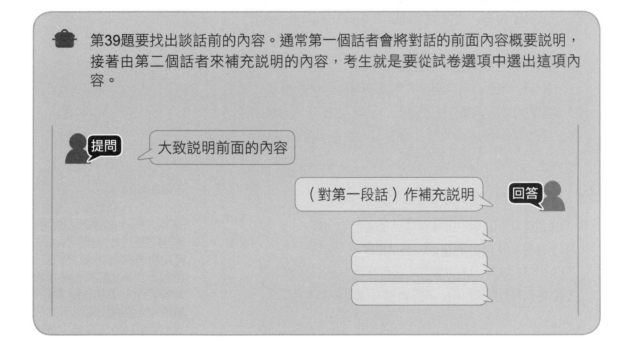

解説

[39~40] 다음은 대담입니다. 잘 듣고 물음에 답하십시오. (각 2점)

女子: 왜 작사가와 작곡가들이 야구단에 소송을 제기한 건가요? 그

前面
內容
概要
동안 야구단에서 곡에 대한 사용료를 지불해 온 것으로 알고 있는데요.

男子: 사용료를 지불하긴 했지만 ⓐ원작자 허락 없이 가사를 바꾸

補充
説明
고 곡을 편집한 것에 대해서도 금액을 지불하라는 것이죠. ⓑ야구단에서 원곡을 그대로 사용했다면 이런 문제는 없었을 겁니다. 하지만 저작권법에 따르면 저작물의 내용이나 형식을 바꿀 경우 미리 원작자의 허락을 받아야 하고 이에 대한 비용도 지불하는 것이 맞습니다. 현재 이 문제로 ⓒ당분간 야구장에서 응원가를 틀지 않기로 한 상황입니다.

39. 이 담화 앞의 내용으로 알맞은 것을 고르십시오.

① 원작자들이 야구단을 상대로 소송을 걸었다.
② 응원가에 대한 관중들의 선호도를 조사했다.
③ 야구단에서 작곡가들에게 응원자 제작을 요청했다.
④ 원작자들이 더 이상 곡을 바꾸지 않기로 결정했다.

40. 들은 내용과 일치하는 것을 고르십시오.

① 원곡의 가사만 바꾸면 법적으로 문제가 없다.
② 야구단은 원곡을 바꿔서 응원가로 사용해 왔다.
③ 앞으로 경기장에서 응원가가 더 많이 나올 것이다.
④ 야구단에서 원작자의 허락을 받은 후에 곡을 수정했다.

TOPIK II <60회 듣기 39~40번>

正確答案①
女子提出「사용료를 지불해 온 것으로 알고 있는데 왜 작사가와 작곡가들이 야구단에 소송을 제기한 건가요?（據我所知至今為止都有支付使用費，為何作詞家跟作曲家要向棒球隊提起訴訟呢?）」的問題。因此只要從選項中選出與其相同的內容即可。

①（如果原封不動使用）原曲的（歌詞，法律上就沒有問題）。與 B 不同。
②正確答案。
③（決定）以後在球場都不播放應援歌。與 C 不同。
④棒球隊在（未取得）原作曲家的同意之下修改歌曲。與 A 不同。

듣기 39번~40번 | 模擬試題　▶ **對話**

[1~2] 다음은 대담입니다. 잘 듣고 물음에 답하십시오. (각 2점)

1.
이 담화 앞의 내용으로 알맞은 것을 고르십시오.

① 수질 오염의 원인은 생활하수이다.
② 해양 오염의 수준이 매우 심각하다.
③ 해양 생물의 서식지가 줄어들고 있다.
④ 환경 보호를 위해 모든 나라가 노력하고 있다.

2.
들은 내용과 일치하는 것을 고르십시오.

① 육지 생태계의 파괴는 해양 생태계의 파괴로 이어진다.
② 태평양 한가운데는 생활 쓰레기를 처리하는 섬이 있다.
③ 쓰레기 섬의 오염 물질은 아직까지 심각한 수준은 아니다.
④ 인류의 미래를 위해 바다 속 오염 물질을 제거해야 한다.

[3~4] 다음은 대담입니다. 잘 듣고 물음에 답하십시오. (각 2점)

3.
이 대화 앞의 내용으로 알맞은 것을 고르십시오.

① 버려지는 전자 제품에는 금속이 포함되어 있다.
② 버려지는 전자 제품의 재활용 비율이 매우 낮다.
③ 버려지는 전자 제품 때문에 환경오염이 심해지고 있다.
④ 버려지는 전자 제품을 폐기하는 비용이 너무 많이 든다.

4.
들은 내용과 일치하는 것을 고르십시오.

① 금속 재활용은 비용이 너무 많이 든다.
② 전자 제품을 재활용하는 방법을 연구 중이다.
③ 땅속에 묻혀 있는 금속의 양이 점점 줄어들고 있다.
④ 전자 제품의 금속을 재활용하는 것이 더 효과적이다.

1 説明文

▶閱讀第32～34題 題型為選出與內容相同選項之題目。這是<mark>五級程度試題</mark>，用以檢測對細部內容是否理解。雖然跟前面所學閱讀11～12題題型以及黃金秘笈一樣，但是詞彙與文法難度是五級水準較難的題目。此題型與前面學的一樣，以最新話題、政策等為主出題，運用黃金秘笈的方法來解題會比了解主題更有效。

읽기 32번~34번 ｜ **黃金秘笈**

1 閱讀的時候跳過不知道的單字。

2 接著以知道的單字為中心推測內容，然後和試題比較再選出答案。

읽기 32번~34번 ｜ **考古題** ▶ **説明文**

解説

[32~34] 다음을 읽고 내용이 같은 것을 고르십시오. (각 2점)

32.

하루살이는 하루밖에 못 살 정도로 수명이 짧다고 해서 붙은 이름이다. 그러나 ❹하루살이 애벌레는 성충이 되기까지 약 1년을 물속에 살고 ❻성충이 되어서는 1~2주 정도 산다. 하루살이 애벌레는 물속에 가라앉은 나뭇잎 등을 먹고 살지만 ❸성충이 되면 입이 퇴화한다. 이런 까닭에 성충은 애벌레 때 몸속에 저장해 둔 영양분을 소모할 뿐 따로 먹이를 섭취하지 못한다.

① 하루살이의 수명은 하루를 넘지 않는다.
② 하루살이는 성충이 되는 데에 1~2주 정도 걸린다.
③ 하루살이 성충은 애벌레 때 저장한 영양분으로 산다.
④ 하루살이의 입은 성충이 되면서 기능이 더욱 발달한다.

TOPIK II <60회 읽기 32번>

①蜉蝣的壽命（大約是1～2週）。與B不同。
②蜉蝣要成長為成蟲大約要花（1年）左右。與A不同。
③正確答案。
④蜉蝣的口部隨著變為成蟲，其功能也隨之（退化）。與C不同。

33.

눈물은 약 98%가 물로 이루어져 있다. 나머지 성분은 눈물을 흘리는 상황에 따라 달라진다. 먼지 같은 외부의 물리적 자극 때문에 흘리는 ❹눈물에는 세균에 저항할 수 있는 단백질이 포함되어 있다. ❺슬플 때 흘리는 눈물에는 항균 물질뿐만 아니라 스트레스로 인해 체내에 쌓인 물질도 들어 있다. 그래서 슬플 때 울고 나면 신체에 해로운 물질이 몸 밖으로 나가 기분이 나아진 것 같은 느낌을 받는다.

① 눈물 속에 있는 단백질은 기분을 좋게 만든다.
② 슬퍼서 흘리는 눈물에는 항균 물질이 빠져 있다.
③ 슬플 때 흘리는 눈물 속에는 몸에 나쁜 물질이 포함되어 있다.
④ 물리적 자극으로 흘리는 눈물이 슬플 때의 눈물보다 성분이 더 다양하다.

TOPIK II <60회 읽기 33번>

①眼淚中的蛋白質（抵抗細菌）。與A不同。
②傷心流下的淚水（含有）抗菌物質。與B不同。
③正確解答。
④因物理性刺激流的眼淚，成分（不會比）傷心時流的眼淚多。與B不同。

34.

❹19세기 중반까지는 태양의 위치를 기준으로 시간을 정해서 지역마다 시간이 달랐다. 이는 철도 이용이 활발해지면서 문제가 되었다. 철도 회사는 본사가 있는 지역의 시간을 기준으로 열차를 운행했다. 그래서 승객은 다른 지역에서 온 열차를 탈 때마다 ❺자기 지역의 시간과 열차 시간이 달라 불편을 겪었다. 이를 해결하고자 캐나다의 한 철도 기사가 지구의 경도를 기준으로 하는 표준시를 제안하였고 이것이 현재의 표준시가 되었다.

① 표준시 도입의 필요성은 철도 분야에서 제기되었다.
② 예전에는 철도 회사가 지역의 기준 시간을 결정했다.
③ 캐나다에서는 19세기 이전부터 표준시를 사용해 왔다.
④ 철도 승객들은 표준시의 적용으로 불편을 겪게 되었다.

TOPIK II <60회 읽기 34번>

①正確解答。
②以前（以太陽的位置）來決定時間。與A不同。
③加拿大從19世紀（中期以後）使用ＧＭＴ標準時。與A不同。
④鐵路旅客因（自己所在地區的時間與列車時間不同）而感到不便。與B不同。

[1~3] 다음을 읽고 내용이 같은 것을 고르십시오. (각 2점)

1.

> 변비는 대장 안에 대변이 오래 머물러 제때 배출하지 못하는 증상을 말한다. 이러한 변비는 편식을 하거나 평소 물을 적게 마시는 사람, 불규칙적으로 식사를 하는 사람들이 많이 걸린다. 또 밥과 야채를 너무 적게 먹는 사람들도 걸리기 쉽다. 그 외에 평소 운동량이 적거나 과도한 스트레스를 받는 사람들에게 많이 생긴다. 또 한 가지는 허리를 굽히고 앉거나 비스듬히 앉는 것이 원인이 되기도 한다.

① 변비는 식사량이 많은 사람이 잘 걸린다.
② 스트레스를 풀려면 물을 자주 마시는 것이 좋다.
③ 불규칙적인 식사 습관은 소화 기능을 약화시킨다.
④ 변비는 앉는 자세가 안 좋은 사람이 걸리기도 한다.

2.

> 경찰청은 지난 9월 28일부터 자동차 전 좌석 안전띠 착용 의무화를 실시한다고 밝혔다. 그동안 운전석과 조수석에만 실시하던 안전띠 착용을 뒷좌석까지 확대 적용하기로 한 것이다. 이를 어기면 운전자에게 3만 원의 벌금이 부과된다. 이때 동승자가 13세 미만 어린이인 경우 벌금이 6만 원으로 늘어난다. 그러나 6세 미만 영유아의 경우 유아용 시트가 없을 경우 적용되는 벌금을 당분간 부과하지 않기로 했다. 유아용 시트 보급률이 높지 않기 때문에 당분간 계도와 홍보에 주력하겠다고 밝혔다.

① 어린이의 경우 안전띠를 매지 않아도 된다.
② 자동차 전 좌석 안전띠 착용을 실시할 예정이다.
③ 안전띠를 착용하지 않으면 운전자는 벌금을 내야 한다.
④ 유아용 시트 보급률을 높이기 위한 방안을 검토하고 있다.

模擬試題

3.

> 풍산개는 함경북도 풍산 지방의 고유한 품종으로 호랑이 사냥에 이용되었던 전형적인 한국형 수렵견이다. 풍산개라는 이름은 지방의 이름에서 따 온 것이다. 강인하고 영리한 풍산개는 추위와 질병에 강한 것이 특징이다. 성질은 온순하나 일단 적수와 맞서 싸울 때는 당해 낼 만한 짐승이 거의 없을 정도로 몹시 사납다. 8.15 광복 후 북한의 천연기념물로 적극적인 보호 정책 아래 품종이 잘 유지되고 있는 것으로 알려져 있다.

① 풍산개의 이름은 지명에서 유래하였다.
② 풍산개는 한국의 대표적인 애완견이다.
③ 풍산개는 한국의 천연기념물로 지정되었다.
④ 풍산개는 성질이 사나워 주인도 다루기 힘들다.

情報（中心思想）

▶閱讀第35～38題 題型為掌握中心思想的題目。這是五級程度的試題，用以檢測
對中心思想的理解能力。雖然試題問的是最符合「主題」的選項為何，但只須用
前節所示找尋中心思想的方法即可解題。

읽기 35번~38번 | 黃金秘笈

1️⃣ 閱讀的時候跳過不知道的單字。

2️⃣ 接著以知道的單字為中心推測內容，然後和試卷比較再選答案。

읽기 35번~38번 | Ranking

◉ **中心思想**

一定要背下來的表現3/9

Ranking 10			
01	-는 게 좋다. -는 게 낫다. -는 게 괜찮다.	02	-아/어야 ~ -아/어야 하다.
03	그래서 _____	04	가장 중요한 건 _____ -는 게 중요하다. -는 게 필요하다. -(으)ㄹ 필요가 있다.
05	-아/어 보세요. -는 게 어때요? -(으)ㅂ시다. -자.	06	-고 싶다. -(으)면 좋겠다. -(으)면 좋을 텐데
07	제 생각에는 -(ㄴ/는)다고 생각하다. -는 거라고 생각하다. -(ㄴ/는)다고 보다. -는 게 아니겠어?	08	-아/어서 좋다/괜찮다. -아/어서 나쁘다/힘들다/어렵다. -아/어서 나쁠 건 없다.

| 09 | 특히 ~
무엇보다도 ~
-는 데 도움이 된다. | 10 | 두 문장 이상 반복
이처럼 ~
이렇듯 ~ |

읽기 35번~38번 | 考古題 ▶ **中心思想**

[35~38] 다음 글의 주제로 가장 알맞은 것을 고르십시오. (각 2점)

35. 초소형 카메라는 의료용 및 산업용으로 만들어져 각 현장에서 유용하게 사용되고 있다. 그러나 원래의 목적에 맞지 않게 타인의 신체를 몰래 촬영하는 용도로 악용되는 사례가 늘고 있다. 이러한 악용을 원천적으로 방지하기 위해서 신상 정보를 등록해야만 카메라의 판매 및 유통이 가능하도록 법적 규제를 강화할 필요가 있다.

① 의료용 및 산업용 초소형 카메라의 사용처를 확대해야 한다.
② 초소형 카메라가 더 유용하게 사용될 수 있도록 개발해야 한다.
③ 초소형 카메라가 악용되는 것을 막기 위한 대책이 마련되어야 한다.
④ 원활한 판매 및 유통을 위해 초소형 카메라의 등록 과정을 간소화해야 한다.

TOPIK II <60회 읽기 35번>

解説

屬於中心思想Ranking類型（4）「-(으)ㄹ 필요가 있다.」。「초소형 카메라의 악용을 방지하기 위해서 법적 규제를 강화할 필요가 있다.(為了防止超小型相機的惡意使用，有強化法律規範的必要)」，選項中與之相同的內容為③。

36. 정보의 양이 폭발적으로 증가하면서 핵심만 집어낸 요약형 정보를 찾는 사람들이 늘고 있다. 필요한 지식을 쉽고 빠르게 얻을 수 있기 때문이다. 그러나 짧게 정돈된 지식만을 취하다 보면 사물을 오랫동안 관찰하고 분석하는 능력이 떨어지거나 정보를 비판적으로 처리할 수 있는 능력이 무뎌질 수 있다.

① 요약형 정보는 가장 효율적인 정보 습득 방식이다.
② 요약형 정보는 사람들의 사고력 저하를 초래할 수 있다.
③ 사람들이 습득해야 할 지식의 양이 크게 증가하고 있다.
④ 짧게 정돈된 지식 덕분에 정보 처리 시간을 줄일 수 있다.

TOPIK II <60회 읽기 36번>

屬於中心思想Ranking類型（10）「重複敘述」。「요약형 정보를 찾는 사람들이 늘고 있는데 관찰, 분석, 정보 처리 능력등이 나빠질 수 있다고 반복하고 있다.(找尋概要型資訊的人越來越多，重複表示如此一來人們的觀察、分析、資訊處理能力有可能越來越差。)」選項與之相同的內容為②。

37.

유명 드라마가 소설책으로 출간되는 일이 많아졌다. 소설이 인기를 끌면 그 후에 영상물로 제작되던 것과는 반대되는 현상이 생긴 것이다. 이러한 현상의 영향 탓인지 처음부터 영상물을 염두에 두고 글을 쓰는 소설가들이 늘고 있다. 그러나 이와 같이 영상물 중심으로 창작과 출판이 이루어진다면 순수 문학이 가진 고유한 특성들이 하나둘씩 사라질지도 모른다.

① 작가들의 창작열을 높이기 위한 보상 체계 마련이 시급하다.
② 출판물의 판매를 늘리기 위해 영상물을 활용한 홍보가 필요하다.
③ 영상물이 책으로 많이 출간되어야 출판 시장이 활성화될 수 있다.
④ 영상물이 갖는 영향력이 커지면 순수 문학이 위기를 맞을 수 있다.

TOPIK II <60회 읽기 37번>

屬於中心思想Ranking類型（7）「－(ㄴ／는)다고 생각한다」。

「－(으)ㄹ지도 모르다.」是表達不確定推測時使用的文法，這其中包含了「그렇다고 생각한다.（我是這麼想的）」，所以「영상물 중심으로 창작과 출판이 이루어진다면 순수 문학이 가진 고유한 특성들이 하나둘씩 사라질지도 모른다고 생각한다.（我認為，如果以影視作品為主創作與出版，純文學的固有特性也許就會一點一滴消逝。）」選項中與之相同的內容為④。

38.

분자 요리는 과학을 응용해 기존 식재료가 갖는 물리적인 제약에서 벗어나 새로운 형태와 식감의 음식을 만드는 요리법이다. 노란 망고 주스와 하얀 우유로 계란 모양의 요리를 만드는 것이 한 예이다. 분자 요리는 식재료 고유의 맛과 향은 유지한 채 기존에는 볼 수 없었던 요리를 선보일 수 있다는 점에서 새로운 요리 문화를 이끌 것으로 기대하고 있다. 독특한 음식에 대한 설렘과 즐거움을 제공한다는 점도 이러한 기대감을 키운다.

① 분자 요리가 과학의 연구 영역을 더 넓히고 있다.
② 독특한 음식에 대한 소비자들의 요구가 늘고 있다.
③ 식재료가 갖는 제약 탓에 요리법 개발이 정체되고 있다.
④ 새로운 요리 문화를 이끌 요리법으로 분자 요리가 주목받고 있다.

TOPIK II <60회 읽기 38번>

屬於中心思想Ranking類型（10）「重複敘述」。

「분자 요리（分子料理）」以「새로운 요리 문화를 이끌 것으로 기대하고 있다.（可以期待它引領新的料理潮流）」、「독특한 음식에 대한 설렘과 즐거움을 제공한다는 점도 이러한 기대감을 키운다.（關於獨特料理提供激動與快樂的這一點，也會培養期待感）。」反覆表現出來。選項中與之相同的內容為④。

模擬試題

[1~4] 다음 글의 주제로 가장 알맞은 것을 고르십시오. (각 2점)

1.

> 통계 그래프는 정보를 종합한 후 그 변화를 시각적으로 나타내어 현상을 쉽게 파악하도록 돕는다. 그러나 그래프를 어떻게 그리느냐에 따라 그래프에서 보이는 정보의 인상은 상당히 다르다. 똑같은 퍼센트의 증가이지만 그래프의 모양이나 크기에 따라서 조금 증가한 것으로도 많이 증가한 것으로도 생각될 수 있다. 따라서 우리는 그래프를 볼 때 선이나 그림 등으로 표현되는 의미를 객관적으로 파악하는 눈이 필요하다.

① 그래프는 정보를 시각적으로 표현하는 방법이다.
② 그래프는 그리는 방법에 따라 다른 인상을 받을 수 있다.
③ 통계는 여러 현상을 종합적으로 파악하기 위한 방법 중 하나이다.
④ 통계를 제대로 이해하기 위해서는 객관적인 자세가 필요하다.

2.

> 계획을 세울 때는 장기 계획과 함께 단기 계획도 세워야 한다. 장기 계획만 세우면 목표 달성까지 시간이 오래 걸리기 때문에 도중에 포기하기 쉽다. 따라서 원하는 목표를 달성하기 위해서는 장기 계획과 함께 짧은 기간 동안 이룰 수 있는 구체적인 계획도 세우는 것이 좋다. 단기 계획을 이루어 가면서 얻는 즐거움을 통해 더 큰 목표로 계속 나아갈 수 있기 때문이다.

① 단기 계획은 이른 시간에 성취감을 느낄 수 있다.
② 장기 계획은 목표 달성까지 시간이 오래 걸린다.
③ 계획을 세울 때에는 가급적 큰 목표를 가지는 것이 좋다.
④ 장기 계획과 단기 계획을 동시에 세우는 것이 목표 달성에 효과적이다.

3.

> 사랑을 고백할 때는 긍정적인 대답을 듣고 싶다면 상대방의 왼쪽 귀에 대고 하는 것이 좋다. 감정을 표현하는 말은 오른쪽 뇌가 담당하는데 왼쪽 귀가 오른쪽 뇌와 연결되어 있기 때문이다. 그래서 사랑 고백뿐만 아니라 감사, 칭찬 등의 감정을 표현할 때는 왼쪽 귀에 대고 하는 것이 효과적이다. 반면에 지시나 정보 전달과 같은 이성적인 말은 오른쪽 귀에 대고 말하는 것이 효과적이다. 이성은 왼쪽 뇌가 담당하기 때문이다. 이처럼 하려고 하는 말이 무엇이냐에 따라 말을 하는 방향을 고려해야 한다.

① 이성적인 판단은 왼쪽 뇌와 관련이 있다.
② 업무를 지시할 때는 이성적으로 말해야 한다.
③ 귀와 뇌는 방향에 따라 감성과 이성을 관장한다.
④ 감정을 표현하는 말은 왼쪽 귀에 해야 효과가 높다.

4.

> 위급한 상황에서 도움을 요청할 때 여러 사람을 보면서 막연하게 도와 달라고 하면 안 된다. 그러면 다들 '내가 아닌 다른 사람이 도와주겠지.' 하고 직접 나서지 않기 때문이다. 이러한 현상을 '책임 분산의 법칙'이라고 하는데 목격자가 많을수록 책임감이 분산되어 개인이 느끼는 책임감이 적어져 행동하지 않게 되는 것을 말한다. 그래서 도움을 요청할 때는 "거기 파란색 티셔츠 입으신 분, 119에 전화해 주세요."와 같이 하는 것이 효과적이다.

① 사고가 나면 먼저 119에 신고부터 해야 한다.
② 도움이 필요한 사람을 보면 적극적으로 도와야 한다.
③ 도움을 요청할 때에는 도와줄 사람을 정확히 가리켜야 한다.
④ 여러 사람이 힘을 모으면 위급한 상황을 빨리 대처할 수 있다.

③ 資訊（排序）

▶ 閱讀第39～41題 題型為掌握順序之題目。這是<u>五級程度的試題</u>，以檢測對文章脈絡的理解能力。與前面所學閱讀第13～14題題型類似。靈活運用連接詞、指示語、有包含意味的助詞等句子，依據正確排序排入句子內就可以了。試題會出各式各樣主題，有關歷史的考題經常比其他類型多，其中總會有與書籍、表演等有關的評論。

읽기 39번~41번 ｜ 黃金秘笈

1️⃣ 尋找第一個出現〈보기〉中單字的句子。

2️⃣ 從出現〈보기〉的表現中，找尋內容重複的句子。

3️⃣ 1️⃣ 和 2️⃣ 句子之間的（空格），就是要填入〈보기〉的句子。

但如果在這之間有兩個（空格），請活用有連接詞（그리고、그러나等）、指示語（이、그、저）、表達包含意味的助詞（N－도）等句子。

읽기 39번~41번 ｜ 考古題 ▶ 順序排列

[39~41] 다음 글에서 <보기>의 문장이 들어가기에 가장 알맞은 곳을 고르십시오. (각 2점)

39.

도시의 거리는 온통 상점으로 가득 차 있다. (㉠) 하지만 상점은 거리에 활력을 불어넣고 걷고 싶은 거리를 만드는 데 중요한 역할을 한다. (㉡) 상점은 단순히 물건을 파는 공간이 아니라 보행자들에게 볼거리와 잔재미를 끊임없이 제공하는 거대한 미술관이 되어 준다. (㉢) 또 밤거리를 밝히는 가로등이며 보안등이자 거리의 청결함과 쾌적함을 지켜주는 파수꾼이 되기도 한다. (㉣)

보기 │ 상업적 공간으로 채워진 거리를 보며 눈살을 찌푸리는 이들도 많다.

① ㉠ ② ㉡ ③ ㉢ ④ ㉣

解説

正確答案①

①必須找出內含〈보기〉中出現之「상업적 공간으로 채워지다（被當作商業空間填滿）」這項資訊的句子。

②可以在（㉠）的前面找到「온통 상점으로 가득 차 있다.（滿滿的全是商店）」。此外，〈보기〉句子的後面只會接商店正面機能的相關內容。

③①、②句子之間的空格就是要填入〈보기〉的句子。

40.

『박철수의 거주 박물지』는 건축학자가 서울을 중심으로 한 거주 문화사를 소개한 책이다. (㉠) 아파트가 어떻게 중산층의 표준 욕망이 됐는가, 장독이 왜 아파트에서 사라졌는가와 같은 물음들을 도면과 신문 기사를 곁들여 풀어내는 식이다. (㉡) 그 과정에서 이웃과 정을 나누는 일 없이 각박하게 살아온 지난 수십 년의 세태를 지적하는 것도 놓치지 않고 있다. (㉢) 이웃과 정답게 살아가는 모습을 그려내고자 하는 미래의 건축학도에게 추천하고 싶다. (㉣)

보기

무엇보다 독자들이 더 흥미롭게 읽을 수 있도록 문답의 형식으로 구성된 것이 돋보인다.

① ㉠   ② ㉡   ③ ㉢   ④ ㉣

TOPIK II <60회 읽기 40번>

正確答案①

①必須找出內含〈보기〉中出現之「문답의 형식으로 구성된 것이 돋보인다. (用問答形式構成的內容令人矚目。)」這項資訊的句子。
②可以在〈ㄱ〉的後面找到「물음들을 도면과 신문기사를 곁들여 풀어내는 식이다. (這些問題，用搭配圖解新聞報導的方式來解答)」。
③①、②句子之間的空格就是要填入〈보기〉的句子。

41.

최초의 동전은 값비싼 금과 은으로 제작되었다. (㉠) 이 동전의 가치가 매우 높았던 까닭에 주화를 조금씩 깎아 내서 이득을 보려는 사람들이 많았다. (㉡) 자연히 시장에서는 성한 금화나 은화를 찾아볼 수 없었고 주화를 발행하는 국가도 손실이 컸다. (㉢) 그래서 그 대안으로 주화들의 테두리에 톱니 모양을 새겨 훼손 여부를 잘 드러나도록 하였다. (㉣) 톱니 모양이 훼손된 주화는 육안으로 쉽게 구별할 수 있었고 그러한 돈은 사람들이 받지 않았기 때문이다.

보기

그 효과는 기대 이상으로 빠르게 나타났다.

① ㉠   ② ㉡   ③ ㉢   ④ ㉣

TOPIK II <60회 읽기 41번>

正確答案④

①尋找包含指示語的句子。
②「그 대안으로 (作為對策)」指示語句和「그 효과 (其效果)」相聯結。
③〈보기〉的指示語「그 효과 (其效果)」，指的是為了不讓人毀損硬幣而將周圍刻成鋸齒狀後的效果。

[1~3] 다음 글에서 <보기>의 문장이 들어가기에 가장 알맞은 곳을 고르십시오. (각 2점)

1.

언어는 인간의 전유물이다. 이는 인간의 기본 조건 중 하나가 언어임을 의미하는 것이다. (㉠) 아직까지 사람 이외의 다른 동물들이 언어를 가졌다는 증거는 나타나지 않았다. (㉡) 그런데 꿀벌은 자기의 벌집 앞에서 날갯짓으로 다른 벌한테 먹이가 있는 곳을 알려 준다고 한다. (㉢) 의사 전달에 사용되는 수단이 극히 제한되어 있고, 그것이 표현하는 의미도 매우 단순하다. (㉣)

> **보기**
> 그러나 동물의 이러한 의사 전달 방법은 사람의 말에 비교한다면 매우 불완전하다.

① ㉠　　　　　② ㉡　　　　　③ ㉢　　　　　④ ㉣

2.

한국어의 가장 큰 특징은 문장 구조가 서술어 중심이라는 것이다. (㉠) 이는 문장의 의미가 문장의 끝에 오는 서술어에 의해 상당 부분 좌우되기 때문이다. (㉡) 가령 '민수는 수미를 정말 _____'라는 문장에서 빈칸에 '사랑한다'가 오느냐 '미워한다'가 오느냐에 따라 문장의 의미가 달라지는 것이다. (㉢) 그래서 상대방의 이야기에 정확하게 대답을 하려면 이야기를 끝까지 들어보고 해야 하는 것이다. (㉣)

> **보기**
> 이런 한국어의 특징으로 인해 '한국말은 끝까지 들어봐야 안다'는 옛말까지 있을 정도이다.

① ㉠　　　　　② ㉡　　　　　③ ㉢　　　　　④ ㉣

3.

사회신경과학의 창시자 존 카치오포 박사의 『인간은 왜 외로움을 느끼는가』는 최신 과학으로 밝혀 낸 외로움의 모든 것을 담고 있다. (㉠) 저자는 인간의 뇌와 사회 문화적 과정이 어떻게 연관되는지 30여 년 동안 연구해 왔다. (㉡) 이 책은 어려운 용어 사용을 최대한 자제하여 일반인도 쉽게 읽을 수 있도록 했다. (㉢) 저자는 이 책에서 외로움을 느낀다는 건 사회생활에 문제가 있음을 알리는 것이니 주위를 둘러보라고 조언하고 있다. (㉣)

보기
그 연구의 결과로 현대인의 만성병이라는 외로움을 사회과학적인 측면에서 책으로 정리한 것이다.

① ㉠   ② ㉡   ③ ㉢   ④ ㉣

실전모의고사

TOPIK Ⅱ (5급)

듣기, 쓰기, 읽기

[33~34] 다음을 듣고 물음에 답하십시오. (각 2점)

33. 무엇에 대한 내용인지 맞는 것을 고르십시오.

① 관중 효과의 특징
② 관중 수와 공연의 상관관계
③ 관중 효과를 활용하는 방법
④ 관중 수에 따른 부담감의 정도

34. 들은 내용으로 맞는 것을 고르십시오.

① 사람은 많은 사람 앞에 나서는 것을 좋아한다.
② 사람은 긴장이 되면 능력 이상의 모습을 보여 준다.
③ 사람은 보는 사람이 많다고 느끼면 더 잘하려고 노력한다.
④ 사람은 인정받고 싶어 하지만 뜻대로 되지 않는 경우가 많다.

[35~36] 다음을 듣고 물음에 답하십시오. (각 2점)

35. 남자는 무엇을 하고 있는지 고르십시오.

① 동물 보호의 성과에 대해 평가하고 있다.
② 야생동물 불법 거래 과정을 보고하고 있다.
③ 동물 보호를 위해 노력해 나갈 것을 강조하고 있다.
④ 인간과 동물이 공존해야 할 필요성을 주장하고 있다.

36. 들은 내용으로 맞는 것을 고르십시오.

① 시민들의 신고로 멸종동물 밀거래를 단속했다.
② 세계 동물의 날은 1931년 이탈리아에서 시작되었다.
③ 인터넷을 통한 멸종 동물 불법 거래는 줄어들고 있다.
④ 온라인 매체를 통한 불법 거래 신고 체계가 확립되었다.

[37~38] 다음은 교양 프로그램입니다. 잘 듣고 물음에 답하십시오. (각 2점)

37. 남자의 중심 생각으로 맞는 것을 고르십시오.

① 새집증후군을 느끼면 즉시 병원 치료를 받아야 한다.
② 새집증후군 증상을 예방하려면 면역력을 높여야 한다.
③ 새집증후군 예방을 위해서는 친환경 건축 자재를 사용해야 한다.
④ 새집증후군을 해결하려면 이사한 이후에도 꾸준히 환기를 해야 한다.

38. 들은 내용으로 맞는 것을 고르십시오.

① 새집증후군 문제는 점차 해결되어 가고 있다.
② 새집증후군은 어린이보다 어른이 더 위험하다.
③ 새집증후군은 사람에 따라 증상이 다르게 나타난다.
④ 새 집을 지을 때 사용한 건축자재는 인체에 무해하다.

[39~40] 다음은 대담입니다. 잘 듣고 물음에 답하십시오. (각 2점)

39. 이 담화 앞의 내용으로 알맞은 것을 고르십시오.

① 여성은 나이가 들수록 결혼하기가 쉽지 않다.
② 요즘 남성은 교육비 등의 경제적 이유로 출산을 꺼린다.
③ 정부의 출산 장려 정책이 큰 성과를 거두지 못하고 있다.
④ 출산율 저하로 아이들이 개인적인 성향으로 성장하고 있다.

40. 들은 내용과 일치하는 것을 고르십시오.

① 취업률을 높이기 위해 직장의 정년을 줄이고 있다.
② 여성과 노인의 노동력은 생산 활동 인구에서 제외된다.
③ 여성의 사회 활동을 위해 국가가 보조금을 지급할 것이다.
④ 출산율 저하로 생산 가능 인구가 줄어들어 노동력이 부족해진다.

[32~34] 다음을 읽고 내용이 같은 것을 고르십시오. (각 2점)

32.

> 사람들은 흔히 산에서 곰을 만나면 죽은 척을 하면 안전하다고 알고 있다. 하지만 죽은 척을 하고 있으면 곰이 다가와서 죽었는지 확인을 하기 때문에 오히려 더 위험하다는 실험 결과가 있다. 그리고 곰은 나무를 잘 타기 때문에 나무 위로 올라가는 것도 좋은 방법이 아니다. 또 큰 소리로 위협을 하거나 등을 돌려서 도망가서는 안 된다. 따라서 곰을 만났을 때 안전하게 피하기 위해서는 조용하게 등을 보이지 않은 채로 뒤로 천천히 물러서야 한다.

① 곰은 자신을 위협하지 않으면 사람을 공격하지 않는다.
② 산에서 곰을 만났을 때 죽은 척하면 위험을 피할 수 있다.
③ 곰을 만났을 때 공격을 받지 않으려면 등을 보이면 안 된다.
④ 곰은 나무에 잘 오르지 못하기 때문에 나무 위로 피하면 된다.

33.

> 둥근 모양의 경기장에서 펼쳐지는 육상 경기는 경기를 할 때 시계 반대 방향으로 돈다. 그런데 처음부터 그랬던 것은 아니다. 제1회 아테네 올림픽에서는 시계 방향과 같은 오른쪽으로 돌았다. 그러나 올림픽이 끝난 후 많은 선수들이 불편을 호소해 지금처럼 왼쪽으로 도는 규칙을 정하였다. 이는 오른손잡이가 많았기 때문이다. 오른손잡이는 오른쪽 근육이 더 발달하기 때문에 왼쪽으로 도는 것이 더 편안하게 느껴진다.

① 육상 경기 중 시계 방향으로 도는 종목이 있다.
② 육상 경기는 처음부터 시계 반대 방향으로 돌았다.
③ 왼손잡이 선수들은 육상 경기에 참가할 수 없다.
④ 대부분의 선수가 오른손잡이라서 왼쪽으로 도는 규정이 생겼다.

34.

> 시간은 물리적인 시간과 심리적인 시간으로 나눌 수 있다. 물리적인 시간은 시계 바늘이 가리키는 잴 수 있는 시간이라면 심리적인 시간은 사람들이 주관적으로 체험하고 파악하는 시간이다. 예를 들면 게임에 열중하는 1시간과 지루한 연설을 듣는 1시간은 크게 다르다. 이것은 우리가 무엇에 열중하고 있을 때의 시간이 짧게 느껴지기 때문이다. 다시 말해 물리적인 시간은 인생을 양적으로 얼마나 사느냐를 뜻하는 것이고 심리적인 시간은 인생을 질적으로 얼마나 만족스럽게 사느냐를 의미한다.

① 심리적인 시간은 잴 수 있는 시간을 말한다.
② 심리적인 시간은 질적으로 어떻게 사느냐를 뜻한다.
③ 인생의 길고 짧음을 나타내는 시간이 심리적인 시간이다.
④ 물리적인 시간은 만족스러운 삶을 살고 있는가를 나타내는 시간이다.

[35~38] 다음 글의 주제로 가장 알맞은 것을 고르십시오. (각 2점)

35.

> 대화란 마주 대하여 이야기를 주고받는 행동이다. 두 사람 이상이 말을 주고받는 행위가 있어야 대화가 성립한다. 대화를 할 때 중요한 것은 자신의 생각을 말로 잘 나타내는 것이다. 그러나 무엇보다도 중요한 것은 다른 사람이 하는 말을 잘 듣는 것이다. 자신이 하고 싶은 말이 있더라도 잠시 기다리면서 다른 사람의 말을 경청하는 것은 훌륭한 대화를 위해 반드시 필요한 자세이다.

① 대화는 두 사람 이상이 함께 이야기를 주고받는 것이다.
② 훌륭한 대화에서는 말하는 것보다 듣는 것이 더 중요하다.
③ 대화를 할 때 자신의 말을 적당히 끊을 줄 알아야 한다.
④ 대화를 할 때 자신의 의견을 효율적으로 표현하는 것이 중요하다.

36.

저축 목표를 세울 때는 장기적인 목표와 함께 단기적인 목표도 세워야 한다. 장기적인 목표만 세우면 목표 달성까지 시간이 오래 걸려서 도중에 포기하기 쉽다. 또 사람들은 저축을 통해 목표를 이루어 가는 과정에서 저축의 즐거움을 알게 된다. 따라서 원하는 목표를 달성하기 위해서 장기적인 목표와 함께 짧은 기간 동안 이룰 수 있는 구체적인 목표도 세우는 것이 좋다. 다시 말해 '부자가 되기 위해서'와 같은 목표보다는 '3년 후 자동차를 사기 위해서'나 '5년 후 유럽 여행을 가기 위해서'와 같은 목표가 더 효과적이다.

① 저축할 때 아끼는 습관이 가장 중요하다.
② 저축의 목표를 구체적으로 세우는 게 좋다.
③ 저축하는 사람의 목표는 상황에 따라 다르다.
④ 저축을 통해 목표 달성의 즐거움을 느끼게 된다.

37.

인간의 유형을 '상어형'과 '돌고래형'으로 분류하는 견해가 있다. 미래학자들은 미래형 인재로 돌고래형을 꼽는다. 상어형은 혼자만의 생활을 즐기고 공격적인 성향이 강하다. 개인적인 역량은 뛰어나지만 독선적이며 권위적이어서 조직에 해를 끼치기도 한다. 반면에 돌고래형은 함께 어울리는 생활을 좋아하고 친화력이 좋다. 개인 능력도 뛰어나고 무엇보다 조직적이어서 협동심이 강하고 분위기도 밝게 만든다. 빠르게 변화하는 현대 사회에서 높은 성과를 내기 위해서는 전문성과 친화력을 함께 갖춘 돌고래형 인간이 더욱 선호될 것으로 보인다.

① 돌고래형 인간은 조직적이고 협동심이 강하다.
② 미래 사회에는 돌고래형 인간이 인재로 선호될 것이다.
③ 상어형 인간은 독선적이고 권위적인 것이 단점이다.
④ 개인적인 역량을 높이기 위해서는 상어형 인간이 적합하다.

38.

사람들은 몸 안의 수분 보충을 위해 물을 자주 마시는 것이 좋다고 생각한다. 그러나 훈련이나 운동 등 지구력이 필요한 활동을 할 때 너무 많은 수분을 섭취하면 뇌장애로 인해 사망할 수도 있다는 연구 결과가 있다. 이 질환은 군인이나 여성 운동선수들이 가장 취약한 것으로 알려졌다. 실제로 여성 마라톤 선수가 경기 중 다량의 스포츠 음료를 마신 뒤 사망한 사건이 있기도 했다. 결국 물은 자주 마시는 게 중요한 게 아니라 적절한 상황에 적당한 양의 섭취가 이루어져야 하는 것이다.

① 수분 섭취는 횟수보다 양이 중요하다.
② 물은 상황에 따라 알맞게 섭취해야 한다.
③ 많은 양의 수분 섭취로 사망에 이를 수도 있다.
④ 훈련이나 운동을 할 때 수분을 섭취하는 것은 안 좋다.

[39~41] 다음 글에서 <보기>의 문장이 들어가기에 가장 알맞은 곳을 고르십시오. (각 2점)

39.

사람들은 누군가에게 칭찬을 해 주면 그 말을 들은 상대방은 용기를 내서 더욱 일을 잘할 것이라고 생각한다. (㉠) 그러나 이러한 칭찬이 상대방에게 항상 좋은 영향을 주는 것은 아니다. (㉡) 칭찬을 듣고 용기를 얻는 사람도 있지만 부담감을 느끼는 사람도 있기 때문이다. (㉢) 무조건 칭찬할 것이 아니라 칭찬할 대상의 성격에 따라 칭찬의 방법과 횟수를 다르게 하는 것이 효과적이다. (㉣)

보기
따라서 칭찬을 할 때 사람의 유형을 고려하지 않고 무조건 칭찬을 많이 하는 것은 좋지 않다.

① ㉠   ② ㉡   ③ ㉢   ④ ㉣

40.

손을 움직이는 것은 두뇌와 관련되어 있다. (㉠) 왼쪽 뇌는 오른손을, 오른쪽 뇌는 왼손과 연계되어 있다. (㉡) 대부분의 사람들은 오른손을 많이 사용하고 있어 왼쪽 뇌는 잘 발달한다. (㉢) 그런데 오른쪽 뇌는 새로운 것을 만들어 내는 창의력을 관장한다. (㉣) 그러므로 창의력을 기르려면 왼손을 많이 움직이는 것이 좋다.

보기
그에 비해서 오른쪽 뇌는 왼쪽에 비해 덜 발달한다.

① ㉠   ② ㉡   ③ ㉢   ④ ㉣

41.

만화가 권태성의 단편 만화집 '추억 연필'이 화제를 끌고 있다. (㉠) 이 책은 한 사람이 나고, 자라고, 어른이 되면서 여러 다양한 사람들과 만나서 인연을 맺는 과정을 그렸다. (㉡) 가족과 친구, 작가가 사랑하는 많은 것들에 대한 가슴 따뜻한 이야기가 연필 선으로 그려졌다. (㉢) 작가는 주인공인 자신의 옛 기억을 바탕으로 추억을 느낄 수 있도록 연필로만 그림을 완성한 것이라고 한다. (㉣)

보기
하지만 가만히 보고 있노라면 만화 속 주인공이 마치 독자 자기인 듯한 착각에 빠지게 만드는 매력이 있다.

① ㉠   ② ㉡   ③ ㉢   ④ ㉣

6級

▶ 配分38分／總分250分+寫作50分

읽기 [42~43]번
〈登場人物的心情、與內容 一致〉

읽기 [44~45]번
〈說明文／論說文〉

읽기 [46~47]번
〈資訊－排序〉

읽기 [48~50]번
綜合(論說文)

依題型：「動物、未來學、社會、現況、歷史、藝術、人類心理、
自然現象、傳統文化、政治經濟、環境」中出題且不重複。

듣기 [41~42]번
〈演講－中心內容〉

듣기 [47~48]번
〈對話〉

듣기 [43~44]번
〈紀錄片〉

듣기 [45~46]번
〈演講－細部內容〉

듣기 [49~50]번
〈演講－話者的態度〉

쓰기 [54]번
〈依主題分類〉

1 小說

1 登場人物的心情、與內容一致

> ▶閱讀第42～43題 題型為讀過小說之後,選出跟登場人物心情或態度相同選項之題目。這是六級程度試題,用以檢測掌握登場人物態度的能力以及理解細部內容的能力。作品是從韓國知名小說中挑選而出,範圍涵蓋1930年代後期至現今為止的作品,難以預測出題傾向。所以跟前面的個人文章一樣,若問的是登場人物的心情或態度時,必須透過前後內容來推測,然後選出符合該情感的詞彙。
>
> 請先學習詞彙和表現(p.45)!

읽기 42번~43번 | 黃金秘笈

> 第〔42〕題最重要的是要熟知情感詞彙。此外,因為這些情感詞彙與4級程度的閱讀第23題個人文章有許多重複之處,務必要背起來。

읽기 42번~43번 | 考古題　▶ 登場人物的心情、與內容一致

[42~43] 다음을 읽고 물음에 답하십시오. (각 2점)

예쁘고 멋쟁이인 박영은 선생님을 새 담임 선생님으로 맞이한 것은 우리 모두에게 가슴 떨리는 일이었다. 먼젓번 담임 선생님의 ❸ 말은 죽어라고 안 듣던 말썽꾸러기들이 박 선생님 앞에서는 고개도 못 들고 수줍어했다. 우리 반은 당장 전교에서 제일 말 잘 듣고 ❹가장 깨끗한 반이 되었다. 나도 박 선생님에게 잘 보이고 싶은 마음이 태산 같았지만 늘 그렇듯이 머리가 따라주지를 않았다. 아마 이번 시험에서도 모든 과목이 50점을 넘지 못했을 것이다. 아이들이 모두 떠난 교실에서 나는 몸을 비비 꼬며 창밖에서 놀고 있는 아이들에게 시선을 주고 있었다. (중략) 선생님이 마침내 입을 연 것은 20분이나 시간이 지나서였다. (중략)

"동구를 가만히 보면, 아는데 말을 못하는 적도 많은 것 같아. 그러다 보니 자신감도 없어지고."

나의 간지럽고 아픈 부분을 이렇게나 간결하게 짚어 준 사람이 내 인생에 또 있으랴. 공부 못하는 죄를 추궁당하는 것이 아니라 ●공부 못하는 서러움을 이해받는 것은 생애 처음 있는 일이었다. 안 그래도 물러 터진 내 마음은 완전히 물에 만 휴지처럼 흐물흐물해져서, 예쁘고 멋진 데다 현명하기까지 한 박 선생님 앞에서 때 아닌 눈물까지 한 방울 선을 보일 뻔했다.

42. 밑줄 친 부분에 나타난 '나'의 심정으로 알맞은 것을 고르십시오.

① 난처하다   ② 감격스럽다
③ 담담하다   ④ 의심스럽다

43. 위 글의 내용과 같은 것을 고르십시오.

① 나는 담임 선생님께 인정을 받고 싶다.
② 반 아이들은 요즘 교실 청소를 잘 하지 않는다.
③ 반 아이들은 예전 담임 선생님 말을 잘 들었다.
④ 담임 선생님은 내가 공부를 못해서 화를 내셨다.

TOPIK II <52회 읽기 42~43번>

正確答案②
畫底線部分的內容,「내 인생에 또 있으랴.」。
「-(으)랴」是跟「-겠어요?」一樣表反詰疑問的終結語尾語法。意味著「자신의 인생을 판단해 준 사람이 내 인생에 또 있겠어?(在我的人生中還會有幫我判斷我人生的人嗎?)」然後必須透過接下來出現的「공부 못하는 서러움을 이해받는 것은 생애 처음 있는 일이었다.(這是我生平第一次被人理解不會讀書的痛苦。)」來推測登場人物的心情。

● 那麼,登場人物的心情以「감격스럽다(令人感激的)」最為自然。

①正確答案。
②班上的同學們最近**很努力**打掃教室,我們班的教室(**成了最乾淨的教室**)。與 A 不同。
③班上的同學們以前**很不聽**老師的話,(**死也不聽**)。與 B 不同。
④班主任即便我不會讀書也理解我。與 C 不同。

模擬試題

[1~2] 다음을 읽고 물음에 답하십시오. (각 2점)

> "도와드릴까요."
>
> 아주 듣기 좋은 저음이었다. 키가 훌쩍 큰 남자였다. 남자는 웃고 있었지만 비웃는 웃음은 아니었다. 그는 엉거주춤 허리를 굽혀 나하고 같은 눈높이가 되면서 빨간 단추를 살짝 만지고 나서 카메라를 내 눈에다 대주었다.
>
> "이제 보이지요?"
>
> 그러나 나는 뭐가 보이나를 확인하기 전에 그를 다시 한번 쳐다보았다. 선량하고 친절한 인상이 마음에 들었다. 바위 뒤에 숨어 있던 늑대가 사방을 휘둘러보면서 걸어 나왔다. 나는 카메라로 늑대를 쫓다 말고 키 큰 남자를 돌아다보면서 물었다. (중략)
>
> "그럼 여태껏 건성으로 듣고 있었단 말이에요?"
>
> 나는 그에게 따지듯 물었다. 그러나 곧 그의 위로하는 듯한 웃음을 따라 웃고 말았다. 그는 나하고 카메라를 번갈아 들여다보면서 이것저것 설명을 하려고 했다. 나는 듣는 척하다가 <u>한숨을 쉬면서 어깨를 한번 으쓱했다가 축 늘어뜨려 보였다.</u>

1.

밑줄 친 부분에 나타난 나의 태도로 알맞은 것을 고르십시오.

① 속이 상하다　　　② 자신이 없다　　　③ 마음이 차분하다　　　④ 가슴이 먹먹하다

2.

이 글의 내용과 같은 것을 고르십시오.

① 나는 카메라를 통해 늑대를 봤다.
② 나는 카메라의 사용법을 잘 알고 있다.
③ 나는 남자에게 카메라에 대해 설명했다.
④ 나는 남자의 인상을 좋게 보지 않았다.

240

[3~4] 다음을 읽고 물음에 답하십시오. (각 2점)

> 어느 날 내가 울타리를 엮고 있을 때 평소 서로 말을 않고 지내던 점순이가 살며시 와서 괜히 말을 건다. "너희 집에는 이거 없지?" 하며 구운 감자 세 알을 내놓는 것이다. 나는 "안 먹는다." 하며 고개도 안 돌리고 감자를 도로 밀어버린다. 점순이는 나를 독하게 쏘아보고 눈에는 눈물까지 글썽거리더니 이를 악물고 가 버린다. 그 후로 점순이는 기를 쓰고 나를 괴롭힌다. 나의 집 암탉을 때려 알집을 터뜨려 놓았을 뿐만 아니라 나를 "바보"라고 놀리다 못해 내 아버지까지 흉을 보기도 한다. 툭하면 사나운 자기네 집 수탉과 나의 작은 수탉을 싸움 붙여 놓는다. 나는 싸움에 이기게 하기 위하여 닭에게 고추장까지 먹여 보았으나, 점순이네 수탉에 쪼여 반죽음 당하기는 먹이지 않았을 때와 마찬가지이다.

3. 밑줄 친 부분에 나타난 점순이의 심정으로 알맞은 것을 고르십시오.

   ① 슬프다   ② 답답하다   ③ 당황스럽다   ④ 원망스럽다

4. 이 글의 내용과 같은 것을 고르십시오.

   ① 나와 점순이는 사이가 좋은 편이다.
   ② 나는 점순이와 아버지의 흉을 봤다.
   ③ 나는 점순이가 준 감자를 안 먹었다.
   ④ 나는 점순이네 수탉에게 고추장을 먹였다.

2 資訊傳達

1 説明文／論説文

▶閱讀第44～45題 題型為閱讀說明文之後，選出符合中心思想及空格內容的題目。這是六級程度的試題，用以檢測找尋主題以及在文章裡找出必要的表現之能力。閱讀第44～45題、閱讀46～47題、閱讀48～50題和聽力41～42題、聽力43～44題、聽力45～46題、聽力47～48題、聽力49～50題，共8種類型的短文內容主題，在不重複出題的前提之下，其範圍如下。

🎒 預先學習詞彙和表現（p.47）吧！

出題可能性	可能出題的內容
動物	· 動物的習性等
未來學	· 預測未來社會
社會現象	· 現在社會發生的現象
歷史	· 過去人類的事件等
藝術	· 韓國、東洋、西洋的藝術作品或潮流等
人類心理	· 人類的心理作用與意識狀態
自然現象	· 生態界現象等
傳統文化	· 韓國的特有文化等
政治經濟	· 政策相關
環境	· 環境汙染與環境保護等

읽기 44번~45번 | 黃金秘笈

🎒 第〔44〕題與藉由主題找尋中心思想的方法〔Ranking10〕一樣。

中心思想

一定要背下來的表現3/9

01	-는 게 좋다. -는 게 낫다. -는 게 괜찮다.	02	-아/어야 ~ -아/어야 하다.
03	그래서 _____	04	가장 중요한 건 _____ -는 게 중요하다. -는 게 필요하다. -(으)ㄹ 필요가 있다.
05	-아/어 보세요. -는 게 어때요? -(으)ㅂ시다. -자.	06	-고 싶다. -(으)면 좋겠다. -(으)면 좋을 텐데
07	제 생각에는 -(ㄴ/는)다고 생각하다. -는 거라고 생각하다. -(ㄴ/는)다고 보다. -는 게 아니겠어?	08	-아/어서 좋다/괜찮다. -아/어서 나쁘다/힘들다/어렵다. -아/어서 나쁠 건 없다.
09	특히 ~ 무엇보다도 ~ -는 데 도움이 된다.	10	두 문장 이상 반복 이처럼 ~ 이렇듯 ~

第〔45〕題必須用找尋適合填入空格內之內容的方法，從兩者之中尋找後擇一作答。

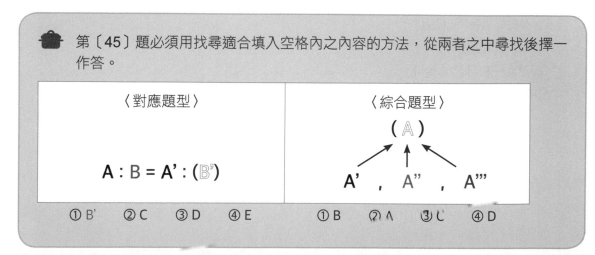

〈 對應題型 〉	〈 綜合題型 〉
A : B = A' : (B')	(A) A' , A'' , A'''
① B'　② C　③ D　④ E	① B　② A　③ C　④ D

[44~45] 다음을 읽고 물음에 답하십시오. (각 2점)

원고 마감이 임박하거나 시험공부 시간이 부족하면 사람은 본능적으로 놀라운 집중력을 발휘한다. 그래서 ❶시간 부족 상태가 되어야만 ❷일을 효율적으로 할 수 있다고 믿는 사람들이 많다. 그러나 ❸'효율성만 믿고 ❶'(   ) 것은 어리석은 일이다. 시간에 쫓기면 사람들은 한 가지에만 집중할 뿐 그 외에 다른 것에는 주의를 기울이지 못하게 되기 때문이다. 이런 상황은 실제로 상당히 위험할 수 있다. 단적인 예로 소방관들은 구조 현장으로 이동하는 과정에서 안전벨트를 매지 않아 사고를 당하는 경우가 매우 많다. 일 초가 급한 상황에서 인명 구조에만 집중한 나머지 차 문을 닫거나 안전벨트를 채우는 기본적인 일을 잊어서 생긴 결과이다. 이처럼 시간적 여유가 부족해지면 집중했던 일은 성공적으로 처리할 수 있겠지만 나머지 많은 것들은 놓칠 수 있다.

44. 위 글의 주제로 알맞은 것을 고르십시오.

① 인간의 집중력은 시간적인 제약이 많을수록 높아진다.
② 인간에게 시간 부족은 효율적인 일 처리의 원동력이 된다.
③ 단시간 내에 일을 처리해도 성공적으로 일을 마칠 수 있다.
④ 시간 부족은 인간의 시야를 좁혀 부정적인 영향을 미칠 수 있다.

45. (   )에 들어갈 내용으로 알맞은 것을 고르십시오.

① 성급히 일을 처리하는
② 무턱대고 일을 미루는
③ 관심사를 무한히 늘리는
④ 전적으로 하나에만 매달리는

TOPIK II <60회 읽기 44~45번>

解説

正確答案④
屬於中心思想Ranking 類型（10）「重複敘述」。「이처럼」是針對前面的內容再次整理並重複時使用。所以選與「시간적 여유가 부족해지면 나머지 많은 것을 놓칠 수 있다.（假如沒有充足的時間，就有可能漏掉其餘許多事情。）」相同的內容即可。

正確答案②
屬對應類型，活用相似表現，找出適合填入空格的內容即可。

❶ 시간 부족 상태가 되어야만
（他們相信唯有到了時間緊湊的狀態）
❷ 일을 효율적으로 할 수 있다고 믿는다.
（才可以做事有效率。）
❸' 효율성만 믿고
（僅相信效率性）
❶' （시간 부족 상태를 만드는） 것은 어리석은 일이다.
（製造出時間緊湊的狀態）是一件愚蠢的事。

所以只要從選項中選出與「시간 부족 상태를 만드는」相同意義的選項即可。

[1~2] 다음을 읽고 물음에 답하십시오. (각 2점)

> 정부가 5년 전 발표한 옥외 가격 표시제는 일정 면적 이상의 업소는 매장 외부에 가격을 표시하도록 한 제도이다. 소비자들의 합리적인 소비와 업소 간 건전한 가격 경쟁 유도를 위해 도입하였다. 하지만 여전히 (   ) 있어 소비자들의 알 권리가 제대로 보호받지 못하고 있다는 지적이다. 특히 일반음식점, 미용실 등에서 지켜지지 않는 것으로 나타났다. 이는 지방 자치 단체의 소극적인 단속과 해당 업소의 무관심 등이 원인으로 지적되고 있다. 그래서 이들 업소를 대상으로 일제 점검을 벌이고 있지만 아직 경고 수준에 그치는 상황이다. 더욱이 A4용지 크기에 일부 가격만 적어 놓으면 될 뿐이어서 쉽게 보이는 곳에 붙였는지 굵고 진한 글씨로 표기했는지 등의 세부 규정도 마련되어야 한다는 지적이다. 이와 관련하여 지자체에서는 명확한 규정이 없어 아직까지 업주에게 강요할 수 없는 형편이라며 가격표 설치 지원과 단속 강화 등 제도 정착을 위한 다각적인 방안을 모색하고 있다고 말했다.

1. 이 글의 주제로 알맞은 것을 고르십시오.

   ① 업소 간의 건전한 가격 경쟁이 필요하다.
   ② 옥외 가격 표시제가 제대로 이루어져야 한다.
   ③ 소비자들의 신고 정신이 제도 정착을 앞당길 수 있다.
   ④ 옥외 가격 표시제를 지키지 않는 업주를 처벌해야 한다.

2. (   )에 들어갈 내용으로 알맞은 것을 고르십시오.

   ① 제 구실을 하지 못하고
   ② 법적인 효력을 발휘하고
   ③ 관계 당국이 철저히 관리하고
   ④ 소비자들이 관심을 보이지 않고

[3~4] 다음을 읽고 물음에 답하십시오. (각 2점)

> 은혜시가 학교 급식의 위생 관리를 위하여 매년 두 차례에 걸쳐 '학교 급식 점검단'을 운영하겠다고 발표했다. 학교 급식의 위생 관리와 안전 점검을 강화하기 위해 공무원 1명과 학부모 1명이 2인 1조를 이루어 운영하는 방식이다. 점검 사항은 학교 급식법 규정에 따라 83개 항목을 점검할 예정이다. 이를 시행하기에 앞서 은혜시 교육청은 학부모 점검단의 역할과 자세, 학교 급식 위생·안전 점검 요령에 대한 전문 교육을 진행했다. 앞으로 두 차례의 점검을 마치게 되면 연 2회 평가회를 열어 점검단 운영 결과와 우수 학교도 소개할 예정이다. 그리고 점검단의 (   ) 좀 더 나은 학교 급식을 위해 교육부와 함께 정책 토론을 진행하는 자리도 마련할 예정이다.

3. 이 글의 주제로 알맞은 것을 고르십시오.

① 학교 급식법은 모두 83개의 항목으로 구성되어 있다.
② 은혜시는 급식 점검단에 참여하는 학부모들에게 관련 교육을 진행한다.
③ 은혜시는 학교 급식의 위생 관리를 학부모가 참여하는 형태로 진행한다.
④ 학부모들은 점검이 끝날 때마다 평가회를 열어 결과와 우수 사례를 발표한다.

4. (   )에 들어갈 내용으로 알맞은 것을 고르십시오.

① 평가 결과를 일단 뒤로 미루고
② 인원 구성을 공무원 중심으로 바꾸고
③ 역할이 급식 위생 점검에만 그치지 않고
④ 운영 방식을 우수 학교에서 담당하도록 하고

2 資訊（排序）

▶閱讀第46～47題 題型為閱讀論說文或說明文之後，掌握順序與細部內容的題目。這是<u>六級程度的試題</u>，用以檢測文章脈絡理解能力以及是否理解細部內容。閱讀第46題解題順序，只要使用與前面所學閱讀第39～41題相同的方法解題即可。

읽기 46번~47번 | 考古題 ▶ 排序

[46~47] 다음을 읽고 물음에 답하십시오. (각 2점)

Ⓐ우주는 지구와 환경이 상이해 지구에서 쓰는 방법으로는 쓰레기를 수거하기가 어렵다. 처음에는 Ⓑ작살과 같이 물리적인 힘을 이용해서 쓰레기를 찍을 수 있는 도구가 거론되었다. (㉠) 이 때문에 테이프나 빨판같이 접착력이 있는 도구를 사용하자는 제안도 나왔다. (㉡) 점성이 강한 테이프의 경우는 우주에서의 극심한 온도 변화를 견디지 못했으며 빨판은 진공 상태에서는 소용이 없었다. (㉢) 그런데 최근 한 연구진이 Ⓒ도마뱀이 벽에 쉽게 달라붙어 떨어지지 않는 것에서 영감을 받아 접착력이 있는 도구를 개발하는 데 성공했다. (㉣) 도마뱀의 발바닥에 있는 수백만 개의 미세한 털들이 표면에 접촉할 때 생기는 힘을 응용한 것이다.

46. 위 글에서 <보기>의 글이 들어가기에 가장 알맞은 곳을 고르십시오.

보기
> 그러나 이 방법은 자칫하면 우주 쓰레기를 엉뚱한 곳으로 밀어낼 위험이 있었다.

① ㉠   ② ㉡   ③ ㉢   ④ ㉣

47. 위 글의 내용과 같은 것을 고르십시오.

① 테이프는 우주의 온도 변화 때문에 점성을 잃었다.
② 작살은 접착력을 이용한 도구의 좋은 대안이 되었다.
③ 우주에서 쓰레기를 처리하는 방법은 지구와 유사하다.
④ 접착력을 이용한 쓰레기 수거 방법은 결국 성공하지 못했다.

TOPIK II <60회 읽기 46~47번>

解説

正確答案①
指示語「이 방법（這個方法）」指的是「有將太空垃圾推向意料外場所之風險」的方法。回收太空垃圾的方法有下列三種：
（1）작살과 같은 물리적인 힘（粉碎等物理性力量）
（2）테이프나 빨판같이 접착력이 있는 도구（膠帶或是像吸盤那樣具有黏著力的道具）
（3）도마뱀의 특징을 활용한 방법（活用蜥蜴特徵的方法）
其中有排除可能性的方法為（1）。

①正確解答。
②粉碎是（利用物理性力量的道具而被拿出來討論）。與B不同。
③宇宙中處理垃圾的方法與地球（相異）。與A不同。
④利用黏著力的垃圾回收方法終究（成功了）。與C不同。

[1~2] 다음을 읽고 물음에 답하십시오. (각 2점)

> 일반적으로 사막은 강우량보다 증발량이 많은 지역을 의미한다. (㉠) 그런데 원래 사막이 아닌 곳이 사막으로 변하는 사막화 현상이 지구 곳곳에서 나타나고 있다. (㉡) 사막화는 오랫동안의 가뭄으로 인한 자연적인 사막화와 인간의 과도한 개발로 숲이 사라져서 생기는 인위적인 사막화로 나눌 수 있다. (㉢) 지구는 점차 산소가 부족해져 야생동물은 멸종 위기에 이르고 물 부족현상으로 작물 재배가 불가능해져 극심한 식량난에 빠지게 된다. (㉣) 또한 이산화탄소의 양이 많아져 지구온난화의 원인이 된다.

1.
다음 문장이 들어가기에 가장 알맞은 곳을 고르십시오.

> 보기
>
> 이러한 사막화로 인해 숲이 사라지게 되면 인류는 심각한 위기를 맞게 된다.

① ㉠　　　　　② ㉡　　　　　③ ㉢　　　　　④ ㉣

2.
이 글의 내용과 같은 것을 고르십시오.

① 오랜 가뭄으로 야생동물이 멸종 위기에 있다.
② 인간의 과도한 개발로 사막화가 사라지고 있다.
③ 지구온난화의 원인은 이산화탄소의 증가 때문이다.
④ 자연적인 사막화보다 인위적인 사막화가 더 심각하다.

[3~4] 다음을 읽고 물음에 답하십시오. (각 2점)

정전기는 날씨가 건조해지면 자주 나타나는데 주로 옷을 벗을 때, 머리를 빗거나 모자를 벗을 때에 찌지직 하면서 전기가 일어나는 것을 경험할 수가 있다. (㉠) 심지어 어떤 사람은 정전기 때문에 컴퓨터가 고장이 난 적도 있다고 한다. (㉡) 따라서 컴퓨터 같은 기기를 분해하거나 조립할 때도 조심을 해야 한다. (㉢) 기름과 가스를 운반하는 유조차는 잘못하면 반짝하는 정전기의 불꽃으로 불이 날 수 있으므로 매우 조심해야 한다. (㉣) 식품을 포장하는 데 쓰는 얇은 비닐은 정전기를 띠고 있어서 물건에 잘 달라붙는다. 이러한 성질을 이용해 식품을 깨끗하게 보관할 수 있는 것이다.

3. 다음 문장이 들어가기에 가장 알맞은 곳을 고르십시오.

보기
그러나 정전기가 우리에게 도움을 줄 때도 있다.

① ㉠   ② ㉡   ③ ㉢   ④ ㉣

4. 이 글의 내용과 같은 것을 고르십시오.

① 정전기는 습도가 높은 날 자주 발생한다.
② 정전기를 이용하면 컴퓨터 수리가 가능하다.
③ 식품을 포장할 때 정전기 때문에 상할 수 있으므로 조심해야 한다.
④ 유조차는 정전기 때문에 화재가 날 수 있으므로 항상 유의하는 것이 좋다.

3 綜合（論説文）

▶閱讀第48～50題 題型為閱讀論說文或說明文之後，掌握文章目的、適合填入空格的內容、筆者的態度或心情之題目。這是六題程度的試題，用以檢測掌握文章目的理由或根據之能力、活用脈絡的能力、態度或心情之能力等。

읽기 48번~50번 | 黃金秘笈

第48題要確認最後一句話中筆者對文章主題是肯定的還是否定的，這可以得知筆者的説話方式或態度。

第49題是找出正確內容以填入空格的題型，應由兩者之中擇一。

〈對應題型〉	〈綜合題型〉
A : B = A' : (Ⓑ')	（Ⓐ） ↑ ↑ ↑ A' , A" , A'''

〈對應題型〉 ① Ⓑ'　② C　③ D　④ E

〈綜合題型〉 ① B　② A　③ C　④ D

第50題必須閱讀畫底線部分前後的文章脈絡，推測筆者抱持著什麼樣的想法。

[48~50] 다음을 읽고 물음에 답하십시오. (각 2점)

> 4차 산업은 그 분야가 다양하지만 연구 개발이 핵심 원동력이라는 점에서 공통점을 갖고 있다. 이러한 점을 고려하여 정부는 신성장 산업에 대한 세제 지원을 확대하기로 했다. 미래형 자동차, 바이오 산업 등 신성장 기술에 해당하는 연구를 할 경우 세금을 대폭 낮춰 준다는 점에서 고무적인 일이다. 하지만 ⓐ현재의 지원 조건이라면 ⓑ몇몇 대기업에만 유리한 지원이 될 수 있다. 해당 기술을 전담으로 담당하는 연구 부서를 두어야 하고 원천 기술이 국내에 있는 경우에만 지원이 가능하기 때문이다. ⓐ'혜택이 큰 만큼 ⓑ'(　　　　　) 정부의 입장을 이해하지 못하는 것은 아니다. 그러나 이번 정책의 목적이 단지 연구 개발 지원에 있는 것이 아니라 연구 개발을 유도하고 독려하고자 하는 것이라면 해당 조건을 완화하거나 단계적으로 적용할 필요가 있다.

48. 위 글을 쓴 목적으로 알맞은 것을 고르십시오.

① 투자 정책이 야기할 혼란을 경고하려고
② 세제 지원 조건의 문제점을 지적하려고
③ 연구 개발에 적절한 분야를 소개하려고
④ 신성장 산업 연구의 중요성을 강조하려고

49. (　　) 에 들어갈 내용으로 알맞은 것을 고르십시오.

① 일정한 제약을 두려는
② 연구 기관을 늘리려는
③ 투자 대상을 확대하려는
④ 지원을 단계적으로 하려는

50. 밑줄 친 부분에 나타난 필자의 태도로 알맞은 것을 고르십시오.

① 기술 발전이 산업 구조 변화에 미칠 영향을 인정하고 있다.
② 세제 지원의 변화가 투자 감소로 이어질 것을 우려하고 있다.
③ 세금 정책이 연구 개발에 미치는 부정적 영향을 비판하고 있다.
④ 신성장 기술에 대한 세제 지원 정책을 긍정적으로 평가하고 있다.

解説

正確解答②

寫作的目的，必須先找出中心思想(主題)。這篇文章屬於中心思想題型(4)「-(으)ㄹ 필요가 있다」。中心思想是 「이번 정책이 연구 개발을 유도하고 독려하고자 하는 것이라면 해당 조건을 완화하거나 단계적으로 적용할 필요가 있다.(這次的政策若是要引導並激勵研究開發，就有放寬相關條件或是階段性實施的必要。)」。

正確解答①

屬對應類型，這要活用相似表現，找出填入空格中合適的內容即可。

ⓐ 현재의 지원 조건이라면
若是現在的支援條件
ⓑ 몇몇 대기업에만 유리한 지원이 될 수 있다.
只會是對幾家大企業有利的援助。
ⓐ' 혜택이 큰 만큼
這是一項很大的優惠
ⓑ' (몇몇 대기업에만 지원하려는) 정부의 입장을 이해하지 못하는 것은 아니다.
並非是不能理解政府(只想支援幾家大企業)的立場。

若是將「몇몇 대기업에만 지원하려는(只想支援幾家大企業)」換句話說，會成「대기업이 아닌 기업의 경우 지원을 받기 어려운(非大企業的企業，很難得到支援)」之意。

正確解答④

畫底線部分「고무적인 일이다(是鼓舞人心的事情)」，是「힘을 낼 수 있도록 격려하다(激勵大家盡可能努力)」的意思，是在表示正面評價時使用。因此是「신성장 기술에 대해 세금을 대폭 낮춰 준다는 점에 대해 긍정적으로 평가하고 있다(對於新成長技術大幅減免其稅金這一點，以正面態度來評價。)」的意思。

251

[1~3] 다음을 읽고 물음에 답하십시오. (각 2점)

얼마 전 한 민간단체가 발표한 2014년판 '남녀격차 보고'에서 한국은 조사 대상 142개국 중 117위를 기록하였다. 남녀평등 순위에서는 지난해 111위에서 6계단 더 하락한 것으로 나타났다. 이번 한국 남녀평등 순위는 같은 아시아 국가 중 필리핀(9위), 중국(87위)보다 한참 낮은 순위이며, 남녀격차는 제도적 정비에도 오히려 더욱 심화되고 있는 것으로 조사됐다. 이런 사회적 분위기와 제도에 문제를 삼고 여성의 평등을 위해 노력해야 한다는 움직임이 최근에 일고 있다. 하지만 여성 운동에서는 모든 인간이 존중되는 평등을 지향해야지 성 평등만을 지향해서는 안 된다. 오늘날 벌어지고 있는 차별은 성 차별에만 국한되지 않는다. 인종, 민족, 종교, 지위 등을 이유로 지구촌 곳곳에서 인간으로서의 기본 권리가 침해 받고 있다. 인권이 보호되지 않고서 성 평등이 무슨 의미가 있겠는가? 여성 운동은 인권 운동과 (   ) 바람직한 사회를 만들어 나가는 데 노력을 기울여야 할 것이다. 여성 운동은 사회적 변화를 이루고자 하는 새로운 차원의 시민운동이기 때문이다.

1. 필자가 이 글을 쓴 목적을 고르십시오.

① 여성의 성 평등 운동을 지지하기 위해
② 올바른 여성 운동의 방향을 제시하기 위해
③ 한국의 남녀 불평등 문제의 심각성을 설명하기 위해
④ 여성 평등을 위한 정부 차원의 대책 마련을 요구하기 위해

2. (   )에 들어갈 내용으로 알맞은 것을 고르십시오.

① 보조를 맞추면서
② 확실하게 구분하고
③ 제도적 정비를 이루어서
④ 여성의 평등을 주장하며

3. 밑줄 친 부분에 나타난 필자의 태도로 알맞은 것을 고르십시오.

① 여성의 평등이 보장되어야 한다는 주장을 지지하고 있다.
② 성 평등이 제도적인 보호를 받지 못하는 상황을 비판하고 있다.
③ 여성 운동의 근본적인 의미가 왜곡되고 있는 상황을 염려하고 있다.
④ 인권 보호가 먼저 이루어져야 성 평등도 주장할 수 있음을 지적하고 있다.

[4~6] 다음을 읽고 물음에 답하십시오. (각 2점)

'국민참여재판'은 국민이 형사 재판에 직접 참여하는 제도이다. 재판에서 피고인의 유죄 여부와 형량에 대해 재판부와 함께 판단을 내리는 일을 한다. 이때 재판에 참여하는 사람을 배심원이라고 하는데 만 20세 이상의 대한민국 국민으로 해당 지방법원 관할 구역에 거주하는 주민 중에 무작위로 선정된다. 배심원은 재판에 참여하여 검사와 변호인의 주장을 듣고 증거 조사 과정을 지켜보게 된다. 그리고 재판 중에 증인이나 피고인을 신문할 때 궁금한 점을 질문할 수 있다. 그리고 재판 과정의 마지막에는 배심원들이 따로 모여 이야기하고 의견을 모으게 된다. 하지만 배심원들의 의견이 재판 결과로 이어지지 않는다. 한국의 국민참여재판에서는 배심원들의 의견이 (   ). 그래서 판사의 판결이 배심원들의 결론과 다를 수 있다. 사실 한국의 국민참여재판 제도는 재판의 공정성과 절차적 투명성에 대한 불신 때문에 도입된 측면이 강하다. 그런데 배심원의 의견이 결국 판사의 수용 여부를 거쳐야 하는 현행 시스템은 국민재판 무용론에 빌미를 제공할 소지가 크다고 할 수 있다.

4. 필자가 이 글을 쓴 목적을 고르십시오.

① 국민참여재판의 필요성을 촉구하려고
② 국민참여재판의 배심원 자격을 소개하려고
③ 국민참여재판의 방식과 문제점을 설명하려고
④ 국민참여재판의 공정성과 투명성을 홍보하려고

5. (   )에 들어갈 내용으로 알맞은 것을 고르십시오.

① 채택될 가능성이 아주 높다
② 형량을 결정하는 기준이 된다
③ 재판의 공정성을 높이고 있다
④ 고려되기는 하지만 효력은 없다

6. 밑줄 친 부분에 나타난 필자의 태도로 알맞은 것을 고르십시오.

① 제도의 효용성에 대해 강조하고 있다.
② 배심원의 자질에 대해 평가하고 있다.
③ 제도의 불완전성에 대해 우려하고 있다.
④ 배심원 선정 기준에 대해 비판하고 있다.

1 演講（中心內容）

▶ 聽力第41～42題 題型為聽取演講後掌握中心內容與細部內容的題目。這是六級程度的試題，用以檢測對中心內容的理解能力與對細部內容的理解與否。主題同於閱讀第44～45題（p.242）的說明。

듣기 41번~42번 ｜ 黃金秘笈

1 必須由試題單字推想主題為何之後注意聽。

2 有可能是未知的主題，聽力前面的部分都會針對該主題做說明。

3 因此演講的中心內容會出現在聽力的後部。

> 〈前部〉
> 針對主題說明
>
> 〈後部〉
> 演講的中心內容

 與第〔41〕題尋找中心思想的方法相同。

中心思想

一定要背下來的表現3/9

01	-는 게 좋다. -는 게 낫다. -는 게 괜찮다.	02	-아/어야 ~ -아/어야 하다.
03	그래서 ＿＿＿＿	04	가장 중요한 건 ＿＿＿＿ -는 게 중요하다. -는 게 필요하다. -(으)ㄹ 필요가 있다.
05	-아/어 보세요. -는 게 어때요? -(으)ㅂ시다. -자.	06	-고 싶다. -(으)면 좋겠다. -(으)면 좋을 텐데
07	제 생각에는 -(ㄴ/는)다고 생각하다. -는 거라고 생각하다. -(ㄴ/는)다고 보다. -는 게 아니겠어?	08	-아/어서 좋다/괜찮다. -아/어서 나쁘다/힘들다/어렵다. -아/어서 나쁠 건 없다.
09	특히 ~ 무엇보다도 ~ -는 데 도움이 된다.	10	두 문장 이상 반복 이처럼 ~ 이렇듯 ~

[41~42] 다음은 강연입니다. 잘 듣고 물음에 답하십시오. (각 2점)

女子: ❹조선 시대 왕의 밥상인 수라상에는 각 지방의 제철 특산품
<前部> 이 올랐습니다. 그래서 왕은 수라상에 올라오는 식재료를
主題 보고 각 지방의 상황을 두루 짐작할 수 있었지요. 그런데 나
說明 라에 ❸가뭄이나 홍수 피해가 있으면 왕은 백성을 아끼는 마
음에서 반찬 수를 줄이기도 했습니다. 수라상은 신하들의
분쟁을 잠재우기 위한 수단으로도 활용되었는데요. ❻신하
<後部> 들 간의 분쟁이 심해질 경우 왕은 반찬 수를 줄이겠다고 선
演講 언합니다. 그러면 신하들은 왕의 건강을 염려해서 잠시나마
中心 분쟁을 멈추었지요. 왕이 수라상을 정치에 적절히 이용했던
思想 겁니다.

41. 이 강연의 중심 내용으로 맞는 것을 고르십시오.

① 수라상은 왕의 국정 운영에 활용되었다.
② 수라상의 음식 수는 왕의 권력을 나타냈다.
③ 수라상은 조선 시대 음식 문화를 보여 준다.
④ 수라상의 의미는 시대마다 다르게 해석된다.

42. 들은 내용과 일치하는 것을 고르십시오.

① 왕은 수라상의 반찬을 통해 지방 상황을 살폈다.
② 자연재해가 발생해도 수라상은 동일하게 구성됐다.
③ 왕의 건강이 나빠지면 신하들은 반찬 수를 줄였다.
④ 조선 시대 수라상에는 제철 특산품을 올리기 힘들었다.

TOPIK II <60회 듣기 41~42번>

解説

屬於中心思想類型（3）「그래
서」和題型（10）「重複敍
述」。
「왕은 수라상의 식재료를 보
고 각 지방의 상황을 짐작하였
다.（王看著御膳桌的食材來
推測各地狀況。）」
「왕은 수라상의 반찬 수를 줄
여서 신하들의 분쟁을 잠재우
기 위한 수단으로 활용하였
다.（王會運用減少御膳桌菜
餚的數量作為手段來平息臣
子間的紛爭。）」
「왕은 수라상을 정치에 적절
히 이용했다.（王將御膳桌適
當地用於政治。）」

針對王如何將御膳桌用於政
治反覆說明，選項與其相同
的內容為①。

①正確答案。
②（若發生）天災，（就減少
御膳桌菜餚的數量。）與B不
同。
③（如果臣子之間的紛爭加
劇，王就會）減少菜餚數量。
與C不同。
④朝鮮時期御膳桌會（擺上）
當季特產。與A不同。

듣기 41번~42번 | 模擬試題 ▶ **中心思想**

[1~2] 다음은 강연입니다. 잘 듣고 물음에 답하십시오. (각 2점)

1. 이 강연의 중심 내용으로 맞는 것을 고르십시오.

① 실수를 하지 않기 위해 평소에 노력해야 한다.
② 작은 실수를 통해 자신의 단점을 깨달을 수 있다.
③ 사람은 살다가 보면 누구나 실수를 하기 마련이다.
④ 사소한 실수를 바로 잡아야 큰 실패를 막을 수 있다.

2. 들은 내용과 일치하는 것을 고르십시오.

① 범죄의 경중에 따라 유동적으로 처벌했다.
② 범죄율을 줄이기 위해 도시의 낙서부터 지웠다.
③ 사소한 범죄를 처벌했지만 범죄율은 변함없었다.
④ 범죄율을 낮추려고 큰 범죄를 엄격하게 단속했다.

[3~4] 다음은 강연입니다. 잘 듣고 물음에 답하십시오. (각 2점)

3. 이 강연의 중심 내용으로 맞는 것을 고르십시오.

① 국가는 국민에게 억울한 일이 생기지 않도록 노력해야 한다.
② 억울한 일에 대해서 항의할 수 있는 장치가 마련되어야 한다.
③ 신문고는 본래 취지와 다르게 운영되었기 때문에 실패했다.
④ 신문고는 임금이 백성의 이야기를 직접 들으려고 했던 훌륭한 제도였다.

4. 들은 내용과 일치하는 것을 고르십시오.

① 신문고는 함부로 치면 큰 벌을 받았다.
② 신문고는 지방마다 설치했던 북을 말한다.
③ 신문고는 원래 관리들을 위해 만든 것이다.
④ 신문고는 전국의 모든 사람들이 이용하였다.

2 演講（細部內容）

▶聽力第45～46題 題型為聽取演講後掌握細部內容與話者態度或心情的題目。這是六級程度的試題，用以檢測掌握細部內容理解與話者說話方式或態度之能力。主題如同閱讀第44～45題（p.242）說明。

듣기 45번~46번 ┃ 黃金秘笈

※詞彙中文請參考詳解本P.150

① 必須由試題單字推想主題為何之後仔細聽。

② 然後對於主題，必須確認話者是抱持正面態度或抱持著負面態度。

③ 如果確認最後的部分話者是如何結尾，就可得知話者說話的方式或態度。

必須確認對主題是持正面態度或負面態度
〈最後的句子〉 可以得知話者說話的方式或態度。

第〔46〕題與202頁聽力第〔31～32〕題，即討論中呈現的話者態度題型幾乎一樣。與說話方式和態度有關，以下追加若干其他表現：

나열하다	증명하다	비교하다
묘사하다	당부하다	강조하다
우려하다=경계하다=의심하다	판단하다=진단하다	회고하다
대체하다	유보하다	

[45~46] 다음은 강연입니다. 잘 듣고 물음에 답하십시오. (각 2점)

女子: 오늘은 채소가 아닌 보석 '호박'에 대해 얘기해 보죠. ❹호박은 나무에서 흘러나온 수액이 굳어져서 생긴 것인데요. ❺일반적인 보석처럼 광물로 만들어진 게 아니라서 바닷물에 뜰 정도로 가볍습니다. 또 ❻다른 보석들은 보통 흠집이나 불순물이 없어야 가치를 인정받지만 호박은 다릅니다. 워낙 투명하기 때문에 내부의 불순물이 그대로 보이는데, 불순물이 잘 보일수록 가치가 높습니다. 그래서 수천만 년 전에 생태계를 보여 주는 고대 곤충이나 식물의 잎 등이 들어가 있으면 다이아몬드만큼이나 비싼 가격에 팔리기도 합니다.

45. 들은 내용과 일치하는 것을 고르십시오.

① 호박은 광물로 만들어져 물에 뜰 수 없다.
② 호박은 다른 보석들처럼 흠집이 없는 게 좋다.
③ 호박 내부의 불순물이 잘 보이면 가격이 비싸진다.
④ 호박은 다이아몬드와 비슷한 물질로 구성되어 있다.

46. 여자가 말하는 방식으로 가장 알맞은 것을 고르십시오.

① 호박의 가공 과정을 살피고 있다.
② 호박의 개념을 다시 정의하고 있다.
③ 호박의 유형을 파악해 비교하고 있다.
④ 호박의 특징과 가치를 설명하고 있다.

TOPIK II <60회 듣기 45~46번>

①琥珀（不是由）礦物（形成）所以（可以）浮在水面上。與B不同。
②琥珀（與其他寶石不同），（有）瑕疵的會比較好。與C不同。
③正確解答。
④琥珀（是由樹上流下來的津液）構成的。與A不同。

女子正針對琥珀的構成物質、與其他寶石的差異點與價值等說明。正確解答是④。

듣기 45번~46번 | 模擬試題 ▶ 細部內容

[1~2] 다음은 강연입니다. 잘 듣고 물음에 답하십시오. (각 2점)

1. 들은 내용과 일치하는 것을 고르십시오.

① 디지털 치매는 나이와 상관없이 나타날 수 있다.
② 메모는 컴퓨터에 입력하는 것이 기억하기에 좋다.
③ 뇌를 자극하려면 디지털 기기를 많이 사용할수록 좋다.
④ 저장된 전화번호를 이용하면 디지털 치매를 막을 수 있다.

2. 여자의 태도로 가장 알맞은 것을 고르십시오.

① 디지털 치매를 막는 방법을 소개하고 있다.
② 디지털 치매 연구의 필요성을 주장하고 있다.
③ 디지털 치매로 인한 불편함을 나열하고 있다.
④ 디지털 치매를 일으키는 원인을 설명하고 있다.

[3~4] 다음은 강연입니다. 잘 듣고 물음에 답하십시오. (각 2점)

3. 들은 내용과 일치하는 것을 고르십시오.

① 배설물 화석은 발견하기가 쉽지 않다.
② 배설물 화석은 육식공룡의 배설물만 분석된다.
③ 배설물 화석의 연구가 활발하게 진행되고 있다.
④ 배설물 화석은 과거 생물에 대한 정보를 제공한다.

4. 여자가 말하는 방식으로 가장 알맞은 것을 고르십시오.

① 시대를 구분해 사건을 나열하고 있다.
② 경험을 근거로 현상을 설명하고 있다.
③ 사례를 들어 가치에 대해 강조하고 있다.
④ 증거를 바탕으로 과거를 재구성하고 있다.

3 演講（話者的態度）

▶聽力第49～50題 題型為聽演講後掌握細部內容和話者態度或心情的題目。這是六級程度的試題，用以檢測掌握細部內容理解與話者說話態度、心情之能力。其主題和閱讀第44～45題（p.242）說明內容相同。

듣기 49번~50번 | **黃金秘笈**

1 須由試題單字推想主題為何後注意聽。

2 然後對於主題，必須確認話者是抱持正面態度或負面態度。

3 確認話者在最後是如何結束演講，就可得知話者說話的方式或態度。

> 必須確認對主題是採正面或負面態度
>
> 〈最後一句話〉
> 可以得知話者說話的方式或態度。

第〔50〕題與第〔31～32〕題類型的討論（p. 202）以及聽力第〔45～46〕題類型的演講（P.259）中話者說話方式或態度相同。

解説

[49~50] 다음은 강연입니다. 잘 듣고 물음에 답하십시오. (각 2점)

> 女子: 우리 몸에 장기를 다른 사람에게 이식하는 ❹장기 이식 기술의 가장 큰 어려움은 바로 거부 반응이었습니다. 이식한 부위에 서로 다른 면역 체계 때문에 사망에 이르기도 했는데요. ❺1970년대에 이 면역력 문제를 해결하는 의료 기술이 개발되면서, 이식 성공률이 획기적으로 높아졌고 ❻지금은 심장이나 뼈, 피부까지도 이식이 가능하게 됐지요. 그런데 이러한 의료기술의 발전에도 불구하고 여전히 필요한 만큼의 장기 기증은 이루어지지 않고 있습니다. 이를 해결하기 위해 현재 인공 장기를 이식하는 연구가 한창이라고 하니 장기 이식의 새로운 가능성이 열릴 것으로 기대됩니다.

49. 들은 내용과 일치하는 것을 고르십시오.

① 현재 인공 장기 이식 연구가 진행 중에 있다.
② 면역력 해결을 위한 기술이 곧 개발될 것이다.
③ 과거에는 장기 이식의 거부 반응이 많지 않았다.
④ 장기 이식 중 뼈를 이식하는 것은 아직 불가능하다.

①正確解答。
②解決免疫力的技術（已經開發了）。與 B 不同。
③過去器官移植的排斥反應（很多）。與 A 不同。
④器官移植中，骨頭移植是（有可能的）。與 C 不同。

50. 여자의 태도로 가장 알맞은 것을 고르십시오.

① 장기 기증에 동참하기를 촉구하고 있다.
② 장기 이식 기술의 미래를 낙관하고 있다.
③ 장기 기증으로 생길 문제를 예측하고 있다.
④ 장기 이식 기술의 실패 원인을 진단하고 있다.

在最後一句女子說「장기 이식의 새로운 가능성이 열리 것으로 기대됩니다。(我們期待器官移植的新可能性將被開啟。)」，抱持著正面的態度。因此選項中與之相同的內容為②。

TOPIK II <60회 듣기 49~50번>

듣기 49번~50번 | 模擬試題 ▶ **話者的態度**

[1~2] 다음은 강연입니다. 잘 듣고 물음에 답하십시오. (각 2점)

1. 들은 내용과 일치하는 것으로 고르십시오.

① 비대칭이 선호된 이유는 자연 중심적인 사고 때문이다.
② 한옥과 같은 건축 기법은 외국에서도 찾을 수 있다.
③ 평지에 지어진 집은 대체로 대칭의 구조를 가지고 있다.
④ 한옥은 구조가 단순하고 재료가 비슷하여 집 구조가 대칭이다.

2. 여자의 태도로 가장 알맞은 것을 고르십시오.

① 전통 건축물 보존의 중요성을 강조하고 있다.
② 자연친화적인 건축미를 예를 통해 설명하고 있다.
③ 한옥의 건축 공법을 재현을 통해 분석하고 있다.
④ 전통 건축 방식이 현대에 계승되기를 희망하고 있다.

[3~4] 다음은 강연입니다. 잘 듣고 물음에 답하십시오. (각 2점)

3. 들은 내용과 일치하는 것을 고르십시오.

① 나와 남을 모두 생각하는 것이 이기주의이다.
② 도덕적인 사람들이 많아야 집단이기주의를 막을 수 있다.
③ 정의로운 사회를 만들기 위해 이기주의는 버려야 한다.
④ 쓰레기장 건설 반대 시위는 이기주의와 별로 관계가 없다.

4. 여자의 태도로 가장 알맞은 것을 고르십시오.

① 이기주의의 사례를 설명하며 비판하고 있다.
② 이기주의의 부작용을 분석하며 반성하고 있다.
③ 이기주의를 지적하며 그 대비책을 제안하고 있다.
④ 집단이기주의를 막을 수 있는 정책 마련을 촉구하고 있다.

4 對話

▶聽力第47~48題 題型為聽對話後掌握細部內容和話者態度或心情的題目。這是 六級程度的試題，用以檢測掌握理解細部內容與話者說話方式或態度的能力。其 主題和閱讀第44~45題（p.242）說明的內容相同，但**基於「對話」的特性，與 「政策」相關的內容出題可能性較高。**

듣기 47번~48번 | **黃金秘笈**

1. 須由試題單字推想主題為何後注意聽。
2. 須確認提問者提問的內容為何。
3. 對於該提問，須確認話者是抱持著正面或負面態度。
4. 如果確認最後的部分話者是如何結束談話的，就可得知話者說話的方式或態度。

須確認提問者提問的內容為何。

〈最後一句話〉
可以得知話者說話的方式或態度。

第〔48〕題與聽力第〔31~32〕題類型的討論（p. 202）以及聽力第〔45~ 46〕題類型演講（P.259）中的話者說話方式或態度相同。

[47~48] 다음은 대담입니다. 잘 듣고 물음에 답하십시오. (각 2점)

> 女子: 인구 문제 해결을 위해 적정 인구부터 논의해야 한다는 것이
> 군요.
>
> 男子: 네. ⒶＡ적정 인구란 사회의 규모와 경제적인 면에서 가장 바
> 람직한 인구 수준을 말하는데요. 적정 인구 규모가 정해져
> 야 그에 따른 인구 대책을 세울 수 있게 됩니다. 적정 인구
> 는 일반적으로 사람들이 소비하는 자원의 요구량 또는 자원
> 생산에 필요한 땅 면적을 고려해 계산하는데요. 어떤 삶의
> 질과 방식으로 사느냐에 따라 요구되는 자원이 다르기 때문
> 에 ⒷＢ나라마다 적정 인구의 판정 기준에 차이가 있습니다.
> 따라서 ⒸＣ적정 인구를 계산할 때는 국민들의 삶의 질도 함께
> 고려해야 합니다.

47. 들은 내용과 일치하는 것을 고르십시오.

① 적정 인구 판정에 삶의 질을 반영하기 어렵다.
② 적정 인구를 정한 후에 인구 대책 마련이 가능하다.
③ 적정 인구 계산에 사회적 규모는 고려되지 않는다.
④ 적정 인구 기준은 모든 나라에 동일하게 적용된다.

①判定最適人口（必須考慮）
生活品質。與C不同。
②正確解答。
③最適人口計算上，社會規模
（要受到考慮）。與A不同。
④適用的最適人口標準（每
個國家皆有差異）。與B不
同。

48. 남자의 태도로 가장 알맞은 것을 고르십시오.

① 적정 인구의 계산 방식을 비판하고 있다.
② 적정 인구 판정의 어려움을 토로하고 있다.
③ 적정 인구 논의의 영향에 대해 우려하고 있다.
④ 적정 인구 논의의 적절한 방향을 제시하고 있다.

TOPIK II <60회 듣기 47~48번>

女子整理了解決人口問題必
須先從最適人口開始討論的
內容。對此，男子針對最適人
口做說明。在最後一句「적
정 인구를 계산할 때는 국민들
의 삶의 질도 함께 고려해야
한다.(計算最適人口時，必須
將國民的生活品質一同考慮
進去。)」說出中心思想。並
提示考慮到生活品質的最適
人口計算法。選項中與之相同
的內容為④。

模擬試題

[1~2] 다음은 대담입니다. 잘 듣고 물음에 답하십시오. (각 2점)

1.

들은 내용과 일치하는 것을 고르십시오.

① 정부는 국민들의 요청으로 청와대 국민청원을 도입하였다.
② 청와대 국민청원에 대한 국민들의 관심이 점점 줄어들고 있다.
③ 인권과 남녀평등에 관한 의견이 국민청원에 가장 많이 접수된다.
④ 청와대 국민청원은 10만 명 이상의 동의가 있을 경우 답변을 들을 수 있다.

2.

남자의 태도로 가장 알맞은 것을 고르십시오.

① 국민청원 제도의 도입을 반기고 있다.
② 국민청원 제도에 대해 자부심을 갖고 있다.
③ 국민청원 제도의 운영 문제를 우려하고 있다.
④ 국민청원 제도의 실효성에 대해 의심하고 있다.

[3~4] 다음은 대담입니다. 잘 듣고 물음에 답하십시오. (각 2점)

3.

들은 내용과 일치하는 것을 고르십시오.

① 대학의 구조 조정은 자율적으로 진행되고 있다.
② 대학의 수가 증가하여 입학 정원이 미달되고 있다.
③ 교육부의 정책에 따라 문을 닫는 대학이 증가하였다.
④ 출산율 저하로 인해 대학에 진학할 학생 수가 감소했다.

4.

남자의 태도로 가장 알맞은 것을 고르십시오.

① 정부의 정책에 대해 긍정적이다.
② 정부 정책의 문제점을 지적하고 있다.
③ 대학의 구조 조정에 대해 회의적이다.
④ 대학구조조정의 필요성을 강조하고 있다.

1 紀錄片

▶ 聽力第43~44題 題型為聽紀錄片後掌握中心與細部內容的題目。這是 六級程度的試題，用以檢測理解中心內容的能力與理解細部內容的能力。其主題和閱讀第44~45題（p.242）說明的內容相同，但基於「紀錄片」的特性，與「動物」相關的內容出題可能性較高。

> **TIP** 與動物相關的內容：透過〈네이버〉-〈애니팩트：The 신기한 동물 사전〉事先學好也是準備的方法之一。另外，試題的其中一項特徵是，比起活用「-(스)ㅂ니다」，活用更多的「-(ㄴ/는)다.」。因此，必須多加練習以「-(ㄴ/는)다.」形態結尾的聽力。

듣기 43번~44번 │ **黃金秘笈**

🍲 第〔43〕題與找中心思想的方法相同。

🍲 第〔44〕題會提出下列「說明」或「理由」之類的問題。

－ 請選出有關〈對象〉的正確說明。

－ 請選出〈對象〉因為做了〈什麼〉而正確的選項。

但是其方法與選出相同內容的問題一樣。

◉ 中心思想

一定要背下來的表現3/9

01	-는 게 좋다. -는 게 낫다. -는 게 괜찮다.	02	-아/어야 ~ -아/어야 하다.
03	그래서 _____	04	가장 중요한 건 _____ -는 게 중요하다. -는 게 필요하다. -(으)ㄹ 필요가 있다.
05	-아/어 보세요. -는 게 어때요? -(으)ㅂ시다. -자.	06	-고 싶다. -(으)면 좋겠다. -(으)면 좋을 텐데
07	제 생각에는 -(ㄴ/는)다고 생각하다. -는 거라고 생각하다. -(ㄴ/는)다고 보다. -는 게 아니겠어?	08	-아/어서 좋다/괜찮다. -아/어서 나쁘다/힘들다/어렵다. -아/어서 나쁠 건 없다.
09	특히 ~ 무엇보다도 ~ -는 데 도움이 된다.	10	두 문장 이상 반복 이처럼 ~ 이렇듯 ~

解說

[43~44] 다음은 다큐멘터리입니다. 잘 듣고 물음에 답하십시오. (각 2 점)

男子: 암컷 오랑우탄이 새끼를 안고 나뭇잎을 뜯고 있다. 사포닌 성분이 가득 들어 있는 이 나뭇잎은 지역 주민들에게 강력한 진통제로 쓰인다. 일반적으로 동물들은 사포닌의 쓴맛을 꺼리는데 **오랑우탄은 왜 이 나뭇잎을 뜯고 있을까? 최근 이 지역에서는 오랑우탄들이 나뭇잎을 씹어서 만든 즙을 팔에 바르는 모습이 자주 목격되었다.** 주로 암컷 오랑우탄이 이런 행동을 하는데 새끼를 안고 다니느라 생긴 통증을 줄이려는 것으로 보인다. 몸이 좋지 않을 때 인간처럼 약초를 먹는 오랑우탄을 발견된 적이 있으나, **나뭇잎을 즙을 내어 바르는 모습이 목격된 것은 이번이 처음이다.**

43. 이 이야기의 중심 내용으로 맞는 것을 고르십시오.

① 새끼 양육 방식이 오랑우탄의 식습관에 영향을 미쳤다.
② 나뭇잎 즙으로 통증을 치료하는 오랑우탄이 발견되었다.
③ 사포닌이 든 나뭇잎의 맛을 즐기는 오랑우탄이 늘고 있다.
④ 오랑우탄은 나뭇잎을 구하기 위해 서식지를 옮기기 시작했다.

屬於中心思想Ranking 類型（10）「重複敘述」。
紀錄片內容中的核心為 「**오랑우탄은 왜 이 나뭇잎을 뜯고 있을까?（猩猩為什麼要撕這個葉子呢?）**」 對此的答案以 「**나뭇잎으로 즙을 내어 바르는 모습과 이유（擠出葉子汁液塗抹的樣貌與理由）**」 說明。選項中與之相同的內容為 ②。

44. 이 나뭇잎을 일반 동물들이 꺼리는 이유로 맞는 것을 고르십시오.

① 뜯기 힘들어서
② 건강에 좋지 않아서
③ 사포닌의 맛을 싫어해서
④ 새끼에게 먹이기 어려워서

TOPIK II <60회 듣기 43~44번>

「**사포닌의 쓴맛을 꺼리기 때문**（因為忌諱皂素的苦味）」 說明了一般動物忌諱這葉子的原因，正確答案為③。

模擬試題

[1~2] 다음은 다큐멘터리입니다. 잘 듣고 물음에 답하십시오. (각 2점)

1. 이 이야기의 중심 내용으로 맞는 것을 고르십시오.

① 박쥐는 동굴에서 거꾸로 매달려 생활한다.
② 박쥐는 공간 인식을 위해 초음파를 활용한다.
③ 박쥐는 다른 동물에 비해 서식지가 독특하다.
④ 박쥐는 어두운 곳에서 살아서 시력이 퇴화됐다.

2. 박쥐의 귀가 유난히 큰 이유로 맞는 것을 고르십시오.

① 주변의 소음을 잘 파악하기 위해
② 목적지까지의 거리를 가늠하기 위해
③ 좀 더 오랫동안 거꾸로 매달리기 위해
④ 되돌아오는 음파의 메아리를 잘 감지하기 위해

[3~4] 다음은 다큐멘터리입니다. 잘 듣고 물음에 답하십시오. (각 2점)

3. 이 이야기의 중심 내용으로 맞는 것을 고르십시오.

① 사람들은 스트레스를 풀기 위해 탈춤을 추기 시작했다.
② 안동 하회 마을은 한국의 대표적인 탈춤으로 유명하다.
③ 탈춤은 마을 축제에 양반들을 위해 공연되던 예술이다.
④ 탈춤은 신분 갈등에서 생기는 문제를 해결하기 위해 생겨났다.

4. 탈을 쓰고 춤을 추는 이유로 맞는 것을 고르십시오.

① 점잖은 양반 역할을 해야 하기 때문에
② 남성 공연자가 여성 역할을 했기 때문에
③ 분장하는 방법이 발달하지 못했기 때문에
④ 얼굴을 드러내고 비판하는 일은 어렵기 때문에

Chapter

5 | 作文

1 依主題分類

▶ 寫作第54題 若依知識層次可將可能出題的「主題」分類如下。

🍳 請先學習詞彙和表現（p.47）！

※詞彙譯文請參閱詳解本P.150-151

大分類	中分類	小分類
01 生活的姿態	대인관계	바람직한 인간관계
		문화상대주의
		조언을 받아들일 때의 자세(다른 사람의 평가 등)
	바람직한 대화법	바람직한 의사소통의 방법(대화법, 토론에 필요한 자세 등)
		올바른 사과의 방법
		선의의 거짓말
02 現代社會的特徵	사회 문제	올바른 인터넷 사용 태도(인터넷 댓글 등)
		실업 문제
		동물 실험
	사회 변화	반려 동물
		4차 산업 혁명
03 能力	자기계발	자기 계발의 중요성(외국어 능력, 창의적 사고 능력 등)
		독서의 역할과 방법
		진로 선택을 위한 자기계발(직업 선택 조건 등)
	사회적 요구	현대 사회에서 필요한 인재상
		진정한 리더십
04 人類心理	동기	동기가 인간 심리에 미치는 영향
	내적 동기	칭찬의 긍정적인 면과 부정적인 면
	외적 동기	경쟁의 긍정정인 면과 부정적인 면
		실패를 통해 배울 수 있는 면(도전 등)

05 **資訊的雙面性**	광고	광고의 양면성
	영화	영화의 양면성
	통계	통계 자료의 양면성(자료 해석 차이 등)
	매체	신문의 양면성(인터넷 정보 등)
06 **教育**	공교육	역사 교육의 필요성(예술 교육, 체육 교육 등)
	사교육	조기 교육의 장단점(사교육 등)
	대학 교육	바람직한 대학 교육(교양 과목 등)
07 **環境**	환경오염	환경오염을 줄이기 위한 방법
	절약	절약의 실천(에너지 절약, 소비 절약 등)
	개발과 보존	자연 보존과 자연 개발
08 **服務**	개인	현대 사회에서 봉사의 가치
	기업	기업의 사회 활동
09 **生活滿意度**	행복	행복한 삶의 조건(경제적 여유, 성공의 조건 등)

쓰기 54번 | 考古題

54. 다음을 주제로 하여 자신의 생각을 600~700자로 글을 쓰시오. 단, 문제를 그대로 옮겨 쓰지 마시오. (30점)

요즘은 아이가 학교에 들어가기 전 어릴 때부터 악기나 외국어 등 여러 가지를 교육하는 경우가 많다. 이러한 조기 교육은 좋은 점도 있지만 문제점도 있다. 아래의 내용을 중심으로 '조기 교육의 장점과 문제점'에 대해 자신의 의견을 쓰라.

- 조기 교육의 장점은 무엇인가?
- 조기 교육의 문제점은 무엇인가?
- 조기 교육에 찬성하는가, 반대하는가? 근거를 들어 자신의 의견을 쓰라.

TOPIK II <60회 쓰기 54번>

1. 緒論

　（1）學前教育的意義
　　　所謂學前教育，指的是對入學前的孩子們實施音樂或外語等各式各樣的教育。

　（2）學前教育的現況
　　　實際上，生活周遭很常見到許多孩子自小開始接受英語或電腦等學前教育。如果像這樣從小開始接受學前教育，雖然有優點，但也可能產生問題。

2. 本文

　（1）學前教育的優點
　　　－可以提早發現孩子的才能並予以栽培。
　　　－可以提高孩子的學業競爭力。
　　　－可以藉由學前教育累積豐富經驗。

　（2）學前教育的問題
　　　－可能會根據父母過度的關心和逼迫而實現。
　　　－可能會因競爭產生的壓力對學業失去興趣或阻礙成長。
　　　－可能對孩子的情緒發展有害。

3. 結論

　贊成
　－透過學前教育可以拓展孩子的世界觀。
　－如果不是父母要求，而是孩子本身抱持著興趣積極地接受教育，便可充分發揮學前教育的優點。

　反對
　－由於學前教育是根據父母的決定來達成的，不認為是真正的教育。
　－孩子若接受自己不想接受的教育，會因學前教育本身具有的問題點而得不償失。

　　조기 교육이란 학교에 들어가지 않은 아이들에게 음악이나 외국어 등 다양한 교육을 실시하는 것을 말한다. 실제로 많은 아이들이 어릴 때부터 영어나 컴퓨터 등의 조기 교육을 받는 것을 주위에서 흔히 볼 수 있다. 이처럼 어릴 때부터 조기 교육을 받게 되면 장점도 있지만 문제점도 생길 수 있다.

　　먼저 조기 교육의 장점은 아이의 재능을 일찍 발견하고 그 재능을 키울 수 있다는 점이다. 예를 들어 예술 분야에서 유명한 사람 중에는 어릴 때부터 조기 교육을 받은 경우가 꽤 많다. 또 다른 조기 교육의 장점은 아이의 학업 경쟁력을 높일 수 있다는 점과 조기 교육을 통해 다양한 경험을 할 수 있다는 점이다. 반면 조기 교육은 부모의 지나친 관심과 강요에 의해 이루어질 수 있다는 문제점이 있다. 경쟁으로 인한 스트레스 때문에 아이가 학업에 흥미를 잃을 수도 있고 아이의 정서 발달에 해로울 수 있다.

조기　교육은　　장점과　　문제점을　　동시에
가지고　　있지만　　장점을　　통해　　아이의　　재
능을　　계발할　　수　　있다면　　조기　　교육을
실시하는　　것이　　적절하다고　　생각한다.　조
기　　교육을　　통해　　위의　　장점뿐만　　아니라
아이의　　세계관을　　넓힐　　수　　있기　　때문이
다.　그리고　　문제점으로　　지적된　　부모의
강요가　　아니라　　아이가　　흥미를　　가지고
적극적으로　　교육을　　받는다면　　조기　　교육
이　　가지고　　있는　　장점을　　충분히　　살릴
수　　있을　　것이다.　　이러한　　이유로　　조기
교육을　　실시하는　　것에　　찬성한다.

結論
（贊成）

　조기　　교육은　　장점이　　많지만　　위의　　문
제점을　　고려하였을　　때　　조기　　교육을　　실
시하는　　것이　　적절하지　　않다고　　생각한다.
조기　　교육은　　부모의　　결정에　　따라　　이루
어지기　　때문에　　진정한　　교육이　　아니라고
생각하기　　때문이다.　그리고　　아이가　　자신
이　　하고　　싶지　　않은　　것을　　교육　받는다
면　　조기　교육이　　가지고　　있는　　문제점으
로　　인해　　얻는　　것보다　　잃는　　것이　　더
많을　　수도　　있다.　이러한　　이유로　　조기
교육을　　실시하는　　것을　　반대한다.

結論
（反對）

275

실전모의고사

TOPIK II (6급)

듣기, 쓰기, 읽기

[41~42] 다음은 강연입니다. 잘 듣고 물음에 답하십시오. (각 2점)

41. 이 강연의 중심 내용으로 맞는 것을 고르십시오.

① 나라나 민족마다 결혼 풍습의 공통점이 있다.
② 결혼 풍습은 시대에 따라 변화하게 되어 있다.
③ 전통 결혼식의 풍습을 유지해야 할 필요가 있다.
④ 결혼과 관련된 어휘에는 한국인의 풍습이 담겨 있다.

42. 들은 내용과 일치하는 것을 고르십시오.

① 시부모는 신랑과 신부의 아이가 크면 독립하게 하였다.
② 장가를 들면 첫 아이를 낳을 때까지 신부의 집에서 살았다.
③ '시집가기'로 결혼 풍습이 바뀐 후 남성 중심 체제가 되었다.
④ '장가들다'는 여자가 결혼한 후 시부모의 집에서 산다는 의미이다.

[43~44] 다음은 다큐멘터리입니다. 잘 듣고 물음에 답하십시오. (각 2점)

43. 이 이야기의 중심 내용으로 맞는 것을 고르십시오.

① 앵무새는 본능적으로 주변 소리를 잘 따라한다.
② 앵무새는 아이 수준의 인간 지능을 가지고 있다.
③ 앵무새는 어릴 때부터 훈련을 시켜야 소리를 잘 흉내 낸다.
④ 앵무새는 발음하기에 적합한 신체 구조 때문에 소리를 잘 모방한다.

44. 앵무새가 다른 새들과 다르게 소리를 흉내 낼 수 있는 이유로 맞는 것을 고르십시오.

① 지능이 높기 때문에
② 귀가 발달했기 때문에
③ 입을 위아래로 움직일 수 있기 때문에
④ 사람의 소리를 자주 들을 수 있기 때문에

[45~46] 다음은 강연입니다. 잘 듣고 물음에 답하십시오. (각 2점)

45. 들은 내용과 일치하는 것을 고르십시오.

① 2000년대에는 전문성과 경험을 갖춘 사람을 요구했다.
② 1990년대에는 성실하고 책임감이 강한 사람을 선호했다.
③ 1970년대에는 도전적이고 창의적인 사람이 주목을 받았다.
④ 1960년대에는 적극적이고 진취적인 사람이 인기가 많았다.

46. 여자가 말하는 방식으로 가장 알맞은 것을 고르십시오.

① 내용을 시대별로 분류하여 제시하고 있다.
② 익숙한 비유를 통해 현상을 설명하고 있다.
③ 조사 결과를 바탕으로 원인을 분석하고 있다.
④ 예시와 근거를 통해 자신의 견해를 증명하고 있다.

[47~48] 다음은 대담입니다. 잘 듣고 물음에 답하십시오. (각 2점)

47. 들은 내용과 일치하는 것을 고르십시오.

① 수소 전기차는 배터리의 수명이 짧다.
② 수소 전기차는 주행거리가 짧은 편이다.
③ 수소 전기차는 주행을 하면 물을 배출한다.
④ 수소 전기차는 충전 시간이 50분이 걸린다.

48. 남자의 태도로 가장 알맞은 것을 고르십시오.

① 수소 전기차 계발의 어려움을 토로하고 있다.
② 수소 자동차 성능의 문제점을 지적하고 있다.
③ 수소 전기차의 보급 현황을 냉정하게 평가하고 있다.
④ 수소 전기차 보급을 위해 해결할 과제를 제시하고 있다.

68

[49~50] 다음은 강연입니다. 잘 듣고 물음에 답하십시오. (각 2점)

49. 들은 내용과 일치하는 것을 고르십시오.

① 동전은 처음에는 줄무늬가 있었다.

② 금화를 사용하면서 금의 가치가 높아졌다.

③ 동전의 아름다움을 위해 줄무늬를 넣었다.

④ 시각 장애인을 위해 동전에 줄무늬를 넣는다.

50. 여자가 말하는 방식으로 가장 알맞은 것을 고르십시오.

① 사례를 들어 변화 양상을 설명하고 있다.

② 내용을 유형별로 분류하여 제시하고 있다.

③ 역사적 사건을 논리적으로 분석하고 있다.

④ 조사 결과를 바탕으로 원인을 증명하고 있다.

[42~43] 다음을 읽고 물음에 답하십시오. (각 2점)

> 옛날 학마을에서는 해마다 봄이 되면 한 쌍의 학이 찾아오곤 했었다. 언제부터 학이 이 마을을 찾아오기 시작했는지는 아무도 모른다. 어쨌든 올해 여든인 이장 영감이 아직 나기 전부터라고 했다. 또 그의 아버지가 나기도 더 전부터라고 했다.
>
> 씨 뿌리기 바로 전에 학은 꼭 찾아오곤 했었다. 그러고는 정해 두고 마을 한가운데 서 있는 노송 위에 집을 틀었다. 마을 사람들은 이 노송을 학나무라고 불렀다.
>
> 이장이 마흔네 살이 되던 해였다.
>
> 씨 뿌릴 준비를 다 해 놓고 마을 사람들은 학을 기다렸다. 그런데 웬일인지 계절이 다 늦도록 학은 돌아오지 않았다. 그들은 하는 수 없이, 학 없이 씨를 뿌렸다. 가뭄이 들었다. 모든 곡식은 바삭바삭 말라 버렸다. <u>마을 사람들은 그저 헛되이 학나무만 쳐다보았다.</u> 학나무에는 지난해에 틀었던 학의 둥지만이 빈 채 달려 있었다.

42. 밑줄 친 부분에 나타난 마을 사람들의 태도로 알맞은 것을 고르십시오.

① 의심하다　　　　② 안도하다　　　　③ 후회하다　　　　④ 절망하다

43. 위 글의 내용과 같은 것을 고르십시오.

① 학이 찾아오지 않은 해에 가뭄이 들었다.
② 학이 마을을 찾아오기 시작한 지 얼마 되지 않았다.
③ 마을 사람들은 학이 마을에 오는 것을 싫어 한다.
④ 마을 사람들은 학나무에 달려 있던 둥지를 치워 버렸다.

난독증은 지능, 시각, 청각에 문제가 없는데도 글자를 읽고 이해하는 데에 어려움을 겪는 증상이다. 말하는 데는 문제가 없는데 (   ) 아이들이 약 5%에 이른다. 그런데 이 증상은 단순한 학습 능력 부진이나 집중력 부족이라고 잘못 판단하기 쉬워 치료 시기를 놓치는 경우가 많다. 게다가 난독증 아동은 잦은 실수와 낮은 학업 성취 때문에 자신감이 부족해질 수 있고 인간관계도 서툴러질 수 있다. 학습 능력이 부진한 아이에게서 특별한 원인을 찾을 수 없다면 난독증을 의심해 봐야 한다. 난독증 때문에 어려움을 겪는다는 것을 부모가 빨리 인식하고 대처해야 하기 때문이다. 따라서 난독증은 학교 교육을 받기 전에 전문적으로 치료를 받는 것이 좋다. 왜냐하면 문자 학습 시기부터 단계적으로 치료를 받아야 효과가 있기 때문이다.

44. 위 글의 주제로 알맞은 것을 고르십시오.

① 난독증을 극복하려면 집중력을 높이는 훈련을 해야 한다.
② 난독증은 조기 발견과 적절한 치료를 통해 극복해야 한다.
③ 난독증의 특성을 이해하고 적절한 해결법을 찾아야 한다.
④ 치료 효과를 높이기 위해서는 난독증을 조기에 검사해야 한다.

45. (   )에 들어갈 내용으로 알맞은 것을 고르십시오.

① 실수를 자주 반복하는
② 치료를 제때 받지 못하는
③ 집중력이 현저히 떨어지는
④ 글을 제대로 인지하지 못하는

[46~47] 다음을 읽고 물음에 답하십시오. (각 2점)

백화점의 마케팅 전략 중 널리 알려진 것은 1층 화장실, 창문, 시계가 없다는 것이다. 이 세 가지가 없는 이유는 매우 단순하다. 고객을 조금이라도 매장에 더 머물게 하여 매출을 올리기 위해서이다. (㉠) 이러한 전략 외에 더 중요한 것이 있는데 그것은 바로 백화점에서 틀어 주는 음악이다. (㉡) 백화점에서는 매출을 올리기 위해 시간대에 따라 다른 음악을 틀어 준다. 평상시에는 고객들을 좀 더 매장에 머물게 하기 위하여 잔잔한 음악을 틀어 준다. (㉢) 하지만 세일 기간에는 빠른 음악을 틀어 줘서 고객들의 쇼핑 속도를 끌어 올리려고 한다. (㉣) 이외에도 손님이 적은 오전 시간에는 조용한 음악을, 손님이 많은 오후 시간에는 경쾌한 음악을 틀어 줌으로써 고객들이 상품을 더 많이 구입하게 한다.

46. 다음 문장이 들어가기에 가장 알맞은 곳을 고르십시오.

> 보기
> 이는 평상시 고객들은 물건을 바로 구매하기보다 물건을 구경하는 것에 집중하는 반면 세일 기간에는 직접 구매에 나서는 성향에 강하기 때문이다.

① ㉠   ② ㉡   ③ ㉢   ④ ㉣

47. 위 글의 내용과 같은 것을 고르십시오.

① 할인 판매 기간에는 잔잔한 음악을 틀어 준다.
② 백화점 안에 사람이 많을 때 조용한 음악을 들려준다.
③ 빠른 음악을 들으면 사람들은 물건을 더 많이 사게 된다.
④ 평소 오전에는 빠른 음악을, 오후에는 느린 음악을 틀어 준다.

장애인에 대한 사회적 편견, 장애인을 위한 시설 확충 등이 과거보다 많이 좋아졌다고 하나 앞으로도 지속적인 관심이 필요한 영역이다. 장애인들과 우리 모두가 함께 살아갈 수 있도록 해야 할 가장 중요한 일은 사회 시설을 바꾸고 제도를 개혁하는 일이다. 그렇게 하는 데에는 비용도 많이 들고 여러 가지 노력도 기울여야만 한다. 그럼에도 불구하고 이 일은 반드시 해야만 한다. 그 이유 중의 하나는 우리 모두가 장애인이 될 수도 있다는 것이다. 2018년 말 현재 우리나라에 등록된 장애인의 숫자는 약 259만 명으로 전체 인구의 5%에 달하고 이 중 90% 이상이 사고로 인한 후천성 장애인이라는 사실이 이를 증명해 준다. 그러나 사회 시설과 제도 개혁을 해야 하는 더 중요한 이유는 그렇게 하는 것이 장애인뿐만 아니라 비장애인에게도 도움이 되기 때문이다. 장애인을 위한 사회 시설과 제도 개혁은 (   ) 건전한 사회를 만든다. 이것은 결국 우리 모두의 삶을 질적으로 향상시키는 것이 된다.

48. 위 글을 쓴 목적으로 알맞은 것을 고르십시오.

① 장애인에 대한 사회적 편견을 바꾸기 위해
② 장애인이 되지 않기 위한 노력을 설명하기 위해
③ 장애인을 위한 사회 시설의 문제점을 꼬집기 위해
④ 장애인과 함께 하는 사회가 건전한 사회임을 주장하기 위해

49. (   )에 들어갈 내용으로 알맞은 것을 고르십시오.

① 비장애인이 장애인을 돕는
② 후천적 장애인이 발생하지 않는
③ 장애인과 비장애인이 더불어 사는
④ 장애인이 행복하게 살아갈 수 있는

50. 밑줄 친 부분에 나타난 필자의 태도로 알맞은 것을 고르십시오.

① 장애인들의 현실적 어려움을 동정하고 있다.
② 장애인이 될 가능성이 높음을 염려하고 있다.
③ 장애인에 대한 정부의 미온적인 대책을 비판하고 있다.
④ 장애인의 처지가 남의 일이 아니라는 것을 지적하고 있다.

54. 다음을 주제로 하여 자신의 생각을 600~700자로 글을 쓰시오. 단, 문제를 그대로 옮겨 쓰지 마시오. (50점)

어떤 문제에 대해 여러 사람이 각각 의견을 말하면서 논의하는 것을 토론이라고 한다. 토론을 통해 합리적이고 효과적인 결론을 얻기 위해서는 토론을 할 때 자세가 매우 중요하다. 아래의 내용을 중심으로 '토론에 필요한 자세'에 대한 자신의 생각을 쓰라.

● 토론은 왜 필요한가?
● 토론을 잘하려면 어떤 준비를 해야 하는가?
● 토론을 할 때에는 어떤 자세로 하는 것이 좋은가?

* 원고지 쓰기의 예

	우	리		몸	에	서		주	름	이		가	장		많	은		곳	은
바	로		입	술	이	다	.	입	술	에		주	름	이		많	은		

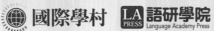

語言學習NO.1

台灣廣廈 國際出版集團
Taiwan Mansion International Group

國家圖書館出版品預行編目（CIP）資料

NEW TOPIK 新韓檢中高級試題全面剖析／李太煥著. -- 新北市
：國際學村, 2020.09
　　面；　公分
ISBN 978-986-454-134-8(平裝)

1.韓語 2.能力測驗

803.289　　　　　　　　　　　　　　　　　109006981

國際學村

NEW TOPIK 新韓檢中高級試題全面剖析

作　　者／李太煥　　　　　　編輯中心編輯長／伍峻宏・編輯／邱麗儒
審　　訂／楊人從　　　　　　封面設計／張家綺・內頁排版／菩薩蠻數位文化有限公司
翻　　譯／葉路得　　　　　　製版・印刷・裝訂／東豪・弼聖・紘億・明和

行企研發中心總監／陳冠蒨　　整合行銷組／陳宜鈴
媒體公關組／陳柔彣　　　　　綜合業務組／何欣穎

發 行 人／江媛珍
法 律 顧 問／第一國際法律事務所 余淑杏律師・北辰著作權事務所 蕭雄淋律師
出　　版／國際學村
發　　行／台灣廣廈有聲圖書有限公司
　　　　　地址：新北市235中和區中山路二段359巷7號2樓
　　　　　電話：（886）2-2225-5777・傳真：（886）2-2225-8052

代理印務・全球總經銷／知遠文化事業有限公司
　　　　　地址：新北市222深坑區北深路三段155巷25號5樓
　　　　　電話：（886）2-2664-8800・傳真：（886）2-2664-8801
　　　　　網址：www.booknews.com.tw（博訊書網）
郵 政 劃 撥／劃撥帳號：18836722
　　　　　劃撥戶名：知遠文化事業有限公司（※單次購書金額未達500元，請另付60元郵資。）

■出版日期：2023年07月1刷　　ISBN：978-986-454-134-8
　　　　　　2024年07月2刷　　版權所有，未經同意不得重製、轉載、翻印。

詳解本

NEW
TOPIK II
新韓檢中高級

試 題 全 面 剖 析

字彙與表現

듣기 4번~8번 | 字彙與表現 ▶ 公司

字彙與表現		
職位	신입 사원, 대리, 과장, 부장, 팀장, 실장, 사장	新進員工、代理、科長、部長、組長、室長、社長
關係	상사와 부하 직원	上司與下屬
	동료와 동료	同事與同事
	고객과 직원	顧客與員工
	외부인(거래처)과 직원	外部人員（客戶）與員工
業務	출근하다 ⇔ 퇴근하다	上班⇔下班
	일하다 = 근무하다	工作＝上班
	야근하다	（晚上）加班
	일을 시작하다 ⇔ 일을 끝내다	開始工作⇔結束工作
	일이 끝나다	工作結束
	업무를 전달하다	傳達業務
	명령하다, 지시하다	命令、指示
	부탁하다	拜託
	처리하다	處理
	통역하다	口譯
	지급하다	支付
	해외 파견 근무자	海外派遣工作者
會議	참석하다, 참석 여부	參加、參加與否
	회의하다	開會
	발표하다	報告、發表
報告書	안내문	說明
	기획안	企劃案

報告書	홍보 책자	宣傳手冊
	프로젝트	企劃
	설문 조사, 설문지	問卷調查、問卷
	고객 만족도	顧客滿意度
	준비하다	準備
	작성하다 = 쓰다	撰寫＝寫
	수정하다 = 고치다	修正＝修改
	제출하다 = 내다	提出＝繳交
	확인하다 = 검토하다	確認＝檢討
資料、文件	정리하다	整理
	출력하다	列印、輸出
影印機	종이가 걸리다 ⇔ 종이를 빼다	卡紙⇔抽紙
電子郵件	보내다	傳送
	확인하다	確認、收信
產品	신제품	新產品
	홍보하다	宣傳
活動	행사 일정	活動行程
	행사장을 꾸미다	布置活動會場
	자리를 배치하다	安排位子
	차질(이) 없이 진행하다	順利進行
	홍보회	宣傳大會
	발표회	發表會
	보고회	報告大會
工程	공사 현장	施工現場
	기술자	技術人員
	기계가 멈추다	機器停止運轉
	일을 중단시키다	中斷施工

其他	공지문	公告
	계약서	合約
	거래처	客戶、商業夥伴
	물품	物品
	수량	數量
	목록	目錄
	본사, 외국 지사 = 해외지사	總公司、國外分公司＝海外分公司
	휴가	休假
	회식	聚餐
	야유회	郊遊
	출장	出差
	월급	月薪
	승진	升遷、晉級
	야식, 먹을 거 사오기	宵夜，買吃的回來
打電話的人	(사람) 자리에 계십니까?	（人）在位子上嗎？
	(사람) 자리에 안 계신가요?	（人）不在位子上嗎？
	(사람) 좀 부탁합니다.	麻煩找（人）
	메모 좀 전해 주시겠습니까?	可以幫我轉告一下嗎？
	메모 좀 남겨 주시겠습니까?	可以幫我留個言嗎？
接電話的人	회의 중입니다.	開會中、在開會
	메모를 남겨 드릴까요?	要不要幫您留言？
來拜訪的人	실례합니다.	失禮了
	(사람) 좀 뵈러 왔는데요.	我來找（人）
引導的人	어떻게 오셨어요?	您有什麼事嗎？
上司對下屬	-(으)세요.	請…
	-도록 하세요.	請…
	-아/어 주세요.	請幫我…

下屬對 上司	-도록 하겠습니다.	照辦…
	-(으)ㄹ게요.	就…這麼辦
經常出現 的單字和 語法	먼저 = 우선 = 일단	首先＝優先＝暫且
	-는 대로 = -(으)면 바로	即時、若…即時…

字彙與表現		
課	지각하다 = 수업에 늦다	遲到＝上課晚到
	결석하다 = 수업에 빠지다	缺席＝缺課、蹺課
場所	정문 ⇔ 후문	正門⇔後門
	강의실, 빈 강의실	教室、空教室
	학과 사무실	系辦公室
	체육관 – 체육 대회, 운동 기구	體育館－運動會、運動器材
	기숙사 – 방이 남아 있다	宿舍－還有空房
	도서관 – 대출(을) 받다 = 대출하다	圖書館－接受外借＝借出
其他	학기	學期
	전공	主修
	선배 ⇔ 후배	學長姊（前輩）⇔ 學弟妹（後輩）
	시험	考試
	방학	放假
	학교 홍보 모델	學校宣傳模特兒
	공고	公告

字彙與表現		
家	가구 - 책장	家具–書櫃
	거실	客廳

家	정원	庭院
	화분	花盆
	청소하다	打掃
	치우다	收拾
	세탁기로 빨다	使用洗衣機洗
	빨래하다	洗衣服
	요리하다 – 씻다, 썰다, 삶다	做菜－洗、切、煮

듣기 4번~8번 ｜ **字彙與表現** ▶ **餐廳**

字彙與表現		
餐廳	테이블	桌子
	자리를 잡다	訂位
	자리가 있다 ⇔ 없다	有位子⇔沒位子
	자리를 옮기다 ＝ 자리를 바꾸다	移動位子⇔換位子
	자리가 생기다	有位子空出來
	창가 쪽 ⇔ 안쪽	靠窗⇔裡面
	예약하다	預約
	주문하다	點餐
	계산하다	結帳
	배달하다	外送
	출발하다 ⇔ 도착하다	出發⇔抵達
店員	뭘 드시겠습니까?	您想吃什麼呢？
	(음식) 나왔습니다.	（食物）來了
	맛있게 드세요.	請好好享用
客人	(무엇) 좀 주세요.	請給我（什麼）

字彙與表現		
醫院	안과, 내과, 외과	眼科、內科、外科
	예약하다, 예약을 바꾸다	預約、更改預約
	한참 기다리다	等待好一段時間
	키와 몸무게를 재다	量身高體重
	접수하다	（受理）掛號
	진찰하다, 치료를 받다, 진료하다	診察、接受治療、看診
	혈액 검사, 피검사를 받다	血液檢查、接受驗血

字彙與表現		
洗衣店	옷 – 셔츠, 바지, 치마, 양복	衣服–襯衫、褲子、裙子、西裝
	벌 – 한 벌, 두 벌 …	套–一套、兩套…
	얼룩이 묻다, 뭐가 묻다 ⇔ 지우다, 빼다	沾到污漬、沾到東西⇔擦除、去掉
	세탁하다 = 빨다	洗滌＝清洗
	바지 길이를 줄이다	褲長改短
	소매가 짧다	袖子短
	딱 맞다	剛剛好、合身
	수선비	縫補費
	수선하다 = 고치다	修改＝縫補
	수선(을) 맡기다	託人改、請人修改

字彙與表現		
百貨公司	문화센터	文化中心

百貨公司	수업료 = 수강료	授課費用＝課程費用
	수업이 열리다	開課
	사이즈 – 큰 거, 작은 거	尺寸–大的、小的
	주문서	訂單
	구입하다	購入
	계산하다 = 지불하다 = 결제하다	計算＝支付＝結帳
	수선하다, 수선을 맡기다	修改、請人修改
	택배를 신청하다	申請宅配
	고객 센터	客服中心
	회원 카드, 고객 카드, 회원증	會員卡、顧客卡、會員證
	포인트	點數
	적립하다	積點
	유모차	嬰兒車
	대여하다	出租

듣기 15번 | 字彙與表現　▶ 新聞：事件事故

字彙與表現		
事件事故 表現	부상자 ↳ 부상(을) 당하다 ↳ 부상을 입다	受傷的人 ↳ 受傷
	사망자	死者
	사상자	死傷者
	생명에 지장이 없다	不到死亡的地步
	인명 피해	死亡或受傷的程度、人命損傷
	재산 피해 ↳ 손실액	經濟上的損失 ↳ 損失額
	피해를 입다	受害
	사고를 당하다	遭遇事故

事件事故 表現	대피하다	躲避
	통제하다 ↳ 출입을 금지하다	管制 ↳ 禁止出入
	구조하다	救助
	복구하다 ↳ 복구가 진행되다 ↳ 복구 작업	復原 ↳ 復原進行中 ↳ 復原作業
	당부하다	叮囑
	불편을 겪다	感覺不方便、心理不安
	혼란이 있다	紊亂、混亂
	주의가 요구되다	希望要小心
自然災害	천재지변	天災地變
	집중호우	集中豪雨
	폭우	暴雨
	산사태	土石流
	홍수	水災、洪水
	침수	浸水
	(어디)가 무너지다	坍塌
	지붕이 내려앉다	屋頂崩塌
	흙이 쏟아져 내리다	泥水傾瀉
	집이 물에 잠기다	淹水（침수하다）
	전기가 끊기다	停電（정전되다）
	비가 그치다	雨停（비가 멈추다）
交通事故	(차)에 부딪히다	被車撞
	(차)와 (차)가 충돌하다	車子互撞
	(차)와 (차)가 추돌하다	追撞
	(차)를 들이받다	撞車
	(차)가 넘어지다	車子翻覆

交通事故	도로가 미끄럽다	路滑
	안개가 짙다 ↳ 짙은 안개	霧濃 ↳ 濃霧
	도로가 막히다 ↳ 도로가 정체되다 ↳ 정체를 보이다	道路堵塞
	정체가 풀리다	阻塞疏通⇔停滯
	차량 통행을 막다	阻止車輛通行（통제하다）
	트럭	貨車（화물차）
	승용차	小客車
	운전자	駕駛人
停電事故	정전 사고	斷電（전기가 끊기다）
	전력을 공급하다	供應電力
	엘리베이터에 갇히다	被困電梯內
山難	등반하다	爬山
	미끄러지다	滑跤
	안전 장비	安全裝備
	등산로	登山路
火災	화재가 발생하다	起火
	건물을 태우다	燃燒房屋
	강풍이 불다	風很強
	화재 진압 ↳ 화재 진압에 어려움을 겪다	滅火 ↳ 滅火遇到困難
	진화되다	火滅
	소방 시설	消防設施
	소방차가 출동하다	消防車出動
食物中毒	식중독 사고	吃到腐敗食物引起的症狀，食物中毒
	보건 당국	健康管理機構
	위생 관리 ↳ 위생 상태 점검	衛生管理（健康管理） ↳ 檢查衛生情況

戲水事故	물에 빠지다	溺水
展場事故	사람들이 몰리다	很多人往同一處湧入
	시설물이 파손되다	設施壞掉
火車事故	기차가 멈춰 서다	火車停
	장치에 이상이 있다	機械有異狀
	한파	冬天氣溫驟降的現象，冷空氣、寒流
釣魚事故	파도에 밀리다	被波浪推走
	배가 전복되다 / 가라앉다	船翻／船沉
	방파제에서 미끄러지다	交通非常堵塞
地鐵事故	운행 지연	延遲發車
	출근길	上班路
	시민들	市民
	지옥철	地獄地鐵
	발을 동동 구르다	（急得）跺腳
	승강장	月台
	안전장치	安全設施
飛機事故	잇단, 잇따른	接連
	결항	（缺航）脫班
	발 묶이다	被困

듣기 15번 | 字彙與表現 　▶ 新聞：氣象預報

字彙與表現		
氣象局	기상청	播報氣象預報的機構
雨	비구름	雨雲
	비가 오다 = 내리다	⇔雨停（비가 그치다）＝停止（멈추다）
	폭우 ↳ 폭우가 쏟아지다	突然降下的強烈雨勢，暴雨 ↳ 暴雨傾瀉而下

雨	장마 ↳ 장맛비	梅雨 ↳ 霖雨
	마른장마	乾梅雨季
	가뭄 ↳ 가뭄이 심하다	乾旱 ↳ 乾旱嚴重
	단비	甘霖
	농작물 피해	農作物損害
	농산물 가격 폭등	農產品價格大幅上漲
	전국적으로	全國性的
	확대되다	擴大
	북부, 중부, 남부	北部、中部、南部
	비가 오락가락하다	乍雨乍晴
	빗방울 뚝뚝	雨水降下來的聲音或樣子
	(언제)까지 이어지다	接連到（何時）
雪	폭설	暴雪
	눈이 쌓이다	積雪
	마비되다	麻痺
氣溫	기온이 오르다	⇔氣溫下降（기온이 떨어지다）
	영상	零上
	영하	零下
	최고 기온	最高氣溫
	최저 기온	最低氣溫
	평년 기온 회복	恢復往年氣溫
變化說明	예년	往年
	점점	＝漸漸（점차）＝逐漸（차차）＝慢慢地（차츰）＝一點一點地（조금씩）
	맑아지다	轉晴
	쌀쌀해지다	轉涼

變化說明	추위가 한풀 꺾이다	溫度大幅上升變得不冷、回暖
	화창하다	晴朗
	포근하다	溫暖
季節	꽃샘추위	早春、春天花開時的寒意
	봄기운	春天的感覺
	개화	花朵綻放
	성큼 다가오다	靠近
	태풍	颱風
	한여름	盛暑、酷熱（무더위）＝悶熱（찜통더위）
	한겨울	嚴寒（강추위）
	단풍	丹楓
	때 이르다	時機太早

읽기 9번 | 字彙與表現 ▶ **介紹文**

字彙與表現	説明	字彙與表現	説明
(행사)를 열다 (행사)를 개최하다 (행사)가 열리다	舉行（活動） 舉辦（活動）	기간, 일시	（何時）開始（何時）為止
1회에 한하다	只限一次。	기념품	紀念品
○○ 내용	○○內容	사은품	謝禮
○○ 방법	○○方法	분량	量
개별	分別、各自（따로）	(단위명사) 내외	（單位名詞）程度
거주하다	居住	당일	當天
공모하다	公開募集	대상	對象
모집하다	徵選、募集、選拔（뽑다）	대여하다	借給（빌려 주다）
공지하다	告知所有人（알려 주다）	마감하다	事情結束（일이 끝나다）
공휴일	公休	문의하다	問（물어보다）
주말	週末	문의 사항 = 기타 문의	疑惑的點
주중, 평일	平日	개인, 일반	⇔團體（단체）
휴무일	不工作，休息的日子	보관하다	託付（맡기다）⇔尋找（찾다）
관람하다	看（보다）、觀賞（구경하다）	불편 사항	不便事項
구매하다 = 구입하다	購買＝購入（사다）	선착순	先來後到的順序
판매하다	銷售、賣（팔다）	소형, 중형, 대형	大小
금액	價格（가격）、價錢（값）	수기	手記

참가비, 체험비, 수강료 이용료, 관람료, 입장료	參加費、體驗費、聽課費 使用費、觀覽費、入場費	시식하다	試吃
기본요금, 추가 요금	基本費、追加費用	신청하다 ↳ 접수하다	表示想參加的意願、申請 ⇔接受申請（신청을 받다）
무료	⇔付費（유료）	실시하다	實際去做
안내문	介紹的文字	포함하다	⇔除外（제외하다）
예약하다	預約	주의 사항	須小心的點
원고	原稿	준비물	準備物品
이상	以上 5개 이상↑（包含五個）	증정하다	贈送
이하	以下 5개 이하↓（包含五個）	참가하다＝참여하다	參加＝參與
초과	超過 5개 초과↑（不包括五個）	체험하다	體驗
미만	未滿 5개 미만↓（不包括五個）	통지하다	通知
인원	人數	할인하다	折扣
입장하다	進去裡面	현장	現場

자녀	子女		1일	一天（하루）
작성하다	撰寫	**時間詞彙**	2일	兩天（이틀）
장소	場所		3일	三天（사흘）
전시하다	在一個地方提供觀看		4일	四天（나흘）

제출하다	提出、繳出		5일	五天（닷새）
전원	全員		…	
점검하다	仔細檢查	時間 詞彙	10일	十天（열흘）
지원하다 ①	（志願）申請		…	
지원하다 ② ↳ 지원 방법, 지원 사업	支援（給予幫助） ↳ 支援方法（協助 方法）、支援事業		15일	十五天（보름）
정기 N	定期N			

읽기 19번~20번 | **字彙與表現**

功能	核心	詞彙	出題 可能性	功能	核心	詞彙	出題 可能性
相反	反對、相反	반면(에)	★★★★★	義務、責任	當然	물론	★★
	反對、相反	그러나 = 하지만 = 그렇지만	★		當然	당연히	
包含	追加	게다가 = 더욱이	★★		必須	반드시	
	追加	또한	★★★	承認	預料、料想	역시 ①	
比較	一樣	이처럼 = 즉	★★		預料、料想	과연 ①	
	特別	특히	★★★★	選擇	擇一	또는	
假設	想像	만약	★★		選擇後者	차라리	
	想像	그러면		推測	推測	아마	
	反對、相反	비록			推測	어쩌면 = 혹시	
	反對、相反	그래도			推測	혹시	
說明	指出	바로	★		不信	과연 ②	
	結果	결국		否定	否定	결코	
	結果	드디어 = 마침내		唯一	唯一	다만	★
	意外	오히려	★★	時間	偶然	마침	
	實際	사실		行動	否定	차마	
原因	原因	따라서 = 그래서 = 그러므로	★	羅列	羅列	그리고	
	倒霉	하필			羅列	또	

읽기 10번 | **字彙與表現**

字彙與表現			
比較	N-보다 = N-에 비해서		
	가장 = 제일		
	훨씬		
	더		
	최고 ⇔ 최저		
	비율이 같다		
	차이가 있다/없다		
變化	⬆	늘다	⬇	줄다
		늘어나다		줄어들다
		많다		적다
		많아지다		적어지다
		높다		낮다
		높아지다		낮아지다
		증가하다		감소하다
		오르다		내리다
		올라가다		내려가다, 떨어지다
		상승하다		하락하다

듣기 3번 | **字彙與表現**

功能	字彙與表現
調查機關	（調查機關）이（主題）에 대해 조사했다 / 조사한 결과 ~ （調查機關）의（主題）에 대한 조사 결과에 따르면 （調查機關）에서（對象）에게（主題）에 대해 물었다.
	提問⇔應答＝回答

排序表現	第1名	第2名、第3名……
變化表現	（什麼）이 （多少、幾）%로 가장 많았다. （什麼）이 （多少、幾）%로 1위를 차지했다. （什麼）이 （多少、幾）%로 가장 높게 나타났다. （什麼）이라는 응답이 가장 많았다. （什麼）이라고 （多少、幾）%가 답했다. （什麼）을 1위로 꼽았다.	그 다음으로 （什麼）과 （什麼）이 뒤를 이었다. 그 다음으로 （什麼）, （什麼）순이었다. 그 다음으로 （什麼）, （什麼）순으로 나타났다. 그 다음으로 （什麼）이 （多少、幾）%, （什麼）이 （幾）%로 나타났다.

꾸준히
=계속 (해서)
=지속적으로 | 증가／감소하다.

크게＝급격히

크게＝급격히 증가／감소하다.

꾸준히 증가하다가 （時期、時候）에 다시 감소하다.
（時期、時候）에 최고였다가 감소하다.

（時期、時候）부터 꾸준히 증가하다가
잠시 감소하더니 다시 늘어나다.

21

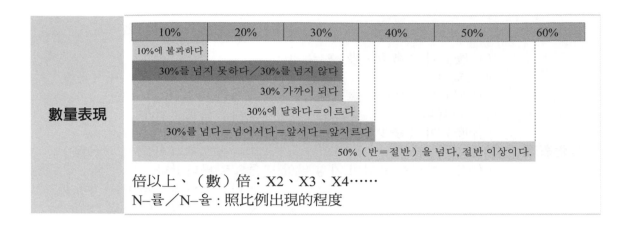

	10%	20%	30%	40%	50%	60%
數量表現	10%에 불과하다					
	30%를 넘지 못하다／30%를 넘지 않다					
	30% 가까이 되다					
	30%에 달하다＝이르다					
	30%를 넘다＝넘어서다＝앞서다＝앞지르다					
			50%（반＝절반）을 넘다, 절반 이상이다.			

倍以上、（數）倍：X2、X3、X4……

N–률／N–율：照比例出現的程度

排名圖表寫作

（調查機關）에서 （對象）을 대상으로 （主題）에 대하여 조사를 하였다. 그 결과 （比較對象 1）은 （什麼）이 （多少、幾）%로 가장 많았다. 그 다음으로 （什麼）과 （什麼）이 뒤를 이었다. 반면 （比較對象 2）는 （什麼）이 （多少、幾）%로 가장 높게 나타났다. 그 다음으로 （什麼）, （什麼） 순이었다.

原因　이러한 원인으로는 （什麼）과 （什麼）을 들 수 있다.
理由　이유에 대해 （什麼）, （什麼）이라고 응답하였다.
展望　앞으로 V-（으）ㄹ 것으로 전망된다／기대된다／예상된다.
概要　조사 결과를 통해서 V-（ㄴ／는）다는 것을 알 수 있다.
　　　결과를 통해서 V-（으）ㄴ 것으로 나타났다./V-는 것으로 나타났다. (＝드러났다.)
　　　이러한 결과는 V-（으）ㄴ 것으로 보인다./V-는 것으로 보인다.
　　　（比較對象）은 （什麼）이 중요하다고 생각했다.

變化圖表寫作

（調查機關）에서 （對象）을 대상으로 （主題）에 대하여 조사를 하였다. （時期、時候）에 （什麼）이 （多少、幾）이었는데
┌ 꾸준히 （증가 / 감소）하다
├ （在時期、時候）크게 （증가 / 감소）하다
└ 꾸준히 （증가 / 감소）하다가 잠시 （증가 / 감소）하더니 다시 늘어나다
그래서 （時期、時候）에 （什麼）이 （多少、幾）이 되었다.

原因	이러한 원인으로는 （什麼）과 （什麼）을 들 수 있다.
理由	이유에 대해 （什麼）, （什麼） 이라고 응답하였다.
展望	앞으로 V-（으）ㄹ 것으로 전망된다／기대된다／예상된다.
概要	조사 결과를 통해서 V-（ㄴ／는）다는 것을 알 수 있다.

조사 결과를 통해서 V-（ㄴ／는）다는 것을 알 수 있다.

결과를 통해서 V-（으）ㄴ 것으로 나타났다.／V-는 것으로 나타났다. （＝드러났다.）

이러한 결과는 V-（으）ㄴ 것으로 보인다.／V-는 것으로 보인다.

（比較對象）은 （什麼）이 중요하다고 생각했다.

※套色字為直譯或函意

	慣用表現	説明
01	가닥을 잡다	找出解決問題的辦法。抓住線縷
02	실마리를 찾다/잡다	找出解決問題的辦法。找到／抓住頭緒
03	갈피를 못 잡다	無法找到解決問題的辦法。抓不著頭緒
04	가슴에 새기다	為了不忘記一定要記住。銘刻於心
05	가슴을 쓸어내리다	安心、鬆口氣。撫心
06	가슴을 울리다	受到感動。響動心弦
07	가슴을 치다	後悔又可惜。椎心
08	가슴이 뜨끔하다	對錯誤的事情感到驚訝或擔憂。心刺痛
09	가슴이 벅차다	感動的。心充滿
10	가슴이 찢어지다	痛苦的。心碎裂
11	각광을 받다	開始受到許多人的關心。受腳燈照射／聚焦
12	강 건너 불 보듯 하다	表示事情和自己無關,所以表現出不關心的樣子。隔岸觀火
13	뒷짐 지다	對某件事表現出事不關己的樣子,袖手旁觀。把手背在背後
14	게 눈 감추듯이	進食的速度非常快的樣子。狼吞虎嚥
15	고개가 수그러지다	產生尊敬的心。頭自然下垂
16	고개를 갸웃거리다/갸웃하다	頭稍微朝左右傾斜的樣子／有疑問。頭歪斜／懷疑
17	고개를 끄덕이다	頭上下晃動的模樣／同意、好。點頭
18	고개를 숙이다	1.承認錯誤或失敗／2.羞愧。低頭
19	고개를 흔들다	頭左右晃動的樣子／1.否定 2.拒絕。搖頭
20	머리를 흔들다	拒絕。搖頭

	慣用表現	説明
21	고배를 마시다/들다	失敗。嚐苦杯／喝苦酒／吃苦頭
22	골머리를 썩이다	不曉得解決辦法，所以苦惱到頭很痛。腐蝕頭腦
23	골치(가) 아프다	不曉得解決辦法，所以苦惱到頭很痛。頭痛
24	골탕을 먹다	嚴重受害或遭受巨大的失敗。吃牛骨湯
25	귀가 솔깃하다	感覺有那麼回事而產生關心。耳朵感興趣
26	귀가 아프다	聽過太多次所以不想再聽到。耳朵疼
27	귀가 얇다	太容易接受別人的話。耳朵薄
28	귀를 기울이다	積極地聽別人的話。傾聽。傾耳
29	귀를 열다	做聆聽的準備。開耳
30	귀를 의심하다	聽到難以置信的事，以為聽錯。懷疑耳朵
31	귀에 못이 박히다	相同的話聽過很多次。在耳朵釘釘子
32	귓등으로 듣다	假裝在聽。用耳廓聽
33	기가 막히다	對於太意料之外的事感到荒唐。氣塞住
34	기가 차다	因為太過荒唐導致說不出話來。氣充滿
35	기대를 걸다	期待。懸著期待
36	기승을 부리다	逞強、展現不屈的毅力。顯示盛氣
37	기치를 내걸다	為了目的而主張。宣示價值
38	긴 말이 필요 없다 긴말할 것 없다	不須太過冗長的說明。毋須常說
39	(꼬리에) 꼬리를 물다	持續接下去。尾咬尾
40	꼬리를 밝히다	自己的位置或錯誤被他人知道。尾巴被踩
41	난다 긴다 하다.	能力比他人卓越。出類拔萃
42	날개 돋친 듯이 (팔리다)	商品銷售快速。如添翼
43	낯이 뜨겁다	因為害羞臉龐變紅。臉熱

	慣用表現	説明
44	너 나 할 것 없이	全部。不分你我
45	넋이 빠지다	發楞、失神。魂散／失魂
46	눈 깜짝할 사이에	一瞬間、非常短時間內。瞬眼間
47	눈 밖에 나다	失去信任，開始受到厭惡。出眼外
48	눈길을 주다	給予關心或注意。投視線
49	눈길을 끌다	受到關注。吸引視線
50	눈독을 들이다	帶有野心非常注意地仔細察看。眼紅／垂涎
51	눈살을 찌푸리다	因為不順眼所以皺眉。蹙眉
52	눈에 넣어도 아프지 않다.	掌上明珠。放進眼睛裡也不會痛
53	눈에 불을 켜다	表現出非常有野心或關心的樣子。眼裡點火
54	눈을 감다 눈을 감아 주다	原諒錯誤。閉眼／包庇
55	눈을 붙이다	**睡覺**。闔眼
56	눈을 피하다	避開他人的耳目。閉眼
57	눈이 낮다	眼光低。眼低
58	눈이 멀다	心思被某些事情擄獲而失去判斷力。眼瞎
59	눈이 빠지다	等了很久。眼睛掉出來
60	눈치가 빠르다	很快知道他人的心思。眼神快
61	눈치를 보다	觀察別人的心意或態度。看眼神
62	눈코 뜰 사이도 없다	忙得暈頭轉向。無睜眼鼻之時間
63	다리를 놓다	居中聯結兩個對象。架橋
64	담을 쌓다	收起對其他人事物的關心。築牆
65	더할 나위 없다	相當的好或完全，不需要再多說什麼。 無可復加餘地
66	된서리를 맞다	遭遇相當大的困難。遭遇強霜

	慣用表現	説明
67	등을 돌리다	與曾經志同道合的人或團體結束關係並背過身。轉過身／轉背
68	등을 떠밀다	強迫做事。推背
69	마음(을) 잡다	新下決定。抓住心
70	말꼬리를 잡다	抓住別人話中的弱點。抓住話尾
71	말꼬리를 흐리다	話尾說的不清不楚。 沒有自信的說話。 模糊話尾
72	말만 앞세우다	只說不做。只有話在前頭
73	맥을 놓다	放鬆緊繃的狀態之後發楞。鬆脈
74	맥이 빠지다	精神或力氣都沒了。脈盡
75	머리를 내밀다	出現在某個場合。露臉
76	머리를 맞대다	一起討論。頭碰頭
77	머리를 숙이다	抱持著尊敬的心示意。低頭
78	머리를 식히다	安撫興奮或緊張的心情。冷卻頭腦
78	머리를 쓰다	找點子。用頭腦
80	머리를 쥐어짜다	非常努力地思考。榨腦汁
81	목을 축이다	喝水。潤喉
82	몸 둘 바를 몰라 하다	不知道該怎麼做。不知置身處
83	못을 박다	對某件事的態度明確的表現出來。釘釘子
84	물불을 가리지 않다	沒考慮危險或難處就行動。不分水火
85	물 샐 틈 없이	一點縫隙都沒有、徹底的。無洩水縫
86	미역국을 먹다	落榜。吃海帶湯
87	바가지를 긁다	妻子對丈夫發牢騷或碎念。括葫蘆瓢
88	바가지를 씌우다	賣得比原價貴。給戴瓢瓜
88	바람을 일으키다	對社會造成很大的影響。引發風勢

	慣用表現	説明
90	발 벗고 나서다	積極的行動。脫鞋而出
91	몸을 사리다	沒有積極地站出來避開了。捲縮身子
92	발걸음을 맞추다	讓行動或心念一致。調整步伐
93	발을 맞추다	讓行動或心念一致。步調一致
94	발길을 돌리다	迴身、轉身。不理會
95	발등에 불이 떨어지다	發生需要馬上解決的事。火掉腳背上
96	발등을 찍히다	被別人背叛。腳背被砍
97	발목을 잡다	①妨礙。 ②抓住別人的弱點。　抓住腳踝
98	발뺌을 하다	對跟自己有關的事情不負責、辯解。抽腳
98	발을 빼다	從某件事情中完全抽身。抽腳
100	발이 넓다	認識的人很多，所以活動範圍很廣。腳寬
101	변덕이 죽 끓듯 하다	說話或行動反覆無常。善變如粥滾
102	불 보듯 훤하다/뻔하다	不用看也猜得到。明若觀火
103	불난 집에 부채질하기	漸漸把別人的難處越搞越大。 火上澆油／落井下石
104	비행기를 태우다	過度讚美。令人搭飛機
105	속을 태우다	太過擔憂。焚心
106	속이 타다	太過擔憂。心急如焚
107	손때가 묻다	東西用了很久對它有感情。沾手汗
108	손사래를 치다	一面拒絕或否定，一面伸手隨意揮動。揮手
109	손발이 맞다	彼此心意或行動契合。手腳配合
110	손에 땀을 쥐다	提心吊膽很緊張。手握汗
111	손에 익다	對事情上手。得心應手
112	손에 잡히다	因心情平靜事情進展順利。掌握於手

	慣用表現	説明
⑬	손에 쥐다	目標達成。落入手中／據為己有
⑭	손을 놓다	放棄或暫時停止在做的事情。 放手不管／半途而廢
⑮	손을 덜다	接受幫助，事情變簡單。減輕手
⑯	손을 떼다	不再繼續做之前做的事。罷手
⑰	손을 벌리다	請求幫助。伸手要
⑱	손을 씻다	一路走來都在做壞事，如今不再繼續做壞事了。洗手
⑲	손이 모자라다	人手不足。勞力不足
⑳	손이 발이 되도록 (빌다)	請求原諒。手變成腳
㉑	손이 빠르다	做事的速度很快。手快
㉒	손이 서투르다	對事情還很生疏。手拙
㉓	손이 작다	在花錢的事上很小氣。手小
㉔	숨이 트이다	曾經讓人焦急的問題得到解決。神清氣爽
㉕	시도 때도 없이	與時間無關，經常。無時無刻
㉖	시치미를 떼다	假裝不知道。抽掉鳥類腳環
㉗	쌍벽을 이루다	實力差不多。形成雙璧
㉘	씻은 듯이 (낫다)	病好得很徹底。如洗過般
㉙	알다가도 모르다	對某件事無法理解。似懂非懂
㉚	앞뒤를 가리지 않다	未經思考或計劃就行動了。不辨前後
㉛	앞뒤를 재다	計算得失利弊。量測前後
㉜	어깨가 무겁다	責任很重備感壓力。肩膀重
㉝	어깨를 짓누르다	責任很重備感壓力。壓肩
㉞	어깨에 짊어지다	責任很重備感壓力。扛於肩
㉟	어깨가 처지다/움츠러들다	因為失望而無精打采。肩垮

	慣用表現	説明
136	어깨를 으쓱거리다	感到自豪。聳肩
137	얼굴을 붉히다	害羞。漲紅臉
138	얼굴이 두껍다	不知羞恥。臉皮厚
139	엉덩이가 무겁다	一坐到位置上就不起來。屁股重
140	여러 말 할 것 없다	不須多做說明。不須多言
141	열을 올리다	熱衷。提升熱
142	으름장을 놓다	以言語和行為威脅。嚇唬／恐嚇
143	이를 갈다	非常生氣決定要報仇。磨牙／咬牙切齒
144	입 밖에 내다	直接說出某個想法或事實。拿出口外
145	입에 달고 다니다	①習慣性地使用某句話。 ②太過頻繁地吃東西。　掛在嘴邊
146	입에 대다	吃、喝、抽。觸碰口
147	(입에) 침이 마르게 (칭찬하다)	反覆稱讚。誇得口乾舌燥
148	입에 풀칠하다	不挨餓勉強有飯吃活下去。糊口
149	입을 막다	阻止吵鬧聲或對自己不利的言論。堵口
150	입을 맞추다	讓彼此的話一致。統一說法／對口
151	입을 모으다	許多人表達相同的意見。聚口
152	입이 귀에 걸리다 입이 귀밑까지 찢어지다	非常開心或愉快地咧嘴而笑。 嘴掛到耳朵／嘴裂到耳下
153	입이 무겁다	很會保守秘密。嘴重
154	입이 벌어지다	非常驚訝。口裂
155	입이 짧다	挑食或吃不多。嘴短
156	자리를 잡다	佔據一定的空間。抓位子
157	줄행랑을 놓다	有所察覺、逃避然後逃逸。逃之夭夭
158	쥐 죽은 듯이	非常安靜的狀態。如老鼠死了一般

	慣用表現	説明
159	지갑을 열다	花錢。打開錢包
160	진땀을 흘리다/빼다	遇到困難的事情然後非常努力。滿頭大汗
161	진을 빼다	因耗盡全力所以無法動彈。抽津液
162	찬물을 끼얹다	把好事的氣氛弄糟。澆冷水
163	첫 단추를 잘못 끼우다	一開始就做錯。第一顆鈕扣扣錯
164	첫발을 떼다	開始某件事。跨出第一步
165	코앞에 닥치다	即將到來。襲到鼻前
166	코웃음을 치다	取笑、輕視他人。嗤笑/用鼻子笑
167	콧대가 높다	裝作很了不起。鼻梁高
168	콧등이 시큰하다	感激或難過的時候鼻酸想哭。鼻子發酸
169	턱걸이를 하다	好不容易通過某項標準。下顎過槓（運動）
170	파리만 날리다	生意不好，很閒。只趕蒼蠅
171	판에 박은 듯하다	①始終如一。 ②極其相似。如一個板子印出來的
172	팔소매를 걷다/걷어붙이다	①具積極工作的姿態。捲袖子 ②做吵架的準備。
173	팔짱을 끼고 보다	不解決迫在眉睫的事情，袖手旁觀。 雙手抱胸看
174	펄펄 날다	展現卓越的實力。雄飛
175	풀이 죽다	看起來沒有自信。消沉/洩氣
176	하늘을 찌르다	氣勢磅礡。刺天/衝天
177	한 배를 타다	禍福與共。搭同一條船
178	한눈에 보이다	全面性掌握。一眼望盡
179	한눈을 팔다	不將精力放在該做的事情上，把注意力轉向其他地方。賣一眼/分神關心別的事
180	한술 더 뜨다	變本加厲。多舀一匙

	慣用表現	説明
(181)	햇빛을 보다	廣為人知，受到好評。見陽光
(182)	허리띠를 졸라매다	節約。勒緊腰帶
(183)	혀를 내두르다	非常吃驚或荒唐導致無法言語。吐舌
(184)	혀를 차다	表現出不順眼或不順心的樣子。乍舌
(185)	환심을 사다	為使對方滿意用各種方式努力。博取歡心
(186)	활개를 치다	因為感到滿足所以充滿活力地行動。展翅
(187)	힘을 모으다	合作。聚力

읽기 21번~22번 | **字彙與表現**

編號	俗語	説明
01	가는 날이 장날	打算做某件事，結果因為意料之外的事，無法達成目標。偏偏不湊巧
02	가는 말이 고와야 오는 말이 곱다.	自己得先對他人說好話、做好事，他人才會給予自己相同的對待。禮尚往來
03	가물(가뭄)에 콩 나듯 하다.	某些事情或東西偶爾會出現一次的時候。寥寥無幾
04	가시 방석에 앉은 듯	如同坐在相當不舒適的位置上時。如坐針氈
05	가재는 게 편	處境相似的人相處融洽、互相關照，容易互相包庇。物以類聚
06	가지 많은 나무에 바람 잘 날 없다.	孩子很多的父母，操心是沒有結束的一天的。樹欲靜而風不止
07	갈수록 태산	越走就處於越艱難的境地。每況愈下
08	같은 값이면 다홍치마	若付出相同代價或努力，應該挑選品質好的。價格一樣就要紅裙子
09	개구리 올챙이 적 생각 못한다.	處境變好的人忘了以前艱難的時期，假裝很了不起。青蛙想不起當蝌蚪的時候／數典忘祖
10	개발에 편자	服裝或物品不合適。給狗腳戴馬鞍
11	겉 다르고 속 다르다.	①人的品格不端正。②表面裝得很好。 表裡不一
12	계란으로 바위 치기	根本贏不了的情況。以卵擊石
13	고래 싸움에 새우등 터진다.	因強者之間的爭執使完全無關的弱者夾在中間，遭受損害。神仙打架，百姓遭殃
14	고생 끝에 낙이 온다.	即便眼下艱難，只要認真努力，以後一定會迎來好結果。苦盡甘來
15	공든 탑이 무너지랴	假如竭盡努力與熱忱，一定會有結果的。皇天不負苦心人
16	곶감 빼먹듯 하다.	花掉一些認真存下來的財產時。如吃乾柿串般

編號	俗語	説明
17	구슬이 서 말이라도 꿰어야 보배	無論多好、多優秀的東西，都應整理讓它得其所用才有價值。玉不琢，不成器
18	굴러 온 호박	意外獲得好東西或遇到好運時。 天上掉下來的餡餅
19	굿이나 보고 떡이나 먹다.	對他人的事不要做無用的介入，觀望情況從中獲得好處比較好。看熱鬧、撿便宜／坐享其成
20	그림의 떡	即便喜歡也得不到的時候。水中月，鏡中花
21	그물에 든 고기	已經被抓住動彈不得，處於即將死亡的情況時。苟延殘喘
22	긁어 부스럼 만들기	把小事搞得很大。沒事找事
23	금강산도 식후경	飢餓的話，看到再好的東西都不會感到愉快。 吃飯皇帝大
24	길고 짧은 건 대 봐야 안다.	擅不擅長要實際做了才會知道。 長短要測量了才知道
25	꿈보다 해몽이 좋다.	把不好的事情往好處想，好好地解決時。 解夢比做夢美
26	꿩 대신 닭	沒有合適的東西時，以相似的東西來代替。 退而求其次
27	꿩 먹고 알 먹기	做一件事得到兩種以上的好處。一舉兩得
28	남의 떡이 더 커 보인다.	別人的東西看起來更好，別人的事情看起來更容易。這山望著那山高／別人的餅看起來比較大
29	낫 놓고 기역 자도 모른다	比喻非常無知。目不識丁
30	놓친 고기가 더 크다.	認為最初的相較於現在擁有的更好。 跑掉的魚更大
31	누워서 떡 먹기	事情相當容易。躺著吃餅／易如反掌
32	누워서 침 뱉기	想讓別人受害，結果反而害到自己。躺著吐痰
33	누이 좋고 매부 좋다.	在某件事情上，對雙方都有益且不錯的時候。 皆大歡喜／兩全其美
34	다 된 밥에 재 뿌리기	做出把即將完成的事情搞砸的行為時。 功敗垂成

編號	俗語	説明
35	다람쥐 쳇바퀴 돌듯	日後無法往前或發展，只能原地踏步時。 原地打轉／如松鼠轉輪子
36	달리는 말에 채찍질하기	在有力的時候再加把勁。快馬加鞭
37	닭 쫓던 개 지붕 쳐다보기	盡全力做的事情失敗或是相較於他人落後卻毫無辦法時。追雞之犬仰望屋頂／無可奈何
38	도랑 치고 가재 잡는다.	①意味著因為事情的先後順序改變，沒有出現努力的成效。清水溝捕蝦子 ②意味著因一件事情獲得兩種益處。一舉兩得
39	도토리 키 재기	因為非常相似沒有相比的必要。半斤八兩
40	돌다리도 두들겨 보고 건너라.	即使是很熟悉的事情，也應該要細心留意。 石橋也要敲敲才過
41	되로 주고 말로 받는다.	只付出一點，作為代價卻得到數倍的報酬。 給一升，得一斗
42	등잔 밑이 어둡다.	親近的人反而對對象不了解。燈下黑
43	땅 짚고 헤엄치기	①事情相當容易。 ②不須懷疑地確信。 趴在地上游泳／十拿九穩
44	떡 본 김에 제사 지낸다.	在偶然的好機會下完成想做的事情。因利成便
45	뛰는 놈 위에 나는 놈 있다.	①無論才能多優秀，一定會有比其更優秀的人。 ②要警惕自以為是。 人外有人，天外有天
46	마른하늘에 날벼락	在意外的情況下意外遭遇的災禍。晴天霹靂
47	말 속에 뼈가 있다.	平凡的話中包含很深的含意。話中帶刺
48	말 한마디로 천 냥 빚 갚는다.	只要口才好，再困難或不可能的事情都能解決。一句話可還千兩債
49	모로 가도 서울만 가면 된다.	不擇手段或方法，只要能達成目標就好。 橫著走，只要到得了城裡就行
50	모르는 게 약	什麼都不知道的話反而內心舒服平靜。 不知者為藥
51	무소식이 희소식	沒消息就跟好消息沒兩樣。沒事就是好事

編號	俗語	説明
52	물에 빠지면 지푸라기라도 잡는다.	遭遇危急的情況時，碰到什麼就抓住不放。 溺水的人連稻草也抓
53	미운 놈 떡 하나 더 주기	意思是如果被討厭鬼知道自己討厭他，之後可能會遭殃，所以不得已只好給對方好處。 以德報怨
54	믿는 도끼에 발등 찍힌다.	被認為進展順利的事情或曾經很信任的人背叛，反而受害的時候。被信任的斧頭砸到腳
55	밑 빠진 독에 물 붓기	即便努力也沒有意義或結果的狀態。竹籃打水
56	바늘 가는 데 실 간다	表達人與人之間的緊密關係時。 線隨針走／形影不離
57	바람 앞에 등불	處於相當危急的情況。風中殘燭
58	발 없는 말이 천리 간다.	必須小心發言。沒有不透風的牆／話不脛而走
59	배보다 배꼽이 더 크다.	不重要的東西比基本的東西反而更多或更大。 本末倒置／肚臍比肚子更大
60	백지장도 맞들면 낫다.	即使是簡單的事情，一起合作的話就會更容易。白紙也要一起提才好／人多好辦事
61	병 주고 약 준다.	讓他人受到損害後再給藥，假裝伸出援手的意思，表達陰險狡猾之人的行動。 打一巴掌再給糖吃
62	보기 좋은 떡이 먹기에도 좋다.	①內容不錯的話外觀也不錯。 ②打理外表也很重要。 好看的餅，吃起來也好吃
63	부모만 한 자식 없다	無論子女如何孝順父母，都不及父母為子女著想的程度。沒有像父母一樣的子女
64	비 온 뒤에 땅이 굳어진다.	經過試煉變得更堅強。雨後地面變硬了
65	뿌린 대로 거둔다.	結果和努力的程度一樣。照播種程度收成
66	사공이 많으면 배가 산으로 간다.	沒有主導的人，大家各自推舉自己的主張讓事情無法順利進行。人多嘴雜／各有各的主張
67	사촌이 땅을 사면 배가 아프다.	對別人順利的樣子不給予祝福，反而嫉妒他。 堂兄買土地，我肚子痛／見不得別人好
68	산 넘어 산	處境越來越困難的時候。一山又一山／困難重重

編號	俗語	說明
69	산 입에 거미줄 치랴.	無論生活如何艱難，絕對不會死還是可以活下去。天無絕人之路
70	새 발의 피	非常微不足道或分量很少。鳥足之血
71	서당 개 삼 년이면 풍월을 읊는다.	即便是對某個領域沒有相關知識或經驗的人，長期待在那樣的環境下，也會具備相關知識及經驗。書堂狗，經三年可吟風月
72	서울에서 김 서방 찾기	地址、名字都不知道的情況下茫然地找人。城裡找金先生／大海撈針
73	선 무당이 사람 잡는다.	因為沒有能力，連自己分內的事情都做不好，隨便做做導致闖大禍。 蹩腳巫婆給人治病反而要了人命
74	세 살 적 버릇 여든까지 간다.	小時候養成的習慣，到老死的時候也很難改變。三歲定八十
75	세월이 약	再心痛的事情，隨著時間的流逝也會自然地被遺忘。歲月是良藥
76	소 뒷걸음질 치다 쥐 잡기	偶然立下功勞的時候。瞎貓碰上死耗子
77	소 잃고 외양간 고치기	事情已經做錯，後悔也於事無補。亡羊補牢
78	소문난 잔치에 먹을 것 없다.	相較於傳聞或期待，沒有內涵。名不符實
78	속 빈 강정	空有外表，沒有內涵。華而不實
80	손톱 밑의 가시	總是掛心的事。眼中釘，肉中刺
81	쇠귀에 경 읽기	不管怎麼教都聽不懂或沒有效果。對牛彈琴
82	쇠뿔도 단김에 빼라.	不論是什麼事，如果想做就不要猶豫馬上行動。趁熱打鐵
83	수박 겉 핥기	不知曉內容，只接觸到外表的情形。走馬看花
84	순풍에 돛을 단 배	事情照著本意順利地進行。順風揚帆
85	시간은 금	時間的珍貴。時者金也／時間就是金錢
86	시간이 약	再心痛的事情，隨著時間流逝也會自然地被遺忘。時者藥也

編號	俗語	說明
87	시작이 반	如果執行一開始的困難並開始著手，完成事情的可能性就高。 萬事起頭難／好的開始是成功的一半
88	식은 죽 먹기	事情很容易。易如反掌
88	싼 게 비지떡	便宜的東西品質也容易不好。便宜沒好貨
90	아는 것이 병	不正確或不確定的知識反而有可能會成為令人擔憂的事。知者為病／一知半解反而容易誤事
91	아는 길도 물어 가라.	即使是很熟悉的事情也應該要細心留意。 知路也要問
92	아니 땐 굴뚝에 연기 날까	沒有原因就不可能會有結果。無風不起浪
93	앓던 이가 빠진 것 같다.	從煎熬的事情裡脫離出來變得輕鬆的時候。 如釋重負
94	언 발에 오줌 누기	雖然可能有暫時性的效果，但那不僅無法持續下去，最終還會導致更糟的結果。杯水車薪
95	열 번 찍어 안 넘어가는 나무 없다.	無論是意志多堅定的人或困難的事情，多次嘗試的話就會照著意思實現。有志者事竟成
96	오르지 못할 나무는 쳐다보지도 마라.	在自己能力以外不可能的事，從一開始就不該表現出太多慾望比較好。 上不了的樹就不要瞧它
97	옥에 티	在非常優秀或很好的事物上的微小缺點。 美中不足
98	우물 안 개구리	眼界狹小的人。井底之蛙
98	울며 겨자 먹기	勉強做不喜歡的事的時候。哭著吃芥末
100	웃는 얼굴에 침 못 뱉는다.	對釋出善意的人無法惡言相向。 伸手不打笑臉人
101	원님 덕에 나팔 분다.	託別人的福做出和自己不相符的行為，或受到那種禮遇而感到自豪的時候。沾了別人的光
102	원숭이도 나무에서 떨어진다.	無論多嫻熟的人也會有失誤的時候。 人有失足，馬有亂蹄
103	윗물이 맑아야 아랫물이 맑다.	上位者做得好的話，下位者也會做得好。 上游水須清，下游水才得淨

編號	俗語	說明
104	의사가 제 병 못 고친다.	因為自己很難解決跟自己有關的事情，必須接受他人的幫助才容易達成。 醫師治不了自己的病
105	입에 쓴 약이 병에는 좋다.	雖然當下不想聽針對自己的忠告或批評，但若接受的話自己會受益良多。良藥苦口
106	입이 열 개라도 할 말이 없다	疏失表現得太過明顯，無法辯駁。百口莫辯
107	작은 고추가 더 맵다	矮個子比高個子的人更有才華。 辣椒是小的辣
108	장님 코끼리 만지는 격	①明明只知道一部份，卻認為自己好像知道全部一般的愚笨。 ②沒有能力的人在講述超出自己能力範圍的大事。 盲人摸象
109	제 눈에 안경	即使是不好的東西，只要自己喜歡的話看起來就不錯。情人眼裡出西施
110	종로에 가서 뺨 맞고 한강에 가서 화풀이한다.	①在生氣的地方什麼話也不能說，跑出去抱怨。 ②把生氣的情緒挪到其他地方。 鍾路挨打，漢江吐冤
111	지성이면 감천	意味著不管是什麼事情，只要誠心誠意盡力去做，即便是困難的事情也會順利解決，得到好的結果。精誠所至，金石為開
112	천 리 길도 한 걸음부터	開始的重要性。千里之行，始於足下
113	친구 따라 강남 간다.	雖然自己不想做，但被別人拉著去做的時候。 隨友去江南／人云亦云／無主見
114	콩 심은 데 콩 나고 팥 심은 데 팥 난다.	所有的事情都會隨著原因產生與之相符的結果。種瓜得瓜，種豆得豆
115	티끌 모아 태산	不論多小的事物，只要一點一滴慢慢累積，就會得到大的結果。積沙成塔
116	하나는 알고 둘은 모른다.	只看到某件事情的一面，看不到另外一面。 只知其一不知其二
117	하나를 보면 열을 안다.	只看到一部分就推測出全部。舉一反三

編號	俗語	說明
118	하늘은 스스로 돕는 자를 돕는다.	為了實現某件事情，自己的努力很重要。 天助自助者
119	하늘의 별 따기	事情非常困難。如摘星／比登天還難
120	한 우물만 파다. 우물을 파도 한 우물을 파라	投入一件事情堅持到底。只挖一口井
121	호랑이도 제 말 하면 온다.	①意味著不可毀謗他人。 ②當在談論其他人的時候，那個人剛好出現。 　說曹操曹操到

읽기 25번~27번 | 字彙與表現

	字彙與表現	解釋		字彙與表現	解釋
人氣	열풍	熱風（人氣）	人	넘치다	很多人（＝非常多）
	열기	熱氣很燙		북적(대다)	變多、擁擠
	인기몰이	吸引人氣的事		한산(하다)	閑散⇔擁擠喧嘩（북적대다）
	인기 폭발	人氣很高、人氣爆發		신기록	新紀錄
	각광	社會性的關心或趣味，矚目、青睞		역대 최고	歷史上最高 ⇔ 最低
	유명세	變有名		상승 곡선	上升曲線 ⇔下降曲線（하강 곡선）
	흥행	電影盛行		오름세	上升趨勢 ⇔下降趨勢（내림세）
	폭주	訂單湧入		안정세	不變地維持、穩定趨勢
	전성시대	全盛時代	變化	돌파	突破
	성수기	觀光勝地住宿爆滿、旺季		추월하다	超越、超前
	사로잡다	令人將心思全都集中到一處		전진	前進
	시선을 끌다	引起注意、吸引視線		과잉	過剩
人	인파	許多人		가파르다	山坡或道路非常的陡峭
	북새통	許多人聚在一起吵鬧的情況		들썩(이다)	上下浮沉
	성업	生意很好	經濟	인상	價格上漲 ⇔價格下降（인하）
	몰리다	一次聚集許多人		급등 = 폭등	突然上升、急騰、爆騰
	몰려들다	一次湧入許多人		물가	物價（＝물건값）

	유가	油價（=기름값）
經濟	수요자	需求者 =消費者（소비자）
	공급자	供給者 =生產者（생산자）
	출하량	出貨量 =生產量（생산량）
	후불제	後付制 ⇔先付（선불제）
	웃다/웃음	笑
	울상	因為不順利而感到艱難
不動產	분양	（土地、房屋）出售
	매매	買跟賣
	전세	全租房、全租金、全租價
其他	연일	連續幾天不斷
	안녕	到此為止
	기습	突發事件、奇襲
	환영	正面的反應、歡迎
	부처	公司：部門＝資訊：部處
	천차만별	各式各樣、千差萬別
	지킴이	給予保護的人
	만점	效果不錯
	○○ 전쟁	競爭
	해결사	協助解決的人
	이색 행사	特別的活動

	만발	各式各樣、盛開、齊放
其他	이상 무	沒有異常
	비상	緊急狀態
	정상화	正常化
	금물	不能做的事情、禁忌
	탈바꿈	換新
	기미	可預期的氣氛
	비명	因為害怕而發出的聲音
	충동	一瞬間的要求
	수비	⇔攻擊
	전략	在戰爭中為了勝利的方法
	압도적	以更卓越的力量使對方動彈不得
	승리	⇔敗北
	대표팀	
	감독	
	성과	結果
	물음표	疑問、疑心、不相信
	극장가	劇場主要集中的街道
	예매율	預售比例
	노화	老去
	수수께끼	無法輕易知道秘密的東西

其他	회수율	重新回來的比例	其他	회담	聚集討論
	존폐	保存與廢止		성사	事情實現

新聞報導標題相關字彙與表現②

字彙與表現	解釋	字彙與表現	解釋
단속(하다)	〔團束〕讓法律可以被遵守進行管制	구조(하다)	〔救助〕拯救處於困難處境的人
강화(하다)	〔強化〕更高的水準或程度	달성(하다)	〔達成〕實現目的
결항(하다)	〔缺航〕船或飛機無法航行	대우(하다)	〔待遇〕以禮相待
조난당하다	〔遭難-當-〕在山裡或海上遇難	확산(하다)	〔擴散〕流通、四處蔓延
마비(되다)	〔麻痺〕停止	유입(되다)	〔流入〕使進來
몰두(하다)	〔沒頭〕專注在某件事情上	유치(하다)	〔誘致〕爭取活動
무산(되다)	〔霧散〕取消	절실(하다)	〔切實〕處於非常緊迫、需要的情狀態
발굴(하다)	〔發掘〕將少有人知道的事情找出來	지연(되다)	〔遲延〕時間延誤
방심(하다)	〔放心〕放下心防沒有防備	취소(하다)	〔取消〕停止
부심(하다)	〔腐心〕為了解決問題而努力	퇴사(하다)	〔退仕〕辭職
식별(하다)	〔識別〕分辨並認出	표류(하다)	〔漂流〕失去目標到處徘徊
여전(하다)	〔如前〕跟以前以樣	험난(하다)	〔險難〕辛苦

新聞報導標題相關字彙與表現③

副詞語等	解釋	副詞語等	解釋
글쎄	反對或懷疑的時候	썰렁(하다)	寒風輕輕地吹 反應不佳、被忽視
껑충	大幅往上的時候 與消費、檢舉、收視率等一起使用	쑥쑥	不停冒出來的模樣 容易找到所需的資訊等

동동	跺腳 焦慮或不安的時候 在原地踏步的模樣	쑥쑥	蹭蹭地往上 程度變高或長得很好
두둑	寬裕或充足的時候 如錢包、紅利等與金錢有關的	오락가락	一直來來去去的樣子 雨或雪下了又停，停了又下的樣子
뚝	忽然掉下去 往下掉的樣子	착착	有條不紊的進行 計畫或工作進展順利的樣子
뚝뚝	大的物體或水滴等往下掉的時候	톡톡 ①	效果顯著 效果很好
부글부글	不滿的時候 內心憤怒、火氣上來	톡톡 ②	蹦蹦跳跳 吸引他人的視線
성큼	闊步靠近 突然靠近的樣子	팽팽	贊成與反對不相上下 兩個人的力氣差不多
속속	陸續出來 接二連三的出來	홀로	獨自一個人
활짝	大門敞開 就業機會變多	일제히	許多人一起
훨훨	翩翩飛舞 做得很好		

新聞報導標題相關字彙與表現④			
譬喻與慣用表現	**解釋**	**譬喻與慣用表現**	**解釋**
(사람)의 입김	對其他事物帶來影響 採納意見	반응이 뜨겁다	人氣高
거품(이) 빠지다	暫時且負面的東西消失	발 벗고 나서다	積極地挺身而出
기지개	①伸懶腰＝暖身 ②緩緩地再次活動	발걸음이 가볍다	內心輕鬆
꼬리를 물다	連鎖反應	발이 묶이다	無法移動或活動
나이는 숫자에 불과	年紀不重要	별들의 전쟁	明星們的競爭
눈 깜짝할 새	＝一瞬間 在很短的時間內	봄바람	積極的期待

눈높이(를) 낮추다	降低標準	봇물(이) 터지다 ↳ 수주:주문을 받음	勢不可擋（訂單一下子湧入） ↳ 接受訂貨：接受訂單
다시 뜨다	再次獲得人氣	불(이) 붙다	競爭激烈
다시 태어나다	回收利用	빨간불 = 적신호	否定的展望、紅燈
때 아니다	時機不符	파란불 = 청신호	肯定的展望：綠燈
때 이르다	時機太早	뿔(이) 나다	生氣（화가 나다）
머리(를) 맞대다	一同討論	새바람	新的氛圍
목소리가 높다	意見或要求很多、聲浪高	손(을) 잡다	同心結力一起工作
몸살(을) 앓다	發生負面的狀況、表示某人因某事而遭受痛苦	쓴소리	建議、忠告
몸이/마음이 가뿐하다	生理或心理狀態良好、身心輕鬆	얼어붙다	①冰冷、冷漠、冷冰冰 ②嚴重、嚴峻
물 만나다	如魚得水 及時，找到自己的定位	한겨울	①嚴寒、酷寒 ②嚴重、嚴峻
박차를 가하다	為了做某件事再加把勁	의견이 엇갈리다	意見不合
의지(를) 불태우다	意志火熱、燃燒意志	찬물	失望
이제 그만	中止	찬밥	無法受到重視對待的事
자연의 품으로	大自然中、向大自然的懷抱	첫 삽	工程開始、破土動工
젊은 옷	世代交替	초읽기	時間上緊迫的狀態、讀秒
제자리걸음	無法進行，依然那樣、原地踏步	코앞	即將來到的未來、眼前
줄(을) 잇다 ↳ 줄줄이 ↳ 속속 ↳ 속출(하다)	連著、接二連三 ↳ 相繼、連續地 ↳ 接踵而至 ↳ 接二連三地出現	피부에 와 닿다	直接的
즐거운 비명	因為喜歡發出尖叫	하늘의 별따기	相當困難的事
지옥철	上下班時間擁擠的地鐵	한숨	擔憂、長嘆
징검다리	連接兩邊關係的角色（交流），媒介、橋梁	한풀 꺾이다	程度減弱、折損一波

읽기 23번~24번 | **字彙與表現**

情感表現	解釋	情感表現	解釋
감격스럽다 ↳ 감동을 받다 ↳ 감동적이다	感激的 ↳ 受到感動 ↳ 令人感動的	다행스럽다	意外地事情順利，運氣不錯的樣子
걱정스럽다	感到擔憂的	답답하다	有堵住的感覺
겁이 나다	心生恐懼	당황하다 ↳ 당황스럽다	驚嚇或著急，不知所措
고맙다 ☆	感謝	두렵다	對害怕的心理感到不安
고민스럽다	感到苦惱的	떨리다	感到冷或恐懼
고생스럽다	有難處	마음이 놓이다 ↳ 안심이 되다	感到安心
고통스럽다 ↳ 괴롭다	身體或心理有難受或痛苦的感覺	마음이 돌아서다	原有的想法轉變得很不一樣
곤란하다	情形相當艱難、有難言之處	마음이 무겁다	心情不愉快感到憂鬱
괘씸하다 ↳ 괘씸스럽다	對無禮的行為心生厭惡	마음이 상하다	因生氣而感到不滿
얄밉다	說話或行動很可惡	마음이 통하다	彼此想法一樣，容易理解
궁금하다	因想知道心裡非常不自在	막막하다	無從得知方向，不明確
귀찮다	不滿意，覺得厭煩不想做	만족스럽다	有滿意的感覺
그립다 ↳ 그리워하다	想念、眷戀	흐뭇하다	非常滿足
기쁘다	心滿意足	망설이다	光是想一堆但無法決定、猶豫
긴장이 되다	變成內心不平靜的狀態	무기력하다	沒有精神和力氣
까다롭다	條件複雜嚴格、嚴苛	뭉클하다 ↳ 뭉클해지다	內心有種被填滿的感覺

놀랍다	①因為優秀而感到訝異 ②因為荒唐而感到驚訝	미안하다 ↳미안해하다	抱歉
죄송하다 ↳죄송스럽다	產生歉疚的心	서운하다	有可惜或不捨的感覺
민망하다 ↳민망스럽다	害羞	섭섭하다	遺憾可惜
부끄럽다	丟臉	아쉽다	留戀捨不得
창피하다	因失誤或做錯事感到不好意思	설레다 ↳가슴이 떨리다	心飄飄然撲通撲通地跳
쑥스럽다	舉止不自然感到不好意思	속상하다 ↳속이 상하다	因生氣或擔心，內心感到不舒服且憂鬱
반갑다 ☆	見到人很開心	슬프다	經歷委屈的事或看見可憐的事，內心痛苦難過
번거롭다	事情順序有複雜的感覺	실망하다 ↳실망스럽다	事與願違，心裡難過
부담스럽다	有必須負責任的感覺	씁쓸하다	不滿意，心情不好
부럽다	看到別人的好事，希望自己也能一樣的心理	아프다 ↳가슴이 아프다	因受傷或挨打感到痛苦 ↳心疼
질투를 하다 ↳질투가 나다	看到別人的好事而產生厭惡的心、嫉妒	안쓰럽다	對於下屬或弱者抱有憐憫之心
불만스럽다	不滿意	안타깝다	因想做的事情失敗了或因為可憐，內心痛苦鬱悶
불안하다	感到擔心，內心不輕鬆	어이가 없다	太出人意表而感到荒唐
불쾌하다	覺得不滿意，心情不好	억울하다	明明沒做錯卻受到責備或處罰，因此產生鬱悶的心
불편하다	使用或利用、內心等不舒服	외롭다	獨自一人而感到孤單
비참하다	無法言喻地可怕	우울하다	因擔心或煩悶而沒有活力
뿌듯하다	滿懷喜悅或感激	원망하다 ↳원망스럽다	因為不滿足而有責怪或抱怨、想要怨恨的心
사랑스럽다	如同感受到喜愛般，有可愛之處	의아스럽다	可疑、反常

새삼스럽다	對於已知的事實忽然有了新的感覺	이상하다	不正常
서럽다	委屈難過	자랑스럽다	擁有值得向他人展現自身利害之處的事
재미있다	有快樂、愉悅的感覺	허전하다	周遭什麼都沒有，感到惆悵
존경하다	有高抬他人的心意	화가 나다	不滿意，產生不好的情緒
짜릿하다	瞬間興奮顫抖貌	후련하다 ↳ 후련해지다	解決煩悶的問題，內心舒暢
짜증이 나다 ↳ 짜증을 내다 ↳ 짜증스럽다	因為不滿意，產生憤怒的心	후회하다 ↳ 후회스럽다	回憶並感受從前的錯誤
행복하다	從生活中感到滿足與快樂	흥미롭다	關注並感到有趣

5級 Chapter 1-1 正式的對話

듣기 31번~32번 | 字彙與表現

※詞彙中文請參閱 P.149

贊成的表現	反對的表現	其他表現
찬성하다 = 동의하다 = 동조하다 공감하다 지지하다(지지를 보내다) 수용하다 = 받아들이다 인정하다 옹호하다 대변하다 기대하다 긍정적이다 = 호의적이다 낙관적이다	반대하다 = 반박하다 비판하다 = 지적하다 대응하다 염려하다 실망하다 부정적이다 회의적이다 책임을 묻다	주장하다(주장을 펼치다) 제시하다 = 내놓다 ≒ 제안하다 모색하다 = 찾다 합리화하다 전달하다 평가하다 분석하다 요구하다 = 촉구하다 = 요청하다 예측하다 = 전망하다 확인하다 = 검토하다 질문하다 설명하다

읽기 42번~43번 | **字彙與表現**

情感表現	解釋	情感表現	解釋
가슴이 먹먹하다	鬱悶、煩悶	뿌듯하다	充滿、洋溢
간절하다	心裡非常想要	샘나다	心生妒忌
감격스럽다	感覺感激的	서글프다	因為孤單而難過
감탄하다	內心感到驚訝	서먹하다	氣氛尷尬
격려하다	使其鼓起用勇氣給予力量	서운하다 ↳ 서운해하다	依依不捨、惋惜、遺憾 ↳ 他人感到惋惜、遺憾
괘씸하다	可恨、噁心、厭惡	섭섭하다	可惜、難過
기대에 들뜨다	因期待而內心有點激動	성나다	非常生氣或心情不好
난처하다	不能這樣也不能那樣，進退兩難	실망하다	失望、沮喪
뉘우치다	①反省 ②後悔	싫증이 나다	產生厭惡的感覺
담담하다 ↳ 담담해지다	沉著、平靜	쑥스럽다	難為情、尷尬
당황하다	慌張、慌亂	안도하다	安心、放開懷
마음이 홀가분하다	輕鬆舒心	안심하다	安心、放心
못마땅하다 ↳ 못마땅해하다	不滿 ↳ 他人有不滿的樣子	안쓰럽다	憐憫、同情、心裡難受
무안하다	因害羞或不好意思而無顏見人	안타깝다	惋惜、難過
뭉클해지다	心頭一熱	억울하다	抑鬱、委屈
미안하다 ↳ 미안해하다	抱歉、不安 ↳ 他人感到抱歉、不安	원망하다	埋怨
민망하다	心裡難受	위로하다	對於煩惱或難過給予安撫

불안하다 ↳ 불안해하다	不安、擔憂 ↳ 他人感到不安、擔憂	의심하다 ↳ 의심스럽다	因為無法確切得知所以不相信
절망하다	沒有希望	허탈하다 ↳ 허탈해하다 ↳ 허탈해지다	身體脫力，腦袋放空
조급하다	相當著急	혼란스럽다	暈頭轉向、糊里糊塗
질투를 하다	忌妒、吃醋	화가 나다	生氣、發火
짜증내다	厭煩、發脾氣	황당하다	說話或行動令人無語
초조하다 ↳ 초조해하다	相當擔憂，內心顫抖	후련하다 ↳ 후련해지다	舒心、舒暢
태연하다	在危險或緊急的情況下，看起來似乎什麼事情也沒有的樣子	흐뭇하다	滿足、滿意
편안하다	舒適且沒有憂慮	흡족하다	心滿意足
한심하다	對其行為或態度感到不滿意	흥분하다	受到刺激，內心的波動變大、興奮、激動
허전하다	空虛、悵然	희열을 느끼다	感到高興或愉快

읽기 44번~45번 | 字彙與表現 ▶ **政策現象相關詞彙 10**

字彙與表現	
복지 제도	以增進國民福利為目標所設的社會保障制度,如最低薪資等福利政策 福利制度
보편적 복지	不拘資格或條件,將全體國民視為福利政策受惠者的福利 普遍性福利
선택적 복지	以限定的方式挑選需要的人,給予優惠的福利 選擇性福利
기본 소득	與財產和勞動與否無關,無條件支付給所有社會成員的所得,以保障基本生活為準,個別且平均地支付 基本所得
선거 제도	具有特定資格的人,經由投票選出代表者的制度 選舉制度
선거 기준 연령	可以參與選舉投票的標準年齡。現在韓國雖然以滿19歲以上為基準年齡,但有關是否將年齡下修至滿18歲的社會輿論正在進行中 選舉基準年齡
전자 투표 방식	設置於投票所的電子投票機,或運用數位機器投票的方式 電子投票方式
지방 자치	由地方居民選出之機構來處理地方行政的制度 地方自治
필리버스터 (filibuster)	在國會中利用合法的手段使議會進行延遲的行為 議事妨害
패스트 트랙 (fast track)	快速處理國會中提起之法案的制度 快速列車

읽기 44번~45번 | 字彙與表現 ▶ **經濟現象相關詞彙 10**

字彙與表現	
취업난 (취업률, 실업률)	因求職者眾多但職缺稀少的關係而發生就業困難的現象 就業困難(就業率、失業率)
비정규직	工作條件等與正職不同,未能受到保障的職位或職務 約聘、臨時工、日工等都包含在內 非正規職
시간제 일자리	以時間提供勞動力,以此為代價換取薪資收入的工作 計時工作
경제 불황	經濟活動整體停滯不前,景氣不佳的狀況⇔經濟繁榮 經濟蕭條

불황형 소비	經濟蕭條的話，消費次數就會降低，支出額減少，卻意圖維持購物滿足感傾向的消費行為　恐慌型消費
합리적 소비	可進行長期經濟活動，給予適當滿足感的消費行為　合理性消費
내수 활성화	促進國內消費需求　振興內需
성장과 분배	經濟成長與參與經濟成長的每個人根據社會規則分配利益的行為　成長與分配
공유 경제	以與多人共享、使用財物的共享消費為基礎，將資源運用最大化的經濟活動方式　共享經濟
사회적 기업	以創造利益為目的，但以社會目標為優先的企業　社會性事業

읽기 44번~45번 | 字彙與表現　▶ **社會現象相關詞彙 10**

字彙與表現	
자원봉사	對公益活動無代價、自發性參與、給予援助的工作　自願服務
기부 문화	為幫助他人，將錢財或物品等以不收取代價的方式送出所形成的文化　贈與文化
지역 이기주의	以自己生活地區的利益或幸福優先的態度　地區自私主義
저출산	因養育費的原因造成顧忌生育下一代的現象　低出生率
고령화 사회	因醫學技術發達，隨著平均壽命延長，一個社會中65歲以上的老年人口比例也隨之提高的社會　高齡化社會
노인 복지	為了高齡者的社會保障制度　老人福利
다문화 사회	一個社會中有多民族或國家文化共存的社會　多文化社會
가짜 뉴스	以輿論報導的形式將彷彿事實般的消息廣泛散播出去的假新聞　假消息
악성 댓글	抱持著惡意針對網路告示板的內容寫下的留言　惡意留言
사생활 침해	侵犯個人日常生活造成損害的現象　侵犯私生活

읽기 44번~45번 | 字彙與表現　▶ **科學技術相關詞彙 10**

字彙與表現	
제4차 산업혁명	人工智慧、物聯網、大數據、行動等尖端情報通訊技術融合了全方位經濟與社會，呈現創新變化的次世代產業革命　第四次產業革命

인공 지능	具備擁有人工智慧之學習、推理、適應、論證等功能的電腦系統 人工智慧
자율 주행	駕駛者不直接駕駛汽車，而是車輛自行駕駛的事情 自動駕駛
가상현실	即便不是現實，也使之看起來像現實一般 虛擬實境
생체 인식 기술	利用指紋、手掌、臉、瞳孔之類的身體特定部位識別個人的技術 生物辨識技術
태양광 발전소	設置有利用太陽能電池，直接將太陽光轉為電力設備的發電廠 太陽能發電廠
인공 비	灑下可與雲反應的物質，以人工的方式使之降下的雨。為調節氣溫或降低農作物損害而製作 人造雨
바닷물 담수화	以人工方式減少海水鹽分，製作成人類可以使用的水的工作 海水淡化
생명 과학	以綜合方式研究與生命相關之現象的科學 生命科學
유전자 변형 기술	將人類想要之特性的遺傳基因與其他生物體結合的技術 遺傳基因變形技術

읽기 44번~45번 | 字彙與表現 ▶ 環境相關詞彙 10

字彙與表現	
환경오염	因資源開發造成的環境破壞；使用化石燃料導致的大氣汙染；因汙廢水造成的水質汙染與海洋汙染；因塑膠造成的土壤汙染等，使動植物或人類生活環境髒亂的現象 環境汙染
환경 보호	為了防止自然環境汙染、維持衛生且舒適的生活而妥善整理環境，保持乾淨的事情 環境保護
지구 온난화	地球平均氣溫漸漸升高的現象 地球暖化
미래 식량 부족	由於環境汙染、全球暖化、生態環境變化等因素，預計未來將會發生糧食短缺的現象。有關這個部分，其對策有種子研究、種子保管所等正運作中 未來糧食缺乏
물 부족 현상	隨著產業發達、人口增加等造成水資源汙染，人類可用水量變少的現象 水資源不足現象
빛 공해	人工照明太亮或過多導致夜晚維持如白天一般明亮的現象。帶給動植物或人類負面影響 光害
사막화 현상	原不是沙漠的地方變成沙漠的現象 沙漠化現象

육류 소비와 환경	肉類消費增加，導致過度飼養家禽造成大氣汙染、土壤汙染等問題正在發生 肉類消費與環境
친환경	不污染自然環境，與大自然原有環境相配的事情 環保
음식물 쓰레기	下廚或飯後殘留被丟棄的東西 廚餘

읽기 44번~45번 │ 字彙與表現 ▶ 人類心理相關詞彙 10

字彙與表現	
좌뇌와 우뇌	左腦負責理論等理性一面，右腦負責藝術、情感等感性的一面
깨진 유리창 이론	雖然只是小事，但如果做出錯誤的行為時沒有馬上糾正，就會發展成更大錯誤的理論 破窗效應
플라시보 효과 (Placeso effect)	醫生向患者開出沒有效果的假藥或治療方法，患者因為正向的信任而使病情好轉的現象 安慰劑效應
피그말리온 효과 (Pygmalion effect)	正面的期待或關心給人正面影響的效果 畢馬龍效應
죄수의 딜레마	彼此同心協力就能形成雙方得利的情形，如果不這麼做就會導致雙方失利的狀況 囚徒困境
공유지의 비극	即使犧牲他人也要將自身利益與權力最大化的情形，結果卻造成包含自己在內的共同體全部受到損害的現象 公地悲劇
관중 효과	任何人都會有希望得到他人肯定的心理，假如感受到有人注視著，自己不知不覺中就會想表現得更好的現象 觀眾效應
선택적 기억	雖然日常生活中順與不順的事情都有，然而大部分的人都有對不順之事印象較深刻的特徵
책임 분산	危急狀況中，目擊者數量越多，責任心就會越分散，個人感受到的責任感降低，造成無所作為的現象 責任分散
트라우마 (trauma)	對精神持續造成影響的劇烈情感衝擊，可能成為各種精神障礙的原因 創傷

答案、解説與附錄

³級 Chapter 1 語法·詞彙

읽기 1번~2번	▶ 連結語尾			
1. ③	2. ①	3. ②	4. ③	5. ③
6. ④	7. ①	8. ①	9. ④	10. ④

읽기 1번~2번	▶ 終結語尾			
1. ①	2. ②	3. ①	4. ②	5. ①
6. ②	7. ②	8. ①	9. ①	10. ①

읽기 3번~4번	▶ 類似的語法			
1. ③	2. ①	3. ③	4. ③	5. ②
6. ②	7. ④	8. ②	9. ②	10. ④

읽기 5번	▶ 產品廣告			
1. ②	2. ②	3. ①	4. ④	5. ③
6. ②	7. ③	8. ②	9. ③	10. ④

읽기 6번	▶ 營業廣告			
1. ①	2. ②	3. ①	4. ①	5. ③
6. ②	7. ③	8. ④	9. ③	10. ①

읽기 7번	▶ 公益廣告			
1. ①	2. ①	3. ①	4. ③	5. ①
6. ②	7. ④	8. ③	9. ②	10. ①

읽기 8번	▶ 廣告的詳細說明			
1. ②	2. ①	3. ①	4. ④	5. ①
6. ④	7. ②	8. ①	9. ④	10. ①

읽기 1번~2번　▶ **連結語尾**　　　p.018

1. ③

◐ 축구를 하다. ➜ 친구와 부딪혀서 다쳤다.

「친구와 부딪혀서 넘어졌다.」為意料之外的內容。這時對應的語法必須找出表達〈行動：轉換〉的「-다가」。「-다가」用於進行前面的行動中轉換為後面的行動時。

2. ❶

◐ 저녁을 먹다. ➜ 집 앞 공원에서 산책을 한다.

「집 앞 공연에서 산책을 한다.」表現平常經常做

的行為。這時對應的語法必須找出表達〈順序〉的「-고 나서」。「-고 나서」用於前面的行動完成後接著做後面的行動時。

3. ❷

◐ 전시회가 열리다. ➜ 사람들이 많이 올 것 같다.

「사람들이 많이 올 것 같다.」是推測未來的事情。這時對應的語法必須找出表達〈說明：導入〉的「-(으)ㄴ／는데」。「-(으)ㄴ／는데」用於為說明後面的內容而導入前面的內容時。

4. ❸

◐ 딸에게 선물하다. ➜ 인형을 만들었다.

「인형을 만들었다.」是表達某種事實。這時對應的語法必須找出表達〈目的〉的「-(으)려고」。「-(으)려고」用於表達主語的目的時。

5. ❸

◐ 실수를 하지 않다. ➜ 미리 준비를 해야 한다.

「미리 준비를 해야 한다.」表達應當得做的事情。這時對應的語法必須找出表達〈假定：意圖〉的「-(으)려면」。「-(으)려면」用於表達假設主語的意圖時。

6. ❹

◐ 급하게 나오다. ➜ 우산을 챙겨 나오는 걸 깜빡했다.

「우산을 챙겨 나오는 걸 깜빡했다.」為負面的內容。這時對應的語法必須找出表達〈理由：同時〉的「-느라고」。「-느라고」用於前面的原因與後面的結果同時出現，而後面的結果為負面時。

7. ❶

◐ 최선을 다하다. ➜ 회사 생활을 잘 할 수 있다.

「회사 생활을 잘 할 수 있다.」表達出未來的可能性。這時對應的語法必須找出表達〈條件：必須〉的「-아／어야」。「-아／어야」用於表現必要條件時。

8. ❶

◐ 전화번호를 잊어버리다. ➜ 휴대 전화에 얼른 저장했다.

「휴대 전화에 얼른 정장했다.」表達某種事實。這時對應的語法必須找出表達〈擔憂、恐怕〉的「-(으)ㄹ까 봐(서)」。「-(으)ㄹ까 봐(서)」是用來表達對未來可能發生之事的憂慮。

9. ❹

◐ 몸이 아프다. ➜ 힘들면 고향 생각이 많이 난다.

「고향 생각이 많이 난다.」表達出平常感受到的

事實。此時會出現相呼應的語法「힘들면」，但前面如果與「아프다」相連接，意味著「아프고 힘들면」。因選項中沒有「아프고」，若要找出最恰當的語法，會是〈選擇：擇一〉中的「–거나」。「–거나」用於表達從兩種情況選出一種的時候。

10. ④

⭕ 나는 학교를 졸업하다. ➜ 운전 면허증을 땄다.

「운정 면허증을 땄다.」說明某種事實。這時對應的語法必須找出表達〈順序：立即〉的「–자마자」。「–자마자」用於前面的行為結束後馬上接著後面的行動時。

읽기 1번~2번　▶ **終結語尾**　　　p.019

1. ❶

⭕ 중요한 서류인 것 같아서 ➜ 서랍에 넣다.

前面內容的「중요한 서류인 것 같아서」表〈理由〉，後面的內容為「서랍에 넣었다.」。但選項全部都是過去時制，因此必須找出內含更具體含意的選項。這時對應的語法必須找出表達〈維持：備用〉的「–아／어야 한다.」。「–아／어 놓다」用於某個行動結束後，維持該狀態持續以備以後使用。表達「因為似乎是重要文件（為了方便以後查找）放在抽屜裡」之意。

2. ❷

⭕ 새해에 열심히 운동해서 ➜ 살을 빼다.

因前面內容出現「새해」這個單字，所以後面內容為未來時制的「살을 뺄 것이다.」。「살을 뺄 것이다.」是表現〈計畫〉的語法，與此相似的語法，可以找到「–기로 했다」。「–기로 했다」用於將主語的決心以計畫表達時。

3. ❶

⭕ 시험 시작 40분 전까지 강의실에 ➜ 들어가다.

因前面內容出現「시험 시작 40분 전까지」這句表現，所以後面內容為未來時制的「들어갈 것이다.」。但選項全部都是現在時制，因此必須找出具有與未來時制相似功能的內容。這時對應的語法必須找出表達〈條件：滿足〉的「–(으)면 된다」。「–(으)면 된다」用於滿足某件事情的條件。

4. ❷

⭕ 엄마는 아이에게 밤 9시 이후에는 ➜ 게임을 못 하다.

因前面內容出現「엄마는 아이에게」這句表現，所以後面內容必須接「사동 표현」。但如果看選項，全部都是過去時制，在這之中必須找出表

〈命令：使動〉的「–게 하다.」。「–게 하다」用於主語使令某個對象做該動作時。

5. ❶

⭕ 나는 부모님의 뒤를 이어 ➜ 식당을 맡다.

前面內容「부모님의 뒤에 이어」表達出〈順序：關聯〉。必須說明前面行動發生後接著發生的事情。因為選項全是過去時制，在這之中必須找出表〈說明：變化〉的「–게 되다.」。「–게 되다」用於說明前面的情形後解說現在變化的情況。

6. ❷

⭕ 나는 어렸을 때 ➜ 피아노를 배우다.

因前面內容出現「어렸을 때」這個表現，所以後面是過去時制「배웠다」。選項中表過去時制的選項為②。表〈經驗：時間〉的「–(으)ㄴ 적이 있다／없다.」用於以時間表達主語經歷的事情時。

7. ❷

⭕ 조금 전에 은행에 갔다 왔는데 ➜ 문이 닫히다.

因為前面內容出現「갔다 왔는데」這句表現，所以後面接的內容是過去時制的「문이 닫혔다.」。由於選項皆為過去時制，在這之中必須找出表〈持續：維持〉的「–아／어 있다.」。「–아／어 있다.」用於某個行動結束後其狀態依舊持續時，常和被動詞一起使用。

8. ❶

⭕ 한국어를 배운 지 거의 2년이 ➜ 다 되다.

因前面內容出現「한국어를 배운지 거의 2년이」這句表現，所以後面內容會接過去時制的「다 됐다.」。選項中表現過去時制的語法是表〈進行：完成〉的「–아／어 가다」。由於「–아／어 가다」會以「–거의 아／어 가다」的形態使用，故用於某種行動或時間即將結束之前。

9. ❶

⭕ 고객들에게 안내장을 보냈으니까 ➜ 모든 준비를 마치다.

因前面內容出現「안내장을 보냈으니까」這句表現，所以後面內容為過去時制的「모든 준비를 다 마쳤다.」。選項中表現過去時制的選項為①。表現〈判斷：相似結果〉的「–(으)ㄴ／는 셈이다.」表現話者判斷的某種狀況與其他結果相似時使用。

10. ❶

⭕ 그 의사는 20년간 환자들을 무료로 ➜ 치료하다.

因前面內容出現「지난 20년간」這句表現，所以後面內容為過去時制的「치료했다.」。選項中表現過去時制的選項為①跟②，這當中必須找出表

〈進行：結束〉的「-아／어 오다.」。「-아／어 오다.」用於表現某個行動從過去到現在所進行的時間。

읽기 3번~4번 ▶ 類似的語法　　　p.025

1. ❸
⊙「-(으)ㄹ 듯하다.」為表〈推測〉的語法。這句是看到天上烏雲密布的樣子，推測可能會下雨的內容。因此必須找出選項中表〈推測〉之語法「-(으)ㄹ 모양이다.」。

2. ❶
⊙「-(으)ㄹ 정도로」為表〈程度〉的語法。這句是時隔1年後回到故鄉，故鄉的模樣幾乎變得認不出來了的意思。因此必須找出選項中表〈程度〉的語法「-게」。

3. ❸
⊙「-기 마련이다.」為理所當然的事，是表〈理應〉的語法。這句是剛開始學一件事情的時候，失誤是必然的的意思。因此必須找出選項中表〈理應〉的語法「-(으)ㄴ／는 법이다.」。

4. ❸
⊙「-(으)ㄹ 수밖에 없다.」為方法中最後的方法或唯一的選擇，是表〈唯一〉的語法。這句是公車已經停駛了，除了搭乘計程車以外沒有別的辦法的意思。因此選項中意義最類似的，為表〈理應〉的「-어／어야 (만) 했다.」。

5. ❷
⊙「-(으)ㄹ 뿐만 아니라」是加上前方內容並追加後方內容，表〈包含〉的語法。這句是表示住家附近的超市距離近、商品也很多樣。因此必須從選項中找出表〈包含：追加〉的語法「-(으)ㄴ／는 데다가」。

6. ❷
⊙「-는 바람에」為〈理由〉，表示突然發生的事情或不可預期之事的語法。這句是在聆聽演講時，人們突然湧入導致無法專注在演講上的意思。所以只要找出選項中表〈理由〉的語法即可。雖然②跟④都表〈理由〉，但若考慮後面的意外結果，應該要找出「-는 통에」。

7. ❹
⊙「-(으)ㄹ까 봐 (서)」是對未來將要發生的事表示〈憂慮〉的語法。這句是第一次滑雪時擔心會跌倒，但還是覺得很有趣的意思。因此選項中意義

最接近的，為表〈推測〉的「-(으)ㄹ 것 같아서」。

8. ❷
⊙「-자마자」是表示前面的行動結束後，馬上接著後面行動〈順序：立即〉的語法。這句是企劃案結束後，想馬上去旅行的意思。因此必須從選項中找出表〈順序：立即〉的語法「-는 대로」。

9. ❷
⊙「-(으)ㄴ／는 셈이다.」為表示話者認為某個狀況與其它結果相似之〈判斷〉的語法。這句是因為已經發出邀請函，所以活動準備已完成，或是就跟完成了沒兩樣的意思。選項中意義最相近的選項為表〈比較〉的「-(으)ㄴ／는 거나 같다.」。

10. ❹
⊙「-나 마나」是表示話者認為即便比較兩個狀況後再做選擇，也會出現相同結果之〈選擇：相同結果〉。不管問或不問，哥哥顯然都會說不要的意思。選項中意思最相似的為表〈假設：相反〉的「-아／어도」。

읽기 5번 ▶ 產品廣告　　　p.029

1. ❷
당신의 일정을 지켜 드립니다.
1분 1초라도 정확하게~

⊙ 核心語：일정（日程）、지키다（遵守）、1분 1초（1分1秒）

2. ❷
글씨가 흐릿하게 보이십니까?
먼 곳까지 선명하게~ 눈을 보호하세요.

⊙ 核心語：보이다（看到）、선명하다（鮮明）、눈（眼睛）、보호하다（保護）

3. ❶
발이 편해야 모든 게 편합니다
모두가 걷기 편한 세상으로~

⊙ 核心語：발（腳）、편하다（舒適）、걷다（走）

4. ④

> 타고 싶은 멋진 디자인
> 편안한 느낌으로 달립니다.

○ 核心語：타다（搭乘）、디자인（設計）、편안하다（舒適）、달리다（奔馳）

5. ③

> 찍는 순간 흔들리지 않습니다.
> 다시 보고 싶은 순간, 추억으로~

○ 核心語：찍다（拍攝）、순간（瞬間）、추억（回憶）

6. ③

> 바르세요, 아기 피부처럼 뽀송뽀송~
> 바르세요, 빛나는 피부를 만드세요.

○ 核心語：바르다（塗抹）、피부（皮膚）

7. ③

> 겨울철, 실내가 건조하세요?
> 공기를 촉촉하게 만들어 드립니다.

○ 核心語：겨울철（冬季）、건조하다（乾燥）、공기（空氣）、촉촉하다（微濕）

8. ②

> 버튼 한 번에 접었다 폈다를 자유롭게
> 간편한 휴대로 소나기 걱정 뚝!

○ 核心語：접다（折疊）、펴다（展開）、휴대（攜帶）、소나기（驟雨）

9. ③

> 머릿결을 부드럽고 향기롭게!
> 감는 순간 느낄 수 있습니다.

○ 核心語：머릿결（髮質）、부드럽다（柔軟）、향기롭다（芳香）、감다（洗）

10. ④

> 전기 요금 걱정 뚝! 바람이 씽씽!
> 더위를 날려 버리고 시원한 여름 보내세요.

○ 核心語：전기세（電費）、바람（風）、더위（暑氣）、시원하다（涼爽）、여름（夏天）

읽기 6번　▶ **營業廣告**　p.033

1. ①

> 봄맞아 30% 세일~ 쇼핑 기회!
> 넓은 주차 공간, 친절한 안내와 서비스

○ 核心語：세일（折扣）、쇼핑（購物）、주차 공간（停車空間）

2. ②

> 저렴하고 품질이 우수한 상품들!
> 학용품은 물론 사무용품 등 모두 준비되어 있습니다.

○ 核心語：학용품（學習用品）、사무용품（辦公用品）

3. ②

> 길이 막혀서 짜증나신다고요?
> 약속 시간까지 빠르고 안전하게 모십니다.

○ 核心語：약속 시간（約定時間）、빠르다（快速）、안전하다（安全）

4. ①

> 국내 최대 서적 보유~
> 원하는 자료 검색부터 복사까지 한 번에

○ 核心語：서적（書籍）、자료 검색（資料檢索）、복사（複寫、複印）

5. ③

> 국내외 현대 화가의 작품을 한눈에~
> 동서양의 그림을 한 곳에서 감상하십시오.

○ 核心語：화가（畫家）、작품（作品）、그림（圖畫）、감상（鑑賞、欣賞）

6. ❷

> 알뜰하게 장도 보고 지역 경제도 살리고!
> 넓은 주차 공간 완비, 배달 서비스 시작

➡ 核心語：장 보다（買菜）、지역 경제
（地區經濟）

7. ❸

> 유행에 민감한 당신을 초대합니다.
> 봄 신상품 대량 보유, 세일 시작~

➡ 核心語：유행（流行）、신상품（新商
品）、세일（折扣）

8. ❹

> 전화 한 통만 하십시오.
> 문 앞에서 문 앞으로 빠르고 안전하게 배달해 드립니다.

➡ 核心語：전화（電話）、문앞（門前）、
안전하다（安全）、배달（配達、外送）

9. ❸

> 지하철역과 5분 거리로 교통 편리!
> 최신식 공사 방법으로 층간 소음이 없다!

➡ 核心語：교통（交通）、편리（便利）、
최신식（最新型）、층간 소음（鄰居噪
音）

10. ❶

> 신랑, 신부 만족도 1위
> 인생 최고의 순간을 저희에게 맡겨 주십시오.

➡ 核心語：신랑（新郎）、신부（新娘）、
인생（人生）

읽기 7번 ▶ **公益廣告** p.037

1. ❶

> 당신의 재능을 나눠 주세요.
> 작은 나눔이 받는 사람에게는 큰 선물이 됩니다.

➡ 核心語：재능（才能）、나누다（分享）、
선물（禮物）

2. ❶

> 오늘부터 자동차를 두고 가세요.
> 공기가 나빠지는 것은 자동차 배기가스 때문
> 공해 없는 교통수단 지하철이 답입니다.

➡ 核心語：공기（空氣）、나빠지다（惡
化）、배기가스（廢氣）、공해（公
害）

3. ❶

> 한 번의 편리함이 주는 달콤함.
> 그 달콤함이 환경을 망치고 있습니다.

➡ 核心語：한 번（一次）、편리하다（便
利）、환경（環境）、망치다（破壞）

4. ❸

> 먹는 게 반, 버리는 게 반
> 돈이라면 버리시겠습니까?

➡ 核心語：먹다（吃）、버리다（丟棄）

5. ❶

> 중간 밸브는 잠그셨습니까?
> 정기 점검은 꾸준히 받고 계십니까?
> 가스, 보이지 않는다고 방심하면 안 됩니다.

➡ 核心語：중간 밸브（安全閥）、정기 점
검（定期檢測）、가스（瓦斯）

6. ❷

> 규칙적인 식사와 충분한 운동
> 100세 장수로의 지름길입니다.

➡ 核心語：규칙적이다（規律的）、식사
（飲食）、운동（運動）、장수（長壽）

7. ❹

> 안 쓰는 가전제품의 플러그는 빼 놓으셨나요?
> 우리의 작은 생활 습관이
> 에너지를 아끼는 지름길입니다.

➡ 核心語：가전제품（家電產品）、플러
그（插頭）、빼다（拔）、에너지（能
源）、아끼다（珍惜）

8. ❸

> 나의 즐거움이 옆 사람에게는 소음이 됩니다!
> 벨소리는 진동으로, 통화는 작은 소리로 짧게!

➲ 核心語：옆（旁邊）、사람（人）、소음（噪音）、벨소리（鈴聲）、진동（震動）、통화（通話）、작은 소리（細小的聲音）

9. ❷

> 조금 천천히 가시는 건 어떨까요?
> 먼저 양보를 하시는 건 어떨까요?
> 보행자를 먼저 생각하시는 건 어떨까요?

➲ 核心語：천천히（慢慢地）、양보（讓步）、보행자（行人）

10. ❶

> 전화가 무슨 죄가 있나요?
> 잘못 걸려온 전화에 짜증보다는 친절한 말 한 마디
> 가는 말이 고와야 오는 말도 곱습니다.

➲ 核心語：친절하다（親切）、말 한 마디（一句話）、가는 말이 고와야 오는 말이 곱다（禮尚往來）

읽기 8번 ▶ 廣告的詳細說明　　p.041

1. ❷

> 상처가 난 부위에 붙여 주십시오.
> 붙이기 전 반드시 소독을 해 주십시오.
> 연고를 바르면 더욱 효과가 좋습니다.

➲ 核心語：붙이다（黏貼）、소독하다（消毒）、연고를 바르면 효과가 좋다（塗抹軟膏的效果好）

2. ❶

> '차 사랑 연구회'에서 여러분을 기다립니다.
> 차를 좋아하시는 분이라면 누구나 환영합니다.

➲ 核心語：차를 좋아하시는 분（喜歡茶的人）、누구나（任何人）、환영하다（歡迎）

3. ❶

> <어린이 바둑 대회>
> 최고의 어린이 바둑 기사를 찾습니다.
> 초등학생이라면 누구나 참가 가능합니다.

➲ 核心語：대회（大會）、바둑 기사를 찾다（尋找棋手）、초등학생（小學生）、참가 가능（可參加）

4. ❹

> 유리처럼 투명하고 유리보다 가볍습니다.
> 전자레인지에 음식을 데울 때 사용해도 안전합니다.

➲ 核心語：투명하다（透明）、가볍다（輕薄）、안전하다（安全）

5. ❶

> ★★★★★ 가격도 저렴하고 품질이 좋아요.
> 매우 만족 디자인도 예쁘고 튼튼해서 마음에 들어요.

➲ 核心語：만족（滿足）、가격（價格）、저렴하다（低廉）、품질（品質）、좋다（好）、디자인（設計）、예쁘다（美麗）、마음에 들다（滿意）

6. ❹

> • 바른 후 피부가 빨갛게 되거나 가려우면 즉시 사용을 중지하십시오.
> • 흐르는 물로 빨리 씻은 후 의사와 상담하시기 바랍니다.

➲ 核心語：바르다（塗抹）、피부（皮膚）、빨갛다（紅）、가렵다（癢）、의사（醫師）、상담（諮詢）

7. ❹

> • 개봉 후 가급적 빨리 드시기 바랍니다.
> • 내용물이 남은 경우 냉장실에 넣어 두세요.

➲ 核心語：개봉（開封）、드시다（服用）、남다（剩下）、냉장실（冷藏）、넣다（放入）

8. ❶

> 운전면허 시험, 이제 '전진'과 함께라면 걱정 끝!
> ⊙ 신분증 지참 후 방문 접수
> ⊙ 접수 상담: 02) 123-4568

➡ 核心語：운전면허（駕照）、신분증（身分證）、방문（拜訪）、접수（受理）、상담（諮詢）

9. ❹

> • 구입하신 영수증을 가지고 직접 방문해 주시기 바랍니다.
> • 구입 일로부터 14일 이내에 가능합니다.

➡ 核心語：구입하다（購入）、영수증（收據）、가지다（攜帶）、방문하다（拜訪）、14일 이내（14天以內）

10. ❶

> 이번 4월에 새로 나오는 신형 휴대 전화의
> 예약을 신청 받습니다.
> 신청 기간은 3월 31일까지입니다.
> www.pineapple.co.kr

➡ 核心語：신형（新型）、예약 신청（預約申請）、신청 기간（申請時間）、홈페이지 주소（首頁網址）

3級 Chapter 2 情境與相對的反應

듣기 1번~2번	▶ 場景

1. ①　　2. ③

듣기 1번~2번	▶ 情境

1. ①　　2. ①

듣기 4번~8번	▶ 公司

1. ③　　2. ②　　3. ③

듣기 4번~8번	▶ 學校

1. ②　　2. ④　　3. ③

듣기 4번~8번	▶ 家

1. ②　　2. ①　　3. ②

듣기 4번~8번	▶ 餐廳

1. ③　　2. ②　　3. ④

듣기 4번~8번	▶ 醫院

1. ③　　2. ②　　3. ④

듣기 4번~8번	▶ 洗衣店

1. ③　　2. ②　　3. ④

듣기 4번~8번	▶ 其他場所

1. ④　　2. ③　　3. ①　　4. ③

듣기 4번~8번	▶ 日常生活

1. ①　　2. ④　　3. ①　　4. ③　　5. ④
6. ①　　7. ①　　8. ②　　9. ②　　10. ④
11. ①

듣기 9번~12번	

1. ②　　2. ④　　3. ③　　4. ②　　5. ②
6. ③　　7. ②　　8. ②　　9. ①　　10. ②

듣기 1번~2번	▶ 場景	01	p.047

1. ❶

> 여자: 저 침대는 가격이 어떻게 되지요?
> 남자: 네, 지금 세일 중이라서 적당할 것 같은데요.
> 여자: 한번 누워 봐도 되지요?

➡ 家具店
挑選床鋪的女人
介紹的男人
床墊旁的折扣銷售標示

2. ❸

> 여자: 와~ 시내가 한눈에 다 보이네요.
>
> 남자: 좋지요? 이렇게 맑은 공기를 마시면서 높은 곳에서 아래를 보면 기분이 정말 상쾌해요.
>
> 여자: 정말 그러네요.

➥ 山
看著山下的男人和女人

듣기 1번~2번 ▶ **情境** p.048

1. ❶

> 여자: 다리를 양쪽으로 쭉 벌리시고요. 팔은 앞으로 하시고 제가 등을 천천히 밀어 드릴 거예요.
>
> 남자: 아, 아, 아파요.
>
> 여자: 숨 쉬시고, 아파도 조금만 참으세요.

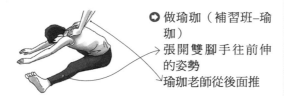

➥ 做瑜珈（補習班–瑜珈）
→ 張開雙腳手往前伸的姿勢
→ 瑜珈老師從後面推

2. ❶

> 남자: 네, 그대로 뒤로 누우시면 됩니다.
>
> 여자: 네, 그러지요.
>
> 남자: 손님, 어떻게 물 온도는 괜찮으시지요?

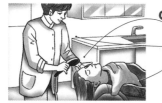

➥ 美容院
幫忙洗頭
→ 男子：美髮師
→ 女子：客人

듣기 4번~8번 ▶ **公司** p.053

1. ❸

> 여자: 무슨 일로 오셨습니까?
>
> 남자: 김 과장님을 좀 뵈러 왔는데요.
>
> 여자: 지금 자리에 안 계신데 곧 오실 거예요.

➥ 為男子到公司拜訪金科長的情境。此時女子向男子說明金科長現在的位置或狀況是最自然的。

2. ❷

> 남자: 팀장님, 아직 회의 준비를 못 끝냈는데 조금만 기다려 주시겠습니까?
>
> 여자: 미리 준비를 하지, 이제 준비하느라고 그래요?
>
> 남자: 죄송합니다. 다음부터는 미리 준비하겠습니다.

➥ 男子正在向組長要求延長會議的準備時間。對此女子指責對方沒有事先準備，此時男子向女子道歉，回答下次會注意是最自然的。

3. ❸

> 여자: 민수 씨, 출장은 잘 다녀오셨어요?
>
> 남자: 네, 걱정해 주신 덕분에 잘 다녀왔습니다.
>
> 여자: 자, 여기 출장 간 사이에 온 우편물이에요.

➥ 為男子出差回來後，與女子互相問安的情境。這時女子向男子說明他出差這段時間發生的事情最為自然。

듣기 4번~8번 ▶ **學校** p.054

1. ❷

> 남자: 보람아, 문제 다 풀었어?
>
> 여자: 아니. 아무리 생각해도 모르겠어.
>
> 남자: 선생님께 여쭤 보는 게 어때?

➥ 為男子看到女子正在解一道困難試題的情境。此時男子向女子建議解決困難試題的方法最為自然。

2. ④

> 여자: 상조야, 어제 시험은 잘 봤어?
> 남자: 시험이 너무 어려워서 잘 못 봤어.
> 여자: 최선을 다했으면 좋은 결과가 있을 거야.

○ 為男子因考試沒考好在擔心的情境。此時女子向男子表達鼓勵或加油之意最為自然。

3. ③

> 남자: 졸업하고 나서 뭐 할 계획이에요?
> 여자: 아직 결정하지 못 했어요. 상조 씨는요?
> 남자: 저도 아무 계획도 못 세웠어요.

○ 為男子和女子詢問彼此畢業後的計畫並回答的情境。這時男子說出自己的計畫最為自然。

듣기 4번~8번 ▶ 家 05 p.055

1. ②

> 여자: 여보, 국이 다 끓었는데 맛이 어떤지 봐 주세요.
> 남자: 음, 조금 싱거운 것 같은데요.
> 여자: 그럼, 소금을 더 넣을까요?

○ 為女子和男子做完料理後先嚐味道的情境。因男子說味道有點清淡，所以女子要放鹽巴的情形最自然。

2. ①

> 남자: 음, 바깥에 바람이 꽤 많이 부는데 생각보다 춥지는 않네요.
> 여자: 그래요? 그러면 코트는 필요 없겠지요?
> 남자: 네. 그냥 나가도 될 것 같아요.

○ 為男子和女子在出門前交換了天氣資訊，男子認為不如想像中冷，所以女子詢問是否不需要外套的情境。此時男子同意女子的問題最為自然。

3. ②

> 남자: 여보, 우리 오늘 저녁에 외식할까요?
> 여자: 어? 당신 좋아하는 갈비찜 준비했는데요.
> 남자: 그럼 외식은 내일 하기로 해요.

○ 為男子向女子提議出去吃，女子回答晚餐已經準備了燉排骨的情境。此時男子回答下次再外食最自然。

듣기 4번~8번 ▶ 餐廳 06 p.056

1. ③

> 여자: 맛있게 드셨습니까?
> 남자: 네, 계산은 어디서 하지요?
> 여자: 저쪽 계산대에서 하시면 됩니다.

○ 為男子用餐後準備結帳，向女子詢問何處結帳的情境。此時女子告知結帳櫃檯的位置最為自然。

2. ②

> 여자: 음식이 너무 많이 남았네.
> 남자: 아까 시킬 때부터 너무 많이 시킨다 싶었어.
> 여자: 조금만 시킬 걸 그랬어.

○ 為女子在餐廳裡說剩下太多食物而感到可惜，對此男子表示點餐時似乎點太多的情境。此時女子對點太多感到後悔最為自然。

3. ④

> 여자: 저기요. 좀 추워서 그러는데 에어컨 좀 꺼 주시겠어요?
> 남자: 손님, 죄송하지만 다른 손님들께서는 덥다고 하셔서 끄는 건 어려울 것 같습니다.
> 여자: 그럼, 다른 자리로 옮겨도 될까요?

○ 為餐廳裡的女客人要求關掉空調，對此男店員回覆因為其他客人的緣故難以關閉空調之情境。此時女子要求換到離空調較遠的位置最為自然。

듣기 4번~8번 ▶ 醫院 07 p.057

1. ③

> 여자: 어디가 아파서 오셨어요?
> 남자: 네, 어젯밤부터 기침이 나고 목도 부어서 밥도 못 먹겠어요. 열도 나고요.
> 여자: 이 약을 드시고 푹 쉬세요.

○ 為男子因為感冒的關係到藥局向藥師說明症狀的情境。此時女藥師針對感冒症狀給予處方最為自然。

64

2. ❷

> 여자: 감기가 유행이라더니 병원에 사람이 많네요.
> 남자: 그러네요. 지금 오는 사람들은 오래 기다려야 되겠어요.
> 여자: <u>역시 예약하고 오길 잘했어요.</u>

○ 為女子和男子前往醫院接受治療，看到醫院人太多之後，男子表示現在來的人必須要等很久的情境。此時女子回答幸好他們先預約了才來最為自然。

3. ❹

> 남자: 여보세요. 한국 치과지요? 한상조라고 하는데요, 제가 오늘 오후 예약인데 내일로 바꾸고 싶은데요.
> 여자: 네, 그러세요. 그런데 내일은 예약 일정이 모두 잡혀서 불가능한데요. 모레는 어떠세요?
> 남자: <u>모레는 제가 시간이 없는데 어떻게 하죠?</u>

○ 為男子撥電話到牙科希望把預約日期改成明天，對此女子回覆明天不行，詢問後天是否可以的情境。此時男子回答後天是否可以最為自然。

듣기 4번~8번　▶ **洗衣店**　🎧 08　p.059

1. ❸

> 여자: 바지 길이를 줄이려고 하는데 오늘까지 줄여 주실 수 있어요?
> 남자: 죄송하지만 오늘은 수선해야 할 게 많아서 안 되겠는데요.
> 여자: <u>그럼 내일까지 해 주세요.</u>

○ 為女子正在洗衣店裡提出今天之前幫忙改短褲長的需求，對此男子回覆今天沒辦法的情境。此時女子提出明天之前改好的需求最為自然。

2. ❷

> 여자: 손님, 양복 한 벌, 바지 두 벌, 세탁 맡기시는 거 맞지요?
> 남자: 네. 참, 양복은 모레 입어야 하니까 내일까지 해 주실 수 있나요?
> 여자: <u>내일까지는 힘들 것 같은데요.</u>

○ 男子將西裝交給洗衣店並要求明天之前洗好，此時女子回答明天之前是否可以洗好最為自然。

3. ❹

> 여자: 아저씨, 여기 셔츠에 얼룩이 좀 묻었는데 세탁하면 없어질까요?
> 남자: 글쎄요, 이거 어쩌면 안 없어질 수도 있겠어요.
> 여자: <u>새 옷이니까 꼭 얼룩을 빼 주셨으면 좋겠어요.</u>

○ 為女子在洗衣店要求將衣服沾到的髒污清除，對此男子回覆要清除可能有點困難的情境。此時女子再次提出消除髒污的要求最為自然。

듣기 4번~8번　▶ **其他場所**　🎧 09　p.059

1. ❹

> 여자: 에어컨 수리를 신청했는데, 연락이 없어서 전화했어요.
> 남자: 죄송합니다. 일이 갑자기 몰려서 늦어졌습니다.
> 여자: <u>그러면 미리 연락을 주셨어야지요.</u>

○ 為女子向客服中心申請空調維修卻沒有下文，因此正重新撥打電話，對此男子回覆由於忙碌的關係所以聯絡得比較晚的情境。此時女子指責對方應該事先告知最為自然。

2. ❸

> 남자: 여보세요? 한국 호텔이지요? 이번 주 금요일에 예약을 하려고 하는데요.
> 여자: 며칠 동안 계실 건가요?
> 남자: <u>3일 정도 있을 거예요.</u>

○ 為男子打電話到旅館準備預訂房間，對此女子詢問要住幾天的情境。此時男子回答要住幾天最為自然。

3. ❶

> 남자: 이번 주 토요일 오전 부산행 기차를 예약하려고 하는데요.
> 여자: 죄송하지만 오전에는 좌석이 없습니다.
> 남자: <u>그럼 몇 시 표가 있어요?</u>

○ 為男子打算預購車票，對此女子回覆男子想訂的上午時段已沒有座位的情境。此時男子詢問有無其他時間的車票最為自然。

4. ❸

> 여자: 어! 커피숍에 자리가 하나도 없네요.
> 남자: 날씨도 좋은데 밖에서 마시는 게 어때요?
> 여자: 좋아요. 나가서 마셔요.

⊙ 女子表示咖啡店裡沒有座位，男子提議到外面喝的情境。此時女子同意男子的提議或提出其他意見最為自然。

듣기 4번~8번　▶ **日常生活** 10　p.060

1. ❶

> 여자: 어제 동생하고 영화 보러 갔는데 재미있더라.
> 남자: 그래? 나도 어제 너한테 영화 보러 가자고 전화하려고 했는데.
> 여자: 그럼 같이 갈 걸 그랬구나.

⊙ 為女子正在跟男子聊自己昨天看的電影，對此男子表示他昨天也想打電話找女子一起看電影的情境。此時女子表達沒能一起看電影很可惜最為自然。

2. ❹

> 여자: 왜 이렇게 안색이 안 좋아 보여?
> 남자: 요즘 바빠서 며칠 밤을 새웠더니 피곤하네.
> 여자: 일찍 들어가서 쉬는 게 좋을 것 같아.

⊙ 為女子正向男子表示他臉色不佳，關心對方，對此男子表示最近很忙所以無法睡覺的情境。此時女子回答休息會比較好最為自然。

3. ❶

> 여자: 정말 미안해요, 많이 늦었지요?
> 남자: 괜찮아요. 차가 많이 밀린 모양이에요.
> 여자: 아니요. 차를 잘못 타서 늦었어요.

⊙ 女子正向男子表達遲到的歉意，對此男子回覆應是塞車的緣故沒有關係。此時女子回答遲到的原因最為自然。

4. ❸

> 남자: 이번 토요일에 시간 좀 있어요?
> 여자: 네, 토요일 괜찮아요. 그런데 무슨 일인데요?
> 남자: 저희 가게 개업식을 하니까 오시라고요.

⊙ 為男子詢問女子週六是否有空，對此女子回答有空，詢問對方有什麼事的情境。此時男子回答該理由最為自然。

5. ❹

> 여자: 저, 방 2개리짜리 집을 구하고 싶은데, 괜찮은 집이 있을까요?
> 남자: 층은 상관없으세요?
> 여자: 일 층만 아니면 좋겠어요.

⊙ 為女子正在不動產詢問自己想要的房型，對此男子詢問女子想居住之樓層的情境。此時女子回答想住的層數最為自然。

6. ❶

> 여자: 영어로 통역해 줄 아르바이트가 필요한데 괜찮은 사람이 있을까요?
> 남자: 한번 알아볼게요. 언제까지 말씀드려야 돼요?
> 여자: 빠르면 빠를수록 좋아요.

⊙ 為女子詢問男子能否找到口譯打工，對此男子詢問對方何時要回覆的情境。此時女子回答要何時回覆最為自然。

7. ❶

> 남자: 손님, 뭐 찾으시는 게 있으십니까?
> 여자: 네, 이 옷을 바꾸러 왔는데 다른 옷 중에는 마음에 드는 게 없어요.
> 남자: 그럼 환불해 드리겠습니다.

⊙ 為女子到服飾店打算換貨，但表示沒有看到她喜歡之款式的情境。此時男子回答因為無法替女子更換，將為她退款最為自然。

8. ❷

> 남자: 이번 휴가 때 어디 안 가세요?
> 여자: 해마다 바다에 갔으니까 올해는 산에 가 볼까 해요. 민수 씨는요?
> 남자: 고향에 다녀올까 생각 중이에요.

⊙ 為男子和女子彼此詢問對方假期的計畫並回答的情境，此時男子回答自己的計畫最為自然。

9. ❷

> 여자: 여보세요? 상조 씨, 저 지금 서울역 건물 입구에 도착했는데요. 지금 어디에 있어요?
>
> 남자: 제가 그쪽으로 갈게요. 저 지금 건물 안의 커피숍이니까 잠깐이면 돼요.
>
> 여자: <u>그럼 여기서 기다릴게요.</u>

◉ 女子抵達約定場所後詢問男子的位置，對此男子回答自己會前往女子所在位置的情境。此時女子回覆會等待對方最為自然。

10. ❹

> 남자: 보람 씨, 뮤지컬 좋아한다고 했지요?
>
> 여자: 네, 좋아하기는 하지만 비싸서 자주 못 가요.
>
> 남자: <u>저한테 표가 생겼는데 같이 갈래요?</u>

◉ 為男子向女子確認她是否喜歡音樂劇，對此女子回答因為太貴無法常去看的情境。此時男子提議一同去看音樂劇最為自然。

11. ❶

> 여자: 오늘 오후 네 시쯤 지하철 분당선 가천대역에서 가방을 놓고 내렸어요.
>
> 남자: 가방이 어떻게 생겼습니까?
>
> 여자: <u>까만색이고 네모나요.</u>

◉ 女子正在向地鐵失物招領中心申報遺失手提袋，對此男子詢問手提袋外形之情境。此時女子說明手提袋的模樣和顏色最為自然。

듣기 9번~12번 11　　　　p.066

1. ❷

> 남자: 김 대리, 내일 행사 준비는 다 되었어요?
>
> 여자: 네, 어제까지 확인한 결과로는 모든 준비가 다 끝났습니다. 아무 걱정 마십시오.
>
> 남자: 그래도 혹시 모르니까 영상 자료가 제대로 나오는지 컴퓨터는 한 번만 더 확인해 주세요.
>
> 여자: 네 다시 한 번 꼼꼼히 확인해 보겠습니다.

◉ 為類型（1）〈男子的要求〉。男子要求「컴퓨터는 한 번만 더 확인해 주세요. (請再確認一次電腦)」，女子回答「네. 확인해 보겠습니다. (好的，我會確認的)」。

2. ❹

> 남자: 여보, 이쪽 벽에는 그림을 하나 걸면 좋을 것 같아요.
>
> 여자: 그래요. 그림은 여기에 걸고 저쪽에는 화분을 몇 개 갖다 놓으면 좋겠네요.
>
> 남자: 좋아요. 그럼 이쪽 벽에 그림 좀 걸어 줄래요? 나는 꽃집에 가서 화분을 몇 개 사 올게요.
>
> 여자: 네, 알았어요.

◉ 為類型（2）〈男子的要求〉。男子說他會去買幾個花盆回來，同時向女子要求「벽에 그림 좀 걸러 줄래요? (可以幫我掛幾幅畫到牆上嗎？)」。對此女子回答「네. 알겠어요. (好的，我知道了)」。

3. ❸

> 여자: 요즘 전공 때문에 고민이 많아요. 그래서 전공을 바꿀까 해요. 안 되면 고향에 돌아가려고요.
>
> 남자: 전공을 바꿀 수는 있지만 한 번 더 신중하게 생각해 보는 게 어때요? 교수님을 찾아가서 의논도 해 보고요.
>
> 여자: 그게 좋겠네요. 일단 교수님과 이야기를 해 봐야겠어요.
>
> 남자: 그래요. 중요한 문제니까 신중하게 결정하는 게 좋아요.

◉ 為類型（3）〈男子的要求〉。男子針對女子煩惱事建議慎重考慮後和教授討論看看。對此女子回答「그게 좋겠네요. (好主意)」。

4. ❷

> 여자: 소포를 부치려고 왔는데요.
>
> 남자: 이렇게 물건만 가져오시면 안 되는데요. 직접 소포용 상자로 포장하셔야 합니다.
>
> 여자: 아, 그렇군요. 소포용 상자는 한 가지 종류만 있나요?
>
> 남자: 아니요, 크기 별로 가격이 다릅니다. 먼저 저쪽에 가서 상자를 산 후에 포장을 해서 오시면 됩니다.

◉ 為類型（4）〈男子的要求〉。男子在向女子說明寄包裹的方法，他叫女子買了箱子包裝好再來。

5. ②

> 여자: 회의 시간이 벌써 20분이나 지났는데 왜 아무도 안 오지요? 혹시 시간이 바뀐 게 아닐까요?
>
> 남자: 그럴 리가 있겠어요? 어제 퇴근하면서 다시 한 번 확인했는데.
>
> 여자: 그럼 제가 사무실에 가서 다시 확인해 보고 올게요.
>
> 남자: 아무래도 그게 낫겠네요.

● 為類型（5）〈女子的計畫、提議〉。女子表示「제가 사무실에 가서 다시 확인해 보고 올게요.（我去辦公室再確認一下就來）」，對此男子回答「그게 낫겠어요.（那樣會比較好）」。

6. ③

> 여자: 상조야, 우리 나가자.
>
> 남자: 추운데 어딜 가? 그냥 집에 있자.
>
> 여자: 또 집에 있어? 춥다고 집에만 있으면 건강에 안 좋아. 밖에서 기다릴 테니까 빨리 나와.
>
> 남자: 알았어. 옷 좀 갈아입을 테니까 좀 기다려.

● 為類型（5）〈女子的計畫、提議〉。女子對男子說我們出去吧，並說「밖에서 기다릴 테니까 빨리 나와.（我在外面等你，你快點出來）」，對此男子回答「알았어.（知道了）」。

7. ②

> 남자: 추석이 며칠 남지 않았는데 이번 추석에는 고향에 갈 거예요?
>
> 여자: 네, 오랫동안 고향에 가지 못해서 올해는 꼭 가려고 해요.
>
> 남자: 고향에 갈 준비는 다 했어요?
>
> 여자: 아직요. 그래서 오늘 기차표를 예매하려고요.

● 為類型（6）〈女子的計畫、提議〉。女子說她計畫這次中秋一定要回故鄉，並說她今天要預購火車票。

8. ②

> 남자: 엄마, 저 도서관에 좀 갔다 올게요.
>
> 여자: 이 밤중에 어딜 간다는 거야?
>
> 남자: 월요일까지 내야 하는 보고서가 있어서 오늘 도서관에서 친구랑 같이 하기로 했거든요.
>
> 여자: 그래. 그럼 잠깐 기다려. 간식 좀 싸 줄 테니까 가지고 가서 이따가 먹어.

● 為類型（6）〈女子的計畫、提議〉。女子對晚上要去圖書館的兒子提議「간식 좀 싸 줄 테니까 가지고 가서 이따가 먹어.（媽媽有幫你包好吃的，你帶著待會吃）」。

9. ①

> 남자: 고객님, 백화점 회원 카드 없으시면 하나 만들고 가세요.
>
> 여자: 회원 카드요? 어떤 혜택이 있나요?
>
> 남자: 혹시 운전하세요? 그러면 이 카드가 좋습니다. 주유하실 때마다 점수가 적립되는데요. 나중에 적립된 점수로 주유를 하실 수도 있고, 점수만큼 상품을 받으실 수도 있습니다.
>
> 여자: 그럼, 신청서 하나 주세요.

● 為類型（6）〈女子的計畫、提議〉。百貨公司裡，男子向女子遊說辦會員卡。對此女子聽過說明後回答「신청서 하나 주세요.（請給我一張申請表）」。

10. ②

> 남자: 보람 씨, 퇴근 안 해요?
>
> 여자: 지금 하려고요. 컴퓨터만 끄면 돼요. 같이 나가요.
>
> 남자: 그럼 승강기 앞에서 기다릴게요. 나올 때 불 끄고 나오세요.
>
> 여자: 네. 금방 나갈게요.

● 為類型（7）〈女子的計畫、提議〉。如依照順序整理女子接下來的行動，其結果如下：（1）컴퓨터를 끈다（關電腦）→（2）불을 끈다（關燈）→（3）사무실에서 나간다.（離開辦公室）

듣기 13번	▶ 和熟人的對話

1. ③ 2. ① 3. ②

듣기 14번	▶ 廣播

1. ③ 2. ② 3. ②

듣기 15번	▶ 新聞

1. ③ 2. ① 3. ③ 4. ② 5. ①

듣기 16번	▶ 訪談

1. ① 2. ①

읽기 9번	▶ 介紹文

1. ④ 2. ②

읽기 11번~12번	▶ 新聞報導

1. ④ 2. ④ 3. ② 4. ③

읽기 19번~20번	▶ 與內容一致，連接詞／副詞

1. ① 2. ④ 3. ④ 4. ③

듣기 13번	▶ 和熟人的對話	12 p.075

1. ❸

여자: 어, 이상하다. 왜 이러지?

남자: 뭐가 잘못 됐어?

여자: Ⓐ차가 고장이 났는지 시동이 안 걸리네. 도대체 어디가 고장 났는지 모르겠네.

남자: 어디 좀 볼까? 으음, 배터리가 다 된 것 같네. 보험사에 긴급 서비스를 받아야 될 것 같다.

➡ ① 남자와 차가 고장이 났다.
➡ （女子）的車故障了。與 A 不同。
② 남자는 긴급 서비스에 전화했다.
➡ 無相關資訊。
❸ 여자는 시동이 안 걸리는 이유를 모른다.
➡ 正確解答。
④ 여자의 차는 며칠 전에 서비스를 받았다.
➡ 無相關資訊。

---

2. ❶

여자: 요즘 내 가구 내 손으로 만들기가 유행이라면서요?

남자: Ⓐ네, 사실 저도 요즘 배우고 있어요. 이것도 제가 만든 책상이에요.

여자: Ⓑ와, 어떻게 이렇게 솜씨가 좋으세요? Ⓒ저도 한번 배워 보고 싶어요.

남자: 솜씨가 좋기요. 제 친구에 비하면 아무것도 아니에요.

➡ ❶ 남자의 친구는 솜씨가 더 좋다.
➡ 正確解答
② 남자는 가구를 만들 줄 모른다.
➡ 男子（懂得製作）傢俱。與A不同。
③ 여자는 가구 만드는 것을 배운 적이 있다.
➡ 女子（沒有）學過如何製作傢俱。與C不同。
④ 여자는 남자가 만든 가구가 마음에 안 든다.
➡ 女子對男子製作的傢俱（很滿意）。與B不同。

---

3. ❷

여자: 카메라 산다더니 뭘 살지 결정했어?

남자: Ⓐ아직. 카메라 종류가 너무 많아서 고르기가 힘드네.

여자: 그렇지? Ⓑ나도 얼마 전에 카메라를 샀는데 내 경험으로는 Ⓒ제일 먼저 가격대를 정하는 게 낫더라고. 그 다음에 디자인이나 기능을 따져 보는 게 좋아.

남자: 그래. 그렇게 해야겠다.

➡ ① 여자는 카메라의 크기를 따진다.
➡ 女子講究相機的（價格、設計、功能）。與C不同。
❷ 남자는 카메라를 사고 싶어 한다.
➡ 正確解答。
③ 남자는 사고 싶은 카메라를 정했다.
➡ 男子（無法）決定想買的相機。與A不同。
④ 여자는 카메라를 구입한 적이 없다.
➡ 女子（有）購買相機的經驗。與B不同。

듣기 14번	▶ 廣播	13 p.078

1. ❸

여자: 관리사무소에서 안내 말씀드리겠습니다. 내일 밤 12시부터 모레 밤 12시까지 가스관을 바꾸는 공사가 진행될 예정입니다. 따라서 Ⓐ가스 공급이 중단될 예정이오니 Ⓑ각 세대에서는 미리 휴대용 가스레인지 등을 준비하시기 바랍니다. 주민 여러분께서는 다소 불편이 있으시더라도 양해해 주시기 바랍니다.

➊ ① 공사 중에도 가스는 <del>공급될 것이다.</del>
➜ 施工期間將（中斷）瓦斯供應。與A不同。
② 불편한 점은 관리사무소에 <del>전화하면 된다.</del>
➜ 無相關資訊。
❸ 하루 동안 가스관 교체 공사를 할 예정이다.
➜ 正確解答。
④ 휴대용 가스레인지는 <del>관리사무소에서 빌려준다.</del>
➜ （各戶須準備）卡式瓦斯爐。與B不同。

2. ❷

여자: 안내 말씀드리겠습니다. 방금 전 ▲오후 2시쯤 1층 화장품 매장에서 화장품을 산 후 영수증과 함께 물건을 화장실에 두고 가신 손님을 찾습니다. 두고 가신 물건은 ❸지하 2층 분실물센터에서 보관하고 있습니다. ●백화점 폐장 시간 전까지 오셔서 찾아가시기 바랍니다.

➊ ① 잃어버린 물건은 <del>화장품 매장에</del> 있었다.
➜ 遺失的物品曾放在（洗手間）。與A不同。
❷ 오후 2시쯤 화장품을 구입한 사람을 찾고 있다.
➜ 正確解答。
③ 분실물을 찾기 위해서는 <del>1층 매장에 가면 된다.</del>
➜ 為找回遺失物，只要前往（地下二樓失物招領中心）即可。與B不同。
④ 분실물센터는 백화점 폐장 시간 <del>이후에도</del> 이용할 수 있다.
➜ 失物招領中心於百貨公司打烊（前）皆可使用。與C不同。

3. ❷

여자: ▲공원 관리사무소에서 안내 말씀 드리겠습니다. 세 살 정도의 남자 아이를 찾고 있습니다. 이름은 '한상조', ❸청바지와 하얀색 옷을 입고 있으며 야구 모자를 쓰고 있습니다. 이 아이를 보신 분이나 보호하고 계신 분은 관리사무소로 연락해 주십시오. ●관리사무소는 공원 정문 왼쪽에 있으며 전화번호는 02-123-4567번입니다.

➊ ① 관리사무소는 공원 <del>가운데에</del> 위치해 있다.
➜ 管理事務所位於公園（正門左邊）。與C不同。
❷ 세 살 정도의 남자 아이가 길을 잃어버렸다.
➜ 正確解答。
③ 남자 아이는 청바지와 <del>빨간색</del> 옷을 입었다.
➜ 小男孩穿著牛仔褲與（白色）衣服。與B不同。
④ <del>야구장에서</del> 야구를 보다가 아이를 잃어버렸다.
➜ （公園）裡弄丟小孩。與A不同。

듣기 15번 ▶ 新聞 14 ｜ p.081

1. ❸

남자: 다음은 사건 사고 소식입니다. ▲오늘 새벽 다섯 시쯤 은혜시 인근 도로에서 화물차가 버스를 추돌하는 사고가 발생했습니다. 이 사고로 ❸버스 운전자와 버스 승객 네 명이 부상을 입고 은혜 병원으로 옮겨져 ●치료를 받고 있습니다. 경찰 조사 결과 화물차 운전자가 신호 대기 중이던 버스를 발견하지 못하고 사고를 낸 것으로 드러났습니다. 이 사고로 은혜시 근처는 출근 시간까지 심한 정체를 보였습니다.

➊ ① 부상자의 치료가 <del>모두 끝났다.</del>
➜ 傷者（正在接受）治療。與C不同。
② 이 사고로 모두 <del>네 명이</del> 다쳤다.
➜ 這場事故共有（五）人受傷。與B不同。
❸ 화물차 운전자가 이 사고를 냈다.
➜ 正確解答。
④ 이 사고는 <del>어제 저녁에</del> 일어났다.
➜ 這場事故發生於（今天凌晨）。與A不同。

2. ❶

남자: 날씨를 전해 드리겠습니다. 내일은 일주일 내내 내리던 ▲비가 그치고 오랜만에 화창한 주말이 되겠습니다. 낮 최고 기온은 20도로 따뜻할 것으로 보이지만 ❸저녁에는 좀 쌀쌀할 것으로 예상됩니다. ●일교차가 큰 만큼 외출하실 때 긴 소매 옷을 준비하는 것이 좋겠습니다. 이상 날씨를 전해 드렸습니다.

➊ ❶ 내일은 날씨가 맑을 것이다.
➜ 正確解答。
② 내일은 하루 종일 <del>따뜻할 것이다.</del>
➜ 明天（不會）一整天（都很溫暖）。與B不同。
③ 주말 동안 비가 <del>계속 내릴 것이다.</del>
➜ 週末期間雨勢（將會停止）。與A不同。
④ 낮과 저녁의 온도차가 <del>크지 않을 것이다.</del>
➜ 白天與夜晚的溫差（將會很大）。與C不同。

3. ❸

남자: 다음은 안전 관리 소식입니다. 은혜시 소방서에서는 10월 1일부터 ▲두 달 동안을 불조심 강조기간으로 정하고 시민을 대상으로 화재예방 홍보를 실시하기로 했습니다. 이 기간 동안 각종 소방 안전 교육, 겨울철 난방용품의 안전한 사용방법 교육 등을 실시하고, 사람들이 많이 모이는 장소를 중심으로 불조심 포스터를 붙이는 등 화재예방 활동을 지속적으로 추진할 방침입니다.

➊ ① 불조심 강조 기간은 한 달 간이다.
　➤ 防火宣導期為（兩個月）。與A不同。
　② 최근 화재 사고가 많이 발생하고 있다.
　➤ 無相關資訊。
　❸ 시민들은 소방 안전 교육을 받을 수 있다.
　➤ 正確解答。
　④ 이 기간 동안 난방용품을 싸게 팔 예정이다.
　➤ 無相關資訊。

4. ❷

> 남자: ❶남산공원은 차가 다니지 않는 길로 온 가족이 안전하게 산책을 할 수 있는 대표적인 장소인데요. 그래서 남산공원에서는 ❸11월 한 달 동안 '남산 가을숲 여행'을 진행한다고 밝혔습니다. 이 프로그램은 자연 탐방코스를 등산하면서 남산의 문화와 역사, 그리고 생태에 대한 해설을 들으면서 가을의 아름다움을 느끼고 자연을 체험하는 프로그램입니다. 이번 기회에 ❸가족과 시간을 가져보시는 게 어떨까요?

➊ ① 자동차로 남산공원을 구경할 수 있다.
　➤ （無法）開車觀賞南山公園。與A不同。
　❷ 설명을 들으면서 남산을 구경할 수 있다.
　➤ 正確解答。
　③ 이 프로그램은 일 년 내내 진행되고 있다.
　➤ 這項計畫將（執行一個月）。與B不同。
　④ 이 프로그램은 어린이를 위한 프로그램이다.
　➤ 這項計畫是為了（家庭）的計畫，與C不同。

5. ❶

> 남자: 다음은 관광 안내 소식입니다. ❶은혜 시청에 위치한 김치 박물관은 ❸외국인들에게 아주 인기가 많은 곳인데요. 이곳은 은혜시가 자랑하는 김치 박물관으로 꼭 한번 가 볼만한 곳입니다. 이곳에서는 여러 가지 종류의 김치를 맛볼 수 있고, 직접 만들어 볼 수도 있습니다. ❸실습을 원하는 경우 일주일 전에 신청을 해야 됩니다.

➊ ❶ 김치 만들기를 체험해 볼 수 있다.
　➤ 正確解答
　② 이 박물관은 시내 여러 곳에 있다.
　➤ 此博物館位於（恩惠市政府）。與A不同。
　③ 이 박물관은 학생들에게 인기가 많다.
　➤ 此博物館（很受外國人）喜愛。與B不同。
　④ 체험을 원하는 사람은 전날 신청하면 된다.
　➤ 想體驗的人只要在（一週前）申請即可。與C不同。

---

1. ❶

> 여자: 선생님, 동물의 특징을 설명해 주는 동물 해설사로 활동하고 계신데요, 특별한 계기가 있었나요?
>
> 남자: 네, 저는 30년간 중학교 생물 교사였습니다. 수업 중 동물의 여러 모습을 보여 줄 수 있는 현실적인 수업을 하고 싶었지만 그건 생각뿐이었지요. 요즘에야 시청각 자료가 풍부하니 괜찮지만 옛날에는 교과서에 실린 사진이 전부였거든요. ❶퇴직 후 동물해설사라는 직업을 알게 됐습니다. 동물원을 찾은 시민에게 동물의 특징 등을 이해하기 쉽도록 재미있게 설명하는 일이었지요. ❸그래서 제가 꿈꾸던 수업을 할 수 있겠다는 생각에 이 일을 시작했습니다.

➊ ❶ 남자는 중학교에서 생물을 가르쳤다.
　➤ 正確解答。
　② 남자는 시청각 자료를 만드는 일을 했다.
　➤ 無相關資訊。
　③ 남자는 교사로 일하며 해설사로 활동했다.
　➤ 男子（退休後）以解說員的身分活動。與A不同。
　④ 남자는 어렸을 때부터 동물해설사가 되고 싶었다.
　➤ 男子（退休後）想當動物解說員。與B不同。

2. ❶

> 여자: 오늘은 음식을 입으로만 즐기는 게 아니라 눈으로도 즐길 수 있는 곳이 있다고 해서 한 식당에 나와 있습니다. 사장님, 이 식당의 인기 비결이 무엇인가요?
>
> 남자: 네, 비결은 요리를 만드는 과정을 공연의 한 장면처럼 보여 드리기 때문이라고 생각합니다. 저희 식당은 손님들이 주문을 하시면 ❶10명의 요리사가 칼과 주방 도구를 이용해 멋진 솜씨로 요리하는 것을 보여 드립니다. 음식 맛도 즐기면서 눈으로도 즐길 수 있게 말이지요. 물론 음식의 맛은 기본이겠고요.

➊ ❶ 이 식당은 음식 만드는 것을 보면서 먹는 곳이다.
　➤ 正確解答。
　② 이 식당은 음식을 파는 곳이 아니라 전시하는 곳이다.
　➤ 這家餐廳不只是賣食物，是連料理過程也可看見的地方。與A不同。
　③ 이 식당은 한 명의 요리사가 열 명의 손님을 담당한다.
　➤ 無相關資訊。
　④ 이 식당은 음식 이외에 칼과 주방 도구도 함께 판매한다.
　➤ 無相關資訊。

1. ❹

> ❶제18회 안동 국제 탈춤 축제
> 행사 개요: ❷국내외 탈춤을 볼 수 있는 축제
> 수상 경력: 대한민국 대표 축제, 글로벌 육성 축제
> 　　　　　 등으로 ❸여러 차례 선정됨.
> 행사 장소: 안동 탈춤공원, 시내 일부
> 행사 목적: 한국 전통 문화의 세계화
> 행사 일시: 9월 28일부터 10월 7일까지

① 이 축제는 올해로 ~~여덟 번째로~~ 열린다.
　➡ 這個慶典今年已開辦（第十八年）。與 A 不同。
② 이 축제에서는 ~~한국의 전통~~ 탈춤만 볼 수 있다.
　➡ 在這個慶典只能看到（國內外面具舞）。與 B 不同。
③ 이 축제는 대표 축제로 ~~한 차례~~ 선정된 적이 있다.
　➡ 這個慶典曾（多次）被選為代表性慶典。與 C 不同。
❹ 이 축제는 한국 전통 문화를 세계에 알리기 위해 열린다.
　➡ 正確解答。

2. ❷

> 스키 캠프 참가 안내
> 장　소: 은혜 스키장
> 대　상: ❶초·중·고교생, 대학생 개인 및 단체
> 기　간: 2018년 12월 1일 ~ 2017년 2월 말
> 참가비: 1박 2일 200,000원
> 　　　　- 왕복 교통비, 숙박비, 1박 2식, 시설 이용
> 　　　　 료 포함.
> 준비물: ❷스키용품 및 스키복(대여 가능)
> ❸문의처: 02-1234-5678

① ~~대학생들만~~ 캠프에 참가할 수 있다.
　➡ 只有（國小、國中、高中生，大學生）可參加露
　　 營。與 A 不同。
❷ 참가비를 내면 교통비를 따로 내지 않아도 된다.
　➡ 正確解答。
③ 궁금한 점이 있으면 ~~인터넷으로~~ 알아볼 수 있다.
　➡ 如有疑問之處可（電話）諮詢。與 C 不同。
④ 캠프에 참가하려면 스키복과 스키용품을 ~~구입해야~~ 한다.
　➡ 若要參加露營，須（租借）滑雪服和滑雪用品。
　　 與 B 不同。

1. ❹

> ❶고등학교 1학년생이 간경화가 심해진 아
> 버지에게 자신의 간 일부를 이식해 준 사연이 화
> 제가 되고 있다. ❷학생의 아버지는 오래전부터
> 간경화를 앓다가 최근 위독해졌다. 간 이식 수술
> 이 필요했지만 ❸간을 이식해 줄 사람이 마땅히
> 없었다. 학생은 자신이 간을 기증하고 싶었지만
> 나이가 어려서 불가능하였다. 그러던 중 생일이
> 지나 이식이 가능한 나이가 되자마자 간 이식을
> 한 것이다.

① 학생의 아버지는 ~~최근 간경화가 생긴 것을 알았다.~~
　➡ 學生的父親（很久之前就得了肝硬化）。與 B 不同。
② 학생의 아버지는 간을 ~~키증할 사람을 금방 찾았다.~~
　➡ 學生的父親（沒有匹配的肝臟捐贈者）。與 C 不同。
③ 학생은 ~~간경화가 심해져 아버지로부터 간을 기증 받았~~
　 ~~다.~~
　➡ 學生（將肝臟捐給肝硬化惡化的父親）。與 A 不
　　 同。
❹ 학생은 간 기증이 가능한 나이를 기다렸다가 이식 수술
　 을 했다.
　➡ 正確解答。

2. ❹

> 2020년 김해 숲길 마라톤 대회가 오는 6월
> 17일 일요일 오전 8시에 김해운동장에서 개최된
> 다. 이번 마라톤 대회는 하프, 10km와 3km 세
> 부문으로 나뉘어 진행된다. ❶참가비는 각각 하
> 프와 10km는 삼만 원, 3km는 만 오천 원이다.
> ❷참가는 홈페이지에서 신청하면 된다. ❸신청
> 마감은 6월 4일 월요일까지이고 선착순 2,500
> 명까지 받는다.

① 참가는 ~~현장에서~~ 접수를 받는다.
　➡ 參加者（線上）報名。與 B 不同。
② 참가비는 ~~거리에 관계없이 같다.~~
　➡ 報名費（根據距離而有所不同）。與 A 不同。
③ 참가 신청은 ~~대회 전날까지~~ 가능하다.
　➡ （6月4日前）皆可報名申請。與 C 不同。
❹ 참가 인원은 신청자 수에 따라 제한이 있다.
　➡ 正確解答。

3. ❷

> ❶1인 가구가 증가하면서 혼자 식사를 하는
> 사람, 이른바 '혼밥'이 늘고 있다. 몇 년 전 해도
> 식당에서 혼자 밥을 먹는 모습은 낯설었다. 하지
> 만 요즘 식당에 가 보면 1인 고객이 상당한 비중
> 을 차지하고 있다. ❷이에 발맞추어 외식업계에
> 서는 '1인 삼겹살', '1인 보쌈' 등 1인분 식단을 선
> 보이고 있다. 부담 없는 가격에 1인 고객이나 소
> 비자들은 높은 만족도를 보이고 있다.

① 식당에서 혼자 식사를 하는 사람은 자주 볼 수 없다.
　　➡ 餐廳裡經常（可）見獨自吃飯的人。與A不同。
❷ 1인분 식단은 소비자들에게 좋은 반응을 얻고 있다.
　　➡ 正確解答。
③ 혼자 식사를 하는 사람들이 증가한 것은 물가 때문이다.
　　➡ 獨自用餐者增加的原因是因為（1人戶口增加）。與A不同。
④ 외식업계에서는 1인분 식단에 대해 부담스럽게 생각한다.
　　➡ 外食業界對一人份菜單（肯定地）看待。與B不同。

4. ❸
> 집에서 텔레비전이나 세탁기를 버리려면 돈을 주고 스티커를 사서 물건에 붙여야 한다고 아는 사람이 많다. 그러나 ❹2012년부터 환경부에서 시행하고 있는 제도를 이용하면 가전제품을 무료로 버릴 수 있다는 사실을 아는 사람은 많지 않다. ❸환경부 홈페이지를 통해 신청을 하면 직원이 직접 집으로 방문해서 버릴 물건을 무료로 가져가 준다.

① 이 서비스는 앞으로 시행할 예정이다.
　　➡ 這項服務（正在實行）。與A不同。
② 환경부에 직접 방문해서 신청해야 한다.
　　➡ 必須（透過環境部線上）申請。與B不同。
❸ 신청을 하면 버릴 가전제품을 가지러 온다.
　　➡ 正確解答。
④ 환경부 홈페이지를 통해 스티커를 구입해야 한다.
　　➡ 無相關資訊。

읽기 19번~20번

▶ 與內容一致，連接詞／副詞　　p.093

> ❹음악을 들으면서 공부를 한다고 해서 학습 능률이 떨어지는 것은 아니다. 사람에 따라 다를 수 있기 때문이다. 음악을 들으면서 공부를 하는 것이 그냥 공부하는 것보다 더 효과적인 경우가 있다. ❸음악을 듣다 보면 공부가 지루한 줄을 모르게 되고 음악에 맞춰 몸이나 다리를 흔들면 운동도 된다. (게다가) ❹졸음을 쫓는데도 아주 좋은 방법이 된다.

1. ❶
> （空格）前的句子是「음악을 듣다 보면 운동도 된다.（聽音樂的話還可兼顧運動）」，（空格）後則是「졸음을 쫓는데도 아주 좋은 방법이 된다.（對於驅除睡意也是很好的方法）」。由於這裡的「-도」表包含（追加）之意，故①게다가為正確答案。

2. ❹
① 음악을 너무 오래 들으면 지루해진다.
　　➡ 長時間聽音樂的話，（都不會感到疲倦）。與B不同。
② 음악에 신경을 쓰면 공부를 할 수 없다.
　　➡ 無相關資訊。
③ 음악에 맞춰 몸을 흔들면 능률이 떨어진다.
　　➡ 如果跟著音樂擺動身體，（還可以運動）。與A不同。
❹ 음악을 들으면서 공부를 하면 효과적일 수 있다.
　　➡ 正確解答。

> ❹야구 경기를 보면 껌을 씹고 있는 선수들의 모습을 자주 볼 수 있다. 야구 선수들이 껌을 씹는 이유는 경기에 대한 긴장감을 줄이기 위해서이다. 껌을 씹는 것 말고도 크게 소리를 지르거나 눈을 감고 조용히 노래를 따라하는 것도 마찬가지의 행동이다. (그리고) ❸숨을 천천히 쉬는 것도 긴장을 푸는 좋은 방법 중의 하나이다.

3. ❹
> （空格）前面的內容為減緩緊張的各種方法，（空格）後面為「숨은 천천히 쉬는 것도 방법 중의 하나이다. （慢慢深呼吸也是方法之一）」。由於這裡的「-도」表羅列之意，故④그리고為正確答案。

4. ❸
① 긴장을 줄이려면 계속 떠들어야 한다.
　　➡ 無相關資訊。
② 야구 경기 중에는 껌을 씹으면 안 된다.
　　➡ 棒球比賽中（常見的模樣）。與A不同。
❸ 긴장을 풀기 위해서 껌을 씹는 경우가 있다.
　　➡ 正確解答。
④ 야구 선수들은 경기력을 위해 숨을 빨리 쉰다.
　　➡ 棒球選手為了競技能力（會慢慢呼吸）。與B不同。

3級 Chapter 4 中心思想

듣기 17번 ~19번	▶ 對話

1. ①　　2. ①　　3. ④　　4. ①　　5. ②
6. ④　　7. ②

듣기 20번	▶ 訪談

1. ③　　2. ①

1. ❶

> 남자: 지금 뭐 하고 있어요?
>
> 여자: 여름용 이불을 사려고 인터넷 쇼핑몰 검색 중이에요.
>
> 남자: 여름용 이불은 인터넷 쇼핑보다 직접 가서 고르는 게 나을 거예요. 직접 만져 보는 게 중요하거든요. 너무 부드러운 것보다는 약간 거친 것을 선택하는 게 좋아요. 이불이 너무 부드러우면 피부에 붙어서 덥게 느껴지거든요.

○ 屬於中心思想Ranking 類型（1）「-는 게 좋다.」 和類型（4）「-는 게 중요하다.」。只要從選項中選出與「여름용 이불은 직접 가서 만져 본 후 고르는 것이 낫다.（夏天用的被子還是親自到店裡摸摸看再挑選會比較好）」相同的內容即可。

2. ❶

> 여자: 2박 3일 제주도 단체 관광 상품이 있던데 우리 이거 한번 가 보자.
>
> 남자: 난 단체 관광은 별론데. 예전에 한번 가 봤는데 아침 일찍 나가서 밤늦게 돌아오고 힘들더라고. 시간 맞춰 단체로 이동하는 것도 불편하고.
>
> 여자: 이 상품 정말 싸게 나왔는데. 진짜 안 갈 거야?
>
> 남자: 갈 거면 우리가 계획 짜서 자유 여행으로 가자. 우리가 가고 싶은 데도 자유롭게 가고, 단체로 안 움직이니까 시간도 자유롭고. 여행은 마음대로 할 수 있어야 제대로 여행을 하는 거지.

○ 屬於中心思想Ranking 類型（2）「-아／어야」。只要從選項中選出與「여행은 마음대로 할 수 있어야 제대로 여행을 하는 것이다.（旅行唯有可以想去哪就去哪才是真正的旅行）」相同的內容即可。

3. ❹

> 여자: 어제 동생하고 마트에 갔는데 쉬는 날이더라고.
>
> 남자: 요즘 대형 마트는 둘째, 넷째 일요일에 휴무일이잖아. 전통 시장을 활성화하자는 의미로 말이야.
>
> 여자: 그렇게 한다고 해서 시장에 가는 사람이 늘어날까? 시장은 마트에 비해 불편한 점이 많으니까 안 가는 거지.
>
> 남자: 어떻게든 전통 시장을 살려 보겠다는 거지. 그래서 법으로 마트 휴무일을 정한 거잖아.

○ 屬於中心思想Ranking 類型（3）「그래서」。只要從選項中選出與「전통 시장을 살려 보겠다는 목적으로 마트 휴무일을 만든 것이다.（為了救傳統市場的目的而制定了大型賣場公休日）」相同的內容即可。

4. ❶

> 남자: 보람 씨, 왜 이렇게 피곤해 보여요.
>
> 여자: 요새 잠을 잘 못 자서 큰일이에요. 어떻게 하면 잘 잘 수 있을까요?
>
> 남자: 자기 전에 따뜻한 물로 목욕을 하면 도움이 된대요. 하지만 무엇보다도 중요한 건 마음을 편하게 가지는 거래요.

○ 屬於中心思想Ranking 類型（9）「무엇보다도」。只要從選項中選出與「무엇보다도 마음이 편하게 가져야 잠을 잘 잘 수 있다.（最重要的是，必須保持輕鬆的心才能夠睡好覺）」相同的內容即可。

5. ❷

> 남자: 무슨 일 있어? 얼굴이 안 좋아 보이네.
>
> 여자: 아침에 같은 방 쓰는 친구하고 싸웠거든. 아직도 화가 나서 참을 수가 없어.
>
> 남자: 그렇게 계속 화만 내지 말고 천천히 네가 뭐 때문에 화가 났는지 생각해 봐. 그리고 그걸 간단하게 글로 써 봐. 그러다 보면 화가 좀 풀릴 거야.

○ 屬於中心思想Ranking 類型（5）「아／어 보세요」。只要從選項中選出與「화가 났던 이유를 간단하게 글로 써 보면 화가 풀릴 것이다.（只要用文字簡單寫出生氣的理由，氣就會消了）」相同的內容即可。

6. ❹

> 여자: 이번에 새로 오신 우리 팀장님은 회의할 때가 최고인 것 같아요. 짧게 해서 좋고, 또 중요한 지시 사항만 말씀하시니까 좋지 않아요?
>
> 남자: 그렇긴 해요. 그런데 의견을 말할 수 있는 시간이 적은 게 좀 아쉬워요. 사람들의 생각을 함께 이야기할 수 있는 기회가 더 많아졌으면 좋겠어요. 그래야 좋은 아이디어도 나올 거 아니에요?

● 屬於中心思想Ranking 類型（6）「–（으）면 좋겠다.」和類型（2）「–아/어야」。只要從選項中選出與「회의할 때 이야기할 기회가 많아져야 좋은 아이디어도 나온다.（唯有會議時發表意見的機會增加才有可能產生好的想法）」相同的內容即可。

7. ❷

> 여자: 왜 차를 안 가지고 출근하셨어요?
>
> 남자: 차 없이 출퇴근한 지 좀 됐어요. 기름값도 비싸고 운동도 부족한 것 같아서요.
>
> 여자: 아, 그래요? 저희 아버지도 요즘 지하철을 타고 출퇴근하세요. 길 막힐 걱정 없고, 시간도 절약할 수 있어서 오히려 좋다고 하세요.
>
> 남자: 저도 지하철로 출퇴근하니까 책을 읽거나 신문을 볼 수 있어서 좋더라고요.

● 屬於中心思想Ranking 類型（8）「–아/어서 좋다.」。只要從選項中選出與「지하철로 출퇴근을 하니까 책이나 신문을 볼 수 있어서 좋다.（因搭乘地鐵上下班，可以看書或報紙，所以很好）」相同的內容即可。

듣기 20번　▶ 訪談 17　p.102

1. ❸

> 여자: 이 박사님, 이번에 '웃음의 효과'라는 책을 내셨는데요. 소개 좀 부탁드리겠습니다.
>
> 남자: 건강하기를 원한다면 웃으라는 겁니다. 실제로 제가 일하는 병원에서 환자들에게 하루 한 시간씩 재미있는 동영상을 보여 주었는데요. 대부분의 환자가 전보다 건강이 훨씬 좋아졌습니다. 그리고 한 번 크게 웃는 것은 5분 동안 운동을 하는 것과 같은 효과가 있습니다. 또 웃을 때는 크게 웃는 것이 더 좋고요. 그래서 웃음이 건강에 좋다는 것을 알리고 싶었습니다.

● 屬於中心思想Ranking 類型（3）「그래서」和類型（6）「–（으）면 좋겠다.」。只要從選項中選出與「웃음은 건강에 좋다.（笑有益於健康）」相同的內容即可。

2. ❶

> 여자: 사장님, 이 카페는 1970년대를 그대로 옮겨 온 것 같은 분위기인데요. 이렇게 추억이 담긴 물건들을 모아서 전시를 하시는 특별한 이유가 있으신가요?
>
> 남자: 보시다시피 이건 과거 초등학교에서 쓰던 작은 나무 책상이고요, 이건 그때 사용하던 교과서들입니다. 벽에 걸려 있는 것들은 70년대 학교와 그 주변의 모습을 찍어 놓은 사진들입니다. 그 시대의 추억을 느낄 수 있는 공간이지요. 그래서 저처럼 나이가 든 어른들에게는 어릴 때의 추억을, 그리고 요즘 젊은이들에게는 과거의 모습을 보여 주고 싶어서 이 카페를 운영하고 있습니다.

● 屬於中心思想Ranking 類型（3）「그래서」。只要從選項中選出與「어른에게는 추억을, 젊은이에게는 과거의 모습을 보여 주고 싶다.（我想讓大人們懷舊，讓年輕人看見過去的樣貌）」相同的內容即可。

3級 Chapter 5 順序排列

읽기 13번~15번　▶ 順序排列

1. ②　　2. ①　　3. ③　　4. ②　　5. ④
6. ②

읽기 13번~15번　▶ 順序排列　p.106

1. ❷

● 必須以情報Ranking（1）〈個人文章〉，從（가）和（라）找出第一個句子。因為（가）的「給手冊的理由」為（라）的「常常忘記必須要做的事情」，所以（라）為第一個句子。其後為（가）給我手冊／（나）同時叫我做筆記／（다）我從那個時候開始做筆記。

2. ❶

● 必須以情報Ranking（2）〈人類相關〉關聯文章，從（다）和（라）中找出第一個句子。因為（다）的句子有「열이 날 수도 있다.（有可能會發燒）」，不是第一個句子，所以（라）為第一個句子。全文順序為（라）由於新生兒調節體溫的

能力不全／（나）因此體溫易受外界溫度變化影響／（다）如在悶熱的房裡用包巾將寶寶裹起來，可能會導致寶寶發燒／（가）故須留意室內溫度要維持在24度。

3. ③

○ 必須以情報Ranking（4）〈健康〉關聯文章，從（나）和（다）中找出第一個句子。（나）以「手跟腳」舉例說明，（다）則是描述「感受到疼痛之部位」。因為（다）的涵蓋範圍更廣，所以（다）是第一個句子。全文順序為（다）我們對感到疼痛的部位會小心／（나）手跟腳的情形也是疼痛的話就會很小心／（라）但感到疼痛就馬上服用藥物的行為並不好／（가）因為吃了藥疼痛減輕的話，就會勉強行動之故。

4. ②

○ 必須以情報Ranking（3）〈奇聞軼事〉，從（다）和（라）中找出第一個句子。在故事內容的組成上，（다）和（라）之中屬於背景說明或登場人物介紹的（다）為第一個句子。全文順序為（다）有一隻炫耀體型巨大的青蛙爸爸／（나）有一天，青蛙兒子說他看到體型比青蛙爸爸還要大的動物／（라）青蛙爸爸想讓自己的身體變得更大，就把空氣吸進身體裡／（가）結果他一直吸一直吸，然後肚子爆炸就死掉了。

5. ④

○ 必須以情報Ranking（5）〈資訊〉關聯文章，從（다）和（라）中找出第一個句子。在（다）的「登山鞋鞋帶」和（라）的「為了安全登山必須注意的點」中，（라）的涵蓋範圍更廣，所以（라）為第一個句子。後面順序為（다）務必綁緊鞋帶，將登山鞋盡可能牢牢地穿在腳上／（가）綁妥鞋帶之後，須以固定的速度行走／（나）大約走50分鐘左右，必須休息5分鐘。

6. ②

○ 必須以情報Ranking（9）〈情報〉關聯文章，從（가）和（나）中找出第一個句子。對於（나）的「以獨特的方法抓補食物」，（가）的「在水裡宛如石頭一般，動也不動地等待」說明較為具體，所以（나）為第一個句子。後面順序為（다）假如動物們以為是石頭，開始在水邊喝水的話／（라）鱷魚就會咬住獵物把牠們拖入水中。

읽기 16번~18번	▶ 對應題型
1. ② 　　2. ④

읽기 16번~18번	▶ 綜合題型
1. ④ 　　2. ③

쓰기 51번	▶ 公開文章
1. ㉠ 살/생활할 룸메이트를 찾습니다 / ㉡ 연락해 주십시오
2. ㉠ 모집하려고 합니다 / ㉡ 와/방문해 주십시오

쓰기 51번	▶ 個人文章
1. ㉠ 집들이를 하려고 합니다 / ㉡ 시간이 있으십니까
2. ㉠ 응모하려고 합니다 / ㉡ 언제 알 수 있습니까

쓰기 52번	▶ 說明文
1. ㉠ 옷을 입는 것이 좋다 / ㉡ 물기 때문이다
2. ㉠ 느낌을 받는다 / 인상을 받는다
　 ㉡ 파란색 넥타이를 고르는

읽기 16번~18번	▶ 對應題型	p.112

1. ②

달은 예로부터 사람들의 관심 대상이었다. 예를 들어 동양 사람들은 달 속에 토끼가 살고 있다고 생각했고 서양 사람들은 여신이 살고 있다고 생각했다. ⒜달 표면의 어두운 면을 위주로 보면 ⒝토끼의 모습을 볼 수 있고 ⒜'(달의 밝은 부분을 중심으로 바라보면) ⒝'여신의 모습을 볼 수 있다. 다시 말해 동일한 달을 어떻게 보느냐에 따라 생각이 달라지는 것이다.

○ 以對應題型活用反義詞，找出適合填入空格的正確內容即可。
⒜달 표면의 어두운 면을 위주로 보면 ➡ 토끼의 모습을 볼 수 있다. ⒝
如果主要看月亮黑暗部位 ➡ 可以看見兔子的樣子
⒜'（달 표면의 밝은 면을 위주로 보면）➡ 여신

의 모습을 볼 수 있다. ⓑ'

（如果主要看月亮明亮部位）➔ 可以看見女神的
樣子

2. ④

> 직장인들은 직장에서 일하면서 ⓐ월급을 받기도 하지만 보람을 찾기도 한다. 이런 ⓑ보람을 느끼기 위해서는 직장이 자신의 적성에 잘 맞아야 한다. 업무가 자신의 적성에 잘 맞아야 직장생활을 즐겁게 할 수 있는 것이다. 그렇기 때문에 직장을 선택할 때는 ⓐ'월급이나 근무 조건도 중요하지만 무엇보다도 ⓑ'(자신의 적성에 맞는지를) 먼저 고려해야 한다.

◯ 以對應題型活用相似表現，找出適合填入空格的
正確內容即可。
ⓐ 월급을 받기도 한다 ➔ 보람을 찾기도 한다 ⟵
자신의 적성에 잘 맞아야 한다 ⓑ
既可領薪水 ➔ 還可找尋生活意義 ⟵ 必須符合自己的職業適性
ⓐ'월급이나 근무 조건도 중요하다 ➔ ⓑ'（자신의
적성에 잘 맞아야 한다）
薪水跟工作條件都很重要 ➔（必須符合自己的職業適性）

읽기 16번~18번 ▶ **綜合題型**   p.113

1. ④

> 흔히 우리의 성격은 태어날 때부터 선천적으로 결정된다고 생각하는 사람이 많다. 그러나 반드시 그런 것은 아니다. 대부분의 학자들은 성격이 ⓐ'선천적으로 타고나는 것과 ⓐ(자라나는 과정에서 겪는 경험이) 복합적으로 작용하여 형성되는 것이라고 말한다. 다시 말해 성격은 ⓐ"유전과 ⓐ'''환경의 영향으로 형성된다는 것이다.

◯ 作為綜合題型，必須找出表達「環境」的內容

ⓐ（受成長環境影響的因素）

ⓐ'非先天性因素　　ⓐ"後天性因素　　ⓐ'''環境因素

2. ③

> 나무가 잘 자라게 하려면 ⓐ때에 맞춰 가지를 잘라주어야 한다. ⓐ'잘라 주지 않으면 영양분이 골고루 공급되지 않고 ⓐ"이상하게 자라기 때문이다. ⓑ사람도 이와 마찬가지다. 어렸을 때 잘못을 했을 경우 부모가 ⓑ'(자식을 야단치지 않는다면) 그 아이는 ⓑ"제멋대로 자라날 것이다. 또 어른이 되어서도 예의 없는 사람이 될 가능성이 높다.

◯ 作為綜合題型，「樹木」與「人」的情況相同之意。

ⓐ'樹木 —— 相同 —— ⓑ'人
↓ ↓
ⓐ"（如果不修剪）—— 會如何 —— ⓑ"（如果不斥責孩子）
↓ ↓
ⓐ'''長歪 = ⓑ'''恣意妄為

쓰기 51번 ▶ **公開文章**   p.119

1. ㉠ 살/생활할 룸메이트를 찾습니다
㉡ 연락해 주십시오

> **룸메이트 구함.**
>
> 　저는 은혜대학교에 다니는 여학생입니다. 제가 살고 있는 집은 방이 두 개라서 혼자 살기 좀 큰 편입니다. 그래서 함께 (살/생활할 룸메이트를 찾습니다). 학교에서 가깝고 시설도 좋습니다. 저와 같이 살 생각이 있으신 여학생은 (연락해 주십시오). 제 전화번호는 010-1234-5678니다.

◯ （1）－（스）ㅂ니다.
（2）寫文章的人：我
（3）（ㄱ）的動詞：룸메이트를 찾습니다
（4）（ㄴ）後面的句子有電話號碼
（5）使用尊待語

2. ㉠ 모집하려고 합니다
　　㉡ 와/방문해 주십시오

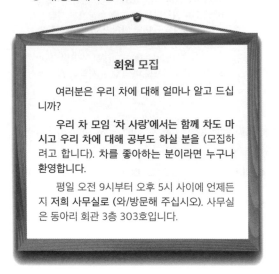

> **회원 모집**
>
> 　여러분은 우리 차에 대해 얼마나 알고 드십니까?
>
> 　우리 차 모임 '차 사랑'에서는 함께 차도 마시고 우리 차에 대해 공부도 하실 분을 (모집하려고 합니다). 차를 좋아하는 분이라면 누구나 환영합니다.
>
> 　평일 오전 9시부터 오후 5시 사이에 언제든지 저희 사무실로 (와/방문해 주십시오). 사무실은 동아리 회관 3층 303호입니다.

➲ （1）–（스）ㅂ니다.
　（2）寫文章的人：「차 사랑」社團
　　　 閱讀文章的人：我
　（3）（ㄱ）的動詞 ： 모집합니다.
　（4）（ㄴ）前面的句子有拜訪時間，後面的句子有辦公室的位置
　（5）使用尊待語

┌─────────┐
│ 쓰기 51번 │ ▶ **個人文章**　　　　　　　p.120
└─────────┘

1. ㉠ 집들이를 하려고 합니다
　　㉡ 시간이 있으십니까

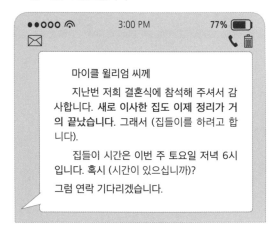

●●○○○ 📶　　　3:00 PM　　　77% 🔋

✉　　　　　　　　　　　　　　　📞 🗑

> 　마이클 윌리엄 씨께
> 　지난번 저희 결혼식에 참석해 주셔서 감사합니다. 새로 이사한 집도 이제 정리가 거의 끝났습니다. 그래서 (집들이를 하려고 합니다).
> 　집들이 시간은 이번 주 토요일 저녁 6시입니다. 혹시 (시간이 있으십니까)?
> 　그럼 연락 기다리겠습니다.

➲ （1）–（스）ㅂ니다
　（2）寫文章的人：我
　（3）閱讀文章的人：윌리엄 씨–親近的人

（4）（ㄱ）的前面有「이사한 집도 이제 정리가 거의 끝났다.（遷入的新家如今也差不多都收拾好了）」，後面有「집들이 시간（喬遷宴時間）」。
（5）（ㄴ）的前面有「집들이 시간（喬遷宴時間）」，後面的句尾有問號（？）與「연락을 기다리겠다.（靜待佳音）」
（6）使用尊待語

---

2. ㉠ 응모하려고 합니다
　　㉡ 언제 알 수 있습니까

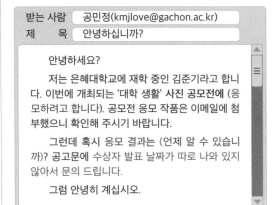

받는 사람	공민정(kmjlove@gachon.ac.kr)
제　　목	안녕하십니까?

> 　안녕하세요?
> 　저는 은혜대학교에 재학 중인 김준기라고 합니다. 이번에 개최되는 '대학 생활' 사진 공모전에 (응모하려고 합니다). 공모전 응모 작품은 이메일에 첨부했으니 확인해 주시기 바랍니다.
> 　그런데 혹시 응모 결과는 (언제 알 수 있습니까)? 공고문에 수상자 발표 날짜가 따로 나와 있지 않아서 문의 드립니다.
> 　그럼 안녕히 계십시오.

➲ （1）–（스）ㅂ니다
　（2）寫文章的人：我
　（3）閱讀文章的人：公開徵人相關人士
　（4）在（ㄱ）的前面有「공모전에（徵展）」
　（5）在（ㄴ）的前面有「응모 결과（應徵結果）」，後面有問號（？）與「수상자 발표 날짜다 따로 나와 있지 않다（並未另外標示公告得獎者發表日期）」
　（6）使用尊待語

┌─────────┐
│ 쓰기 52번 │ ▶ **説明文**　　　　　　　　p.124
└─────────┘

1. ㉠ 옷을 입는 것이 좋다
　　㉡ 물기 때문이다

> Ⓐ여름에는 어떤 색 Ⓑ옷을 입는 것이 좋을까? Ⓐ'여름에는 밝은색 Ⓑ'(옷을 입는 것이 좋다). 왜냐하면 밝은색은 빛을 반사해서 햇빛이 피부에 직접 닿는 것을 막아 주는 반면에 어두운색은 빛을 흡수해서 체온이 올라가기 때문이다. 그리고 Ⓒ밝은색 옷을 입으면 Ⓓ모기에게 많이 물리지 않는다. 왜냐하면 모기는 어두운색을 좋아해서 Ⓒ'어두운색 옷을 입은 사람을 Ⓓ'많이 (물기 때문이다).

●（㉠）
語法：–는 것이 좋다.
對應：Ⓐ여름에는 어떤 색 Ⓑ 옷을 입는 것이 좋
을까?
夏天要穿什麼顏色的衣服比較好？
Ⓐ'여름에는 밝은색 Ⓑ' (옷을 입는 것이
좋다).
夏天穿亮色系（衣服比較好）。

（㉡）
語法：왜냐하면 –기 때문이다.
對應：Ⓒ밝은색 옷을 입으면 모기에게 Ⓓ많이 물
리지 않는다.
如果穿亮色系衣服，比較不會被蚊子叮。
（반의）모기는Ⓒ'어두운색 옷을 입은 사
람을 Ⓓ'많이 （물기 때문이다）.
（反義）因為蚊子比較常叮穿深色衣服的
人

2. ㉠ 느낌을 받는다 / 인상을 받는다
㉡ 파란색 넥타이를 고르는

색은 사람의 마음에 영향을 미친다. ⒶⒸ파란색은 정직
해 보인다는 Ⓑ느낌을 받고, Ⓐ노란색은 꼼꼼해 보인다는
Ⓑ인상을 받는다. 또 Ⓐ빨간색은 적극적으로 보인다는 Ⓑ
（느낌을 받는다 / 인상을 받는다）. 색의 이러한 특징을 실생
활에 활용하면 효과를 볼 수 있다. 예를 들면 면접에서 무슨
색의 넥타이를 고르느냐에 따라 면접관에게 주는 느낌이
달라진다. 만약 면접관에게 Ⓓ솔직하고 진실한 느낌을 주고
싶다면 Ⓒ'（파란색 넥타이를 고르는） 것이 좋다.

●（㉠）   Ⓐ   Ⓑ
對應：파란색–정직해 보인다   –느낌을 받는다
藍色–看起來正直、規矩 –讓人有這種感覺
노란색–꼼꼼해 보인다   – 인상을 받는다
黃色–看起來仔細、嚴謹 –帶給人這種印象
빨간색–적극적으로 보인다– （느낌을 받
는다/인상을 받는다）
紅色–看起來積極、主動– （讓人有這種感
覺/帶給人這種印象）

（㉡）
語法：–는 것이 좋다.
對應：Ⓒ 파란색은 Ⓓ 정직해 보인다는 느낌을 받
는다
藍色讓人看起來有正直、規矩的感覺
Ⓓ'솔직하고 진실한 느낌을 준다 ➜ Ⓒ'（파
란색 넥타이를 고르는 것이 좋다）.
給予真誠、坦率的感覺 ➜ （挑選藍色領帶
會比較好）

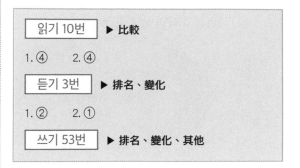

읽기 10번 ▶ 比較   p.127

1. ④

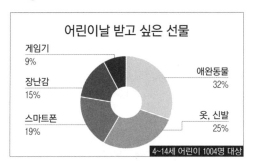

● 智慧型手機（19%）VS衣服、鞋子（25%）
選項與圖表內容一致。

2. ④

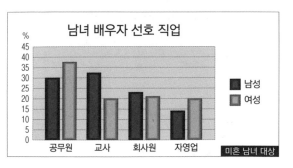

● 上班族：男性（約26%）VS女性（約24%）
可以確定喜歡配偶職業為上班族的男性比例比女
性高。

1. ❷

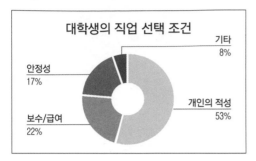

대학생의 직업 선택 조건

기타 8%
안정성 17%
보수/급여 22%
개인의 적성 53%

> 남자: 한 설문 조사에 따르면 요즘 대학생들은 과거에 비해 취업률이 낮아지면서 직업 선택의 조건도 많이 달라졌다고 합니다. 대학생들이 직업 선택 시 중요하게 생각하는 것은 '개인의 적성'이 가장 많았습니다. 그 다음으로는 보수, 안정성, 기타가 그 뒤를 이었습니다. 한편 최근 이직률이 높아졌는데 이는 취업률이 낮아지면서 첫 직장은 평생직장이라는 인식이 변화된 것으로 보입니다.

☛ 以排名圖表來看，符合職業選擇條件「第一名個人適性（개인의 적성），接著為報酬（보수）、穩定性（안정성）、其他（기타）」的圖表選項為②。
變化情形為「最近離職率升高，就業率降低」，但沒有反映最近變化局勢的圖表。

2. ❶

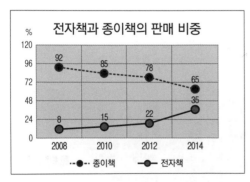

전자책과 종이책의 판매 비중

%
120
96　92　85　78　65
72
48
24　8　15　22　35
0
2008　2010　2012　2014
--●-- 종이책　　—●— 전자책

> 남자: 얼마 전 발표된 '출판 시장 현황 조사'에 따르면 종이책의 매출은 감소하고 있는 반면 전자책의 매출은 증가하는 것으로 드러났습니다. 이 중 전자책을 구입하는 이유를 살펴보면 가지고 다니기 좋다는 응답이 가장 높은 순위를 차지하였고 종이책에 비해 싸다, 사는 방법이 편하다는 응답이 그 뒤를 이었습니다.

☛ 以變化圖表來看，符合「紙本書銷量減少，相對的電子書銷量增加」之圖表為①。順序的情況第一名為「方便隨身攜帶，第二名為比紙本書便宜，第三名為購買方式便利」，但沒有一致的選項。

1.

(	교	육	부	)	에	서	(	4 년 제	대 학 생) 21 ,7
80	명	)	을	대	상	으	로	(취 업	희 망 기 업)
에	대	하	여	조	사	를	하	였 다 . 그	결 과 (
공	무	원	과	교	사	)	가	23 .6 % 로	1 위 를 차
지	하	였	다	. 그	다	음	으	로 (공 기	업) , (대
기	업	)	,	(	중	소	기	업) 이	뒤 를 이 었 다 . 이
중	에	서	1	위	를	차	지	한 공 무	원 과 교 사 를
선	호	하	는	이	유	에	대	해 직 업	의 안 정 성
이	라	는	응	답	이	가	장	많 았 다	. 그 다 음 으
로	일	에	대	한	보	람	,	사 회 적	존 경 이 라 고
응	답	하	였	다	. 이	러	한	결 과 는	취 업 난 과 더
불	어	실	업	률	과	이	직	률 등 이	높 아 지 면 서
다	른	조	건	보	다	안	정	적 인 직	업 을 원 하 는
사	람	들	이	많	아	진	것	으 로 보	인 다 .

2.

(	한	국	언	론	진	흥	재	단) 에	서 (종 이 신 문
정	기	구	독	률	)	에	대	하 여	조 사 하 였 다 .
19	98	년	종	이	신	문	정	기 구 독	률 은 64 .5 %
였	는	데	이	후	꾸	준	히	감 소 하	여 20 14 년 에
는	20	.2	%	까	지	떨	어	졌 다 .	종 이 신 문 의 구
독	률	이	떨	어	진	원	인	으 로 는	스 마 트 폰 의
사	용	이	증	가	한	것	과	인 터 넷	신 문 기 사
의	경	우	자	신	의	의	견	을 표 현	할 수 있
다	는	것	을	들	수	있	다	. 이 러 한	영 향 으
로	앞	으	로	20	30	년	대	에 는	종 이 신 문 의 발
행	이	중	단	될	것	으	로	보 이 며	온 라 인 신
문	시	장	이	더	욱	확	대	될 것 으	로 전 망 된
다	.								

3級 實戰模擬測驗

p.138

[듣기 1번~20번]

1. ③	2. ②	3. ①	4. ④	5. ④
6. ③	7. ①	8. ①	9. ③	10. ①
11. ①	12. ④	13. ②	14. ②	15. ②
16. ①	17. ③	18. ②	19. ③	20. ③

[쓰기 51번~53번]

51. ㉠ 참가를 하려고 합니다 / 참가하고 싶습니다
　　㉡ 찾을 수 있을까요
52. ㉠ 크게 벌리기 어려웠을 것이다
　　㉡ 무늬가/모양이 다르다

[읽기 1번~20번]

1. ①	2. ②	3. ③	4. ④	5. ②
6. ④	7. ③	8. ①	9. ②	10. ④
11. ②	12. ③	13. ④	14. ③	15. ①
16. ①	17. ①	18. ②	19. ①	20. ③

[듣기 1~3]  19

1. ❸

여자: 구두 크기가 발에 맞으세요?
남자: 약간 작은 것 같은데 이것보다 한 치수 큰 걸로 보여 주세요.
여자: 네, 잠시만요.

○ 賣場
→ 試穿皮鞋的男子
→ 站在一旁的皮鞋賣場員工

2. ❷

남자: 자, 핸드폰 잘 보고 활짝 웃어.
여자: 알았어. 뒤의 배경 잘 나오게 핸드폰을 내려 봐.
남자: 응. 알았어.

○ 公園
→ 拿手機拍照的男子和女子

3. ❶

남자: 최근 발표된 '중고생의 아침 식사 실태' 조사 결과에 따르면 아침을 안 먹는 학생이 남녀를 합쳐 30% 가까이 되는 것으로 드러났습니다. 아침을 먹는 학생들이라도 제대로 된 식사를 하는 경우가 적었습니다. 남학생의 경우 우유를 가장 많이 먹는 것으로 나타났고, 뒤를 이어 밥과 국, 빵이나 과자, 과일 순이었습니다. 반면 여학생의 경우 빵이나 과자가 1위를 차지했고 밥과 국, 우유, 과일이 그 뒤를 이었습니다.

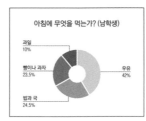

○ 圖表
　男學生
　牛奶
　飯和湯
　麵包或餅乾
　水果

[듣기 4~8] 20

4. ❹

남자: 오늘 점심은 어디에서 먹으면 좋을까요?
여자: 길 건너편에 냉면집이 새로 생겼던데 오늘 점심은 거기에서 먹을까요?
남자: 좋아요. 한번 가 보려고 했는데 잘 됐어요

○ 這是男子看起來是職場同事，詢問午餐菜單的情境。對此，女子提議去新開的冷麵店吃冷麵，這時男子回答自己也打算去吃吃看最為自然。

5. ④

> 여자: 내일이 면접시험이지요? 좋은 결과 기대
> 할게요.
> 남자: 주위에 떨어진 친구들이 꽤 있어서 걱정이
> 에요.
> 여자: 꼭 붙을 테니까 걱정하지 마세요.

○ 男子正為明天的面試擔心，此時女子給予男子鼓
勵或應援最為自然。

6. ③

> 여자: 오늘 개봉한 영화라서 그런지 사람이 많네.
> 남자: 그러게. 예매 안 했으면 못 봤겠다.
> 여자: 표를 미리 예매하길 잘했네.

○ 這是男子和女子來看電影，但人很多的情境。對
此，男子猜測若沒有事先購票可能看不了電影。
這時女子回答幸好她事先買好票了最為自然。

7. ①

> 여자: 늦게까지 일하니까 배가 좀 고프네요.
> 남자: 그렇죠? 저도 배가 고파서 매점에 가려고 하
> 는데 필요한 거 있으면 사다 줄까요?
> 여자: 그러면 김밥하고 라면 좀 부탁할게요.

○ 這是男子與女子正在加班的情境。女子說肚子餓
了，男子提議說要去商店買吃的回來。此時女子
提出請求最為自然。

8. ①

> 여자: 내일 설악산으로 단풍 구경을 가려는데 차
> 가 막힐까 봐 걱정이야.
> 남자: 멀리 갈 필요 있어? 서울 근교에도 단풍을
> 구경할 만한 곳이 많잖아.
> 여자: 그럼 괜찮은 곳 좀 추천해 줘.

○ 女子明天要去賞楓，可是她擔心會塞車。對此，
男子回答鄰近之處也有可賞楓的地方，此時女子
請男子推薦賞楓場所最為自然。

9. ③

> 여자: 치마에 얼룩이 묻었는데 뺄 수 있을까요?
> 남자: 물론이죠. 뺄 수 있어요.
> 여자: 그럼 좀 부탁드려요.
> 남자: 네, 치마 이리 주시고 내일 찾으러 오세요.

○ 為類型（4）〈男子的要求〉。男子表示可以清
除裙子上的污漬，向女子提出索取裙子的要求。

10. ①

> 남자: 수연아, 오늘 날씨도 좋은데 공원에 자전거
> 타러 나가자.
> 여자: 음, 근데 자전거 베란다에 있잖아. 꺼내려면
> 귀찮은데.
> 남자: 그거야 내가 꺼내면 되지. 같이 나가자.
> 여자: 알았어. 그럼 난 옷 갈아입고 나올 테니까
> 오빠가 자전거 좀 꺼내 줘.

○ 為類型（6）〈女子的計畫、提議〉。女子要求
「난 옷을 갈아입고 나 올 테니까 오빠가 자전거
좀 꺼내 줘.（我去換衣服再出來，哥你幫我把腳
踏車牽出來）」。

11. ①

> 남자: 김 대리, 다음 달 직원 야유회 준비는 잘
> 되고 있나요?
> 여자: 부서별로 참가 인원을 조사하고 있는데요.
> 아직 정확히 몇 명인지 확인하지 못했습니
> 다.
> 남자: 인원 확인도 중요하지만 일단 장소를 빨리
> 정해야 할 것 같아요. 지금 바로 장소부터
> 알아보세요. 그리고 결정되는 대로 홈페이
> 지에 안내문 올릴 수 있도록 준비도 미리
> 해 두고요.
> 여자: 네, 그렇게 하겠습니다.

○ 為類型（2）〈男子的要求〉。男子要求女子
「야유회 장소부터 알아보세요.（請先打聽郊遊
的場所）」，對此女子回覆「네, 그렇게 하겠습
니다.（好的，我會照辦）」。

12. ❹

> 여자: 어서 오십시오. 손님, 예약하셨습니까?
>
> 남자: 아니요, 예약은 하지 않았는데요. 두 명은 약간 늦게 올 건데 자리가 있을까요?
>
> 여자: 그럼요. 아직 시간이 좀 이르니까 괜찮습니다. 자리는 창가 쪽과 안쪽 중 어느 쪽이 좋으시겠습니까?
>
> 남자: 창가 쪽은 좀 추울 것 같으니까 안쪽으로 앉을게요.

➡ 為類型（4）〈男子的要求〉。男子決定位子的同時表示想要靠裡面的位子。對此女子的行動應為引導座位。

[듣기 13~16] 22

13. ❷

> 여자: 매일 그렇게 ❹배달 도시락으로 점심을 먹으면 지겨울 것 같은데.
>
> 남자: 아니요. 생각보다 좋은 점이 많아요. 점심 때마다 뭘 먹을지 고민하지 않아서 좋고, 또 매일 다른 메뉴로 배달을 해 주니까 얼마나 좋은데요.
>
> 여자: 그렇군요. 맛이나 메뉴는 어때요?
>
> 남자: 화학조미료를 쓰지 않고 엄마가 요리해 준 것처럼 맛도 좋아요. 메뉴는 요일별로 다양하게 있어서 미리 선택하면 돼요. ❸참, 여성들을 위한 다이어트 메뉴도 있더라고요. 수연 씨도 한번 이용해 보세요.

➡ ① 여자는 점심마다 뭘 먹을지 고민이다.
  ➡ 無相關資訊。
② 도시락은 매일 다른 메뉴로 배달해 준다.
  ➡ 正確解答。
③ 여자는 매일 먹는 배달 도시락이 지겹다.
  ➡ （男子）對每天吃的外送飯盒（不感到膩）。與 A 不同。
④ 남자는 다이어트를 위해 배달 도시락을 먹는다.
  ➡ （男子吃外送飯盒）。與 B 不同。

14. ❷

> 여자: 관리사무소에서 안내 말씀드리겠습니다. ❹아파트 단지 내 주차선 밖에 주차한 차량 때문에 교통이 혼잡하여 소통이 되지 않습니다. 주민 여러분께서는 반드시 주차선 내에 주차해 주시기 바랍니다. ❸다음 달부터 주차선 밖에 주차된 차량에는 경고장을 붙일 예정이니 주의하여 주시기 바랍니다.

➡ ① 아파트 단지 내에 고장 난 차량이 있다.
  ➡ 公寓社區內有（停放於停車線外）的車輛。與 A 不同。
❷ 앞으로 주차선 안에 차를 세워야 한다.
  ➡ 正確解答。
③ 주차선 밖에 주차한 차는 벌금을 내야 한다.
  ➡ 停放在停車線外的車（貼上警告單）。與 B 不同。
④ 이번 달부터 주차선 밖에 주차하면 경고장을 붙인다.
  ➡ （下個月開始）若停在停車線外，將張貼警告單。與 B 不同。

15. ❷

> 남자: 날씨 소식입니다. ❹오늘 밤부터 전국적으로 많은 양의 비가 내리겠습니다. ❸이 비는 내일 저녁까지 계속 오겠습니다. 비가 그친 후부터 기온이 많이 떨어질 것으로 예상됩니다. ❸일시적으로 영하의 날씨를 보이는 곳이 있는데요. 외출하실 때에는 두꺼운 옷을 준비하시기 바랍니다.

➡ ① 비는 내일 오전에 그칠 것이다.
  ➡ 雨明（晚）會停。與 B 不同。
❷ 비가 그친 후에 날씨가 추워질 것이다.
  ➡ 正確解答。
③ 기온이 영하로 떨어지지 않을 것이다.
  ➡ （有些地區）溫度（降至）零度以下。與 C 不同。
④ 내일 밤부터 전국적으로 비가 올 것이다.
  ➡ （今晚開始）全國將會降雨。與 A 不同。

16. ❶

> 여자: 최근 건물 옥상을 정원으로 바꾼 회사가 있다고 해서 나왔는데요. 사장님, 어떻게 이런 생각을 하게 되신 건가요?
>
> 남자: 직원들의 휴식 공간 때문이었습니다. ❹사실 도시에서는 휴식을 취할 수 있는 공원이 많지 않지요. 그래서 건물 옥상을 잘 꾸민다면 공원처럼 활용할 수 있을 거라는 생각이 들었습니다. ❸건물 옥상은 흔한 공간이지만 딱히 쓸모가 없어 활용도가 낮은 공간이잖아요. 그래서 옥상을 정원으로 바꾼 겁니다. 직원들이 분위기가 몰라보게 달라지고 휴식 공간이 생겼다고 좋아합니다.

➡ ❶ 이 회사는 옥상을 정원으로 바꾸었다.
  ➡ 正確解答。
② 건물 옥상은 보통 활용도가 높은 공간이다.
  ➡ 建築物屋頂通常是活用度較（低）的空間。與 B 不同。
③ 최근 도시 지역에 공원이 많이 생기고 있다.
  ➡ 都市區域的公園（不多）。與 A 不同。

④ 이 회사는 도시에 정원을 만드는 일을 한다.
➡ 無相關資訊。

17. ❸

> 남자: 수연아, 도대체 하루에 양치질을 몇 번이나 하는 거야?
>
> 여자: 이는 자주 닦을수록 좋은 거 아니야? 자주 닦아야 치아가 건강해지지.
>
> 남자: 횟수도 중요하지만 좋은 칫솔을 사용해서 잘 닦는 게 더 중요해. 자주 닦기만 한다고 해서 치아가 건강해지지는 않아.

❍ 屬於中心思想Ranking類型（4）「–는 게 중요하다」。從選項中選出與「좋은 칫솔을 사용해서 잘 닦는 게 더 중요해. (使用好的牙刷好好刷牙更重要)」相同的內容即可。

18. ❷

> 여자: 선배님, 이거 제가 이번에 발표할 사업계획서인데요. 시간 되시면 한번 봐 주실 수 있으세요?
>
> 남자: 어디 볼까? 음, 목차의 제목이나 구성이 너무 복잡한 것 같은데.
>
> 여자: 최대한 간단하게 만든다고 만든 건데…….
>
> 남자: 목차만 보고도 전체 내용을 예상할 수 있어야 사업 계획을 효과적으로 전달할 수 있어. 그러니까 목차를 간단하지만 명확하게 고치는 게 어떨까?

❍ 屬於中心思想Ranking類型（5）「–는 게 어때요?」。從選項中選出與「목차를 간단하지만 명확하게 고치는 게 어떨까? (將目次改得簡單但明確一點如何？)」相同的內容即可。

19. ❸

> 남자: 그렇게 열심히 노력하더니 드디어 취직했다면서요? 정말 축하해요.
>
> 여자: 감사합니다. 그런데 어떻게 해야 회사 생활을 잘 할 수 있을까요?
>
> 남자: 우선 자기가 맡은 일이 무엇인지 빨리 파악하는 게 중요해요. 그리고 상사나 동료들과의 인간관계도 중요하지요. 하지만 무엇보다도 중요한 건 뭐든지 최선을 다하는 자세니까 꼭 명심하세요.

❍ 屬於中心思想Ranking類型（9）「–무엇보다도」。從選項中選出與「무엇보다도 중요한 건 뭐든지 최선을 다하는 자세니까 명심하세요. (最重要的是不論做什麼都全力以赴的姿態，所以請牢記在心)」相同的內容即可。

20. ❸

> 여자: 사장님, 운영하시는 카페를 이웃 간 소통의 장소로 공유하신다고 들었습니다. 특별한 이유가 있으신가요?
>
> 남자: 네, 저희 카페에서는 동네 아이들에게 공부할 수 있는 공간을 마련해 주고 심야 시간에는 지역 주민들에게 주차장을 무료로 개방하고 있습니다. 이렇게 공간을 나누게 되면 이웃 사랑도 알게 되고, 동네 분위기도 좋아지니까요. 그러다 보니 요즘에는 저희 카페처럼 자기 사무실이나 가게까지도 공유하는 사람들이 늘고 있고요. 공간을 함께 사용하는 것으로 이웃 간에 정을 나눌 수 있어서 좋다고 생각합니다. 그래서 카페를 공유하기 시작한 것이고요.

❍ 屬於中心思想Ranking類型（7）「（ㄴ／는）다고 생각하다」。從選項中選出與「공간을 함께 사용하는 것으로 이웃 간에 정을 나눌 수 있어서 좋다고 생각합니다. (我覺得藉共享空間來與鄰居間培養情誼是很好的事)」相同的內容即可。

[쓰기 51]

51. ㉠ 참가를 하려고 합니다 / 참가하고 싶습니다
　　㉡ 찾을 수 있을까요

> Internet Explorer
>
> ⬅ ➡ | ▾ | 🔍
>
> ### 제목: 외국인 유학생 글쓰기 대회 참가 문의
>
> 안녕하세요. 저는 은혜시에 사는 외국인 유학생입니다. 매년 5월 은혜대학교에서 외국인 유학생 글쓰기 대회를 한다고 들었습니다. 저도 이번 대회에 (참가를 하려고 합니다 / 참가하고 싶습니다).
>
> 그런데 홈페이지에서 글쓰기 대회에 대한 정보를 찾을 수가 없습니다.
>
> 어떻게 하면 정보를 (찾을 수 있을까요)?
>
> 답변 부탁드립니다.

❍ 公開文章：詢問事項
　（1）–（ㅅ）ㅂ니다.
　（2）寫文章的人：我

84

（3）閱讀文章的人：寫作比賽相關人士
（4）（ㄱ）的前面有「이번 대회에（這次大會）」，標題中有「침가（參加）」這個單字。
（5）（ㄴ）的前面有「정보를（資訊）」，後面有問號（？）。此外，前面的句子有「정보를 찾을 수 없습니다.（無法找到資訊）」。
（6）使用尊待語。

[쓰기 52]

52. ㉠ 크게 벌리기 어려웠을 것이다
　　㉡ 무늬가/모양이 다르다

> 우리 몸에서 주름이 가장 많은 곳은 바로 입술이다. Ⓐ 입술에 주름이 많은 이유는 입을 Ⓑ크게 벌리기가 쉽기 때문이다. Ⓐ'만약 입술에 주름이 없다면 노래를 부르거나 하품을 할 때 입을 Ⓑ'(크게 벌리기 어려웠을 것이다). 그리고 입술 주름은 Ⓒ사람마다 Ⓓ(무늬가/모양이 다르다). 또 주름의 모양은 세월이 흘러도 변하지 않는다. 그래서 Ⓒ'사람에 따라 Ⓓ'무늬가 다른 지문처럼 사람을 구별하는 데에도 이용될 수 있다.

（ㄱ）
語法：–았/었다면 –았/었을 것이다.
對應：Ⓐ입술에 주름이 많은 이유는 입을 Ⓑ크게 벌리기가 쉽기 때문이다.
嘴唇上唇紋多的原因是為了方便嘴巴張大。
Ⓐ'입술에 주름이 없었다면 노래를 부르거나 하품을 할 때 입을 Ⓑ'(크게 벌리기가 어려웠을 것이다).
如果嘴唇上沒有唇紋，唱歌或打呵欠時嘴巴會很難打開。

（ㄴ）
語法：–마다 다른다
對應：Ⓒ사람마다 Ⓓ(무늬가 다르다)
每個人的紋路都不一樣。
Ⓒ'사람에 따라 Ⓓ'무늬가 다른 지문처럼
就像每個人紋樣都不同的指紋那般

[쓰기 53]

53.

（한국주택공사）에서 （30대 성인 남녀 2,000명）을 대상으로 （선호하는 주거 형태）에 대하여 조사를 하였다. 그 결과 （아파트）가 53%로 1위를 차지하였다. 그 다음으로 （단독 주택）과 （빌라）가 뒤를 이었다. 이 중에서 1위를 차지한 아파트를 선호하는 이유에 대해서 경비 및 보안 시설 때문이라는 응답이 가장 많았다. 그 다음으로 주차 공간의 여유, 편의 시설이 가깝다라는 응답이 뒤를 이었다. 조사 결과를 통해서 아파트가 가지고 있는 장점이 다른 주거 형태보다 사람들에게 더 선호를 받는다는 것을 알 수 있다.

[읽기 1~2]

1. ❶

▶ 아침에 눈이 오다. ➔ 지금은 그첫다.
「지금은 그첫다.」是從前面內容變化而來的內容。此時呼應的語法應找出表〈行動：意外〉的「–다가」。「–다가」用於前面動作發生的中途轉做後面的動作時。

2. ❷

▶ 잊어버리지 않으려고 ➔ 표시하다.
前面內容的「잊어버리지 않으려고」表〈目的〉，後面內容為「표시했다」。選項中全部都是過去時制，因此必須找出內含更具體意義的選項。此時呼應的語法為表〈維持：對比〉的「–아/어 놓다.」。「–아/어 놓다.」用於某項行動結束之後維持著該狀態，以備未來。這是「為了不要忘記（便於日後確認），在日曆上標示出約定之日」的意思。

[읽기 3~4]

3. ❸

▶ 「–（으）ㄹ 모양이다」是表〈推測〉的語法。這句表示看到店家最近都沒開門，推測應該是停止營業了。所以應從選項中找出表〈推測〉的語法「–（으）ㄹ 듯하다」。

4. ❹

➡ 「–（으）ㄴ／는 탓에」是表示負面〈理由〉的語法。本句是著急出門把錢包放在家裡的意思。所以必須從選項中找出表〈理由〉的語法「–는 바람에」。

[읽기 5~8]

5. ❷

가장 맑고 깨끗한 물을 만나세요~
한 잔의 물이 여러분의 건강을 지켜 드립니다.

➡ 核心語：맑다（清澈）、깨끗하다（乾淨）、물（水）、한 잔（一杯）、건강（健康）

6. ❹

나무의 느낌을 그대로 살린 친환경 자재
다양한 디자인, 소파·침대 등 합리적 가격

➡ 核心語：나무（樹木）、친환경（環保）、소파（沙發）、침대（床鋪）

7. ❸

도움을 필요로 하는 이웃은 늘 주변에 있습니다.
따뜻한 손길이 모일수록 이웃 사랑은 커집니다.

➡ 核心語：도움（幫助）、이웃（鄰居）、따뜻하다（溫暖）、손길（援手）

8. ❶

◎ 입구에 동전이나 지폐를 넣으십시오.
◎ 원하는 상품을 선택 후 버튼을 눌러 주십시오.

➡ 核心語：입구（入口）、동전（零錢）、넣다（投入）、선택하다（選擇）、누르다（按）、원하다（想要）、상품（商品）

[읽기 9~12]

9. ❷

제28회 대관령 눈꽃축제 2019

일시　　：Ⓐ 2019년 1월 18일 ~ 1월 27일 (매일)
장소　　：평창 올림픽 메달 플라자
프로그램: 눈 조각 공원, 눈썰매, 승마,
　　　　　 마차 체험, 대관령 눈꽃 축제 공연
기 념 품: 방문객들께 기념품과
　　　　　Ⓑ강원도 여행 안내 책자 무료 증정
Ⓒ문의사항 : 033-335-3995

何時 X
如何 X　　　　　　　　　　　　　　　做什麼 O
其他 X

① 이 축제는 ~~2주일~~ 동안 열린다.
　➡ 此慶典將舉辦（10天）。與A不同。
❷ 방문객들은 말을 타 볼 수 있다.
　➡ 正確解答。
③ 문의는 홈페이지를 통해 할 수 있다.
　➡ 可透過（電話）洽詢。與C不同。
④ 방문객들은 안내 책자를 ~~구입해야 한다.~~
　➡ 訪客可（免費索取）導覽手冊。與B不同。

10. ❹

나이별 수면 시간

➡ 20幾歲女性7小時34分鐘，40幾歲女性6小時53分鐘，正確解答為「❹여성은 20대가 가장 많은 시간을, 40대가 가장 적은 시간을 잔다. （20幾歲的女性睡眠時間最多時間，40幾歲的女性睡眠時間最少）」。

11. ❷

　　스마트폰으로 버스 도착 정보를 안내해 주는 어플리케이션이 진화하고 있다. 이 어플리케이션은 Ⓐ처음에는 시민들이 버스를 타려고 할 때 정류장 고유번호를 입력하면 Ⓐ버스가 언제 도착하는지를 알려 주는 것이었다. 이후에는 Ⓑ 교통사고나 교통 상황 등에 관한 정보도 포함되었다. 최근에는 버스 안이 복잡한지 여유가 있는지도 알려주고 있다. 이 서비스로 시민들은 한층 편리하게 대중교통을 이용할 수 있게 되었다.

① ~~이 어플리케이션으로 교통이 원활하게 됐다.~~
　➡ 無相關資訊。

② 버스에 사람이 많이 탔는지에 대해 알 수 있다.
　➡ 正確解答。
③ 이 어플리케이션은 버스 도착 시각만 확인할 수 ~~있다.~~
　➡ 這個APP（剛開始）只能確認公車抵達的時間。與A不同。
④ 교통사고에 관한 정보는 어플리케이션으로 ~~확인하지 못한다.~~
　➡ （可）透過APP（確認）交通相關資訊。與B不同。

12. ❸
> 　　정부는 올해부터 적극적인 공무원 사회를 만들기 위해 ❹'소극행정 신고센터'를 신설했다. 소극행정이란 공무원이 해야 할 일을 하지 않거나 할 수 있는 일을 하지 않아서 ❸국민생활과 기업 활동에 불편을 주거나 손해를 입혔을 때 발생하게 되는 업무 행태를 말한다. 이렇게 공무원의 소극행정으로 인해 피해를 받은 국민이나 기업은 신고 요건이 충족되면 ❸'국민신문고'를 통해 신고하면 된다.

① 정부는 소극행정 신고센터를 ~~만들 예정이다.~~
　➡ 政府（設立了）消極行政申訴中心。與A不同。
② 소극행정 신고센터는 기업은 ~~이용하지 못한다.~~
　➡ （企業也可利用）消極行政申訴中心。與B不同。
❸ 공무원의 소극행정으로 손해를 입으면 신고할 수 있다.
　➡ 正確解答。
④ 소극행정으로 인한 피해는 ~~경찰서를~~ 통해 신고하면 된다.
　➡ 因消極行政導致的權益受損，只要透過（國民申聞鼓）申訴即可。與C不同。

[읽기 13~15]

13. ❹
○ 屬情報Ranking（03）〈奇聞軼事〉題，應在（나）與（다）之中找出第一個句子。由於（나）的句子裡有指示語「그 사냥꾼（那個獵人）」，所以不是第一個句子，因此（다）為第一個句子。本內容順序為（다）鴿子救了落入水中的螞蟻／（라）之後獵人朝鴿子開槍／（나）螞蟻咬了那個獵人的腳，救了鴿子／（가）這則故事告訴我們，如果幫助別人，好事也會回報到自己身上。

14. ❸
○ 屬情報Ranking（04）〈健康〉題，應在（다）與（라）之中找出第一個句子。由於（다）句中有「만약 외출을 해야 한다면（假如必須外出）」的這項假設，所以不是第一個句子。因此（라）為第一個句子。本內容順序為（라）因為霧霾含有許多汙染物質成分在內／（가）嚴重

時，盡量不要外出／（다）假如必須外出，專家們建議大家要戴上口罩／（나）外出回家後必須清洗乾淨並多喝水。

15. ❶
○ 屬情報Ranking（07）〈由來〉題，應在（가）與（다）之中找出第一個句子。由於（다）句中有指示語「이날（這天）」，所以不是第一個句子。因此（가）為第一個句子。本文內容順序為（가）端午節是大節日／（다）這天人們玩摔角跟盪鞦韆／（나）男人玩摔角，女人玩盪鞦韆／（라）除此之外，還有贈送扇子當禮物的習俗。

[읽기 16~18]

16. ❶
> 　　얼굴 모양과 치아 모양은 밀접한 관계가 있다. 얼굴형이 긴 사람은 치아 모양도 길고 ❹얼굴형이 둥근 사람은 ❸치아 모양도 둥근 모양이다. 또한 얼굴이 네모난 사람은 치아도 네모 모양이다. 그래서 대체로 ❹'얼굴이 둥근 편인 한국인들은 서양 사람에 비해서 ❸'(치아가 짧고 둥근) 모양이다.

○ 屬對應題型，活用相似表現找出適合填入空格中的內容即可。
　❹얼굴형이 둥근 사람이 ➡ ❸ 치아 모양도 둥근 모양이다.
　臉型圓的人，牙齒形狀也是圓的。
　❹'얼굴이 둥근 편인 한국인들은 ➡ ❸'（치아가 짧고 둥근）모양이다.
　屬於圓臉的韓國人，牙齒是圓圓短短的樣子。

17. ❶
> 　　❹옷차림은 개인의 ❸가치관과 밀접한 관련이 있다. 일반적으로 품위를 중요하게 생각하고 보수적인 가치관을 지닌 사람들은 정장 차림을 즐겨 입는다. 그러나 개방적이고 활동적인 성격의 사람들은 편의성을 중시하여 개성이 돋보이는 옷차림을 한다. ❹'옷차림을 통해서 개인의 ❸'(사고 방식을 알 수) 있는 것이다.

○ 屬對應題型，活用相似表現找出適合填入空格中的內容即可。
　❹옷차림은 개인의 ➡ ❸ 가치관과 밀접한 관련
　穿著打扮與個人的價值觀有密切關聯
　❹'옷차림을 통해서 개인의 ➡ ❸'（사고 방식을 알 수）있는 것
　透過穿著打扮，可以得知一個人的思考方式

18. ②

> 사람의 미각은 다섯 가지 맛밖에 구별할 수 없다. 그러나 실제로는 시각과 후각의 도움을 받아야 정확한 맛을 알 수 있다. 특히 Ⓐ후각의 도움을 받지 못한다면 Ⓐ'맛을 정확하게 느낄 수 없다. 예를 들어 눈을 가리고 코를 막은 사람에게 콜라와 사이다를 마시게 한 후 맛을 구별하라고 하면 잘 못한다. 그것은 바로 Ⓑ미각이 Ⓑ'(후각 정보의 도움을 받아야) 제대로 발휘되기 때문이다.

❷ 屬對應題型，活用反義詞找出適合填入空格中的內容即可。

Ⓐ후각의 도움을 받지 못한다면 ➜ Ⓐ맛을 정확하게 느낄 수 없다.

如果無法得到嗅覺的幫助，就無法正確感受味道

Ⓑ미각이 Ⓑ'（후각의 도움을 받아야）제대로 발휘되기 때문이다.

因為味覺（必須得到嗅覺的幫助），才可正常發揮

[읽기 19~20]

> Ⓐ은행나무는 가로수로 널리 활용되어 주변에서 흔히 볼 수 있다. 도시의 기후와 토양에 잘 맞고 오염 물질과 병충해에 강하기 때문에 활용된 것이다. (실제로) 환경오염이 아주 심했던 지역에서 가장 먼저 자라난 것도 바로 은행나무였다. 하지만 Ⓑ은행나무는 암나무에서 열리는 열매 냄새가 고약하다는 단점이 있다. 그래서 각 지방자치단체에서는 Ⓒ암나무 대신에 열매가 열리지 않는 수나무로 가로수를 단계적으로 교체하겠다고 발표를 하였다.

19. ①

❷ （空格）前面的句子有「오염 물질에 강하다（對汙染物質有強的抵抗力）」這個內容，（空格）後面有「환경오염이 아주 심했던 지역에서 가장 먼저 자라난 것도 바로 은행나무였다.（在環境污染相當嚴重的地區，最先長出來的正是銀杏樹）」。因為是舉例說明敘述的句子，故①「실제로」為正確答案。

20. ③

① 은행나무는 가로수로 ~~적합하지 않다.~~
  ➜ 銀杏樹（被廣泛運用）做為行道樹。與A不同。
② 은행나무의 열매는 냄새가 ~~없는 편이다.~~
  ➜ 銀杏樹果實的味道（難聞）。與B不同。
③ 은행나무는 환경오염과 병충해에 강하다.
  ➜ 正確解答。
④ 은행나무를 ~~수나무에서 암나무로~~ 교체할 예정이다.
  ➜ 預定將銀杏樹（從雌樹改成雄樹）。與C不同。

Chapter 1 事務性對話

듣기 21번~22번	▶ 中心思想、內容一致
1. ③ 2. ③ 3. ④ 4. ③	

듣기 25번~26번	▶ 中心思想、內容一致
1. ④ 2. ③ 3. ② 4. ③	

듣기 29번~30번	▶ 職業、內容一致
1. ④ 2. ③ 3. ① 4. ②	

듣기 23번~24번	▶ 行動、內容一致
1. ① 2. ③ 3. ④ 4. ③	

듣기 27번~28번	▶ 意圖、內容一致
1. ② 2. ③ 3. ③ 4. ④	

듣기 21번~22번 ▶ **中心思想、內容一致** p.155

[1~2] 🎧 24

남자: 사장님, 이번 우리 회사 신제품 말인데요. 지난달에 비해 판매량이 배 이상 올랐습니다. 이번 기회에 생산량을 더 늘리는 건 어떨까요?

여자: Ⓐ한 달 사이에 판매량이 많아진 건 좋은 일이지만 갑자기 생산량을 늘리는·건 생각해 봐야 할 것 같은데요.

남자: 처음에는 이번 Ⓑ신제품에 대해 회사 내에서도 불안한 시각들이 많았는데, 이만하면 성공한 것 아닐까요?

여자: 글쎄요. Ⓒ지금 성공이냐 실패냐 판단하는 건 좀 빠른 것 같아요. Ⓐ서너 달 정도 더 기다려 봅시다.

1. ③

❷ 屬〈會議〉情況中心思想Ranking類型（2）「-아／어야」和類型（5）「-(으)ㅂ시다」。女子的中心思想為「생산량을 늘리는 것에 대해 생각해 봐야 한다.（必須對提升產量事宜深入思考）」，還有「성공과 실패를 판단하는 건 좀 빠른 것 같으니까 더 기다려 보자（現在判定成敗似乎過早，且稍候）」。

2. ❸

① 신제품에 대해 회사 내에서 ~~기대가 컸다.~~
➡ 公司內部（曾）對新產品（感到不安）。與B不同。

② 신제품 판매량이 ~~서너 달 동안 꾸준히~~ 증가했다.
➡ 新產品銷售量（在一個月內）增加了。與A不同。

❸ 남자는 신제품의 반응에 대해 성공적이라고 생각한다.
➡ 正確解答。

④ ~~여자는 제품의 인기가 계속될 것으로 기대하고 있다.~~
➡ 無相關資訊。

[3~4] 25

> 여자: 어제 친구랑 싸웠는데 시간이 지나고 보니까 내가 잘못
> 한 것 같아. ❶사과하고 싶은데 지금 친구가 화가 많이
> 나 있어서 어떻게 해야 할지 모르겠네.
>
> 남자: 그러면 조금 시간이 지난 후에 사과하는 것도 괜찮아.
> 그렇지만 너무 오래 지나면 더 힘들어질 수도 있어.
>
> 여자: 뭐라고 말을 해야 친구 기분이 풀릴까? ❸나는 말을
> 잘 못하는 편이거든.
>
> 남자: ❶말로 하기 힘들면 편지를 써 봐. 말로 사과하는 것
> 보다는 한참 고민하면서 쓴 편지가 미안한 마음을 잘
> 전할 수 있을 거야.

3. ❹

● 屬〈議論〉情境中心思想Ranking類型（1）「–
는 게 괜찮다」和類型（5）「–는 게 좋다」。男
子的中心思想為「사과를 조금 시간이 지난 후에
하는 것이 괜찮다。（過一段時間之後再道歉無
妨）」，還有「말로 하기 힘들면 편지를 써
봐。（假如難以說出口，就寫信看看）」。

4. ❸

① 여자는 글을 잘 쓰지 못한다.
➡ 女子（屬於不太會說話的類型）。與B不同。

② 여자는 친구 때문에 화가 났다.
➡ 女子（想向朋友道歉）。與A不同。

❸ 여자는 친구에게 미안해하고 있다.
➡ 正確解答。

④ ~~여자는 친구와 싸운 후에 바로 사과했다.~~
➡ 女子和朋友吵架後，（直到現在都還未能道歉）。
與A不同。

듣기 25번~26번 ▶ **中心思想、內容一致** p.158

[1~2] 🎧 26

> 여자: 박사님, ❶이 병원은 다른 병원과 달리 천장을 아름답
> 게 꾸며 놓았다고 들었습니다. 특별한 이유가 있을 것
> 같은데요.
>
> 남자: 저는 의사들이 환자를 치료할 때 환자의 심리적 안정
> 에 더 많은 관심을 가져야 한다고 생각합니다. 병의
> 원인과 치료, 모두 환자의 마음과 관련이 있기 때문입
> 니다. 그리고 한번 생각해 보시지요. 사실 환자들은
> 하루 종일 누워서 천장만 봅니다. 어느 날 '왜 천장을
> 아름답게 꾸밀 생각은 하지 않을까?'라는 생각이 들
> 었습니다. 그래서 환자들의 심리적 안정을 위해 병원
> 의 천장을 예쁘게 꾸미기 시작한 겁니다. 환자의 치료
> 과정에서 치료도 중요하지만 환자들이 기쁨과 평안
> 함을 느끼는 것도 중요하기 때문입니다.

1. ❹

● 屬於中心思想Ranking類型（7）「–（ㄴ／는）
다고 생각하다」和類型（4）「–는 게 중요하
다」。女子詢問醫院天花板布置得如此美麗的特
別理由。對此，男子的中心思想為「환자의 심리
적 안정에 더 많은 관심을 가져야 한다고 생각한
다。（我認為應該要更加關心患者心理上的安
定）」以及「환자들이 기쁨과 평안함을 느끼는
것이 중요하다。（患者們感到快樂與平安才是重
要的）」。

2. ❸

① ~~이 병원은 의사와 간호가 매우 친절한 편이다.~~
➡ 無相關資訊。

② 이 병원은 ~~환자들이 스스로~~ 병원 천장을 예쁘게 꾸몄다.
➡ 這間醫院（由院方）將醫院天花板布置得很漂亮。
與A不同。

❸ 이 병원은 환자의 치료뿐만 아니라 마음에도 신경을 쓴다.
➡ 正確解答。

④ ~~이 병원은 하루 종일 누워 있는 환자를 위해 좋은 침대를
사용한다.~~
➡ 無相關資訊。

여자: 이 유치원에서는 할머니 선생님이 '옛날이야기' 수업을 진행한다고 들었는데요. 원장님, 소개를 좀 해 주시겠습니까?

남자: 네, 우리 유치원에서는 🅐매주 화요일, 특별한 선생님을 만날 수 있습니다. 🅑'옛날이야기'를 들려주시는 '아름다운 이야기 할머니'이신데요, 아이들에게 옛날 이야기를 아주 재미나게 들려주셔서 인기가 아주 많습니다. 정부에서 실시한 '노인 일자리 프로그램'을 통해서 시작을 하게 되었는데요. 할머니들께서도 아이들을 가르치는 보람이 매우 크다고 하십니다. 이런 프로그램을 통해 다시 일하게 된 어르신들도 좋아하시고 유치원 아이들과 학부모들의 호응도 매우 좋습니다. 앞으로 우리 유치원뿐만 아니라 다른 유치원에도 이 프로그램이 확대되기를 바라고 있습니다.

3. ❷

❑ 屬於中心思想Ranking類型（6）「-(으)면 좋겠다」。女子正提出問題，要求介紹課程「古代傳說故事」。對此男子的中心思想為「다른 유치원에도 이 프로그램이 확대되기를 바라고 있다.（希望這項課程也能推廣到其他幼稚園）」。

4. ❸

① 학부모들이 일일 선생님으로 유치원에 나온다.
　➜ （奶奶們）來幼稚園擔任一日教師。與B不同。
② 옛날이야기를 들려주는 직업이 인기를 끌고 있다.
　➜ 無相關資訊。
❸ 노인 일자리 정책을 통해서 수업을 할 수 있게 되었다.
　➜ 正確解答。
④ 이 유치원에서는 월요일마다 '옛날이야기' 수업을 한다.
　➜ 這家幼稚園（每週二）都會上「古代傳說故事」的課。與A不同。

여자: 선생님, 이번 목공예 전시회에서 사람들의 반응이 굉장했다고 하던데요. 어떤 매력 때문일까요?

남자: 저는 전통 목공예가 한국적인 자연미를 갖추어야 한다고 생각해 왔습니다. 그래서 🅐한국적 자연미를 작품 속에서 표현할 방법이 없을지 고민을 했지요. 제가 고집스럽게 나뭇결의 성질과 색상을 최대한 살리려고 노력하는 이유도 그 때문입니다. 아마 이런 점들이 전시회에 오신 분들의 좋은 반응으로 이어진 것 같습니다.

여자: 그렇다면 앞으로 목공예가 나아갈 방향에 대해 한 말씀 더 부탁드리겠습니다.

남자: 예로부터 우리 선조들은 목재가 지닌 자연미를 최대한 살린 훌륭한 목공예품을 남겼습니다. 하지만 이런 뛰어난 목공예 문화가 있었다 하더라도 🅑그 기법을 현대에 계승하지 못한다면 아무 쓸모없는 것이 되고 맙니다. 따라서 우리 모두가 전통 목공예의 계승을 위해 노력해야 할 때라고 생각합니다.

1. ❹

❑ 女子在第一個問題中，針對木工藝展覽中人們的反應與木工藝的魅力提問，並於第二個問題詢問關於木工藝未來的方向。然後，從男子表示他努力保留木紋之特性與顏色的內容中可以得知，男子的職業為「木工藝術家」。也就是說，可以從「❹목재로 예술품을 만드는 사람（用木材打造藝術品的人）」這個選項找到答案。

2. ❹

① 남자는 자연미보다 기술성을 강조하고 있다.
　➜ 男子強調（自然美）。與A不同。
② 나뭇결은 작가의 기법에 따라 다양하게 연출된다.
　➜ 無相關資訊。
③ 선조들의 전통 기법이 현대적으로 잘 계승되었다.
　➜ （仍無法）將先人們的傳統技法以現代化的方式（承襲）。與B不同。
❹ 남자가 만든 작품에 대한 사람들의 평가가 좋았다.
　➜ 正確解答。

여자: ❹전통적인 한옥을 지키기 위해 노력하시다가 한옥을 개량하여 발전시킨 미래형 한옥에 관심을 가지게 된 이유가 있으십니까?

남자: 한옥은 통풍이 잘 되고 습도가 조절된다는 장점을 가지고 있습니다. 반면에 나무로 지은 집이기 때문에 변형되기 쉽고 화재에 약하다는 단점이 있습니다. 그래서 이런 단점을 보완하려고 나무가 아닌 ❹철강을 사용해 한옥을 짓는 기술을 개발하게 되었습니다. 이 기술은 전통문화를 발전적으로 이어 간다는 점에서 의미가 있다고 생각합니다. ❹한옥의 장점을 살리고 단점을 보완했다는 점에서도 의미를 찾을 수 있고요.

3. ❶

⭕ 女子詢問關注未來型韓屋的理由，然後從「男子表示使用鋼筋來建造韓屋的技術已開發出來」之內容中，可以得知男子的職業為「未來型韓屋建築師」。也就是「❶한옥을 짓는 사람（建造韓屋的人）」這個選項找到答案。

4. ❷

① 미래형 한옥은 ~~나무만을~~ 이용하여 짓는다.
➡ 未來型韓屋是使用（鋼筋）建造的。與B不同。
❷ 전통 한옥은 화재에 약하다는 단점이 있다.
➡ 正確解答。
③ 남자는 ~~처음부터~~ 미래형 한옥에 관심을 가졌다.
➡ 男子（由守護傳統韓屋而努力）轉為關心未來型韓屋。與A不同。
④ 미래형 한옥은 단점을 ~~보완했지만 장점을 살리지 못했다.~~
➡ 未來型韓屋（彌補了缺點並保留優點）。與C不同。

듣기 23번~24번　▶ **行動、內容一致**　p.164

남자: 은혜시청이지요? 무료 법률 상담을 신청하고 싶은데 어떻게 하면 되나요?

여자: 네, ❹시청 홈페이지나 국번 없이 전화 120번으로 원하시는 날짜를 예약하시면 됩니다.

남자: 네, 상담 시간은 어느 정도 됩니까? 그리고 시청 본관으로 찾아가면 되는 건가요?

여자: ❸상담 시간은 30분 정도입니다. 그러니까 오시기 전에 질문하실 것을 꼼꼼하게 미리 준비해 오시는 것이 좋습니다. 그리고 ❹오실 때 시청 본관이 아니라 오른쪽 별관으로 오셔야 합니다.

1. ❶

⭕ 男子想申請免費法律諮詢，所以正在詢問申請方法與時間、地點。

2. ❹

① 무료 법률 상담 시간은 ~~한 시간~~이다.
➡ 免費法律諮詢時間（約30分鐘左右）。與B不同。
② 예약을 할 때에는 ~~전화로만~~ 가능하다.
➡ 預約時可用（網路或電話）。與A不同。
③ 무료 법률 상담소는 시청 ~~본관~~에 있다.
➡ 免費法律諮詢中心位於（市政府別館）。與C不同。
❹ 질문을 미리 준비하면 상담을 받기에 편리하다.
➡ 正確解答。

여자: 김 대리, '무료 체험' 판매 전략은 어떤가요?

남자: 구매하기 전에 무료로 써 본 후 구입을 하는 것이라서 ❹처음에는 반응이 좋았습니다. 소비자 만족도도 높아서 기대를 했습니다만, ❸최근에는 판매량이 많이 줄어들었습니다.

여자: 원인이 뭐지요? 우리 가전제품에 문제가 있는 건 아닌가요?

남자: 제품의 품질 문제는 아닌 것 같습니다. 우리의 판매 전략을 다른 회사들이 따라 하면서 그 효과가 감소한 것으로 보입니다. 이번 기회에 ❹무료 체험 기간을 다른 회사보다 길게 연장하는 것도 고려해 봐야 합니다.

3. ❹

⭕ 男子正在向女子報告「免費體驗」銷售策略的反應和銷量等。

4. ❸

① 판매 전략 시행 이후 ~~판매량이 지속적으로 늘고 있다.~~
➡ 實行銷售策略之後，（反應良好一陣子現在正在消停中）。與B不同。
② 무료 체험 기간을 지금보다 ~~줄이는~~ 것이 효율적이다.
➡ 免費體驗時間比現在再（延長）一點會更有效。與C不同。
❸ 이 회사의 판매 전략을 다른 회사들이 따라 하고 있다.
➡ 正確解答。
④ 이 판매 전략에 대한 고객들의 반응이 ~~처음부터 좋지 않았다.~~
➡ 顧客們對這項銷售策略的反應（一開始還不錯）。與A不同。

[1~2]

여자: 축제 기간이라 학교 안이 정말 복잡하네. 근데 이건 좀 심하지 않니? ④축제 기간 동안 차량을 통제하는 건 이해하겠는데 사람들이 지나가기 불편할 정도로 장사를 하는 건 이해하기 힘들어.

남자: 그래도 축제를 즐기려면 이 정도 복잡함은 이해해야 되는 거 아냐? 그리고 행사 때만 이런 건데 뭐. 또 장사하는 사람들은 수익 일부를 학교에 돌려준대.

여자: 그 수익이라는 게 결국 학생들이 쓰는 돈이잖아. ⑧이렇게 행사 때마다 학교 안에서 장사를 해도 되는 건지 모르겠어. 너무 지저분해 보이고 지나다니는 데도 불편하고…… 축제를 이용해서 장사하는 사람들만 돈 버는 것 같아서 기분이 좀 그래.

1. ❷

◐ 說話的意圖以解開中心思想的方法來選擇答案即可。女子的中心思想屬於Ranking類型（10）「重複敘述」。對於慶典期間校內形成的攤商造成的不便之處反覆描述。因此女子向男子訴說的意圖是針對「在校內做生意這件事」表達不滿。

2. ❸

① 남자는 축제 때 장사를 할 계획이다.
　➡ 無相關資訊。
② 여자는 축제 때 차량을 통제하는 것을 반대한다.
　➡ 女子（理解）慶典時管制車輛這件事。與A不同。
❸ 장사하는 사람들이 너무 많아 학교가 매우 복잡하다.
　➡ 正確解答。
④ 축제 때 학교 안에서 장사를 하는 건 이번이 처음이다.
　➡ 慶典時在校內做生意（每次活動都會辦）。與B不同。

[3~4] 33

여자: 선거일이 가까워 오니까 선거 운동을 하는 차량이 많아진 것 같아. 이렇게 지하철역 앞에서 선거운동을 할 거면 지하철을 타고 다니면 되지 않나?

남자: 바쁘다 보니까 아무래도 차로 이동하는 게 편하겠지.

여자: 저기 봐. ④지하철역 옆에 말이야. 주차 금지 장소에 저렇게 차를 세우고 선거운동하고 있잖아. 기본적인 교통질서도 제대로 안 지키면서 어떻게 국민의 생활을 편하게 해 주겠다는 건지.

남자: 네 말에 일리가 있네. 하지만 지하철역이 홍보 효과가 크니까 어쩔 수 없는 것 같아.

여자: 올바른 후보자라면 지하철역이 홍보 효과가 큰 장소라고 생각하기보다는 교통이 복잡한 장소라는 것을 먼저 생각해야 하지 않을까?

3. ❸

◐ 說話的意圖以解開中心思想的方法來選擇答案即可。女子的中心思想屬於Ranking類型（2）「-아／어야 하다」。女子表示競選活動也應該遵守交通秩序，不該辦在交通複雜的場所。因此女子向男子訴說的意圖是針對「參選人不遵守法律這件事」表達不滿。

4. ❹

① 선거를 할 때 교통 환경을 살펴야 한다.
　➡ 無相關資訊。
② 후보자는 지하철역 주차장에 차를 세웠다.
　➡ 候選人將車輛停放在地鐵站（旁邊）。與A不同。
③ 대중교통을 이용하는 정치인을 뽑아야 한다.
　➡ 無相關資訊。
❹ 지하철역에서 선거 운동하는 것이 효과가 좋다.
　➡ 正確解答。

읽기 21번~22번 ▶ 中心思想、慣用表現／諺語

1. ②	2. ②	3. ①	4. ③	5. ③
6. ③	7. ②	8. ②		

▶ 中心思想、慣用表現／諺語　　　　p.170

[1~2]

> 인류 문명은 자연 개발과 자연 보호라는 모순 속에서 발달해 왔다. 그 중에서 인류가 소홀히 한 부분은 바로 물이다. 물의 소중함을 잊고 물을 오염시키고 만 것이다. 이에 따라 세계 각지에서 많은 사람들이 수질 오염과 물 부족으로 고통당하고 지역 간, 국가 간 물 분쟁이 끊임없이 일어나서 (골머리를 앓고) 있다. 이제 물 부족 문제는 한 국가의 문제만이 아니라 세계적인 문제가 되고 있다.

1. ❷

◑ 以「因缺水備受煎熬，水資源爭奪不斷（正如何如何）。如今缺水問題……」將內容連接起來。此時後面出現的「문제（問題）」是尋找慣用表現的核心語。與此相關的慣用表現是表達「是為問題、是為苦惱」之意的「골머리를 앓다（傷腦筋）」。

2. ❷

◑ 屬於中心思想Ranking類型（10）「重複敘述」。重複著「水資源缺乏成為世界各地、區域之間、國家之間的問題」。

[3~4]

> 축구 선수 11명이 운동장에서 경기를 해도 시야가 넓은 선수는 운동장 전체를 보기 때문에 어디가 비어 있고 어디로 공을 보내야 좋을지 잘 볼 수 있다. 이런 선수는 힘을 덜 들이고 효과적인 축구를 한다. 그러나 시야가 좁은 선수는 운동장의 한 부분만을 보기 때문에 항상 이미 수비진이 지키고 있는 곳을 뚫기 위해 (진땀을 빼다가) 실패만 거듭한다. 우리의 인생도 비슷하다. 따라서 넓게 볼 수 있을 때 삶을 성공적으로 살아갈 수 있다.

3. ❶

◑ 以「為突破防守陣營防守的地方（做了什麼什麼），結果屢戰屢敗」將內容連接起來。此時前面出現的「뚫기 위해（為了突破）」是尋找慣用表現的核心語。與此相關的慣用表現是表達「努力著」之意的「진땀을 빼다（出冷汗）」。

4. ❸

◑ 屬於中心思想Ranking類型（3）「그래서」。從選項中選出與「當你可以用寬闊的視野看待事情時，你就可以成功的過一生」意義相同的選項即可。

[5~6]

> 실패를 해 보지 못한 사람은 실패를 계속하는 사람들을 전혀 이해하지 못한다. 이런 사람은 이 세상에 밝은 면만 있는 것이 아니라 어두운 면도 있다는 사실을 잘 모른다. 이렇게 한쪽 면만 보다가 보니 '(하나만 알고 둘은 모른다.)'고 할 수 있다. 이러다 보면 생각과 마음이 좁을 수밖에 없다. 따라서 실패는 사람을 겸손하고 너그럽게 만드는 힘을 지니고 있다.

5. ❸

◑ 以「只看到其中一面，可以說是（如何如何）」將內容連接起來。此時前面出現的「한쪽 면만 보게 되다가 보니（只看到其中一面）」是尋找諺語的核心語。這句諺語要包含「看不到另外一面」的意思，與此相關的諺語是「하나만 알고 둘은 모른다（只知其一，不知其二）」。

6. ❸

◑ 屬於中心思想Ranking類型（3）「그래서」。從選項中選出與「失敗擁有讓人變得謙遜、寬容的力量」意義相同的選項即可。

[7~8]

> 최근 명절이 다가오면서 명절 선물 과대 포장에 대한 불만이 늘고 있다. 백화점에서 판매하는 각종 선물세트의 포장 비용이 선물 자체 비용보다 더 비싸다는 것이다. 이렇게 (배보다 배꼽이 큰) 선물은 주는 사람도 받는 사람도 기분이 좋을 리가 없다. 화려한 포장보다는 내용물이 얼마나 좋으냐가 더 중요하기 때문이다. 판매자는 선물의 크기나 포장보다는 내용물의 질에 더욱 신경을 써야 할 것이다.

7. ❷

◑ （空格）前的「선물세트의 포장 비용이 선물 자체 비용보다 더 비싸다（禮品套裝商品的包裝費用比禮品本身還要貴）」是尋找諺語的核心語。具有「不重要的東西比最基本的東西更大」之意的諺語是「배보다 배꼽이 더 크다。（肚臍比肚子大／本末倒置）」。

8. ❷

⊙ 屬於中心思想Ranking類型（2）「아／어야 하다」。從選項中選出與「比起禮品的大小或包裝，更應該把心思花在內容物的質量上」意義相同的選項即可。

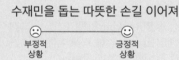

4級 Chapter 3 新聞報導標題

읽기 25번~27번　▶ 新聞報導標題

1. ①　　2. ④　　3. ④　　4. ①　　5. ④
6. ④　　7. ①　　8. ④　　9. ③

읽기 25번~27번　▶ **新聞報導標題**　　p.177

1. ❶ 〈最新話題〉

> 수재민을 돕는 따뜻한 손길 이어져
> ☹━━━━━☺
> 부정적　　　긍정적
> 상황　　　　상황

⊙ 「수재민（水災災民）」是因為梅雨或洪水受害的人（負面情況）；為了水災災民，人們「溫暖的援手」持續著（正面情況）。

2. ❹ 〈經濟相關〉

> 가파르게 상승하던 집값 주택 가격 안정 대책 발표 이후 주춤
> ☹━━━━━━━━━☺
> 부정적　　　　　　　긍정적
> 상황　　　　　　　　상황

⊙ 這是房價上漲中，穩定住宅價格對策方案公布之後會如何發展的意思。必須推測「주춤（躊躇、猶豫、退縮）」的意思，但因為沒有使用「떨어지다（掉落）、하강하다（下降）」這些單字，可以推測是「상승하다（上升）、올라가다（上漲）」中「暫時停止或弱化」。

3. ❹ 〈政策相關〉

> 경찰, 다음 달부터 신호 위반 차량
> 단속 강화하기로

⊙ 「신호 위반」是「違反信號、不遵守號誌」的意思。「단속 강화」是「嚴格取締」的意思。

4. ❶ 〈天氣相關〉

> 평년보다 장마 기간 늘어, 단풍 일찍 올 듯

⊙ 和往年相比梅雨季拉長，楓紅時間將提早到來的內容。

5. ❹ 〈觀覽資訊〉

> 느낀 만큼 낸다, 후불제 연극 성공

⊙ 「후불제」是指使用或先做了之後再付費的制度。這篇的內容是「因此，觀賞完話劇之後，有多感動就支付多少觀賞費用的話劇可謂是成功的。」

6. ❹ 〈體育〉

> 이태백, 내일 400m 계주 출전, 대회 첫 3관왕
> 노려

⊙ 「출전」是「參加比賽」的意思。三冠王是指獲得3枚金牌。「노리다」是「為了達成目的做準備」的意思。

7. ❶ 〈健康資訊〉

> 무리한 가사 노동에 주부 건강 '빨간불'
> ☹━━━━━━━━━☹
> 부정적　　　　　　　부정적
> 상황　　　　　　　　상황

⊙ 「무리한 가사 노동（過多的家務）」是由「辛苦的家務事」帶來負面感受。可以推測因「過多的家務」產生的問題而使「빨간불（紅燈）」給人負面的感受。

8. ❹ 〈生活資訊〉

> 염색약 부작용 속출, 천연 재료 염색약 각광
> ☹━━━━━━━━━☺
> 부정적　　　　　　　긍정적
> 상황　　　　　　　　상황

⊙ 「각광」是「受到關注、備受矚目」的意思。內容為「隨著染髮劑的副作用持續產生，天然材料的染髮劑獲得高人氣。」

9. ❸ 〈事件事故〉

> 제주도 태풍과 폭우, 수백 명 관광객 발 묶여
>
> ☹——————————☹
> 부정적　　　　　　부정적
> 상황　　　　　　　상황

● 內容為「濟州島因颱風和暴雨的關係導致觀光客無法離開當地。」

4級 Chapter 4 個人文章

읽기 23번~24번	▶ 個人文章

1. ①　　2. ④　　3. ①　　4. ④

읽기 23번~24번	▶ 個人文章	p.182

[1~2]

> 　　동료 교사의 결혼식에 갔을 때 일이다. 다른 동료 교사가 아들을 데리고 결혼식에 참석했다. 아이는 다섯 살 남짓으로 호기심이 왕성하고 활발한 듯 보였다. 결혼식이 끝나고 같은 자리에서 식사를 하게 되었다. 그런데 아이가 갑자기 어떤 사람을 가리키면서 큰소리로 엄마에게 물었다. "우와, 엄마 저 아저씨 되게 뚱뚱하고 머리가 정말 커요. 이상해요." 근처에 있던 사람들은 모두 엄마가 어떻게 대답할지 궁금해 했다. 혹시 "너도 그렇게 많이 먹으면 저렇게 될 거야."라고 대답하지는 않을까? 그러나 ❹엄마는 "사람들 중에는 뚱뚱한 사람도 있고 날씬한 사람도 있는 거야. 이상한 게 아니야."라고 대답했다. 그 대답을 듣는 순간 나도 모르게 미소가 지어졌다. 그리고 이때까지 나와 다르다는 이유만으로 남을 제대로 평가하지 않고 무시한 적은 없었는지 되돌아보게 되었다.

1. ❶

● 若看畫底線部分「나도 모르게 미소가 지어졌다。(我也不自覺地露出微笑)」前後的內容：
前：媽媽回答「……」
後：我不禁回想自己是否曾經只因為他人與我不同的這個理由而瞧不起別人。
此時登場人物的心情如何？聽見那位媽媽的回答而「露出微笑」的這個行為是感到滿意的感覺。
因此選「흐뭇하다（滿意、滿足）」最為自然。

2. ❹

① 아이는 식사량이 많아서 살이 ~~쪘다~~.
　➡ 無相關資訊。
② 아이의 엄마는 다른 사람보다 ~~뚱뚱한 편이다~~.
　➡ 無相關資訊。
③ 아이의 엄마는 아이의 버릇없는 ~~행동을 혼냈다~~.
　➡ 孩子的母親對孩子沒有禮貌的（行為做了解釋）。與A不同。
❹ 아이 엄마의 대답 덕분에 나 자신을 반성하게 되었다.
　➡ 正確解答。

[3~4]

> 　　❹유치원에서 교사로 일한 지 5년이 넘었다. 우리 유치원은 건물 2층에 있어서 ❸수업이 끝나면 계단을 이용해 아이들을 내보냈다. 행여 계단에서 아이들이 다칠세라 수업이 끝날 때면 나는 물론이고 모든 동료 교사들이 신경을 쓰는 시간이다. 아이들을 좀 더 안전하고 질서 있게 보내고자 생각해 낸 것이 여자 아이들을 먼저 나가게 하는 것이었다. 평소처럼 유치원이 끝나고 나는 "공주님들, 가방 챙겼지요? ❸자, 그럼 공주님들 먼저 밖으로 나가세요."라고 말했다. 그런데 한 남자 아이가 입술을 삐쭉 내밀고 나를 쳐다보았다. 그러고는 손을 들고 "왜 맨날 맨날 공주님들만 먼저 나가요. 왕자님들도 순서를 바꿔 가면서 먼저 가게 해 주세요."라고 말하는 것이었다. 순간 나는 할 말을 잃고 말았다. 남자가 여자에게 양보하는 것이 당연하다는 나의 평소 생각을 되돌아보게 되었고 집에 빨리 가고 싶은 아이의 마음을 헤아리지 못한 것 같았기 때문이다.

3. ❶

● 由畫線部分「순간 나는 할 말을 잃고 말았다（我頓時啞口無言）」看前後的內容：
前：小男孩要求改變回家的順序，讓男生先走。
後：話者平常認為男生本來就該禮讓女生。
對於和自己平時想法不同的孩子所提出的要求感到突兀，所以選「당황스럽다」最為自然。

4. ❹

① 나는 ~~초등학교에서~~ 일한 지 오 년이 지났다.
　➡ 我（在幼稚園）工作已過五年了。與A不同。
② 유치원이 끝나면 ~~엘리베이터로~~ 학생을 이동시킨다.
　➡ 幼稚園下課的話，會讓學生們（往樓梯）移動。與B不同。
③ 유치원 선생님들은 ~~남자~~ 아이들을 먼저 집에 보낸다.
　➡ 幼稚園教師們先將小（女）孩們送回家。與C不同。
❹ 나는 남자가 여자에게 양보하는 것을 당연하다고 생각했다.
　➡ 正確解答。

읽기 28번~31번 ▶ **對應題型**

1. ① 2. ①

읽기 28번~31번 ▶ **綜合題型**

1. ③ 2. ④

읽기 28번~31번 ▶ **對應題型** p.189

1. ❶

> 백화점 커피숍의 의자는 대부분 딱딱한 나무로 되어 있다. 이것은 백화점에서 매출을 올리기 위한 전략 중 하나이다. 백화점 커피숍은 드나드는 사람이 많은 곳이기 때문에 ❹손님이 거기서 ⑧오래 머무르면 곤란하다. 백화점 입장에서는 ❹'고객이 커피숍에서 ⑧'(오래 앉아 있는 것보다) 백화점에서 물건을 사게 하는 것이 더 중요하기 때문에 의자를 딱딱하게 만드는 것이다.

◎ 屬對應題型，活用類義表現，找出適合填入空格的內容即可。
❹손님이 거기서 ⑧오래 머무르면 곤란하다.
感覺客人如果在那邊停留太久很為難。
❹'고객이 커피숍에서 ⑧'（오래 머무르는 것보다）백화점에서 물건을 사게 하는 것이 중요하다.
（比起）客人（長時間停留在）咖啡廳，讓他們在百貨公司裡買東西比較重要。

2. ❶

> 바닷물은 태양빛이 표면에 닿으면 태양의 빛을 흡수한다. 태양빛에는 빨간색, 주황색, 노란색, 초록색, 파란색, 남색, 보라색 등이 있다. 이 중에서 파란색만 ⑧(흡수되지 않고 반사가 된다). 이것이 ❹바닷물이 파랗게 보이는 원인이다. 또한 하늘이 흐려지게 되면 ❹'바닷물은 회색으로 보이게 되는데 이것은 ⑧'바닷물에 회색이 흡수되지 않고 물속을 통해서 다시 되돌아 나오기 때문이다.

◎ 屬對應題型，活用類義表現，找出適合填入空格的內容即可。
❹바닷물이 파랗게 보이는 것은 파란색만 ⑧（흡

수되지 않고 다시 되돌아 나오기 때문이다）.
海水之所以看起來是藍色的，是因為只有藍色（不會被海水吸收，再度反射回來）。
❹'바닷물이 회색으로 보이는 것은 ⑧'회색이 흡수되지 않고 다시 되돌아 나오기 때문이다.
海水之所以看起來是灰色的，是因為灰色沒有被海水吸收，再度反射回來。

읽기 28번~31번 ▶ **綜合題型** p.190

1. ❸

> 사람들은 냉장고에 보관된 음식은 안전할 것이라고 생각한다. 그러나 냉장고를 너무 과신하면 식중독에 걸릴 위험성이 있다. 냉장고는 음식을 ❹'저온에서 보관하고 ❹"약간의 신선도를 유지시켜 줄 뿐이다. 음식이 ❹'''상하는 기간을 늦춰 줄 뿐이지 부패를 방지하는 것은 아니다. 따라서 냉장고에 음식을 넣을 때는 ❹(너무 오래 보관하지 않도록) 해야 한다.

◎

❹（盡量不要保存太久）

❹' ❹" ❹'''
在低溫中保存　維持些許新鮮度　延緩變質的時間

2. ❹

> 날씨가 따뜻해지는 봄이 되면 점심 식사 후에 졸음 때문에 일의 능률이 떨어진다고 말하는 사람이 많다. 이럴 때는 ❹'30분을 넘기지 않을 정도로만 낮잠을 자는 것도 괜찮다. ❹"잠깐의 낮잠이 ❹(오후에 능률적으로 일할 수 있도록) 도와주기 때문이다. 따라서 점심 식사 후 억지로 졸음을 참는 것보다 ❹'''짧게 낮잠을 자는 것이 효과적이다.

◎ 吃完午餐後想睡覺→工作效率下降

❹（提高工作效率）

❹' ❹" ❹'''
不超過30分鐘的午睡　片刻的午睡　短短午睡一下的這項行為

p.192

[듣기 21번~30번]

21. ③　22. ④　23. ②　24. ④　25. ②
26. ③　27. ④　28. ③　29. ④　30. ④

[읽기 21번~31번]

21. ④　22. ④　23. ①　24. ②　25. ①
26. ①　27. ② 28. ③　29. ①　30. ①
31. ③

[듣기 21~22] 34

> 여자: 부장님, 이번에 출간한 이태환 작가의 🅐소설책이 예상보다 판매가 잘 안 되는데요. 작가 사인회를 열어 보는 게 어떨까요?
> 남자: 이태환 🅑 작가는 유명 작가이니 좀 기다려 보는 게 좋지 않을까요? 지난번 작품도 처음에는 판매량이 좋지 않다가 나중에 늘어났던 걸로 기억하는데요.
> 여자: 그것도 좋겠지만 독자들의 반응을 끌어올리기에 지금이 딱 좋을 것 같은데요.
> 남자: 무슨 이야기인 줄은 알겠는데요. 전국 서점에 출시된 지 얼마 안 됐으니까 독자의 반응을 좀 더 살펴본 후에 결정하도록 하죠.

21. ③

❍ 屬於進行〈會議〉的情況，中心思想Ranking類型（1）「-는 게 좋다」和類型（5）「-（으）ㅂ시다」。男子的中心思想是「좀 기다려 보는 게 좋지 않을까요？（稍微等等看是不是比較好？）」和「독자의 반응을 좀 더 살펴본 후에 결정하도록 하죠（稍微觀察一下讀者的反應之後再決定吧）」。

22. ④

① 이 소설책은 많이 팔리고 있다.
　➡ 這本小說（並沒有）賣出很多。與A不同。
② 작가는 이번에 책을 처음 냈다.
　➡ 作家是（有名的作家）。與B不同。
③ 소설책 판매량이 줄어들고 있다.
　➡ 無相關資訊。
❹ 이번에 새로운 소설책을 출간하였다.
　➡ 正確解答。

[듣기 23~24] 35

> 남자: 🅐한국 전자죠? 제가 얼마 전에 전기밥솥을 샀는데 3개월도 안 돼서 고장이 났는데요. 언제쯤 수리를 받을 수 있을까요?
> 여자: 네, 고객님. 3개월 전에 구입하셨으면 지난해 11월에 출시된 제품인 것 같은데 제조일자를 확인 좀 해 주시겠습니까?
> 남자: 네, 맞아요. 11월이라고 되어 있어요. 그런데 제조일자는 왜 물어보시는 거지요?
> 여자: 먼저 사과의 말씀을 드리겠습니다. 말씀하신 🅑그 제품은 작년 11월부터 판매된 전기밥솥인데요. 작은 문제점이 발견돼서 현재 무료로 수리해 드리고 있습니다. 죄송하지만 주소를 알려 주시면 오늘 중으로 서비스 기사를 보내 드리겠습니다.

23. ②

❍ 男子電子鍋故障欲送修，正在洽詢。

24. ④

① 남자는 제품을 고치려고 서비스 센터에 갔다.
　➡ 男子為了送修產品，（打電話）到服務中心。與A不同。
② 남자가 구입한 밥솥은 올해 새로 나온 제품이다.
　➡ 男子購買的電子鍋是（去年）新出的產品。與B不同。
③ 이 회사는 작년 11월부터 전기밥솥 판매를 중단했다.
　➡ 無相關資訊。
❹ 이 회사는 문제가 있는 밥솥을 무상으로 수리해 준다.
　➡ 正確解答。

[듣기 25~26] 36

> 남자: '못난이 농산물'은 모양이 이상하거나 흠집이 나서 상품성이 떨어지는 농산물을 말하는데요. 최근 못난이 농산물의 판매량이 늘고 있다고 합니다. 어떻게 이런 상품을 팔게 되었나요?
> 여자: 사실 농산물을 고를 때 왠지 예쁜 것이 맛과 영양이 좋을 것 같거든요. 그래서 못생긴 농산물은 잘 팔리지가 않습니다. 많은 양의 농산물이 못생겼다는 이유로 버려지고 있어요. 🅐이것들이 버려지면 심한 악취를 풍기고 수질 오염 등 환경오염에 큰 영향을 미칩니다. 그래서 버리는 것보다 저렴하게 판매해서 깨끗한 환경을 만들어 보자는 취지로 시작하였습니다. 이런 🅑못난이 농산물은 정상 상품보다 가격이 삼사십 퍼센트 쌉니다. 환경도 보호하고, 물가로 고민하는 가정에 도움도 주고, 맛과 영양은 기본이니 매우 합리적이라고 할 수 있겠습니다.

9

25. ❷

❍ 屬於中心思想Ranking類型（3）「그래서」。男子正在詢問瑕疵農產品要如何銷售。對此，女子的中心思想是「저렴하게 판매해서 깨끗한 환경을 만들어 보자는 취지로 시작했다.（我們是以低價販售打造整潔環境的宗旨開始的）」。

26. ❸

① 이 농산물은 악취가 심한 편이다.
　➜ 此農產品（丟棄的話）屬於惡臭很濃的那一種。與A不同。
② 이 농산물은 맛과 영양이 ~~뛰어나다~~.
　➜ 無相關資訊。
❸ 이 농산물의 판매량이 증가하고 있다.
　➜ 正確解答。
④ 이 농산물은 정상 상품의 ~~반값에~~ 판매를 한다.
　➜ 此農產品以正常產品（約30～40%的價格）出售。與B不同。

[듣기 27~28] 37

> 여자: 어우, ❹뜨거워. 뭐야? 에어컨 실외기를 이렇게 사람들이 많이 다니는 길가에 설치를 하면 어떡해. 옥상 같은 곳에 설치를 해야지.
>
> 남자: 그러게. 원래는 지상에서 2미터 이상 높이에 설치해야 하는데……
>
> 여자: 이렇게 더운 날 뜨거운 실외기 바람 맞으면 기분 좋은 사람이 어디 있겠어? 주변 사람에 대한 배려라고는 찾아볼 수가 없네.
>
> 남자: 맞아. 하지만 ❸실외기를 멀리 설치하려면 비용도 많이 들고 효율도 떨어지니까 최대한 에어컨에 가깝게 놓는 거지 뭐.
>
> 여자: 그렇다고 주변 사람은 생각 안 하고 자기 이익만 생각하는 건 너무 이기적인 거 아니야?

27. ❹

❍ 屬於女子的中心思想Ranking類型（2）「-아/어야 하다」和類型（10）「重複敘述」。反覆談論著冷氣室外機裝在路邊以及沒有考慮到周遭人的自私行為問題。

28. ❸

① 에어컨 실외기에서 ~~물이 떨어져서~~ 다니기 불편하다.
　➜ 冷氣室外機（因為會排出熱風），對經過的人造成不舒服。與A不同。
② 에어컨 실외기를 멀리 설치해도 비용이 ~~더 들지 않는다~~.
　➜ 若將冷氣室外機安裝在較遠的地方，會（花更多）費用。與B不同。
❸ 길가에 설치된 실외기 바람이 사람들에게 불쾌감을 준다.

---

④ 에어컨과 실외기는 ~~가까운 곳에~~ 있을수록 효율이 떨어진다.
　➜ 冷氣室外機裝在越（遠的地方）效能越低。與B不同。

[듣기 29~30] 38

> 여자: 외국어로 노래하는 뮤지컬 공연에서 실시간으로 한글 자막을 볼 때마다 어떻게 하는 걸까 궁금했는데요. 대사와 자막을 일치시키는 일이 쉽지 않으시겠어요?
>
> 남자: 아무래도 노래 한 마디, 한 마디에 맞춰 한글 자막을 모니터를 통해 실시간으로 입력하려면 신경을 많이 써야 합니다. 그래서 배우와 같이 노래를 부른다고 생각하면서 같이 따라 하는 편입니다. 대사 같은 경우는 배우들의 호흡이나 행동, 입 모양을 주로 보면서 자막을 보여 줍니다.
>
> 여자: 정신적으로도 신경을 많이 쓰시겠지만 체력적으로도 신경을 많이 쓰셔야겠네요.
>
> 남자: 네, ❹만일의 경우 대신할 사람이 없는 만큼 체력 관리는 필수지요. 그리고 ❸계속되는 작업 때문에 손목이 자주 아프기도 합니다. 하지만 공연장에 있다는 즐거움이 무엇보다 크기 때문에 열심히 노력하고 있습니다.

29. ❹

❍ 女子說，每當在音樂劇表演看見即時韓文字幕的時候都感到好奇。男子表示他透過監視器即時輸入韓文字幕。

30. ❹

① 남자 대신에 일할 사람은 ~~준비되어 있다~~.
　➜（沒有）可代替男子工作的（人）。與A不同。
② 계속되는 작업 때문에 ~~어깨가~~ 아픈 경우가 많다.
　➜ 因持續作業的緣故，經常發生（手腕）疼痛的情況。與B不同。
③ ~~최근 모든 공연에 자막을 입력하는 것이 유행이다~~.
　➜ 無相關資訊。
❹ 대사를 자막으로 입력할 때 배우의 입 모양을 본다.
　➜ 正確解答。

> 여자: 편의점에서 판매하는 상비약은 1회 1일분만 판매 한다는 원칙이 있습니다. 그런데 최근 조사에 따르면 이것이 잘 지켜지지 않고 있습니다. 부작용 이 우려되는 상황에서 계속 편의점에서 약을 판매하는 것을 허용해도 되는 것일까요?
>
> 남자: 소화제나 감기약 같은 간단한 약 정도는 편의점 에서 구입할 수 있도록 하자는 것이 원래 취지였 습니다. 부작용이 우려된다고 해서 편의점 약 판 매를 금지한다면 약국이 문을 닫은 시간 이후에 는 어떻게 해야 합니까?
>
> 여자: 원래 취지가 좋더라도 지금처럼 원칙이 지켜지지 않는다면 국민 건강을 해칠 수 있습니다. 편의점 에서 산 약을 먹고 문제가 생긴다면 누가 책임을 집니까?
>
> 남자: 편의점에서 판매되는 감기약이나 진통제 등은 약 국에서도 별다른 처방 없이 원하면 살 수 있지 않 습니까? 편의점에서 파는 것만 문제가 된다는 것 이 이해가 되지 않습니다.

31. ❹

➲ 屬於中心思想Ranking類型（10）「重複敘 述」。男子的想法可以整理成「無法理解禁止 便利商店販售藥品的問題，以及只有便利商店販 售的藥品會成問題」。

32. ❶

➲ 男子針對女子提出的問題，舉藥局沒開門時的問 題、超商與藥局販售之藥物並無太大差異為例子 反駁。

[읽기 21~22]

> 만 3세 미만의 아이들은 단순히 무엇인가를 알고 싶어 하는 호기심 때문에 잘못을 저지르곤 한다. 아직 무엇이 좋고 무 엇이 나쁜지 몰라서 그런 것일 뿐이다. 그래서 이 시기에는 부모가 아이에게 큰 소리로 꾸짖기보다는 적당히 (눈을 감 아 주는) 것이 필요하다. 아이의 버릇을 고쳐 주겠다는 생 각으로 잘못을 저지를 때마다 혼을 낸다면 좋지 않은 영향 을 미칠 수 있기 때문이다. 소리를 지르거나 혼내는 경우 소 심하고 자신감 없는 아이를 만들 수 있다.

21. ❹

➲ 用「與其大聲斥責孩子，不如適當地告知（怎麼 做比較好），如果責罰，有可能會造成不好的影 響。」等內容接連串起。因為有「即便做錯也不 該斥責或懲罰」的「原諒錯處」之意，故「❹눈

을 감아 주다（睜一隻眼閉一隻眼）」為正確解 答。

22. ❹

➲ 屬中心思想Ranking類型（10）「重複敘 述」。重複表示如果大聲責備或懲罰的話，有 可能會造成不好的影響，培養出畏縮不前、沒有 自信的孩子。

[읽기 23~24]

> 우리 아이가 다섯 살 때의 일이다. ❹남편이 기자라서 집에 영화표가 많이 들어왔다. 그 중 '슈퍼맨' 영화표가 눈에 띄 어 ❸아이와 함께 영화를 보러 갔다. 영화를 보고 와서 아이 는 자기가 슈퍼맨이 되기라도 한 듯이 빨간색 보자기를 등 뒤에 두르고 온 집안과 동네를 헤집고 다녔다. 처음에는 '며 칠 저러다가 말겠지'라고 생각을 했다. 그러던 어느 날 마당 에서 빨래를 널고 있는데 2층 아이 방 창문에 아이가 빨간 보자기를 두르고 서 있었다. 그러더니 아이는 "엄마, 나 날 수 있어. 자, 간다." 하고 2층에서 뛰어내리는 것이 아닌가. 순간 나는 아무 말도 할 수 없었고 몸도 움직일 수가 없었 다. 천만다행으로 아이가 빨랫줄에 걸려 마당에 사뿐히 서 게 되었다. 아이는 자기가 얼마나 위험했는지 알지 못하고 날았다며 기뻐하고 있었다. 나는 아이에게 달려가 아무 말 없이 엉덩이를 때릴 뿐 아무 말도 할 수가 없었다.

23. ❶

➲ 畫底線部分「순간 나는 아무 말도 할 수 없었고 몸도 움직일 수가 없었다（霎那間我一句話都說 不出口，身體也動彈不得）」前後的內容為
前：孩子從二樓跳下來。
後：幸虧沒有受傷。
孩子從二樓跳下來的時候嚇到了，所以不知道該 如何是好。

24. ❷

① ~~나와~~ 직업은 기자이다.
  ➜ （我丈夫的）職業是記者。與A不同。
❷ 아이는 슈퍼맨 놀이를 즐겼다.
  ➜ 正確解答。
③ 나는 ~~남편과~~ 함께 영화를 보러 갔다.
  ➜ 我（和孩子）一起去看了電影。與B不同。
④ ~~아이는 엄마가 빨래하는 것을 도와줬다.~~
  ➜ 無相關資訊。

25. ❶ 〈最新話題〉

> 연일 미세먼지 기승, 전통 시장 상인 울상
>
> ☹   ☹
> 부정적   부정적
> 상황   상황

➡ 是由於霧霾變嚴重導致傳統市場生意不佳，商人們感到擔心的內容。

26. ❶ 〈健康資訊〉

> 스마트폰이 가져온 '우리 뇌의 기억상실증'
>
> ☺   ☹
> 긍정적   부정적
> 상황   상황

➡ 「기억상실증（失憶症）」指的是因頭部受到撞擊而失去某段時間記憶的症狀。在本篇報導標題中，是以「使用智慧型手機導致記憶力變差」的意義使用。

27. ❷ 〈事件事故〉

> 강원도 산불 확산, 이재민 1,200여 명 발생
>
> ☹   ☹
> 부정적   부정적
> 상황   상황

➡ 隨著森林大火蔓延，產生了1,200多名受害者的內容。

28. ❸

> 길을 걷다 보면 수도관이나 하수관을 점검하거나 청소하기 위한 동그란 뚜껑을 볼 수 있다. 이것이 바로 맨홀 뚜껑인데 왜 모두 동그란 모양일까? 그것은 맨홀 뚜껑이 구멍 속으로 빠지지 않게 하기 위해서이다. ❹원은 어느 방향에서 길이를 재어도 ❺(지름의 길이가 동일하기) 때문에 구멍 속으로 절대 빠지지 않는다. 그런데 맨홀 뚜껑을 ❹'삼각형이나 사각형 모양으로 만든다면 ❺'가로, 세로의 길이와 대각선의 길이가 차이가 생겨 **뚜껑이 빠질 수 있다.**

➡ 屬對應題型，活用反義詞，找出適合填入空格的內容即可。
❹원은 어느 방향에서 길이를 재어도→❺(길이가 같기) 때문에 빠지지 않는다.
因為圓形不論從哪個方向測量長度，長度都一樣，所以不會掉下去。
❹'삼각형이나 사각형 모양으로 만든다면→❺' 가로, 세로의 길이와 대각선의 길이가 차이가 생겨 뚜껑이 빠진다.
假如做成三角形或四方形的模樣，直的、橫的的長度與對角線的長度會產生差異而掉進下水道。

29. ❶

> 사람과 황소가 싸우는 투우 경기를 보면 투우사가 빨간색 천을 흔든다. 빨간색 천을 본 ❹황소는 투우사를 ❺적으로 생각하고 흥분하여 공격한다. 사람들은 황소가 빨간색 때문에 흥분을 한다고 생각한다. 그런데 사실 황소는 색맹이라 색을 구별하지 못한다. 투우사가 다른 색의 천을 흔들어도 황소는 빨간색 천을 봤을 때와 똑같은 반응을 보인다. 이는 ❹'황소가 투우사를 ❺'(적으로 생각해서 공격하는) 것일 뿐 빨간색에 반응하는 것이 아닌 것을 알 수 있다.

➡ 屬對應題型，活用相似表現，找出適合填入空格的內容即可。
❹황소는 투우사를→❺적으로 생각하고 흥보하고 공격한다.
大公牛把鬥牛士當作敵人而感到興奮並攻擊對方。
❹' 황소는 투우사를→❺'(적으로 생각해서 공격하는) 것이다.
大公牛把鬥牛士（當作敵人而攻擊他）。

30. ❶

> 사람들은 일반적으로 의자가 편안하게 앉기 위한 도구로 만들어졌다고 생각한다. 그러나 의자는 권력층이 자신들의 ❹(계급과 신분을 구분하고자) 만든 것이다. ❹'왕의 의자는 동물의 다리 모양으로 다리를 만들었다. 심지어 거기에 금을 바르고 보석 등으로 장식을 하여 권위를 보여 주었다. ❹'' 귀족들이 사용한 의자는 왕의 의자보다 장식이 간소하고 높이도 낮았으며, 귀족의 계급에 따라 다리 모양도 달랐다. 반면 당시 ❹'''서민들은 의자 없이 바닥에서 앉아서 생활을 하였다.

◐ 綜合題型

王的椅子會將椅腳打造成動物腿腳的樣子 ← **Ａ'**

貴族們使用的椅子，裝飾會比王的椅子少，高度也會比王的椅子低 ← **Ａ"**

庶民們沒有椅子，坐在地板上生活 ← **Ａ'''**

Ａ 因身分而有所不同

---

31. ❸

> 새로움과 복고를 합친 신조어로 복고를 새롭게 즐긴다는 '레트로'가 유행이다. 실제로 과거에 유행했던 디자인이 수십 년 뒤에 다시 유행하는 복고는 흔한 일이다. 그래서 최근 **Ａ'**추억을 떠올리게 하는 제품이 인기이다. 70~80년대 인기 있던 소주, 80년대 추억의 고전 게임, 90년대 먹을거리 등이 그 예이다. 그만큼 인간이 **Ａ**(과거를 그리워한다는) 것이다. 이런 점을 이용해 기업에서는 **Ａ"**추억 속 제품에 현대적 해석으로 재해석한 제품을 시장에 내놓고 있다.

◐ 綜合題型

Ａ 人類懷念過去的

讓人回想起昔日的產品受到歡迎 ← **Ａ'**

向市場推出用現代式解法對記憶中產品予以重新詮釋的產品 ← **Ａ"**

5級 Chapter 1 正式的對話

듣기 31번~32번	▶ 討論
1.② 2.③ 3.④ 4.②

듣기 33번~34번	▶ 演講
1.① 2.③ 3.③ 4.①

듣기 35번~36번	▶ 現場演說
1.② 2.④ 3.② 4.④

듣기 37번~38번	▶ 教養節目
1.① 2.③ 3.② 4.②

듣기 39번~40번	▶ 對話
1.② 2.④ 3.① 4.④

듣기 31번~32번	▶ 討論	p.203

[1~2] 🎧 40

> 여자: 케이블카 설치는 자연 경관을 해칠 것이고 관광객이 몰리면서 생기는 오염 문제 등 환경 훼손이 불가피할 것입니다.
>
> 남자: 환경전문기관의 조사에 따르면 케이블카가 설치되면 등산객을 분산시켜 오히려 산림을 보호할 수 있다는 결과가 있습니다. 그리고 <mark>관광객이 증가하면 경제적 효과가 높아질 것이라고 생각합니다.</mark>
>
> 여자: 그건 케이블카의 설치 효과를 너무 단순하게 봐서 그런 것 같습니다. 그리고 경제적 효과도 중요하겠지만 후손들에게 현재 자연의 모습 그대로를 전해 줄 의무가 있지 않겠습니까?
>
> 남자: 그렇기는 하지만 <mark>케이블카는 더 많은 사람들에게 산을 즐길 수 있게 해 줄 것입니다.</mark> 케이블카가 설치되면 산을 오르기 힘든 노약자나 신체가 불편한 사람들에게 산을 즐길 수 있는 기회를 제공할 수 있지 않겠습니까?

1. ②

◐ 屬於中心思想Ranking類型（7）「-（ㄴ/는）다고 생각하다」和類型（10）「重複敘述」。
男子的想法可以整理出：因為能提升經濟效益，而且能讓老弱婦孺、身心障礙人士等更多的人享受山林，而有多項優點。

2. ❸

◐ 男子舉出環境專業機構調查結果和老弱婦孺或身心障礙人士等例子來談自己的主張。

여자: 우리 지역에서 주관하고 있는 김치 축제는 그동안 많은 노력을 해서 성공적이었다고 평가합니다. 물론 좀 더 나은 축제가 되도록 계속 노력할 것이고요.

남자: 과연 성공적이라고 할 수 있을까요? 참가자 대부분이 내국인이었고 외국인은 찾아보기 힘들었습니다. 외국인에게 충분히 홍보하지 못한 점만으로도 성공했다는 판단은 이른 감이 있습니다.

여자: 축제 참가자 수는 전체적으로 증가를 했습니다. 그걸 외국인과 내국인의 비율로 나누어 보는 건 지나치다고 생각하는데요.

남자: 아니지요. 외국인에게 김치의 맛과 우수성을 알리겠다는 것이 축제의 기본 목적입니다. 지금처럼 김치만 소개할 것이 아니라 김치를 재료로 만들 수 있는 다양한 요리도 소개했으면 합니다. 좀 더 다양한 프로그램을 만들어서 외국인의 참가를 유도할 필요가 있다고 봅니다.

3. ❹

▶ 屬於中心思想Ranking類型（6）「- （으）면 좋겠다」和類型（7）「- （ㄴ/는） 다고 보다」。男子的想法可以整理成：有必要介紹多樣的料理，而且引導外國人參加。

4. ❷

▶ 對於女子認為成功的評價，男子表示現在要評斷是成功的還言之過早。並且，對女子認為將外國人和本國人分開看未免過於嚴苛的這項指責引據慶典的基本目的應該引導外國人參加來加以反駁。

듣기 33번~34번 ▶ 演講 p.206

남자: 웃음의 기원에 대한 가설 중에서 '거짓 경보 이론'이란 것이 있습니다. 그럼 아주 오래 전 인류의 조상을 상상해 볼까요? 사냥이나 채집 등을 통해 자연에서 먹을 거리를 구하던 인간은 낯설거나 ❸두려운 대상을 자주 만났을 겁니다. 이때 인간은 치아를 드러내는 ❹위협적인 표정을 지었습니다. 그런데 그 대상이 ❻위협적인 존재가 아니라는 것을 확인하게 되면 표정이 풀리게 됩니다. 이때 표정이 반쯤 풀리는 것이 미소이고 "하하하" 소리 내어 웃는 것이 웃음이라는 겁니다. 이 이론에 따르면 인류 최초의 웃음은 자신이 발견한 위험이 거짓 경보라는 것을 알고 걱정할 필요가 없다는 것을 주위에 알려 주는 신호로 작용했다는 설명입니다.

1. ❶

▶ 聆聽內容之前先看選項得知「웃음（笑）」為主題。此外，內容中詳細說明了人類的笑容是如何開始的。

2. ❸

① 얼굴 표정이 풀리면 자연스럽게 긴장도 해소된다.
　➜ （緊張消除的話，臉部表情也會放鬆）。與 C 不同。
② 인류의 조상은 두려운 상대를 만나면 미소를 지었다.
　➜ 人類的祖先遭遇可怕的對手時會做出（威脅性的表情）。與 A 不同。
❸ 웃음은 자신이 느낀 위험이 거짓임을 나타낸 것이다.
　➜ 正確解答。
④ 인간은 두려운 대상과 친해지려고 웃는 행동을 한다.
　➜ 人類（若確認了那不是令人害怕的對象時），就會展開笑顏。與 B 不同。

여자: 과거에는 지역과 지역이 서로 소식을 전할 때 말을 이용하였습니다. 그 말을 '파발마'라고 하였습니다. 우리나라 지명 중에 '구파발', '말죽거리', '역촌동'이라는 이름도 모두 ❹역참제도와 관련이 있는 땅 이름입니다. 역참이란 말이 달려서 하루에 갈 수 있는 거리마다 역을 세운 것을 말합니다. ❸역참과 역참 사이의 거리인 약 40킬로미터를 '한참'이라고 하였습니다. 여기에서 유래하여 '한참'이라는 말이 생겼습니다. '한참'이란 말은 역참과 역참 사이의 거리가 멀기 때문에 그 사이를 오가는 시간이 오래 걸린다는 뜻으로 쓰던 말입니다. 그런데 현대에는 '시간이 상당히 지나는 동안'을 뜻하는 말이 되었습니다. ❻공간 개념의 어휘가 시간 개념의 어휘로 의미 변화를 하게 된 것입니다.

3. ❸

▶ 聽取內容之前先看選項得知，「지명（地名）」，即「땅의 이름（土地的名字）」為主題。此外，內容中對驛站制度與相關名字產生的理由和意義予以說明。

4. ❶

❶ 과거에는 말을 이용하여 소식을 전달하였다.
　➜ 正確解答。
② 옛날 지명을 유지하고 있는 곳은 거의 없다.
　➜ （有些地方仍）保有以前的地名。與 A 不同。
③ 역참과 역참 사이의 거리는 약 4킬로미터였다.
　➜ 驛站與驛站之間的距離約（40公里）。與 B 不同。
④ 어휘는 시간이 지나도 의미가 잘 변하지 않는다.
　➜ 詞彙隨時間（流逝而變化）。與 C 不同。

[1~2] 44

> 남자: 오늘 이 자리는 신랑 김민수 군과 신부 이수미 양, 두 사람이 하객들을 모시고 하나가 되려 하는 자리입니다. Ⓐ두 사람은 같은 대학에서 함께 영어교육을 전공한 후 현재 고등학교에서 교사로 일하고 있습니다. 이렇게 공통점이 많은 걸 보면 두 사람이 인연이라는 생각이 듭니다. 오늘 저는 신랑, 신부에게 한 가지 당부를 하고 싶습니다. 두 사람의 삶이 항상 평화롭지만은 않겠지만 혼자가 아닌 두 사람이 같이 하는 인생길에 이전보다 더 향기롭고 아름다운 미래가 펼쳐지리라 믿어 의심치 않습니다. 모쪼록 두 사람이 서로를 자신처럼 위하고 사랑하며 행복하게 살아가기를 기원합니다.

1. ❷

◎ 聽取內容之前先看選項得知「결혼（結婚）」為主題。另外，從男子話中的「신랑（新郎）、신부（新娘）、하객（賓客）」等單字可以得知談話的場所為「결혼식장（婚宴會場）」。男子對兩人的結婚生活給予叮嚀，希望兩人能幸福的生活。

2. ❹

① 남자는 신랑과 신부의 선생님이다.
　➡ 無相關資訊。
② 신랑과 신부는 전공 분야가 다르다.
　➡ 新郎和新娘的主修領域（相同）。與A不同。
③ 신랑과 신부는 직장에서 처음 만났다.
　➡ 新郎和新娘（在大學）首次見面。與A不同。
❹ 남자는 두 사람의 행복을 기원하고 있다.
　➡ 正確解答。

[3~4] 45

> 남자: 오늘 이렇게 우리 회사가 최우수 기업상을 받게 되었다는 소식을 알리게 되어 무척 기쁩니다. 제가 한 일이라고는 함께 일하는 여러분을 믿고 일하기 편한 환경을 만들어 주려고 노력한 것뿐이었습니다. 그런데 Ⓐ여러분께서 저와 회사를 믿고 꾸준히 최선을 다해 일해 주었기 때문에 이런 큰 상을 받게 되었습니다. 이번 기회를 통해 서로를 믿는다는 것이 얼마나 중요한 것인지 깨닫게 되었습니다. 우리 회사가 지금 이 자리에 서게 된 것은 모두 저를 믿고 따라 준 여러분 덕분입니다. Ⓑ5년 전 창업 초기부터 지금까지 한결같은 모습으로 함께 해 준 직원 여러분께 다시 한 번 진심으로 감사드립니다.

3. ❷

◎ 聽取內容之前先看選項得知是企業活動的演講。然後男子在說了「최우수 기업상을 받게 되었다.（榮獲最佳企業獎）」這句話之後，說明得獎的原因並向員工的努力表達謝意。

4. ❹

① 이 기업은 10년 전에 처음 세워졌다.
　➡ 這家企業於（5年）前初次設立。與B不同。
② 이 기업은 직원들의 이직률이 높았다.
　➡ 這家企業（員工們總是盡心盡力的工作）。與A不同。
③ 이 기업은 예전에 이 상을 받은 적이 있다.
　➡ 無相關資訊。
❹ 이 기업의 직원들은 서로를 믿으며 일했다.
　➡ 正確解答。

[1~2] 46

> 여자: 사람들과의 관계에서 첫인상이 중요하다는 것은 누구나 아는 이야기인데요. Ⓑ첫인상이 사람들에게 미치는 영향이 어느 정도인가요?
>
> 남자: 사람들은 다른 사람을 판단할 때 Ⓐ자신이 처음 받은 느낌이나 인상을 유지하고 싶어 합니다. 그래서 자신의 판단과 다른 것은 무시하고 같은 것만 평가하려고 합니다. 예를 들어 상대방에게 성실하다는 인상을 받았을 때는 상대방이 자신의 판단과 다르게 행동해도 일부러 무시해 버립니다. 반대로 불성실하다는 인상을 받았을 때는 상대방이 아무리 예의 바르게 행동해도 그걸 쉽게 받아들이지 않습니다. 이처럼 첫인상이 중요한 만큼 우리는 다른 사람에게 보이는 이미지에 신경을 많이 써야 합니다.

1. ❶

◎ 屬中心思想Ranking類型（2）「-아/어야 하다」。關於詢問第一印象對人們造成何種程度影響的提問，男子回答道：「因為第一印象很重要，所以必須非常注意給他人的形象。」

2. ❸

① 사람들은 상대방과 입장을 바꾸어 생각한다.
　➡ 無相關資訊。
② 사람들은 첫인상에 크게 신경을 쓰지 않는다.
　➡ 人們對於第一印象（花費）很多心思。與B不同。
❸ 사람들은 자신이 내린 판단과 같은 것만 믿는다.
　➡ 正確解答。
④ 사람들은 자신의 느낌과 인상을 꾸준히 의심한다.
　➡ 人們（想保持）自身的感覺和印象。與A不同。

> 여자: 박사님, 유년기의 아이들 중에 말을 할 때 말을 제대로 이어 가지 못하고 더듬는 아이들이 있는데요. 아이가 말을 더듬을 때 부모의 역할이 중요하다고 들었습니다.
>
> 남자: 아이들은 18~24개월 사이에는 엄청나게 많은 양의 어휘를 배우게 됩니다. ❷알게 된 어휘는 많은데 표현 능력은 아직 부족한 때이지요. 그러다 보니 말하는 과정이 힘들 수밖에 없기 때문에 말을 더듬게 되는 것입니다. 이 중 80%는 시간이 흐르면서 자연스럽게 문제가 해결됩니다. 그러나 20%는 환경적 요인에 의해 말을 더듬는 것이 지속되는데요. 이때 부모의 역할이 중요합니다. ❸아이가 말을 더듬는다고 해서 주의를 주거나 말을 못하게 하면 절대로 안 됩니다. 아이가 말 더듬기 현상을 인식하기 시작하면 급격히 나빠지기 때문입니다. 따라서 **부모는 시간을 가지고 아이가 스스로 좋아지게 기다려 주는 것이 더 낫습니다.**

3. ❷

❍ 屬中心思想Ranking類型（3）「-는 게 좋다」。男子的中心思想是，父母即便孩子講話結巴，也要給予等待讓他們慢慢改善會比較好。

4. ❷

① 아이들은 표현 능력은 ~~좋지만~~ 아는 어휘가 ~~부족하다~~.
　➜ 孩子們表達能力（雖然不夠，但是）知道的詞彙（很多）。與A不同。
❷ 유년기의 말 더듬기 현상은 대부분 자연스럽게 해결된다.
　➜ 正確解答。
③ 아이가 말을 더듬는 것을 ~~인식시켜 주는 것이~~ 필요하다.
　➜ （不可讓）孩子（意識到）講話結巴這件事。與B不同。
④ 아이가 말을 더듬을 때 잠시 말을 못하게 하면 ~~효과적이다~~.
　➜ 孩子講話結巴的時候，（絕對不可以）禁止他說話。與B不同。

> 여자: 수질 오염이라고 하면 흔히 공장 폐수나 가축을 기르면서 생기는 오물 정도를 생각하게 되는데 쓰레기 때문에 바다가 오염되는 문제가 심했던 거군요.
>
> 남자: 네, 혹시 태평양 한가운데 있는 쓰레기 섬에 대해 들어 본 적이 있으십니까? ❷이 섬은 세계 각지에서 버려진 생활 쓰레기가 태평양으로 흘러 들어와 생긴 섬입니다. 한반도의 열다섯 배 정도의 크기니까 엄청나게 큰 면적입니다. 그런데 이 ❸쓰레기 섬 때문에 수많은 해양 생물들이 피해를 보고 생태계마저 파괴되고 있습니다. 결국 ❸이러한 현상은 육지 생태계에도 영향을 끼치게 되고 인간 또한 피해를 입게 될 것입니다. 따라서 현재의 해양 오염은 인류의 미래를 위해서 반드시 해결해야 합니다. 그리고 더 늦기 전에 세계 각국은 쓰레기 섬을 치우는 데 서로 협력을 해야 할 것입니다.

1. ❷

❍ 女子說海洋因垃圾而汙染的問題嚴重，就話題開始訪談。對此，男子針對太平洋正中央的垃圾島開始談起。因此，這段訪談前面的內容為「바다의 오염이 심각하다。（海洋汙染嚴重）」。

2. ❹

① 육지 생태계의 파괴는 해양 생태계의 파괴로 이어진다.
　➜ 陸地生態系統的破壞是從（海洋／陸地）生態系統的破壞延伸而來。與C不同。
② 태평양 한가운데는 ~~생활 쓰레기를 처리하는~~ 섬이 있다.
　➜ 太平洋正中央有一座（生活垃圾推積而成的）島。與A不同。
③ 쓰레기 섬의 오염 물질은 ~~아직까지 심각한 수준은 아니다~~.
　➜ 垃圾島的污染物質（是嚴重的程度）。與B不同。
❹ 인류의 미래를 위해 바다 속 오염 물질을 제거해야 한다.
　➜ 正確解答。

여자: 우리가 아무 생각 없이 버리는 전자 제품 속에 그런 값비싼 금속이 들어 있었다니 놀라운데요. 그런 금속을 어떻게 재활용을 해야 하는 건가요?

남자: 말씀하신 대로 버려지는 전자 제품 속에는 금과 은, 구리 같은 값비싼 금속이 포함되어 있습니다. 원래 자연 상태의 광물에서 사용할 수 있는 상태의 금속을 만들려면 많은 양의 에너지가 필요합니다. 그런데 버려진 전자 제품에서 ⒶD재활용할 수 있는 금속을 다시 만드는 데 소비되는 에너지는 그 10% 정도밖에 되지 않습니다. 다시 말해 버려진 전자 제품을 재활용한다면 비용도 아낄 수 있고 환경도 보호할 수 있습니다. 따라서 앞으로는 땅속에 묻혀 있는 새로운 금속을 찾는 데에만 노력할 것이 아니라 버려지는 ⒷD전자 제품 속의 금속들을 재활용하기 위해서도 노력해야 합니다.

3. ❶

❶ 女子對丟棄的電子產品中內含貴重金屬表示吃驚而開始訪談。對此，男子再度針對該事實說明。

4. ④

① 금속 재활용은 비용이 너무 많이 든다.
➜ 金屬回收再利用的費用花費（較少）。與A不同。
② 전자 제품을 재활용하는 방법을 연구 중이다.
➜ （應該致力於）將電子產品（回收再利用）。與B不同。
③ 땅속에 묻혀 있는 금속의 양이 점점 줄어들고 있다.
➜ 無相關資訊。
❹ 전자 제품의 금속을 재활용하는 것이 더 효과적이다.
➜ 正確解答。

5級 Chapter 2 資訊傳達

1. ④

변비는 대장 안에 대변이 오래 머물러 제때 배출하지 못하는 증상을 말한다. 이러한 변비는 Ⓐ편식을 하거나 평소 물을 적게 마시는 사람, 불규칙적으로 식사를 하는 사람들이 많이 걸린다. 또 밥과 야채를 너무 적게 먹는 사람들도 걸리기 쉽다. 그 외에 평소 운동량이 적거나 과도한 스트레스를 받는 사람들에게 많이 생긴다. 또 한 가지는 허리를 굽히고 앉거나 비스듬히 앉는 것이 원인이 되기도 한다.

① 변비는 식사량이 많은 사람이 잘 걸린다.
➜ （挑食的）人容易便祕。與A不同。
② 스트레스를 풀려면 물을 자주 마시는 것이 좋다.
➜ 無相關資訊。
③ 불규칙적인 식사 습관은 소화 기능을 약화시킨다.
➜ 無相關資訊。
❹ 변비는 앉는 자세가 안 좋은 사람이 걸리기도 한다.
➜ 正確解答。

2. ③

경찰청은 Ⓐ지난 9월 28일부터 자동차 전 좌석 안전띠 착용 의무화를 실시한다고 밝혔다. 그 동안 운전석과 조수석에만 실시하던 안전띠 착용을 뒷좌석까지 확대 적용하기로 한 것이다. 이를 어기면 운전자에게 3만 원의 벌금이 부과된다. 이때 동승자가 Ⓑ13세 미만 어린이인 경우 벌금이 6만 원으로 늘어난다. 그러나 6세 미만 영유아의 경우 유아용 시트가 없을 경우 적용되는 벌금을 당분간 부과하지 않기로 했다. 유아용 시트 보급률이 높지 않기 때문에 당분간 계도와 홍보에 주력하겠다고 밝혔다.

① 어린이의 경우 안전띠를 매지 않아도 된다.
➜ 幼兒的部分（必須繫上）安全帶。與B不同。
② 자동차 전 좌석 안전띠 착용을 실시할 예정이다.
➜ （正在實施）汽車全車座位都必須繫上安全帶。與A不同。
❸ 안전띠를 착용하지 않으면 운전자는 벌금을 내야 한다.
➜ 正確解答。
④ 유아용 시트 보급률을 높이기 위한 방안을 검토하고 있다.
➜ 無相關資訊。

3. **❶**

> 풍산개는 ❹함경북도 풍산 지방의 고유한 품종으로 호랑이 사냥에 이용되었던 전형적인 한국형 수렵견이다. 풍산개라는 이름은 지방의 이름에서 따 온 것이다. 강인하고 영리한 풍산개는 추위와 질병에 강한 것이 특징이다. ❺성질은 온순하나 일단 적수와 맞서 싸울 때는 당해 낼 만한 짐승이 거의 없을 정도로 몹시 사납다. 8.15 광복 후 ●북한의 천연기념물로 적극적인 보호 정책 아래 품종이 잘 유지되고 있는 것으로 알려져 있다.

❶ 풍산개의 이름은 지명에서 유래하였다.
  ➤ 正確解答。
② 풍산개는 한국의 대표적인 ~~애완견이다~~.
  ➤ 豐山狗是韓國代表性的（獵犬）。與A不同。
③ 풍산개는 ~~한국~~의 천연기념물로 지정되었다.
  ➤ 豐山狗被指定為（北韓的）天然紀念物。與C不同。
④ 풍산개는 성질이 ~~사나워 주인도 다루기 힘들다~~.
  ➤ 豐山狗本性（溫馴）。與B不同。

| 읽기 35번~38번 | ▶ **中心思想** | p.223 |

1. **❹**

> 통계 그래프는 정보를 종합한 후 그 변화를 시각적으로 나타내어 현상을 쉽게 파악하도록 돕는다. 그러나 그래프를 어떻게 그리느냐에 따라 그래프에서 보이는 정보의 인상은 상당히 다르다. 똑같은 퍼센트의 증가이지만 그래프의 모양이나 크기에 따라서 조금 증가한 것으로도 많이 증가한 것으로도 생각될 수 있다. 따라서 우리는 그래프를 볼 때 선이나 그림 등으로 표현되는 의미를 객관적으로 파악하는 눈이 필요하다.

○ 屬於中心思想類型（4）「-는 게 필요하다」。只要從選項中選出與「그래프를 볼 때 의미를 객관적으로 파악하는 눈이 필요하다。（看圖表時，需要有一雙可以客觀掌握意義的眼睛）」相同的意義即可。

2. **❹**

> 계획을 세울 때는 장기 계획과 함께 단기 계획도 세워야 한다. 장기 계획만 세우면 목표 달성까지 시간이 오래 걸리기 때문에 도중에 포기하기 쉽다. 따라서 원하는 목표를 달성하기 위해서는 장기 계획과 함께 짧은 기간 동안 이룰 수 있는 구체적인 계획도 세우는 것이 좋다. 단기 계획을 이루어 가면서 얻는 즐거움을 통해 더 큰 목표로 계속 나아갈 수 있기 때문이다.

○ 屬於中心思想類型（1）「-는 게 좋다」。只要從選項中選出與「목표를 달성하기 위해서는 장기 계획과 함께 짧은 기간 동안 이룰 수 있는 구체적인 계획을 세우는 것이 좋다（為了達成目標，連同長期計畫一起設立可在短期內達成的具體計畫會比較好）」相同的意義即可。

3. **❸**

> 사랑을 고백할 때는 긍정적인 대답을 듣고 싶다면 상대방의 왼쪽 귀에 대고 하는 것이 좋다. 감정을 표현하는 말은 오른쪽 뇌가 담당하는데 왼쪽 귀가 오른쪽 뇌와 연결되어 있기 때문이다. 그래서 사랑 고백뿐만 아니라 감사, 칭찬 등의 감정을 표현할 때는 왼쪽 귀에 대고 하는 것이 효과적이다. 반면에 지시나 정보 전달과 같은 이성적인 말은 오른쪽 귀에 대고 말하는 것이 효과적이다. 이성은 왼쪽 뇌가 담당하기 때문이다. 이처럼 하려고 하는 말이 무엇이냐에 따라 말을 하는 방향을 고려해야 한다.

○ 屬於中心思想類型（2）「-아/어야 한다」。只要從選項中選出與「하려고 하는 말이 무엇이냐에 따라 말을 하는 방향을 고려해야 한다。（根據你想說什麼樣的話，必須考慮說話的方向）」相同的意義即可。

4. **❸**

> 위급한 상황에서 도움을 요청할 때 여러 사람을 보면서 막연하게 도와 달라고 하면 안 된다. 그러면 다들 '내가 아닌 다른 사람이 도와주겠지.' 하고 직접 나서지 않기 때문이다. 이러한 현상을 '책임 분산의 법칙'이라고 하는데 목격자가 많을수록 책임감이 분산되어 개인이 느끼는 책임감이 적어져 행동하지 않게 되는 것을 말한다. 그래서 도움을 요청할 때는 "거기 파란색 티셔츠 입으신 분, 119에 전화해 주세요."와 같이 하는 것이 효과적이다.

○ 屬於中心思想類型（1）「-는 게 좋다」。只要從選項中選出與「거기 파란색 티셔츠 입으신 분, 119에 전화해 주세요.（那邊那位穿的藍色衣服的人，請幫我撥打119）」相同的意義即可。

1. ❸

언어는 인간의 전유물이다. 이는 인간의 기본 조건 중 하나가 언어임을 의미하는 것이다. (㉠) 아직까지 사람 이외의 다른 동물들이 언어를 가졌다는 증거는 나타나지 않았다. (㉡) 그런데 꿀벌은 자기의 벌집 앞에서 날갯짓으로 다른 벌한테 먹이가 있는 곳을 알려 준다고 한다. (㉢) 의사 전달에 사용되는 수단이 극히 제한되어 있고, 그것이 표현하는 의미도 매우 단순하다. (㉣)

보기
그러나 동물의 이러한 의사 전달 방법은 사람의 말에 비교한다면 매우 불완전하다.

● 指示語「이러한（像這樣）」是指「날갯짓으로 다른 벌한테 먹이가 있는 곳을 알려 주는（藉振動翅膀告訴其他蜜蜂有食物的地方在哪）」。而且，「의사 전달（傳達意思）」這個表現在後面接著出現。

2. ❹

한국어의 가장 큰 특징은 문장 구조가 서술어 중심이라는 것이다. (㉠) 이는 문장의 의미가 문장의 끝에 오는 서술어에 의해 상당 부분 좌우되기 때문이다. (㉡) 가령 '민수는 수미를 정말 _____'라는 문장에서 빈칸에 '사랑한다'가 오느냐 '미워한다'가 오느냐에 따라 문장의 의미가 달라지는 것이다. (㉢) 그래서 상대방의 이야기에 정확하게 대답을 하려면 이야기를 끝까지 들어보고 해야 하는 것이다. (㉣)

보기
이런 한국어의 특징으로 인해 '한국말은 끝까지 들어봐야 안다'는 옛말까지 있을 정도이다.

● 指示語「이런（這種）」是指韓語的各種特徵說明。此外，「끝까지 들어봐야 안다（必須聽到最後才知道）」這句表現重複。

3. ❷

사회신경과학의 창시자 존 카치오포 박사의 『인간은 왜 외로움을 느끼는가』는 최신 과학으로 밝혀 낸 외로움의 모든 것을 담고 있다. (㉠) 저자는 인간의 뇌와 사회 문화적 과정이 어떻게 연관되는지 30여 년 동안 연구해 왔다. (㉡) 이 책은 어려운 용어 사용을 최대한 자제하여 일반인도 쉽게 읽을 수 있도록 했다. (㉢) 저자는 이 책에서 외로움을 느낀다는 건 사회생활에 문제가 있음을 알리는 것이니 주위를 둘러보라고 조언하고 있다. (㉣)

보기
그 연구의 결과로 현대인의 만성병이라는 외로움을 사회과학적인 측면에서 책으로 정리한 것이다.

● 因為有提到指示語「그 연구의 결과（該研究的結果）」，故前面句子應該要有關於研究的表現。而且，也應包含社會科學層面。

5級 實戰模擬測驗

p.230

[듣기 33번~40번]

33. ①	34. ③	35. ③	36. ②	37. ④
38. ③	39. ②	40. ④		

[읽기 32번~41번]

32. ③	33. ④	34. ②	35. ②	36. ②
37. ②	38. ②	39. ③	40. ③	41. ④

[듣기 33~34] 50

> 여자: 우리는 살아가면서 많은 사람들 앞에 서야 할 때가 있습니다. Ⓐ많은 사람들의 시선을 한 몸에 받는다는 것은 부담스럽고 Ⓑ긴장이 되는 일입니다. 그래서 실수를 하는 경우도 있습니다. 반면에 많은 사람들 앞에서 오히려 자신이 가지고 있는 능력 이상을 발휘하는 경우도 볼 수 있는데요, 실제로 가수들은 관중이 많을 때 알 수 없는 힘이 생겨서 더 좋은 공연을 할 수 있다는 말을 하곤 합니다. 또 주목 받지 못한 선수가 큰 경기에서 우승하고 나서 본인도 믿을 수 없는 결과라고 말할 때도 있습니다. 사람은 누구나 다른 사람에게 인정받으려는 마음이 있기 때문에 누군가가 보고 있다고 느끼면 자기도 모르는 사이에 더 잘하려고 애쓰는 것입니다. 그래서 이것을 '관중 효과'라고 합니다.

33. ❶

> ◐ 聽取內容之前先確認選項得知與「관중（觀眾）」相關事項是主題。此外，內容中說明觀者多時引發的正面例子。

34. ❸

① 사람은 많은 사람 앞에 나서는 것을 ~~좋아한다~~.
> ➡ 人對站在人群前的這件事（感到有壓力）。與 A 不同。

② 사람은 긴장이 되면 ~~능력 이상의 모습을 보여 준다~~.
> ➡ （也有）人一緊張（便發生失誤的情形）。與 B 不同。

❸ 사람은 보는 사람이 많다고 느끼면 더 잘하려고 노력한다.
> ➡ 正確解答。

④ ~~사람은 인정받고 싶어 하지만 뜻대로 되지 않는 경우가 많다~~.
> ➡ 無相關資訊。

[듣기 35~36] 51

> 남자: 오늘 기념회에 참석해 주신 여러분, 진심으로 감사의 말씀을 드립니다. 세계 동물의 날'은 1931년 이탈리아 피렌체에서 열린 생태학자 대회에서 시작되었습니다. '인간과 동물의 유대감을 강화하고 멸종위기에 처한 동물을 보호하자'는 의미에서 만들어진 날입니다. 하지만 아직도 전 세계의 많은 멸종위기의 동물들이 위험에 처해 있습니다. 지금도 인터넷에서 많은 동물들이 불법으로 사고 팔리는 실정입니다. 특히 Ⓐ온라인 매체가 야생동물 불법거래를 아주 빠르게 확산시키고 있는 것입니다. 우리는 이러한 밀거래를 지속적으로 감시하고 단속하여 동물보호와 희귀동물 보존을 위해 노력할 것입니다. 우리의 이러한 노력이 동물을 상품으로 생각하는 시각을 바꿀 수 있는 좋은 계기가 될 것이라고 봅니다.

35. ❸

> ◐ 聽取內容之前先確認選項得知與「동물（動物）」相關的是主題。男子在世界動物日紀念會上強調會繼續努力保護動物。

36. ❷

① ~~시민들의 신고로 멸종동물 밀거래를 단속했다~~.
> ➡ 無相關資訊。

❷ 세계 동물의 날은 1931년 이탈리아에서 시작되었다.
> ➡ 正確解答。

③ ~~인터넷을 통한 멸종 동물 불법 거래는 줄어들고 있다~~.
> ➡ 透過網路，絕種動物非法交易（正在擴散）。與 A 不同。

④ ~~온라인 매체를 통한 불법 거래 신고 체계가 확립되었다~~.
> ➡ 無相關資訊

[듣기 37~38] 52

> 여자: 새로 지은 건물 안에서 거주자들이 느끼는 건강 문제와 불쾌감을 '새집증후군'이라고 하는데요. Ⓐ지금도 꾸준히 문제가 되고 있는데 어떻게 하면 해결할 수 있을까요? 박사님.
>
> 남자: '새집증후군'이란 Ⓑ새 집을 지을 때 사용한 건축 자재의 해로운 물질로 인해 호흡기나 피부 질환 등이 생기는 것을 말합니다. 새 아파트로 이사한 사람들이 두통, 기침, 가려움증, 눈 따가움 등을 느끼는 것이 증상입니다. 성인의 경우 어느 정도의 면역력이 있기 때문에 사람에 따라 가벼운 증상을 나타내거나 증상이 나타나지 않을 수도 있습니다. Ⓒ그러나 어린이의 경우 성인에 비해서 면역력이 약하기 때문에 각종 질병에 걸리기가 쉬워 특히 조심해야 합니다. 따라서 이러한 피해를 줄이기 위해서는 이사 전이나 입주 후에도 두세 달 동안 환기를 꾸준하게 자주 해 주어야 합니다.

37. ❹

> ◐ 屬於中心思想Ranking類型（2）「-아/어야 하다」。女子詢問新家症候群的解決辦法，男子回答「두세 달 동안 환기를 꾸준하게 자주 해 주어야 한다。（必須兩三個月的時間持續不懈地經常通風）」。只要從選項中選出與之相同的內容即可。

38. ❸

① ~~새집증후군 문제는 점차 해결되어 가고 있다~~.
> ➡ 新屋症候群的問題（持續成為話題）。與 A 不同。

② ~~새집증후군은 어린이보다 어른이 더 위험하다~~.
> ➡ 新屋症候群（對幼兒比成人）更危險。與 C 不同。

❸ 새집증후군은 사람에 따라 증상이 다르게 나타난다.
> ➡ 正確解答。

④ ~~새 집을 지을 때 사용한 건축 자재는 인체에 무해하다~~.

➡ 建造新房子時使用的建築材料對人體（有害）。與 B不同。

[듣기 39~40] 53

여자: 출산율 저하의 원인이 결혼 연령이 높아지고 아이 낳기를 꺼리는 여성뿐만 아니라 남성에게도 있다니 생각하지 못했던 점인데요. 그럼 박사님, 출산율 저하가 가져올 문제점에는 무엇이 있을까요?

남자: 출산율이 저하되고 평균 수명이 늘어나면서 65세 이상 노인 인구가 증가하고 있습니다. 그렇게 되면 미래에는 15세에서 64세까지의 생산 활동 인구가 급격히 감소해 노동력이 부족해집니다. 또 노인층의 사회 복지 비용을 소수의 젊은층이 부담해야 하는 문제가 발생하지요. 이런 문제를 해결하기 위해서는 여성과 노인의 노동력을 활용할 수 있는 대책을 정부에서 마련해야 합니다. 여성의 경우 육아 부담을 덜어 주어 사회 활동이 가능하도록 해야겠지요. 그리고 ④노인의 경우 직장의 정년을 연장하고 ⑤고령자 채용 시 국가가 보조금을 지급해야 합니다. 그러기 위해서는 지금부터 재원을 확보하고 제도 정비를 해야 할 때입니다.

39. ②
⭕ 前內容中女子表示低生育率的原因與男性也有關係而提起話題。只要從選項中選出與之相同的內容即可。

40. ④
① 취업률을 높이기 위해 직장의 정년을 줄이고 있다.
➡ 為提升就業率，職場退休年齡（應延長）。與A不同。
② 여성과 노인의 노동력은 생산 활동 인구에서 제외된다.
➡ 無相關資訊。
③ 여성의 사회 활동을 위해 국가가 보조금을 지급할 것이다.
➡ 考量到（高齡者的）社會活動，國家（應給予）補助。與B不同。
❹ 출산율 저하로 생산 가능 인구가 줄어들어 노동력이 부족해진다.
➡ 正確解答。

[읽기 32~34]

32. ❸
사람들은 흔히 산에서 곰을 만나면 죽은 척을 하면 안전하다고 알고 있다. 하지만 ④죽은 척을 하고 있으면 곰이 다가와서 죽었는지 확인을 하기 때문에 오히려 더 위험하다는 실험 결과가 있다. 그리고 ⑥곰은 나무를 잘 타기 때문에 나무 위로 올라가는 것도 좋은 방법이 아니다. 또 큰 소리로 위협을 하거나 등을 돌려서 도망가서는 안 된다. 따라서 곰을 만났을 때 안전하게 피하기 위해서는 조용하게 등을 보이지 않은 채로 뒤로 천천히 물러서야 한다.

① 곰은 자신을 위협하지 않으면 사람을 공격하지 않는다.
➡ 無相關資訊。
② 산에서 곰을 만났을 때 죽은 척하면 위험을 피할 수 있다.
➡ 在山中遇到熊的時候，裝死的話（有可能會更危險）。與A不同。
❸ 곰을 만났을 때 공격을 받지 않으려면 등을 보이면 안 된다.
➡ 正確解答。
④ 곰은 나무에 잘 오르지 못하기 때문에 나무 위로 피하면 된다.
➡ 因為熊（擅長爬）樹，（不可以）躲到樹上。與B不同。

33. ❹
둥근 모양의 경기장에서 펼쳐지는 ④육상 경기는 경기를 할 때 시계 반대 방향으로 돈다. 그런데 처음부터 그랬던 것은 아니다. ⑥제1회 아테네 올림픽에서는 시계 방향과 같은 오른쪽으로 돌았다. 그러나 올림픽이 끝난 후 많은 선수들이 불편을 호소해 지금처럼 왼쪽으로 도는 규칙을 정하였다. 이는 오른손잡이가 많았기 때문이다. 오른손잡이는 오른쪽 근육이 더 발달하기 때문에 왼쪽으로 도는 것이 더 편안하게 느껴진다.

① 육상 경기 중 시계 방향으로 도는 종목이 있다.
➡ 田徑比賽中（沒有）順時鐘方向繞（的項目）。與A不同。
② 육상 경기는 처음부터 시계 반대 방향으로 돌았다.
➡ 田徑比賽（最初是以順時鐘方向）繞行。與B不同。
③ 왼손잡이 선수들은 육상 경기에 참가할 수 없다.
➡ 無相關資訊。
❹ 대부분의 선수가 오른손잡이라서 왼쪽으로 도는 규정이 생겼다.
➡ 正確解答。

34. ❷

시간은 물리적인 시간과 심리적인 시간으로 나눌 수 있다. ❹물리적인 시간은 시계 바늘이 가리키는 잴 수 있는 시간이라면 심리적인 시간은 사람들이 주관적으로 체험하고 파악하는 시간이다. 예를 들면 게임에 열중하는 1시간과 지루한 연설을 듣는 1시간은 크게 다르다. 이것은 우리가 무엇에 열중하고 있을 때의 시간이 짧게 느껴지기 때문이다. 다시 말해 ❺물리적인 시간은 인생을 양적으로 얼마나 사느냐를 뜻하는 것이고 ❻심리적인 시간은 인생을 질적으로 얼마나 만족스럽게 사느냐를 의미한다.

① 심리적인 시간은 잴 수 있는 시간을 말한다.
　➡ （物理時間）是指可計算的時間。與A不同。
❷ 심리적인 시간은 질적으로 어떻게 사느냐를 뜻한다.
　➡ 正確解答。
③ 인생의 길고 짧음을 나타내는 시간이 심리적인 시간이다.
　➡ 表達人生長短的時間（為物理時間）。與B不同。
④ 물리적인 시간은 만족스러운 삶을 살고 있는가를 나타내는 시간이다.
　➡ （心理時間）是表達是否過著滿足人生的時間。與C不同。

[읽기 35~38]

35. ❷

대화란 마주 대하여 이야기를 주고받는 행동이다. 두 사람 이상이 말을 주고받는 행위가 있어야 대화가 성립한다. 대화를 할 때 중요한 것은 자신의 생각을 말로 잘 나타내는 것이다. 그러나 무엇보다도 중요한 것은 다른 사람이 하는 말을 잘 듣는 것이다. 자신이 하고 싶은 말이 있더라도 잠시 기다리면서 다른 사람의 말을 경청하는 것은 훌륭한 대화를 위해 반드시 필요한 자세이다.

● 屬於中心思想Ranking類型（4）「-는 게 필요하다」和類型（9）「무엇보다도」。只要從選項中選出與「무엇보다도 중요한 것은 다른 사람이 하는 말을 잘 듣는 것이다。（最重要的，是好好聆聽其他人說的話）」和「다른 사람의 말을 경청하는 것은 훌륭한 대화를 위해 반드시 필요하다。（傾聽其他人的話，是一段良好對話不可或缺的姿態）」相同的意義即可。

36. ❷

저축 목표를 세울 때는 장기적인 목표와 함께 단기적인 목표도 세워야 한다. 장기적인 목표만 세우면 목표 달성까지 시간이 오래 걸려서 도중에 포기하기 쉽다. 또 사람들은 저축을 통해 목표를 이루어 가는 과정에서 저축의 즐거움을 알게 된다. 따라서 원하는 목표를 달성하기 위해서 장기적인 목표와 함께 짧은 기간 동안 이룰 수 있는 구체적인 목표도 세우는 것이 좋다. 다시 말해 '부자가 되기 위해서'와 같은 목표보다는 '3년 후 자동차를 사기 위해서'나 '5년 후 유럽 여행을 가기 위해서'와 같은 목표가 더 효과적이다.

● 屬於中心思想Ranking類型（1）「-는 게 좋다」和類型（2）「-아/어야 하다」。只要從選項中選出與「저축 목표를 세울 때는 장기적인 목표와 함께 단기적인 목표도 세워야 한다（設立儲蓄目標時，必須連同長期目標一起設立短期目標）」和「장기적인 목표와 함께 짧은 기간 동안 이룰 수 있는 구체적인 목표를 세우는 것이 좋다。（連同長期目標一起建立可在短期內達成的具體目標比較好）」相同的意義即可。

37. ❷

인간의 유형을 '상어형'과 '돌고래형'으로 분류하는 견해가 있다. 미래학자들은 미래형 인재로 돌고래형을 꼽는다. 상어형은 혼자만의 생활을 즐기고 공격적인 성향이 강하다. 개인적인 역량은 뛰어나지만 독선적이며 권위적이어서 조직에 해를 끼치기도 한다. 반면에 돌고래형은 함께 어울리는 생활을 좋아하고 친화력이 좋다. 개인 능력도 뛰어나고 무엇보다 조직적이어서 협동심이 강하고 분위기도 밝게 만든다. 빠르게 변화하는 현대 사회에서 높은 성과를 내기 위해서는 전문성과 친화력을 함께 갖춘 돌고래형 인간이 더욱 선호될 것으로 보인다.

● 屬於中心思想Ranking類型（10）「重複敘述」。重複著「미래형 인재로 돌고래형을 꼽는다（選定海豚型為未來型人才）」和「돌고래형 인간이 더욱 선호될 것으로 보인다（可以看出更偏愛海豚型的人）」。只要從選項中選出與之相同的意義即可

38. ❷

사람들은 몸 안의 수분 보충을 위해 물을 자주 마시는 것이 좋다고 생각한다. 그러나 훈련이나 운동 등 지구력이 필요한 활동을 할 때 너무 많은 수분을 섭취하면 뇌장애로 인해 사망할 수도 있다는 연구 결과가 있다. 이 질환은 군인이나 여성 운동 선수들이 가장 취약한 것으로 알려졌다. 실제로 여성 마라톤 선수가 경기 중 다량의 스포츠 음료를 마신 뒤 사망한 사건이 있기도 했다. 결국 물은 자주 마시는 게 중요한 게 아니라 적절한 상황에 적당한 양의 섭취가 이루어져야 하는 것이다.

❍ 屬於中心思想Ranking類型（2）「-아/어야 하다」。在選項中選擇與「물은 적절한 상황에 적당한 양의 섭취가 이루어져야 한다.（水應該要在適當的情況下達到適當的攝取量）」相同的意義即可。

[읽기 39~41]

39. ❸

사람들은 누군가에게 칭찬을 해 주면 그 말을 들은 상대방은 용기를 내서 더욱 일을 잘할 것이라고 생각한다. （ ㉠ ） 그러나 이러한 칭찬이 상대방에게 항상 좋은 영향을 주는 것은 아니다. （ ㉡ ） 칭찬을 듣고 용기를 얻는 사람도 있지만 부담감을 느끼는 사람도 있기 때문이다. （ ㉢ ） 무조건 칭찬할 것이 아니라 칭찬할 대상의 성격에 따라 칭찬의 방법과 횟수를 다르게 하는 것이 효과적이다. （ ㉣ ）

> 보기
> 따라서 칭찬을 할 때 사람의 유형을 고려하지 않고 무조건 칭찬을 많은 하는 것은 좋지 않다.

❍ 〈보기〉中有關「사람의 유형（人的類型）」，內容是（㉢）前的「용기를 얻는 사람（獲得勇氣的人）」與「부담감을 느끼는 사람이 있다.（有人會感到負擔）」。此外，「무조건 칭찬을 많이 하는 것은 좋지 않다（無條件瘋狂稱讚的行為並不妥當）」與（㉢）後面的「무조건 칭찬할 것이 아니라（並非一昧地稱讚對方）」相連接。

40. ❸

손을 움직이는 것은 두뇌와 관련되어 있다. （ ㉠ ） 왼쪽 뇌는 오른손을, 오른쪽 뇌는 왼손과 연계되어 있다. （ ㉡ ） 대부분의 사람들은 오른손을 많이 사용하고 있어 왼쪽 뇌는 잘 발달한다. （ ㉢ ） 그런데 오른쪽 뇌는 새로운 것을 만들어 내는 창의력을 관장한다. （ ㉣ ） 그러므로 창의력을 기르려면 왼손을 많이 움직이는 것이 좋다.

> 보기
> 그에 비해서 오른쪽 뇌는 왼쪽에 비해 덜 발달한다.

❍ 由〈보기〉「그에 비해서（與之相比）」的比較表現找出與「오른쪽 뇌（右腦）」相比的內容，為（㉢）前的「왼쪽 뇌는 잘 발달한다.（左腦很發達）」。

41. ❹

만화가 권태성의 단편 만화집 '추억 연필'이 화제를 끌고 있다. （ ㉠ ） 이 책은 한 사람이 나고, 자라고, 어른이 되면서 여러 다양한 사람들과 만나서 인연을 맺는 과정을 그렸다. （ ㉡ ） 가족과 친구, 작가가 사랑하는 많은 것들에 대한 가슴 따뜻한 이야기가 연필 선으로 그려졌다. （ ㉢ ） 작가는 주인공인 자신의 옛 기억을 바탕으로 추억을 느낄 수 있도록 연필로만 그림을 완성한 것이라고 한다. （ ㉣ ）

> 보기
> 하지만 가만히 보고 있노라면 만화 속 주인공이 마치 독자 자기인 듯한 착각에 빠지게 만드는 매력이 있다.

❍ 從〈보기〉中的「만화 속 주인공이 마치 독자 자시인 듯한 착각에 빠진다.（會陷入漫畫中主角就是自己的錯覺裡）」可得以知，原本的主角就是作者本人。

읽기 42번~43번   ▶ 登場人物的心情、與內容一致

1. ②   2. ①   3. ④   4. ③

읽기 42번~43번

▶ 登場人物的心情、與內容一致   p.240

[1~2]

> "도와 드릴까요."
>
> 아주 듣기 좋은 저음이었다. 키가 훌쩍 큰 남자였다. 남자는 웃고 있었지만 비웃는 웃음은 아니었다. 그는 엉거주춤 허리를 굽혀 나하고 같은 눈높이가 되면서 Ⓐ빨간 단추를 살짝 만지고 나서 카메라를 내 눈에다 대주었다.
>
> "이제 보이지요?"
>
> 그러나 나는 뭐가 보이나를 확인하기 전에 그를 다시 한번 쳐다보았다. Ⓑ선량하고 친절한 인상이 마음에 들었다. 바위 뒤에 숨어 있던 늑대가 사방을 휘둘러보면서 걸어 나왔다. 나는 카메라로 늑대를 쫓다 말고 키 큰 남자를 돌아다보면서 물었다. (중략)
>
> "그럼 여태껏 건성으로 듣고 있었단 말이에요?"
>
> 나는 그에게 따지듯 물었다. 그러나 곧 그의 위로하는 듯한 웃음을 따라 웃고 말았다. Ⓒ그는 나하고 카메라를 번갈아 들여다보면서 이것저것 설명을 하려고 했다. 나는 듣는 척하다가 한숨을 쉬면서 어깨를 한번 으쓱했다가 축 늘어뜨려 보였다.

1. ②

➡ 若看畫底線部分前面的內容，可以得知「사진을 찍는 법을 배우고 있는중（正在學習拍照的方法）」。此時我假裝聽著說明，擺出（1）嘆了一口氣（2）聳起肩膀（3）然後又讓肩膀垂下來的樣子。

2. ❶

❶ 나는 카메라를 통해 늑대를 봤다.
   ➡ 正確解答。
② 나는 카메라의 사용법을 잘 ~~알고 있다~~.
   ➡ 我（不太清楚）相機的使用方法。與A不同。
③ ~~나는~~ 남자에게 카메라에 대해 설명했다.
   ➡ （男子對我）解說相機。與C不同。
④ 나는 남자의 인상을 좋게 ~~보자 않았다~~.
   ➡ 我對男子印象（感覺不錯）。與B不同。

[3~4]

> 어느 날 내가 울타리를 엮고 있을 때 Ⓐ평소 서로 말을 않고 지내던 점순이가 살며시 와서 괜히 말을 건다. "너희 집에는 이거 없지?"하며 구운 감자 세 알을 내놓는 것이다. Ⓒ나는 "안 먹는다."하며 고개도 안 돌리고 감자를 도로 밀어버린다. 점순이는 나를 독하게 쏘아보고 눈에는 눈물까지 글썽거리더니 이를 악물고 가 버린다. 그 후로 점순이 기를 쓰고 나를 괴롭힌다. 나의 집 암탉을 때려 알집을 터뜨려 놓았을 뿐만 아니라 나를 "바보"라고 놀리다 못해 Ⓑ내 아버지까지 흉을 보기도 한다. 툭하면 사나운 자기네 집 수탉과 나의 작은 수탉을 싸움 붙여 놓는다. Ⓒ나는 싸움에 이기게 하기 위하여 닭에게 고추장까지 먹여 보았으나, 점순이네 수탉에 쪼여 반죽음 당하기는 먹이지 않았을 때와 마찬가지이다.

3. ④

➡ 畫底線部分前面的內容，「점순이（點順）」給了我馬鈴薯，但「나」說著不吃，給推了回去。此時점순이（1）緊盯著我（2）甚至眼淚在淚框打轉（3）咬著牙掉頭就走。此時「점순이」的心情選「불만스럽고 밉다（不滿且厭惡）」最為自然。

4. ③

① 나와 점순이는 사이가 ~~좋은 편이다~~.
   ➡ 我和點順（屬於）關係（不太融洽的那一種）。與A不同。
② ~~나는~~ 점순이와 ~~아버지의~~ 흉을 봤다.
   ➡ （點順說我父親的）壞話。與B不同。
❸ 나는 점순이가 준 감자를 안 먹었다.
   ➡ 正確解答。
④ 나는 ~~점순에~~ 수탉에게 고추장을 먹였다.
   ➡ 我餵（我的）公雞吃辣椒醬。與C不同。

읽기 44번~45번   ▶ 細部內容、話者的態度

1. ②   2. ①   3. ③   4. ③

읽기 46번~47번   ▶ 排序

1. ③   2. ③   3. ④   4. ④

읽기 48번~50번   ▶ 論說文

1. ②   2. ①   3. ④   4. ③   5. ④
6. ③

▶ 細部內容、話者的態度　　　　　　p.245

[1~2]

> 정부가 5년 전 발표한 옥외 가격 표시제는 일정 면적 이상의 업소는 매장 외부에 가격을 표시하도록 한 제도이다. 소비자들의 합리적인 소비와 업소 간 건전한 가격 경쟁 유도를 위해 도입하였다. 하지만 여전히 (제 구실을 하지 못하고) 있어 소비자들의 알 권리가 제대로 보호받지 못하고 있다는 지적이다. 특히 일반음식점, 미용실 등에서 지켜지지 않는 것으로 나타났다. 이는 지방 자치 단체의 소극적인 단속과 해당 업소의 무관심 등이 원인으로 지적되고 있다. 그래서 이들 업소를 대상으로 일제 점검을 벌이고 있지만 아직 경고 수준에 그치는 상황이다. 더욱이 A4용지 크기에 일부 가격만 적어 놓으면 될 뿐이어서 쉽게 보이는 곳에 붙였는지 굵고 진한 글씨로 표기했는지 등의 세부 규정도 마련되어야 한다는 지적이다. 이와 관련하여 지자체에서는 명확한 규정이 없어 아직까지 업주에게 강요할 수 없는 형편이라며 가격표 설치 지원과 단속 강화 등 제도 정착을 위한 다각적인 방안을 모색하고 있다고 말했다.

1. ②

⊃ 屬於〈政策〉相關文章中心思想Ranking類型（2）「-아/어야 하다」。投入「옥외 가격 표시제（屋外價格標示制）」後，無法徹底實行的原因被判斷是「因為沒有細部規定」，此為文章主題。

2. ①

⊃ （空格）前為「하지만 여전히（但是依然）」，必須找出與前句相反的表現。此外，從後句「소비자들의 알 권리가 제대로 보호받지 못하고 있다（消費者知的權利無法徹底受到保護）」之內容中可以得知，「옥외 가격 표시제（屋外價格標示制）」的功能無法徹底發揮。

[3~4]

> 은혜시가 학교 급식의 위생 관리를 위하여 매년 두 차례에 걸쳐 '학교 급식 점검단'을 운영하겠다고 발표했다. 학교 급식의 위생 관리와 안전 점검을 강화하기 위해 공무원 1명과 학부모 1명이 2인 1조를 이루어 운영하는 방식이다. 점검 사항은 학교 급식법 규정에 따라 83개 항목을 점검할 예정이다. 이를 시행하기에 앞서 은혜시 교육청은 학부모 점검단의 역할과 자세, 학교 급식 위생·안전 점검 요령에 대한 전문 교육을 진행했다. 앞으로 두 차례의 점검을 마치게 되면 연 2회 평가회를 열어 점검단 운영 결과와 우수 학교도 소개할 예정이다. 그리고 점검단의 (역할이 급식 위생 점검에만 그치지 않고) 좀 더 나은 학교 급식을 위해 교육부와 함께 정책 토론을 진행하는 자리도 마련할 예정이다.

3. ③

⊃ 屬於中心思想Ranking類型（10）「重複敘述」。反覆敘述「학교 급식 위생 관리（學校供餐衛生管理）」將以何種方法營運，並介紹其內容。

4. ③

⊃ （空格）前的單字為「稽核團的（什麼）」，綜合前面的內容，會是功能、職責等內容。後面接「정책 토론을 진행하는 자리도 마련할 예정（預計也會安排政策討論的會議）」，伴隨著〈包含：追加〉的內容。因此（空格）的內容必須是「當然包括了稽核團的（什麼）」的內容。

　　▶ 排序　　　　　　p.248

[1~2]

> 일반적으로 사막은 강우량보다 증발량이 많은 지역을 의미한다. （ ㉠ ） 그런데 원래 사막이 아닌 곳이 사막으로 변하는 사막화 현상이 지구 곳곳에서 나타나고 있다. （ ㉡ ） 사막화는 오랫동안의 가뭄으로 인한 자연적인 사막화와 Ⓐ인간의 과도한 개발로 숲이 사라져서 생기는 인위적인 사막화로 나눌 수 있다. （ ㉢ ） 지구는 점차 Ⓑ산소가 부족해져 야생동물은 멸종 위기에 이르고 물 부족 현상으로 작물 재배가 불가능해져 극심한 식량난에 빠지게 된다. （ ㉣ ） 또한 이산화탄소의 양이 많아져 지구온난화의 원인이 된다.

1. ❸

> 이러한 사막화로 인해 숲이 사라지게 되면 인류는 심각한 위기를 맞게 된다.

⭕ 〈보기〉中有指示表現「이러한 사막화（像這樣的沙漠化）」，而有關沙漠化的說明出現在（ㄷ）前面。此外，〈보기〉的「숲이 사라진다（森林消失）」此表現就在（ㄷ）的前句出現。（ㄷ）後的內容接著是「심각한 위기（嚴重危機）」。

2. ❸

① 오랜 가뭄으로 야생동물이 멸종 위기에 있다.
　➡ （因沙漠化），野生動物處於滅絕危機。與 B 不同。
② 인간의 과도한 개발로 사막화가 사라지고 있다.
　➡ 人類過度開發的緣故導致沙漠化（正在出現）。與 A 不同。
❸ 지구온난화의 원인은 이산화탄소의 증가 때문이다.
　➡ 正確解答。
④ 자연적인 사막화보다 인위적인 사막화가 더 심각하다.
　➡ 無相關資訊。

[3~4]

> ❹정전기는 날씨가 건조해지면 자주 나타나는데 주로 옷을 벗을 때, 머리를 빗거나 모자를 벗을 때에 찌지직 하면서 전기가 일어나는 것을 경험할 수가 있다. （ ㉠ ） 심지어 어떤 사람은 ❸정전기 때문에 컴퓨터가 고장이 난 적도 있다고 한다. （ ㉡ ） 따라서 컴퓨터 같은 기기를 분해하거나 조립할 때도 조심을 해야 한다. （ ㉢ ） 기름과 가스를 운반하는 유조차는 잘못하면 반짝하는 정전기의 불꽃으로 불이 날 수 있으므로 매우 조심해야 한다. （ ㉣ ） 식품을 포장하는 데 쓰는 얇은 비닐은 정전기를 띠고 있어서 물건에 잘 달라붙는다. 이러한 성질을 이용해 식품을 깨끗하게 보관할 수 있는 것이다.

3. ❹

> 그러나 정전기가 우리에게 도움을 줄 때도 있다.

⭕ 〈보기〉中的連續詞「그러나」，後面的內容必須是與前面內容相反的。因此只要觀察靜電缺點與優點的關係即可。

4. ❹

① 정전기는 습도가 높은 날 자주 발생한다.
　➡ 靜電經常發生於濕度（低）的日子。與 A 不同。
② 정전기를 이용하면 컴퓨터 수리가 가능하다.
　➡ （因為靜電），電腦維修（可能會發生故障）。與 B 不同。
③ 식품을 포장할 때 정전기 때문에 상할 수 있으므로 조심해야 한다.
　➡ 無相關資訊。
❹ 유조차는 정전기 때문에 화재가 날 수 있으므로 항상 유의하는 것이 좋다.
　➡ 正確解答。

읽기 48번~50번	▶ 論説文	p.252

[1~2]

> 얼마 전 한 민간단체가 발표한 2014년판 '남녀격차 보고'에서 한국은 조사 대상 142개국 중 117위를 기록하였다. 남녀평등 순위에서는 지난해 111위에서 6계단 더 하락한 것으로 나타났다. 이번 한국 남녀평등 순위는 같은 아시아 국가 중 필리핀(9위), 중국(87위)보다 한참 낮은 순위이며, 남녀격차는 제도적 정비에도 오히려 더욱 심화되고 있는 것으로 조사됐다. 이런 사회적 분위기와 제도에 문제를 삼고 여성의 평등을 위해 노력해야 한다는 움직임이 최근에 일고 있다. 하지만 여성 운동에서는 ❹'모든 인간이 존중되는 평등을 지향해야지 ❹"성 평등만을 지향해서는 안 된다. 오늘날 벌어지고 있는 차별은 성 차별에만 국한되지 않는다. 인종, 민족, 종교, 지위 등을 이유로 지구촌 곳곳에서 인간으로서의 기본 권리가 침해 받고 있다. ❹"'인권이 보호되지 않고서 성 평등이 무슨 의미가 있겠는가? ❹여성 운동은 인권 운동과 (보조를 맞추면서) 바람직한 사회를 만들어 나가는 데 노력을 기울여야 할 것이다. 여성 운동은 사회적 변화를 이루고자 하는 새로운 차원의 시민운동이기 때문이다.

1. ❷

⭕ 寫文章的目的，必須先找出中心思想（主題）。本文屬於中心思想Ranking類型（2）「-아/어야 하다」。所以中心思想為「여성 운동은 인권 운동, 바람직한 사회를 만들어 나가는 데 노력을 기울여야 한다. （女性運動是人權運動，在打造值得期待的社會並往前邁進的這個部分，必須下一番功夫）」。假如以此為基礎挑選寫文章的目的，答案為「❷올바른 여성 운도의 방향을 제시하기 위해 （為了提出正確的女性運動方向）」。

2. ❶

⭕ 這是綜合題型，應找出「女性運動與人權運動（要如何如何）」。若從上面文章中尋找與此相

同的內容，其結果如下：
Ⓐ女性運動與人權運動（要如何如何）必須要下一番功夫。

↑一起

Ⓐ'女性運動指向人類尊重的平等
Ⓐ''光指向性別平等是不行的
Ⓐ'''人權保護＞性別平等

3. ④

☞ 筆者藉由「인권이 보호되지 않고서 성 평등이 무슨 소용이 있겠는가？（人權不受保護何談性別平等？）」此反諷疑問句來強調「인권이 보호되지 않으면 성 평등도 소용이 없다．（如果人權未能受保護，談性別平等也沒有用的）」。

[4~6]

'국민참여재판'은 국민이 형사 재판에 직접 참여하는 제도이다. 재판에서 피고인의 유죄 여부와 형량에 대해 재판부와 함께 판단을 내리는 일을 한다. 이때 재판에 참여하는 사람을 배심원이라고 하는데 만 20세 이상의 대한민국 국민으로 해당 지방법원 관할구역에 거주하는 주민 중에 무작위로 선정된다. 배심원은 재판에 참여하여 검사와 변호인의 주장을 듣고 증거 조사 과정을 지켜보게 된다. 그리고 재판 중에 증인이나 피고인을 신문할 때 궁금한 점을 질문할 수 있다. 그리고 재판 과정의 마지막에는 배심원들이 따로 모여 이야기하고 의견을 모으게 된다. 하지만 Ⓐ배심원들의 의견이 Ⓑ재판 결과로 이어지지 않는다 Ⓐ'한국의 국민참여재판에서는 배심원들의 의견이 Ⓑ'（고려되기는 하지만 효력은 없다）. 그래서 판사의 판결이 배심원들의 결론과 다를 수 있다. 사실 한국의 국민참여재판 제도는 재판의 공정성과 절차적 투명성에 대한 불신 때문에 도입된 측면이 강하다. 그런데 배심원의 의견이 결국 판사의 수용 여부를 거쳐야 하는 현행 시스템은 국민재판 무용론에 빌미를 제공할 소지가 크다고 할 수 있다.

4. ③

☞ 寫文章的目的，必須先找出中心思想（主題）。本文屬於中心思想Ranking類型（10）「重複敘述」。所以中心思想的重複的內容為「국민 재판에서 배심원들의 의견이 재판의 결과로 이어지지 않는다．（國民審判中，陪審團的意見不影響審判結果）」。假如以此為基礎挑選寫文章的目的，答案為「③국민참여재판의 방식과 문제점을 설명하려고（欲說明國民參與審判的方式與問題點）」。

5. ④

☞ 屬對應題型，從選項中選出與Ⓐ陪審員們的意見 Ⓑ不會影響到審判結果」Ⓐ'韓國國民參與審判中陪審團的意見（如何如何）Ⓑ'「法官的判決可能會

與陪審團不同相同」的內容即可。

6. ③

☞ 在「현행 시스템이 국민재판 무용론에 빌미를 제공할 소지가 크다．（現行體系對國民審判無用論提供口實的本質很大）」中顯示筆者對現今韓國國民審判的問題表示擔憂。只要從選項中選出與之相同的內容即可。

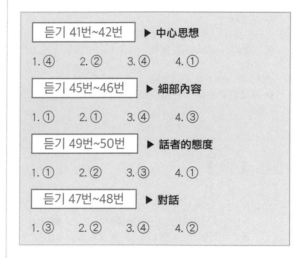

6級 Chapter 3 正式的對話

| 듣기 41번~42번 | ▶ 中心思想 |
| 1. ④ 2. ② 3. ④ 4. ① |

| 듣기 45번~46번 | ▶ 細部內容 |
| 1. ① 2. ① 3. ④ 4. ③ |

| 듣기 49번~50번 | ▶ 話者的態度 |
| 1. ① 2. ② 3. ③ 4. ① |

| 듣기 47번~48번 | ▶ 對話 |
| 1. ③ 2. ② 3. ④ 4. ② |

듣기 41번~42번　　▶ 中心思想　　p.257

[1~2] 🎧 54

남자: 여러분, '깨진 유리창 이론'을 들어본 적이 있나요? 이것은 사소한 범죄에 대해 즉시 처벌하지 않으면 더 큰 범죄로 이어질 수 있다는 이론입니다. 어느 심리학자가 실험을 했는데 유리창이 깨진 자동차를 거리에 그냥 두고 사람들의 행동을 관찰했습니다. 사람들은 자동차의 부품을 훔쳐갔고 나중에는 자동차를 마구 파괴해 버렸지요. 이것은 유리창이 깨진 자동차가 거리에 방치되면 사람들은 사회의 법과 질서가 지켜지지 않고 있다는 표시로 여긴다는 겁니다. 즉 작은 실수부터 바로 잡아야 큰 실패를 막을 수 있다는 이론입니다. 실제로 한 Ⓐ도시에서 범죄율을 낮추기 위해 사소한 범죄부터 엄격하게 단속을 했습니다. Ⓑ우선 도시 전체의 낙서를 지우기 시작했고 신호위반 등을 엄격하게 단속했더니 범죄율이 줄어든 것은 물론이고 큰 범죄까지 줄어드는 결과를 얻게 되었습니다.

1. ❹

❍ 屬中心思想Ranking類型（10）「重複敘述」。這是經由重複「사소한 범죄에 대해 처벌하지 않으면 더 큰 범죄로 이어질 수 있다는 이론이다（這是對細小的犯罪若不予以處罰，可能會演變成更大罪行的理論）」、「작은 실수부터 바로 잡아야 큰 실패를 막을 수 있다는 이론이다.（是必須從小錯就立刻糾正，才可以阻止大失敗之理論）」以表示中心思想。

2. ②

① 범죄의 경중에 따라 유동적으로 처벌했다.
　➡ （從細小的犯罪嚴格執行）處罰。與A不同。
② 범죄율을 줄이기 위해 도시의 낙서부터 지웠다.
　➡ 正確解答。
③ 사소한 범죄를 처벌했지만 범죄율은 변함없었다.
　➡ （處罰）細小的犯罪後，（犯罪率下降了）。與B不同。
④ 범죄율을 낮추려고 큰 범죄를 엄격하게 단속했다.
　➡ 為降低犯罪率，嚴格取締（細小的）犯罪。與A不同。

[3~4] 🎧 55

> 여자: 자, 그럼 이 사진을 보시지요? 이 사진은 '신문고'라는 북입니다. 신문고는 조선시대에 생긴 것으로 ❹백성들의 억울한 일을 직접 해결해 줄 목적으로 대궐 밖에 설치했던 북입니다. 백성들은 억울한 일이 있으면 이 북을 쳐서 임금에게 알렸습니다. 하지만 백성들의 억울함을 모두 해결해 주는 것은 불가능했지요. 주로 나라의 일과 관련된 억울한 일이나 생명과 연결되는 범죄, 누명에 대한 억울한 일로 제한을 했습니다. 그리고 북을 함부로 치면 매우 큰 벌을 받았습니다. 본래 취지는 많은 백성들이 이용하게 하는 것이었지만 실제로는 크게 이용되지 못했습니다. ❸주로 서울 부근에 사는 관리나 일부 백성들만 현실적으로 이용이 가능했습니다. 그렇지만 백성의 의견을 직접 듣고 해결해 주려고 했던 그 의도는 높이 평가되어야 한다고 봅니다.

3. ❹

❍ 屬於中心思想Ranking類型（7）「-（ㄴ/는）다고 보다」。只要從選項中選出與「신문고 제도의 의도가 높이 평가되어야 한다고 본다.（我認為應給予申聞鼓制度的用意高度評價）」相同的內容即可。

4. ❶

❶ 신문고는 함부로 치면 큰 벌을 받았다.
　➡ 正確解答。

② 신문고는 지방마다 설치했던 북을 말한다.
　➡ 申聞鼓指的是設置在（宮外）的鼓。與A不同。
③ 신문고는 원래 관리들을 위해 만든 것이다.
　➡ 申聞鼓是為（百姓）們設立的。與A不同。
④ 신문고는 전국의 모든 사람들이 이용하였다.
　➡ 申聞鼓（主要是住在首爾附近）的人們使用。與B不同。

듣기 45번~46번　　▶ 細部內容　　p.260

[1~2] 🎧 56

> 여자: 여러분은 혹시 디지털 치매에 대해 들어본 적이 있으십니까? 디지털 치매는 디지털 기기에 너무 의존해서 기억력이 나빠지는 현상을 말합니다. 이 현상은 디지털 기기에 친숙할수록 증상이 발생할 가능성이 높기 때문에 （연령대와 상관없이 나타나는 것이 특징입니다.） 전화번호를 외우지 못하거나 내비게이션이 없으면 도로 운전이 매우 불안해지는 경우가 대표적인 경우입니다. 그렇다면 디지털 치매를 예방하려면 어떻게 하는 것이 좋을까요? 디지털 치매를 예방하기 위해서는 되도록 ❹직접적으로 뇌를 자극할 수 있는 일을 하는 것이 좋습니다. 예를 들어 가까운 사람에게 ❸전화할 때는 저장된 번호를 이용하지 말고 번호를 직접 누르는 것이 좋습니다. 또 일정이나 약속 같은 ❸메모도 직접 종이에 쓰는 것이 도움이 됩니다.

1. ❶

❶ 디지털 치매는 나이와 상관없이 나타날 수 있다.
　➡ 正確解答。
② 메모는 컴퓨터에 입력하는 것이 기억하기에 좋다.
　➡ 筆記（直接寫紙上）有利於記憶。與C不同。
③ 뇌를 자극하려면 디지털 기기를 많이 사용할수록 좋다.
　➡ 如果想刺激大腦，（直接刺激）比較好。與A不同。
④ 저장된 전화번호를 이용하면 디지털 치매를 막을 수 있다.
　➡ （假如親手輸入電話號碼），便可預防數位癡呆。與B不同。

2. ❶

❍ 首先先找出中心思想會比較好。屬中心思想Ranking類型（1）「-는 게 좋다」，中心思想為「디지털 치매를 예방하려면 직접적으로 뇌를 자극하는 일을 하는 것이 좋다.（若想預防數位癡呆，直接刺激大腦比較好）」。女子對中心思想抱持客觀態度並說明刺激大腦的方法。

여자: 여러분은 '배설물 화석'이라고 들어 보셨나요? 화석은 먼 옛날 공룡이 살았던 시대의 생물이 남긴 유골이나 흔적을 말합니다. 그런데 이때 동물의 배설물도 화석이 될 수 있습니다. 배설물 화석이 무슨 가치가 있을까 의심하는 분들도 있을 것입니다. 하지만 배설물 화석은 지구의 생물에 대한 소중한 정보를 주는 고마운 존재입니다. 다시 말해 그 시대에 살았던 수많은 동물과 식물들에 대한 중요한 정보를 제공해 준다는 것입니다. 예를 들어 공룡의 배설물 화석을 분석하면 그 공룡이 무엇을 즐겨 먹었고, ❹육식공룡인지 채식공룡인지를 알 수 있습니다. 하지만 지금까지 이 '배설물 화석'은 가치가 없다고 여겨 ❸연구가 거의 이루어지지 않았는데요. 앞으로의 연구가 무척 기대되는 분야입니다.

3. ❹

① 배설물 화석은 발견하기가 쉽지 않다.
  ➡ 無相關資訊。
② 배설물 화석은 육식공룡의 배설물만 분석된다.
  ➡ 排泄物化石分析是分析（肉食性恐龍和草食性恐龍的排泄物）。與A不同。
③ 배설물 화석의 연구가 활발하게 진행되고 있다.
  ➡ 排泄物化石的研究（幾乎無法實現）。與B不同。
❹ 배설물 화석은 과거 생물에 대한 정보를 제공한다.
  ➡ 正確解答。

4. ❸

❍ 首先先找出中心思想會比較好。屬中心思想Ranking類型（10）「重複敘述」，其中心思想是反覆敘述「배설물 화석은 지구 생물에 대한 소중한 정보, 중요한 정보를 제공해 준다.（排泄物化石對地球生物而言是珍貴資訊，提供了重要情報）」。女子接著舉例並期待若分析排泄物化石，便可以獲得的案例及研究價值。

[1~2] 🎧 58

여자: 오늘은 한국의 전통 건축 방식에 대해 살펴보도록 하겠습니다. 여러분이 생각하는 한국 건축의 아름다움은 무엇입니까? 저는 자연 중심적인 건축 철학이라고 생각합니다. 왜냐하면 한국의 전통 건축물을 보면 비대칭적인 모습을 보이기 때문입니다. 그렇다고 해서 자연을 있는 그대로 보존하면서 집을 짓기 때문에 비대칭적인 것은 아닙니다. 대칭적으로 건축할 수 있는 ❹평지에 지어진 건물의 경우에도 비대칭적 모습을 보입니다. 이것은 한국의 전통 건축에서 비대칭이 더 선호되었다는 것을 의미합니다. 한국의 전통 건축은 구조가 단조로울 수 있고 비슷한 재료를 사용하기 때문에 모든 집이 비슷할 수 있습니다. ❸하지만 칸을 분리하여 비대칭으로 구성함으로써 배치의 역동성을 준 것입니다. 또한 비대칭은 다양하고 개성 있는 질서를 추구할 수 있어 ❶다른 나라에서는 찾아볼 수 없는 아름다움을 지니고 있습니다.

1. ❶

❶ 비대칭이 선호된 이유는 자연 중심적인 사고 때문이다.
  ➡ 正確解答。
② 한옥과 같은 건축 기법은 외국에서도 찾을 수 있다.
  ➡ 像韓屋這樣的建造技法，（在國外找不到）。與C不同。
③ 평지에 지어진 집은 대체로 대칭의 구조를 가지고 있다.
  ➡ 在平地建造的（房子）也有（不對稱的）構造。與A不同。
④ 한옥은 구조가 단순하고 재료가 비슷하여 집 구조가 대칭이다.
  ➡ 韓屋（雖然）構造簡單且建材相似，（但不對稱）。與B不同。

2. ❷

❍ 首先先找出中心思想會比較好。屬中心思想Ranking類型（7）「-（ㄴ/는）다고 생각하다」，其中心思想為「한국 건축의 아름다움은 자연 중심적이면서 비대칭적인 건축 철학이라고 생각한다.（我認為韓國建築之美是以大自然為中心，是為非對稱的建築哲學）」。話者接著舉出各種例子，說明以大自然為中心的韓國建築特徵。

여자: 현대 산업 사회의 특징 중의 하나가 집단 이기주의입니다. 집단이기주의란 특정집단이 공동체나 국가 전체의 이익을 고려하지 않고 자기 집단의 이익만을 고집하는 행위를 말합니다. 이는 개인적으로 상당히 ⓐ도덕적인 사람까지도 자기가 소속된 집단의 이익을 위해서는 이기적인 경향을 나타내기 때문에 그 정도가 심각합니다. 이러한 집단이기주의는 우리 주변에서 쉽게 발견할 수 있습니다. 자기 지역에 ⓑ쓰레기장이나 장애인 교육 시설이 들어오는 것을 반대하는 모습이 그 예입니다. 이처럼 서로를 배려하지 않고 ⓒ자기의 이익만 생각하는 이기주의가 사라지지 않는다면 평등하고 정의로운 사회가 될 수 없습니다. 따라서 다른 사람과 함께 사는 세상을 만들기 위해서 이기주의는 반드시 버려야 할 사회악입니다.

3. ③

① 나와 남을 모두 생각하는 것이 이기주의이다.
➡ （只）考量（自身利益）的行為是利己主義。與 C 不同。
② 도덕적인 사람들이 많아야 집단이기주의를 막을 수 있다.
➡ （即便）有道德的人（很多），也（無法）阻擋集體主義。與 A 不同。
❸ 정의로운 사회를 만들기 위해 이기주의는 버려야 한다.
➡ 正確解答。
④ 쓰레기장 건설 반대 시위는 이기주의와 별로 관계가 없다.
➡ 反對興建垃圾場的示威行動（就是利己主義的例子）。與 B 不同。

4. ❶

⊙ 首先先找出中心思想會比較好。屬中心思想 Ranking類型（2）「-아/어야 하다」，其內容為「다른 사람과 함께 사는 세상을 만들기 위해서 이기주의는 반드시 버려야 한다。（為了打造與其他人一同生活的世界，務必要捨棄利己主義）」而表示否定的態度。

여자: 2017년 ⓐ새로운 정부가 들어서면서 국민들이 직접 의견을 제안하는 청와대 국민청원이 도입되었는데요. 실장님, 현재까지 청와대 국민청원에 대해 어떻게 평가하시나요?

남자: 청와대 게시판은 '국민이 물으면 정부가 답한다.'는 입장에서 국민과 직접 소통하겠다는 취지로 신설된 게시판입니다. 정치 문제를 비롯해서 생활과 밀접하게 관련된 일자리, 복지, 육아 문제 등 다양하게 주제를 분류해 놓았습니다. 청원을 받기만 하는 것이 아니라 ⓑ20만 명 이상의 동의가 있을 경우 30일 이내에 공식적인 답변을 들을 수 있도록 했습니다. 제도를 시행한 이후 청원 내용 중에 인권, 남녀평등에 대한 의견이 가장 많은데요. ⓒ현재도 많은 분들의 관심이 지속되고 있습니다. 국민이 직접 정책을 제안하고 의견을 내는 직접 민주주의의 모범이 되고 있다고 평가할 수 있겠습니다.

1. ❸

① 정부는 국민들의 요청으로 청와대 국민청원을 도입하였다.
➡ （隨著新政府上任），引進了青瓦台國民請願。與 A不同。
② 청와대 국민청원에 대한 국민들의 관심이 점점 줄어들고 있다.
➡ 大韓民國國民對青瓦台國民請願（持續）關心。與 C不同。
❸ 인권과 남녀평등에 관한 의견이 국민청원에 가장 많이 접수된다.
➡ 正確解答。
④ 청와대 국민청원은 10만 명 이상의 동의가 있을 경우 답변을 들을 수 있다.
➡ 青瓦台國民請願若達到（20萬人）以上同意可以得到答覆。與 B不同。

2. ❷

⊙ 提問者詢問「청와대 국민 청원에 대한 평가（對青瓦台國民請願的評價）」。因此在最後一句話中，話者說「국민이 직접 정책을 제안하고 의견을 내는 직접 민주주의의 모범이 되고 있다고 평가한다.（可評為國民親自提議政策、提出意見的直接民主主義楷模）」，表示採取肯定的態度。

여자: 출산율의 저하로 ▲대학에 진학할 학령인구가 점점 줄어들고 대학의 신입생 충원도 어려워지고 있는데요, 2021년에는 대학별로 미달 사태가 점점 심해진다는 예상이 나왔습니다. 그래서 ⑧교육부에서는 강력한 대학구조조정을 시행하고 있는데 진행 상황은 어떻습니까?

남자: 대학구조조정이란 일률적인 평가지표에 따라 대학을 평가한 후 그 결과에 따라 재정지원금을 차등지급하고 정원 감축을 유도하는 것입니다. 처음에는 이러한 정책이 불가피하다고 판단하였지요. 하지만 그에 따른 부작용도 생기고 있습니다. 많은 대학들이 평가에서 좋은 결과를 얻기 위해 임시방편적인 대책을 시행하는 데 급급하고, 교육의 질적 개선을 위한 노력은 소홀히 하고 있기 때문입니다. 따라서 강제적인 정책보다는 대학의 자율적인 정원 감축 등을 유도하는 환경을 조성하는 정책으로 전환하는 것이 더 효과적이라고 생각합니다.

3. ❹

① 대학의 구조 조정은 자율적으로 진행되고 있다.
➜ 大學的結構調整（從教育部開始強力）執行。與 B 不同。
② 대학의 수가 증가하여 입학 정원이 미달되고 있다.
➜ （大學入學人數減少），未達入學定額。與 A 不同。
③ 교육부의 정책에 따라 문을 닫는 대학이 증가하였다.
➜ 無相關資訊。
❹ 출산율 저하로 인해 대학에 진학할 학생 수가 감소했다.
➜ 正確解答。

4. ❷

◉ 提問者詢問「대학구조조정의 진행 상황（大學結構調整的執行狀況）」。因此在最後一句話中，話者說「강제적인 정책보다 대학이 자율적으로 조정하는 것이 더 효과적이라고 생각한다.（我認為比起強制性的政策，不如讓大專院校自由調整成效會更好）」，顯示採取否定的態度。

6級 Chapter 4 資訊傳達

듣기 43번~44번	▶ 紀錄片

1. ②　　2. ④　　3. ④　　4. ④

듣기 43번~44번	▶ 紀錄片	p.270

남자: 박쥐는 어두운 동굴 천장에 거꾸로 매달려 대규모로 서식을 한다. 박쥐는 이 어두운 공간에서 어떻게 방향을 알 수 있는 것일까? 박쥐는 야행성 동물이지만 눈이 거의 퇴화된 상태이기 때문에 눈으로는 물체를 직접 식별하기 어렵다. 그래서 박쥐는 시력 대신 초음파로 거리를 측정하고 방향을 탐색한다. 코나 입에서 내보낸 초음파가 물체에 부딪쳐 되돌아오는 메아리를 감지해 그 위치를 파악하는 것이다. 그럼 박쥐의 얼굴을 보자. 눈과 코, 입에 비해 귀가 유난히 큰 것을 알 수 있다. 이는 되돌아오는 초음파를 감지할 수 있도록 진화한 것이다. 박쥐는 눈을 가려도 20센티미터에서 30센티미터 간격의 그물망을 쉽게 통과하는 것도 이렇게 초음파를 활용하는 재주 때문이다.

1. ❷

◉ 這是關於「박쥐（蝙蝠）」的紀錄片，以「박쥐가 어두운 공간에서 어떻게 방향을 알 수 있을까?（蝙蝠在黑暗的空間中要如何辨別方向?）」之提問開始。此後，有關蝙蝠辨別方向之方法的答案是為中心思想。屬於中心思想 Ranking 類型（10）「重複敘述」，以「초음파로 거리를 측정한다.（藉由超音波測量距離）」、「초음파가 물체에 부딪쳐 되돌아오는 메아리를 감지해 그 위치를 파악한다.（感應超音波碰撞物體然後反射回來的回音來掌握位置）」反覆敘述著內容。

2. ❹

◉ 必須仔細聽是在哪個部分描述有關「박쥐의 귀（蝙蝠耳朵）」的資訊。必須從「되돌아오는 초음파를 감지할 수 있도록 진화한 것이다.（進化到可以感應反射回來的超音波）」找出蝙蝠耳朵大的理由。

> 남자: 안동 하회 마을에서 탈춤 축제가 열리고 있다. 이 <mark>탈춤의 목적은 신분 갈등에서 생기는 문제를 풀기 위한 것</mark>이었다고 한다. 그렇다면 사람들은 왜 탈을 쓰고 춤을 추었을까? 그것은 <mark>탈춤 내용에 사회를 비판하는 내용이 많았기</mark> 때문이다. 무엇인가를 비판한다는 것, 게다가 얼굴을 드러내고 한다는 것은 무척 어려운 일이다. 그런데 탈은 자신의 얼굴을 가리는 도구가 된다. 따라서 탈을 쓰고 춤을 추면서 사회에 대해 직접 표현하기 어려운 말과 생각을 표현할 수 있었던 것이다. 그래서 <mark>탈춤에는 사회 지배층인 양반을 비판하는 내용이 대부분</mark>이다. 놀라운 것은 이렇게 양반을 마음대로 비웃을 수 있는 것은 탈춤 추는 날 하루뿐이었다는 것이다. 양반들이 아랫 사람을 일 년 내내 억압하다가 이 날 하루만큼은 스트레스를 해소시켜 준 것이다.

3. ④

⊃ 屬於中心思想Ranking類型（10）「重複敘述」。「<mark>탈춤은 신분 갈등에서 생기는 문제를 풀기 위해서, 사회를 비판하는 내용이 많다. (面具舞是為了解開身份糾結產生的問題，有很多批判社會的內容)</mark>」之內容一直反覆。

4. ④

⊃ 必須仔細聆聽是在哪個部分描述有關「탈을 쓰고 춤을 추는 이유 (戴著面具跳舞的理由)」的資訊。在前半部以提問的形式描述後，表達「<mark>비판하는 내용이 많고, 얼굴을 드러내고 비판하는 것이 어려운 일. (批判的內容很多，露出臉孔而批判是不容易的事)</mark>」。

6級 實戰模擬測驗

p.278

[듣기 41번~50번]				
41. ④	42. ②	43. ④	44. ③	45. ①
46. ①	47. ③	48. ④	49. ④	50. ①

[읽기 42번~50번]				
42. ④	43. ①	44. ②	45. ④	46. ④
47. ③	48. ④	49. ③	50. ④	

> 남자: 여러분, '결혼하다'와 같은 의미로 '장가들다'와 '시집가다'라는 어휘가 있습니다. 남자는 '장가든다.'라고 말하고 여자는 '시집간다.'라고 말합니다. 그럼 '장가들다'와 '시집가다'라는 말의 어원은 무엇일까요? <mark>이 어휘들 속에는 과거 한국의 결혼 풍습이 그대로 담겨 있습니다.</mark> <mark>Ⓐ'장가들다'는 남자가 결혼하여 여자의 집으로 들어가서 살았다는 의미입니다.</mark> 당시 남자는 결혼을 하게 되면 신부 집에서 살면서 일을 해 주다가 <mark>Ⓑ첫 아이를 낳으면 독립해서 나왔습니다.</mark> 그래서 신랑이 장인, 장모의 집에 들어가서 산다고 하여 '장가들다'라는 표현을 사용했던 것입니다. 그러다가 17세기 후반, <mark>Ⓒ남성 중심 체제가 강화되면서 '장가들다'가 '시집가다'로 바뀌게 됩니다.</mark> '시집가다'는 여자가 결혼하면 시부모의 집으로 가서 산다는 의미인 겁니다. <mark>우리가 사용하는 어휘 중에는 과거의 풍습을 고스란히 담고 있는 경우가 종종 있습니다.</mark>

41. ④

⊃ 屬於中心思想Ranking類型（10）「重複敘述」。「<mark>장가들다 (娶妻、進入妻子的家)</mark>」和「<mark>시집가다 (出嫁、前往夫家)</mark>」這兩個詞彙中，完整保留過去韓國的結婚風俗習慣。我們使用的詞彙中，經常有完整保留過去風俗習慣的情形。藉由重複描述這類的內容來表達中心思想。

42. ②

① 시부모는 신랑과 신부의 ~~아이가~~ 크면 독립하게 하였다.
➡ （如果）新郎新娘（生下第一個孩子），（岳父、岳母）就讓他們獨立出去。與B不同。

❷ 장가를 들면 첫 아이를 낳을 때까지 신부의 집에서 살았다.
➡ 正確解答。

③ ~~'시집가기'로~~ 결혼 풍습이 바뀐 후 ~~남성 중심 체제가 되었다.~~
➡ （強化為男性中心體制後，結婚風俗轉變成「出嫁」）。與C不同。

④ '장가들다'는 ~~여자가~~ 결혼한 후 ~~시부모의 집~~에서 산다는 의미이다.
➡ 「장가들다」是（男人）結婚後（住進女人的家）生活的意思。與A不同。

[듣기 43~44] 65

남자: 앵무새는 다른 새들과 다르게 사람의 말을 쉽게 따라 한다. 그렇다면 앵무새는 어떻게 사람의 말을 모방할 수 있는 것일까? 앵무새는 세 살에서 여섯 살 정도의 인간 지능을 가질 정도로 똑똑하다. 그래서 사람의 소리를 듣고 기억했다가 소리를 흉내 내는 것이다. 물론 일주일 이상 반복적으로 훈련을 시켜야 가능하다. 그리고 앵무새의 나이가 어릴 때부터 훈련을 시켜야 잘 따라한다. 지능으로만 본다면 까마귀 등 비교적 지능이 높은 새들도 사람의 소리를 모방할 수 있어야 한다. 하지만 앵무새는 다른 새들과 다른 발음 기관을 가지고 있어서 사람의 소리를 따라할 수 있다. 다른 새들은 입을 아래로만 움직이지만 앵무새는 위아래로 움직일 수 있다. 또한 앵무새는 입안 구조와 성대가 사람과 비슷하고, 통통한 혀를 가지고 있기 때문에 사람의 소리를 흉내 낼 수 있는 것이다.

43. ④

○ 這是關於「앵무새（鸚鵡）」的紀錄片，以「앵무새는 어떻게 사람의 말을 모방할 수 있는 것일까（鸚鵡怎麼有辦法模仿人類說的話呢？）」之提問開始。有關鸚鵡可模仿人類說話的根據之答案為中心思想。屬於中心思想Ranking類型（10）「重複敘述」。羅列出「입을 위아래로 움직일 수 있다。（可以上下移動嘴巴）」、「입안 구조와 성대가 사람과 비슷하다。（口腔結構和聲帶與人類相近）」、「통통한 혀를 가지고 있다（擁有胖胖的舌頭）」。

44. ③

○ 必須仔細聆聽「鸚鵡」身體構造的部分。只要選出第43題3種特徵中的其中一種即可。

[듣기 45~46] 66

여자: 기업에서 원하는 인재는 시대에 따라 변화를 보여 왔습니다. Ⓐ1960년대 기업들은 성실하고 책임감이 강한 순응형 인재를 선호했습니다. 이후 정부 주도의 경제발전이 본격화한 Ⓑ1970년대에는 경제 성장을 이끌 만한 적극성과 진취성을 갖춘 지도자형이 각광을 받았습니다. 그리고 글로벌 경영이란 개념이 도입된 Ⓒ1990년대에 들어서는 도전 의식이 강하고 창의적인 자기 주도형 인재가 주목을 받았습니다. 다시 지식 기반 경제로 전환한 2000년대에는 전문적인 지식과 경험을 갖춘 인재를 요구했습니다. 그러다가 최근에는 도덕성과 글로벌 역량, 주인 의식 등을 갖춘 인재를 요구하고 있습니다. 따라서 자신의 능력을 키우는 것도 중요하지만 그 시대가 요구하는 인재상이 무엇인지 파악하는 것도 중요한 일 중의 하나입니다.

45. ①

❶ 2000년대에는 전문성과 경험을 갖춘 사람을 요구했다.
　➡ 正確解答。
② 1990년대에는 성실하고 책임감이 강한 사람을 선호했다.
　➡ （1960年代）偏愛誠實、責任感強的人。與Ⓐ不同。
③ 1970년대에는 도전적이고 창의적인 사람이 주목을 받았다.
　➡ （1990年代）具有挑戰心和創意的人備受矚目。與Ⓒ不同。
④ 1960년대에는 적극적이고 진취적인 사람이 인기가 많았다.
　➡ （1970年代）積極且上進的人最受歡迎。與Ⓑ不同。

46. ①

○ 首先，中心思想為「그 시대가 요구하는 인재상이 무엇인지 파악하는 것이 중요하다。（掌握該時代要求的人才特徵為何是重要的）」。女子對中心思想按時間順序分類敘述。只要從選項中選出與之相同的方式即可。

121

여자: 전기차의 보급은 세계적인 흐름인데요. 최근 수소 전기차가 주목을 받고 있습니다. 수소 전기차가 무엇인지 설명해 주시겠습니까?

남자: 네, 수소 전기차는 전기차와 같이 화석 연료를 사용하지 않는 무공해 차량입니다. 기존 전기차는 고전압 배터리를 충전하는 방식이었는데요. 수소 전기차는 수소와 공기 중의 산소를 직접 반응시켜 전기를 생산하는 배터리를 이용하는 방식으로 배출되는 것이 물밖에 없어 매우 친환경적이라고 할 수 있습니다. 전기차와 수소 전기차의 성능을 비교하면 수소 전기차가 더 효율적입니다. ④전기차는 주행거리가 짧은 편이고, 충전 시간이 길다는 점, ⑧배터리 수명이 짧은 점이 단점입니다. 이에 비해 수소차는 주행 거리가 긴데 한번 충전 후 약 600킬로미터를 주행할 수 있습니다. ⓒ충전 시간도 약 5분 정도로 매우 짧습니다. 그러나 수소 전기차의 단점은 충전소가 매우 적어 현재 14곳만 운영 중이라는 겁니다. 게다가 수소 충전소 설치 비용이 많이 들기 때문에 충전소의 설치와 확충이 해결해야 할 과제입니다.

47. ❸

① 수소 전기차는 배터리의 수명이 짧다.
　➡ （電動汽車）電池壽命很短。與B不同。
② 수소 전기차는 주행거리가 짧은 편이다.
　➡ （電動汽車）行駛距離屬於比較短的那種。與A不同。
❸ 수소 전기차는 주행을 하면 물을 배출한다.
　➡ 正確解答。
④ 수소 전기차는 충전 시간이 50분이 걸린다.
　➡ 氫燃料電池車的充電時間花費（5分鐘）。與C不同。

48. ❹

◗ 女子詢問「수소 전기차가 무엇인지（氫燃料電池車是什麼？）」。就此男子比較說明電動車與氫燃料電池車之後，在最後一句話提出氫燃料電池車必須解決的課題。

여자: 오늘은 동전에 대한 이야기를 하려고 합니다. 동전의 옆면을 보면 줄무늬가 있는 것을 볼 수 있습니다. 사람들은 보통 이것을 디자인이라고 생각합니다. 하지만 ④동전 옆면이 처음부터 줄무늬가 있었던 것은 아닙니다. 그럼 동전의 무늬가 왜 생겨났을까요? 동전은 값비싼 금이나 은으로 만들었습니다. ⑧원래부터 금과 은은 큰 가치를 갖고 있었지요. 그래서 ⓒ사람들은 금과 은의 가루를 얻기 위해 몰래 동전의 옆면을 깎기 시작했던 것입니다. 그래서 이걸 막기 위해 동전의 옆면에 줄무늬를 넣은 것입니다. 줄무늬가 있으면 더 이상 깎기가 어려워지니까요. 지금은 동전을 금이나 은으로 만들지 않기 때문에 동전 옆면에 줄무늬를 넣을 필요가 없어졌는데도 여전히 줄무늬를 넣습니다. 그 이유는 시각 장애인이 동전을 구분할 수 있도록 하거나 자판기가 동전을 인식할 수 있도록 사용하고 있는 것입니다.

49. ❹

① 동전은 처음에는 줄무늬가 있었다.
　➡ 硬幣一開始是（沒有）條紋的。與A不同。
② 금화를 사용하면서 금의 가치가 높아졌다.
　➡ （金的價值原本就很高）。與B不同。
③ 동전의 아름다움을 위해 줄무늬를 넣었다.
　➡ （為防止）硬幣的（側面被削），添加了條紋。與C不同。
❹ 시각 장애인을 위해 동전에 줄무늬를 넣는다.
　➡ 正確解答。

50. ❶

◗ 屬中心思想Ranking 類型（10）「重複敘述」，對「동전 옆면에 줄무늬가 생긴 이유（硬幣側面產生條紋的理由）」予以說明。接著說明至今為止硬幣保留條紋的例子。只要從選項中選出與之相同的方式即可。

54.

概要

1.緒論

（1）人類的特性
- 群體生活、發生糾紛

（2）討論的意義和必要性
- 所謂討論是針對某個問題，許多人表達自己的
  意見並議論的行為。
- 討論是為了調解或解決群體生活中產生的糾紛
  所須的。
- 討論是引導社會協商過程所須的。

2.本文

（1）為了好好討論應做的準備
- 須達成對問題情況的了解
- 須準備貝客觀事實或科學法則為基底的根據
- 須貝備說服的技巧

（2）討論時的姿態
- 須抱持傾聽對方說話的態度
- 須抱持認可並接納對方意見的態度

3.結論
- 若對問題情況擁有理解、傾聽、說服的技巧並
  進行討論，便能有效發揮社會協商過程的功能

인간은 공동체를 떠나서는 살아갈 수 없는 존재이다. 그런데 공동체 생활을 하다가 보면 어떤 문제·상황에 대해 상대방과 의견이 달라서 갈등을 겪는 일이 생긴다. 이때 갈등을 조정하거나 해결하는 좋은 방법이 바로 토론이다. 토론이란 어떤 문제에 대하여 여러 사람이 각자의 의견을 말하여 논의하는 것을 말한다. 이러한 토론의 과정을 통해 갈등을 해결하고 사회의 합의 과정을 이끌어 내는 것이 토론이 필요한 이유이다. (緒論)

먼저 토론을 잘하기 위해서는 토론에 들어가기 전 문제 상황에 대한 이해가 이루어져야 한다. 그러고 나서 객관적 사실이나 과학적 법칙을 바탕으로 한 근거를 준비해야 자기주장을 합리화할 수 있다. 다음으로 설득의 기술을 갖추어야 한다. 상대방에게 무조건 나의 생각을 따르도록 설득한다면 감정적으로 불편해지게 된다. 따라서 상대방의 감정을 존중하면서 이성을 움직이는 논리적 설득이 필요하다.

또한 토론에 임하는 자세도 중요하다 토론을 할 때에는 먼저 상대방의 이야기를 경청해야 한다. 상대방의 이야기를 잘 듣지 않은 상태에서 하는 나의 주장은 설득력이 떨어질 수밖에 없기 때문이다. 그리고 경청을 하다가 보면 내 생각보다 좋을 때가 있는데 이때 그것을 인정하고 받아들이는 자세도 필요하다. (本文)

이처럼 문제 상황에 대한 이해와 경청, 설득의 기술을 갖춘다면 토론은 사회적 합의 과정으로서의 기능을 효과적으로 해낼 수 있을 것이다. (結論)

옛날 학마을에서는 해마다 봄이 되면 한 쌍의 학이 찾아오곤 했었다. ❹언제부터 학이 이 마을을 찾아오기 시작했는지는 아무도 모른다. 어쨌든 올해 여든인 이장 영감이 아직 나기 전부터라고 했다. 또 그의 아버지가 나기도 더 전부터라고 했다.

씨 뿌리기 바로 전에 학은 꼭 찾아오곤 했었다. 그러고는 정해 두고 마을 한가운데 서 있는 노송 위에 집을 틀었다. 마을 사람들은 이 노송을 학나무라고 불렀다.

이장이 마흔네 살이 되던 해였다.

❺씨 뿌릴 준비를 다 해 놓고 마을 사람들은 학을 기다렸다. 그런데 웬일인지 계절이 다 늦도록 학은 돌아오지 않았다. 그들은 하는 수 없이, 학 없이 씨를 뿌렸다. 가뭄이 들었다. 모든 곡식은 바싹바싹 말라 버렸다. 마을 사람들은 그저 헛되이 학나무만 쳐다보았다. ❻학나무에는 지난해에 틀었던 학의 둥지만이 빈 채 달려 있었다.

42. ❹

⟶ 畫底線部分前面的內容為，雖然村裡的人們等待鶴的到來，但鶴沒有來，這是發生乾旱、穀物都乾枯的情況。人們相信因為鶴沒有來才導致這樣的狀況，只是白白望著鶴樹。此時村裡人的態度如何？如果是鶴也不來農務也不順的情形，「절망하다（絕望）」是最自然的。

43. ❶

❶ 학이 찾아오지 않은 해에 가뭄이 들었다.
　⟶ 正確解答。
② 학이 마을을 찾아오기 시작한 지 ~~얼마 되지 않았다~~.
　⟶ 從鶴開始來訪村子已經（很久了）。與 A 不同。
③ 마을 사람들은 학이 마을에 오는 ~~것을 싫어한다~~.
　⟶ 村民們（等待）鶴來訪村落。與 B 不同。
④ 마을 사람들은 학나무에 달려 있던 둥지를 ~~치워 버렸다~~.
　⟶ 村民們（沒有清除掉）掛在鶴樹上的窩。與 C 不同。

난독증은 지능, 시각, 청각에 문제가 없는데도 ❹글자를 읽고 이해하는 데에 어려움을 겪는 증상이다. 말하는 데는 문제가 없는데 (글을 제대로 인지하지 못하는) 아이들이 약 5%에 이른다. 그런데 이 증상은 단순한 학습 능력 부진이나 집중력 부족이라고 잘못 판단하기 쉬워 치료 시기를 놓치는 경우가 많다. 게다가 난독증 아동은 잦은 실수와 낮은 학업 성취 때문에 자신감이 부족해질 수 있고 인간관계도 서툴러질 수 있다. 학습 능력이 부진한 아이에게서 특별한 원인을 찾을 수 없다면 난독증을 의심해 봐야 한다. 난독증 때문에 어려움을 겪는다는 것을 부모가 빨리 인식하고 대처해야 하기 때문이다. 따라서 난독증은 학교 교육을 받기 전에 전문적으로 치료를 받는 것이 좋다. 왜냐하면 문자 학습 시기부터 단계적으로 치료를 받아야 효과가 있기 때문이다.

44. ❷

⟶ 屬中心思想Ranking類型（1）「-는 게 좋다」和（2）「-아/어야」。只要從選項中選出與「난독증은 학교 교육을 받기 전에 전문적으로 치료 받는 것이 좋다. (閱讀障礙症在接受學校教育之前接受專業治療會比較好）」、「문자 학습 시기부터 단계적으로 치료를 받아야 효과가 있다 (必須從文字學習時期開始接受階段性治療才會有效）」相同的意義即可。

45. ❹

⟶ 屬對應題型，活用相似表現，找出適合填入空格的內容即可。
即便智力、視覺、聽覺沒有問題，卻在理解文字上仍遭遇困難的症狀，說話方面沒有問題，（卻無法徹底了解文字的）孩子。

백화점의 마케팅 전략 중 널리 알려진 것은 1층 화장실, 창문, 시계가 없다는 것이다. 이 세 가지가 없는 이유는 매우 단순하다. 고객을 조금이라도 매장에 더 머물게 하여 매출을 올리기 위해서이다. (㉠) 이러한 전략 외에 더 중요한 것이 있는데 그것은 바로 백화점에서 틀어 주는 음악이다. (㉡) 백화점에서는 매출을 올리기 위해 시간대에 따라 다른 음악을 틀어 준다. (㉢) 하지만 Ⓐ세일 기간에는 빠른 음악을 틀어 줘서 고객들의 쇼핑 속도를 끌어 올리려고 한다. (㉣) 이외에도 손님이 적은 Ⓑ오전 시간에는 조용한 음악을, 손님이 많은 오후 시간에는 경쾌한 음악을 틀어 줌으로써 고객들이 상품을 더 많이 구입하게 한다.

장애인에 대한 사회적 편견, 장애인을 위한 시설 확충 등이 과거보다 많이 좋아졌다고 하나 앞으로도 지속적인 관심이 필요한 영역이다. 장애인들과 우리 모두가 함께 살아갈 수 있도록 해야 할 가장 중요한 일은 사회 시설을 바꾸고 제도를 개혁하는 일이다. 그렇게 하는 데에는 비용도 많이 들고 여러 가지 노력도 기울여야만 한다. 그럼에도 불구하고 이 일은 반드시 해야만 한다. 그 이유 중의 하나는 우리 모두가 장애인이 될 수도 있다는 것이다. 2018년 말 현재 우리나라에 등록된 장애인의 숫자는 약 259만 명으로 전체 인구의 5%에 달하고 이 중 90% 이상이 사고로 인한 후천성 장애인이라는 사실이 이를 증명해 준다. 그러나 Ⓐ사회 시설과 제도 개혁을 해야 하는 더 중요한 이유는 그렇게 하는 것이 Ⓑ장애인뿐만 아니라 비장애인에게도 도움이 되기 때문이다. 장애인을 위한 Ⓐ사회 시설과 제도 개혁은 Ⓑ(장애인과 비장애인이 더불어 사는) 건전한 사회를 만든다. 이것은 결국 우리 모두의 삶을 질적으로 향상시키는 것이 된다.

46. ❹

● 〈보기〉內容為平常的音樂與折扣期間音樂不同的理由。說明平常的音樂與折扣期間音樂之特徵的內容必須位於後面。

47. ❸

① 할인 판매 기간에는 잔잔한 음악을 틀어 준다.
　➡ 折扣販賣期間播放（快速的）音樂。與A不同。
② 백화점 안에 사람이 많을 때 조용한 음악을 들려준다.
　➡ 百貨公司人潮眾多時，播放（輕快的）音樂。與B不同。
❸ 빠른 음악을 들으면 사람들은 물건을 더 많이 사게 된다.
　➡ 正確解答。
④ 평소 오전에는 빠른 음악을, 오후에는 느린 음악을 틀어 준다.
　➡ 平日上午播放（安靜的）音樂，午後播放（輕快的）音樂。與B不同。

48. ❹

● 寫文章的目的，必須先找出中心思想（主題）。本文屬於中心思想Ranking類型（10）「重複敘述」。中心思想為「장애인들과 우리 모두가 함께 살아갈 수 있도록 사회 시설을 바꾸고 제도를 개혁해야 한다. （讓身心障礙人士可以與我們一起共同生活，必須更換社會設施並改革制度）」重複了 3 次。只要以此為基礎選出文章寫作的目的即可。

49. ❸

● 屬對應題型，活用相似表現，找出適合填入空格的內容即可。Ⓐ必須改革社會設施與制度的更重要理由，是因為那麼做Ⓑ不僅對身心障礙人士有幫助，對非身心障礙人士也有助益。Ⓐ'社會設施與制度改革打造Ⓑ'（身心障礙人士與非身心障礙人士共生）的健全社會。

50. ❹

● 作者說「我們都有可能會成為身心障礙者」，並指出後天性身心障礙者統計數據。他表示殘障這件事情終究不是別人的事，也有可能會是我們的事。只要從選項中選出與之相同的內容即可。

連結語尾 TOPIK測驗中經常出現的語法

P.15-16

Ranking 30	語法的意義與功能	例句
01 -다가	①行動轉換：意志 ②行動轉換：意外	① 回家途中順便繞進市場買了蘋果。 ② 跑下樓梯差點跌倒。
02 -고 나서	順序：完成	昨天下班後跟朋友見了面。
03 -(으)ㄴ/는데	①相反：對照 ②說明：導入	① 那間食堂價格低廉，但不怎麼好吃 ② 我抵達活動會場，現場人山人海。
04 -(으)려고	目的	我要返鄉就提早預訂了車票。
05 -(으)려면	假設：意圖	若要搭下一班公車，必須等候三十分鐘。
06 -느라고	理由：同時	在市場買東西所以稍微遲到了。
07 -아/어야	條件：必須	這部電影的人氣之高，已經是必須預訂才能觀賞了。
08 -(으)ㄹ까 봐(서)	憂慮	因為路上很滑，擔心跌倒所以小心翼翼的走過來。
09 -거나	選擇：擇一	我如果有空就會看電影或讀書。
10 -자마자	順序：馬上	我如果有空就會看電影或讀書。
11 -(으)ㄹ수록	說明：比例	隨著時間經過似乎越來越後悔。
12 -아/어서	①理由 ②順序：契機	① 因為昨天咳嗽還發燒，所以沒辦法去參加聚會。 ② 我跟朋友約好在學校前面碰面後一起出發。
13 -아/어서 그런지	推測：理由	我去欣賞楓葉，不知道是不是周末的緣故，人很多。
14 -더니	經驗：觀察	上周天氣很溫暖，結果突然就變冷了。
15 -(으)ㄹ지	選擇：思慮	我到現在都無法決定，要穿什麼去參加朋友的結婚典禮。

16	-(으)면서	行動：同時	我總是一邊聽音樂一邊開車。
17	-(으)니까	經驗：結果	旅行回到家，發現堆了一堆報紙。
18	-(으)면	假設	說是如果風大浪也高，就不能游泳。
19	-든지	選擇：無關	無論做什麼都必須要有做到最好的姿態。
20	-(으)ㄴ/는 데다가	包括：追加	我不僅喜歡酒，加上朋友很多，所以我經常喝酒。
21	-(으)ㄴ/는 대신에	選擇：代替、補償	因為天氣不好，所以決定把登山改成看電影。
22	-아/어도	假設：相反	再怎麼忙也一定要運動。
23	-는 김에	行為：契機	我決定藉出差的機會順便和住在那裡的朋友見面。
24	-는 바람에	原因：突發	因為拉肚子的關係一整天什麼都沒吃。
25	-(으)ㄴ 채로	持續：狀態	因為太累所以衣服沒換就睡著了。
26	-(으)ㄴ/는 덕분에	理由：肯定	託同事的福，準時把報告搞定了。
27	-도록	① 目的 ② 程度	① 為了讓花可以好好長，把花盆放在窗戶旁邊。 ② 昨晚玩了一夜結果非常疲憊。
28	-기에/길래	原因：發現	因為超市水果賣得很便宜，買得有點多。
29	-더라도	假設：相反	無論有什麼事，到明天為止一定要把工作結束。
30	-다가 보면	經驗：反覆	再困難的事，也可熟能生巧。

終結語尾 TOPIK測驗中經常出現的語法

P.16-17

Ranking 20	語法的意義與功能	例句
01 -아/어 놓다.	維持：備用	明天似乎會很忙碌，所以今天先把申請書寫好了。
02 -기로 했다.	① 計畫：約定 ② 計畫：決心	① 我決定這次放假要跟父母一起去雪嶽山旅行。 ② 我決定明天開始戒菸。

03	-(으)면 되다.	條件：滿足	如果要往地鐵站去的話，往這邊走約三分鐘左右就可以到了。
04	-게 하다.	命令：使動	老是叫同學們把手機關機。
05	-게 되다.	說明：變化	因支援海外業務，被派到海外分公司。
06	-(으)ㄴ 적이 있다.	經驗：時間	我小時候曾經住過釜山。
07	-아/어 있다.	持續：維持	我抵達機場時，堂弟已經來機場接機了。
08	-아/어 가다.	① 進行：持續 ② 進行：完成	① 即便經常給花澆水，花還是一直枯萎。 ② 來韓國已經快兩年了。
09	-(으)ㄴ/는 셈이다.	判斷：類似結果	已經12月了，今年也差不多結束了。
10	-아/어 오다.	進行：完成	我從三年前就開始學跆拳道了。
11	-(으)ㄹ 뻔했다.	行動：瀕臨	在機場差點拿成別人的行李。
12	-나 보다.	推測：觀察	看弟弟房間這麼安靜，可能是睡著了吧。
13	-기 마련이다.	理應：預定事實	無論什麼事情，認真做的話實力自然就會變好。
14	-(으)ㄴ/는 모양이다.	推測：觀察	看辦公室地板這麼乾淨，應該是打掃過了。
15	-아/어 버렸다.	行動：完成	一直苦惱到底要不要買的皮鞋乾脆買下來了。
16	-아/어 보이다.	判斷：主觀的	那個人不曉得是不是因為運動的關係，看起來很健康。
17	-(으)ㄴ/는 척하다.	行動：假裝	弟弟老是跟我說話，我覺得煩就假裝沒聽到。
18	-(으)ㄹ지도 모르다.	推測：不確定	雖然還有一點時間，但如果不快點的話，說不定會沒位置。
19	-아/어 두다.	維持：備用	周末打算去看電影，就先把票買好了。
20	-(으)ㄹ 리가 없다.	推測：不信任	這次的事情太危險了，人們不會輕易地給予幫助的。

類似的語法 TOPIK測驗中經常出現的語法   P.21-24

Ranking 40	語法的意義與功能	例句
01　-(으)ㄴ/는 것 같다.	推測	聽到隔壁搬行李的聲音，似乎是有人搬過來的樣子。
02　-(으)ㄹ 정도로	程度	不久前跟朋友見了面，朋友瘦到幾乎認不出來了。
03　-기 마련이다.	理應	東西久放不使用的話當然會變舊。
04　-(으)ㄹ 수밖에 없다.	唯一	因為燒得太嚴重，不得不去醫院。
05　-(으)ㄹ 뿐만 아니라	包含：追加	這家食堂不僅價格便宜，店員也很親切。
06　-는 바람에	理由	人群太過喧鬧的緣故，無法跟和朋友講話。 趕著出門的關係忘了帶上錢包。
07　-(으)ㄹ까 봐(서)	憂慮	初學自行車的時候，很擔心會跌倒，沒想到比想像中簡單。 擔心如果遲到的話可能會沒有前面的位置，所以提早去教室。
08　-자마자	順接	我一到轉運站就想打電話給父母。 百貨公司一開門，就湧入許多客人。
09　-(으)ㄴ/는 셈이다.	判斷	今天已經是12地了，今年也差不多結束了。
10　-(으)나 마나	選擇	即便問了弟弟也一定會說在家。
11　-게	目的	因為星期五是獎學金申請日，為了不忘記，在月曆上做了記號。
12　-는 길에	進行	回家的路上因為花很漂亮所以買了一束。
13　-아/어 봐야	行動	雖然好像有點貴，但是去其他店家價格應該也差不多。
14　-(으)ㄹ 뿐이다.	唯一	因為太忙所以沒辦法完成工作這種話，不過是藉口而已 總是接受朋友的幫助除了抱歉還是只有抱歉。
15　-았/었어야 했는데	遺憾	畢業之後覺得求學的時候應該更用功讀書

16	-(으)려던 참이다.	計畫	辦公室太熱了，即便你不說，我也正打算開冷氣。
17	-기 위해서	目的	最近為了減肥很認真地在運動。
18	-는 대로	方法：一貫	我學瑜珈，可是很難做得跟老師一樣。
19	-에 달려 있다.	條件	即使是一樣的食材，但從味道不同這點來看，食物是取決於料理手法。
20	-(으)ㄹ지도 모르다.	推測	由於客人來的比預期還多，準備的食物可能會不夠。
21	-(으)ㄹ 만하다.	判斷	首爾郊區有很多值得和家人一同開心遊玩的地方。
22	-은/는커녕	包含：否定	喉嚨很痛，別說吃飯，連水都沒辦法喝。
23	-(으)ㄴ/는 척하다.	假裝	雖然同事看起來很忙碌，但我不想幫忙所以假裝不知道。
24	-다가 보니까	經驗	因為太忙不能準時吃飯，火燒心的次數變多了。
25	-듯이	比喻	一如每個國家的語言不同，文化也不一樣。
26	-(으)ㄴ/는 반면에	相反	這個產品耐熱，相對它不防潮。
27	-(으)면서(도)	相反	擔心朋友難為，即使知道那項事實也裝作不曉得。
28	-(으)ㄴ/는데(도)	相反	我就算用功讀書，成績依然沒什麼起色。
29	-(으)ㄴ/는가 하면	相反	若說這部電影有有趣的部分，相對的無聊的部分也很多。
30	-든지	選擇：無關	如果要跟那個人一起工作的話，我會希望他是個做什麼都很認真的人
31	-도록	程度：時間	天都黑了，孩子依然沒有任何消息。
32	-(ㄴ/는)다기에/길래	理由：資訊	聽說眼睛疲勞的時候看遠方很有效，所以我正在做。
33	-(으)려면	假設：意圖	如果想在國外好好生活，了解那個國家的文化是很重要的。

34	-아/어 보이다.	判斷： 主觀	朋友不知道是不是有好事，看起來心情很好。
35	-(으)ㄹ 리가 없다.	推測： 確信	他很正直，所以他沒道理說謊。
36	-기만 하다.	唯一	不知道是不是感冒了，只要吃東西喉嚨就會痛。
37	-(으)ㄴ 채(로)	持續	撐著傘站在那邊的人就今天要介紹的人。
38	-고도	相反	不知道是不是智慧型手機太複雜，媽媽聽了說明還是說聽不懂。
39	-(으)ㄴ/는 줄 몰랐다.	判斷	因為上週有聚會，所以我不知道這週也有。
40	-(으)ㄴ 나머지	理由	我因為集中於作畫，所以沒接到重要的電話。

읽기 5번 ┃ Ranking

◉ **產品廣告**

Ranking 50	廣告核心語
01 鐘錶	日程、1分1秒、正確、遵守
02 眼鏡	眼睛、看見、鮮明、遠處
03 鞋子	走、輕鬆
04 汽車	設計、搭乘、舒適的感覺、奔馳、噪音、安靜、乘坐感
05 照相機	拍、想再看一遍、瞬間、回憶
06 化妝品	皮膚、塗抹
07 加濕器	空氣、水、乾燥、水潤
08 雨傘	陣雨、折、撐開、濕
09 洗髮精	髮質、頭髮、洗頭、柔軟

10	空調	涼爽的風、暑氣
11	淨水器	乾淨、喝、健康
12	筆記型電腦	薄、輕、快、方便、攜帶
13	書桌	高低、調整、移動、便利、輪子
14	鏡子	模樣、確認、映照
15	戒指	愛、送禮
16	麵包	早上、忙碌、代替、吃、飽
17	香水	噴、持久、好感
18	衣櫃	空氣循環、濕氣、霉、衣服
19	帽子	運動、去山上、陽光、遮擋、擋住
20	牛奶	早上、一杯、代替、營養價值高
21	玩具	孩子、安全、夢想、希望、送禮
22	眼藥水	眼睛、紅、一滴、點
23	染劑	白頭髮、塗抹、快速、年輕
24	運動服	汗、流、透氣、排出
25	體溫計	測量、簡單、快速、準確、靠在耳朵、發燒
26	消化劑	胃脹氣、吃太多、消化不良、一錠
27	棉被	睡眠、蓋、輕、空氣很流通
28	衛生紙（面紙）	乾淨、吸收、擦拭
29	電風扇	風、涼爽
30	報紙	每天、每日、閱讀、看
31	手提袋	裝進去、背、提、書、筆記型電腦

32 牙膏	刷、嘴裡、白、清爽
33 肥皂	皮膚、乾淨、洗、抹、平滑、香味、泡沫
34 感冒藥	鼻水、咳嗽、一錠、效果、快速
35 椅子	坐、工作、腰、舒適
36 手套	戴、冬天、手、冷、溫暖
37 碟盤	食物、盛裝、輕、漂亮
38 牙刷	刷、嘴裡、乾淨
39 鋼琴	聲音、清亮、美麗、手指
40 枕頭	頭、頸、健康、睡眠
41 書（小說、詩集）	第一章、一本、感動、趣味、作者
42 運動鞋	跑、空氣很流通、柔軟
43 洗滌劑	白衣服、有顏色的衣服、乾淨、白
44 腳踏車	奔馳、雙輪
45 口香糖	嘴裡、咀嚼、暢快、飯後
46 洗衣機	無聲、洗滌＇劑、乾淨、衣物、乾燥
47 果汁	一杯、水果、維他命
48 冰箱	新鮮度、溫度調節
49 床鋪	躺、睡、睡眠、舒適、腰
50 吸塵器	乾淨、灰塵、無聲、每個角落

營業廣告

P.31-32

Ranking 40	廣告核心語
01 百貨公司	折扣、便宜、機會
02 文具店	學校和辦公室需要的一切物品、書包裡、書桌上的必需品
03 地鐵	堵塞、約定時間、快速、安全、市民的腳
04 圖書館	書籍、雜誌、多樣、複製、人生、準備
05 美術館	畫家、作品、展示、國外、國內
06 市場	信用卡、停車場、地區經濟、折扣、人情、買菜
07 服飾店	折扣、新商品、流行
08 宅配公司	門前、一通電話、迅速、珍貴、安全、配送
09 公寓	建築、鄰居噪音、地鐵站、近、交通、便利
10 婚禮會場	人生、回憶、珍貴、最棒、交通、便利、新郎、新娘
11 傢具店	樹、原木、設計
12 宿舍	乾淨、各式各樣、便利設施、網路、洗衣間、簡易配膳室、小賣店、環境
13 蔬果店	環保、無農藥、農產品、新鮮、吃的
14 照相館	特別的日子、一張、回憶、拍攝、相框
15 補習班	學習、開始
16 書店	一本、送禮、文具用品
17 便利商店	1年365天、24小時、隨時、生活用品、食品、鄰近的地方、快遞、簡單的用餐
18 郵局	物品、配送、存匯業務

⑲	醫院	痛、諮詢、手術、醫療服務、患者
⑳	牙科	痛、咀嚼、難受、治療
㉑	飯店	我家、舒服、預約、服務、床鋪、地暖、早餐
㉒	機場（飛機）	天空、旅行、舒服
㉓	不動產	房價、一眼、地區別、比較、公寓、購買、洽談
㉔	修繕店	損壞、修理、物品、到府服務
㉕	加油站	車、油、新車、免費
㉖	麵包店	烤、鬆軟、早餐
㉗	花店	香氣、一朵、一束、禮物、祝賀、感謝、生日、紀念日、配送
㉘	眼鏡行	眼睛、健康、文字、模糊、看到、明亮、乾淨、流行
㉙	29超市	水果、蔬菜、生鮮、配送、折扣
㉚	美容院	剪、變化、改變、風格、染髮、剪刀
㉛	博物館	過去、面貌、展示、文化財產、時間旅行
㉜	電影院（劇場）	座位、舒服、畫面、聲音
㉝	銀行	蒐集、有錢人、錢包、穩定、明天
㉞	旅行社	機票、飯店。預約、舒服、無論何地、離開
㉟	遊樂園	夢想、幻想、全家、戀人、愉快
㊱	洗衣店	洗、衣服、乾淨、棉被、運動鞋、委託
㊲	食堂（餐廳）	材料、新鮮、做菜手藝、價格、營養、配送
㊳	投資信託公司	資產、財產、管理、培養
㊴	保險公司	未來、進入、加入、困難的時候、幫助、力量
㊵	中古車買賣行	車價、汽車、條件、挑選

◉ 公益廣告

P.35-36

Ranking 20		廣告核心語
01 志工活動	共同體	鄰居、幫助、分享、時間、才能
02 鄰居愛		心門、關心、招呼、話語
03 自然保護、環境保護	環境	綠色的樹叢、清澈的江河、守護、後代、未來
04 廚餘		吃、剩下、丟棄
05 一次性用品		一次、用、使用、便利、環境、破壞
06 分類丟棄		小實踐、環境、保護、丟棄
07 節約用電	節約	電源、關閉、浪費、珍惜、火、插頭、抽出、拔
08 節約資源		珍惜、珍貴、水、電、能源
09 交通安全、安全駕駛	安全	學校、孩童、老人、保護、號誌、停車線、遵守、打瞌睡
10 電器安全		火災、危險、插座、插頭、扳、拔
11 火災預防		火苗、熄滅、查看
12 安全管理、安全事故		瓦斯、安全閥、鎖、關
13 酒駕		一杯、生命、健康、自身、他人、失去
14 健康管理、健康習慣	健康	運動、走路、喝水、100歲
15 禁菸宣導		抽、戒、健康、失去、肺
16 感冒預防		手、洗、習慣、健康

17	公共禮節	公共生活	公車、地鐵、火車、對話、安靜地、手機
18	説話禮節		正確的話、好話、一句、溫暖、照顧、心
19	電話禮節		公共場所、安靜地、噪音、震動
20	讓位		身體不便、孕婦、老人、小孩、照顧、空出

읽기 8번 | Ranking

⊕ 廣告的詳細説明

P.39-40

Ranking 20	選項詞彙
01 使用説明	營業說明、營運說明、利用方法、使用方法、使用說明、利用順序、使用順序等
02 招募簡介	會員招募、員工招募、申請資格等
03 活動介紹	活動邀請等
04 產品（商品）介紹	產品介紹、產品說明、產品宣傳、產品特色、產品效果等
05 課程介紹	課程介紹等
06 注意事項	V-(으)십시오, V-지 마십시오等
07 保存方法	室溫、冷藏、陰涼處、放置等
08 申請方法	申請方法、註冊介紹等
09 安全規則	廣播員、廣播通知等
10 觀覽介紹	禁止飲食、禁制攝影等
11 換貨、退費	換貨說明、換貨方式、退貨說明等
12 諮詢説明	諮詢方法等

13 商品評價	使用感想、使用後記等
14 商談說明	諮詢事項、預約、使用時間等
15 配送介紹	訂購、迅速、使用時間等
16 料理順序	煮、放等
17 包裝方法	箱子、紙、貼等
18 購入說明	購入方法等
19 旅行商品	旅行地點、價格、兩天一夜等
20 電影介紹	首映、上映、主演、演員、導演等

듣기 1번~2번 ｜ Ranking

⬦ 相符的圖片

P.44-46

Ranking 40	會在那個場所的對話內容
01 家	看電視、辦派對、掛相框、整理衣櫃、整理冰箱、打理庭園（種花、種樹）、關於電子產品故障的詢問、換燈泡、託付洗衣、房屋工程（刷油漆、釘釘子等）、家事（清掃、洗碗等）、帶禮拜訪、烹飪後嚐味道
02 公司	失物招領、影印、拜訪、辦公室維修申請、詢問公司內位置、介紹新進員工、幫忙提東西、移動物品
03 公園、遊樂園	乘坐遊樂設施、觀賞戶外表演、散步、運動（棒球、羽毛球等）、賞花、騎腳踏車、坐在長椅上喝飲料、請（他人）幫忙照相
04 機場、飛機	買（訂）機票、迎接認識的人、把行李放上置物架、交託行李、找託運行李、進入候機室、準備登機、告知閘門位置
05 火車站、火車	找座位、購入車票、談論窗外風景、在火車站送行、把行李放上火車置物架
06 公車站、公車	等公車、接受重的行李、讓位、看路線圖、詢問公車站、下公車站、在高速巴士上找位置

07	山	詢問登山路、登山途中稍作休息、在山頂說感想
08	電影院	購入電影票、找座位、買吃的
09	美容院	剪頭髮、燙頭髮、照鏡子、吹乾頭髮、洗頭、詢問等待時間
10	小吃店／餐廳	點餐、拜託打包剩下的食物、慶祝開幕
11	醫院	探病、接受復健治療、接受診察、在休息室會面、受理診療
12	照相館	在照相館拍照
13	不動產	參觀房屋
14	溜冰場	挑選溜冰鞋尺寸、穿溜冰鞋、溜冰、溜冰中途休息、教溜冰、扶起跌倒的朋友
15	美術館	欣賞作品、禁制攝影說明
16	家具店	挑選家具（書桌、椅子、床舖等）
17	大海、海邊	搭船欣賞風景、玩水、搭船釣魚、海邊散步、暖身運動
18	表演中心	開演前逛小賣店、欣賞表演（鋼琴、吉他演奏等）
19	博物館	禁制攝影說明
20	書店	詢問書的位置
21	警察局	交託拾取物
22	冰淇淋店	點餐、挑選、在店裡吃
23	郵局	寄郵件包裹
24	汽車	從車上放下行李、駕駛、故障修理、結算停車費、加油、找停車場
25	飯店	入房、搬行李
26	游泳池	做暖身運動、玩水
27	體育競技場	在競技場觀賞體育比賽（棒球、足球）

28	高速巴士轉運站		購買高速巴士車票
29	水果行		點餐
30	圖書館		搜尋書籍、找書、還書
31	超市		結帳、買菜、推購物車
32	補習班		學習醃泡菜、學動作（舞蹈、瑜珈）
33	市場		買生鮮
34	洗衣店		交付送洗衣物
35	眼鏡行		檢查視力、挑選眼鏡
36	停車場		幫忙注意停車、在停車場委託停車
37	咖啡廳		點餐
38	學校		一起逛校園
39	電梯		搭乘電梯、幫忙按電梯樓層
40	百貨公司		詢問賣場位置、挑選衣服、詢問試衣間、試穿褲子、挑選皮鞋、試穿皮鞋

듣기 4번~8번 | Ranking

◉ 可能會接的話

P.51-52

Ranking 20			該場所或日常生活中可以對話的內容
01	場所	公司	失物招領、影印、拜訪、辦公室修繕申請、詢問公司內部位置、介紹新進員工、幫忙提東西、移動物品
02		學校	一起逛校園

03	場所	家	看電視、辦派對、掛相框、整理衣櫃、整理冰箱、打理庭園（種花、種樹）、關於電子產品故障的詢問、換燈泡、託付洗衣、房屋工程（刷油漆、釘釘子等）、家事（清掃、洗碗等）、帶禮拜訪、烹飪後嚐味道
04		餐廳	點餐、拜託打包剩下的食物、慶祝開幕
05		醫院	探病、接受復健治療、接受診察、在休息室會面、受理診療
06		洗衣店	交付送洗衣物
07		服務中心	申報故障、故障詢問、維修申請、領回寄放物品
08		其他場所	住宿業、補習班、咖啡廳、店家、地鐵站、火車站、游泳池、爬山
09	日常生活	個人的事	提問不知道的事、拜託、請求、後悔、辯駁、推薦、建議、忠告、鼓勵、還有談論日場瑣事
10		問安	拜訪長輩、互相問安、看表情說話
11		約定	敲訂約定、推遲約定、拒絕、為遲到的原因道歉
12		招待與拜訪	喬遷宴邀請、招待準備、為無法拜訪道歉
13		搬家	推薦房子、找房子、計畫搬家、幫忙搬家行李、關於搬家行李處理給予建議
14		就業	談論新工作、面試話題、找打工
15		購物	電話訂購、換貨、退貨、挑選物品、告知想要的顏色
16		旅行	計畫旅行、談論旅行感想、後悔、交付托運行李
17		移動過程中告知位置	告知自己的位置、告知抵達時間、電話約定見面地點
18		告知遺失物	卡片掛失、找尋遺失物
19		文化生活	觀賞電影、欣賞表演、表演約定
20		活動	詢問活動行程、了解交通方式、天氣話題

🌐 女子接下來的行動 P.65

	Ranking 10		該場景或日常生活中可能交談的內容
01	場所	公司	失物招領、影印、拜訪、辦公室修繕申請、詢問公司內部位置、介紹新進員工、幫忙提東西、移動物品
02		學校	一起逛校園、讀書準備考試
03		家	看電視、辦派對、掛相框、整理衣櫃、整理冰箱、打理庭園（種花、種樹）、關於電子產品故障的詢問、換燈泡、託付洗衣、房屋工程（刷油漆、釘釘子等）、家事（清掃、洗碗等）、帶禮拜訪、烹飪後嚐味道
04		百貨公司	詢問賣場位置、挑選衣服、詢問試衣間、試穿褲子、挑選皮鞋、試穿皮鞋
05		餐廳	點餐、拜託打包剩下的食物、慶祝開幕
06		圖書館	開放時間與注意事項公告、資料室使用須知、施工公告、閱覽室開放時間公告、還書
07		其他場所	表演中心、醫院、服務中心、補習班、旅行社、書店、銀行、洗衣機、眼鏡行、咖啡廳、機場 ※新增加的場所：影印室、博覽會、展覽會
08	日常生活	個人	繳納稅金
09		購物	電話訂購、換貨、退貨、挑選物品、告知想要的顏色
10		移動過程中告知位置	告知自己的位置、告知抵達時間、電話約定見面地點

⊕ 廣播

Ranking 20		廣播與廣播內容
01	公寓	敬請協助公告、電梯故障公告、電梯安全檢測公告、水管更換施工公告、瓦斯管線更換施工公告、定期消毒公告、消防車專用停車區域公告、地下停車場清潔公告、停車場使用說明、舉辦義賣會說明
02	百貨公司	遺失物公告、特別商品展、文化中心演講、感恩活動、特賣介紹
03	公園	兒童走失公告、接駁車營運公告、尋找遺失物公告、電影拍攝協助公告、參觀時間與注意事項公告
04	圖書館	開放時間與注意事項公告、資料室使用規則公告、施工公告、閱覽室開放時間公告
05	學校	演講公告、新生健康檢查公告、拜訪行程公告、播音社節目公告
06	公司	節約能源方針公告、消防設施檢驗公告、電影拍攝協助公告
07	觀光景點、遊樂園	嚴防暴雨公告、注意事項公告、參觀時間公告
08	宿舍	公共洗衣間使用公告、大掃除公告、火災逃生公告
09	遊樂公園	遊樂設施使用公告
10	表演會場	觀賞時注意事項公告、觀眾和演員的對談公告
11	動物園	觀賞時注意事項公告、動物表演公告
12	機場	護照發照服務公告、登機時間公告
13	飛機	班機延誤公告、抵達時間及注意事項公告
14	火車	慢駛公告、抵達時間公告
15	電影院	觀眾和導演（演員）的對談公告
16	結婚禮堂	設施公告、婚禮會場租賃公告
17	超市	感恩活動公告
18	演講會場	演講內容與日程公告
19	競技場	因暴雨取消比賽公告、退款公告、注意事項公告
20	活動	活動日程公告

⊕ 新聞

P.80

Ranking 10		廣播通知及廣播內容
01	事件事故★	交通事故、自然災害、停電事故、登山事故、火災事故、食物中毒事故、溺水事故、釣魚事故、表演中心事故、地鐵事故、火車事故、飛機事故等
02	氣象預報★★	按天候、氣溫、季節等因天氣狀況而發生的事件事故等
03	生活情資	新政策或政策變更之介紹、對實際生活有用的訊息介紹等
04	景點介紹	名勝、觀光景點介紹等
05	活動介紹★★★	活動介紹等
06	經濟	經濟變化、合理的消費等
07	觀覽訊息	表演、電影等介紹
08	體育	體育比賽結果、特定選手介紹等
09	交通訊息	市區及高速公路交通現況等
10	其他	問卷調查、海外消息等

⊕ 新聞報導

P.88

Ranking 08		可能出題之內容
01	佳話	令人感動、美麗的人們的故事 拯救遭遇事故的人、志工活動、幫助有難鄰居、捐贈、幫忙尋找遺失物、與鄰居的美麗故事、幫助自己的人等。
02	活動介紹	聽力第15題〈新聞〉、閱讀第9題〈介紹文〉主題重複。此題的特徵是比〈新聞〉和〈介紹文〉，更具體說明活動的特徵或意義。雖然不會重複出題，但由於是三類題目的共同主題，請務必留意。 表演、觀覽、展示會、博覽會、大會、宣傳活動、演講等等。

03	最新話題	當次TOPIK出題時期在韓國受矚目的內容。
04	政策	出題內容為當次TOPIK出題時韓國未來須要的政策、即將實施的政策、最近實施的政策。 以2019年7月為基準,可能會出現的政策有下列幾項: 施行一週工時52小時(最近實施的政策) 限制一次性塑膠吸管使用(未來須要的政策)
05	健康資訊	相關飲食、習慣、對健康有用的資訊等。
06	生活資訊	對生活有用的訊息等。
07	社會現象	現今快速變化的社會特徵中,適合做新聞報導的內容。如網絡新聞、報紙、電子書、紙本書等。
08	動物	我們不知道但值得了解之動物特徵。

◉ 中心思想

P.95-96

Ranking 10		中心思想的表達
01 類型(1)	-는 게 좋다. -는 게 낫다. -는 게 괜찮다.	〈委婉地表明自己的想法〉 去趟醫院會比較好。 去趟醫院好像會比較好。 去趟醫院會不會比較好嗎? 去趟醫院會不會比較好呢? 我想去趟醫院會不會比較好呢? 忍著不去醫院反而更糟。
02 類型(2)	-아/어야 -아/어야 하다.	〈強烈地表明自己的想法〉 要去醫院才能好得比較快。 得去醫院。 應該要去醫院。 不該去趟醫院嗎?
03 類型(3)	그래서 _____	〈以理由敘述自己的想法〉 所以人們才去醫院的。

④ 類型（4）	가장 중요한 건 _____ -는 게 중요하다. -는 게 필요하다. -(으)ㄹ 필요가 있다.	〈強調敘述自己的想法〉 最重要的是趕快去醫院。 趕快去醫院才是最重要的。 需要趕緊去醫院。 有必要趕快接受治療。
⑤ 類型（5）	-아/어 보세요. -는 게 어때요? -(으)ㅂ시다. -자.	〈向對方命令、提議自己的意念〉 快去醫院。 快點去醫院如何？ 一起去醫院吧。 一起去醫院吧。
⑥ 類型（6）	-고 싶다. -(으)면 좋겠다. -(으)면 좋을 텐데	〈敘述自己或對方的期盼〉 想要趕快去醫院。 可以趕快去趟醫院就好了。 可以趕緊去醫院會比較好的說。
⑦ 類型（7）	제 생각에는 -(ㄴ/는)다고 생각하다. -는 거라고 생각하다. -(ㄴ/는)다고 보다. -는 게 아니겠어?	〈直接敘述自己的想法〉 我絕得首要的是先接受醫院的治療。 我認為要趕緊接受醫院的治療。 重要的難道不是先接受治療嗎？
⑧ 類型（8）	-아/어서 좋다/괜찮다. -아/어서 나쁘다/힘들다/어렵다. -아/어서 나쁠 건 없다.	〈以滿意度表達自己的想法〉 因為運動所以不生病，滿好的。 運動沒什麼不好的。 經常生病所以很難受。
⑨ 類型（9）	특히 ~ 무엇보다도 ~ -는 데 도움이 된다.	〈以程度表達自己的想法〉 特別是趕快接受治療是相當聰明的。 不管怎麼說，盡快接受治療是相當聰明的。 盡早接受治療對恢復健康有幫助。
⑩ 類型（10）	重複敘述 이처럼 ~ 이렇듯 ~	若沒有出現上面提及的中心思想表現大多為重複敘述。 須仔細聆聽男人強調兩次以上的內容。

🌐 情報

P.103-104

Ranking 11	可能出題之內容
01 個人文章	佳話、回憶等。
02 人類相關	年齡層特徵、心理、身體、構思、壓力等。
03 奇聞軼事	偉人、韓國有名的傳統童話、伊索寓言等。
04 健康	食物功效、管理健康方法、健康習慣等。
05 資訊	生活常識、科學資訊等。
06 政策	出題內容為當次TOPIK出題時，韓國未來須要的政策、預計實施的政策、最近實施的政策。
07 由來	有趣的由來。
08 社會現象	異於昔日的現象。
09 動物	我們不知道，但值得了解的動物特徵。
10 最新話題	當次TOPIK出題時，在韓國受關注的事情。
11 技術	點子

🌐 選項中的動詞

P.162

Ranking 09	選項中的動詞
01 請告訴我	詢問、了解、提問、問、調查
02 告知	說明、介紹、解說、告知
03 提議	提議、勸說、建議、推薦、提出

04	要求	要求、請求
05	確認	確認、清點
06	申請	申請
07	諮詢	諮詢
08	報告	報告、發表
09	其他	訂購、預約、取消、變更、主張、強調

듣기 27번~28번 | Ranking

◉ 意圖

P.165

Ranking 07		選項中的動詞
01	批評	若是對於社會問題表達自己的意見時， 批判、（表達／提出）不滿、指出癥結
02	說明	若是告知制度或社會現象的時候 說明、告知、提及
03	勸誘	若是針對新事物的提議或勸誘的情況 提議、勸導
04	討論	若是針對個人苦惱徵求建議時 商量、討論
05	擔憂	對社會問題的相較於批評，而是擔憂的情況 表達擔憂、擔心
06	贊同	同意對方意見的情況 傳達意見、得到贊同
07	指示	主要是公司內上司對下屬員工下達工作指示的時候 指示

新聞報導主題

P.174-175

Ranking 09	可能出題的內容
01 最新話題	會以當次TOPIK考試出題時,在韓國受關注的話題為出題題材。
02 經濟相關	經濟變化、合理的消費等。
03 政策相關	當次TOPIK出題時韓國未來須要的政策、預計實施的政策、最近實施的政策。
04 氣象預報	因天氣、氣溫、季節等天氣狀況而起的事件事故等。
05 觀覽訊息	展演、電影等介紹。
06 體育	體育比賽結果、特定選手介紹等。
07 健康資訊	飲食、習慣、對健康有用的資訊。
08 生活資訊	對現實生活有用的資訊介紹等。
09 事件事故	交通事故、自然災害、停電事故、登山事故、火災事故、食物中毒事故、溺水事故、釣魚事故、表演中心事故、地鐵事故、火車事故、飛機事故等。

P.201

贊成的表現	反對的表現	其他表現
贊成＝同意＝贊同	反對＝反駁	主張(提出主張)
產生共鳴	批評＝指責	提出＝拿出≒提案
支持(給予支持)	對應	摸索＝尋找
容納、接受	擔心	合理化
承認、肯定	失望	傳達
擁護	否定的	評估
辯護	懷疑的	分析
期待	究責	要求＝敦促＝請求
肯定的＝善意的		預測＝展望
樂觀的		確認＝檢討
		提問
		說明

P.258

羅列 描述 擔憂＝警戒＝懷疑 替代	證明 叮嚀 判斷＝診斷 保留	比較 強調 回顧

P.271-272

大分類	中分類	小分類
01 生活的姿態	人際關係	值得期許的人際關係
		文化相對主義
		接受建言時的姿態（其他人的評價等）
	適宜的對話方法	合宜的溝通方法（對話方法、討論時應有的姿態等）
		正確的道歉方法
		善意的謊言
02 現代社會的特徵	社會問題	正確的網路使用態度（網路貼文等）
		失業問題
		動物實驗
	社會變化	寵物
		第四次產業革命
03 能力	自我開發	自我開發的重要性（外語能力、創意思考能力等）
		讀書的角色和方法
		為了出路選擇的自我開發（職業選擇條件等）
	社會要求	現代社會需要的人才
		真正的領導能力
04 人類心理	動機	動機對人類心理的影響
	內在動機	讚美正面的一面與負面的一面
	外在動機	競爭正面的一面與負面的一面
		藉由失敗可以學到的一面（挑戰等）

05	資訊的雙面性	廣告	廣告的雙面性
		電影	電影的雙面性
		統計	統計資料的雙面性（資料分析差異等）
		媒體	新聞的雙面性（網路資訊等）
06	教育	公教	歷史教育的必要性（藝術教育、體育教育等）
		私教	學前教育的優缺點（私教等）
		大學教育	合適的大學教育（教養科目等）
07	環境	環境汙染	為降低環境汙染的方法
		節約	節約的實踐（能源節約、消費節約等）
		開發和保存	自然資源保存和自然資源開發
08	服務	個人	現代社會中服務的價值
		企業	企業的社會活動
09	生活滿意度	幸福	幸福人生的條件（經濟理由、成功的條件等）

MEMO